EDGAR WALLACE

Der unheimliche Mönch
Die gebogene Kerze
Die drei Gerechten

Buch

Der unheimliche Mönch

Nachts hörten es die Bewohner des Herrenhauses von Monkshall immer wieder: erst Orgelspiel, dann einen Schrei. Manche glaubten, eine Gestalt in schwarzer Mönchskutte zu sehen. Und plötzlich fällt ein Schuß – und einer der Gäste verschwindet spurlos. Ist der unheimliche Mönch doch nicht nur ein Albtraum?

Die gebogene Kerze

John Lexman, ein berühmter Krimiautor, erhält manchen Tip von seinem Freund, dem noch viel berühmteren Chefinspektor T.X. Meredith von Scotland Yard. Diesmal aber ist T.X. ratlos, denn Lexman hat ihm soeben gestanden, einen Mann ermordet zu haben …

Die drei Gerechten

Der geheimnisvolle Gast der „drei Gerechten" wird ermordet. Der Tote besaß Informationen, die eine Menge Geld wert waren. Und das soll Mirabelle Leicester bekommen. Aber auch die legendäre „Schlange" interessiert sich für das junge Mädchen …

Autor

Geboren wurde Edgar Wallace 1875 als unehelicher Sohn eines Schauspielers. Er wuchs in armen Verhältnissen auf, blieb ohne Schulabschluss und hielt sich mit Gelegenheitsjobs wie Milchhändler, Maurergehilfe oder Zeitungsverkäufer über Wasser. Schließlich begann er kleine Artikel für die Zeitung zu schreiben. Mit Erfolg: Er arbeitete sich hoch bis zum Chefredakteur. Später lebte er als freier Schriftsteller und schrieb Sachbücher, Lyrik und Theaterstücke, 1904 schließlich seinen ersten Krimi (»Die vier Gerechten«) – das Debüt einer beispiellosen Karriere. Edgar Wallace verfasste 175 Romane, 24 Theaterstücke, eine große Anzahl von Kurzgeschichten, Essays, Zeitungs- und Zeitschriftenartikeln und Drehbüchern. Die Filme, die nach seinen Vorlagen gedreht wurden, sind kaum zu zählen. Edgar Wallace verstarb hoch verschuldet 1932 in Hollywood.

Von Edgar Wallace außerdem bei Goldmann lieferbar:

Der Hexer. Roman (5292) · Der Zinker. Roman (5372) · Der Frosch mit der Maske/Das Gasthaus an der Themse/Der grüne Bogenschütze. Drei Romane in einem Band (5538/55503) · Der Hexer/Die blaue Hand/Das Geheimnis der gelben Narzissen. Drei Romane in einem Band (55502) · Der schwarze Abt/Die seltsame Gräfin/Die toten Augen von London. Drei Romane in einem Band (55504) · Die gelbe Schlange/Der Engel des Schreckens/Bei den 3 Eichen. Drei Romane in einem Band (55505) · Die Tür mit den sieben Schlössern/Die Bande des Schreckens/Der Doppelgänger. Drei Romane in einem Band (55506) · Das geheimnisvolle Haus/Der Safe mit dem Rätselschloß/Die Abenteuerin. Drei Romane in einem Band (55507) · Die Gräfin von Ascot/Das Geheimnis der Stecknadel/Der viereckige Smaragd. Drei Romane in einem Band (55509) · Das indische Tuch/Geheimagent Nr. 6/Der Diamantenfluß. Drei Romane in einem Band (55510)

EDGAR WALLACE

DER UNHEIMLICHE MÖNCH

DIE GEBOGENE KERZE

DIE DREI GERECHTEN

Drei Romane in einem Band

PORTOBELLO

Die Originalausgabe von »Der unheimliche Mönch« erschien unter dem Titel »The Terror«, die Originalausgabe von »Die gebogene Kerze« erschien unter dem Titel »The Clue of the Twisted Candle« und die Originalausgabe von »Die drei Gerechten« erschien unter dem Titel »The Three Just Men«.

Umwelthinweis:
Alle bedruckten Materialien dieses Taschenbuches sind chlorfrei und umweltschonend.

Portobello Taschenbücher erscheinen im Goldmann Verlag, einem Unternehmen der Verlagsgruppe Random House GmbH.

Einmalige Sonderausgabe Februar 2007

Umschlaggestaltung: Design Team München
Umschlagfoto: Getty Images
Druck: GGP Media GmbH, Pößneck
NG · Herstellung: we
Printed in Germany
ISBN 978-3-442-55508-6
www.portobello-verlag.de

10 9 8 7 6 5 4 3 2 1

EDGAR WALLACE

DER UNHEIMLICHE MÖNCH

Roman

Aus dem Englischen
von Gregor Müller

Der unheimliche Mönch

1

O'Shea war schon die ganze Nacht in entsetzlicher Stimmung gewesen. Aufgeregt lief er den Wiesenhang auf und ab, sprach halblaut mit sich selbst, gestikulierte, als ob er vor einer großen Versammlung redete, und lachte nervös über irgendwelche unverständlichen Witze. Als der Morgen graute, fiel er über den kleinen Lipski her und schlug ihn mit einem Fausthieb zu Boden, einfach, weil Lipski es gewagt hatte, sich gegen das Verbot eine Zigarette anzustecken. Brutal hatte O'Shea ihn niedergestreckt. Die beiden anderen, die dabei waren, hatten sich nicht getraut, ihn daran zu hindern.

Joe Connor lag der Länge nach im Gras, kaute an einem Halm und beobachtete den ruhelosen Chef mit düsteren Blicken. Auch Marks, der mit untergeschlagenen Beinen neben seinem Kameraden saß, schaute, ein spöttisches Lächeln im Gesicht, nach ihm hin.

»Heute ist er wieder einmal glatt verrückt«, sagte Joe Connor leise. »Wenn er diesmal die Sache hinkriegt, ohne daß wir für den Rest unseres Lebens hinter Schloß und Riegel wandern, haben wir Glück.«

Marks feuchtete die trockenen Lippen mit der Zunge an. »O'Shea ist am glänzendsten, wenn er so verrückt ist.« Marks hatte eine kultivierte Stimme. Seine Bekannten erzählten, daß er Theologie studiert hätte, bevor er anfing, seinen Lebensunterhalt auf bequemere Art zu verdienen. »Trotzdem braucht er seine Kumpane nicht derart niederzuschlagen, das ist doch Blödsinn. Dieser Lipski stöhnt so infam – kannst du nicht dafür sorgen, daß er das Maul hält?«

Joe Connor bewegte sich nicht. Er sah nur zu Lipski hinüber, der auf dem Boden lag und abwechselnd stöhnte und fluchte.

»Der wird sich schon wieder fassen«, antwortete Connor gleichgültig. »Je mehr Prügel er kriegt, desto mehr Respekt hat er vor O'Shea.« Er rückte ein wenig näher zu seinem Kameraden hinüber und fragte leise: »Hast du je einmal O'Shea deutlich gesehen? Ich meine – sein Gesicht?«

»Nein, noch nie, und dabei habe ich doch schon dreimal mit ihm gearbeitet.«

»Eben. Immer hat er diesen Mantel an, genau wie heute, den Kragen hochgeschlagen, den breitkrempigen schwarzen Hut ins Gesicht gezogen. Ich hätte nie gedacht, daß es einen solchen Verbrecher überhaupt gibt – ich dachte, so etwas wäre nur auf der Bühne zu sehen. Das erstemal, als er mich rufen ließ, traf ich ihn in der St. Alban's Road um zwölf Uhr nachts. Ich bekam sein Gesicht nicht zu sehen, aber er wußte alles von mir, wie oft ich verurteilt worden war, und dann setzte er mir auseinander, wozu er mich brauchte.«

»Und vor allem hat er dich gut bezahlt«, meinte Marks, als Joe eine Pause machte.

»Er zahlt wirklich ausgezeichnet, und er holt sich seine Leute immer auf die gleiche Art und Weise.«

Marks spitzte die Lippen, als ob er pfeifen wollte. Er sah wieder zu O'Shea hin, der keinen Moment zur Ruhe kam.

»Ja, er ist verrückt, aber er zahlt gut. Und diesmal wird er noch besser zahlen!«

Connor sah auf.

»Zweihundertfünfzig Pfund Belohnung und fünfzig Pfund, um wegzukommen, nenne ich eine anständige Bezahlung.«

»Und ich sage dir, diesmal zahlt er mehr. Die Geschichte, zu der er uns hier braucht, ist zu einträglich, als daß er's nicht könnte. Glaubst du, ich steuere ein Lastauto mit dreitausend Kilo australischen Goldstücken durch die Straßen Londons und riskiere, dafür an den Galgen zu kommen – nur für schäbige zweihundertfünfzig Pfund und das bißchen Geld für die Reise? Ich denke nicht daran!«

Er stand auf und klopfte seine Hose sauber. Von O'Shea sah man im Augenblick nichts. Er war auf die andere Seite des Hügels gegangen und stand wahrscheinlich hinter der Hecke, die in einem großen Halbbogen die Wiese teilte.

»Drei Tonnen Gold, das ist mehr als eine halbe Million Pfund. Wir müssen mindestens zehn Prozent davon bekommen.«

Connor grinste. Mit einer Kopfbewegung wies er auf Lipski, der noch immer stöhnte.

»Willst du den auch ins Vertrauen ziehen?«

»Ich glaube, das ist überflüssig.«

Marks schaute sich um, ob etwas von O'Shea zu sehen sei, dann legte er sich wieder auf den Boden neben seinen Kameraden.

»Ich wundere mich nur«, flüsterte er, »daß er den Mut hat, den Plan haargenau zu wiederholen. Talmulde vergasen und Goldtransport anhalten – das ist doch ein alter Trick. Jedenfalls haben wir die Sache in der Hand. Morgen ist O'Shea wieder bei Vernunft und wird sich anhören, was ich ihm zu sagen habe. Ich fahre also den Goldtransport in die Stadt und stelle ihn an einem sicheren Platz ab. Was meinst du, wird O'Shea vorziehen, wenn er sich vor die Wahl gestellt sieht, uns unseren Teil herauszurücken oder mit Inspektor Bradley Bekanntschaft zu machen?«

Connor riß einen Grashalm ab und kaute daran.

»Er ist verteufelt schlau.«

Marks verzog die Lippen.

»Ist das nicht immer so? Sitzen in Dartmoor nicht lauter schlaue Leute? Inspektor Hallick macht sich doch einen Spaß daraus, die Häftlinge nur ›Akademiker‹ zu nennen. Glaube mir, mein Lieber, Schlauheit ist ein relativer Begriff.«

»Was bedeutet dieses Fremdwort nun schon wieder?« brummte Connor stirnrunzelnd. »Versuch bloß nicht, mich mit diesen gebildeten Wörtern besoffen zu machen! Red nicht immer so gelehrt, sprich wie ein gewöhnlicher Mensch, damit jeder dich verstehen kann.«

Er sah sich ein wenig ängstlich um. Die Tatsache, daß O'Shea nicht zu sehen war, beunruhigte ihn. Sein Auto stand hinter dem Hügel auf einem Nebenweg. Er würde sich, wenn der Überfall gelungen war, damit sofort in Sicherheit bringen. Seine Leute konnten dann zusehen, wie sie durch alle Gefahren hindurchkamen. Sie hatten den schwierigeren Teil auszuführen, wenn sie auch zugeben mußten, daß der Plan genial ausgedacht und organisiert war.

In einiger Entfernung lagen links oben am Hang vier große Gaszylinder in einer Reihe. Connor und Marks konnten von ihrem Platz aus die lange, hellgraue Landstraße sehen, die durch die tiefe Mulde führte. In kürzester Zeit mußten die Lichter des Lastwagens mit dem Goldtransport auftauchen. Connor hielt seine Gasmaske in der Hand, Marks hatte seine in der Tasche.

»Er muß eine Unmenge Geld haben«, sagte Connor.

»Wer – O'Shea?« Marks zuckte die Schultern. »Das weiß ich nicht, er gibt aber auch genug aus. Man sollte eher annehmen, daß er wieder pleite ist. Es ist nahezu ein Jahr her, seit er seinen letzten großen Fang gemacht hat.«

»Was fängt er denn bloß mit dem vielen Geld an?«

»Er gibt es aus, wie wir auch. Als ich ihn das letzte Mal fragte, antwortete er: ›Ich muß ein großes Landhaus kaufen.‹ Dort wollte er sich niederlassen und ein bequemes, ruhiges Leben führen. Und gestern abend sagte er, daß er die Hälfte des Goldes brauche, um seine Schulden zu bezahlen.« Marks rieb sich mit dem Taschentuch die Fingerspitzen ab. »Unter anderem kann er lügen wie gedruckt.« Er stutzte. »Was war das?«

Argwöhnisch sah er nach der Hecke, die sich nur ein paar Meter von ihnen entfernt hinzog. Er hatte ein Rascheln im Laub gehört. Schnell sprang er auf, eilte zu den Sträuchern und sah nach allen Seiten, aber er konnte niemanden entdecken. Besorgt kehrte er zu seinem Kameraden zurück.

»Ich möchte wissen, ob der Teufel gelauscht, und wie lang er unsere Unterhaltung mit angehört hat!«

»Wen meinst du? Doch nicht O'Shea?« fragte Connor bestürzt.

Marks antwortete nicht, er holte nur tief Luft. Allem Anschein nach fühlte er sich ziemlich unbehaglich.

»Wenn er etwas gehört hätte, wäre er zu uns gekommen. Er ist in einer so verflucht schlechten Stimmung, daß er sofort losgeplatzt wäre.«

Connor stand auf und streckte sich.

»Was für ein Leben führt er wohl? Ich möchte fast wetten, daß er irgendwo im Land Frau und Familie hat. Solche Leute machen so etwas. Da kommt er ja!«

Sie sahen O'Sheas Gestalt vom Hügel herab auf sich zukommen.

»Halten Sie die Masken bereit. Sie wissen, was Sie zu tun haben, Marks?« Die Stimme klang hinter dem hochgeschlagenen Kragen etwas gedämpft, aber nicht unfreundlich. »Holen Sie einmal den Kerl her!« O'Shea zeigte auf Lipski.

Die beiden gehorchten und kamen gleich darauf mit dem noch ein wenig benommenen Lipski zurück.

»Sie gehen jetzt genau zu der abgemachten Stelle an der Straße hinunter«, sagte O'Shea zu Lipski. »Stecken Sie die rote Laterne an. Es ist nicht notwendig, daß die Kerle anhalten, sie brauchen nur langsamer zu fahren. Unter keinen Umständen gehen Sie aus der Deckung heraus. Vermutlich sind zehn schwerbewaffnete Polizisten auf dem Wagen.«

O'Shea ging zu den Gasbehältern hinüber, an denen dicke Gummischläuche angebracht waren, die bis in die Talmulde hinabreichten. Mit einem Schraubenschlüssel drehte er die Ventile auf. Unter leisem Zischen entwich das Gas durch die Schläuche.

»Das Gas ist schwer und setzt sich unten in der Muldensohle fest. Sie brauchen Ihre Gasmasken erst im letzten Moment aufzusetzen.«

Er folgte Lipski bis zu der Stelle nach der Senke, wo er sich postieren mußte, und kontrollierte, ob er die rote Laterne anzündete. Darauf kehrte er zu Marks zurück. Nicht im mindesten ließ er sich anmerken, daß er die Unterhaltung der beiden gehört hatte. Jetzt war nicht der Zeitpunkt, mit ihnen abzurechnen oder einen Streit vom Zaun zu brechen.

Gleich danach hörten sie von fern das Geräusch des Lastautos, lange bevor die Scheinwerfer aufblitzten. Der Wagen mußte den Wald von Felstead durchqueren, dann erst kam er hier vorbei.

»Jetzt!« rief O'Shea scharf. »Schießen Sie nicht, wenn es nicht durchaus nötig ist, aber halten Sie die Waffen bereit, falls etwas schiefgehen sollte. Und denken Sie daran, daß die Begleitmannschaft sofort feuert, wenn sich jemand blicken läßt. Warten Sie, bis die Leute vom Gas betäubt sind. Sie wissen doch, wo Sie mich morgen treffen sollen?«

Marks nickte. Der Wagen näherte sich verhältnismäßig langsam. Anscheinend hatte der Chauffeur die rote Lampe entdeckt, denn jetzt hörten sie das durchdringende Heulen einer Sirene. O'Shea konnte von seinem Platz aus die ganze Straße übersehen. Er selbst setzte keine Maske auf.

Der Lastwagen war bis auf fünfzig Meter an die vergaste Stelle herangekommen und fuhr nur noch langsam. Plötzlich sprang Lipski aus dem Gebüsch, aber nicht an der Stelle, wo O'Shea ihn postiert hatte, sondern etwa zehn oder fünfzehn Meter weiter vorn. Im nächsten Moment knallte ein Schuß. Lipski hatte gefeuert, um die Aufmerksamkeit auf sich zu lenken, und rannte nun mit erhobenen Händen auf das Auto zu.

O'Shea ballte die Fäuste. Lipski wollte ihn verraten.

»Achtung!« rief er Marks und Connor zu. »Wenn die Sache schiefgeht, laufen Sie querfeldein nach verschiedenen Richtungen!«

Und dann geschah das Wunder. Vom Lastwagen fielen zwei Schüsse. Lipski stürzte getroffen am Straßenrand zu Boden, und der Wagen fuhr langsam und vorsichtig weiter. Die Begleitmannschaft hatte Lipskis Absicht nicht verstanden, sondern geglaubt, daß er den Transport anhalten wollte.

»Glänzend!« stieß O'Shea erregt hervor, denn im gleichen Augenblick fuhr das Auto in die vergaste Senke hinein.

Eine Sekunde genügte. Der Chauffeur sank bewußtlos aufs Steuerrad, worauf der Wagen gegen die hohe Böschung fuhr und stehenblieb. So hatte O'Shea es auch geplant. Wenn Lipski das rote Licht nicht gezeigt hätte, wäre das Lastauto mit unverminderter Geschwindigkeit weitergefahren, schwer beschädigt worden und nicht mehr zu gebrauchen gewesen. So aber mußte Marks nur auf den Führersitz steigen und den Rückwärtsgang einschalten, um wieder freizukommen. Ein paar Minuten später hatte er den Wagen aus der Senke heraus. Die bewußtlosen Polizisten und der Chauffeur wurden gefesselt und an den Straßenrand gelegt. Nach weiteren fünf Minuten war schon alles erledigt.

Marks nahm seine Maske ab und setzte eine Uniformmütze auf, während Connor ins Innere des Wagens kroch, wo die kleinen, versiegelten Kisten mit dem Gold standen.

»Vorwärts!« befahl O'Shea.

Das Lastauto setzte sich in Bewegung. Zehn Minuten später war es außer Sicht.

O'Shea ging zu seinem Wagen und fuhr in der entgegengesetzten Richtung davon.

2

In der darauffolgenden Nacht war es regnerisch in London. Connor konnte es nur recht sein. Er betrat den Seiteneingang eines kleinen Restaurants in Soho, stieg die enge Treppe hinauf und klopfte an eine Tür. Ein Stuhl wurde gerückt, der Schlüssel gedreht – Marks, der allein im Zimmer war, öffnete.

»Hast du ihn gesprochen?« fragte Connor hastig.

»Ja, ich habe O'Shea am Themseufer gesehen. – Hast du die Zeitungen gelesen?«

»Ich bin nur froh, daß die Kerle nicht krepiert sind.«

Marks warf Connor einen verächtlichen Blick zu.

Auf dem Tisch lag eine Zeitung. Connor las die Schlagzeilen auf der ersten Seite:

›Goldtransport zwischen Southampton und London erbeutet. – Einer der Banditen tot am Tatort aufgefunden. – Transportauto mit drei Tonnen Gold spurlos verschwunden.‹

Er überflog den kleingedruckten, ausführlichen Bericht:

›In den frühen Morgenstunden wurde ein kühner Handstreich verübt, der den Tod von sechs Scotland Yard-Beamten hätte zur Folge haben können. Ein Goldtransport im Werte von einer halben Million Pfund wurde erbeutet, der für die Bank von England bestimmt war.

Der Dampfer ›Aritania‹, der gestern abend in Southampton einlief, hatte eine Goldsendung aus Australien an Bord. Um kein Aufsehen zu erregen, ließ man um drei Uhr morgens das Gold in einem Lastauto von Southampton abgehen, damit der Transport vor Beginn des regen Verkehrs in London ankommen sollte. In der Nähe des Waldes von Felstead führt die Straße

durch eine Senke, die von der Gangsterbande vergast wurde. Kurz vor der gefährlichen Stelle wurde die Begleitmannschaft auf den geplanten Überfall aufmerksam, als ein Mann aus dem Gebüsch sprang und auf den Lastwagen schoß. Die Beamten erwiderten sofort das Feuer, der Bandit wurde getroffen und später sterbend am Straßenrand aufgefunden. Er lallte etwas Unzusammenhängendes, nannte jedoch mehrmals einen Namen, wahrscheinlich den des Bandenführers.
Die Inspektoren Bradley und Hallick sind mit der Aufklärung des Falles betraut worden . . .‹

Es folgte noch die offizielle Bekanntmachung der Polizei, die sich auf den Bericht eines teilnehmenden Beamten stützte.

»Die Nachricht scheint in London großes Aufsehen hervorgerufen zu haben.« Marks nahm die Zeitung und faltete sie zusammen.

»Und was ist mit O'Shea?« fragte Connor ungeduldig. »Hat er den Vorschlag angenommen? Will er uns tatsächlich zehn Prozent zahlen?«

»Er war ein wenig ärgerlich, was ja verständlich ist. Aber in seinen lichten Momenten ist O'Shea klug und vernünftig. Am meisten hat ihn natürlich gewurmt, daß wir den Wagen an einer anderen Stelle parkten, als er es vorgeschrieben hatte. Er wollte sofort wissen, wo wir das Gold gelassen hätten, und nur so war es möglich, ihn zu dem Zugeständnis zu bringen.«

»Ja, und wie geht die Sache nun weiter?« fragte Connor besorgt.

»Wir bringen das Auto heute abend nach Barnes Common. Er weiß noch nicht, daß wir die Goldkisten auf einen kleineren Wagen umgeladen haben. Dafür sollte er uns nur dankbar sein, denn der große Wagen wurde heute abend von Inspektor Hallick an der Stelle, wo ihn O'Shea haben wollte, gefunden – leer natürlich.«

Connor strich sich mit der Handfläche über das unrasierte Kinn und runzelte die Stirn.

»O'Shea wird uns nicht so leichten Kaufs davonkommen lassen. Du kennst ihn schließlich doch auch, Marks!«

»Wir werden ja sehen.« Marks mixte einen Whisky Soda und sah auf die Uhr. »Wir haben genug Zeit. Wenn wir das Glas ausgetrunken haben, wollen wir gehen.«

Sie fuhren ein Stück mit der Straßenbahn und gingen dann durch enge, dunkle Gassen, bis sie vor einem Hofeingang stehenblieben. Marks stieß die Torflügel auf. Über einen gepflasterten Hof erreichten sie den Schuppen, in dem sie den kleineren Lastwagen mit der Ladung abgestellt hatten. Marks schloß auf und nahm das Vorhängeschloß ab.

»So, da wären wir!« Er trat in den dunklen Schuppen hinein.

Plötzlich packten ihn kräftige Hände. Er riß seinen Arm zurück und wollte nach der Waffe greifen.

»Machen Sie keine Dummheiten«, sagte Inspektor Hallick. »Ich verhafte Sie, Marks. Vielleicht erklären Sie uns, wo das Auto geblieben ist, das noch vor zwei Stunden hier stand.«

Marks konnte das Ganze nicht fassen. Im ersten Augenblick war er so erschrocken, daß er jede Vorsichtsmaßnahme außer acht ließ.

»Das Lastauto?« fragte er atemlos. »Ist es nicht hier?«

»Es war schon fort, als wir vor einer Stunde hierherkamen«, erwiderte ein anderer Polizeibeamter. »Los, Marks, sagen Sie uns, wo Sie den Wagen gelassen haben.«

Marks war keiner Antwort fähig. Er spürte, wie sich die Handschellen um seine Handgelenke schlossen. Connor fluchte wild, als die Polizisten ihn zum Gefangenenauto führten, das an einer dunklen Stelle versteckt wartete.

Beide wußten nun, daß O'Shea sie durchschaut und der Polizei verraten hatte.

3

Mary Redmaynes Leben verlief unterschiedlich und zuweilen recht unruhig. Die finanziellen Verhältnisse ihres Vaters wechselten häufig. Manchmal war er verhältnismäßig wohlhabend, dann folgten wieder Zeiten, in denen es ihm schlecht ging. Sie hatte mit ihm in den schönsten Hotels wie auch in billigsten

Quartieren gewohnt. An dieses Auf und Ab war sie von Jugend auf gewöhnt, und so war sie auch nicht erstaunt gewesen, als sie eines Tages aus der vornehmen Privatschule herausgenommen wurde und in die Volksschule kam.

Die Leute, die ihren Vater kannten, nannten ihn Colonel. Er selbst vermied diesen militärischen Titel und hatte seiner Tochter auch nie etwas aus seiner Armeezeit erzählt. Erst als sie ins Herrenhaus von Monkshall zogen, ließ er den Titel ›Colonel‹ auf seine Visitenkarte drucken. Monkshall war ein alter Adelssitz, der Marys kühnste Träume von Pracht und Luxus übertraf. Das Gebäude stammte aus der Tudorzeit, und vielleicht gingen die Fundamente auf eine noch ältere Periode zurück. Das Herrenhaus lag in einem großen Park von über vierzig Morgen mit wunderbarem altem Baumbestand. Das Schloß war in der ganzen Gegend bekannt und berühmt, so daß amerikanische Touristen in großen Autobussen angefahren kamen, um es zu besichtigen. Als jedoch Colonel Redmayne den Besitz erwarb, sperrte er die Parktore für alle Neugierigen und gestattete nicht einmal die Besichtigung der Abteiruine bei dem Herrenhaus.

Colonel Redmayne war plötzlich reich geworden, und zwar, als Mary gerade sechzehn Jahre alt wurde. Woher dieser Reichtum kam, ahnte sie nicht im entferntesten. Sie wußte nur, daß ihr Vater in der einen Woche noch bettelarm gewesen und von Gerichtsvollziehern bedrängt nur durch Seitenstraßen geschlichen war, um den Gläubigern aus dem Weg zu gehen – und schon in der nächsten Woche hatte er den prächtigen Herrensitz Monkshall erworben und mit kostbaren Möbeln ausgestattet.

Zur Zeit dieser Übersiedlung nach Monkshall stand Mary in dem Übergangsalter zwischen Backfisch und junger Dame.

Ferdie Fane kam oft als Gast in den Roten Löwen, nur um sie zu sehen, ganz gleich, ob es Sommer oder Winter war. Meist kam er unangemeldet ins Gasthaus und nahm dort Quartier, was dem Wirt nicht immer paßte. Ferdie Fane war fünfunddreißig Jahre alt, hatte ein längliches Gesicht und machte mit seiner großen Hornbrille einen verhältnismäßig guten Eindruck. Nur hatte er die unangenehme Gewohnheit, mehr zu trinken, als ihm zuträglich war. Im allgemeinen trank er heimlich auf seinem Zimmer.

Diesmal saß Ferdie Fane in der Gaststube, ein großes Glas Bier vor sich, und beobachtete, wie Mary Redmayne mit ihrem düster dreinschauenden Vater die Straße entlang kam. Sie trug keinen Hut, so daß ihre hellbraunen Locken in der Sonne glänzten. Die beiden gingen am Fenster vorbei.

»Der Frühling ist gekommen, Adolphus«, rief Fane dem Wirt zu. »Ich sah, wie er vorüberzog.«

»Es wundert mich«, erwiderte der Wirt, »daß Sie nicht im Herrenhaus wohnen, Mr. Fane.«

Ein vorwurfsvoller Blick traf ihn.

»Wollen Sie mich los sein? Warum sollte ich mein Logis wechseln?« Er schüttelte den Kopf. »Nein, ich eigne mich nicht fürs Herrenhaus. Ich bin nicht vornehm genug. Es ist überhaupt erstaunlich, daß Redmayne zahlende Gäste bei sich aufnimmt.«

Der Wirt wußte auch keine Erklärung dafür.

»Ich weiß nicht, warum er es tut. Der Colonel hat ja so viel Geld und ist sicher nicht auf diese Einkünfte angewiesen. Vielleicht fühlt er sich zu einsam. In den letzten Jahren hat er dauernd Gäste aufgenommen. Allerdings ist er sehr wählerisch. Es kann noch lange nicht jeder daherkommen.«

»Das ist es ja, was ich sage«, bekräftigte Fane, »und ich weiß, daß er mich nicht nehmen würde. Darum müssen Sie mich schon bei sich behalten, daran läßt sich nichts ändern.«

»Ich habe durchaus nichts dagegen, daß Sie bei mir wohnen«, versicherte der Wirt. »Sie geben mir keinen Anlaß zu Klagen, nur ...«

»Sie wollen sagen, wenn ich ein bißchen solidere Gewohnheiten hätte?« Fane hob das Glas und nahm einen kräftigen Schluck. Er lachte leise vor sich hin, als ob ihm ein Scherz einfiele, wurde aber gleich wieder ernst und runzelte die Stirn. »Diese Mary Redmayne ist doch wirklich ein nettes, hübsches Mädchen, finden Sie nicht auch?«

»Sie ist tatsächlich die aparteste junge Dame, die ich kenne. Vor vier Wochen erst ist sie aus dem College zurückgekommen.«

Am nächsten Tag reiste Ferdie Fane mit seiner Angelrute wieder ab. Weder hatte er geangelt noch die Golfschläger benützt, die er zu seinem Landaufenthalt mitgenommen hatte.

4

Das Leben im Herrenhaus verlief angenehm und ungestört. Mary Redmayne gewöhnte sich allmählich an das neue Leben, das dauerhafter zu sein versprach, und sie wurde auch mit den Menschen hier vertraut.

Besonders Mr. Goodman mochte sie gut leiden. Er war ein älterer Herr mit grauen Haaren, der langsam und bedächtig sprach und schon lange in Monkshall wohnte. Er war der erste zahlende Gast gewesen, den ihr Vater ins Haus genommen hatte.

Sie schätzte den schönen, alten Park mit den schattigen Wegen, das altertümliche, romantische Haus, und selbst die Schweigsamkeit ihres Vaters bedrückte sie nicht sehr. Er war älter geworden, sein Gesicht sah noch um eine Spur bleicher aus als früher. Lächeln hatte sie ihn ohnehin nicht oft gesehen, und an Nervosität litt er von jeher.

Manchmal ging er mitten in der Nacht im Haus umher, und einmal hatte sie ihn in seinem Arbeitszimmer in einem merkwürdigen Zustand überrascht. Er sprach heiser und stockend, doch Mary hatte die Erklärung dafür bald gefunden. Eine leere Whiskyflasche stand in der Ecke.

Mit der Zeit jedoch wurde ihr das alte, einsame Haus zu einer Belastung und stimmte sie melancholisch. Oft erwachte sie in der Nacht und richtete sich im Bett auf. Sie versuchte dann, sich darüber klar zu werden, was sie so unvermittelt aus dem Schlaf geschreckt hatte. Einmal hörte sie deutlich unheimliche Geräusche, Angstschweiß trat ihr auf die Stirn, und nicht nur einmal glaubte sie, von weither dumpfe Orgeltöne zu vernehmen.

Am nächsten Morgen fragte sie Cotton, den Butler, aber der hatte nichts gehört. Die weiblichen Dienstboten schienen empfindlicher zu sein und sich gleichfalls zu ängstigen, denn sie wechselten alle paar Wochen oder Monate die Stelle. Mary fragte die Mädchen aus, aber ihr Vater kam dahinter und verbot es ihr. Das Merkwürdigste war, daß er diese Zustände sowie die häufigen Kündigungen als selbstverständlich hinnahm.

»In diesem Haus komme ich überhaupt nicht zur Ruhe, ich habe furchtbare Angst«, klagte ein Dienstmädchen weinend.

»Haben Sie nachts die Schreie nicht gehört? Ich schlafe im östlichen Flügel – es ist furchtbar. Es spukt in dem Schloß.«

»Aber, Anna, das ist doch alles Unsinn«, schalt Mary und gab sich Mühe, ruhig zu erscheinen. »Wie können Sie solche Dinge überhaupt glauben!«

»Aber es stimmt, Miss Mary. Ich habe selbst gesehen, wie der Geist im Mondschein über den Rasen wandelte!«

Zuerst wollte Mary es nicht glauben, aber später sah sie selbst merkwürdige Dinge. Ein Gast blieb nur zwei Nächte und verließ das Herrenhaus fluchtartig, da er mit seinen Nerven völlig am Ende war.

»Ach, alles ist nur Einbildung«, sagte der Colonel, als sich Mary an ihn wandte. »Mein liebes Kind, du fängst auch schon an, dich zu fürchten wie die Dienstmädchen.«

Mary hörte weiterhin nachts Geräusche im Schloß. Sie begann auch, immer bewußter darauf zu achten.

Als sie eines Tages allein durchs Dorf ging, begegnete sie einem Mann in einem Golfanzug. Er war sehr groß und trug eine Hornbrille. Als sie an ihm vorüberging, grüßte er sie mit einem freundlichen Lächeln. An diesem Tag sah sie Ferdie Fane zum erstenmal bewußt.

5

Chefinspektor Hallick fuhr zum Gefängnis von Princetown, um einen letzten Versuch zu machen. Er wußte allerdings schon im voraus, daß er keinen Erfolg haben würde. Der Direktor der Anstalt empfing ihn am Eingang.

»Ich glaube ja nicht, daß Sie mit diesen Kerlen weiterkommen. Die haben ihre Strafe demnächst abgesessen und wollen natürlich nichts mehr verraten.«

»Das kann man nie voraussagen«, entgegnete Hallick. »Ich habe einmal eine sehr wertvolle Information von einem Gefangenen erhalten, der am nächsten Tag entlassen wurde.«

»Mein Oberwärter, der im allgemeinen leicht das Vertrauen der Gefangenen gewinnt, ist überzeugt, daß die beiden nicht sprechen werden. Persönlich glaube ich, daß sie keine Ahnung vom Verbleib des Goldes haben. Bei der Gerichtsverhandlung sagten sie ja auch aus, daß sich O'Shea mit der Beute aus dem Staub gemacht habe, was ich für wahrscheinlich halte.«

Der Chefinspektor lächelte.

»Als ich sie verhaftete, war ich gleichfalls überzeugt, daß O'Shea sie betrogen hatte, aber inzwischen habe ich meine Meinung geändert.«

Während sie sprachen, hatten sie das Büro des Direktors erreicht. Gleich danach trat auch der Oberwärter ein und begrüßte den Chefinspektor.

»Ich möchte zuerst Connor sehen«, sagte Hallick.

»Ich werde ihn sofort herunterbringen.«

Der Oberwärter verließ das Büro und ging über den großen, asphaltierten Hof zum Tor des mächtigen, häßlichen Gebäudes nebenan. Er öffnete das komplizierte Schloß des schweren Torflügels. Drinnen zogen sich rund um eine riesige Halle in mehreren Geschossen die Galerien mit den Zellen. Der Wärter blieb vor einer Zellentür stehen und schloß sie auf. Ein Gefangener in Sträflingskleidung saß, den Kopf in die Hände gestützt, auf der Bettkante. Er erhob sich verdrießlich.

»Connor, ein Herr von Scotland Yard ist gekommen, der mit Ihnen sprechen will. Wenn Sie vernünftig sind, beantworten Sie seine Fragen, so gut Sie können.«

Connor starrte ihn düster an.

»Ich habe nichts zu sagen. Warum können die einen nicht einmal im Gefängnis in Ruhe lassen? Selbst wenn ich wüßte, wo das Gold versteckt liegt, würde ich es doch nicht sagen.«

»Was haben Sie davon, wenn Sie dauernd die Aussage verweigern? Seien Sie nicht so dumm!«

»Dumm? Die Dummheit ist mir im Gefängnis gründlich ausgetrieben worden! Zehn Jahre haltet ihr mich schon unter der Knute, ich kenne jeden Ziegelstein hier – wer will mich denn sprechen?«

»Chefinspektor Hallick.«

»Ach, ich dachte, der wäre längst tot.«

»Da irren Sie gründlich – er ist noch recht lebendig.«

Connor wurde ins Büro des Direktors geführt. Er begrüßte den Chefinspektor, dem er nichts nachtrug, mit einem Kopfnicken.

»Sie verschwenden nur Ihre Zeit mit mir, Mr. Hallick«, begann er ärgerlich und unaufgefordert. »Ich kann Ihnen auch gar nichts sagen, gebe Ihnen aber einen guten Rat – machen Sie O'Shea ausfindig, der kann Ihnen Aufklärung geben. Und noch eines – Sie müssen ihn finden, bevor ich ihn erwische, wenn Sie von ihm noch etwas erfahren wollen.«

»Wir werden ihn schon finden.«

»Dazu hätten Sie reichlich Zeit gehabt. Versuchen Sie es doch einmal mit Marks, vielleicht macht der gemeinsame Sache mit Ihnen.«

In diesem Augenblick öffnete sich die Tür, und Marks wurde ins Zimmer geführt. Er hatte sich während der Haftjahre kaum verändert. Das hagere, asketische Gesicht war vielleicht etwas härter, die dünnen Lippen noch schmäler geworden, und die Augen lagen tiefer in den Höhlen. Er sprach noch ebenso gebildet und benahm sich so höflich wie früher.

»Ach, da sind Sie ja, Mr. Hallick! Sie wollten uns noch einmal in unserer Sommerfrische besuchen?«

Jetzt bemerkte er auch Connor und nickte ihm zu, ja, er machte sogar eine kleine Verbeugung vor ihm.

»Das ist ja sehr liebenswürdig und freundlich von Ihnen, Mr. Hallick. Haben Sie sich schon den Park und die Garage angesehen – oder das hübsche Billardzimmer?«

»Nun ist es aber genug«, ermahnte ihn der Oberwärter streng.

»Verzeihen Sie!« Marks verneigte sich ironisch. »Es war nur ein Scherz. Ich habe nicht die Absicht gehabt, jemanden zu kränken. Trotzdem ist es ein Ereignis, Sie hier zu sehen, Mr. Hallick! Hoffentlich ist es nur ein kurzer Besuch. Sie wollen doch nicht etwa länger bleiben?«

Hallick lachte zuvorkommend.

»Sollten Sie nicht wissen, warum ich gekommen bin?«

Überrascht sah ihn Marks an.

»Doch nicht etwa, um meinen Freund oder mich nach dem verschwundenen Goldtransport zu fragen? Aber ich sehe, daß dem doch so ist. Sie wollen wissen, wo sich das Versteck befindet? Ich wollte, ich könnte es Ihnen sagen. Doch am besten ist es, Sie wenden sich direkt an Mr. O'Shea.«

»Sei vernünftig, Marks!« mahnte Connor gereizt. »Mir jedenfalls fällt es nicht im Traum ein, irgendwelche Fragen zu beantworten. Du kannst ja tun, was du nicht lassen kannst. Wenn sie O'Shea bis jetzt nicht gefunden haben – ich werde ihn bestimmt finden. Wenn ich erst einmal hier heraus bin, kümmere ich mich um nichts anderes mehr. – Ich brauche auch Marks dazu nicht. In den letzten zehn Jahren habe ich ihn Tag für Tag gesehen, und ich kann ihn nicht mehr ausstehen. Den Mann, der mich verraten hat, kriege ich ganz allein!«

Marks warf seinem Kameraden einen gekränkten Blick zu.

»Glauben Sie das wirklich?« fragte Hallick. »Wissen Sie denn, wo er ist?«

»Ich weiß nur eins«, antwortete Connor düster, »und Marks weiß es auch. An jenem Morgen, als wir auf den Goldtransport warteten, sagte er – es ist ihm so herausgeschlüpft –, daß er sich zurückziehen, irgendwo verstecken wolle. Doch weiter werde ich Ihnen nichts erzählen. Vier Monate muß ich noch absitzen, wenn die vorüber sind, werde ich O'Shea suchen und finden.«

»Ach, das ist doch alles Unsinn!« rief Hallick. »Den finden Sie nicht, die Polizei hat all die Jahre nach ihm gesucht.«

»Nach wem haben Sie eigentlich Ausschau gehalten?« fragte Connor, ohne sich um den warnenden Blick Marks' zu kümmern.

»Nach Len O'Shea natürlich.«

Connor lachte laut.

»Sie suchen einen gesunden Mann, aber da sind Sie auf dem Holzweg. Ich habe Ihnen noch nie gesagt, warum Sie ihn nicht finden. Ganz einfach deshalb nicht, weil er verrückt ist. Ich frage mich, was er jetzt treibt. Der Kerl ist so verschlagen und schlau, wie Verrückte es nun einmal sind. Sie konnten das nicht wissen, aber Marks weiß es.«

Davon hatte Hallick nie etwas gehört. Fragend sah er Marks an.

»Ich fürchte, Connor hat recht«, räumte Marks liebenswürdig lächelnd ein. »O'Shea ist so klug, weil er nicht ganz bei Verstand ist. Selbst in Dartmoor erfahren wir gelegentlich etwas Neues, Mr. Hallick, und es geht das Gerücht, daß vor ein paar Jahren drei Beamte von Scotland Yard spurlos verschwunden seien. Nun, Sie werden sicherlich kein Staatsgeheimnis verraten, wenn Sie mir bestätigen, daß diese drei O'Shea verhaften sollten.«

Der Chefinspektor hatte sich ein wenig verfärbt. Marks sah es und lachte.

»Man erzählt sich auch, daß sie England verlassen und später von Paris aus ihre Entlassungsgesuche nach Scotland Yard geschickt hätten. Aber vielleicht ist es Ihnen nicht unbekannt, daß O'Shea jede Handschrift imitieren kann, und ich sage Ihnen nur eines – die drei haben England nie verlassen.«

»Wollen Sie damit sagen, daß sie ...«

»Sie sind bestimmt nicht aus England herausgekommen. Sie waren hinter O'Shea her – und er hat sie eben ein wenig früher erkannt als sie ihn.«

»Tot, meinen Sie?«

Marks nickte gedankenvoll.

»Zweiundzwanzig Stunden am Tag ist er vernünftig wie alle anderen Leute, aber zwei Stunden ...« Er zuckte die Schultern. »Ihre Beamten, Mr. Hallick, müssen O'Shea im ungünstigsten Moment begegnet sein.«

»Wenn ich ihn finde ...« mischte sich jetzt Connor ein, aber Marks drehte sich schnell nach ihm um und schnitt ihm das Wort ab.

»Wenn du ihn triffst, mußt du dran glauben, das ist alles. Es könnte aber sein, daß ich ihm begegne ...« Er brach ab, sein Gesicht verzerrte sich.

»Was dann?« fragte Hallick. »Wo wollen Sie ihn überhaupt suchen?«

Marks hob eine Hand, seine Finger krallten sich gegeneinander, als ob sie einem unsichtbaren Feind die Kehle zudrückten.

»Ich weiß, wo ich ihn finden kann!«

Es war ein herrlicher Frühlingsmorgen.

Die große, gewölbte Halle des Herrenhauses hatte früher einmal als Vorraum zum Refektorium gedient. Die Inschriften, die die Mönche in die Steinwände eingehauen hatten, wurden heute von einer kunstvollen Täfelung verdeckt.

Mr. Goodman war nicht zur Stadt gefahren, obwohl er es eigentlich vorgehabt hatte. Gewöhnlich fuhr er zwei- oder dreimal im Monat nach London in sein Büro. Miss Veronika Elvery wälzte ein dickes Lexikon, denn sie verfertigte gerade ein Gedicht, zu dem ihr die nötigen Reime fehlten.

Mr. Goodman war auf dem Sofa über seiner Zeitung eingenickt. Kaum ein Geräusch störte die Stille. Nur Veronikas Feder kratzte ab und zu auf dem Papier, und die alte Großvateruhr tickte monoton.

Durch das offene Fenster konnte man auf den herrlichen Park mit den Büschen und Baumgruppen hinaussehen, in dem auch die Ruine der alten Abtei lag, zu der früher so viele Neugierige pilgerten. Miss Veronika hörte das Gezwitscher der Vögel draußen. Sie befand sich in gehobener Stimmung. Auf einmal sah sie sich nach dem Schläfer um.

»Mr. Goodman!« sagte sie sanft.

Als er nicht antwortete, rief sie ein zweites Mal, etwas lauter.

»Ja, was gibt's?« fragte er und richtete sich auf.

»Was für ein Wort reimt sich auf hochmütig?«

Mr. Goodman überlegte, nachdenklich fuhr er mit der Hand über die Stirn.

»Kaltblütig.«

Miss Elvery schüttelte verzweifelt den Kopf.

»Nein, das hilft mir nicht, es ist ein häßliches Wort.«

»Aber was machen Sie denn da?«

Sie gestand ihm, daß sie dichtete.

»Um Himmels willen! Das ist ja ein Verbrechen, an einem so herrlichen Frühlingsmorgen Gedichte zu schreiben. Das ist genauso schlimm, wie vor dem Mittagessen Whisky zu trinken. Wen dichten Sie eigentlich an?«

»Es ist jemand, den Sie auch kennen.« Sie lächelte bedeutungsvoll. »Aber Sie werden mir böse sein, wenn ich es Ihnen sage.«

Er nahm das halb vollgeschriebene Blatt und runzelte die Stirn.

»Sie fragten doch eben, was sich auf hochmütig reimt. Wer in aller Welt soll denn da hochmütig sein?«

Veronika warf den Kopf zurück, wie immer, wenn sie sich angegriffen fühlte.

»Sind Sie nicht auch der Meinung, daß sie hochmütig ist? Bedenken Sie doch, ihr Vater führt hier schließlich eine Pension. Da hat sie keinen Grund, zu tun, als ob sie eine Gräfin sei.«

»Ach, Sie meinen Miss Redmayne?« fragte er und legte den Bogen wieder auf den Tisch. »Sie ist ein sehr nettes Mädchen. Sie sagen, das hier sei eine Pension? Nun ja, ich bin der erste Pensionär, den der Colonel ins Haus genommen hat, aber ich habe dieses Herrenhaus nie als eine gewöhnliche Pension betrachtet.«

Es folgte eine kurze Pause.

»Mr. Goodman, sind Sie mir böse, wenn ich Ihnen etwas sage?«

»Nun, bis jetzt nicht, warum?«

»Ich glaube, ich habe eine romantische Veranlagung. Ich sehe Geheimnisse in allen möglichen Dingen. Zum Beispiel auch Sie kommen mir geheimnisvoll vor.« Sie sah seinen bestürzten Blick. »Ich meine damit nicht, daß Sie düster und schrecklich aussehen.«

»Das will ich hoffen!«

»Aber Colonel Redmayne ist wirklich ein düsterer, verschlossener Charakter«, erklärte Miss Elvery mit Nachdruck.

»Mir ist es nie so vorgekommen«, meinte Mr. Goodman.

»Doch, ich habe recht«, beharrte sie. »Warum hat er diesen Sitz gekauft, so weit von allen menschlichen Behausungen entfernt? Und warum betreibt er hier eine Pension?«

»Wahrscheinlich, um Geld einzunehmen.«

»Nein, er verdient überhaupt nichts dabei«, rief sie triumphierend aus. »Meine Mutter sagte noch heute morgen, daß er eine Menge zusetzen muß. Und Monkshall ist ja ein prachtvoller Herrensitz, aber man erzählt sich so seine Geschichten. Sie wissen doch, daß hier Geister umgehen?«

Mr. Goodman lächelte gutmütig. Die Geschichte war ihm schon einmal erzählt worden.

»Ich habe hier Dinge gehört und auch Dinge gesehen –!« Miss Veronika senkte die Stimme zu einem Flüstern. »Meine Mutter meint, daß hier früher einmal ein fürchterliches Verbrechen geschehen sein muß. Das ist auch meine Ansicht.«

Mr. Goodman äußerte die Vermutung, daß ihre Mutter zuviel Mord- und Kriminalgeschichten läse. Das stimmte auch, denn Mrs. Elvery las alle Zeitungsberichte über Verbrechen und Verbrecher.

»Ja, sie liest gern einen Kriminalroman oder was sonst so in der Zeitung steht«, stimmte Veronika bei. »Voriges Jahr mußten wir eine Reise nach der Schweiz aufgeben, weil damals gerade der sensationelle Mordfall an dem Radfahrer verhandelt wurde. – Glauben Sie, daß Colonel Redmayne einen Mord begangen haben könnte?«

»Es ist nicht recht, Miss Elvery«, erwiderte Mr. Goodman, »daß Sie so etwas sagen, wo Sie noch dazu in seinem Haus wohnen.«

»Warum ist er aber dann so nervös? Und warum fürchtet er sich? Ständig lehnt er neue Gäste ab. Gestern kam so ein netter junger Herr, aber den wollte er nicht haben.«

»Morgen jedenfalls kommt ein neuer Gast«, bemerkte Goodman und nahm seine Zeitung wieder auf.

»Das ist ja doch nur ein Pfarrer, und jedermann weiß, daß Pfarrer kein Geld haben.« Als Goodman lachte, setzte sie in vertraulichem Ton hinzu: »Der Colonel könnte schon Geld verdienen, aber er will ja gar nicht. Ich kann Ihnen noch etwas verraten. Meine Mutter kannte Colonel Redmayne, bevor er Monkshall kaufte. Er besaß damals keinen Penny. Wie also kam er überhaupt dazu, dieses Haus zu kaufen?«

Mr. Goodman sah sie strahlend an.

»Zufällig weiß ich das ganz genau. Er hat damals eine große Erbschaft gemacht.«

Veronika war enttäuscht und gab sich auch keine Mühe, es zu

verbergen, doch kam sie nicht mehr dazu, etwas zu entgegnen, denn ihre Mutter erschien in der Tür.

Mrs. Elvery war eine etwas füllige, doch recht imposante Erscheinung. Sie steuerte direkt auf das Sofa zu, auf dem Mr. Goodman seine Zeitung las.

»Haben Sie vorige Nacht etwas gehört?« fragte sie mit erhobener Stimme.

»Ja. Im Zimmer nebenan hat jemand geschnarcht wie der Teufel.«

»Mr. Goodman, Sie wissen genau, daß ich das Zimmer neben Ihnen bewohne«, erwiderte sie eisig. »Haben Sie einen Schrei gehört?«

»Einen Schrei?«

»Ich habe auch das Orgelspiel wieder gehört.«

Goodman seufzte.

»Glücklicherweise bin ich ein wenig taub. Ich habe weder Orgelspiel noch Schreie gehört. Das einzige, was ich deutlich und auch gerne höre, ist der Gong, der zum Essen ruft.«

»Es gibt hier ein Geheimnis«, versicherte Mrs. Elvery. »Ich habe es gleich am ersten Tag gemerkt, als ich herkam. Erst wollte ich nur eine Woche bleiben, aber jetzt bleibe ich, bis dieses Geheimnis enthüllt ist.«

»Dann wollen Sie also für immer hierbleiben, Mrs. Elvery?«

»Die Stimmung hier, diese ganze düstere Atmosphäre, erinnert mich an die Abtei Pangleton, wo John Roehampton seinen drei Nichten die Kehlen durchschnitt«, erzählte sie mit Genugtuung. »Und dabei waren die Nichten erst neunzehn, zweiundzwanzig und vierundzwanzig. Später wurde er im Gefängnis von Exeter hingerichtet. Er mußte zum Schafott getragen werden.«

In diesem Augenblick trat unerwartet Colonel Redmayne in die Halle. Er mochte etwa fünfunddreißig Jahre alt sein und wirkte ziemlich nervös und zerstreut. Seine Kleidung ließ zu wünschen übrig oder machte jedenfalls einen vernachlässigten Eindruck.

Redmayne sah von einem zum andern.

»Guten Morgen – ist etwas nicht in Ordnung?«

»Oh, es geht mir verhältnismäßig gut«, erwiderte Goodman und hoffte insgeheim, Mrs. Elvery möchte ihr Thema fallen lassen. Doch so leicht ließ sie sich nicht davon abbringen.

»Colonel, haben Sie in der vergangenen Nacht etwas gehört?«

»Was sollte ich gehört haben? Was gibt es hier nachts zu hören?«

Geschäftig zählte sie all die aufregenden Ereignisse der letzten Nacht auf.

»Zunächst hat die Orgel wieder gespielt, dann hörten wir einen Schrei, der uns durch Mark und Bein ging. Er kam aus der Tiefe – direkt aus der Richtung des Mönchsgrabes.«

Sie wartete erregt auf Redmaynes Reaktion.

»Nein, ich habe nichts gehört. Ich habe geschlafen«, antwortete er leise.

»Das kann aber nicht stimmen«, mischte sich jetzt Veronika in die Unterhaltung. »Ich sah, daß Licht in Ihrem Zimmer brannte, noch lange, nachdem meine Mutter und ich diesen entsetzlichen Schrei gehört hatten. Ich kann nämlich von meinem Fenster aus Ihr Zimmer sehen.«

Er sah sie finster an.

»So, können Sie das? Ich bin gestern abend eingeschlafen, als das Licht noch brannte. Hat jemand von Ihnen meine Tochter gesehen?«

Goodman zeigte in den Park hinaus.

»Ich sah sie vor einer halben Stunde.«

Der Colonel verließ, ohne ein weiteres Wort zu verlieren, den Raum und verschwand im Park.

Mrs. Elvery holte tief Luft.

»Und ich bleibe dabei – es gibt hier ein großes Geheimnis. Er ist wahnsinnig. Kennen Sie den netten jungen Mann, Mr. Goodman, der gestern morgen hier war? Er wollte ein Zimmer haben, und als ich den Colonel fragte, warum er es ihm abgeschlagen habe, wurde er ganz wütend und böse auf mich! Er sagte, das sei kein Mann, den er als Gast in seinem Hause wünsche. Trunkenbolde wolle er nicht unter seinem Dach haben, und außerdem habe der Kerl sich erdreistet, mit seiner Tochter Bekanntschaft zu machen.«

»Also mit anderen Worten, der Colonel hat sich über den jungen Mann geärgert. Was ist dabei? Sie dürfen ihn nicht zu ernst nehmen, und heute morgen ist er ein wenig nervös.«

Goodman nahm eine andere Zeitung auf und blätterte darin.

»Dann die Überheblichkeit, mit der er jeden behandelt«, fing Mrs. Elvery von neuem an, »und seine Tochter ist schon genauso eingebildet, das können Sie nicht bestreiten, Mr. Goodman. Es mag ja recht undankbar klingen, aber sie ist – wie soll ich gleich sagen . . .«

»Direkt anmaßend«, ergänzte Veronika.

»Ja«, pflichtete die Mutter bei, »sie glaubt, wunder wer sie sei. Doch ihr Benehmen ist nicht gerade vornehm. Ich erzählte ihr neulich die Geschichte von der Ermordung der jungen Witwe in der Grange Road in London; Sie wissen doch noch – der Liebhaber brachte die Frau durch Gift um, nur um die Versicherungssumme zu bekommen. Es war ein sensationeller Fall. Aber da hat sie mir einfach den Rücken gekehrt und gesagt, daß sie sich für solche Schauergeschichten nicht interessiere.«

Der Butler Cotton kam herein und brachte die Post. Er machte stets ein düsteres Gesicht und sprach nur selten. Als er schon wieder hinausgehen wollte, rief ihn Mrs. Elvery zurück.

»Haben Sie in der vergangenen Nacht den Lärm gehört, Cotton?«

Er drehte sich mürrisch um.

»Nein, ich habe am Tage sehr viel zu tun, deshalb habe ich einen festen Schlaf. Nur ein Kanonenschuß könnte mich aufwecken.«

»Haben Sie das Orgelspiel auch nicht gehört?« fragte sie hartnäckig.

»Nein, ich höre überhaupt nichts, wenn ich schlafe.«

»Der Mann scheint nicht sehr intelligent zu sein«, erklärte Mrs. Elvery, als der Butler gegangen war.

7

Mary Redmayne ging an jenem Morgen ins Dorf, um auf der Post Briefmarken zu kaufen. Sie sah den jungen Mann im Sportanzug kaum an, der auf der Bank vor dem Roten Löwen saß, aber sie nahm ihn durchaus zur Kenntnis.

Sie hatte schon die verschiedensten Geschichten über ihn gehört. Zuerst hatte er ihr leid getan, aber jetzt war er ihrer Meinung nach ein hoffnungsloser Fall. Außerdem war sie böse auf ihn, weil er ihren Vater verärgert hatte. Tatsächlich hatte Mr. Fane die Kühnheit besessen, den Colonel um ein Zimmer in Monkshall zu bitten.

Als sie aus dem Dorf zurückkam und in den Weg zum Park von Monkshall einbog, saß er dort auf dem Drehkreuz und versperrte ihr den Weg. Er rauchte eine Zigarette und sah melancholisch durch seine große Hornbrille ins Leere.

Sie überlegte, ob sie nicht einen Umweg machen sollte. Aber er erhob sich nachlässig und nahm seine Mütze ab.

»Bitte sehr!« Er lächelte sie freundlich an. »Wenn ich Sie jetzt nach Hause begleite, wird Ihr Vater dann schießen oder die Hunde auf mich hetzen?«

Sie sah ihn wütend an.

»Soviel ich weiß, sind Sie Mr. Fane?«

Er verneigte sich übertrieben. Sie ärgerte sich furchtbar über seine Unverschämtheit, um so mehr, als er nicht sicher auf den Füßen zu stehen schien. Seit gestern nacht war sie ohnehin nervös, sie hatte nicht schlafen können und überall Geräusche und auch dieses leise Orgelspiel gehört. Vor allem hatte sie etwas gesehen, das sie noch mehr ängstigte – eine Gestalt war über den Rasen unter ihrem Fenster geeilt und zwischen den Bäumen verschwunden.

»Nachdem man Ihnen gestern erst klargemacht hat, Mr. Fane, daß Sie hier unerwünscht sind, zeugt es nicht von gutem Geschmack, wenn Sie mich gleich darauf belästigen.«

»Ihrer Meinung nach mag das geschmacklos sein, Miss Redmayne, aber wissen Sie, ich stand einmal an einer Straßenecke . . .«

»Ja, und jetzt stehen Sie mir im Weg«, unterbrach sie ihn heftig.

»Ihr Vater liebt Sie doch? Dann kann er Ihnen auch nichts abschlagen. Wie wäre es denn, wenn Sie zu ihm sagten: Ich kenne einen jungen Mann, der ein Quartier in Monkshall haben möchte ...«

»Lassen Sie mich vorbeigehen!« rief sie, zitternd vor Aufregung.

Höflich trat er beiseite. Sie ging rasch durchs Drehkreuz und entfernte sich. Erst als sie den halben Weg zum Haus zurückgelegt hatte, schaute sie sich einmal um. Empört stellte sie fest, daß er ihr folgte – in respektvoller Entfernung allerdings.

8

Kurz nachdem Mrs. Elvery und Mr. Goodman zum Golfplatz gegangen waren, erschien auf dem Rasen vor dem Haus ein Mann. Er sah ziemlich grobschlächtig aus und hatte eine Lederschürze umgebunden. Unter dem Arm trug er ein paar verwahrloste Regenschirme. Verstohlen sich umsehend, überquerte er den Rasen. Das große Portal und die Tür zur Halle standen offen. Im Entree neben der Treppe blieb er stehen. Von hier aus konnte er die Halle übersehen und Cotton beobachten. Der Butler räumte das Schreibzeug weg, das Miss Veronika hatte stehenlassen. Als er sich umdrehte, bemerkte er die seltsame Erscheinung.

»Was wollen Sie denn hier?«

»Haben Sie irgendwelche Schirme auszubessern oder Rohrstühle zu flechten?« fragte der Fremde in mechanischem Tonfall.

Cotton wies ihn hinaus.

»Machen Sie, daß Sie fortkommen! Wer hat Sie überhaupt hereingelassen?«

»Der Wächter unten am Parktor sagte, daß Sie hier etwas auszubessern hätten.«

»Dann gehen Sie zum hinteren Eingang, bei der Küche. Machen Sie, daß Sie von hier verschwinden!«

Aber der Mann rührte sich nicht.

»Wer wohnt eigentlich hier?«

»Colonel Redmayne, wenn Sie es durchaus wissen müssen. Gehen Sie, draußen links, die Küche ist dort hinten um die Ecke. Beeilen Sie sich und erzählen Sie mir hier keine langen Geschichten mehr.«

Der Mann mit der Lederschürze sah sich anerkennend in der Halle um.

»Ganz schön eingerichtet alles!«

Cotton wurde rot vor Ärger.

»Verstehen Sie nicht, was ich Ihnen sage? Scheren Sie sich endlich fort, die Küche ist um die Ecke!«

Der Schirmflicker kümmerte sich nicht darum, er trat sogar einen Schritt in die Halle hinein.

»Wie lange wohnt er denn schon hier – ich meine Mr. Redmayne?«

»Zehn Jahre«, rief der Butler wütend. »Ist das jetzt alles, was Sie wissen wollen? Wenn es Ihnen nicht genügt, können Sie gleich noch eine Tracht Prügel haben!«

»Zehn Jahre –«, wiederholte der Schirmflicker. »Ich möchte diesen Colonel zu gern einmal sehen.«

»Soll ich Ihnen vielleicht eine Empfehlung an ihn geben?« fragte Cotton ironisch. »Solche Herumtreiber wie Sie schätzt er ganz besonders.«

In diesem Augenblick stürzte Mary atemlos ins Haus.

»Schicken Sie diesen jungen Mann fort!« Sie zeigte erregt auf Ferdie Fane, der ihr bis zur Haustür gefolgt war. Den Mann mit der Lederschürze bemerkte sie in der Aufregung gar nicht.

»Was für einen jungen Mann, Miss Mary?« fragte Cotton. »Ach ja, das ist doch der Herr, der gestern kam. Er war recht liebenswürdig.«

»Das ist mir ganz gleich«, erwiderte sie zornig. »Sie sollen ihn wegschicken!«

»Kann ich Ihnen behilflich sein?«

Erstaunt betrachtete sie den Schirmflicker, der ihr diese Frage gestellt hatte.

»Nein, das können Sie nicht!« erklärte Cotton bestimmt.

»Wer sind Sie?« fragte Mary. Sein Blick erschreckte sie.

»Er kam einfach hier herein«, berichtete Cotton. »Ich schickte ihn zum hinteren Eingang, und wenn Sie jetzt nicht gekommen wären, hätte ich ihn gleich hinausgeworfen.«

»Es ist mir ganz egal, wer er ist, er soll Ihnen helfen, diesen Mann fortzuschicken, diesen niederträchtigen, aufdringlichen ...«

Sie brach ab, denn Fane stand vor dem offenen Fenster und schaute seelenruhig hinein.

»Guten Tag allerseits! Wie geht's?«

»Wie kommen Sie dazu, mir hierher zu folgen!« rief Mary außer sich. »Verstehen Sie denn nicht, daß mein Vater und ich Sie nicht sehen wollen? Es liegt uns nichts daran, Ihre Bekanntschaft zu machen.«

»Sie kennen mich ja gar nicht«, erwiderte er verletzt, und Sie wissen nicht einmal, daß ich Ferdie heiße.«

Sie wäre wohl besser stillschweigend gegangen, aber seine Anmaßung reizte sie so sehr zum Widerspruch, daß sie blieb.

»Sie haben sich mir aufgedrängt, obwohl ich Ihnen klar und deutlich gesagt habe, daß ich nichts mit Ihnen zu tun haben will.«

»Ich möchte aber hier im Hause wohnen. Warum sollte ich das nicht können?«

»Sie brauchen kein Zimmer hier, Sie haben eines im Roten Löwen, und dorthin gehören Sie auch!«

Der Mann mit der Lederschürze mischte sich ein.

»Also hören Sie doch – die Dame wünscht nicht, daß Sie bleiben, also gehen Sie!«

Fane kümmerte sich nicht um ihn.

»Ich gehe nicht in den Roten Löwen zurück«, erklärte er kategorisch. »Das Bier schmeckt mir dort nicht. Ich durchschaue die ganze Geschichte.«

Eine Hand legte sich auf seine Schulter.

»Wollen Sie jetzt den Mund halten und gehen?« fragte der Schirmflicker.

Mr. Fane drehte sich um.

»Unterstehen Sie sich! Ich warne Sie, in Gegenwart einer jungen Dame ...«

»Machen Sie keine langen Redensarten, verschwinden Sie!«

Fane packte den andern plötzlich am Handgelenk und warf den großen, kräftigen Mann mit einer kurzen Bewegung zu Boden.

»Jiu-Jitsu«, sagte Fane entschuldigend.

Hinter sich hörte er einen ärgerlichen Ausruf, drehte sich um und stand Colonel Redmayne gegenüber.

»Was hat das alles zu bedeuten?«

Aufgeregt setzte ihn seine Tochter vom Vorgefallenen in Kenntnis.

»Bringen Sie den Mann in die Küche«, befahl er Cotton, und als der Butler mit dem Schirmflicker vom Schauplatz verschwunden war, fragte er Fane: »Was wollen Sie?«

Der Colonel sprach ruhiger, als Mary erwartet hatte.

»Ich möchte ein Zimmer bei Ihnen haben.«

»Ich sagte Ihnen bereits gestern, daß ich kein Zimmer für Sie habe und nicht will, daß Sie in meinem Haus wohnen.« Auf ein Zeichen ihres Vaters entfernte sich Mary. Redmayne hielt nun seine Wut nicht mehr zurück. »Glauben Sie eigentlich, daß Sie sich einfach ins Haus drängen können? Sie sind ein abscheulicher Trunkenbold ohne Anstand und ohne das geringste Taktgefühl. Haben Sie nichts Besseres zu tun, als sich von morgens bis abends zu betrinken?«

»Ich dachte, Sie würden mir trotzdem ein Zimmer geben«, antwortete Ferdie stur.

Gleich darauf erschien Cotton wieder.

»Zeigen Sie diesem Herrn den Weg hinaus. Begleiten Sie ihn bis zum Parktor.«

Erst sah es so aus, als ob Fane Schwierigkeiten machen wollte, aber dann zeigte er sich gefügig, lehnte jedoch die Begleitung des Butlers ab.

Als Fane durch den Park ging, trat aus dem Gebüsch der Mann mit der Lederschürze und versperrte ihm den Weg. Ein paar Sekunden standen sie sich gegenüber und musterten sich schweigend.

»Ich kenne nur einen, der mich mit diesem Griff zu Boden schleudern könnte – darum wollte ich Sie mir noch einmal genauer ansehen. Ja, Sie sind es wirklich! Seit zehn Jahren habe ich

Sie nicht gesehen, und ich hätte Sie auch nicht wiedererkannt, wenn Sie mich nicht an der Hand gepackt hätten.«

Ferdie Fane verzog keine Miene. Er schien vollkommen nüchtern zu sein.

»Ja, ich spiele meine Rolle gut. Doch Sie, Mr. Connor, haben viel mehr gesehen, als Sie sehen sollten!«

»Ich fürchte mich nicht vor Ihnen. Versuchen Sie nicht, mich von hier zu vertreiben. Sie arbeiten wieder mit Ihrem alten Trick, spielen den ewig Besoffenen . . .«

»Connor«, unterbrach Fane scharf, »ich rate Ihnen, entfernen Sie sich auf dem schnellsten Wege. Wenn Sie heute abend noch hier sind, sind Sie ein toter Mann!«

Keiner von beiden hatte bemerkt, daß Mary Redmayne auf einem Seitenpfad vorbeigekommen war und, von Sträuchern verdeckt, die Unterhaltung mitangehört hatte.

9

Mrs. Elvery behauptete von sich selbst, daß sie alles sehr genau beobachte, und die Dienstboten beschwerten sich denn auch darüber, daß sie ihnen nachspioniere. Vor allem konnte der Butler Cotton sie nicht leiden, wozu er seit diesem Tage ganz besonderen Grund hatte. Sie überraschte ihn nämlich am Nachmittag in vertrauter Unterhaltung mit dem Schirmflicker, als ihm dieser gerade eine abenteuerliche Geschichte von einem ungeheuren Schatz erzählte, der in den gewölbten Kellern des Herrenhauses verborgen liegen sollte.

Sofort ging sie zu Colonel Redmayne und berichtete ihm alles. Zuerst schien er bestürzt, tat dann aber so, als interessierte ihn die Geschichte, die sie da erzählte, nur wenig. Mrs. Elvery war ihm höchst unsympathisch. Er zog sich in sein Arbeitszimmer zurück und schloß sich dort ein, was er häufig zu tun pflegte. In einem Wandschrank verwahrte er stets eine Flasche und zwei Gläser; das war bequem, denn wenn jemand an die Tür klopfte, konnte er sie gleich wegschließen.

»Der Colonel ist ein grober, ungehobelter Bär«, sagte Mrs. Elvery nachher zu ihrer Tochter, zog aufgeregt den Vorhang vom Fenster zurück und sah in den dunklen Park hinaus. »Ich bin sicher, daß wir heute abend hier noch irgend etwas Unheimliches erleben. Das habe ich schon zu Mr. Goodman gesagt, aber der wollte nichts davon hören.«

»Ich wollte, du würdest dich nicht so viel darum kümmern«, erwiderte Veronika. »Du machst mich schon ganz nervös damit.«

Mrs. Elvery schaute in den Spiegel und ordnete ihre Haare.

»Ich habe das Gespenst schon zweimal gesehen«, erklärte sie selbstzufrieden. Sie schwieg eine Weile, dann drehte sie sich um. »Dieser Cotton kommt mir jetzt sehr verdächtig vor. Ob der wirklich Butler ist? Ich weiß nicht –«

»Was meinst du denn jetzt wieder, Mutter?«

»Er ist den ganzen Tag herumgeschlichen. Ich habe ihn abgefaßt, als er die Kellertreppe heraufkam. Als er mich sah, erschrak er und wußte nicht, was er anfangen sollte.«

»Was hast du eigentlich wirklich gesehen, Mutter, als du neulich so furchtbar aufschriest?«

»Ich sah eine Gestalt, die über den Rasen lief und mit den Händen in der Luft herumfuchtelte – es war entsetzlich!«

»Was für eine Gestalt?«

»Einen Mönch! Er trug eine schwarze Kutte, und sein Gesicht war unter einer großen Kapuze verborgen.«

Der Abend war stürmisch und regnerisch. Der Wind rüttelte an den Fensterläden.

»Es ist hier oben unheimlich, wir wollen nach unten gehen.«

Als sie in die große Halle kamen, fanden sie dort einzig Mr. Goodman vor. Er seufzte leise, als er die beiden kommen sah.

»Mr. Goodman, hat Ihnen meine Mutter schon gesagt, was sie neulich nachts im Park gesehen hat?«

Er sah sie mißmutig über die Brille hinweg an.

»Wenn Sie schon wieder von Gespenstern zu reden anfangen wollen ...«

»Nein, es handelt sich diesmal um Mönche«, sagte Veronika.

»Es handelt sich nur um diesen einen Mönch«, verbesserte Mrs. Elvery ihre Tochter. »Ich habe nie behauptet, daß ich mehr als einen gesehen habe.«

»Einen Mönch?« fragte Goodman und lachte leise. Er erhob sich vom Sofa, auf dem er immer saß, ging quer durch die Halle und klopfte an die Wand. »Wenn es ein Mönch war, müßte er durch diese Tür gekommen sein.«

Mrs. Elvery starrte ihn mit offenem Mund an.

»Welche Tür?«

»Hier ist die Mönchstür«, erklärte Mr. Goodman. »Die Eichentäfelung stammt noch aus der Zeit, als dies ein Mönchskloster war.«

Mrs. Elvery nahm ihr Lorgnon und untersuchte neugierig die Wand. Auch sie konnte jetzt die in die Holzverkleidung eingelassene Tür unterscheiden. An einigen Stellen war das Holz vom Anfassen glattgescheuert und heller als die übrige Wand.

»Auf diesem Weg kamen einst die Mönche in die Halle. Man vermutet, daß dieser Gang zu einer unterirdischen Kapelle führte, die bis zur Reformation in Gebrauch war. Diese Halle hier muß ein Vorraum zum Refektorium, dem Speisesaal des Klosters, gewesen sein. Die ganze bauliche Anlage ist später natürlich verändert worden, und wahrscheinlich hat man den Gang zur Mönchskapelle zugemauert. Nach alten Berichten pflegten die Mönche die Kapelle jeden Tag zu besuchen. Sie stiegen in geschlossenem Zug zu zweien hinunter. Die unterirdische Kapelle oder Krypta war eine Grabkirche, die an die Vergänglichkeit alles Irdischen erinnern sollte.«

»Wenn irgendwo da unten wirklich eine Kapelle existierte«, folgerte Mrs. Elvery triumphierend, »dann erklärt dies vollkommen, warum man immer Orgelspiel hört.«

»Nein, das ist alles nur Einbildung. Wenn man gut gegessen hat, träumt man unruhig. Das ist meiner Meinung nach die einzige Erklärung.« Mr. Goodman wechselte das Thema. »Wie steht es nun mit dem jungen Mr. Fane? Wird er herkommen?«

»Nein. Er ist zwar ein interessanter junger Mann, aber man will ihn ja nicht haben. Hier werden nur alte, uninteressante Vogelscheuchen aufgenommen.« Im gleichen Augenblick fiel ihr ein, daß sie das nicht hätte sagen dürfen. »Damit meine ich natürlich nicht Sie, Mr. Goodman!«

Die Tür wurde geöffnet, Mary Redmayne kam herein.

»Wir sprachen eben über Mr. Fane«, sagte Mrs. Elvery.

»So?« fragte Mary. »Was gibt es so Interessantes über ihn zu erzählen?«

Das Gespräch schleppte sich eine Weile hin, schließlich wünschte man sich gute Nacht. Der Colonel hatte sich nicht sehen lassen. Er saß in seinem Arbeitszimmer. Mary wartete, bis die Gäste sich zurückgezogen hatten, dann klopfte sie bei ihm an. Von draußen konnte sie hören, wie er den Wandschrank schloß, bevor er öffnete.

»Guten Abend, mein Liebling«, empfing er sie mit unsicherer Stimme.

»Ich möchte mit dir sprechen, Vater.«

Er machte eine müde, abwehrende Bewegung.

»Es wäre mir lieber, du würdest mich heute abend in Ruhe lassen. Ich bin so nervös.«

Sie schloß die Tür, ging auf ihn zu und legte eine Hand auf seine Schulter.

»Vater, können wir nicht von hier fortziehen? Es wäre doch am besten, wenn wir das entsetzliche Haus verkauften.«

Er hielt den Blick gesenkt und sagte, er könne verstehen, daß sie sich hier langweile.

»Nein, das meine ich nicht. Es ist nicht langweiliger hier als in der Schule. Aber es ist unheimlich. Irgend etwas stimmt nicht. Ich fürchte mich hier!«

Er sah sie nicht an.

»Ich verstehe nicht recht, wie du das meinst.«

»Aber Vater, es geht hier doch etwas Furchtbares vor! Du weißt es sehr gut. Nein, glaube nicht, daß ich nervös bin und mir etwas einbilde. Ich habe es letzte Nacht selbst gehört – zuerst Orgelspiel, dann einen entsetzlichen Schrei! Ich kann es nicht länger ertragen. Ich sah eine Gestalt, die über den Rasen lief, schwarz vermummt. Mrs. Elvery hat den Schrei auch ... Aber hör doch –! Was ist das?« Sie war bleich geworden und zitterte. »Hörst du es nicht?«

»Das ist der Wind – nichts als der Wind.«

»So hör doch –« flüsterte sie. Auch er mußte die schwachen Orgelklänge vernommen haben. »Hörst du immer noch nichts?«

»Nein«, antwortete er eigensinnig.

Sie bückte sich und lauschte.

»Wirklich nicht? Unten – die Schritte auf dem Steinboden ...«

Plötzlich schrie sie auf. Es klopfte laut an die Haustür.

»Jemand ist vor der Tür«, sagte sie leise.

Redmayne zog eine Schublade auf und nahm einen Browning heraus, den er in seine Rocktasche steckte.

»Geh in dein Zimmer«, befahl er seiner Tochter.

Er trat in den dunklen Gang hinaus, blieb einen Augenblick stehen und knipste das Licht an. Von den Dienstbotenräumen her tauchte Cotton auf. Er war vollkommen angekleidet.

»Was ist los?« fragte Redmayne.

»Es muß jemand an der Tür sein. Soll ich öffnen?«

Eine Sekunde zögerte der Colonel.

»Ja.«

Cotton nahm die Kette weg, drehte den Schlüssel um und riß die Tür auf. Ein Mann stand draußen, der ein wenig hin und her zu schwanken schien.

»Es tut mir leid, daß ich Sie störe«, sagte Ferdie Fane. »Ich bin der zweite Besucher, der heute abend in Ihr Haus kommt.«

Er machte ein paar Schritte hinein. Sein Mantel war vom Regen durchnäßt.

»Was wünschen Sie?« fragte Redmayne, den der Anblick des halb Betrunkenen in gewisser Hinsicht erleichterte.

»Man hat mich aus dem Roten Löwen hinausgeschmissen.« Fane sah den Colonel mit glasigem Blick an. »Ich möchte hier wohnen.«

»Lass' ihn hierbleiben, Vater!«

Redmayne drehte sich um. Seine Tochter stand hinter ihm.

»Bitte, lass' ihn hier wohnen. Er kann Zimmer 7 haben.«

Ein Lächeln glitt über Mr. Fanes Gesicht.

»Vielen Dank für die Einladung. Ich nehme sie selbstverständlich an.«

Mary musterte ihn erstaunt. Sein nasser Mantel tropfte auf den Fußboden. Er mußte Stunden draußen im stürmischen Wetter zugebracht haben. Wo mochte er gewesen sein und wozu?

Seltsam war auch, daß er so wenig sprach. Cotton brachte ihn auf Zimmer 7, das in einem entfernteren Flügel lag. Marys Zimmer befand sich über der Halle. Sie verabschiedete sich von ihrem Vater, schloß sich ein und ging zu Bett. Aber sie war zu aufgeregt, um schlafen zu können. Unruhig warf sie sich von einer Seite auf die andere.

Als sie gerade etwas Ruhe gefunden hatte, hörte sie ein sonderbares Geräusch und richtete sich im Bett auf. Der Wind heulte ums Haus und trieb den Regen gegen die Fensterscheiben. Doch nicht davon war sie aufgewacht. Von unten hörte sie Stimmen. Eine davon konnte Cottons Stimme sein, oder auch die ihres Vaters, denn beide hatten tiefe Stimmen.

Auf einmal vernahm sie grauenhafte Laute, die sie vor Schreck erstarren ließen. Es war das furchtbare Lachen eines Wahnsinnigen, das heraufklang. Sie sprang aus dem Bett, zog ihren Morgenrock an und eilte die Treppe hinunter. Als sie sich über das Geländer beugte, sah sie unten im Entree eine Gestalt.

»Wer ist da?« fragte sie atemlos.

»Es ist alles in Ordnung, Liebling.«

Es war ihr Vater. Sein Schlafzimmer lag im Erdgeschoß gleich neben seinem Arbeitszimmer.

»Hast du etwas gehört, Vater?«

»Nein, nichts«, sagte er barsch. »Geh zu Bett!«

»Ich will nicht zu Bett gehen.« Entschlossen kam sie die letzten Treppenstufen hinab. »Es war jemand in der Halle – ich habe sprechen gehört.«

Sie machte einen Schritt auf die Tür zur Halle zu, legte die Hand auf die Klinke, als er sie am Arm packte.

»Um Gottes willen, Mary, geh nicht hinein!«

Unwillig machte sie sich frei und riß die Tür auf.

Es war vollkommen dunkel. Ein Schritt, sie hob die Hand, knipste das Licht an. In der ersten Sekunde sah sie nichts.

Mitten im Zimmer lag ein Mann auf dem Rücken, der mit weitgeöffneten Augen zur Decke starrte – tot.

Es war der Fremde mit der Lederschürze, der am Morgen die Auseinandersetzung mit Ferdie Fane gehabt hatte.

10

Chefinspektor Hallick kam mit einem Fotografen und seinem Assistenten im Auto von London. Sowohl er als auch der Polizeiinspektor, zu dessen Bereich Monkshall gehörte, erkannten den Toten sofort.

Connor! Joe Connor, der noch vor einigen Monaten im Gefängnis verkündet hatte, daß er O'Shea suchen und finden werde! Und jetzt lag er hier mit gebrochenem Genick am Boden. Alle Anzeichen sprachen dafür, daß O'Shea der Täter war – und Connor nicht sein erstes Opfer.

Hallick ließ die Gäste, später auch die Dienstboten, einzeln in die Halle kommen und fragte sie, was sie gehört hätten. Cotton war sehr gesprächig und erzählte viel. Ja, natürlich, dies sei der Mann, mit dem es am Morgen Anstände gegeben habe, aber wie er jetzt ins Haus gekommen sei, könne er sich nicht erklären. Die Türen wären verschlossen und verriegelt gewesen und kein Fenster erbrochen worden.

Mr. Goodman mußte einen gesunden Schlaf haben, er hatte nichts gehört, allerdings wohnte er in einem andern Flügel des Gebäudes. Mrs. Elvery war aufgeregt und suchte den Polizeibeamten alle möglichen Theorien vorzutragen, die sie sich sofort gebildet hatte, aber sie konnte auch nichts Wichtiges aussagen.

»Fane – wer ist nur Fane?« fragte Hallick.

Cotton berichtete ausführlich über den neuen Gast und die genauen Umstände, unter denen er ins Haus gekommen war.

»Ich will später mit ihm sprechen«, entschied Hallick. »Haben Sie sonst noch einen Gast hier?« Er warf einen Blick ins Fremdenbuch.

»Der neue Gast kommt erst morgen, es ist ein Pfarrer«, antwortete der Butler.

Hallick sah Cotton eindringlich an.

»Habe ich Sie nicht schon früher einmal gesehen?«

»Nein, mich nicht«, entgegnete Cotton nervös.

»Hm –. Und jetzt möchte ich Miss Redmayne sprechen.«

Goodman, der sich noch in der Halle aufhielt, wandte sich an den Chefinspektor:

»Ich hoffe, daß Sie Miss Redmayne nicht zu sehr beunruhigen. Sie ist wirklich ein äußerst gutmütiges, liebes Mädchen – nun ja, wenn ich jünger wäre ...« Er lächelte entschuldigend. »Sie halten mich vielleicht für sentimental, aber Sie sehen, selbst Kaufleute können romantisch sein.«

»Das kann auch Kriminalbeamten passieren«, bemerkte Hallick. »Verliebtheit ist kein Verbrechen, Mr. Goodman.«

»Das denke ich auch. Torheit ist kein Verbrechen, aber sie kommt mit dem Alter.«

Goodman wollte hinausgehen. Hallick bat ihn, die Seitentür zu benützen.

Mary hatte erwartet, daß man sie rufen würde. Sie war bedrückt und fürchtete sich, als ein Beamter sie in die Halle rief. Sie hatte den Chefinspektor noch nicht gesehen und erwartete einen vierschrötigen Mann. Um so überraschter war sie, einen liebenswürdigen, freundlichen Herrn vorzufinden. Als sie eintrat, sprach er gerade mit Cotton und nahm eine Weile keine Notiz von ihr.

»Haben Sie wirklich keine Ahnung, wie dieser Mann ins Haus gekommen sein könnte?«

»Nein«, sagte Cotton.

»Und Fenster und Haustür waren verschlossen und verriegelt?«

»Ich habe ihn nicht hereingelassen!« beteuerte der Butler.

Hallick kniff die Augen zusammen.

»Das haben Sie nun schon zweimal gesagt. Als ich Sie heute morgen fragte, haben Sie genau die gleichen Worte gebraucht. Außerdem haben Sie mir erzählt, daß Sie an Mr. Fanes Zimmer vorbeikamen, daß die Tür offenstand und das Zimmer leer war. Ferner habe ich hier notiert, daß der Mann, der die Polizei benachrichtigte, sich als Mr. Cotton ausgab, doch stellten Sie in Abrede, es gewesen zu sein.«

»Das stimmt alles ganz genau.«

Jetzt erst bemerkte Hallick Miss Redmayne und gab Cotton ein Zeichen, daß er gehen könne.

»Also, Miss Redmayne, Sie haben den Mann vorher nie gesehen?«

»Doch, aber nur kurz.«

»Haben Sie ihn wiedererkannt.«

»Ja.«

Hallick sah auf den Fußboden.

»Wo liegt Ihr Schlafzimmer?«

»Über der Halle.«

Sie sah, daß einer der Beamten alles protokollierte, was sie aussagte.

»Sie müssen also etwas gehört haben. Unten hat irgendein Kampf stattgefunden – das muß Ihnen aufgefallen sein. Haben Sie einen Schrei gehört?«

»Nein.«

»Wissen Sie, um welche Zeit der Mord geschehen ist?«

»Mein Vater sagt, es muß ein Uhr gewesen sein.«

»Lagen Sie zu der Zeit im Bett? Wo war Ihr Vater – hier in der Nähe der Halle?«

»Nein«, antwortete sie mit Nachdruck.

»Warum sind Sie so sicher in diesem Fall?«

»Als ich hörte, wie die Tür geschlossen wurde . . .«

»Was für eine Tür?«

Seine Zwischenfrage brachte sie in Verwirrung.

»Diese Tür.« Sie zeigte auf den Eingang zur Halle. »Als sie geschlossen wurde, habe ich über das Geländer gesehen und meinen Vater unten im Gang bemerkt.«

»Wohin ging er? Zur Halle? Oder kam er von da? Und wie war er gekleidet?«

»Ich habe ihn nicht gesehen«, erwiderte sie verzweifelt. »Es brannte kein Licht im Entree. Ich weiß auch nicht genau, ob es diese Tür war.«

Hallick lächelte.

»Werden Sie nicht nervös, Miss Redmayne. Der Ermordete hieß Joe Connor und war der Polizei als Einbrecher bekannt. Es ist sehr leicht möglich, daß Ihr Vater ihn beim Einbruch überraschte und beim Kampf, der darauf folgte, tötete. So etwas kann doch vorkommen.«

Mary schüttelte den Kopf.

»Glauben Sie nicht, daß so etwas passiert sein könnte? Er erschrak, als er merkte, daß der Mann tot war, und sagte, daß er mit alledem nichts zu tun habe.«

»Nein.« Ihre Stimme klang laut und bestimmt.

»Haben Sie in der letzten Nacht nichts Außergewöhnliches gehört, das auf einen Kampf hier unten hätte deuten können?«

Sie antwortete nicht.

»Haben Sie überhaupt einmal etwas Außergewöhnliches in Monkshall bemerkt oder gesehen?«

»Es muß alles Einbildung gewesen sein«, erwiderte sie leise. »Aber einmal glaubte ich eine dunkle Gestalt draußen auf der Wiese vor dem Haus gesehen zu haben. Sie trug ein Gewand wie ein Mönch.«

»Ein Geist also?« fragte er lächelnd.

»Sie sehen, ich bin nervös und bilde mir ein, Dinge zu sehen, die gar nicht existieren. Manchmal nachts in meinem Zimmer glaubte ich von ganz unten Schritte auf dem Steinboden unterscheiden zu können – und dann habe ich auch Orgelspiel gehört.«

»Sind diese Geräusche klar, so daß Sie sie deutlich erkennen können?«

»Ja, es ist . . .«

»Ich verstehe. Und doch haben Sie gestern abend nichts von dem Kampf gehört, Miss Redmayne? Erinnern Sie sich, Sie müssen etwas gehört haben!«

Sie wurde unruhig.

»Nein, ich erinnere mich an nichts – ich habe nichts gehört.«

»Wirklich nicht? Meiner Meinung nach muß Connor zu Boden gestürzt sein, was großen Lärm verursacht hat. Sie wären bestimmt aufgewacht, wenn Sie geschlafen hätten – und Sie waren doch nervös und konnten nicht schlafen? Also, Miss Redmayne, Sie sehen, daß es keinen Zweck hat, etwas zu verheimlichen. Seit Sie diesen Mönch – oder was Sie dafür hielten – gesehen hatten, waren Sie doch außerordentlich furchtsam und nervös. Als Sie gestern abend Geräusche von unten hörten, öffneten Sie die Tür und schauten übers Treppengeländer. Die Stimme Ihres Vaters beruhigte Sie, es sei alles in Ordnung oder so etwas Ähnliches. Hat es sich nicht so zugetragen?«

Er sprach so freundlich und liebenswürdig, daß sie sich einen Augenblick lang täuschen ließ.

»Ja«, antwortete sie leise.

»Er hatte einen Morgenrock an, wie ich annehme, und wollte zu Bett gehen?«

»Ja«, sagte sie wieder.

»Gut. Vorhin sagten Sie mir aber, daß Sie Ihren Vater nicht gesehen hätten, und daß unten kein Licht brannte.«

Sie sprang auf.

»Sie wollen mich nur in Widersprüche verwickeln – ich antworte nicht mehr! Ich habe nichts gehört und nichts gesehen. Mein Vater war nicht hier unten – es war gar nicht seine Stimme . . .«

»Es war meine Stimme, alter Freund!«

Hallick wandte sich schnell um.

Fane stand in der Tür und lächelte ihn an.

»Guten Tag! Mein Name ist Fane – Ferdie Fane. Was macht denn der Mord, den Sie hier aufklären wollen?«

»So, Sie also sind Fane?« fragte Hallick interessiert.

»Es war nicht Mr. Redmaynes, es war meine Stimme, alter Junge –«, wiederholte Fane.

»Das ist ja sonderbar!«

Hallick brach das Verhör ab, winkte seinem Assistenten und verließ mit ihm die Halle.

Mary starrte Fane verwundert an.

»Es war ja gar nicht Ihre Stimme«, sagte sie halb vorwurfsvoll. »Warum haben Sie das nur gesagt? Sehen Sie denn nicht, daß hier alle unter Verdacht stehen? Es ist doch Wahnsinn von Ihnen, so etwas zu behaupten. Die Polizei denkt noch, daß wir beide unter einer Decke stecken und zusammenarbeiten.«

Er sah sie strahlend an.

»Meinen Sie?«

Sie ging zur Tür, sah ins Entree hinaus. Vor dem Portal berieten Hallick und sein Assistent miteinander.

Mr. Fane hatte eine Whiskyflasche geholt und goß sich gerade ein Glas voll, als Mary sich wieder umdrehte.

»Nehmen Sie sich jetzt zusammen! Gleich werden sie zurückkommen und alle möglichen Fragen stellen. Ach, wenn man sich nur auf Sie verlassen und vernünftig mit Ihnen reden könnte! Es ist schrecklich, wenn ein Mann so verkommen ist wie Sie.«

»Schimpfen Sie nicht. Sie sollten sich schämen. Sagen Sie mir lieber ...«

Cotton näherte sich ihnen. Eine gewisse Verschlagenheit lag in seinem Benehmen.

»Der neue Gast ist angekommen, Miss Mary«, meldete er. »Ich meine den Pfarrer.« Er trat zur Seite.

Ein hagerer, älterer Herr mit weißen Haaren und einer großen Hornbrille war eingetreten und kam auf sie zu. Seine Stimme klang sanft und herablassend. Er blickte freundlich um sich und schien mit sich und der Welt in Frieden zu leben.

»Habe ich die Ehre, mit Miss Redmayne zu sprechen?« fragte er. »Ich bin Pfarrer Ernest Partridge. Ich mußte zu Fuß gehen, obwohl ich eigentlich annahm, daß man mich an der Station abholen würde.«

Sein Händedruck war weich und ausdruckslos.

Mary ärgerte sich. Es war der denkbar ungünstigste Augenblick für einen neuen Gast.

»Es tut mir sehr leid, Mr. Partridge, aber wir sind alle in großer Aufregung. Cotton, bringen Sie den Koffer auf Nummer 3.«

Mr. Partridge erschrak.

»Warum sind Sie denn aufgeregt? Hoffentlich hat sich kein Unfall ereignet, der die Schönheit und den Frieden dieses wundervollen Platzes stören könnte?«

»Mein Vater wird Ihnen alles Nähere mitteilen. Darf ich Sie Mr. Fane vorstellen?«

Sie mußte sich zu diesem Akt der Höflichkeit zwingen.

In diesem Moment kam Hallick eilig in die Halle zurück.

»Haben Sie vielleicht einen Schauspieler im Haus, Miss Redmayne?«

»Schauspieler?« fragte sie verständnislos.

»Ja, natürlich, Leute, die sich gerne verkleiden. Filmdarsteller zum Beispiel. Die suchen doch manchmal solch malerische, romantische Orte auf und zeichnen sich durch verrückte Einfälle aus. Mein Assistent erzählt mir soeben, daß er einen Mann in einer schwarzen Kutte gesehen hat, der aus der Richtung der Mönchsgruft kam und ein Gewehr in der Hand trug – verdammt, da ist er!«

Er zeigte durch das offene Fenster in den Park. Mary wurde plötzlich unsanft zur Seite gerissen. Es war Fane. Empört wehrte sie sich dagegen.

Fast gleichzeitig fiel ein Schuß. Etwas sauste an ihrem Kopf vorbei und schlug in den Spiegel über dem Kamin ein. Es war so nahe vorbeigegangen, daß sie im ersten Moment glaubte, sie sei getroffen worden.

Ferdie Fane hatte ihr das Leben gerettet.

11

Die Örtlichkeiten wurden sofort untersucht. Gefunden wurde nichts außer einer Patronenhülse. Nach Abschluß seiner Erhebungen fuhr Hallick wieder in die Stadt und ließ Sergeant Dobie in Monkshall zurück.

Der Tag war furchtbar für Mary und wollte nicht enden. Die Gegenwart des Beamten beruhigte sie in gewisser Weise, während es ihren Vater nervös machte. Glücklicherweise hielt sich Sergeant Dobie im Hintergrund und fiel weiter nicht auf.

Nur zwei Bewohner des Hauses schienen sich um die schrecklichen Ereignisse nicht zu kümmern – Mr. Fane und der Pfarrer. Der Geistliche war sehr redselig und erzählte bei jeder passenden und unpassenden Gelegenheit Anekdoten, die niemand hören wollte. Einzig Mrs. Elvery fand ihn interessant und hatte endlich jemand gefunden, mit dem sie sich unterhalten konnte.

Ferdie Fane war für Mary ein Rätsel. Jetzt wußte sie erst recht nicht, was sie von ihm halten sollte. Nachdem sie ihn genauer kennengelernt hatte, gefiel er ihr doch ganz gut. Wenn er nur nicht so unmäßig getrunken hätte. Wie sehr sie ihn in Wirklichkeit schon schätzte, wollte sie sich selbst nicht eingestehen. Er allein war völlig kühl und ruhig geblieben, als der Schuß fiel, der beinahe ihrem und vielleicht auch seinem Leben ein Ende bereitet hätte.

Am Nachmittag unterhielt sie sich mit ihm. Er war liebenswürdig und ganz vernünftig.

»Sie glauben, der Kerl wollte mich erschießen? Um Himmels willen, nein! Aber schließlich hat jeder Feinde – auch ich!«

»So, haben Sie Feinde?«

»Vielleicht! Es gibt eine Menge Leute, die mit mir abrechnen wollen.«

»Mrs. Elvery sagte, Scotland Yard würde Inspektor Bradley herschicken.«

»Was für einen Zweck sollte das haben? Bradley ist ein völlig talentloser Beamter. Doch was hat die interessante Dame sonst noch zu berichten gewußt?«

Sie gingen zusammen durch die Ulmenallee, die zum Parktor führte. Noch vor zwei Tagen wäre Mary vor Fane geflohen, aber jetzt fühlte sie sich merkwürdig ruhig und zufrieden in seiner Gegenwart. Sie konnte es sich selbst nicht mehr erklären, warum sie ihn vorher nicht hatte ausstehen können.

»Mrs. Elvery ist Spezialistin für Verbrechen und sammelt alle Zeitungsausschnitte darüber schon seit vielen Jahren. Sie hat mir auch erzählt, daß der ermordete Connor in einen großen Goldraub verwickelt war, der sich vor einigen Jahren ereignete. Außerdem sprach sie von einem gewissen O'Shea . . .«

»O'Shea?« fiel ihr Fane ins Wort. Sein Gesichtsausdruck hatte sich verändert. »Zum Kuckuck, was weiß sie von O'Shea? Es wäre besser, sie würde sich in acht nehmen und nicht solchen Unsinn reden – ach, verzeihen Sie!«

Er lächelte wieder, aber seine Bestürzung war ihr nicht entgangen.

»Wissen Sie etwas von ihm?« fragte sie.

»Ja – allerdings nur ein Gerücht. Aber erzählen Sie mir doch, was Mrs. Elvery noch gesagt hat.«

»Sie behauptete, damals sei eine große Goldsendung verschwunden. Der Schatz soll irgendwo vergraben sein, ihrer Meinung nach hier in Monkshall. Connor habe danach gesucht und den Butler Cotton ins Vertrauen gezogen, damit der ihn ins Haus lasse – so jedenfalls kombinierte sie –, und daraus erkläre sich auch, warum die Tür verschlossen und kein Fenster erbrochen war. Ich hörte, wie sie diese ganze Geschichte Mr. Partridge erzählte. Mich mag sie nicht, sonst hätte sie mich damit sicher auch nicht verschont.«

Eine Weile gingen die beiden schweigend weiter.

»Wie gefällt er Ihnen – ich meine den neuen Gast, den Pfarrer Partridge?« fragte Ferdie.

»Ach, er ist ein ganz netter Mann.«

»Sie wollen wohl sagen, daß er Sie langweilt.« Fane lachte vor sich hin. »Warum gehen Sie nicht nach London?«

»Weshalb sollte ich Monkshall verlassen? Wie kommen Sie überhaupt darauf?«

Er blieb stehen und sah sie an.

»Meiner Meinung nach ist der Aufenthalt hier nichts für Sie. Es dürfte etwas zu gefährlich für eine junge Dame sein, glaube ich.«

»Warum denn?«

»Es gibt zwar Leute hier, die Sie anbeten und wahrscheinlich alles daransetzen würden, um Sie zu beschützen.«

»Meinen Sie meinen Vater?«

Sie war verlegen geworden und mißverstand ihn absichtlich, um das Gespräch in andere Bahnen zu lenken.

»Nein, ich meine zwei andere. Einer der beiden ist – Mr. Goodman.«

Sie lachte, halb ärgerlich, halb belustigt..

»Das ist doch Unsinn! Mr. Goodman ist so alt, daß er mein Vater sein könnte.«

»Trotzdem ist er immer noch jung genug, um sich in Sie zu verlieben. Mr. Goodman schätzt Sie außerordentlich, Miss Redmayne. Aber es gibt noch einen anderen, der sich sehr für Sie interessiert.«

»Sie meinen, wenn er nüchtern ist?« fragte sie herausfordernd. Es tat ihr sogleich leid, und sie verabschiedete sich. Er machte keinen Versuch, sie zurückzuhalten.

12

Inspektor Hallick war sehr mit seinen Gedanken beschäftigt, als er nach London zurückfuhr, aber er tappte doch nicht so im Dunkeln, wie sein Assistent annahm. Er war fest davon überzeugt, daß der Mord in Monkshall mit jenem Jahre zurückliegenden Goldraub zusammenhing.

Als er in sein Büro kam, gab er Auftrag, ihm die Akten über den großen Goldraub O'Sheas zu bringen. Danach nahm er sein Notizbuch zu Hilfe und zeichnete alles, was er in Monkshall erfahren und beobachtet hatte, ausführlich auf. Zweifellos war der Schuß von der Ruine aus abgegeben worden. Hallick hatte die Örtlichkeiten genau untersucht. Die Ruine der alten Kapelle, ganz mit Efeu überwachsen, lag hinter einer Baumgruppe versteckt. Wie der unbekannte Schütze entkommen konnte, war ein Geheimnis für sich. Hallick hielt es nicht für ausgeschlossen, daß eine der großen Steinplatten, die unter wucherndem Brombeer- und Weißdorngestrüpp lagen, vielleicht den Eingang zu einem unterirdischen Gang verbarg.

Er sprach über diesen Punkt mit einem der Inspektoren von Scotland Yard, der zu einer kurzen Unterredung in sein Büro kam. Es war der bekannte Inspektor Elk, der jedoch Hallicks Idee nicht gelten lassen wollte.

»Was reden Sie da von unterirdischen Gängen? Das ist doch immer das letzte Verlegenheitsmittel. Wenn der Verfasser eines Kriminalromans nicht weiter weiß, verfällt er auf derartigen Unsinn. Unterirdische Gänge und Geheimtüren in der Wandverkleidung! Einfach lächerlich!«

»Ich möchte die Möglichkeit doch nicht völlig ausschließen«, entgegnete Hallick. »Monkshall ist einer der ältesten bewohnten Sitze in England. Ich habe mir die Literatur darüber in der Bibliothek ein wenig angesehen und sogar Nachrichten aus der Zeit der Königin Elisabeth I. gefunden.«

Elk stöhnte.

»Ausgerechnet wieder dieses Weib! Es gibt nichts, das nicht irgendwie mit ihr zusammenhinge oder aus ihren Tagen stammte!«

Inspektor Elk hatte einen ganz persönlichen Grund, auf diese

Königin böse zu sein, denn er war einmal bei einem Examen durchgefallen, weil er die Daten ihrer Regierungszeit nicht genau angeben konnte.

»Natürlich, damals gab es Geheimtüren, unterirdische Gänge und solchen Kram!« meinte er verdrießlich.

»Setzen Sie sich doch, Elk! Ich muß Sie etwas fragen.«

»Wenn es sich um Geschichtsdaten handelt, dann sparen Sie sich die Mühe. Ich weiß von Ihrer Elisabeth nur ...«

»Haben Sie je O'Shea gesehen?«

»Den Bankräuber? Nein, ich bin nie mit ihm in Berührung gekommen. Soviel ich weiß, ist er jetzt in Amerika. Oder sind Sie anderer Meinung?«

»Ich glaube, er ist in England«, erwiderte Hallick.

»Das möchte ich bezweifeln. Warum sollte er in England sein? In den letzten Jahren hat er sich völlig ruhig verhalten. Zwar könnte es sich ein Mann, der so viel Geld zusammengebracht hat wie er, leisten, in den Ruhestand zu treten. Aber was tun diese Gangster gewöhnlich, wenn sie große Beute gemacht haben? Sie tragen das Geld in den nächsten Spielklub und haben keine Ruhe, bis der letzte Shilling verloren ist. Und da ja O'Shea zudem nicht ganz richtig im Kopf ist ...«

»Woher wissen Sie das?« unterbrach Hallick.

»O'Shea ist erblich belastet. Das ist eine Tatsache, obschon es seinerzeit bei den Verhandlungen nicht zur Sprache kam.«

»Ich habe nichts davon gewußt, bis Connor, als ich ihn im Gefängnis ausfragte, eine Bemerkung darüber machte. Wie haben Sie es denn erfahren?«

»Vor vielen Jahren hatte ich mich einmal mit dem Fall zu beschäftigen. Wir konnten, wie Sie wissen, weder O'Shea fassen, noch hatten wir sein Bild oder seine Fingerabdrücke zur Verfügung. Nur ein paar Schriftstücke, die von seiner Hand stammten, fanden wir. Es war in den Tagen vor dem letzten großen Goldraub, also noch bevor Sie den Fall übernahmen. Damals stellte ich Nachforschungen über seine Familie an. Sein Vater starb in einer Irrenanstalt, seine Schwester beging Selbstmord, sein Großvater hatte einen Mord auf dem Gewissen und starb während der Untersuchungshaft.«

Dieser Hintergrund war neu für Hallick. Inzwischen hatte ein Beamter ein umfangreiches Aktenstück und einen dünnen Schnellhefter gebracht. Der Inhalt des Hefters zeigte, daß in der letzten Zeit keine neuen Nachrichten über O'Shea eingegangen waren.

Elk beobachtete seinen Kollegen gespannt.

»Sie versuchen wohl, Ihre Erinnerungen an den großen Goldraub aufzufrischen? Wenn man sich so vorstellt, daß noch immer eine Unmenge Gold irgendwo versteckt liegt ... Übrigens, Bradley kennt alle Einzelheiten aufs beste. Wenn Sie davon überzeugt sind, daß die Ermordung Connors mit O'Shea zu tun hat, würde ich ihn an Ihrer Stelle sofort telegrafisch zurückrufen.«

Hallick blätterte weiter in den Akten, ohne aufzusehen.

»Was Connor betrifft«, fuhr Elk nach einer Weile fort, »so hat er schließlich nur seinen Lohn bekommen. Natürlich hat O'Shea ihn hintergangen, aber er selbst hat früher mehr Kameraden und Freunde betrogen als irgendein anderer. Marks ist zwar auch nicht viel besser, ich kenne die beiden gut. Wo ist jetzt eigentlich dieser Marks?«

Hallick schloß die Akten.

»Ich weiß es nicht. Gewöhnlich trieb er sich in Hammersmith herum. Wenn ich ihn einmal erwischen würde – ich möchte ihn dringend warnen.«

Elk grinste.

»Den können Sie nicht warnen. Der kommt sich viel zu schlau vor. Nächstens finden wir ihn noch auf der Universität Oxford oder Cambridge. Persönlich sind mir ja die klugen und schlauen Verbrecher lieber, denn sie fangen sich immer irgendwann selbst. Man braucht sich bei ihnen nicht besonders anzustrengen.«

»Nein, das glaube ich nicht, daß er ins Garn geht oder sich selbst einen Strick dreht. Ich befürchte vielmehr, daß O'Shea ihn eher fängt als umgekehrt.«

Hallick rief Monkshall an, doch Sergeant Dobie konnte ihm nichts Neues mitteilen.

»Ist Mrs. Elvery abgereist?«

»Nein, die bleibt bis zur Aufklärung des Falles hier. Sie ist nun einmal auf Verbrechen versessen. Ja, noch etwas, Mr. Hallick, Ferdie Fane ist schon wieder betrunken.«

»Ist er überhaupt je nüchtern?«

Dobie berichtete noch, daß im Lauf des Tages Zeitungsreporter erschienen wären, die versucht hätten, den Colonel zu sprechen.

»Ich habe sie alle wieder fortgeschickt. Das Leben in Monkshall nimmt seinen gewohnten Gang. Im allgemeinen nimmt man an, daß Connor einen Komplicen hatte, und daß es den beiden gelang, das Gold zu finden. Darauf sind sie in Streit geraten, und Connor wurde ermordet. Natürlich von seinem Komplicen, der sich mit der Beute davongemacht hat.« Der Sergeant machte eine Pause. »Wenn ich vorhin sagte, daß man das im allgemeinen annimmt, so stimmt das eigentlich nicht ganz. Es ist mehr meine Idee. Was halten Sie davon?«

»Ach, alles Humbug!« brummte Hallick und legte auf.

18

Die Polizeimaschinerie von Scotland Yard lief auf Hochtouren. Erhebungen wurden gemacht, nach allen Richtungen Nachforschungen angestellt. Man hatte sich eingehend um das Vorleben der Gäste, die in Monkshall wohnten, gekümmert. Nicht einmal Mrs. Elvery und ihre Tochter wurden davon ausgenommen. Gegen Mitternacht lagen Hallick bereits ausführliche Berichte vor. Inspektor Elk brachte sie ihm.

Mrs. Elvery, eine wohlhabende Dame, befand sich seit dem Tod ihres Mannes ständig auf Reisen. Es ging ihr wirklich gut, und sie brauchte nicht zu sparen. Man hätte sie unter Umständen sogar reich nennen können. Sie gehörte zu jenen undefinierbaren Frauen in mittleren Jahren, die von einem Hotel zum anderen ziehen, um in luxuriöser Umgebung verhältnismäßig sparsam zu leben. Man findet sie im August am Lido, im Juli in Deauville und im Winter an der Riviera oder in Ägypten.

Mr. Goodman war stiller Teilhaber in einer alten, nicht gerade sehr erfolgreichen Importfirma. Früher hatte er sich viele

Jahre lang aktiv in dem Unternehmen betätigt. Hallick zog daraus den Schluß, daß die Firma bedeutend besser floriert haben mußte, bevor sich Goodman ins Privatleben zurückzog.

Die Akten über Cotton war nicht gerade glänzend. Er war dreimal des Diebstahls verdächtigt und verhaftet worden. Aber jedesmal hatte man ihn mangels Beweisen freisprechen müssen.

»Wir müssen uns Cottons Fingerabdrücke beschaffen«, äußerte Hallick zu Elk, »das weitere wird sich finden.«

Colonel Redmayne war früher ein armer Militärarzt gewesen und wegen Trunksucht entlassen worden. Aufgrund dubioser Machenschaften hatte er daraufhin eine leitende Stellung beim Roten Kreuz erhalten. Als dann ziemlich viel Geld aus der von ihm verwalteten Kasse verschwand, hatte man eine Untersuchung gegen ihn eingeleitet, und Scotland Yard war auf ihn aufmerksam geworden. Von einer Anklage wurde jedoch abgesehen, da das erforderliche Beweismaterial nicht erbracht werden konnte. Zudem wurde das fehlende Geld ersetzt, und man ließ daher die Sache fallen. Als er später Monkshall kaufte, kam er von neuem ins Gerede.

»Militärarzt war er also?«

Diese Nachrichten über Redmayne waren für Hallick neu. Inspektor Elk hatte sie selbst zusammengetragen.

»Er war schon vor dem Krieg im Dienst und ist im Lauf der Jahre zum Colonel befördert worden.«

Als Elk gegangen war, studierte Hallick noch einen großen, alten Plan von Monkshall und Umgebung. Daneben lag eine Detailzeichnung vom Entree und der Halle, die man in Connors Tasche gefunden hatte. Eines stand jedenfalls fest – Connor war nicht ins Haus eingebrochen. Es mußte ihn also jemand eingelassen haben. Wer kam dafür in Frage? Redmayne selbst hätte es nicht getan, ebensowenig seine Tochter. Es konnte nur jemand vom Personal gewesen sein, und sicher niemand anders als Cotton. In das alte, gutgesicherte Haus einzudringen, ohne einen Verbündeten zu haben, war nahezu unmöglich. Alle Fenster und Außentüren waren mit elektrischen Alarmanlagen versehen. Es sah ganz so aus, als ob Colonel Redmayne früher oder später einen unerwünschten Besucher erwartet hätte.

Hallick legte sich in dieser Nacht todmüde zu Bett. Eigentlich erwartete er einen Anruf, aber es ereignete sich nichts. Er rief Monkshall an, bevor er am nächsten Morgen sein Haus verließ. Dobie meldete, daß alles in Ordnung sei. Der Sergeant hatte sich nicht zur Ruhe gelegt. Er habe, wie er sagte, weder Geräusche gehört noch ein Gespenst gesehen.«

»Was reden Sie schon wieder für einen Unsinn von Gespenstern?« tadelte ihn Hallick.

»Ich fange tatsächlich an zu glauben, daß es hier etwas gibt, das nicht mit natürlichen Dingen zugeht.«

»Das ist Unfug, Sergeant! Sie dürfen sich solchem Geschwätz nicht hingeben.«

Der Chefinspektor hatte noch einen anderen Fall zu bearbeiten, der ihn zwei Stunden in Anspruch nahm. Es war beinahe Mittag geworden, als er in sein Büro zurückkehrte.

»Mr. Goodman wartet auf Sie«, teilte ihm sein Assistent mit. »Er möchte Sie sprechen. Ich habe ihn ins Empfangszimmer geführt.«

»Goodman?« Im ersten Moment konnte sich Hallick nicht auf den Namen besinnen. »Ach ja, ist das nicht der alte Herr aus Monkshall? Was will er von mir?«

»Er sagte nur, daß er Sie sprechen wolle. Als er erfuhr, daß Sie nicht da seien, wollte er unbedingt warten.«

»Bringen Sie ihn herein!«

Mr. Goodman wirkte schüchtern und zurückhaltend. Umständlich legte er seinen Hut und Regenschirm auf einen Stuhl.

»Ich habe, offen gestanden, erwartet, daß Sie mich nicht empfangen würden, denn Sie haben jetzt bestimmt alle Hände voll zu tun. Aber da ich eine Besorgung in der Stadt hatte, dachte ich, daß ich es jedenfalls versuchen könnte.«

»Ich freue mich, daß Sie mich hier besuchen, Mr. Goodman«, erwiderte Hallick und schob ihm einen Stuhl hin. »Haben Sie sich auch eine Theorie gebildet über den Mord in Monkshall?«

Goodman lächelte schuldbewußt.

»Ich habe Ihnen ja schon gesagt, daß ich keine Erklärung weiß. Aber ich bin besorgt um Miss Redmayne. Sie haben Sie verhört, und sie war sehr bedrückt deshalb.« Er machte eine

Pause, aber Hallick half ihm nicht weiter. »Sie wissen – ja, ich würde alles tun, um diesen mysteriösen Fall aufzuklären, und ich bin fest überzeugt, daß ihr Vater mit dieser schrecklichen Angelegenheit nichts zu tun hat.«

»Ich habe auch nichts dergleichen behauptet«, wandte Hallick ein.

»Ja, ich verstehe, aber ich bin schließlich doch nicht ganz so dumm, wie es den Anschein haben mag. Ich weiß wohl, daß er unter Verdacht steht, ebenso wie alle, die dort wohnen, mehr oder weniger verdächtig sind. Auch ich bin nicht ausgeschlossen.«

Wieder entstand eine Pause. Hallick blieb auch diesmal stumm, gespannt, was nun folgen würde.

»Ich bin ein verhältnismäßig wohlhabender Mann«, versicherte Goodman verlegen. Es machte ihm Mühe, den Vorschlag, den er äußern wollte, zu formulieren. »Ich möchte, das heißt, ich bin bereit, eine große Summe auszugeben, nicht gerade, um der Polizei zu helfen, aber um Colonel Redmayne von jedem Verdacht zu reinigen. Wahrscheinlich kommt Ihnen mein Vorschlag sonderbar vor, aber ich habe Sie aufgesucht, um Ihnen zu sagen, daß ich einen Detektiv von Scotland Yard engagieren möchte.«

»Wenn Sie ihn engagieren wollen wie einen Privatdetektiv, so ist dies nicht möglich.«

»Nicht? Das tut mir leid. Ich habe so viel von Mrs. Elvery vernommen – sie ist zwar etwas zu redselig und kann einem manchmal auf die Nerven fallen, aber sie hat eine außerordentliche Kenntnis in kriminalistischen Dingen. Und sie betont immer wieder, daß es im Yard einen tüchtigen Beamten gebe, der diesen Fall sofort aufklären könnte – Inspektor Bradley.«

Hallick lachte.

»Inspektor Bradley ist im Augenblick nicht in England.«

»Ach, das ist schade«, erwiderte Mr. Goodman betrübt. »Mrs. Elvery sagt . . .«

»Ich fürchte nur, daß sie sehr viel sagt, das uns nicht weiterhilft«, unterbrach ihn Hallick. »Es tut mir furchtbar leid, aber ich kann Ihren Wunsch nicht erfüllen. Es ist wohl auch am besten, wenn Sie uns die Aufklärung des Falles überlassen, denn wir haben keinen andern Wunsch, als die Wahrheit ans Licht zu bringen. Wir wollen jede Person, die unter falschem Verdacht steht, davon befreien, aber ebenso fest sind wir entschlossen, den Täter ausfindig zu machen und ihn vor den Richter zu bringen.«

Damit wäre die Unterredung eigentlich zu Ende gewesen, doch Mr. Goodman blieb noch sitzen und schaute Hallick unsicher an.

»Schade«, wiederholte er. »Furchtbar schade. Mr. Bradley ist im Ausland. Dann kann ich also meine Neugierde nicht befriedigen. Und Mrs. Elvery hat mir so viel von diesem tüchtigen Detektiv erzählt! Er ist doch sicher sehr klug?«

»Sicher. Er ist einer der fähigsten Beamten von Scotland Yard.«

»Sehen Sie! Um so trauriger für mich – ich hätte zu gern gewußt, wie er aussieht.«

Hallick warf Goodman einen kurzen Blick zu und sah dann nach der Wand, an der drei Gruppenbilder hingen. Eines davon holte er herunter und legte es vor sich auf den Tisch. Ungefähr dreißig Beamte waren darauf zu sehen, die nebeneinander saßen oder standen. ›Die Beamtenschaft des Polizeipräsidiums‹ stand darunter.

»Ich kann Ihre Neugierde doch befriedigen. Der vierte Mann von links, gleich neben dem Polizeipräsidenten, ist Inspektor Bradley.« Hallick schob das Foto über den Tisch. »Er sieht allerdings nicht aus wie ein Detektiv, ist aber trotzdem der tüchtigste Beamte von Scotland Yard.«

Mr. Goodman rückte seine Brille zurecht und betrachtete das Bild genau. Lange starrte er darauf, dann lächelte er ein wenig nervös.

»Es war sehr freundlich von Ihnen, Mr. Hallick. Sie haben recht, er sieht wirklich nicht aus wie ein Detektiv, aber das ist ja im Grunde auch bei den anderen Beamten von Scotland Yard nicht der Fall. Sie sehen alle aus wie . . .«

»Wie gewöhnliche Leute«, ergänzte Hallick und zwinkerte ihm zu. Er hängte das Bild wieder an die Wand. »Wegen Miss Redmayne brauchen Sie sich keine Sorgen zu machen. Und denken Sie bloß nicht mehr daran, einen Detektiv für die Sache zu engagieren. Es wäre weder für Miss Redmayne noch für ihren Vater von irgendwelchem Nutzen. Unschuldige haben nichts zu befürchten. Sie kennen doch Colonel Redmayne seit langer Zeit, wie ich annehme?«

»Ja, fast ein Leben lang.«

»Dann kennen Sie auch seine Vergangenheit?«

»Ja –.« Goodman zögerte. »Ich glaube, daß sie mir bekannt ist. Es gab ein paar unglückliche Zwischenfälle in seiner Karriere, er hat mir alles selbst erzählt. Ich muß auch sagen, daß er sehr viel trinkt, das ist sehr schade. Aber ich glaube, er hat noch mehr getrunken, als sich jene unliebsamen Ereignisse abspielten.«

Er griff nach Hut und Schirm, holte seine Pfeife aus der Tasche, sah sie an und steckte sie hastig wieder ein.

»Sie können hier ruhig rauchen, Mr. Goodman, wir bringen Sie deshalb nicht an den Galgen!«

Hallick lachte und begleitete seinen Gast durch den langen Korridor. Er ging mit ihm sogar die Treppe hinunter bis zur Eingangshalle. Dort verabschiedete er sich von ihm.

14

Es war vier Uhr, als Goodman an der kleinen Station ankam, die noch einen Kilometer von Monkshall entfernt lag. Er machte sich zu Fuß auf den Weg ins Dorf.

Er war schon ein paar Minuten unterwegs, als er das Geräusch eines Autos hinter sich hörte. Er schaute sich nicht um und war überrascht, als der Wagen neben ihm hielt und ihn jemand anrief. Es war Ferdie Fane, der am Steuer saß.

»Steigen Sie ein, junger Mann!« Fane hatte ein rotes, erhitztes Gesicht. Seine Augen blitzten vergnügt hinter der großen Hornbrille.

Mr. Goodman befürchtete, Fane habe zuviel getrunken.

»Nein, danke vielmals, ich will lieber zu Fuß gehen.«

»Ach, reden Sie keinen solchen Unsinn – steigen Sie ein! Ich kann viel besser fahren, wenn ich einen gekippt habe, als wenn ich in nüchternem Zustand die Gegend unsicher mache. Aber ich kann Ihnen die Versicherung geben, daß ich nichts getrunken habe.«

Zögernd stieg Goodman ein und nahm neben Fane Platz.

»Ich fahre ganz langsam, Sie müssen wirklich keine Angst haben.«

»Glauben Sie denn, daß ich Angst habe?« fragte Goodman etwas bedrückt.

»Das weiß ich bestimmt. Wo sind Sie eigentlich heute gewesen?«

»Ich bin nach London gefahren.«

»Oh, eine interessante Stadt, nicht wahr? Aber es wohnt sich nicht sehr nett dort.«

Fane hielt Wort und fuhr mit äußerster Vorsicht, wie Mr. Goodman beruhigt feststellte. Er wunderte sich, wie Ferdie Fane zu dem Wagen gekommen war, und fragte ihn danach.

»Ich habe ihn mir geliehen – von einem Räuber und Straßendieb aus dem Dorf, gegen schweres Geld. Können Sie auch fahren?«

Mr. Goodman schüttelte den Kopf.

»Für einen Personenwagen ist der Weg hier nicht schlecht«, bemerkte Fane, »aber mit einem Lastwagen wird es bedenklich, besonders wenn man schwer geladen hat. Kennen Sie Lark Hill?«

»Ja.«

»Dort oben ist ein Lastwagen steckengeblieben. Ich glaube, er wird auch nicht so bald von der Stelle kommen, obwohl die Straße im Augenblick trocken ist. Um wieviel schwieriger muß es mit schwerer Ladung in einer regnerischen Nacht sein! Die Steigung zum Hügel hinauf hat schon manchem Chauffeur zu schaffen gemacht.«

Fane sprach pausenlos über alle möglichen Dinge. Schließlich gelangten sie an den Fuß des steilen Hügels, wo ein großer Lastwagen verlassen am Straßenrand stand. Mit Genugtuung zeigte Ferdie darauf.

»Sehen Sie, da steht der Kasten noch immer! Es wird ziemlich Mühe und Arbeit kosten, um ihn wieder flott zu bekommen.«

Bald darauf erreichten sie Monkshall. Fane gab einem der

Angestellten, der den Wagen ins Dorf zurückbringen sollte, ein Trinkgeld und verschwand ins Haus.

Goodman schaute sich um. Seine Augen waren, trotz des Alters, noch recht gut. In der Nähe der Ruine bemerkte er eine schlanke Gestalt – Mary. Sie wollte gerade zum Tee gehen und kam ihm entgegen. Er fand, daß sie etwas angestrengt und blaß aussah.

»Hat sich nichts ereignet heute?« fragte er.

»Nein, Mr. Goodman, aber ich habe Angst vor der kommenden Nacht.«

Er legte ihr sanft die Hand auf die Schulter.

»Liebes Kind, Sie sollten wirklich von hier fortgehen. Ich muß einmal mit dem Colonel darüber sprechen.«

»Bitte, tun Sie es nicht«, bat sie dringend. »Vater will nicht, daß ich gehe. Aber die letzten Tage haben mich nervös gemacht.«

»Ist der junge Mann wieder aufdringlich geworden?«

»Nein. Sie meinen doch Mr. Fane? Er war sehr nett zu mir, ich habe ihn heute nur ein paar Minuten gesprochen. Er ist mit einem Auto weggefahren und fragte mich ...« Sie brach ab.

»Hat er Sie eingeladen, mitzufahren?«

»Er war aber wirklich sehr nett«, erwiderte sie schnell. »Ich war nur nicht in der Stimmung, eine Spazierfahrt zu machen. Ist er nicht soeben zurückgekommen? Hat er Sie nach Hause gebracht?«

Goodman erzählte, daß er unterwegs Ferdie Fane getroffen habe, und Mary lachte zum erstenmal an diesem Tage.

»Es ist seltsam. Manchmal ist er ganz vernünftig. Dann kann ich ihn gut leiden. Cotton scheint ihn zu hassen, er sagte mir heute, daß er kündigen würde, wenn Mr. Fane das Haus nicht verließe.«

»Sie haben zur Zeit recht viel Sorgen mit Ihrem Haushalt, nicht wahr? Hoffentlich ist der neue Gast nett und liebenswürdig?«

»Mr. Partridge? Ach, ja, natürlich – heute habe ich ihn noch nicht gesehen.«

»Sie können das jetzt nachholen.« Goodman zeigte zum Rasen hinüber.

Dort stand Mr. Partridge. In seinem schwarzen Rock konnte man ihn vor dem dunklen Hintergrund der Bäume kaum unterscheiden. Langsam ging er auf und ab und las in einem Buch. Allem Anschein nach fesselte ihn die Lektüre nicht besonders. Er klappte das Buch zu und kam auf die beiden zu.

»Ist dies hier nicht ein herrliches Fleckchen Erde, liebe Miss Redmayne? Ein wundervoller Platz, ein Paradies auf Erden!«

Bei Tag besehen wirkte sein Gesicht nicht so sanft und freundlich, im Gegenteil, seine Züge waren hart und scharf, und seine dunklen Augen hatten einen stechenden Glanz. Nur seine Stimme klang nach wie vor liebenswürdig, wenn auch etwas zu salbungsvoll. Irgendwie hatte er Mary vom ersten Augenblick an mißfallen, und jetzt erschien er ihr noch abstoßender als am Anfang.

»Ich sah Sie mit einem Wagen ankommen«, wandte sich Partridge vorwurfsvoll an Goodman. »Mr. Fane saß am Steuer. Ein merkwürdiger junger Mann. Leider scheint er sich dem Alkohol ergeben zu haben!«

»Ich kann jedoch bezeugen«, antwortete Mr. Goodman, »daß Fane heute vollkommen nüchtern ist. Er hat mich mit außerordentlicher Geschicklichkeit nach Hause gefahren. Er ist nur leicht erregbar, und vielleicht tut man ihm manchmal unrecht wegen seines seltsamen Verhaltens.«

Der Pfarrer warf den Kopf zurück. Er konnte Fane nicht leiden und hielt nicht viel von ihm.

An Fanes Benehmen war nichts auszusetzen, als er kurz darauf zum Tee in der Halle erschien. Er wollte sich allein an einen Tisch setzen, doch Mr. Goodman lud ihn in den kleinen Kreis ein, der aus Mrs. Elvery, Mary und den beiden Herren bestand. Er war sehr ruhig, und obwohl er mehrere Male Gelegenheit gehabt hätte, in die Unterhaltung einzugreifen, hielt er sich zurück, blieb liebenswürdig und bescheiden.

Mary beobachtete ihn heimlich. Es fiel ihr auf, daß er älter sein mußte, als sie anfangs geglaubt hatte. Seine Haare waren an den Schläfen leicht angegraut, und obwohl das Gesicht glatt und faltenlos war, zeigten doch die entschlossenen, etwas harten Züge an, daß er die Dreißig überschritten haben mußte. Vielleicht ging er auch schon gegen die Vierzig. Er hatte eine tiefe, manchmal etwas brüske Stimme.

Mary fand, daß er heute ziemlich nervös war, denn ein- oder zweimal, als sie ihn ansprach, zuckte er zusammen und mußte sich Mühe geben, den Tee nicht zu verschütten, weil er gerade die Tasse in der Hand hielt.

Als sich die Gesellschaft zerstreute, fragte ihn Mary:

»Warum sind Sie heute so geistesabwesend, Mr. Fane?«

»Ist es Ihnen aufgefallen? Ja, es ist zu merkwürdig, aber in Gegenwart von Pfarrern werde ich immer ganz niedergeschlagen.«

»Was haben Sie den ganzen Tag gemacht?«

Es ging sie eigentlich nichts an, und sie erkundigte sich auch nur, um die Unterhaltung fortzusetzen.

»Ich habe nach Gespenstern gejagt.« Als er sah, daß sie noch blasser wurde, als sie ohnehin schon war, tat ihm die Antwort leid. »Entschuldigen Sie vielmals, das hätte ich nicht so unvermittelt sagen sollen.«

Trotzdem – er hatte es ernst gemeint. Dies wurde ihr klar, als sie allein in ihrem Zimmer war und über Ferdie Fane nachdachte. Bestimmt hatte er versucht, der Geistererscheinung auf den Grund zu kommen. Anderseits – wäre es nicht möglich, daß er selbst der Mönch in der schwarzen Kutte war? Sie ließ den Gedanken sofort wieder fallen. So etwas konnte und wollte sie nicht glauben.

15

Die Dunkelheit brach herein. Mit ihr breitete sich eine Atmosphäre des Geheimnisvollen und Schrecklichen über Monkshall aus.

Als plötzlich das Telefon in der einsamen Halle schrillte, tauchte Cotton aus der Dunkelheit auf und eilte zum Apparat. Er hob ab und vernahm Hallicks Stimme, was ihn nicht gerade angenehm berührte. Seine Abneigung galt nicht nur Mr. Fane, sondern auch dem Chefinspektor. Er befürchtete ständig, Hallick könnte sich zu sehr für seine Vergangenheit interessieren.

»Ich möchte mit Sergeant Dobie sprechen.«

»Jawohl, ich werde ihn rufen.«

Das war jedoch nicht nötig, denn als sich Cotton umdrehte, stand der Sergeant bereits hinter ihm.

»Werde ich verlangt?«

Cotton reichte ihm den Hörer.

»Was gibt es?« rief Dobie ins Telefon, drehte sich aber nochmals nach Cotton um und machte ihm Zeichen, zu verschwinden. Als der Butler noch immer zögerte, fuhr er ihn ungeduldig an: »Machen Sie endlich, daß Sie wegkommen!«

»Haben Sie etwas gefunden?« erkundigte sich Hallick.

»Nein, nichts Besonderes, nur noch eine zweite leere Patronenhülse – die erste haben Sie ja bereits mitgenommen.«

Eine kleine Pause entstand, dann sagte Hallick:

»Ich habe das Gefühl, es könnte sich heute nacht etwas ereignen. Sie haben doch meine Privatnummer? Gut, scheuen Sie sich nicht, mich anzurufen, wenn etwas Außergewöhnliches geschehen sollte. Es ist ganz gleichgültig, auch wenn sich die Sache später als harmlos erweist. Spätestens eine Stunde nach dem Anruf kann ich bei Ihnen sein.«

Dobie hängte den Hörer ein, als Mr. Goodman langsam in die Halle trat. Er trug einen schwarzen Hausrock und hatte die Pfeife zwischen den Zähnen. Dobie wollte hinausgehen und war schon an der Tür, da sprach ihn Mr. Goodman an.

»Sie bleiben doch die Nacht über im Haus, Mr. Dobie? Das ist wenigstens eine Beruhigung!«

»Sind Sie nervös?«

»Ja, ich kann es ruhig zugeben, ich bin ein wenig beunruhigt. Wenn mir jemand noch vor ein paar Tagen gesagt hätte, daß ich ängstlich werden könnte, würde ich ihn ausgelacht haben. Neue Anhaltspunkte haben Sie wohl nicht gefunden?«

»Nein, nicht den geringsten.«

»Und wenn Sie eine Neuigkeit wüßten, würden Sie sie mir doch nicht verraten! Ich kenne die Gewohnheiten der Beamten von Scotland Yard ein wenig. Aber schließlich dürfen Sie Ihr Herz ja auch nicht auf der Zunge tragen. Haben Sie eigentlich herausgefunden, wer gestern durchs Fenster in die Halle schoß?

Ich frage nur, weil ich den ganzen Tag in der Stadt war und über die heutigen Ereignisse nicht im Bilde bin.«

»Nein, den Schützen haben wir nicht finden können.«

Goodman machte es sich auf dem Sofa bequem, zog sein Zigarrenetui hervor und hielt es dem Sergeanten hin. Dobie nahm dankend eine duftende Havanna. Keiner von beiden bemerkte, daß die Tür aufging und Mr. Partridge einen Blick in die Halle warf.

»Ich habe heute einen Besuch in Scotland Yard gemacht«, berichtete Mr. Goodman. »Dort hatte ich eine Unterredung mit Mr. Hallick. Ich muß sagen, er ist wirklich sehr liebenswürdig.«

»Da haben Sie vollkommen recht«, stimmte ihm Dobie zu.

John Hallick war einer der wenigen höheren Beamten, die keine Feinde unter ihren Untergebenen hatten. Der Dienst ging ihm über alles, und er erkannte jede Leistung an.

»Die ganze Situation ist ziemlich ungewöhnlich«, äußerte Mr. Goodman tiefsinnig. »Noch nie ist mir etwas Ähnliches begegnet. Wissen Sie, nach und nach habe ich mir eine Theorie gebildet.«

»Sie wollen wohl Mrs. Elvery Konkurrenz machen?« meinte Dobie belustigt.

Goodman tat ein wenig beleidigt, fuhr aber unbeirrt fort.

»Als wir gestern morgen Connor tot hier in der Halle fanden, mußte ich sofort an ein früheres Verbrechen denken – an den Überfall auf den Goldtransport während des Krieges. Drei Leute waren an der Affäre beteiligt. O'Shea war der Führer, Marks und Connor arbeiteten mit ihm zusammen. Ich habe Mrs. Elvery gegenüber absichtlich nichts davon erwähnt, sonst hätte sie mich nicht mehr in Ruhe gelassen. Aber ich interessiere mich auch für Verbrechen, und ich bin fest davon überzeugt, daß es sich bei dem ermordeten Connor um den vom Goldraub handelte.«

»Glauben Sie wirklich?«

Goodman lächelte befriedigt.

»Sie bestärken mich nur in meiner Ansicht, weil Sie so unschuldig tun. Es war bestimmt der gleiche Connor, der damals erwischt und verurteilt wurde.«

»Haben Sie mit Mr. Hallick darüber gesprochen?« fragte Dobie.

»Nein.«

»Nun, Scotland Yard hat ohnehin bereits die Presse informiert, darum kann ich Ihnen ruhig verraten, daß Sie mit Ihrer Vermutung recht haben.«

»Hm.« Goodman runzelte die Stirn. »Ich überlege mir nur, wie lange er im Gefängnis gesessen hat. Meiner Meinung nach kann er doch erst kürzlich entlassen worden sein?«

»Vor einem Monat. Kurz danach auch Marks.«

Mr. Goodman strahlte.

»Sehen Sie, ich wußte doch, daß ich recht hatte. Für Namen und Tatsachen habe ich ein sehr gutes Gedächtnis.«

Dobie hatte eigentlich nichts mehr in der Halle zu tun. Trotzdem blieb er.

»Sie werden wahrscheinlich nicht mehr lange hier in Monkshall wohnen?« fragte er. »Es ist ja gewöhnlich so, daß die Gäste ausziehen, wenn in einer Pension ein Mord passiert.«

Goodman schüttelte den Kopf.

»Ich wüßte nicht, warum ich wegziehen sollte. Ich bin ein alter Junggeselle und hasse jede Veränderung. Vielleicht bin ich ein wenig gefühllos, aber mich hat die Geschichte weniger beunruhigt als die anderen. Doch, um auf meine Theorie zurückzukommen – nehmen wir einmal an, dieser Mord steht im Zusammenhang mit dem Überfall auf den Goldtransport . . .«

Das Gesicht des Sergeanten wurde hart und abweisend. Er zeigte sich nicht bereit, diese Angelegenheit weiter mit Goodman zu besprechen, und er sagte ihm dies auch.

»Natürlich, Sie haben vollkommen recht«, entschuldigte sich Goodman. »Es tut mir leid, daß ich darauf keine Rücksicht nahm.«

»So schlimm ist es auch wieder nicht«, antwortete Dobie. »Vielleicht sind Sie der Wahrheit näher, als Sie glauben.«

Goodman spürte, daß der Sergeant im Grunde gern alles erzählt hätte, was er wußte. Doch wurde jetzt ihre Unterhaltung durch den Eintritt von Mrs. Elvery und ihrer Tochter gestört. Ihnen folgte Mr. Partridge, der einen Wollknäuel trug.

Mrs. Elvery zitterte vor Erregung, weil sie Goodman etwas Neues mitzuteilen hatte.

»Jetzt habe ich aber wirklich eine Überraschung für Sie!«

Goodman schloß resigniert das Buch, das er soeben zur Tarnung aufgeschlagen hatte.

»Wissen Sie schon, daß Mr. Partridge eine Autorität auf dem Gebiet des Spiritismus ist?«

»Und ich bin eine Autorität für Zubereitung guten Kaffees«, entgegnete er unlustig und nahm eine Tasse vom Tablett, das ihm Cotton hinhielt. »Wenn Sie hier guten Kaffee zu trinken bekommen, haben Sie es allein mir zu verdanken. Ich mußte es der Köchin erst mühsam beibringen, und es hat einige Jahre gedauert, bis sie es richtig begriff. Jetzt schmeckt der Kaffee wenigstens nicht mehr wie Spülwasser. Und nun kommen Sie mir ausgerechnet mit Spiritismus! Davon will ich nichts wissen.«

Mr. Partridge entschuldigte sich sofort.

»Sie haben aber auch übertrieben, Mrs. Elvery! Zwar habe ich mich mit Spiritismus beschäftigt, aber nur als Laie. Eine Autorität auf diesem Gebiet bin ich keineswegs.«

»Dann haben Sie ja wohl nichts dagegen, daß es hier im Hause spukt?« fragte Goodman scherzhaft.

Der Pfarrer sah ihn vorwurfsvoll an und nahm dann ebenfalls eine Tasse vom Tablett, das Cotton ihm reichte. Er erkundigte sich eingehend nach den Umständen des gestrigen Mordes.

»Ich begreife wohl, wie schrecklich es für Sie alle gewesen sein muß, unmittelbare Zeugen dieses furchtbaren Verbrechens zu sein ...«

Während sich Partridge noch in derartigen Redensarten erging, kam Mary in die Halle.

Veronika, die in den Park hinaussah, wurde blaß und sprang auf.

»Ich habe ein Gesicht am Fenster gesehen!« rief sie atemlos.

»Ziehen Sie doch die Vorhänge zu«, riet Goodman.

Ein paar Minuten später kam Fane herein. Mary sah, daß Regentropfen an seinem Mantel hingen.

»Sind Sie ausgewesen?«

»Ja, ich habe mich im Park herumgetrieben.«

Mary nahm an, daß er wieder getrunken habe. Er sprach langsam, schleppend und schien auch nicht ganz sicher auf den Füßen zu stehen.

»Haben Sie den Mönch gesehen?« fragte Veronika.

»Wenn das der Fall gewesen wäre, hätte ich Mr. Partridge gerufen, um ihn den Geist beschwören zu lassen.«

Der Pfarrer warf ihm einen mißbilligenden Blick zu.

»Es ist alles so entsetzlich! Ich habe eben von der Tragödie gehört, die sich in der vergangenen Nacht hier abgespielt hat –.«

»Bitte, sprechen Sie nicht mehr davon. Gibt es denn gar kein anderes Thema?« fragte Veronika.

»Aber es ist doch unbegreiflich und grausam, wenn ein Mensch mitten in der Blüte seiner Jahre ...« predigte Partridge salbungsvoll. »Ich muß sagen, daß mich ein kalter Schauder überkam, als ich die Einzelheiten dieses grauenvollen Verbrechens hörte. Und soviel ich weiß, hat man noch nicht einmal den Namen des Toten feststellen können?«

Er nahm einen Schluck aus seiner Tasse.

»Da irren Sie sich«, erwiderte Fane. »Wir kennen den Namen des Toten sehr wohl. Ich wundere mich nur, daß Sie ihn noch nicht wissen.« Ihre Blicke trafen sich. »Der Name des Toten –«, schloß Fane mit besonderem Nachdruck, »war Connor – Joe Connor!«

Die Tasse entfiel der Hand des Pfarrers und zerschellte auf dem Parkettfußboden. In seinem Gesicht zeigte sich größte Bestürzung.

»Connor –«, wiederholte er leise, »Joe Connor!«

Fane beobachtete ihn scharf.

»Haben Sie den Mann gekannt?«

»Ich – ich habe schon von ihm gehört.«

Mr. Partridge fiel das Sprechen schwer.

»Joe Connor!« sagte er noch einmal. Kurz darauf verließ er das Zimmer.

Mary, die Partridge aufmerksam beobachtet hatte, war sehr erstaunt, und sah jetzt der Reihe nach zu den andern hin. Ob Mr. Goodman von dem Vorgefallenen überhaupt etwas bemerkt hatte? Er unterhielt sich angeregt mit Mrs. Elvery.

Später, als Mary ihn allein in der Halle vorfand, erzählte er ihr darüber.

»Mrs. Elvery war heute abend ausnahmsweise interessant. Sie zeigte mir ihre Sammlung von Zeitungsausschnitten, die sie in ein Buch geklebt hat, vor allem die über Connor. Es besteht gar kein Zweifel, daß der Ermordete mit dem Goldraub zu tun hatte. Ich habe sein Bild in Mrs. Elverys Sammlung gesehen. Ich sah auch noch eine andere Aufnahme, die mich sehr interessierte. – Haben Sie Mr. Fane schon einmal getroffen, bevor er nach Monkshall kam?«

»War es etwa eine Fotografie von Mr. Fane?« fragte sie.

Er zögerte einen Moment.

»Ja, ich glaube. Ich habe auch ein paar Nachforschungen angestellt und bin ziemlich sicher, daß Mr. Fane nicht das ist, was er hier zu sein vorgibt. Aber ich bitte Sie, ihm das unter keinen Umständen zu erzählen!«

Sie war überrascht, mit welcher Eindringlichkeit er sprach, und lachte.

»Selbstverständlich werde ich das nicht tun.«

»Mary! Mein liebes Kind, warum wollen Sie diesen Ort nicht verlassen und nach London gehen?«

»Es ist merkwürdig, daß Sie mir dies so sehr ans Herz legen. Genau dasselbe hat mir auch Mr. Fane geraten.«

»Der hat es aus einem anderen Grund getan.« Goodmans sonst so milde Stimme klang hart. »Ich rate es Ihnen, weil ich Sie – liebe. Ja, obschon ich soviel älter bin. Überlegen Sie es sich gut. Wenn Sie nein sagen, kann ich es auch verstehen.«

Sie war auf diese plötzliche Liebeserklärung nicht gefaßt und atmete auf, als Cotton hereinkam und ihr meldete, daß der Colonel sie in seinem Arbeitszimmer erwarte.

16

Ferdie Fane saß auf dem Sofa in der Halle und hoffte, daß Mary nochmals hereinschauen würde. Er wollte ihr etwas sagen, sie dringend warnen. Als er hörte, daß die Tür aufging, wandte er sich schnell um. Doch nicht Mary trat ein, sondern Mr. Partridge.

»Ach, verzeihen Sie, ich habe ein Buch hier liegenlassen.«

Fane erwiderte nichts, bis der Pfarrer, der sich wieder gefaßt zu haben schien, sich anschickte, die Halle zu verlassen.

»Die Geschichte mit Connor hat Ihnen einen kleinen Schock versetzt, nicht wahr, Mr. Partridge?«

»Wieso? Natürlich war ich traurig, als ich vom Tod dieses armen Mannes hörte.«

Fane grinste.

»Cotton war noch trauriger, als er die Scherben Ihrer Tasse vom Boden aufsammeln mußte! Würden Sie nicht einen Augenblick Platz nehmen?«

Der Pfarrer setzte sich neben Ferdie aufs Sofa.

»Welch schreckliches Schicksal den armen Connor ereilt hat –«, murmelte er mehr zu sich selbst.

»Connor war eben ziemlich verrückt«, entgegnete Fane. »Er war nicht so klug wie sein Kumpan.«

»Wen meinen Sie?« fragte Mr. Partridge neugierig.

»Ich meine Marks – haben Sie nie etwas von dem gehört? Er war der beste Mann O'Sheas. Kennen Sie den vielleicht auch nicht? Ich möchte wetten, daß Sie ihn nicht nur vom Hörensagen kennen, und wenn Sie ihn inzwischen noch nicht wiedererkannt haben sollten, werden Sie sehr bald erfahren, wer er ist.«

Der Pfarrer schüttelte den Kopf.

»Von dem, was Sie da sagen, verstehe ich kein Wort. Wen sollte ich wiedererkennen?«

»Marks war ein ziemlich kluger Kopf. Ich möchte ihm gern wenigstens eine Chance geben.«

Plötzlich packte Fane den Pfarrer an seinen weißen Haaren, zerrte daran und hielt im nächsten Augenblick eine Perücke in der Hand.

»Sie sind Marks!«

Der falsche Pfarrer sprang auf.

»Was, zum Teufel ...«

»Machen Sie sich aus dem Staub, solange Sie noch können! Ich warne Sie, genauso wie ich Connor gewarnt habe. Sie fordern das Schicksal heraus, und Sie werden ihm nicht entrinnen können.«

»Das ist meine Sache. Ich lasse mich nicht von Ihnen beeinflussen.«

»Gut. Ich dachte mir, daß Sie meine Warnung in den Wind schlagen würden. Sie sind immer noch so selbstbewußt wie früher!«

Marks atmete schwer.

»Mich können Sie nicht erschrecken. Sie wissen, warum ich hergekommen bin. Ich will meinen Anteil an der Beute, und ich gehe nicht, bis ich ihn habe.«

»Dann werden Sie eben als Toter hier hinausgetragen«, erwiderte Fane düster.

»Glauben Sie? Sind Sie etwa Hellseher? Ich will Ihnen etwas sagen. Ich erkannte Sie im gleichen Augenblick, als Sie Connors Namen erwähnten. Es ist aber noch jemand anders hier im Haus, der Sie erkannt hat – der alte Goodman. Glauben Sie mir, der läßt nicht mit sich spaßen, dazu ist er zu weit in der Welt herumgekommen. Ich habe einen Blick aufgefangen, den er Ihnen zuwarf.«

»Was sagen Sie da von Goodman? Sie sind ja glatt verrückt.«

»So – verrückt? Ich war heute nachmittag im Dorf und habe ihn beobachtet, wie er vom Postamt aus nach London telefonierte. Er hat sich nach Ihnen erkundigt. Übrigens war Miss Redmayne auch dort. Da staunen Sie? Was werden Sie jetzt tun? Wollen Sie Goodman aus dem Weg räumen? Ich kenne Ihre Methoden, ich weiß auch, daß Sie den Trick, als Betrunkener in der Gegend herumzulungern, schon früher angewandt haben.«

»Ob er weiß, wer ich bin oder nicht, ist im Augenblick gleichgültig. Auf jeden Fall habe ich Sie gewarnt. Und wenn Sie meinen Rat nicht befolgen, geht es Ihnen genau wie Connor.«

Marks machte ein paar Schritte zur Tür.

»Sie haben mich allerdings deutlich genug gewarnt. Aber der Mann, der mir zuvorkommen will, muß sich beeilen . . .«

Er trat hinter die Portiere, öffnete die Glastür zum Park hinaus und verschwand.

Fane wartete einige Zeit. Als er Schritte vom Entree her hörte, benützte er die gegenüberliegende Tür, die auf den großen Rasen neben dem Haus führte. Er sah noch, wie sich die Tür vom Entree zur Halle öffnete.

Mr. Goodman kam herein. Er sprach mit sich selbst. Seine Blicke wanderten von einem Tisch zum andern. Er suchte seine Pfeife. Nach einer Weile fand er sie, steckte sie in die Tasche und ging langsam zur Tür zurück. Vor dem Sofa sah er etwas am Boden liegen, bückte sich und hob es auf. Es war die Perücke, die Fane Marks heruntergerissen hatte. Lange starrte er darauf, bis er auf einmal den kalten Luftzug spürte, der durch die offene Glastür hereinströmte. Er ging auf die Portiere zu, wollte sie zurückziehen, als er von zwei Händen an der Kehle gepackt und in die Nische gezogen wurde.

Mary war gerade im Begriff, zu Bett zu gehen, als sie die dumpfen Geräusche des Kampfes vernahm, der unten ausgefochten wurde. Sie hörte einen Schrei, schlüpfte in ihren Morgenrock und eilte die Treppe hinab. Sie stieß die Tür auf. Die Halle lag im Dunkeln.

»All right«, sagte eine Stimme.

Das Licht leuchtete auf. Ferdie Fane stand neben dem Fenster. Seine Kleider und seine Haare waren in Unordnung.

»Wo ist Mr. Goodman?« fragte Mary atemlos. »Ich hörte seine Stimme – wo ist er?«

»Ich habe nicht die leiseste Ahnung«, antwortete Fane.

Sie entdeckte eine Blutspur auf seinem weißen Frackhemd –. Als sie bewußtlos umsank, fing er sie in seinen Armen auf.

17

Um halb drei Uhr morgens waren alle Bewohner von Monkshall wach. Vor dem Haustor stand der beschmutzte Dienstwagen von Chefinspektor Hallick. Die Teppiche in der großen Halle waren aufgerollt worden, weil man nach verborgenen Falltüren suchte. Mrs. Elvery saß schläfrig in ihrem auffälligen roten Morgenrock in einem Polstersessel. Als Hallick von einer Durchsuchung des Parks zurückkehrte, war sie eingenickt und schnarchte. Er weckte sie.

»Folgen Sie meinem Rat, und gehen Sie zu Bett! Es ist fast drei Uhr.«

Sie blinzelte und begann leise zu weinen.

»Der arme Mr. Goodman! Er war ein so netter Herr, noch dazu ein Junggeselle. Nun wird es ganz still werden hier im Haus.«

»Wir wissen doch gar nicht, ob er tot ist«, fuhr Hallick sie an.

»Aber es waren doch Blutspuren auf dem Fußboden!« Sie schluchzte aufs neue. »Und Mr. Partridge, haben Sie den gefunden?«

»Der gute Mr. Partridge«, höhnte Hallick gereizt, »ist bereits auf dem Weg nach London. Um den brauchen Sie sich nicht mehr zu kümmern. Übrigens ist er ein alter Zuchthäusler und heißt Marks.«

Jetzt wurde Mrs. Elvery wach und lebendig.

»Haben Sie schon Cotton verhört? Der hat sich am vergangenen Abend sehr merkwürdig benommen. Zweimal war er unten im Keller, und als er das zweite Mal wieder heraufkam, waren seine Hosen beschmutzt – wissen Sie, weshalb?«

»Ich will es gar nicht wissen«, erklärte Hallick gelangweilt.

»Weil er nach dem Goldschatz suchte, der hier im Haus versteckt liegt. Ja, da staunen Sie, Inspektor!«

»Ihrer Meinung nach liegt also der Goldschatz hier im Hause versteckt? Sie bringen die alte Geschichte von O'Shea mit den Vorfällen in den letzten Tagen in Verbindung? Woher haben Sie denn diese Weisheit?«

»Aus meinen Zeitungsausschnitten«, versicherte Mrs. Elvery triumphierend.

»Ich möchte Sie jetzt aber wirklich bitten, zu Bett zu gehen«, sagte Hallick, und es gelang ihm endlich, sie zum Verlassen der Halle zu bewegen.

Als er mit seinem Assistenten allein war, und Sergeant Dobie über seine Nachforschungen berichtete, unterbrach ihn Hallick nervös:

»Redmayne? Nein, der kommt als Täter gar nicht in Frage! Warum sollte er auch . . .«

»Das wollte ich auch gar nicht behaupten«, rechtfertigte sich

Dobie. »Es geht um etwas anderes. Redmayne ist vollständig bankrott. Er hat eine beträchtliche Summe von Goodman geliehen. Nach Goodmans Verschwinden war das erste, daß er dessen Zimmer aufsuchte, einen Koffer erbrach und einen Schuldschein entwendete. Sehen Sie, hier ist er.«

Hallick schaute eine Weile auf das Papier.

»Rufen Sie Redmayne!«

Bald darauf kam der Colonel in die Halle.

»Ich möchte ein paar Fragen an Sie richten«, begann Hallick schroff.

»Es wird mir bald zuviel, immer wieder neue Fragen beantworten zu müssen.«

»Das ist schon möglich«, erwiderte Hallick ironisch. Er zog den Schuldschein aus der Tasche und hielt ihn dem Colonel hin. »Ist das vielleicht die Erklärung für das Gespenst in Monkshall? Passieren deshalb all die seltsamen Dinge hier – Spuk, Mord?«

»Das ist ein Schein über Geld, das ich mir borgen mußte«, erklärte Redmayne leise.

»Vor zehn Jahren waren Sie Sekretär und Schatzmeister beim Roten Kreuz. Unerwartet wurde eines Tages die Kasse revidiert, wobei sich herausstellte, daß eine größere Summe fehlte. Ihre Verhaftung stand nahe bevor, als Sie plötzlich das Geld ersetzten. Haben Sie es sich von Goodman geliehen?«

»Ja.«

»Vor ein oder zwei Stunden durchsuchten Sie Goodmans Papiere. Holten Sie sich diesen Schuldschein?«

»Ich lasse mich von Ihnen nicht verhören. Sie haben kein Recht, mich über meine Privatangelegenheiten auszufragen.«

»Colonel Redmayne –«, sagte der Chefinspektor ruhig und machte eine verheißungsvolle Pause, »in der vorigen Nacht wurde ein Mann in Ihrem Haus ermordet, heute abend ist einer Ihrer Gäste unter merkwürdigen Umständen verschwunden, die daran denken lassen, daß auch er ermordet wurde. Ich habe also wohl das Recht, Fragen an Sie zu richten. Ich habe sogar das Recht, Sie zu verhaften, wenn Sie sich nicht anders verhalten.«

»Gut, dann verhaften Sie mich!«

»Nehmen Sie endlich Vernunft an!« rief Hallick ärgerlich.

»Hier im Hause hält sich heimlich jemand auf, den Sie verstekken und beschützen!«

»Von wem reden Sie?« fragte Redmayne unruhig.

»Meiner Meinung nach ist diese Schuld bei Goodman nur vorgetäuscht worden. Zu der Zeit, als Sie dieses Geld angeblich borgten, standen Ihnen große Summen zur Verfügung. Sie haben dieses Haus gekauft, um einen Verbrecher zu beherbergen, gegen den ein Haftbefehl erlassen worden war – Leonard O'Shea.«

»Das ist eine Lüge!« stieß Redmayne hervor.

»Dann will ich Ihnen noch mehr sagen. Irgendwo hier in diesen Mauern liegt das Gold, das seinerzeit mit der ›Aritania‹ von Australien nach England kam und auf dem Transport nach London verschwand. Und irgendwo in den unterirdischen Gewölben verbirgt sich ein halb Wahnsinniger.«

Der Colonel wich einen Schritt zurück.

»Ich habe alles getan, was ich tun konnte, um ihn fernzuhalten. Glauben Sie denn, daß ich ihn hier haben wollte?«

»Wir werden bald Klarheit in die Sache bringen.«

Hallick gab Dobie ein Zeichen. Der Sergeant führte den Colonel, der es widerstandslos hinnahm, in sein Arbeitszimmer zurück.

Hallick folgte ihnen.

18

Als die Tür hinter dem Chefinspektor zufiel, kam Mr. Fane hinter der Portiere hervor. Er hatte die Kleidung gewechselt und trug nun einen Golfanzug. Er ging nochmals zur Glastür zurück und rief vorsichtig jemandem im Garten etwas zu.

Gleich darauf tauchte Mary aus der Dunkelheit des Parks auf.

»Kommen Sie ruhig herein, es ist niemand hier. Die Leute brauchen ja nicht unbedingt zu erfahren, daß Sie allein mit mir im Park spazierengingen.«

Sie zog ihren Regenmantel aus und ließ sich müde in einen Sessel fallen.

»Die Nacht ist so unheimlich, und doch fühlte ich mich da draußen in Ihrer Begleitung sicherer als hier im Haus.«

»Ich fühle mich im Augenblick nirgends recht sicher«, meinte Fane. »Ich werde hier schlafen – wo ist eigentlich Cotton?«

»Was wollen Sie von ihm?«

»Ich möchte noch etwas trinken.« Er klingelte.

Cotton trat sofort ein. Er mußte draußen vor der Tür gestanden haben. Seine Kleider waren naß, die Stiefel schmutzig.

»Hallo!« Fane betrachtete ihn eingehend. »Sind Sie draußen im Park herumgeschlichen?«

»Ich habe mich nur etwas umsehen wollen. Das schadet doch niemandem.« Es klang nicht besonders selbstsicher.

»Haben Sie die Kriminalbeamten gesehen draußen?« fragte Mary. »Ist etwas Neues gefunden worden?«

Fane lachte kurz.

»Ich will wissen, ob die Beamten etwas herausgefunden haben«, wiederholte Mary ungeduldig.

»Das kann ich Ihnen genau sagen, was die vermuten«, antwortete Ferdie Fane anstelle des Butlers. »Die Polizei nimmt an, daß Mr. Goodman in diesem Raum ermordet wurde. Eine etwas sonderbare Auffassung – meinen Sie nicht auch, Cotton? Und die Beamten glauben auch, daß der Pfarrer nicht mehr am Leben ist. Ich hörte, wie der Sergeant dem Chefinspektor gegenüber diese Ansicht vertrat. Seiner Meinung nach muß Partridge hier ins Zimmer gekommen sein, während Goodman mit dem geheimnisvollen Mönch kämpfte, und der Unheimliche hat die beiden umgebracht.«

»Wer ist denn der Unheimliche?«

»So nennt man den Mann«, mischte sich Cotton ein, »der in der schwarzen Mönchskutte herumläuft. Es wird behauptet, daß er zwei Stunden an jedem Tag wahnsinnig sei. Tatsächlich ist es ja auch unheimlich, wenn man sich vorstellt, daß ein Wahnsinniger hier seinen Spuk treibt und niemand weiß, wer er ist. Alle können da in Verdacht kommen, Sie zum Beispiel, Mr. Fane, und auch ich.«

»Dann doch wohl eher Sie! Aber bringen Sie mir jetzt eine halbe Flasche Sekt.«

Cotton ging hinaus.

»Mr. Fane –«, fragte Mary, »was ist mit Goodman geschehen?«

Er antwortete erst, nachdem Cotton Glas und Flasche gebracht hatte und wieder gegangen war.

»Das ist wenigstens ein anständiger Tropfen.« Er goß den schäumenden Sekt ein. »Es wird mir guttun, ich habe ziemliche Kopfschmerzen.«

»Ich wünschte nur, Sie bekämen einmal solche Kopfschmerzen, daß Sie nicht mehr daran denken würden, zu trinken!« ereiferte sie sich unbesonnen.

»Dann wünschten Sie am liebsten, daß ich tot wäre?«

Sie war sehr unzufrieden mit ihm, weil sie gehofft hatte, daß er ihr in dieser schwierigen Zeit eine Hilfe sein könnte. Dann kam ihr ein Gedanke.

»Warum sagten Sie eigentlich ›ein anständiger Tropfen‹, wenn Sie doch sonst so wenig wählerisch sind?«

»Sehen Sie, nun verstehen wir uns schon besser. Dies ist der erste Tropfen Wein in dieser Woche, ich kann Ihnen versichern, daß ich ziemlich nüchtern bin und fast keinen Alkohol trinke.«

Meinte er dies wirklich ernst? Hatte er seine Trunkenheit immer nur vorgetäuscht?

»Was geschah heute abend, als ich Sie hier in der Halle traf?« fragte sie. »Es muß doch ein Kampf stattgefunden haben.«

»Ich weiß es nicht. Irgend jemand schlug mir mit der Faust unters Kinn. Daraus schloß ich, daß es kein Freund von mir gewesen sein konnte.« Er hatte es scherzhaft gesagt, aber dann wurde er ernst. »Würden Sie es tatsächlich gern sehen, wenn – wenn ich Ihnen helfen, für Sie sorgen möchte –?«

»Ich weiß nicht, was Sie meinen.«

Sie erriet, worauf er hinaus wollte.

»Sie brauchen jemanden, der Sie beschützt.«

»Glauben Sie denn, daß Sie überhaupt jemanden beschützen können?« fragte sie und bedauerte es im gleichen Augenblick.

»Wissen Sie nicht, Mary, daß ich bereits etwas für Sie tue? Sehen Sie nicht . . .«

»Sie sollen mich nicht Mary nennen!«

»Warum nicht? So heißen Sie doch. Sie können ruhig Ferdie zu mir sagen, wenn Sie wollen.«

»Nein – nicht, wenigstens jetzt nicht.« Sie war ein wenig atemlos. Plötzlich drehte sie sich um. Er sah, daß sie Angst hatte.

»Was gibt es?« fragte er.

»Ich weiß nicht, aber ich habe das schreckliche Gefühl, daß uns jemand belauscht. Wenn der Betreffende sich wenigstens bemerkbar machen würde! Dann wüßte man, woran man ist. Der arme Mr. Goodman – diese Ungewißheit . . .«

»Erwarten Sie noch jemanden heute?«

»Es sollte noch ein Beamter von Scotland Yard kommen. Mrs. Elvery nannte ihn den großen Bradley.«

»Der arme Kerl! Was für einen Zweck sollte es haben, den auch noch herzulocken? Ich bin tüchtiger als tausend Detektive, und mit O'Shea nehme ich es jederzeit auf.« Fane lachte sonderbar. »O'Shea, das ist ein Kerl!«

»Ich habe von ihm gehört. Wie sieht er aus?«

Er lachte von neuem.

»Etwa so wie ich – nur nicht so hübsch.«

»Sie wissen nur zu gut, wer O'Shea ist!« Ihre Stimme war nur noch ein Flüstern. »Als Sie gestern draußen im Park mit Connor sprachen, hörte ich, wie Sie ihm drohten.«

Er schwieg einen Moment.

»Ich habe ihn gewarnt«, sagte er dann.

Als ob er das Gespräch beenden wollte, schob er einen Sessel zurecht, und zwar so, daß er der Wand zugekehrt war. Aus einer Ecke holte er einen Wandschirm und stellte ihn hinter den Sessel.

»Was wollen Sie?«

»Ich will jetzt schlafen«, erklärte er kurz.

»Aber warum stellen Sie den Sessel dahin?« fragte sie erstaunt.

»Hier ist die alte Tür, die die Mönche immer benutzten. Wenn also irgendein Geist in einer schwarzen Kutte erscheinen sollte, muß er durch diese Tür kommen.«

In diesem Augenblick kehrte Hallick mit Mr. Redmayne in die Halle zurück.

»Zum Teufel, was machen Sie hier?« fuhr er Fane an.

Ferdie Fane nahm eine Decke, die Mrs. Elvery zurückgelassen hatte, vom Sofa und deckte sich damit zu.

»Ich will schlafen.«

»Hier ist nicht der richtige Platz dazu«, sagte Redmayne unfreundlich. »Gehen Sie auf Ihr Zimmer.«

Hallick, der sehr nachsichtig gegen Fane zu sein schien, legte sich ins Mittel.

»Lassen Sie ihn ruhig hier.«

Der Chefinspektor spürte einen Luftzug und schob die Portiere zurück. Die Glastür dahinter stand offen.

»Schließen Sie diese Tür, sobald wir draußen sind, Miss Redmayne. Öffnen Sie sie nur, wenn Sie die Stimme Ihres Vaters erkennen. Wir gehen jetzt in den Park.«

»Es wäre besser, wenn du auf dein Zimmer gingest«, riet der Colonel.

»Ich will hier warten.«

»Aber Liebling ...«

»Lassen Sie sie ruhig hier«, beruhigte ihn Hallick. »Mr. Fane wird ihr bestimmt nichts zuleide tun.«

Ferdie Fane hatte sich inzwischen in seinem Sessel zurückgelehnt. Er nahm an, daß auch Mary die Halle verlassen habe. In Wirklichkeit war sie aber noch da. Auf Zehenspitzen schlich sie näher und schaute hinter den Wandschirm. Da er die Augen geschlossen hielt, drehte sie alle Lichter aus, mit Ausnahme einer Lampe. Leise ging sie zur Tür und öffnete sie. Aber dann drehte sie sich noch einmal um und sah zu Ferdie Fane hinüber. Deshalb bemerkte sie nicht, daß ein Mann in der Türöffnung erschienen war. Er stand dicht hinter ihr. Es war eine große Gestalt – von Kopf bis Fuß in eine schwarze Kutte gehüllt. Auch das Gesicht wurde von der großen Kapuze bedeckt, die nur zwei runde Öffnungen für die Augen enthielt.

Sie ahnte nichts von der Gefahr. Plötzlich wurde sie von zwei starken Armen gepackt. Eine große Hand legte sich auf ihren Mund. Starr vor Schrecken erkannte sie die Mönchsgestalt. Im nächsten Moment verlor sie die Besinnung.

Ohne das geringste Geräusch zu machen, zog der Vermummte

sie in den Flur, schloß leise die Tür und trug sie, an der Tür ihres Vaters vorbei, fort. Er verschwand in einem kleinen Zimmer, das als Abstellraum benutzt wurde. Dort öffnete er eine Falltür, legte sich das bewußtlose Mädchen über die Schulter und stieg die steinerne Treppe hinab. Unten ließ er sie zu Boden gleiten, um die Falltür wieder zu schließen.

19

Hallick und Redmayne fragten die Posten, die im Park aufgestellt worden waren, aber keiner der Beamten hatte bis jetzt die Erscheinung eines Mönchs gesehen. Ebensowenig hatten sie eine Spur von Goodman oder Marks gefunden.

»Marks wird inzwischen schon in London sein«, meinte Hallick, als sie über den feuchten Rasen gingen. »Den werden wir bald gefunden haben.«

»Warum ist er überhaupt hierhergekommen?«

»Er suchte das Gold, das hier versteckt liegt – irgendwo in den Kellergewölben –, den Schatz Ihres Freundes O'Shea. Jedenfalls werde ich O'Shea noch in dieser Nacht verhaften, und ich kann Ihnen nur den Rat geben, Colonel, uns aus dem Weg zu gehen. Ich habe so eine Ahnung, daß es gefährlich werden könnte. Fahren Sie nach London, und nehmen Sie Ihre Tochter mit. Ich stelle Ihnen gern einen Polizeiwagen zur Verfügung.«

»Wie soll ich ihr das alles so plötzlich erklären?«

»Sie brauchen es ihr gar nicht so genau zu erklären. Sagen Sie ihr einfach die Wahrheit, oder warten Sie meinetwegen auch damit, bis die Sache zur Gerichtsverhandlung kommt. Wir werden ja sehen. Meiner Meinung nach hat O'Shea Ihnen das Geld gegeben, damit Sie Monkshall kaufen konnten.«

»Nein, das stimmt nicht. Er hat es schon vor dem Überfall auf den Goldtransport gekauft. Ich befand mich damals in einer verdammt ungemütlichen Situation. Jeden Augenblick mußte ich fürchten, daß man mich verhaften würde. Wie O'Shea von meiner Lage erfahren hat, weiß ich nicht. Ich hatte nie vorher etwas von dem Mann gehört. Als er mir aber Geld anbot, mir ein festes Einkommen und einen prächtigen Wohnsitz in Aussicht stellte, habe ich natürlich nicht nein gesagt. Ich bin ja eigentlich Arzt, und als er mir erzählte, daß er diese Anfälle habe, glaubte ich ihm helfen zu können. Ich wußte damals nicht, daß er O'Shea war. Das habe ich erst vor etwa einem Jahr erfahren.«

Sie gingen schweigend ein Stück weiter.

»Sind nicht früher einmal drei Männer hier gewesen?« fragte Hallick und nannte die Namen der vermißten Beamten von Scotland Yard.

»Wie? Vom Yard? Die haben Sie geschickt? Ja, sie blieben ein oder zwei Tage und verschwanden, ohne ihre Rechnungen zu bezahlen.«

»Sie sind hier ermordet worden! O'Shea ist der Mörder. Wenn die drei nur soviel Verstand gehabt hätten, mir anzuvertrauen, was sie wußten, wären sie noch am Leben. Aber sie wollten den Ruhm, O'Shea entdeckt zu haben, für sich allein in Anspruch nehmen, und das war ihr Verderben.«

»Wie, O'Shea soll die Beamten umgebracht haben? Hier im Haus?« fragte der Colonel bestürzt.

Im Sprechen waren sie wieder auf dem Rasen vor dem Haus angelangt. Hallick klopfte leise an die Glastür. Es meldete sich niemand. Auch als es nochmals klopfte, kam keine Antwort.

»Ich glaube, wir gehen besser zur Haustür und klingeln Cotton.«

Es dauerte ziemlich lange, bis der Butler öffnete.

»Wo ist Miss Redmayne?« fragte ihn Hallick.

»Ich habe sie nicht gesehen. Aber da drinnen schläft einer im Sessel, der sich eine Decke übergezogen hat. Ich bekam einen schönen Schreck, als ich hinter den Wandschirm guckte.«

»Das ist Fane, lassen Sie den in Ruhe.«

Hallick knipste alle Lampen an.

Er hatte das eigentümliche Gefühl, daß sich etwas ereignen würde.

»Suchen Sie vor allem Ihre Tochter«, empfahl er dem Colonel.

Redmayne ging hinauf. Man hörte ihn im darüberliegenden Zimmer hin und her gehen. Nach fünf Minuten kam er blaß und verwirrt zurück.

»Sie ist nicht in ihrem Zimmer. Vermutlich überhaupt nicht im Haus, ich habe überall nachgesehen.«

»Wissen Sie nicht, wo Miss Redmayne ist, Cotton?«

»Nein.«

»Was ist das?« Hallick bückte sich und hob etwas vom Boden auf. Es war ein Stoffgürtel. Die beiden sahen sich bestürzt an.

»Dann ist er hiergewesen – das war der Mönch!« stammelte Redmayne.

Hallick schob den Wandschirm beiseite und zog am Sessel.

»Fane, wachen Sie auf! Miss Redmayne ist verschwunden!«

Er hob die Decke hoch, die das Gesicht des Schläfers bedeckte und stieß einen Fluch aus.

Der Mann, der im Sessel lag, war nicht Fane, sondern Marks. Und Marks war tot.

20

Als Mary wieder zu sich kam, lag sie auf harten, kalten Steinen. Eine blaßblaue Laterne hing von einer gewölbten Decke herab. Gleich darauf hörte sie Musik – tiefe Orgeltöne. Sie setzte sich auf und sah sich um. Sie befand sich in einer kleinen Kapelle. In einer dunklen Nische war der Altar, im Hintergrund die kleine Orgel, an der ein Mönch in schwarzer Kutte saß. Als er sah, daß sie sich bewegte, stand er auf und kam leise auf sie zu. Vor Furcht und Entsetzen konnte sie sich nicht rühren.

»Fürchte dich nicht«, flüsterte er. »Du brauchst keine Angst zu haben.« Die Stimme klang gedämpft hinter der Kapuze, die sein Gesicht verdeckte.

»Wer sind Sie?«

»Dein Freund, der dich – liebt, dich verehrt!«

Träumte sie? War alles ein Trugbild ihrer Phantasie? Ihre Hand berührte die schwere Steinplatte, auf der sie gelegen hatte, und sie wußte, daß es kein Traum, sondern Wirklichkeit war.

Offenbar hatte dieses unterirdische Gewölbe zwei Zugänge. Zu beiden Seiten des Altars führten Wendeltreppen nach oben.

»Wer sind Sie?« wiederholte sie.

Er zog langsam die Kapuze zurück.

Goodman stand vor ihr. Seine grauen Haare waren zerzaust, sein Gesicht wirkte hart, nicht so heiter und ruhig, wie sie es an ihm gewohnt war.

»Aber, Mr. Goodman, warum ...« stammelte sie.

»Du sollst mich Leonard nennen«, sagte er leise und geheimnisvoll. Die Hand, die er ihr auf die Schulter legte, zitterte. »Mary – ich habe gewartet, ach, ich habe so lange gewartet auf diesen großen Augenblick. Ich verehre dich, ich bete dich an ...«

Sie wand sich von der Steinplatte hinunter und versuchte, eine der Wendeltreppen zu erreichen, aber er stellte sich ihr in den Weg.

»Du fürchtest dich doch nicht vor mir, Mary?«

Sie nahm allen Mut zusammen und schüttelte den Kopf.

»Nein, Mr. Goodman. Warum sollte ich mich auch vor Ihnen fürchten? Im Gegenteil, ich freue mich, daß Sie noch leben. Ich fürchtete, daß Ihnen etwas zugestoßen sein könnte.«

»Mir kann nichts passieren«, erklärte er zuversichtlich.

Ihre Knie zitterten. Mit äußerster Willenskraft hielt sie sich aufrecht.

»Du fürchtest dich vor mir, aber das darfst du nicht. Ich will dir geben, was du willst, ich kann alle deine Wünsche erfüllen.« Er packte sie am Arm und zeigte auf die Wände und die tiefen Nischen der Kapelle. »Hier habe ich Schätze aufgespeichert – da liegt Gold, viel Gold. Du ahnst nicht, wie herrlich die Barren im Lichtschein glänzen!« Er wies mit der Hand rundum. »Hinter den Wänden dieser Kapelle befinden sich viele Grabkammern, in denen einst die toten Mönche beigesetzt wurden. Ich habe die Knochen entfernt und das Gold dort versteckt.«

»Warum habe ich diese Kapelle früher nie zu sehen bekommen, Mr. Goodman?«

Er legte den Arm um sie. Sie zwang sich, ruhig zu bleiben.

»Dies ist das Heiligtum, in dem meine Braut mir angetraut wird! Duftet es nicht nach Myrten? Riechst du den Weihrauch? Hier werden wir heiraten. Vielleicht sind andere vor uns hier getraut worden, viele Tote haben hier gelegen, jahrhundertelang, und vielleicht sterben wir beide auch hier.«

Sein Lachen klang unheimlich und irr – genau das Lachen, das sie in früheren Nächten gehört hatte.

»Hier habe ich drei Männer begraben – hier, hinter den Wänden dieser Kapelle.« Er zeigte auf verschiedene Stellen. »Da! Es waren Polizeibeamte, die nach mir suchten. Sie kamen von Scotland Yard.« Er kniete auf den Boden und klopfte auf eine Steinplatte. »Der eine von ihnen liegt hier unter dem Boden! Der kam hierher, um O'Shea zu fangen. Aber ich lebe, und er modert unter dem Stein.«

»Ach, bitte, seien Sie still!« stieß sie keuchend hervor. »Sie sind schrecklich!«

Er lachte.

»Ha! Der schwarze Schrecken! Ja, so haben sie mich genannt. Merkwürdig, daß es der alte Goodman ist! Da saß ich oben in der Halle bei den andern und hörte zu, wie dieses verrückte Weib vom Mönch in der schwarzen Kutte redete, und mußte im stillen lachen. Sie ahnte ja nicht, daß ich direkt neben ihr saß.«

Er streckte die Hand aus und faßte Mary am Arm. Sie versuchte, sich seinem Griff zu entziehen.

»Mr. Goodman! Sie werden mich jetzt gehen lassen. Mein Vater wird Ihnen alles geben, was Sie brauchen. Er tut alles für Sie, und – Sie wissen, er ist Arzt.«

Doch sein fester Griff lockerte sich nicht.

»Ach, dein Vater? Der tut alles, was ich ihm sage, denn er fürchtet mich. Das hättest du nie geglaubt, daß er Angst vor mir hat, wie? Aber es stimmt. Er glaubt, ich sei wahnsinnig, deshalb sorgt er sich um mich. Im Grunde genommen ist er verrückt. Hier sind überhaupt alle verrückt!«

Mit ungeheurer Anstrengung gelang es ihr, sich aus seinem Griff zu befreien und zur Treppe zu fliehen. Doch bevor sie die Stufen erreichen konnte, packte er sie wieder und riß sie zurück.

»Nein, du darfst noch nicht fort!«

»Lassen Sie mich jetzt los«, sagte sie so ruhig wie möglich. »Ich verspreche Ihnen, daß ich nicht wieder weglaufen will. Sie können mir glauben.«

Er ließ sie los. Sie setzte sich auf eine Steinbank vor dem Altar.

»Jetzt will ich dir etwas vorspielen. Die Orgel klingt wunderbar in diesen Gewölben.« Während er spielte, drehte er sich um und sprach über die Schulter hin zu ihr. »Hast du diese alte Orgel schon gehört? Ich spiele für die Toten. Dann fangen sie an zu leben. Die alten Mönche gehen umher, sie kommen in langen Reihen, immer zu zweien. Manchmal sehe ich auch Menschen, die ich kenne, die aber längst tot sind . . .« Plötzlich brach er das Spiel ab und zeigte ins Leere. »Sieh, dort steht Joe Connor!«

Sie konnte nichts sehen, er aber winkte seltsam in eine bestimmte Richtung.

»Komm her, Connor, ich muß mit dir sprechen. Du armer Kerl hast lange im Gefängnis gesessen, nur weil der böse O'Shea dich verraten hat! Und nun kommst du und willst deinen Teil an der Beute haben? Gut, mein Junge, du sollst ihn bekommen!«

Er stand auf, machte ein paar Schritte und legte den Arm um eine unsichtbare Gestalt. Mary konnte nichts sehen, aber er, in seinem Wahnsinnsanfall, tat so, als ob er einen Mann zu der Steinbank führte, von der Mary aufgesprungen war.

»Du sollst deinen Anteil haben, mein Junge! Alles Gold ist hier, Connor. Setz dich, ich will dir alles erklären. – Ich hatte dieses alte Haus schon viele Monate vor unserem Anschlag auf den Goldtransporter gekauft. Du verstehst doch, warum ich das getan habe, Connor? Ja, natürlich, ich habe das Gold im Lastwagen hierhergebracht und in dieser Kapelle versteckt. Viele Wochen und Monate habe ich gearbeitet, die Gräber der alten Mönche mit Gold gefüllt. War das nicht klug von mir, Connor? Ah, nun lächelst du!« Er straffte sich und trat hinter die Steinbank, auf der er seinen imaginären Gast plaziert hatte. »Ich sage dir dies alles, weil du jetzt tot bist, und Tote ja nicht mehr vor Gericht aussagen können. Siehst du, und dann habe ich Redmayne zum Besitzer des Hauses gemacht. Er mußte es für mich verwalten. Zuerst wollte er nicht, aber er mußte ja, denn ich hatte ihn in meiner Gewalt. Mein Verstand war etwas in Unordnung geraten, und Redmayne kümmerte sich um mich. Dafür habe ich ihn bezahlt. Nach außen hin galt er als Herr von Monkshall. Weißt du, so habe ich die Polizei hinters Licht geführt. Niemand ist es im Traum eingefallen, daß ich O'Shea sein könnte! –

Und jetzt kommst du hierher und willst deinen Teil haben, du verdammter Hund! Ich werde dir das Genick brechen, ich werde dich erwürgen, du Schuft – du ...«

Er schrie wild auf und griff mit beiden Händen in die Luft, als ob er einem Mann die Kehle zudrücken wollte. Dann tat er so, als würfe er ihn zu Boden, und kniete sich auf den Stein. Sein Gesicht war vor Wut verzerrt.

Auf einmal schien er sich daran zu erinnern, daß Mary in der Kapelle war, und er sah sich um.

»Ach, du fürchtest dich sicher vor mir?« Er sprach ganz sanft. »Ich hätte das nicht tun sollen.«

Sacht trat er zu ihr hin. Plötzlich riß er sie an sich. Sie schrie vor Entsetzen auf, aber er beruhigte sie sogleich.

»Ich will dich nicht erschrecken, du sollst dich nicht vor mir fürchten. Schrei doch nicht so! Ich liebe dich viel zu sehr, als daß ich dir etwas antun könnte.« Er wollte sie küssen, aber sie bog sich weit zurück. »Du wirst noch lernen, mich zu lieben. Hast du die unterirdischen Gänge schon gesehen? Die kleinen Türen der Zellen? Dahinter lebten die alten Mönche, und dort ist auch dein Brautgemach.«

Sie versuchte verzweifelt, Zeit zu gewinnen. Solche Wahnsinnsanfälle mußten ja auch wieder vorübergehen.

»Sie haben eben gesagt, daß Sie – mich lieben«, setzte sie stockend an. »Sie sagten ...«

»Ja, ich verehre, ich bete dich an.« Er verneigte sich vor ihr.

»Wie können Sie mich dann zwingen, Sie zu lieben? Das würden Sie doch nicht tun, nicht wahr? Wenn ich – einen andern liebte ...«

Er wurde bleich.

»Liebst du einen andern?«

»Ja, ja, ich – ich liebe ...«

»Mr. Fane?«

»Ja.«

Eine Stille entstand. Sie rührten sich nicht, bis seine Hand hochschnellte und nach ihrer Kehle griff.

Sie glaubte schon, ihr Schicksal sei besiegelt, als sie jemand am Arm packte und zur Seite riß.

O'Shea stand einem Mann gegenüber, der eine Pistole auf ihn richtete.

»Ich verhafte Sie, O'Shea!« Es war Ferdie Fane. »Gehen Sie vom Lichtschalter weg – ich will nicht plötzlich hier im Dunkeln stehen. Treten Sie noch weiter nach links! So – bleiben Sie jetzt stehen.«

»Wer sind Sie?« fragte O'Shea verhältnismäßig ruhig.

»Mein Name ist Bradley. Inspektor Bradley von Scotland Yard. Ich verhafte Sie, O'Shea! Seit drei Jahren warte ich auf diese Gelegenheit, und jetzt weiß ich alles, was ich wissen muß.«

»Dann wissen Sie auch, was ich mit Marks gemacht habe?«

»Ja, Sie haben ihn ermordet.«

»Er versuchte, mich zu erwürgen. Ich glaube, er hatte mich erkannt. Seine Leiche ...«

»Habe ich hinter der Mönchstür gefunden und dann in den Sessel gelegt, in dem ich vorher saß. Hätten er und Connor auf meinen Rat gehört, wären beide heute noch am Leben.«

O'Shea lächelte.

»Sie also sind Bradley? Sie haben Connor verhaftet? Und unsern Freund Marks auch? – Nun, ich verdiene, daß es mir nicht besser ergeht, da ich Sie nicht zur rechten Zeit erkannt habe. – Miss Redmayne, ich möchte mich bei Ihnen entschuldigen. Es tut mir leid, daß ich manchmal nicht ganz bei Verstand bin, aber das geht immer wieder vorüber. Nun möchte ich auch diese Mönchskutte ablegen.«

Langsam zog er das schwarze Gewand aus.

»Nehmen Sie sich in acht«, flüsterte Mary Bradley zu. »Es ist möglich, daß er immer noch wahnsinnig ist.«

Trotz des Flüsterns hatte O'Shea sie verstanden.

»Ach, Miss Redmayne, Sie können das nicht gut beurteilen. Ja – und Sie, Mr. Bradley, Sie werden ja wohl bald diese liebenswürdige junge Dame heiraten, die eben eingestanden hat, daß sie Sie liebt. Ich möchte Ihnen gern noch ein kleines Hochzeitsgeschenk machen ...«

Bradley wäre dem tödlichen Streich kaum entgangen, wenn O'Shea auf dem glatten Stein nicht ausgeglitten wäre. Er stürzte und fiel gegen eine der Grabkammern, deren Öffnung mit einem Brett versperrt war. Durch den Aufprall wurde das Holz hochgeschoben und verklemmte sich in der Öffnung. Der oberste der zuvorderst aufgeschichteten Goldbarren fiel laut polternd auf den Steinboden.

O'Shea starrte auf das Gold, das er mit soviel Mühe und List hier versteckt hatte. Dann begann er zu lachen.

»Ein Hochzeitsgeschenk!« wiederholte er und blickte irr um sich.

Er lachte immer noch, als Hallick und drei andere Beamte von Scotland Yard ihn mit dem Dienstwagen nach London brachten.

Der Klub der Vier

1

Auf den ersten Blick machte Douglas Campbell einen wenig freundlichen Eindruck. Er war Ende Vierzig, groß, breitschultrig. Die starken, in der Mitte zusammengewachsenen Augenbrauen unterstrichen noch das Düstere seines Aussehens. Er war erster Direktor der Vereinigten Versicherungsgesellschaften und von Natur aus nüchtern und sachlich.

An einem sonnigen Frühlingsmorgen saß er in seinem Büro am Schreibtisch und las einen Brief. Er hob den Kopf und sah nach der Uhr.

»In ein paar Minuten muß Mr. Robert Brewer hier sein«, sagte er zu seinem Sekretär. »Führen Sie ihn gleich zu mir und sorgen Sie dafür, daß wir nicht gestört werden.«

»Jawohl, Sir.«

Gleich darauf klopfte es an der Tür, ein Angestellter reichte eine Visitenkarte herein.

»Mr. Brewer ist soeben gekommen«, meldete der Sekretär.

»Lassen Sie ihn eintreten.«

Mr. Robert Brewer, jung, elegant gekleidet, war eine frische, weltmännisch gewandte Erscheinung. Mit ausgestreckter Hand steuerte er auf Campbell zu.

»Mein lieber Direktor, ich sehe Ihnen förmlich an, wie glücklich Sie sind, mich begrüßen zu dürfen! Stimmt's?«

»Da bin ich nicht ganz so sicher, aber nehmen Sie Platz.« Campbell gab dem Sekretär einen Wink, das Zimmer zu verlassen, und wandte sich wieder seinem Besuch zu. »Sie sehen heute morgen wirklich glänzend aus!«

»Das glaube ich schon«, erwiderte Brewer befriedigt. »Ich fühle mich auch dementsprechend. Nun wollen wir aber über geschäftliche Dinge reden. Sie haben mich vermutlich nicht von New York hierhergerufen, nur um mir ein Kompliment zu machen.«

»Aber Sie sind wirklich smart, Brewer, ich bewundere Sie.

Wenn ich in meiner Jugend ebenso energisch, kühl und vorurteilslos gewesen wäre wie Sie, besäße ich heute Millionen.«

»Na, zwei haben Sie doch wohl mindestens, während ich nur ein armer Teufel von Versicherungsdetektiv bin, dem es schwerfällt, sich durchzuschlagen.«

Mr. Campbell stützte die Arme auf den Tisch, beugte sich vor und sprach jetzt etwas leiser.

»Bob, die Direktoren von drei uns angeschlossenen Gesellschaften haben mir den Rat gegeben, Sie kommen zu lassen. Unser Syndikat umfaßt heute sechs der größten Versicherungsfirmen Englands. Am häufigsten versichern wir gegen Diebstahl, Unfall und so weiter. Sie kennen ja das Geschäft in- und auswendig, darüber brauche ich Ihnen gar nichts zu erzählen. – Kurz, wir versichern Leute der vornehmen Gesellschaft gegen Torheit und Fahrlässigkeit, aber – das Geschäft macht sich nicht recht bezahlt. Bob, Sie kennen ja unsere Gesellschaft und wissen, wie diese Leute leben. Von einem Modebad reisen sie ins andere und müssen bei allen Anlässen dabeisein. Man kann sie fast mit einer Herde Schafe vergleichen. Und hinter ihnen her zieht eine kleine Armee von Parasiten, die vom Reichtum und von der Dummheit unserer Kunden leben und uns viel zu schaffen machen. Wenn wir nicht den Bankrott erklären wollen, müssen wir ihnen mit aller Energie zu Leibe rücken.«

Bob Brewer nickte nur.

»Dazu brauchen wir aber einen Spezialisten, der diese Schafherde bewacht und aufpaßt, daß die Wölfe nicht einbrechen. Sie sollen diese Aufgabe für uns übernehmen. Wir bieten Ihnen ein sehr gutes Gehalt an, und wir haben auch nichts dagegen, wenn Sie Privataufträge annehmen, die Sie nebenbei erledigen können. Ist Ihnen das recht?«

»Das hängt ganz davon ab, was Sie unter einem sehr guten Gehalt verstehen.« Bob grinste. »Gewöhnlich bekommt ein Detektiv für einen solchen Posten drei- bis vierhundert Pfund im Jahr.«

»Wir sind bedeutend großzügiger. Das Gehalt, das ich Ihnen anbiete, ist – vierstellig.«

Brewer sah den Direktor interessiert an.

»Dann machen Sie bitte gleich eine Notiz, daß ich bei Ihnen engagiert bin!«

Campbell ging zur Tür und drehte den Schlüssel um.

»Ich will Ihnen jetzt den Verbrecher nennen, der uns am meisten zu schaffen macht. Es ist der Chef des Klubs der Vier – Reddy Smith.«

Bob mußte lachen.

»Von dem brauchen Sie mir nichts zu erzählen. Wenn man in New York lebt, kennt man ihn.«

»Kennt er Sie auch?« fragte Campbell.

»Nein, wir sind uns nie geschäftlich begegnet, aber ich kenne ihn trotzdem. In New York habe ich mich vor allem mit Handelsversicherungen beschäftigt und in diesem Rahmen besonders mit Betrug, Veruntreuungen und dergleichen. Deshalb konnte mir Reddys Wirken nicht verborgen bleiben. Seine Spezialität und sein Hauptgeschäft bestanden darin, faule Aktien von Scheingründungen an die reichen Landwirte im Westen zu verkaufen. Ich habe ihn früher einmal in einem Gefängnis gesehen, aber ich glaube kaum, daß er mich kennt. Vor einem Jahr etwa war ich hinter ihm her, bevor er nach Europa verschwand.«

»Das ist es eben.« Mr. Campbell seufzte. »Was ich über ihn weiß, habe ich von der Polizei. Er hat mit ein paar gerissenen Burschen in Frankreich zusammengearbeitet, aber man konnte ihm nie etwas nachweisen, obwohl angenommen wird, daß er an zwei großen Einbrüchen beteiligt war. Zur Zeit hält er sich in Monte Carlo auf. Unglücklicherweise sind auch mehrere unserer Kunden dort.«

»Welche Hilfe kann ich von der französischen Polizei erwarten?« fragte Bob.

Der Direktor zog eine Schublade auf und nahm ein dünnes Dossier heraus.

»Hier ist Ihre Vollmacht, die vom französischen Innenministerium unterzeichnet ist, ebenso vom Staatsminister von Monaco. Die Behörden dieses kleinen Staates bemühen sich eifrig, Verbrecher fernzuhalten.«

Bob nahm die Papiere an sich, blätterte kurz darin und steckte sie in die Tasche.

»Reisen Sie so bald als möglich – wir setzen selbstverständlich voraus, daß Sie in den besten Hotels wohnen.«

»Darauf können Sie sich verlassen«, versicherte Bob. »Übrigens noch eine Frage. Wieviel Gehalt bekomme ich im voraus, und wann kann ich das Geld abheben?«

»Ich kannte Ihren Vater«, entgegnete Campbell, »er war ein zäher, sparsamer Schotte. Auch Ihre Mutter hielt Geld und Eigentum zusammen. Aus Ihnen aber ist der verschwendungssüchtigste Engländer geworden, den ich kenne. Soll ich Ihnen also einen kleinen Vorschuß zahlen?«

»Wovon soll der Schornstein sonst rauchen?« fragte Bob. »Zahlen Sie mir sechs Monate Gehalt im voraus, später teile ich Ihnen mit, wieviel ich für meine außerordentlichen Ausgaben brauche. Auf der Durchreise bleibe ich ein paar Tage in Paris, und wie Sie wissen, ist das ein kostspieliges Pflaster.«

Achselzuckend schrieb Mr. Campbell einen Scheck aus.

2

Vor dem Café de Paris in Monte Carlo saßen zwei elegant gekleidete Herren. Woher sie stammten, war nicht ohne weiteres ersichtlich. Es handelte sich um Fremde, vermutlich Amerikaner. Der ältere von ihnen rauchte eine Zigarre.

»Jimmy«, sagte er zu seinem Begleiter, »hier in Monte Carlo wird es vom nächsten Montag an ungemütlich. Ich halte es deshalb für das beste, daß wir am Sonntag abreisen. Inzwischen können wir noch vier Tage ungestört arbeiten. Wie sieht eigentlich dieser Brewer aus?«

»Keine Ahnung. Ich habe ihn noch nie getroffen, nur schon viel vom ihm gehört.«

»Bist du auch sicher, daß er kommt?« fragte Reddy.

»Natürlich. Als ich heute morgen meine Briefe abholte, sah ich das Telegramm, mit dem er sein Zimmer bestellt hat. Es war in Paris aufgegeben, und er hat sich das teuerste und beste Zimmer reservieren lassen mit Blick auf den Kasinoeingang. Er will am Montag ankommen, wenn er aber nicht eintreffe, solle man das Zimmer bis zu seiner Ankunft reserviert halten.«

»Wir haben also noch vier Tage Zeit. Ich glaube«, sagte Reddy zuversichtlich, »daß uns die Sache gelingen wird. Der kleine William sieht ganz so aus, als ob er zahlen würde.« Er wies mit einer Kopfbewegung zum Hoteleingang, vor dem ein eleganter Herr stand. »Man sieht von weitem, daß der Kerl gut in der Wolle sitzt. Eine Bekanntschaft mit dem ist so gut wie Bargeld.«

»Wie heißt er eigentlich? Und worüber hast du gestern abend im Kasino mit ihm gesprochen?«

»William Ford. Sein Alter hat mit Erdölaktien schweres Geld gemacht. Als er starb, hinterließ er seinem Willie eine ganze Wagenladung davon. Und der will sich jetzt erst einmal austoben. Früher scheint er nicht viel erlebt und gesehen zu haben.«

»Wofür hast du ihn denn interessiert?«

»Ich habe ihm von der Montana-Silbermine erzählt. Er war sofort Feuer und Flamme. Wir wollen zu ihm gehen, damit ich dich vorstellen kann.«

Mr. Ford hatte die Hände in den Taschen vergraben und rauchte eine Zigarette. Die Schönheit der Palmen und der Landschaft schien keinen Eindruck auf ihn zu machen. Langsam schlenderte er über die breite Straße, durch die Anlagen, kaufte sich am Kiosk eine Zeitung und kehrte zur Gartenterrasse des Hotels zurück, die gegenüber dem Kasino lag. Dort sprach ihn Reddy an.

»Guten Morgen, Mr. Ford. Ich möchte Sie mit meinem Freund Mr. Kennedy bekannt machen. Er kommt aus Texas und besitzt dort große Farmen.«

Mr. Ford kniff die Augen zusammen, sah den Fremden an und reichte ihm nachlässig die Hand. Darauf begrüßte er Reddy.

»Guten Morgen. Es ist sündhaft heiß, und ich kann diese blödsinnigen französischen Zeitungen nicht lesen. Verstehen Sie diese Sprache?«

»Gewiß, Mr. Ford.« Reddy nahm die Zeitung und sah flüchtig hinein. »Nicht viel Interessantes heute. Es sei denn, Sie interessieren sich für die französischen Rennen . . .«

»Nein, ich mag keine Rennen. Das ist auch so ein Unfug.« Mr. Ford klemmte umständlich das Monokel vors Auge. »Ich bin, wie Sie sehen, ein Geschäftsmann, Mr. Redwood. Wetten sind nicht meine Sache. Ich habe zwar ein paar tausend Dollar beim Roulette riskiert, aber im Grund genommen langweilt mich das Spiel.«

»Damit haben Sie auch vollkommen recht«, unterstützte ihn Reddy. »Es ist eine ganz dumme Art, sein Geld zu vertun.«

»Selbstverständlich«, entgegnete Mr. Ford von oben herab, »kann ich es mir leisten, Geld zu verlieren. Ich habe eine Million Franc in barem Geld mitgebracht.«

»Hoffentlich haben Sie die im Hotelsafe einschließen lassen?« erkundigte sich Reddy besorgt. »Es gibt eine Menge zweifelhafter Existenzen in Monte Carlo.«

»Ach, da mache ich mir keine übertriebenen Sorgen. Ich sage immer: Wenn ein Mann nicht einmal auf sein bißchen Geld aufpassen kann, dann verdient er auch nicht, es zu besitzen. Nein, ich hüte mein Geld selbst und gebe es nicht aus der Hand.«

Reddy holte tief Atem. Es verschlug ihm die Sprache.

»Doch sagen Sie mir nun endlich«, drängte Mr. Ford, »was Sie für einen Fünftel Anteil an Ihrer Mine haben wollen.«

»Ich bin mir noch nicht im klaren, ob ich verkaufe«, zierte sich Reddy. »Eigentlich bin ich nach Monte Carlo gekommen, um mich zu erholen, nicht um mit Aktien zu handeln.«

»Aber, Mr. Redwood, Sie werden doch nicht Ihren Anteil an der Montana-Mine verkaufen!« rief Jimmy aus, der seinem Spießgesellen assistieren zu müssen glaubte. »Es ist die ergiebigste im Westen, und es würde eine Sensation in Wallstreet geben, wenn es bekannt wird. – Sie müssen nämlich wissen, Mr. Ford«, wandte er sich an den jungen Millionär, »Mr. Redwood ist von Colorado bis Montana der bedeutendste Mineninteressent und setzt im Jahr bis zu fünf Millionen Dollar in Aktien um – das ist doch richtig, Mr. Redwood?«

»Ja, ungefähr, vielleicht nicht ganz so viel.«

Mr. Ford lächelte überlegen.

»Mich können Sie nicht bange machen, wenn Sie mit Millionen nur so um sich werfen!«

Reddy antwortete nicht. Er nahm einen dicken Packen aus seiner Tasche und öffnete ihn. Es befanden sich Aktien darin, alle mit Stempel und Siegel versehen. Fast wehmütig betrachtete er sie.

»Wenn ich denke, wieviel Mühe es mich gekostet hat, diese Mine zum Erfolg zu führen, dann tut es mir leid, mich von diesen Papieren zu trennen. Ich überlasse sie Ihnen, Mr. Ford, wirklich für eine Bagatelle. Es ist ungefähr der Betrag, den Sie nach Monte Carlo mitgebracht haben, und den Sie möglicherweise im Spielkasino verlieren werden.«

»Aber ich habe mich bisher noch gar nicht entschlossen, die Aktien überhaupt zu kaufen«, erklärte Mr. Ford hastig.

Reddy lächelte ihm liebenswürdig zu.

»Und ich bin, wie gesagt, noch gar nicht sicher, ob ich sie tatsächlich verkaufen will. Kommen Sie, trinken wir erst einmal etwas zusammen!«

Er war viel zu erfahren, um sein Opfer zu drängen, und während der nächsten zwei Tage erwähnte er nichts mehr von den Aktien.

Am Samstag aber sagte Reddy:

»Die Zeit drängt.«

»Wie weit bist du denn nun mit ihm?« fragte Jimmy.

»Er hat angebissen, aber es sieht ganz so aus, als ob es noch ein paar Tage dauern könnte. Ich habe im Spielsaal ein paar Worte mit ihm gesprochen, und wir haben uns gegenseitig einiges anvertraut. Ich erzählte ihm, daß ich mein Geld immer unter dem Kopfkissen aufbewahre, es heute morgen jedoch einzustecken vergessen hätte. Er antwortete darauf, daß er sein Geld gewöhnlich in der Kommode, zwischen der Wäsche, verstecke. Wenn er heute die Aktien nicht kauft, nehmen wir ihm in der kommenden Nacht das Geld ab. Wir brauchen unsere Schlafwagenkarten nicht verfallen zu lassen, aber wir werden Monte Carlo auf einem anderen Weg verlassen.«

»Wieso?« fragte Jimmy.

»Ich habe ein Auto aus Nizza bestellt, das uns um zwei Uhr früh bei der Post abholen soll. Wir fahren nach Marseille, von dort geht es weiter nach Narbonne und über die Grenze nach

Spanien. In Barcelona warten wir einige Zeit. Ich habe auch ein zweites Auto telegrafisch bestellt, das uns am Sonntagnachmittag in Marseille beim Hôtel d'Angleterre erwarten soll.«

»Sehr gut.«

»Dein Zimmer geht auf den gleichen Korridor wie das von Mr. Ford, und es ist ziemlich leicht, von einem Balkon zum andern zu klettern. Außerdem schläft er bei offenem Fenster. Ich werde also vom Balkon her ins Zimmer eindringen, die Tür öffnen und dich hereinlassen. Sollte er irgendwelchen Spektakel machen, müssen wir ihn eben zur Ruhe bringen. Mit dem Wagen sind wir kurz vor Mittag bestimmt in Marseille.«

Sie schlenderten durch die große Pfeilerhalle und traten in den Spielsaal. In der nächsten halben Stunde gingen sie von Tisch zu Tisch und beobachteten Ford beim Spiel. Er setzte ab und zu hundert Franc auf eine Nummer, aber er tat es ohne besonderes Interesse. Endlich bemerkte er die beiden Amerikaner und nickte ihnen spöttisch zu.

»Ein furchtbarer Unsinn, zu spielen! Gehen wir. Man ärgert sich nur, wenn man sieht, wie die Leute ihr Geld verschleudern.«

Sie folgten ihm zu seinem Lieblingsplatz auf der Hotelterrasse.

»Ich habe mir die Sache mit der Silbermine noch einmal durch den Kopf gehen lassen. Ich kann mich doch nicht entschließen, sie zu kaufen, denn Montana liegt weitab, und ich verstehe nichts von Bergwerken.«

»Davon brauchen Sie auch nichts zu verstehen«, meinte Reddy. »Sie haben weiter nichts zu tun, als in Ihrer Wohnung in London auf die Dividenden zu warten.«

»Gut und schön. Wenn sie nun aber nicht eintrudeln, was dann? Ich werde Ihnen sagen, was ich tue. Ich schreibe meinem Freund, einem Börsenmakler, der ein sehr gescheiter Kerl ist. Er führt alle meine geschäftlichen Transaktionen durch, und darum soll er mir telegrafisch einen Rat geben. Schließlich kommt es ja auf ein paar Tage Aufschub auch nicht mehr an, Mr. Redwood.«

»Durchaus nicht. Und wenn Sie nun eine günstige Auskunft erhalten, wie es nicht anders zu erwarten ist, werden Sie mir dann einen Scheck geben?«

»Nein, dann zahle ich in bar.«

»Ach, ich dachte, Sie hätten das Geld inzwischen auf die Bank . . .«

»Wo denken Sie hin! Übrigens habe ich ein Telegramm von einem gewissen Brewer erhalten. Eine ziemliche Unverschämtheit. Der Mann will mir geschäftliche Ratschläge erteilen. Wer, zum Kuckuck, kann dieser Brewer sein?«

»Einer der gerissensten Verbrecher, die zur Zeit Europa unsicher machen«, erwiderte Reddy besorgt.

»Das ist aber ein starkes Stück, finden Sie nicht, Mr. Redwood? Soll ich vielleicht die Polizei benachrichtigen?«

»Ach, ich glaube nicht, daß es nötig ist. Doch seien Sie auf der Hut.«

Reddy schmunzelte verstohlen.

Mr. Ford sah nach der Uhr.

»Ich fahre nach La Turbie. Wollen Sie mich begleiten?«

»Sehr liebenswürdig, aber ich habe heute nachmittag noch viel zu tun.«

Reddy studierte Autokarten und Fahrpläne. Er mußte an ein Mitglied des Klubs der Vier, das augenblicklich in Montdidier weilte, ein Telegramm aufgeben, weil er von ihm einen Paß zum Grenzübertritt benötigte. Ferner packte er seine Sachen und inspizierte noch einmal die Zugänge zu Mr. Fords Zimmer.

Bei Tag war es unmöglich, dort einzudringen, denn Mr. Ford hatte mit der Direktion vereinbart, daß während seiner Abwesenheit ein Mann auf dem Gang vor seiner Tür Wache stand. Nachts wurde dieser Posten eingezogen. Jedes Hotelzimmer besaß einen langgezogenen Balkon. Der Abstand zwischen den einzelnen Balkonen betrug nur etwa sechzig Zentimeter und bot einem gewandtem Kletterer keine Schwierigkeiten.

Als Reddy nach Mitternacht auf den Balkon von Jimmys Zimmer hinaustrat, war unten niemand zu sehen. Er rauchte eine Zigarette, dann kletterte er über das Geländer und hatte in kurzer Zeit die drei Balkone hinter sich, die ihn vom Zimmer Mr. Fords trennten. Die Balkontüren standen offen. Die hölzernen Jalousien waren zugezogen, ließen sich aber geräuschlos öffnen.

Reddy lauschte angestrengt, bevor er hineinschlüpfte. Er hörte die regelmäßigen Atemzüge Mr. Fords, ja sogar ein leichtes Schnarchen.

Der Weg durchs Zimmer und das Aufschließen der Korridortür, um Jimmy einzulassen, dauerte nur ein paar Sekunden.

Reddy öffnete leise und behutsam die oberste Schublade der Kommode. Als er gerade unter der Wäsche wühlte, ging plötzlich das Licht an.

Mr. Ford saß aufrecht im Bett und hielt die Einbrecher mit einem Browning in Schach.

»Nehmen Sie die Hände hoch!«

»Was wollen Sie denn?« rief Reddy empört. »Ich bin nur in ein falsches Zimmer geraten, und ich muß schon sagen, ich bin sehr erstaunt über Ihr grobes Benehmen, Mr. Ford!«

Im nächsten Moment sprang Mr. Ford aus dem Bett. Er war angezogen und trug nur keine Jacke.

»Ich habe auf Sie gewartet, Reddy. Ich verhafte Sie wegen Einbruchs, versuchten Betrugs und verschiedener anderer Vergehen – ebenso Ihren Freund.«

»Wer sind Sie?« fragte Reddy bestürzt.

»Mein Name ist Bob Brewer. Vielleicht haben Sie schon von mir gehört. Ich bin der gerissenste Verbrecher, der zur Zeit Europa unsicher macht! Also, Hände hoch, sonst sehe ich mich gezwungen, Ihnen eine blaue Bohne zwischen die Rippen zu jagen!«

3

Bob Brewer blieb auf der Marmortreppe stehen, die zu dem prachtvollen Geschäftsgebäude der Vereinigten Versicherungsgesellschaften hinaufführte. Interessiert beobachtete er eine elegante Limousine, die gerade vorüberfuhr. Der junge Mann am Steuer trug einen grauen Filzhut und rauchte eine Zigarette. Bequem in den Sitz zurückgelehnt, blickte er gelangweilt geradeaus.

Bob merkte sich die Nummer des Wagens und betrat das Gebäude.

Ein Sekretär begrüßte ihn und führte in direkt ins Büro des Generaldirektors.

»Mr. Campbell erwartet Sie schon.«

Der Generaldirektor hatte, wie die meisten vielbeschäftigten Leute, nichts zu tun.

»Hallo!« rief er. »Schließen Sie bitte die Tür. Wie geht es Ihnen?«

»Ich habe Ihr Telegramm erhalten. Die Reise war ausgezeichnet, das Wetter in Frankreich glänzend. Die Abrechnung über meine Ausgaben habe ich Ihnen bereits zugeschickt. Haben Sie sie erhalten? Ich bin nämlich mit meinem Geld am Ende. So – nach dieser kleinen Einleitung möchte ich mich nur noch erkundigen, warum Sie es so eilig haben.«

»Setzen Sie sich. Es handelt sich wieder einmal um die vornehme Gesellschaft«, erwiderte Campbell. »Wie Sie wissen, Bob, sind diese Leute furchtbar konservativ in ihren Gewohnheiten.«

»Nun hören Sie aber endlich mit Ihren Litaneien über die vornehme Gesellschaft auf! Ich weiß längst auswendig, was Sie mir sagen wollen.«

»Sie können es gar nicht oft genug hören. Übrigens, stimmt es, daß Reddy der französischen Polizei entkommen ist?«

»Ja, er ist nach Spanien entwischt. Aber daraus können Sie mir doch keinen Vorwurf machen. Zur Zeit treibt er sich immer noch in Spanien herum. Dachten Sie vielleicht, daß er mich in London erwarten würde?«

»Nein, Unsinn. Auf Reddy brauchen wir wohl für ein oder zwei Monate keine Rücksicht zu nehmen.«

»Das ist auch meine Meinung. Reddy ist augenblicklich viel zu sehr auf seine Sicherheit bedacht, als daß er mir in die Quere kommen wollte. Außerdem ist er lange nicht so gefährlich wie zum Beispiel Soapy Wilkins.«

Mr. Campbell richtete sich überrascht in seinem Sessel auf. »Wie kommen Sie ausgerechnet auf den? Über den Kerl wollte ich gerade mit Ihnen sprechen.«

»Soapy kenne ich schon lange. Vor zwei Minuten aber sah ich ihn in einem luxuriösen Auto hier vorbeifahren, das er sich natürlich gemietet hat. Er war sehr elegant gekleidet.«

Mr. Campbell sah besorgt auf die Tischplatte.

»Das ist ein merkwürdiges Zusammentreffen. Er wohnt im Hotel Magnificent, und er ist eine ständige Bedrohung für uns.«

»Warum melden Sie die Sache nicht der Polizei? Er ist ein bekannter Verbrecher. In Amerika kennt ihn jeder, und ich bin sicher, daß auch die hiesige Polizei weiß, wer er ist. Er gehört zu den gewitztesten und gefährlichsten Gangstern überhaupt – dauernd unterwegs und in Bewegung, blitzschnell, und nie begeht er ein Verbrechen zweimal am gleichen Ort. Die meisten anderen sind Spezialisten auf einem bestimmten Gebiet. Aber Soapy kann alles, vom einfachen Einbruch bis zur kompliziertesten Fälschung von Aktien und Bankpapieren. Man kann ihn nie fassen, er ist unglaublich tüchtig und hat sehr kluge Einfälle. Ich bewundere ihn. Außerdem habe ich gehört, daß er sich in Gesellschaft tadellos bewegen und unterhalten kann. In gewisser Weise ist er ein Genie . . .«

»Ich habe Sie nicht kommen lassen, damit Sie mir eine Lobrede auf Soapy Wilkins halten«, unterbrach Campbell ärgerlich. »Ich bin tatsächlich erstaunt, daß Sie so einen Menschen bewundern können. Ich habe mir das mit der Polizei natürlich auch überlegt, aber es ist unmöglich, ihn verhaften zu lassen. Die Polizei hat im Augenblick kein Beweismaterial und kann daher nicht eingreifen. Man beobachtet ihn.«

Bob lachte ironisch.

»Ich sehe, daß Sie in bezug auf diesen Burschen der gleichen Ansicht sind wie ich.«

»Na schön, lassen Sie mich jetzt erzählen, was mir soviel Sorgen macht. Kennen Sie Windhever Castle?«

»Das ist der Sitz der Herzogin von Manton in Essex«, antwortete Bob prompt. »Sie ist eine große Dame, die über ein bedeutendes Vermögen verfügt und großen Einfluß hat.«

»Windhever Castle liegt acht Kilometer von Goodwood entfernt, und nächste Woche finden dort die alljährlichen Rennen statt, zu denen sich die ganze vornehme Gesellschaft Englands versammelt. Das übrige Publikum geht hin, weil es nun einmal Mode ist.«

»Sie sind schon wieder dabei, mir einen Privatvortrag über

die Gesellschaft zu halten. Teilen Sie mir doch lieber mit, um was es sich handelt.«

Mr. Campbell schluckte.

»In Windhever Castle werden nächste Woche viele vornehme Damen und Herren zu Gast sein, die ihre kostbaren Juwelen mitbringen. Diese Leute sind fast alle bei uns versichert. Was mir besonders zu denken gibt, ist, daß vor einem Monat in Windhever Castle eingebrochen wurde.«

»Ist den Dieben etwas in die Hände gefallen?«

»Nein. Es befanden sich damals keine Gäste im Schloß. Die Herzogin selbst war mit ihren Bekannten in Ascot. Nur ein paar Dienstboten hielten sich im Hause auf. Irgendwelche greifbaren Wertsachen waren nicht vorhanden. Trotzdem wurde nachts in das Gebäude eingedrungen, der Geldschrank des Herzogs geknackt, drei verschlossene Türen erbrochen oder mit Nachschlüsseln geöffnet. Die Einbrecher entkamen.«

»Merkwürdig. Das interessiert mich außerordentlich. Wissen Sie noch weitere Einzelheiten? Erzählen Sie!«

Mr. Campbell berichtete, was er wußte.

»Drei Stunden, sagen Sie, haben sie dazu gebraucht?« fragte Bob. »Es war natürlich nicht schwierig, und sie konnten sich Zeit lassen, wenn sie nur mit drei, vermutlich weitab untergebrachten Dienstboten zu rechnen hatten. Anderseits müßten sie doch gewußt haben, daß zur betreffenden Zeit kein Geld im Schloß aufbewahrt wurde.«

»Ja. Übrigens wurde uns der Einbruch nicht gemeldet, da der Herzog selbst bei einer andern Gesellschaft versichert ist. Ich habe es auf Umwegen erfahren. Es soll mir jedoch eine Warnung sein, und ich möchte meine Vorkehrungen treffen. Der Herzog hat überall neue Türschlösser anbringen lassen und auch einen neuen Safe gekauft, einen der besten, die zur Zeit hergestellt werden. Auch habe ich erfahren, daß die Bibliothek, in der der Geldschrank steht, während der gesellschaftlichen Anlässe von besonderen Posten bewacht wird.«

»Glauben Sie, daß Soapy etwas mit der Sache zu tun hat?«

»Ja. Er ist zur Zeit der einzige große Geldschrankknacker. Sie sollen nun nach Windhever Castle fahren und den Herzog aufsuchen. Von einem unserer Kunden habe ich mir ein Empfehlungsschreiben für Sie geben lassen. Sagen Sie ihm, daß Sie ihn in jeder Weise unterstützen wollen, und sehen Sie sich die Dienstboten genau an. Seien Sie vor allem in der Nacht nach dem Hauptrennen auf dem Posten. Am Abend gibt die Herzogin einen großen Ball, und über Nacht werden die Penson-Smaragde in den Safe eingeschlossen. Lady Penson gehört zu den Gästen der Herzogin. Und vergessen Sie nicht . . .«

»Sie haben mir schon so viel erzählt, daß ich es bestimmt vergesse!« stoppte Bob die Aufzählung und empfahl sich.

Am vereinbarten Tag wurde Bob in der Bibliothek von Windhever Castle empfangen. Der Herzog reichte ihm seine müde, welke Hand. Er war ein kleiner, hagerer Herr mit schmalem Gesicht, der im Ruf stand, ein großer Denker und Gelehrter zu sein, wahrscheinlich, weil er eine kostbare Bibliothek besaß und stets anderer Meinung war als die Leute, mit denen er sich unterhielt.

»Ich glaube nicht, daß Sie sich um die Sicherheit meiner Gäste, das heißt ihres Schmucks, bemühen müssen. Aber da Sie nun einmal hier sind, können Sie sich frei im Haus bewegen. Nur die Zimmer meiner Frau dürfen Sie natürlich nicht betreten.«

»Ich verstehe. Durchlaucht haben sicher schon alle Vorsichtsmaßnahmen getroffen?«

»Selbstverständlich. Ich habe einen neuen Safe hier –.« Er zeigte auf den großen Stahlschrank, der ein kleines Messingschild mit dem Namen einer führenden Firma trug. »Draußen vor dem Fenster steht ständig ein Diener Wache. Ich lasse den Posten jede Stunde ablösen, und Sie werden zugeben, daß es länger als eine Stunde dauert, diesen Schrank zu öffnen.«

Bob mußte es zugeben. Auch er war überzeugt, daß es recht schwierig sein würde, diesen Safe aufzuschweißen.

»Wenn dieser Lord Pembroke, dessen Schreiben Sie mir brachten, glaubt, daß die Juwelen seiner Frau hier nicht sicher sind, dann braucht er ja nicht zu kommen«, fuhr der Herzog fort. »Ich habe zusammen zweihundert Pfund ausgegeben, um diesen Safe zu kaufen, das Haus mit einer Alarmanlage auszustatten und überall neue Schlösser anbringen zu lassen.« Er reichte Bob die Hand. »Also, machen Sie Ihre Sache möglichst unauffällig. Am besten ist es, wenn Sie sich mit dem Butler in Verbindung setzen. Er wird Ihnen behilflich sein.«

Bob folgte dieser Aufforderung und sprach mit ihm.

»Vom Park aus gibt es nur einen Eingang zur Bibliothek«, teilte ihm der Butler mit. »Es ist nur eine kleine Tür, die der Herzog oft benutzt. Im übrigen gibt es noch zwei Türen, aber alle sind mit neuen Schlössern ausgestattet worden.«

»Könnte ein Einbrecher nicht auch durchs Haus, ich meine von einem andern Zimmer aus in die Bibliothek gelangen?«

»Nein, er müßte in jedem Fall den Hauptkorridor entlangkommen, und dort steht nachts eine Wache.«

»Sie kennen doch alle Diener seit Jahren?«

»Natürlich, jeden einzelnen, alle sind hier in der Gegend aufgewachsen. Mit einer Ausnahme sind sie auch seit Jahren beim Herzog im Dienst.«

Es war Bob Brewer klar gewesen, daß sein Auftauchen in diesem kleinen Dorf sofort die Aufmerksamkeit der Bevölkerung erregen würde. Ein paar Stunden nach seiner Ankunft wußte bereits jeder einzelne, warum er hergekommen war. Der Wirt des kleinen Gasthofs, in dem Bob logierte, versuchte, eine Unterhaltung mit ihm anzuknüpfen, um seine Meinung über den kürzlichen Einbruch im Schloß zu erfahren. Die ganze Gegend sprach noch darüber.

»Man erwartet nächste Woche eine Anzahl Damen und Herren zu den Rennen«, sagte der Wirt, als er das Essen servierte. »Ich habe gehört, Sie sollen hier aufpassen, damit nichts gestohlen wird.«

»Ja, da haben Sie ungefähr recht.«

»Aber jetzt könnten Einbrecher doch nichts mehr ausrichten. Der junge Mann von der Geldschrankfabrik behauptete, es sei unmöglich, den Safe zu knacken, den er beim Herzog eingebaut habe.«

»Das dürfte auch sehr schwierig sein.«

»Mich wundert nur, warum überhaupt eingebrochen wurde. Alle im Dorf wußten doch, daß niemand im Schloß war, und der Herzog sogar das Silbergeschirr zur Bank hatte schaffen lassen.

Ich habe mit Mr. Cole, dem Kammerdiener des Herzogs, darüber gesprochen. Er bestätigte mir auch, daß die Kerle verrückt gewesen sein müßten. – Sehen Sie, da kommt er gerade!« Er zeigte zum Fenster hinaus.

Bob sah gleichfalls hinaus und bemerkte einen der Diener, den er am Morgen schon im Schloß gesehen hatte. Er mochte etwa dreißig Jahre alt sein, seine Kleidung machte einen gepflegten Eindruck, aber sein Gesicht war glatt und ausdruckslos, wie man es bei einem guten Kammerdiener nicht anders erwarten konnte.

»Er kommt öfters hierher, um ein Glas Wein zu trinken«, sagte der Wirt. »Der Herzog hält große Stücke auf ihn, und Cole ist sozusagen seine rechte Hand. Er ist hier in der Gegend geboren und war früher schon im Schloß. Zwischendurch ging er für sechs Jahre nach Australien. Als sein Bruder starb, kam er zurück, um dessen Erbe zu verwalten. Das Vermögen scheint jedoch nicht groß gewesen zu sein, denn als er wieder nach Windhever kam, hatte er kein Geld. Es war ein Glück für ihn, daß der Herzog gerade einen Kammerdiener brauchte.«

Bob erhob sich und ging zum Ausgang. Der Kammerdiener erkannte ihn und legte die Hand an die Mütze. Bob unterhielt sich eine Zeitlang mit ihm und brachte das Gespräch schließlich auf englische Hügel und einzelne Berge, vor allem auf die großen Erhebungen in Devonshire.

»Nein, da irren Sie sich«, widersprach der Kammerdiener. »Hay Tor ist der höchste Berg in der Gegend, man kann ihn viele Kilometer weit sehen.«

»Ja, von der Spitze hat man eine glänzende Aussicht.«

Cole zögerte.

»Oben bin ich nie gewesen. Aber wenn ich es mir überlege, müssen Sie recht haben.«

Sie sprachen noch über Pferde, besonders über Ponys, und auch hier wußte Cole gut Bescheid.

»Mr. Cole, Sie müssen ein Glas Wein mit mir trinken!« rief Bob spontan aus und führte den Mann auf sein Zimmer, das gleich über der Gaststube lag. »Hier trinkt sich's ungestört. Warten Sie!« Trotz des Widerspruchs des Wirtes holte er eigenhändig Flasche und Gläser. Auf dem Weg hinauf reinigte er ein Glas noch ganz besonders mit seinem Taschentuch.

»Also, auf Ihre Gesundheit«, sagte Mr. Cole und leerte sein Glas in einem Zug.

Später begleitete Bob den Kammerdiener bis zur Treppe, ging ins Zimmer zurück und beschäftigte sich mit dem Glas, das sein Gast benützt hatte. Danach schrieb er einen Brief an Douglas Campbell:

›Ich glaube, ich habe das Geheimnis bereits gelöst und kann den kürzlichen Einbruch aufklären. Ich kann Ihnen auch jetzt schon voraussagen, wie der geplante Einbruch in der Nacht nach dem großen Rennen ausgeführt werden soll. Von einem Glas habe ich einen Fingerabdruck abgenommen. In Scotland Yard wird man leicht feststellen können, daß es sich um einen alten Sträfling handelt. Der Mann heißt Cole und war angeblich sechs Jahre drüben in Australien, und zwar kurz nach der Festnahme der Perres-Bande. Allem Anschein nach hat der Herzog keine Ahnung von Coles Vorleben, ebensowenig die Dorfbewohner. Er kennt die Gegend von Dartmoor ganz genau, besonders die einzelnen Höhenzüge, und er weiß auch sehr gut Bescheid über die Ponys der dortigen Gegend. Meiner Meinung nach war er im Gefängnis von Princetown.‹

Auch Bob Brewer besuchte die Rennen in Goodwood. Er war überzeugt davon, daß die Leute, die es auf die Juwelen im Schloß abgesehen hatten, erst spät in der Nacht ans Werk gehen würden. Als er ins Gasthaus zurückkehrte, fand er ein Telegramm von Douglas Campbell vor.

›Habe bedeutende Entdeckung gemacht. Ihre Theorie ist falsch. Fahre heute abend 7.53 Uhr nach Portsmouth. Kommen Sie mit dem Auto herüber und treffen Sie mich um zehn Uhr fünfzehn im Grand-Hotel.‹

Bob faltete das Telegramm zusammen und ließ den Wirt kommen.

»Können Sie mir einen Wagen besorgen? Ich muß heute abend noch nach Portsmouth fahren.«

Um acht Uhr hielt ein Auto vor der Tür. Bob gab Auftrag, daß ihm alle noch eintreffenden Nachrichten telefonisch nach Portsmouth mitgeteilt werden sollten.

»Es tut mir leid, daß Sie schon fortgehen«, sagte der Wirt. »Ich dachte, Sie würden mindestens bis nach dem großen Ball beim Herzog bleiben.«

»Ja, aber meine Anwesenheit ist hier nicht länger erforderlich. Ich mache Ihnen jetzt ein Geständnis, das die wenigsten Detektive in meiner Lage machen würden. Ganz im Vertrauen gesagt – ich war auf einer falschen Fährte.«

Er hatte ein Ferngespräch nach London angemeldet und mußte einige Zeit darauf warten. Bald läutete das Telefon. Er sprach mit Mrs. Campbell.

»Ich habe ein Telegramm von Ihrem Gatten erhalten, worin er mir mitteilt, daß er mich in Portsmouth treffen will. Kann das stimmen?«

»Ja, soviel ich weiß fährt er mit dem Zug um 7.53 Uhr nach Portsmouth.«

Bob legte auf. Gleich danach fuhr er in Richtung Chichester davon.

Um halb zwei Uhr nachts war der Ball schon zu Ende, das Schloß lag in Dunkelheit, die Gäste waren zu Bett gegangen. Nur im Garten vor dem kleinen Eingang zur Bibliothek stand ein Diener und räusperte sich ab und zu. Viertel nach zwei wurde er abgelöst. Kaum war er verschwunden, kam zwischen den Sträuchern des Parks ein Mann hervor und näherte sich dem Posten.

»Sind Sie es, Cole?« fragte er leise.

»Ja, aber machen Sie schnell! In einer Dreiviertelstunde werde ich wieder abgelöst.«

»All right!«

Er ging am Posten vorbei zur Tür, aber als er sich zum Schlüsselloch niederbeugte, um aufzuschließen, legte sich ein Arm um seinen Hals, und eine Hand faßte in seine Tasche und zog die geladene Pistole heraus.

»Wollen Sie Krach schlagen oder ruhig mitkommen, Soapy?«

»Ich komme mit«, sagte der verdutzte Gangster mit philosophischem Gleichmut. »Sie sind also nicht Cole, sondern Brewer?«

»Erraten, mein Junge. Und jetzt werde ich Ihnen gleich einmal alle Nachschlüssel und Dietriche abnehmen, die Sie bei sich haben.«

»Ich dachte, Sie wären in Portsmouth?«

»Glaubten Sie, daß Sie mich mit einem so primitiven Trick hereinlegen könnten?«

»Aber Sie haben doch mit Mrs. Campbell telefoniert?«

»Ich wußte zufällig, daß Mr. Campbell ohnehin nach Portsmouth fuhr, und Sie haben es wahrscheinlich auch gewußt. Kommen Sie mit, Soapy! Ein paar Jahre Dartmoor werden Ihnen gut tun.«

Tags darauf saß Bob Brewer Mr. Campbell gegenüber.

»Das Ganze war natürlich etwas dürftig und der Trick nicht neu. Der erste Einbruch wurde vorgetäuscht, um die Unzulänglichkeit der Schlösser und des Geldschranks darzutun. Kurz darauf machte Soapy als Vertreter der Geldschrankfabrik einen Besuch beim Herzog und überredete ihn, das ganze Haus neu sichern zu lassen. Der Herzog ist geizig, aber als Soapy ihm vorschlug, nicht nur einen neuen Safe zu liefern, sondern gleich auch neue Schlösser und eine Alarmanlage zu stellen, alles zusammen für zweihundert Pfund, da nahm er das Angebot an. Ich kam darauf, weil der Herzog selbst erwähnte, er habe zweihundert Pfund für alles bezahlt. Ich wußte aber, daß allein der Safe mindestens das Doppelte wert ist. Soapy hatte einen alten Freund im Hause. Er brauchte also nur hinzugehen, die Tür aufzuschließen und den Safe zu öffnen, von dem er selbstverständlich auch die Schlüssel besaß, da er ihn ja selbst dem Herzog verkauft hatte. Er hätte sich mit der Beute davonmachen können, und niemand würde erfahren haben, wann oder wie der Einbruch verübt wurde. Der größte Glücksfall für Soapy war natürlich, daß Cole, der schon den ersten Einbruch ermöglichte, Kammerdiener im Schloß war.«

»Was hat der Herzog dazu gesagt?« fragte Campbell.

»Er hat furchtbar geschimpft und sich aufgeregt, weil es ihn den besten Kammerdiener gekostet hat.«

»Ich sage Ihnen ja dauernd, diese vornehmen Leute sind dickköpfig und schwer von Begriff.«

»Wir wollen uns lieber über meine Spesen unterhalten, die diesmal ziemlich hoch geworden sind!«

4

Als Henry Vandersluis den Entschluß faßte, in die führenden Kreise der englischen Gesellschaft vorzudringen, ging er mit der gleichen Gründlichkeit und Hartnäckigkeit vor wie im Geschäftsleben. Er hatte einst die großen Vandersluis-Werke gegründet, den größten Konzern der Möbelindustrie.

Er siedelte mit seinem Vermögen von zwanzig Millionen Dollar nach England über, wo er gleich eine besondere Vorliebe und Bewunderung für die englische Aristokratie faßte. Vandersluis war fest entschlossen, auch zu ihr zu gehören. Die eisige Kälte und die vielen Zurückweisungen, die er bei seinen Bemühungen erfuhr, schreckten ihn nicht ab.

Er kaufte einen wunderbaren Landsitz in Somersetshire, eine Stadtwohnung am Grosvenor Square, einen Rennstall und eine prachtvolle Jacht, die in den Zeitungen als schwimmender Palast bezeichnet wurde.

Die Motorjacht ›Oisa‹ war hochelegant eingerichtet, sie hatte eine schnittige Form, fabelhafte Maschinen, einen ausgezeichneten Kapitän, hervorragende Offiziere und eine gutgeschulte Besatzung. Nur etwas fehlte – die Gäste. In den wundervollen Kabinen hätten Prinzen wohnen können. Meistens schliefen dort aber nur ein paar Geschäftsfreunde von Mr. Vandersluis, die gar keine Titel besaßen. Es gab auch einen prunkvollen Empfangssalon an Bord. Dort saß Mr. Vandersluis und las die Briefe von Vertretern der höheren Aristokratie, in denen sie ihr tiefes Bedauern äußerten, leider nicht imstande zu sein, seiner freundlichen Einladung zu folgen.

Die große Seglerwoche von Cowes begann. Auf der Reede lagen wunderbare, weiße Privatjachten vor Anker. In den Klubs ging es hoch her, und jede Jacht, mochte sie noch so klein sein, hatte eine Gesellschaft an Bord. Nur die ›Oisa‹ machte eine Ausnahme. Auf ihr saß einzig Mr. Vandersluis, und er befand sich durchaus nicht in freundlicher Stimmung.

Umgeben von komfortablen, aber leeren Decksesseln stand er auf dem Oberdeck und blickte von einer Jacht zur andern. Sein Sekretär, ein düster wirkender junger Mann, trat zu ihm.

»Großartig, wie?« fragte Vandersluis bitter. »Ich möchte am liebsten eine Kapelle mieten, die Besatzung mit Champagner traktieren und dann zwischen all den andern Booten umherfahren.«

»Morgen wird es schon anders werden«, antwortete der Sekretär. »Ich sagte es Ihnen ja gleich zu Anfang, daß es ziemlich ruhig sein würde. Warum haben Sie nicht Mr. Smithers und Mr. Jackson eingeladen?«

»Smithers und Jackson sind verreist«, sagte Vandersluis wütend. »Außerdem kann ich diese Leute aus der City nicht ausstehen. Die reden den ganzen Tag nur darüber, wo sie in London am besten zu Abend speisen können, wie sie die Bank von England hereingelegt haben und dergleichen nebensächliche Dinge. Aber Sie haben recht, morgen wird es bestimmt anders, morgen kommen die vielen jungen Damen – Sie haben doch alles aufs beste organisiert?«

»Selbstverständlich. Gaba de Vere, Gertie Summers, Teddy Bristowe und alle die anderen berühmten Stars kommen.«

»So ist es recht. Man muß erst die Frauen haben, dann bekommt man auch die Männer. Ich wette, wenn die erfahren, daß all die Mädels an Bord sind, müssen wir Extra-Leitern über die Reling hängen, damit sie schnell genug heraufkommen können.«

Seine Worte klangen sehr überzeugt, aber er glaubte selbst nicht daran. Nachdem er eine Weile auf und ab gegangen war, blieb er wieder bei seinem Sekretär stehen.

»Die andere Idee wäre sicher auch gut gewesen, George! Ich habe den besten Roulettetisch, den man auf einer Jacht finden kann. Glauben Sie, daß dies in den Kreisen, auf die es ankommt, bekannt genug ist?«

»Ganz bestimmt. Ich habe dafür gesorgt, daß man an Land und auf den Jachten davon spricht.«

»Haben Sie auch die Notiz in die Presse gebracht?«

George zog einen Zeitungsausschnitt aus seiner Westentasche. »Hier! Die meisten Zeitungen haben den kleinen Artikel gebracht.«

Mr. Vandersluis klemmte sein Monokel ins Auge und las.

»Man sollte doch denken, daß das zieht, nicht wahr? Mein Geld ist genauso viel wert wie das anderer Leute. Aber wir lokken nur die an, die wir nicht haben wollen. – Sehen Sie mal, wer kommt da?« Er zeigte über die Reling auf ein Boot, das direkt auf das Fallreep der Jacht zuhielt. »Vielleicht ist das endlich mal jemand!« rief er begeistert.

»Der sieht aber mehr wie ein Büroangestellter aus«, meinte der nüchterne George. »Lords tragen keine weißen Flanellhosen und schwarze Schuhe, wenigstens nicht die, die ich getroffen habe.«

Der Fremde kam mit seinem kleinen Boot längsseits und kletterte das Fallreep hinauf. Er grüßte höflich, nahm seinen Strohhut ab und zog einen Brief aus der Tasche. Mr. Vandersluis drehte das Schreiben in den Händen und las auf der Rückseite: ›Vereinigte Versicherungsgesellschaften‹.

»Ach, ein Geschäftsbrief?« fragte er, riß den Umschlag auf und las:

›Sehr geehrter Herr,
ich habe in den Morgenzeitungen zu meiner größten Beunruhigung von den bedeutenden Geldsummen gelesen, die Sie an Bord der ‚Oisa' mit sich führen. Ich stelle Ihnen diesen Brief durch einen besonderen Boten zu, nicht weil ich Sie stören, sondern weil ich Ihnen helfen möchte. Darf ich Sie unter diesen Umständen bitten, besonders da Sie bei uns gegen Diebstahl hoch versichert sind, unseren besten Detektiv, Mr. Bob Brewer, an Bord der Jacht als Gast aufzunehmen? Sicher haben Sie schon in Amerika von ihm gehört.

Mr. Brewer hat mir berichtet, daß zur Zeit auf der Insel Wight eine Verbrecherbande ihr Unwesen treibt, und er fürchtet, daß der Artikel in der Zeitung die Verbrecher geradezu auf den

Gedanken bringen könnte, Ihnen einen unerwünschten Besuch abzustatten. Wir haben es so eingerichtet, daß Mr. Brewer morgen zu Ihnen kommt, und zwar in der Verkleidung eines Matrosen, der bei Ihnen an Bord Anstellung findet. Unser Mr. Brown, der dieses Schreiben überbringt, wird Ihnen morgen Mr. Brewer zwar nicht vorstellen, jedoch zeigen, damit kein unnötiges Aufsehen erregt wird. Es freut uns, Ihnen diesen Dienst erweisen zu können. Sonderkosten werden dafür nicht berechnet.

Douglas Campbell‹

Mr. Vandersluis faltete den Brief zusammen und betrachtete den Überbringer durch sein Monokel.

»Kennen Sie den Inhalt des Schreibens?«

»Jawohl.«

Der Millionär verzog den Mund.

»Es ist mir unangenehm, Detektive an Bord zu haben. Meiner Meinung nach ist das überflüssig. Doch wenn dieser Mann von der Versicherung unbedingt an Bord kommen will, habe ich schließlich auch nichts dagegen. Sie können Mr. Brewer ein Telegramm senden und ihm mitteilen, daß ich ihn erwarte.« Er rief George, der etwas abseits stand, herbei. »Dies ist Mr. Brown. Sorgen Sie dafür, daß er Quartier für die Nacht bekommt. Was wollen Sie trinken?«

»Limonade«, antwortete der bescheidene und zurückhaltende Mr. Brown.

Mr. Vandersluis stöhnte, denn er hatte fünfzig Kisten besten französischen Champagner an Bord.

Am Abend beim Essen trank Mr. Brown aber doch zwei Gläser Portwein, und unter dem Einfluß des Alkohols redete er freier und offener. Er, George und Mr. Vandersluis waren die einzigen, die bei Tisch saßen, und sie wirkten ziemlich verloren in dem großen, prachtvollen Speisesaal.

»Die ganze Gesellschaft ist nicht viel wert!« erklärte Mr. Vandersluis.

»Das ist auch Mr. Campbells Meinung«, erwiderte Mr. Brown. »Er sagt, daß die Gesellschaft ...«

»Ich will nicht wissen, was Mr. Campbell sagt«, fuhr ihn Vandersluis an. »Er hat kein Recht, sich derartig über die Gesellschaft zu äußern. Erstens gehört er nicht dazu, und zweitens ist er der Diener dieser Leute – auch der meine natürlich . . .«

»Das ist es ja gerade, was Mr. Brewer ihm immer sagt«, versicherte Mr. Brown, der sich nicht im geringsten einschüchtern ließ.

»Brewer? Ach, das ist der Mann, der morgen an Bord kommen soll? Wer ist das eigentlich? Ich glaube, daß ich schon von ihm gehört habe.«

»Er ist ein sehr netter, umgänglicher junger Mann, und er kann in unwahrscheinlich vielen Verkleidungen auftreten.«

»So? Nun, Sie brauchen mir ihn erst gar nicht zu zeigen, den finde ich unter Tausenden heraus. Diese Detektive haben etwas an sich, das sie schon auf einen Kilometer Entfernung verrät. Außerdem ist diese Angst, Verbrecher könnten hier an Bord kommen, doch einfach kindisch. Wie sollten sie das wohl anstellen? Ich habe zwanzig Mann Besatzung, die Heizer eingerechnet, und ich liege gut einen Kilometer vom Ufer weg. Und Sie können mir glauben, daß ich mit einer Pistole besser umgehen kann als irgend jemand, der sich heute abend in Cowes aufhält.«

»Das glaube ich Ihnen schon«, sagte Mr. Brown und goß sich noch ein Glas Portwein ein.

»Alle haben sie versucht, mir das Geld abzunehmen – die Bande von Moore und die von O' Donovan. Aber es ist keinem gelungen. Mir hat noch keiner einen Dollar abgenommen, mein Junge, darauf können Sie sich verlassen.«

»Eben«, stimmte Mr. Brown schon ein wenig schläfrig bei. »Als ich heute an Bord kam, dachte ich sofort, das ist ein Mann, dem man nicht einen einzigen Dollar abnehmen kann.«

Mr. Vandersluis sah ihn belustigt an.

»Sie scheinen ja wirklich nicht viel vertragen zu können! Es wäre vielleicht doch besser gewesen, wenn Sie Limonade getrunken hätten.«

»Ich bin vollkommen nüchtern«, sagte Mr. Brown und versuchte aufzustehen. Aber er ließ sich schnell wieder in seinen Sessel fallen und machte ein verdutztes Gesicht.

»Also, setzen Sie sich einmal bequem hin«, redete Mr. Vandersluis ihm gut zu. »George, helfen Sie mir!«

Sie führten Mr. Brown zu einem der prachtvollen Klubsessel, plazierten ihn behutsam darin und gingen an Deck.

Mr. Vandersluis hatte die Gewohnheit, bis zwölf Uhr nachts oben zu bleiben, wenn es ihm auch wenig Vergnügen bereitete. Von Bord der anderen Jachten hörte er fröhliches Lachen.

Sein Sekretär George legte beim Schein der großen Decklampen Patience.

Mr. Vandersluis lehnte gerade an der Reling, als eine Stimme aus dem Dunkel ihn anrief.

»Jacht, ahoi!«

Es war kurz vor Mitternacht, und Vandersluis zögerte. Er wußte nicht recht, wie er sich verhalten sollte, denn es war die Stimme einer Dame.

Gleich darauf hörte er sie schon bedeutend näher.

»Helfen Sie mir bitte, ich habe ein Ruder verloren!«

Er starrte in die Dunkelheit hinab. Schließlich entdeckte er ein kleines Boot. Er rief nicht erst einen Matrosen, sondern kletterte selbst hinunter, nahm die Leine, die an der Reling hing, und warf sie geschickt nach dem Boot hinüber.

Es war eine Dame in Abendkleidung. Er half ihr auf die untere Plattform des Fallreeps, machte das Boot fest und führte sie auf Deck. Im hellen Licht sah er, daß sie jung und hübsch war. Sie trug ein kostbares Kleid, und ihr Perlenhalsband war ein kleines Vermögen wert. Aber sie schien sehr müde zu sein und sank in einen Korbsessel.

»Holen Sie etwas Kognak, George – oder nein«, korrigierte er sich gleich, »bringen Sie eine Flasche Champagner!« Er strahlte über seine Idee und war von dem Abenteuer begeistert.

Die junge Dame trank das Glas Champagner in einem Zug aus und sah ihn mit einem dankbaren Lächeln an.

»Es war eine Torheit von mir. Ich dachte, ich könnte allein zur Jacht meines Vaters zurückrudern. Als ich aus dem Klub kam, war der Matrose nicht im Boot, und so ruderte ich selbst. Ich bin«, stellte sie sich vor, »Lady Mary Glendellon. Mein Vater ist der Earl von Crouboro.«

»Ich freue mich, Ihre Bekanntschaft zu machen«, erwiderte Mr. Vandersluis heiser, beinah ehrfürchtig. »Ich hoffte, Ihren Vater zu sehen, aber er hatte leider eine wichtige Verabredung in Wales. Ich wußte nicht, daß er schon zurück ist.«

»O ja, er ist zurück – ich bin Ihnen sehr dankbar, vielleicht haben Sie mein Leben gerettet. – Es war allerdings nicht ganz korrekt von mir, ich blieb länger im Klub, als ich eigentlich sollte. Das heißt, wir waren nicht nur im Jachtklub«, gestand sie ganz offen, »sondern wir gingen nachher noch zu Lord Bentel. Aber das dürfen Sie meinem Vater nicht erzählen. Dort haben wir Bakkarat gespielt.«

Mr. Vandersluis lächelte höflich und diskret.

»Ja, die modernen Damen! Was würde wohl Ihre Großmutter sagen, wenn sie erführe, daß Sie Bakkarat spielen?«

Sie lachten beide. Sie schienen sich gut zu verstehen.

»Wie ist es hier schön und bequem! Was haben Sie doch für eine elegante Jacht.« Begeistert schaute sie sich um. »Wollen Sie mich nicht ein wenig herumführen, bevor ich gehe?«

Er erfüllte ihren Wunsch nur zu gern, und sie zeigte sich von allem höchst entzückt.

»Morgen muß ich unbedingt wiederkommen und meinen Vater mitbringen. Er muß diese Jacht sehen. Sie ist ja fabelhaft! Und ich will auch die Herzogin von Thacham bitten, mitzukommen. Sie ist eine sehr vornehme und liebenswürdige Dame.«

Mr. Vandersluis holte tief und befriedigt Atem.

Als sie sich der Tür des Salons näherten, fiel Vandersluis ein, daß Mr. Brown, der dort noch in seinem Sessel schlief, nicht gerade einen vornehmen Eindruck machen würde. Deshalb gab er seinem Sekretär einen Wink, vorauszugehen. Mit einem kräftigen Ruck schob George den Sessel so weit herum, daß nur die Rückenlehne zu sehen war.

»Dies ist der Gesellschaftssalon.«

Der Tisch war abgeräumt, Vasen mit duftenden Rosen standen darauf. Lady Mary setzte sich und stellte eine große, seidene Handtasche vor sich hin. Mr. Vandersluis nahm links von ihr Platz, er fürchtete jeden Augenblick, dieser unmögliche, betrunkene Mr. Brown könnte zu schnarchen anfangen.

»Es war ein recht aufregender Tag für mich«, seufzte die junge Dame.

»Meinen Sie nicht, daß ich Sie zu Ihrer Jacht zurückrudern lassen sollte?« fragte Mr. Vandersluis. »Der Earl von Crouboro ist doch sicher sehr besorgt um Sie?«

»Aber nein.« Sie lachte. »Ich glaube, Sie wissen nicht, wie wir zu leben gewohnt sind, Mr. – ach, ich habe Ihren Namen vergessen!«

»Vandersluis.«

»Ja, es war ein kolossal aufregender Tag.« Eifrig zählte sie ihre Abenteuer auf. »Erstens wäre ich fast auf dem Meer verlorengegangen, dann habe ich tausend Pfund im Bakkarat gewonnen, und schließlich wurde mir beinah mein Perlenhalsband gestohlen.«

»Was, die kostbare Kette?«

»Ja. Haben Sie noch nichts davon gehört? Es treiben sich entsetzliche Leute in Cowes herum. Ich glaube, es sind amerikanische Gangster. Ganz gemeine Verbrecher – zwei Männer und eine Frau. Wissen Sie wirklich nichts davon?«

»Doch, ja, ich hörte . . .«

»Und diese entsetzliche Frau – wie heißt sie doch gleich? Ja – Perlen-Sara! Ist das nicht ein lächerlicher Name?«

Mr. Vandersluis hörte den Namen zum erstenmal, aber er nickte. Er hatte es sich zur Regel gemacht, alles zu wissen, was in der Welt vorging, auch wenn er keine Ahnung davon hatte.

»Wie hat sich die Geschichte zugetragen?« fragte er.

»Sie kam heute morgen an Bord«, erzählte Lady Glendellon, »und gab vor, von mir als Zofe engagiert worden zu sein. Ich war gerade an Land, und da ich tatsächlich ein junges Mädchen engagiert hatte, stellte niemand weitere Fragen an sie. Man zeigte ihr meine Kabine. Wenn unser Obersteward nicht auf der Hut gewesen wäre, hätte sie mir meinen ganzen Schmuck geraubt. Er zwang sie, die Kabine zu verlassen, und so konnte sie nicht ein einziges Schubfach öffnen, bis ich zurückkam.«

»Da haben Sie Glück gehabt! Ist die Perlen-Sara entkommen?«

»Ja. Sie ging unter irgendeinem Vorwand an Land und ließ

sich nicht wieder blicken. Die Sache hat mich furchtbar aufgeregt.«

Mr. Vandersluis versuchte die Unterhaltung fortzusetzen, aber seine Besucherin wurde unruhig und zerstreut.

»Würde wohl jemand von Ihren Leuten mich ans Ufer rudern?« fragte sie plötzlich.

»Ans Ufer?«

»Ja. Wissen Sie, es ist wie ein Fieber.« Sie lachte, steckte die Hand in ihre Tasche und holte einen Stoß Spielkarten und ein Bündel Banknoten heraus.

Mr. Vandersluis wußte nicht, was er sagen sollte.

»Wollen Sie durchaus das Geld noch verspielen?«

»O nein!« rief sie selbstbewußt aus. »Ich habe in den letzten zwölf Monaten dauernd gewonnen.«

»Nun, wenn Sie unbedingt Bakkarat spielen wollen, können Sie auch mit mir spielen«, schlug Mr. Vandersluis vor. »Ich habe nicht die Absicht, Ihnen Ihr Geld abzunehmen«, beruhigte er sie, als er sah, daß sie zögerte.

»Bitte, sagen Sie so etwas nicht! Wenn Sie wollen, spiele ich gern mit Ihnen, aber Sie dürfen meinem Vater nichts davon erzählen.«

Sie spielten, und Mr. Vandersluis gewann ein Spiel nach dem anderen. Der Haufen Geldscheine, den sie vor sich aufgetürmt hatte, wurde immer kleiner. Vandersluis überlegte sich schon, unter welchem Vorwand er ihr später das Geld zurückgeben könnte. Anderseits war er froh, nun endlich mit den führenden Kreisen der Aristokratie in Berührung gekommen zu sein. Jeder Eingeweihte wußte, daß der Earl von Crouboro großen Einfluß besaß, und daß man mit einer Einführung bei Hofe rechnen konnte, wenn man ihn zum Freund hatte. Als das vor ihr liegende Geld verspielt war, holte sie aus ihrer Handtasche ein neues Bündel Banknoten hervor.

»Ich habe alles gewonnen. Sie können es mir also ruhig wieder abnehmen. Ich halte die Bank und setze zweitausend Pfund.«

»Einverstanden«, sagte Mr. Vandersluis höflich und verlor den Satz.

Er gewann zwischendurch, doch im allgemeinen verlor er. Sie

spielten fast eine Stunde lang. Er schickte seinen Sekretär zum Geldschrank. George brachte ein Bündel Hundertpfundnoten, die langsam dahinschwanden.

Mr. Vandersluis wurde es heiß und kalt. Es war ein großer Unterschied, ob man von einer jungen Dame große Summen gewann, die man ihr wieder zurückgeben wollte, oder ob man selbst große Summen verlor.

»Machen Sie das Fenster auf!« rief er seinem Sekretär zu. »Es ist furchtbar heiß hier. Und bringen Sie Geld, mehr Geld!«

Das Geld kam. Als er die Hälfte davon verloren hatte, sah Lady Mary erschrocken auf ihre Armbanduhr.

»Ach, es ist schon Viertel nach zwei!« Sie steckte die Banknoten, die vor ihr lagen, in die Tasche. »Jetzt muß ich aber gehen.«

Ein Licht glitt draußen vorbei. Sie sprang auf und schaute hinaus.

»Mein Gott, das ist die Jacht meines Vaters! Er muß gehört haben, daß ich hier bin. – Gute Nacht, Mr. Vandersluis, ich werde Sie morgen wieder besuchen.«

Mr. Vandersluis schwitzte heftig. Er hatte eine Menge Geld verloren und reichte ihr gezwungen lächelnd die Hand.

»Wollen Sie mir nicht auch gute Nacht sagen?« fragte Mr. Brown, der wie aus der Versenkung aufgetaucht in der Tür des Salons stand. Er hielt die Hände in den Taschen und lächelte zufrieden.

»Wie bitte?« Die junge Dame runzelte die Stirn.

»Wollen Sie mir wirklich nicht guten Abend sagen, Sara?« fragte Bob Brewer. »Es ist zwar schon viele Jahre her, seit wir uns zum letztenmal trafen, aber Sie erinnern sich vielleicht noch an den Abend, an dem ich Sie gefangennahm, weil Sie James H. Seidlitz vollkommen ausplünderten?«

»Sie belästigen mich!« erwiderte sie scharf, sprang blitzschnell zum Fenster und rief etwas hinaus.

»Machen Sie sich keine Sorgen wegen Ihrer Komplicen«, meinte Bob. »Draußen wartet ein Polizeiboot auf Sie, seit Sie an Bord sind.«

»Was hat dies alles zu bedeuten?« fragte Mr. Vandersluis aufgeregt. »Ist sie denn nicht die Tochter des Earl von Crouboro?«

»So genau kenne ich natürlich das Privatleben des Earls nicht. Aber sollte sie wirklich seine Tochter sein, dann weiß er vermutlich noch gar nichts von seinem Glück.«

5

»Warum gehen die Leute überhaupt nach Ostende?« fragte Bob Brewer den Generaldirektor der Vereinigten Versicherungsgesellschaften ärgerlich.

Douglas Campbell schüttelte den Kopf.

»Ja, warum tun sie das? Weil ein anderer es auch tut! Ostende mag ich persönlich übrigens auch recht gern. Ich liebe das Meer, den Strand, die Hotels, ich sitze gern im Kursaal und höre dem Orchester zu.«

»Es kommt gar nicht darauf an, was Sie lieben«, mokierte sich Bob. »Ich fragte Sie nur, warum die anderen dorthin gehen, die nämlich, die genug Geld haben, um es mit vollen Händen 'rauszuschmeißen?«

»Nun, es gibt mancherlei Vergnügungen in Ostende. Da sind zum Beispiel die Spielbanken, wo man Geld gewinnen oder verlieren kann, je nachdem. Und man kann dort gut essen. Frischer Hummer ist eine Spezialität von Ostende. – Ich habe Ihnen ein Zimmer in einem kleinen, nicht allzu teuren Hotel in der Nähe des Hafens reservieren lassen.«

»Das können Sie sofort wieder abbestellen. Wenn ich überhaupt nach Ostende gehen soll, dann bestellen Sie gefälligst ein Luxusapartment im ›Splendid‹. Soviel ich weiß, ist es das beste und komfortabelste Hotel am Platz.«

»Aber, lieber Freund, es liegt doch nichts Besonderes vor«, erwiderte Mr. Campbell verzweifelt. »Sie sollen drüben nur die Leute beobachten. Es handelt sich nicht um einen besonderen Fall. Sie haben sozusagen Ferien. Die Direktoren unserer Gesellschaften gönnen Ihnen auch einmal ein paar angenehme Tage, damit Sie sich etwas erholen können. Wenn Sie natürlich sehen, daß ein Gentleman einem unserer Klienten die Nadel aus der Krawatte stiehlt, sind Sie verpflichtet, ihm das auszureden.«

»Also schön, ich fahre mal hinüber und schau' mir den Betrieb an. Aber ich protestiere dagegen, daß ich an dieser verdammt heißen Küste sitzen und mir die Sonne auf die Nase brennen lassen soll, bis sie sich häutet. Wie gesagt, besorgen Sie mir ein Luxuszimmer im Hotel Splendid.«

»Könnten Sie nicht als ein netter, ruhiger Tourist hingehen?« fragte Mr. Campbell ängstlich. »Dann brauchen Sie nicht so sündhaft viel Geld auszugeben. Das paßt doch auch gar nicht zu Ihrer Rolle.«

»Wenn ich schon eine Rolle spiele, dann die eines Millionärs. Das liegt mir bedeutend besser.«

Bob Brewer reiste, und er wohnte im Hotel Desthermes, das lange nicht so teuer war wie das ›Splendid‹. Am ersten Tag machte er einen Ausflug in die Umgebung. Abends hörte er sich im Kursaal ein Konzert an, besuchte später die Spielsäle und ein paar Cafés in der Hoffnung, irgendwelche bekannten Leute zu finden. Aber in dieser Beziehung hatte er kein Glück.

Das Wetter am nächsten Morgen war prachtvoll. Ostende zeigte sich ihm so schön und herrlich wie noch nie, als er in den sonnigen Tag hinaustrat und durch die Kuranlagen schlenderte.

Nach dem Frühstück machte er einen Besuch auf dem Polizeipräsidium. Der Beamte, den er dort traf, begrüßte ihn herzlich. Sie hatten vor dem Krieg zusammen in New York gearbeitet.

»Nein«, versicherte der Polizeichef, »zur Zeit sind keine verdächtigen Individuen in der Stadt. Wir beobachteten die Dampfer sehr genau, wie es ja auch die englische Polizei drüben tut. Lew Simmons ist durch die Kontrolle geschlüpft, aber ich erkannte ihn, ließ ihn festnehmen und schickte ihn mit dem nächsten Dampfer wieder zurück. Ein paar Verbrecher, die von Paris über Brüssel hierherkamen, habe ich gleich am ersten Tag fassen können. Sie sitzen jetzt im Gefängnis von Gent, weil sie mit gefälschten Pässen gereist sind. Nein, Monsieur Brewer, in Ostende ist es zur Zeit ruhig.«

»Hm! Es ist mir ein wenig zu ruhig. Ja, was ich Sie noch fragen wollte – Teddy Bolter ist doch wieder in Belgien, und ich glaube, hier?«

»Ja, schon, aber das ist ein Mann, der sich gebessert hat. Er besitzt jetzt eine kleine Bar in der Rue Petit Leopold.«

»Ich werde Teddy einmal besuchen.«

Bolter war ein untersetzter, breitschultriger Mann in mittleren Jahren.

»Sieh mal, Mr. Brewer!« rief er und reichte Bob die Hand über den Schanktisch. »Es geschehen also auch heute noch Wunder. Wollen Sie etwas Alkoholfreies, Mr. Brewer, oder soll ich Ihnen einen netten Bronx-Manhattan oder einen Martini mixen?«

»Ein Martini wäre nicht schlecht. Wie geht's, Teddy?«

»Ach, ganz gut. Ich führe ein anständiges, ordentliches Leben und hoffe, so viel Geld zu sparen, daß ich mir eine kleine Villa in St. Jean de Luz leisten kann. Dort will ich dann später meinen blondlockigen Enkelchen die bewegten Abenteuer meines früheren Lebens erzählen.«

»Muß ja entzückend werden! Großartige Aussichten, Teddy! Ich sehe Sie im Geist schon auf der Terrasse Ihres kleinen Schlößchens im goldenen Sonnenschein. Sicher erzählen Sie dann die Geschichte, wie Sie in die Bank von Detroit einbrachen und den Wachmann erschossen. Das war allerdings ein böses Abenteuer!«

»Das gehört jetzt der Vergangenheit an, Mr. Brewer. Ich würde viel darum geben, wenn ich mein Leben noch einmal von vorn beginnen könnte.«

»Dies wird Ihnen wohl kaum beschieden sein, Teddy. Ist einer von den Jungens hier?«

»Was meinen Sie damit?« fragte Bolter pikiert. »Sie glauben doch nicht etwa –? Ich bin seit Jahren nicht mit solchen Leuten zusammengekommen. Nur einmal hatte ich einen Südländer als Barmann, der hat die Kasse ausgeraubt und ist damit nach Holland geflohen.«

»Herzliches Beileid. Das war bestimmt eine neue Erfahrung für Sie, sich auf einmal selbst im Lager der Geschädigten zu sehen!«

Bolter überhörte die Bemerkung. Er wischte energisch den Schanktisch ab.

»Nein, mit den Geschichten habe ich nichts mehr zu tun. Meine Stammkunden sind Trainer und Jockeis. Darum weiß ich allerhand über Pferde und dergleichen. Bleiben Sie während der Rennen in Ostende, Mr. Brewer?«

»Ich weiß es noch nicht genau.«

»Sind Sie geschäftlich hier?«

»Ja, ich mache zum Vergnügen Geschäfte, oder ich mache mir ein Vergnügen aus dem Geschäft, es ist alles dasselbe. Wenn ich aber hierbleiben sollte, komme ich noch einmal vorbei und lasse mir von Ihnen einen Tip für die Rennen geben.«

»Nicht nötig«, sagte Teddy eifrig, »den Tip können Sie gleich haben. Ich kann Ihnen jetzt schon sagen, welches Pferd das große Hindernisrennen machen wird. Es ist Thotis. Der Gaul wurde extra von England herübergebracht. Er gehört Mr. Mandle Jones.«

Bob war schon im Begriff, aufzubrechen, aber als er diesen Namen hörte, blieb er stehen. Mandle Jones war ein junger Mann, der das Geld mit vollen Händen hinauswarf und auch häufig Geld verlor.

»Bestimmt, Mr. Brewer, verlassen Sie sich darauf«, ereiferte sich Teddy, »und ich tu' Ihnen den Gefallen gern.«

»Wirklich? Meiner Meinung nach müßten doch gerade Sie nicht sehr gut auf mich zu sprechen sein.«

»Ich sagte Ihnen doch – lassen wir das Vergangene! Sie haben damals Ihre Pflicht getan, und ich trage niemandem lange etwas nach. Glauben Sie mir, ich gebe Ihnen den guten Rat, auf Thotis zu setzen. Das Pferd ist heute morgen mit dem Dampfer angekommen, und wenn es das Rennen nicht gewinnt, will ich nicht Bolter heißen.«

»Na schön, ich will es mal auf Ihren Rat hin wagen«, sagte Bob und verließ das Lokal.

In seinem Hotel fand er folgendes Telegramm vor:

›Dringend. Komme nach Ostende – holen Sie mich heute nachmittag am Dampfer ab.‹

Bob war pünktlich am Kai, als die ›Prinzessin Clementine‹ anlegte. Douglas Campbell kam auf ihn zu.

»Willkommen in Ostende«, begrüßte ihn Bob. »Sie kommen gerade zur rechten Zeit, um Geld zu verdienen. Ich habe einen großartigen Tip für die morgigen Rennen.«

»Sie meinen doch nicht etwa Thotis?« fragte Campbell.

Bob starrte ihn erstaunt an.

»Sie haben wohl die Sportzeitungen gelesen, daher sind Sie so gut im Bilde? Was wissen Sie denn über Thotis?«

»Nichts. Ich bin mit dem Besitzer des Pferdes herübergekommen, und ich möchte Sie mit ihm bekannt machen. Warten Sie einen Augenblick hier!«

Campbell wandte sich weg und winkte einem jungen, eleganten Mann. Mandle Jones kam auf sie zu.

»Hallo, Campbell!« rief er. »Ich dachte, ich hätte Sie verloren.«

»Darf ich Ihnen Robert Brewer vorstellen . . .«

Allgemeine Redensarten wurden gewechselt, es ging zur Zollabfertigung, ein Diener trug das Gepäck voraus.

»Warum sind Sie gekommen?« fragte Bob.

Campbell erklärte es ihm erst im Hotel.

»Gestern entdeckte ich, daß eine uns neuerdings angeschlossene Gesellschaft eine Versicherung abgeschlossen hat, die unglaublich ist und an Wahnwitz grenzt. Bob, ich habe Ihnen schon oft von der Dummheit vornehmer Leute erzählt . . .«

»Ja, leider zu oft.«

»Aber daß ein Mitglied der Gesellschaft eine Versicherung hereinlegt, ist unerhört!«

»Um Himmels willen! Meinen Sie etwa den jungen Mr. Mandle Jones?«

»Genau den. Er ist zwar nicht aus einer alten und vornehmen Familie, aber er ist sehr reich und versteht es, Geld auszugeben. Hören Sie einmal gut zu!« Campbell zog sein Notizbuch aus der Tasche. »Dies sind die hauptsächlichsten Punkte der Vereinbarung: Wir übernehmen es, sein persönliches Eigentum gegen Diebstahl und Raub zu versichern, ganz gleich, wo ihm die Vermögenswerte abgenommen werden. Damit nicht genug, versichern wir ihn auch noch gegen Betrug und betrügerische Übervorteilung! Der Generalagent, der diese Versicherung einging, hat natürlich seine Stellung verloren, und der Direktor der betreffenden Gesellschaft mußte seinen Posten aufgeben. Der Vertrag hat noch sechs Monate Gültigkeit. Bisher wurde Jones von der Gesellschaft, die diesen Vertrag mit ihm abschloß, überwacht, doch jetzt sind die Vertragsverpflichtungen auf uns übergegangen, weil wir diese Firma aufgekauft haben.«

»Worauf läuft die Sache also hinaus?«

»Mandle Jones hat in seinem Leichtsinn dreißigtausend Pfund in englischen Banknoten nach Ostende mitgebracht, um sie auf sein Pferd, von dem wir eben sprachen, zu setzen.«

»Meiner Meinung nach kann er dabei aber nur sehr wenig gewinnen. Und falls er verliert, müssen wir ihn ja nicht dafür entschädigen.«

»Leute, die etwas davon verstehen, behaupten, daß sein Pferd überhaupt nicht geschlagen werden kann. Aber – wir haben ihn versichert gegen betrügerische Übervorteilung, und ich bin überzeugt, daß ihm das Geld durch irgendeinen Trick abgenommen wird.«

»Ich will mich einmal mit ihm unterhalten«, schlug Bob nach kurzer Überlegung vor. »Ich bin wirklich neugierig geworden.«

»Sprechen Sie heute abend im Hotel mit ihm. Ich habe ihn zum Essen eingeladen.«

Mr. Mandle Jones erschien zum Essen, doch war er schlechter Laune und bedauerte offenbar, daß er die Einladung angenommen hatte.

»Ich kann heute abend nicht lange bleiben«, sagte er zu Campbell, »und ich weiß auch nicht, warum Sie ausgerechnet nach Ostende mitkommen mußten. Verzeihen Sie, daß ich so offen bin. Meiner Meinung nach war es nicht gerade sehr höflich von Ihrer Gesellschaft, sich in meine Angelegenheiten einzumischen, als ob man mir in Gelddingen nicht trauen könnte.«

»Mr. Jones«, erwiderte Campbell, »ich war ein Freund Ihres Vaters. Sie werden also verstehen, daß ich die Interessen seines Sohnes vertreten möchte.

Mr. Jones lachte.

»Tun Sie es etwa nicht? Ich habe eine Versicherung abgeschlossen, die Ihre Gesellschaft übernommen hat – die Einzelheiten habe ich allerdings vergessen, aber ich glaube doch, daß ich gegen alle Verluste versichert bin, die ich bei Pferderennen erleiden könnte.«

»Aber Sie können doch überhaupt nichts verlieren«, warf Bob ein, »wenn alles, was ich über Ihr Pferd gehört habe, stimmt. Auf der andern Seite begreife ich jedoch nicht, wie Sie etwas gewinnen wollen.«

»Wieso?« fragte Jones unangenehm berührt.

Bob zuckte die Schultern.

»Sie wissen sicher, wie Gewinn und Verlust beim Totalisator berechnet werden. Der eingenommene Betrag wird unter die Gewinner verteilt, nachdem zehn Prozent davon abgezogen worden sind. Nehmen wir einmal an, daß Sie dreißigtausend Pfund setzen wollen ...«

»Sie scheinen gut informiert zu sein!« grinste Jones.

»Außer Ihnen setzen auch noch andere Leute, sagen wir, zusammen zwanzigtausend Pfund. Das sind im ganzen fünfzigtausend Pfund – abzüglich zehn Prozent macht fünfundvierzigtausend Pfund, die auf die Gewinner verteilt werden. Sie können dann höchstens einen Gewinn von zehntausend Pfund machen.«

»Das ist mir vollkommen klar«, erwiderte Mr. Jones liebenswürdig. »Deshalb setze ich ja auch gar nicht beim Totalisator.«

»Aber welcher Buchmacher würde eine Wette von Ihnen annehmen?« fragte Bob.

»Burgen & Brock«, antwortete Jones prompt. »Ich habe mit den Leuten verhandelt, sie nehmen eine Wette 4:1 an. Was sagen Sie dazu?«

»Das müssen tatsächlich Menschenfreunde sein!«

Als sich Mr. Jones empfohlen hatte, erhob sich auch Bob.

»Campbell, ich will einmal ein paar Erkundigungen einziehen. Die Buchmacher nehmen Wetten in diesem Verhältnis doch gar nicht an. Da ist etwas nicht in Ordnung.«

Er erkundigte sich beim Hotelportier, von dem er folgende Auskunft erhielt:

»O ja, ich kenne Burgen & Brock. Es ist die älteste Firma, die sich mit Rennwetten befaßt.«

»Sind die Leute ehrlich?«

»Vollkommen. Die Firma hat die allerbeste Kundschaft – viele englische Adlige, die nach Ostende kommen. Mr. Burgen starb vor einiger Zeit, Brock führt das Geschäft allein weiter.«

Bob schlenderte durch die Spielsäle des Kasinos und stieß dort auf einige englische Sportgrößen. Unter anderem sprach er auch mit Lord Tathington.

»Brock führt das Geschäft nach dem Tod seines Partners weiter«, bestätigte ihm auch der Lord. »Er ist wirklich ein anständiger Geschäftsmann. Aber warum fragen Sie? Wollen Sie eine Wette bei der Firma abschließen?«

»Nein. Wo ist eigentlich die Firma?«

»Brock hat ein Büro in Brüssel, aber er kommt zu jedem Rennen entweder persönlich herüber oder schickt seinen Vertreter.«

Bob sah auf die Uhr. Er hatte noch zehn Minuten Zeit, um den Nachtzug nach Brüssel zu erreichen.

Mitten in der Nacht traf er in der belgischen Hauptstadt ein.

Am nächsten Tag, an dem auch die Rennen stattfanden, sah Campbell Bob Brewer erst zur Mittagszeit wieder. Der Generaldirektor fühlte sich nicht ganz wohl, düstere Ahnungen, er würde viel Geld verlieren, plagten ihn.

»Was haben Sie entdeckt, Brewer?« fragte er.

»Sehr viel. Haben Sie schon einmal Nachforschungen über Buchmacher um drei Uhr morgens angestellt, obendrein in einer fremden Stadt? Wenn ich mich nicht sehr täusche, gehört Mr. Mandle Jones zu den etwas naiven Gemütern, die von ihrer Unfehlbarkeit völlig überzeugt sind und keinem andern etwas zutrauen.«

»Ja, das glaube ich auch«, stimmte Campbell zu.

»Aber ich halte es jetzt für zu spät, ihn noch bekehren zu können. Vor allem müssen Sie mir jetzt versprechen, heute alles zu tun, was ich Ihnen sage.«

»Sie wollen doch sein Pferd nicht vergiften?« fragte Campbell unsicher.

»Nein. Das Pferd ist gut bewacht, es besteht kaum eine Möglichkeit, an das Tier heranzukommen. Ich habe mich nach diesen Dingen genau erkundigt.«

»Doch was soll das heißen, daß ich alles tun muß, was Sie mir sagen?«

»Sie müssen jeden Vorschlag, den ich Ihnen nachher mache, unbedingt annehmen. So – wenn Sie fertig sind, wollen wir zur Rennbahn gehen.«

Das Rennen war stark besucht, und sie hatten große Mühe, zum Sattelplatz zu kommen. Die Nummern für das erste Rennen wurden gerade hochgezogen, als sie Mandle Jones entdeckten, der sie auch gesehen hatte und ihnen aus dem Weg gehen wollte. Aber Bob trat auf ihn zu.

»Mr. Jones, ich möchte Ihnen einen Vorschlag machen.«

»Los, sagen Sie, was Sie wollen!«

»Zunächst möchte ich Ihnen sagen, daß ich Detektiv bin. Es gehört also zu meinem Beruf, Fragen zu stellen. Wollen Sie auf Ihr Pferd wetten? Und zahlen Sie das Geld in bar?«

Jones runzelte die Stirn und zögerte.

»Ja«, sagte er dann kurz. »Ich habe das Geld mitgebracht.«

»In Tausendpfundnoten?«

»Warum fragen Sie danach?«

»Wollen Sie mir einen großen Gefallen tun? Setzen Sie auf Ihr Pferd nicht früher, als bis es zum Startplatz geführt wird.«

»Darauf können Sie sich todsicher verlassen. Ich wette erst dann, wenn ich sehe, daß das Pferd auch sicher am Rennen teilnimmt.«

»Das wäre das eine. Also, man hat Ihnen eine Wette von 4:1 angeboten. Kommt es Ihnen nicht merkwürdig vor, daß Ihre Buchmacher auf eine derartig hohe Quote eingegangen sind?«

»Doch. Es ist natürlich auch ein Glücksspiel für die Leute. Wollen Sie sonst noch etwas von mir?«

»Das weitere erzähle ich Ihnen später.«

Die Menschenmenge strömte nach dem Vorrennen auf den Sattelplatz und wartete geduldig, bis die Gewinnquote bekanntgegeben wurde.

Bob sah mit Interesse, daß Thotis von den Buchmachern 2:1 gehandelt wurde, höchstens 5:2. Er beobachtete auch den jungen Mann, der in der Reihe der Buchmacher stand und die Firma Burgen & Brock vertrat.

Gleich darauf näherte sich Mr. Mandle Jones, der sein Versprechen gehalten und noch nicht abgeschlossen hatte. Bob faßte Campbell am Arm und trat mit ihm zusammen Jones in den Weg.

»Halten Sie mich jetzt nicht auf!« rief Mandle Jones. »Wenn Sie mir etwas sagen wollen, dann gefälligst rasch!«

»Gut, hören Sie! Burgen & Brock bieten Ihnen 4:1 – Mr. Campbell bietet Ihnen 5:1.«

Den Widerspruch, den Mr. Campbell erhob, hörte man bei dem Lärm nicht. Jones zögerte.

»Aber Sie sind doch kein Buchmacher?«

»Zweifeln Sie daran, daß Mr. Campbell Ihnen den Gewinn auszahlen wird?«

»Nein.«

Mandle Jones sah über Bobs Schulter weg zu dem wartenden Vertreter von Burgen & Brock.

»Nun, schließen Sie die Wette ab?« fragte Bob.

Jones überlegte kurz. Der Vorteil war nur zu klar.

»Gut, ich schließe ab.«

Bob Brewer streckte die Hand aus und zählte die dreißig Tausendpfundnoten nach, die ihm Mandle Jones aushändigte. Mr. Jones nickte befriedigt.

»Schön. Die Wette steht also hundertfünfzigtausend zu dreißigtausend?«

Douglas Campbell war starr vor Schrecken und vermochte überhaupt nichts mehr zu sagen. Um so eifriger benahm sich Bob.

»Ja, ja, Sie haben ganz richtig verstanden.«

Er packte Campbell am Arm und führte ihn zu den Tribünen. Der Generaldirektor war außer sich. Erst nach einer Weile faßte er sich ein wenig.

»Aber – aber, Sie sind ja verrückt!« stieß er keuchend hervor. »Mensch, wir müssen ihn doch auszahlen, wenn der Gaul gewinnt! Brewer, Sie haben mich ruiniert!«

»Geduld, mein Lieber, nur die Ruhe nicht verlieren!« redete ihm Bob zu. »Sehen Sie sich lieber die hübschen Pferde an, die drüben am Start in einer Reihe stehen. – Ah, jetzt geht's los!«

»Zehn Pferde schossen vorwärts. Bob beobachtete das Rennen durch sein Glas. Nach kurzer Zeit wußte er, daß das Schlimmste eingetreten war. Thotis war zwei Längen voraus. Das Pferd führte von Anfang bis zum Ende und gewann den Schlußgalopp mit sechs Längen.

»Setzen Sie sich, Mr. Campbell«, sagte Bob freundlich. »Ich fürchte, Sie haben einen ziemlichen Schock bekommen.«

Douglas Campbell schüttelte nur hilflos den Kopf. Mr. Jones stürzte triumphierend herbei.

»Sehen Sie, mein Pferd hat gewonnen! Campbell, alter Sportsmann, Sie sind ja ein tüchtiger Buchmacher! Also, schreiben Sie mir jetzt hübsch einen Scheck über hundertfünfzigtausend Pfund aus!«

»Nur nicht so stürmisch, junger Mann«, entgegnete Bob, »warten Sie mal . . .«

»Wieso?«

»Der Jockei, der Ihr Pferd reitet, ist ein Freund von Teddy Bolter, und den kenne ich genau. Sie haben vermutlich noch nicht viel gehört von diesem Ehrenmann, der davon lebt, reichen Leuten das Geld abzuzapfen.«

»Ich will jetzt keinen Vortrag über Jockeis von Ihnen hören«, rief Jones ärgerlich.

»Kommen Sie, Brewer«, sagte Douglas Campbell matt und zerknirscht, als er endlich seine Sprache wiederfand. »Mr. Jones, ich werde Ihnen den Scheck ausstellen.«

Von der Waage her kam ein Mann angelaufen und rief etwas.

»Hallo, was ist los?« fragte Jones.

»Ich glaube, Ihr Pferd ist disqualifiziert worden, weil es nicht das richtige Gewicht hatte«, bemerkte Bob Brewer. »Ich würde mich an Ihrer Stelle einmal danach erkundigen.«

Mr. Mandle Jones lief zur Waage. Dort erfuhr er, daß Thotis disqualifiziert worden war. Eines der Bleigewichte, die man in die Satteltaschen gelegt hatte, um das Gewicht des Jockeis auszugleichen, war auf geheimnisvolle Weise verschwunden.

Später fand man das Bleichgewicht irgendwo auf der Rennbahn. Der Jockie mußte es aus der Tasche gezogen und weggeworfen haben, während er zum Schein die Sporen zurechtrückte.

»Gestern nacht bin ich noch nach Brüssel gefahren«, erzählte Bob auf dem Rückweg zum Hotel. »Dort erfuhr ich, daß das Geschäft von Burgen & Brock zu Anfang des Jahres für fünftausend Pfund an Mr. Bolter verkauft worden ist. Teddy Bolter selbst trat natürlich nach außen nie in Erscheinung. Er rechnete damit, daß ihm früher oder später ein reicher Kunde, durch den traditionellen Ruf der Firma angelockt, ins Garn gehen würde. Bolter hatte auf Umwegen Mr. Jones auf die Idee gebracht, sein Pferd in diesem Rennen einzusetzen. Ein oder zwei Mittelsmänner waren ständig für ihn tätig und vermittelten ihm die nötigen Nachrichten vom Training der Pferde. So war es auch ein leichtes für ihn, an Jones heranzutreten und ihm diese glänzende Wette anzubieten. Wenn ich nicht im letzten Augenblick dazwischengekommen wäre, hätte Bolter jetzt die dreißigtausend Pfund eingesteckt, denn die wären ihm durch die Disqualifizierung des Pferdes ohne weiteres zugefallen. Aber nun werden wir dem jungen Mann das Geld zurückgeben.«

»Ja«, sagte Mr. Campbell, »das wollen wir.«

»Verdient haben wir diesmal zwar nichts, dafür aber ein gutes Werk getan. Und Sie haben drei aufregende Minuten erlebt, die Sie so schnell nicht vergessen werden.«

»Ja, da haben Sie recht«, erwiderte Mr. Campbell und schüttelte sich in Gedanken an den ausgestandenen Schrecken.

6

Lord Heppleworth sah über die Brillenränder weg zu seiner jungen Frau hinüber, die an der anderen Seite des Tisches saß. Sie hatte so weitab als nur möglich von ihm Platz genommen.

»Liebling«, sagte ihr Gatte, »der junge Mann von der Versicherung wird pünktlich um zehn Uhr hier sein.«

Lady Gladys Heppleworth gähnte.

»Wozu kommt er?« fragte sie gleichgültig.

»Wie oft habe ich dir schon gesagt, daß du dich gewählter ausdrücken sollst! ›Wozu kommt er‹ klingt nicht gut. ›Aus welchem Grund kommt er?‹ hättest du fragen können.«

Sie sah müde aus dem Fenster und unterdrückte einen Seufzer.

»Er kommt natürlich wegen des Verlusts der großen Perle. Das ist eine mysteriöse und – ich muß schon sagen – unangenehme Angelegenheit. Ich weiß tatsächlich nicht, was ich davon halten soll.«

Der Lord war ungefähr fünfzig Jahre alt, hager und hatte blonde Haare. Er besaß wenig Humor und noch weniger Phantasie. Seine Eheschließung hatte in der Gesellschaft unangenehmes Aufsehen erregt. Gladys de Vere war Schauspielerin gewesen, sie hatte in modernen Revuen kleine Rollen gespielt, und niemand konnte verstehen, warum Lord Heppleworth, ein verknöcherter, pedantischer Witwer, sie geheiratet hatte.

Lord Heppleworth war mit seinem Entschluß durchaus zufrieden. Gladys jedoch seufzte unter den Fesseln. Als sie heiratete, hatte sie von Gesellschaften und Reisen in ferne Länder geträumt und geglaubt, das Leben würde für sie ein einziger Wirbel von Vergnügungen sein. Doch die graue Wirklichkeit sah ganz anders aus.

Lord Heppleworth besaß einen Landsitz in Shropshire, wo er acht Monate des Jahres zubrachte, und ein Haus in London, in dem er während der übrigen vier Monate wohnte. Jedes Jahr verließ er die Stadt am gleichen Tag, um aufs Land hinauszuziehen, und jedes Jahr kehrte er am gleichen Tag pünktlich dorthin zurück. Er speiste jeden Abend im gleichen Restaurant und interessierte sich, wenn auch nicht allzusehr, für Bienen. Seine Spezialität war die Mason-Biene.

Lord Heppleworth faltete die ›Times‹ zusammen und klingelte nach dem Mädchen.

»Miss Parker, hier sind drei Schnitten Schinken übriggeblieben, bitte heben Sie die zum Abendessen für mich auf.«

»Jawohl, Mylord.«

»Dann habe ich gesehen, daß vorige Woche sechs kleine Brote zusätzlich gekauft worden sind. Wie kommt das?«

»Mylady hat Brot in den Park mitgenommen, um die Enten zu füttern.«

Lord Heppleworth runzelte die Stirn und sah seine Frau an.

»Aber, Liebling«, sagte er vorwurfsvoll, »das ist doch Verschwendung. Weißt du nicht, daß Tausende armer Kinder dankbar wären, wenn sie das Brot bekämen, das du buchstäblich fortwirfst?«

Gladys zuckte die Schultern.

»Gut, dann werde ich das Brot den Armen schicken.«

»Das ist durchaus nicht nötig. Es gibt genügend Wohltätigkeitsvereine, die sich systematisch mit der Verteilung von Gaben befassen.«

»Was soll ich dann tun?« fragte sie und drehte sich unwillig nach ihm um. »Soll ich hier den ganzen Tag stillsitzen und in den Mond gucken?«

Lord Hippleworth hob protestierend die Hand.

»Einen Augenblick, mein Liebling.« Er wandte sich an das Mädchen. »Miss Parker, Sie können jetzt gehen.« Erst als sich die Tür hinter ihr schloß, sprach er weiter. »Ich möchte dich doch bitten, dich in Gegenwart von Dienstboten zusammenzunehmen. Du hast wirklich keinen Grund, dich zu beklagen. Ich habe dir eine bedeutende Jahressumme ausgesetzt.«

»Bedeutend!« rief sie verächtlich. »Was kann ich schon mit zweihundert Pfund im Jahr anfangen?«

»Als ich in Eton auf dem College war, hat mir mein Vater fünfzig Pfund im Jahr gegeben und erwartet, daß ich davon noch etwas sparte. Das ist mir auch gelungen«, schloß er mit Genugtuung.

Es klopfte leise an die Tür, und Miss Parker trat wieder ein.

»Draußen ist ein Herr, der Mylord sprechen möchte.«

»Das muß der Mann von der Versicherungsgesellschaft sein. Führen Sie ihn herein, Miss Parker.«

Bob Brewer trat ein, verneigte sich vor Mylady und nickte dem Lord zu, den er flüchtig kannte.

»Also Sie sind der junge Mann von der Versicherung? Wollen Sie bitte Platz nehmen? Und willst du so gut sein, Liebling, Mr. ...«

»Mein Name ist Brewer.«

»Ja, ja – willst du so gut sein, Mr. Brewer zu unterhalten, während ich das Halsband hole?«

»Ich glaube, daß zuviel Aufhebens gemacht wird wegen einer verlorenen Perle«, bemerkte Gladys, als ihr Gatte hinausgegangen war.

»Handelt es sich nur um eine Perle?« fragte Bob. »Ich glaubte, es wäre ein ganzes Halsband gestohlen worden.«

»Aber nein, nur eine Perle. Soviel ich weiß, ist der Lord bei Ihrer Gesellschaft gegen Diebstahl versichert?«

»Ja, die Perlen sind bei uns für fünfundzwanzigtausend Pfund versichert. Ich nehme an, daß Sie die Polizei verständigt haben?«

»Ich glaube nicht, daß Mylord das getan hat. Er wird Ihnen alles erklären, wenn er zurückkommt. Doch, wie ich schon sagte, meiner Meinung nach wird wirklich zuviel Aufhebens ...«

Der Lord kehrte ins Zimmer zurück, er hielt einen flachen, schwarzen Lederkasten in der Hand, den er ein wenig umständlich öffnete. Auf dunkelblauem Samtgrund lag eine der schönsten Perlenketten, die Bob je gesehen hatte.

»Diese Kette besteht – oder richtiger – bestand aus dreiundsechzig Perlen«, versicherte der Lord. »Sie sind berühmt, denn sie wurden schon von meinem Urgroßvater erworben, der unter der Regierung Wilhelms IV. Gouverneur von Madras in Südindien war.«

»Ich kenne die Geschichte«, antwortete Bob. »Ihr Urgroßvater ist mit einer Frau des Radschas durchgebrannt, und sie trug diese Halskette.«

Lord Hepplewort räusperte sich.

»Ja, es war ein Skandal, aber wir brauchen die Sache ja nicht näher zu erörtern. Jedenfalls, hier sind die Perlen. Sie gehören zu den kostbarsten in ganz Europa, und ich lege großen Wert darauf, daß meine Frau die Hepplewort-Perlen trägt, wenn ich mit ihr ausgehe. Ich zähle die Perlen jeden Abend, bevor wir weggehen und wenn wir zurückkommen. Vielleicht finden Sie das sonderbar, aber ich bin in solchen Dingen peinlich genau.«

»Sehr anstrengend«, äußerte Bob spöttisch.

»Gestern abend nun gingen wir wie gewöhnlich ins ›Magnificent‹, um dort zu Abend zu speisen. Ich zählte vorher die Perlen – es waren dreiundsechzig. Wir gingen ins Restaurant, Mylady hat allerdings in der Garderobe ihren Pelz abgelegt, aber sonst war ich immer bei ihr. Wir blieben etwa anderthalb Stunden. Während dieser Zeit ist niemand an unseren Tisch gekommen, mit Ausnahme des Kellners. Ich bin natürlich stolz auf den alten Familienschmuck und habe auch während des Essens verschiedentlich danach gesehen. Später holte Mylady ihren Pelz in der Garderobe, und wir fuhren im Auto nach Hause. In meiner Gegenwart nahm sie das Perlenhalsband ab. Ich legte es in dieses Etui und zählte die Perlen, aber es waren nur zweiundsechzig.«

Er warf seinem Besucher einen Blick zu.

»Nur zweiundsechzig –«, wiederholte Bob. »Selbstverständlich haben Sie die Perlen noch einmal gezählt?«

»Ja, mindestens ein dutzendmal. Es ist ausgeschlossen, daß ich mich geirrt habe. Ich kenne jede Perle des Halsbandes. Die fehlende ist eine der größten.«

Bob nahm die Kette in die Hand und prüfte sie sorgfältig.

»Seltsam. Die Schnur ist weder gerissen, noch scheint sie ausgebessert oder geflickt worden zu sein. Wie hoch ist der Wert der fehlenden Perle?«

»Zwischen siebenhundert und tausend Pfund. Es war eine der besten.«

»Könnte sie auf der Rückfahrt in den Wagen gefallen sein?«

»Nein, unmöglich«, erwiderte Lord Hepplewoth brüsk. »Das ist eine lächerliche Frage. Sie haben doch jetzt die Schnur selbst gesehen, auf der die Perlen aufgezogen sind.«

»Ja –«, sagte Bob langsam. »Haben Sie auch keine Erklärung dafür, Mylady?«

»Nein. Ich wußte nicht einmal, wieviel Perlen die Kette hatte.«

Nach diesem ersten Gespräch suchte Bob Brewer den Generaldirektor in seinem Büro auf.

»Nun, wie steht es?« fragte Douglas Campbell.

»Eine merkwürdige Geschichte. Der alte Lord ist ein ganz ehrlicher Kerl, daran ist nicht zu zweifeln.«

»Das wissen wir auch. Also, erzählen Sie schon!«

Bob berichtete, was er wußte.

»Ja, das ist alles richtig«, bestätigte Campbell. »Die Versicherungspolice ist auf dreiundsechzig Perlen ausgestellt. Wenn jetzt nur zweiundsechzig vorhanden sind, müssen wir die fehlende Perle ersetzen. Haben Sie die einzelnen Stücke selbst gezählt?«

»Ja, ich habe mir die Mühe gemacht. Der Lord zählt sie übrigens unablässig.«

»Was halten Sie von ihm?«

»Ein alter Geizkragen und Pedant. Ich könnte mir denken, daß sich seine Frau, die todunglücklich ist und sich langweilt, über den Verlust der Perle freut, nur weil es ihn ärgert und aufregt.«

Zwei Tage später kam Bob mit neuen Informationen, über die er Campbell berichtete.

»Über den Lord selbst habe ich wenig Neues erfahren. Er ist ein langweiliger, unmöglich pedantischer Kerl. Lady Hepplesworth hieß früher Gladys Surper. Den Bühnennamen weiß ich nicht. Ihre Eltern sind gestorben, aber sie hat noch eine Schwester und einen Bruder. Die Schwester hat es faustdick hinter den Ohren und war sogar an einem Bankbetrug in Manchester beteiligt. Obschon sie die gefälschten Papiere bei der Bank einreichte, konnte man ihr nichts nachweisen. Ihr Bruder war nicht ganz so erfolgreich. Er wurde vor zwei Jahren zu zwölf Monaten Gefängnis verurteilt.«

»Glauben Sie, daß der Bruder für das Verschwinden der Perle verantwortlich sein könnte?«

»Nein, das ist nicht anzunehmen, denn er befindet sich gegenwärtig in Australien. Er soll ein mühseliges, aber ordentliches Leben führen. Die Schwester jedoch wird auch jetzt noch von der Polizei beobachtet. Ich habe vor allem sie in Verdacht, weil sie das Juwelierhandwerk erlernt hat.«

»Das erklärt aber noch nicht den Verlust der Perle.«

»Aber vielleicht erklärt es die näheren Umstände. Wir werden sehen. Lord Hepplesworth hat mich heute zum Abendessen eingeladen.«

Bob traf zeitig im Haus des Lords ein. Lady Hepplesworth erwartete ihn im Empfangszimmer. Sie war bereits zum Ausgehen angekleidet, doch fiel ihm auf, daß sie das Perlenhalsband nicht trug. Auf seinen fragenden Blick bemerkte sie lächelnd:

»Sie sehen nach den Perlen? Lord Hepplesworth legt mir die

Kette erst um, wenn ich das Haus verlasse. Er ist in dieser Beziehung sehr gewissenhaft.«

»Das ist mir auch schon aufgefallen.«

Der Lord erschien mit dem schwarzen Lederetui in der Hand, öffnete es und nahm die Perlenschnur heraus. Er versuchte einen scherzhaften Ton anzuschlagen.

»Zweiundsechzig! Ich glaube kaum, daß du heute abend eine Perle verlieren wirst, wenn Mr. Brewer persönlich aufpaßt.«

»Der Wagen wartet schon.« Sie nahm ihren Abendmantel vom Stuhl und ging voraus.

Das Essen verlief ziemlich langweilig. Lord Hepplewortth sprach viel, aber was er sagte, war belanglos und uninteressant. Die Lady schwieg meistens. Bob überlegte, was sie wohl denken mochte, während sie ins Leere schaute. Ab und zu spielte sie zerstreut mit den Perlen.

»Begleiten Sie mich nach Hause«, forderte der Lord Bob nach dem Essen auf. »Ich habe über die Sache gründlich nachgedacht und eine Erklärung gefunden. Ich möchte alles schriftlich niederlegen, und es wäre mir lieb, wenn Sie es durchlesen, um mir Ihre Meinung darüber zu sagen.«

Bob seufzte, als er in den Wagen stieg, und machte sich auf einen langweiligen Abend gefaßt. Als sie das Wohnzimmer betraten, ließ sich Lord Hepplewortth von seiner Frau die Kette geben und zählte jede Perle einzeln nach. Plötzlich richtete er sich verstört auf und atmete schwer.

»Das ist unmöglich!« rief er aus, beugte sich über den Tisch und zählte aufs neue. »Es sind jetzt nur noch sechzig Perlen! Zwei weitere sind verschwunden!«

Schweigend nahm Bob die Kette in die Hand. Der Lord hatte sich nicht geirrt, es waren nur noch sechzig.

»Aber – aber –«, stammelte Hepplewortth. »Wie ist so etwas möglich? Das ist – unglaublich!«

»Hast du dich beim Zählen auch nicht geirrt?« fragte Gladys sanft.

»Rede nicht solchen Unsinn!« fuhr der Lord auf. »Hat Mr. Brewer sie nicht auch gezählt? – Was halten Sie davon, Mr. Brewer?«

»Ich habe eine sehr einfache Erklärung«, meinte Bob. »Die beiden Perlen sind durch einen Unbekannten von der Schnur entfernt worden.«

»Das ist allerdings eine ziemlich nichtssagende Erklärung! Sie machen sich die Sache etwas leicht. Etwas Besseres wissen Sie wohl nicht?«

»Ich werde es mir bis morgen überlegen. Um zehn Uhr vormittags komme ich hierher. Mit Ihrer Erlaubnis möchte ich die Kette zu einem Spezialisten bringen, an den ich verschiedene Fragen zu richten habe.«

»Ich werde Sie begleiten«, erklärte der Lord.

»Das ist nicht notwendig. Sie können mir die Perlen ruhig anvertrauen, da unsere Versicherung den Wert ja ohnehin garantiert.«

Am nächsten Morgen erschien Bob pünktlich um zehn Uhr, nahm das Perlenhalsband in Empfang und besuchte einen der besten Juweliere Londons.

»Bitte, sagen Sie mir, ob die Schnur, auf der die Perlen aufgezogen sind, irgendwelche Ausbesserungen aufweist. Ist es möglich, zwei Perlen aus der Mitte zu entfernen, ohne die ganze Schnur aufzulösen?«

»Nein, das ist unmöglich«, antwortete der Juwelier.

»Nehmen wir aber an, daß Sie zwei Perlen aus der Mitte fortnehmen wollen – was müssen Sie dann tun?«

»Ich müßte die Perlen eine nach der anderen herausnehmen, um an die zwei heranzukommen. Darauf muß die Schnur um ein entsprechendes Stück verkürzt werden, was eine ziemlich langwierige Sache ist.«

»Wie lange brauchen Sie dazu?«

»Wenn ich sehr schnell arbeite, könnte ich es in einer Stunde schaffen. Es gibt niemanden, der das unter einer Stunde machen könnte, und ich habe jahrelange Erfahrung auf diesem Gebiet.«

»Ich danke Ihnen vielmals.«

Bob legte die Perlenschnur in den Kasten und fuhr zu Lord Heppleworth.

»Ich habe eine bestimmte Vermutung«, eröffnete er ihm, »und wenn Sie mir gestatten, Lady Heppleworth heute abend zum Essen auszuführen, ohne daß Sie dabei sind, kann ich garantieren, daß ich das Geheimnis aufkläre.«

Lord Hepplewort verzog den Mund.

»Es ist nicht meine Gewohnheit«, erwiderte er steif, »meine Frau abends mit einem Fremden ausgehen zu lassen.«

»Das können Sie halten, wie Sie wollen, es geht mich nichts an. Aber wenn Sie Ihre Perlen zurückhaben und weitere Verluste vermeiden wollen, gebe ich Ihnen den guten Rat, meiner Bitte zu entsprechen.«

»Es geht zwar um viel Geld, aber die Versicherung muß ja den Verlust tragen.«

»Ich kann Ihnen dies nicht bestimmt versprechen. Jedenfalls nicht, wenn Sie mir nicht Gelegenheit geben, allein mit Mylady zu speisen. Wenn Sie es verweigern, stelle ich die Untersuchung des Falles ein. In diesem Fall wird sich die Gesellschaft nicht bereit finden, den Verlust zu tragen.«

»Gut«, gab der Lord nach einer Weile nach, »ich werde Mylady von Ihrer Bitte in Kenntnis setzen.«

»Vor allem muß sie die Perlen tragen, das ist wichtig.«

Als Bob abends um acht Uhr erschien, händigte der Lord seiner Frau gerade die Kette aus. Vorher hatte er die Perlen gezählt.

»Sechzig – bitte, kontrollieren Sie selbst, Mr. Brewer!«

Bob kam zum gleichen Ergebnis.

»Was hat dies alles zu bedeuten?« erkundigte sich Lady Hepplewort, als sie zusammen im Wagen saßen. »Warum wünschen Sie, daß ich allein mit Ihnen speise? Es ist doch nichts passiert?«

»Das kann ich noch nicht sagen. Aber ich nehme an, daß Sie lebhaft daran interessiert sind, das Geheimnis aufzuklären?«

»Selbstverständlich liegt mir viel daran. Oder sind Sie vielleicht anderer Meinung?« fragte sie spitz.

Er wartete im Vestibül, bis sie ihre Garderobe abgelegt hatte, dann gingen sie zu dem Tisch, an dem Lord Hepplewort gewöhnlich abends mit seiner Frau saß. Sie benahm sich sehr reserviert und kühl.

»Lady Hepplewort, sind Sie glücklich verheiratet?« fragte Bob überraschend, als sie beim Kaffee angelangt waren.

Sie starrte ihn einen Augenblick an und wurde rot.

»Ich weiß nicht, was Sie das angeht, aber ich bin sicher, Lord Hepplewort wünscht nicht, daß Sie mir derartige Fragen stellen.«

»Sie können es ihm ruhig erzählen, wenn Sie wollen. Im Moment interessiert mich nicht, was er über mich denkt, ich frage mich vielmehr, wie er über Sie urteilen würde, wenn er alles von Ihnen wüßte.«

»Wie meinen Sie das?«

»Ich frage Sie noch einmal – sind Sie mit Ihrem Gatten glücklich verheiratet? Oder haben Sie die Absicht, Ihr jetziges Leben aufzugeben, ihn zu verlassen und sich nach einer kleinen Stadt in Australien zu begeben? Ich könnte mir denken, daß es sich dort ruhig und still leben läßt, ohne all den Ärger, den Sie hier haben.«

Sie senkte den Blick.

»Ich verstehe Sie nicht«, sagte sie leise.

»Dann will ich es Ihnen deutlicher erklären. Sie haben einen Bruder, der in Australien lebt, zu ihm wollen Sie ziehen. Lord Hepplewort gibt Ihnen nicht viel Geld. Er ist, um es geradeheraus zu sagen, ziemlich geizig, und Sie haben sich von Ihrer Ehe mit ihm etwas ganz anderes versprochen.«

»Ja, das ist wahr. Er bewacht mich wie die Katze die Maus. Vor einem Jahr, als mein Bruder nach Australien ging, konnte ich ihm nicht einmal fünfzig Pfund mitgeben.«

»Sie hätten doch einen Ring versetzen können.«

»Er zählt meinen Schmuck jeden Morgen und jeden Abend.« Sie lachte gezwungen. »Ist das nicht schrecklich? Manchmal möchte ich ihn umbringen und fliehen!«

»Wir wollen jetzt einmal über die Perlenkette sprechen! Würden Sie die Freundlichkeit haben, sie mir einen Augenblick zu geben?«

»Warum?«

»Sie haben eine Schwester, soviel ich weiß?«

Sie verfärbte sich und antwortete nicht.

»Sie ist in der Garderobe dieses Hotels angestellt und im Moment damit beschäftigt, eine Perle von der Kette zu entfernen, die Sie abgelegt haben, als Sie vorhin zur Garderobe gingen. Sie kann die Schnur so geschickt verkürzen, daß man nichts bemerkt. Ich weiß, in einer Stunde ungefähr kann man so etwas bewerkstelligen, und Sie sitzen ja gewöhnlich anderthalb Stunden hier beim Essen.«

Lady Hepplework war noch blasser geworden und schwieg erschrocken.

»Die Kette, die Sie jetzt tragen, ist eine ausgezeichnete Imitation. Ich weiß, daß sie vor zwei Wochen in den Burlington-Arkaden besorgt wurde, wahrscheinlich von Ihrer Schwester.«

»Was soll ich tun?« fragte sie nach einigen Minuten leise.

»Ich rate Ihnen – gehen Sie jetzt zu Ihrer Schwester, fordern Sie sie auf, Ihnen die Perlen zurückzugeben, die sie entfernt hat. Um ihr die nötige Zeit zu lassen, wollen wir inzwischen ein Theater besuchen. Ich habe bereits Plätze bestellt.«

»Und was soll ich Lord Hepplework sagen?«

»Gar nichts.«

»Ich brauche das Geld dringend«, wandte sie heftig ein. »Ich halte es bei dem alten Pedanten nicht länger aus. Meine Schwester brachte mich auf den Gedanken mit der Kette. Wir vereinbarten, das Geld miteinander zu teilen. Mit meinem Anteil wollte ich nach Australien fahren – ich muß aus dieser schrecklichen Umgebung heraus!«

Bob dachte einige Zeit nach.

»Ich glaube, daß ich zweihundert Pfund von Ihrem Gatten als Belohnung für die Wiederbeschaffung der Perlen erhalten kann. Diese zweihundert Pfund stelle ich Ihnen zur Verfügung. Fahren Sie damit nach Australien, wann immer es Ihnen beliebt.«

»Aber was soll ich wirklich Lord Hepplework sagen?«

»Sagen Sie ihm, die Perlen wären von einer Mason-Biene entführt worden!«

7

Bob Brewer aß allein im Windsor-Restaurant zu Abend, als Douglas Campbell an seinen Tisch trat und sich ohne weitere Umstände zu ihm setzte.

»Bob, ich war eben in Ihrer Wohnung und hörte, Sie wären hier. Ich brauche Ihren Rat in einer bestimmten Angelegenheit.«

Bob machte eine weitausholende, großartige Handbewegung.

»Mein Rat ist – heiraten Sie das Mädchen!«

Mr. Campbell wurde rot vor Ärger.

»Wie können Sie nur immer so dummes Zeug reden! Es handelt sich hier um eine ernste Sache. Wir haben uns bereits, als Sie von Amerika kamen, über den Klub der Vier unterhalten . . .«

»Ja«, fiel Bob ein, »aber jetzt sind es nur noch drei Negerlein. Der arme Bill Hoy verbringt diesen Winter in Dartmoor. Die anderen drei befinden sich allerdings in Freiheit. Reddy habe ich noch vor einer Stunde hier im Lokal gesehen. In seiner Begleitung befand sich eine hübsche junge Dame, die in ihren Kreisen als Rosa Mirando bekannt ist.«

»Ein merkwürdiger Name. Hängt das mit ihrer Gesichtsfarbe zusammen?«

»Nein, durchaus nicht. Sie heißt so, weil sie eine Vorliebe für Rosa in bezug auf ihre Garderobe hat. Ich erinnere mich . . .«

»Darauf kommt es jetzt aber nicht an«, unterbrach Campbell hastig. »Ich wollte nicht über sie oder die Bande, zu der sie gehört, sprechen, sondern über die London-, Devon- und Cornwall-Bank.«

Bob zog sein Zigarrenetui heraus und reichte es über den Tisch. Campbell nahm eine Zigarre und steckte sie an, bevor er weitersprach.

»Ich habe heute den Besuch von Mr. McKay gehabt, dem ersten Direktor des Hauptsitzes. Er ist ein alter Freund von mir, wir stammen aus der gleichen Stadt.«

»Deshalb allein sind Sie wohl kaum sein Freund. Ich nehme an, Sie beide haben zusammen bei irgendeinem Schwindel viel Geld verdient. Nun, was will denn der Mann?«

»Er ist in großer Verlegenheit. Vor sechs Monaten fand er

heraus, daß der Vorsteher einer Depositenkasse viel und hoch wettete und bei einem Buchmacher verschuldet war. McKay ließ sofort die Bücher nachprüfen. Timmes, so hieß der Betreffende, zahlte einen großen Teil der veruntreuten Gelder zurück, gab seine Stellung und seinen Anspruch auf Pension und andere Vergünstigungen auf und trat aus der Bank aus.«

»Fahren Sie nur fort, Campbell!« Bob nickte ermunternd. »Ich ahne schon, daß das dicke Ende nachkommt. Sie säßen nicht hier, wenn ich nicht wieder einmal Ihre letzte Rettung wäre!«

»So warten Sie doch! Sie werden gleich alles der Reihe nach erfahren. Also, dieser Timmes verschwand von der Bildfläche. Unglücklicherweise war er über die Verhältnisse und gewisse interne Angelegenheiten der Hauptbank recht gut informiert.«

»Aber der Leiter einer Depositenkasse erfährt doch nicht viel, was für Außenstehende von Bedeutung sein könnte?«

»Timmes hatte, bevor er den Vorsteherposten erhielt, eine Vertrauensstellung im Hauptbüro und besaß Einblick in das Personalverzeichnis mit den Geheimnotizen über die einzelnen Beamten und Angestellten.«

»Er hat doch nicht etwa das Verzeichnis mitlaufen lassen?«

»Nein. Aber er besitzt ein fabelhaftes Gedächtnis. Er mußte, wie mir der Direktor versicherte, einen längeren Zeitungsartikel nur zweimal lesen, um ihn wörtlich wiederholen zu können. McKay ist überdies der Meinung, daß sich Timmes nicht nur auf sein gutes Gedächtnis verlassen, sondern zu Hause auch Notizen gemacht hat.«

»Wie kommt er darauf?«

»Timmes hat sich an die Leiter der Filialen gewandt. Aber nur an die, die in den Geheimakten als umgänglich und großzügig bezeichnet worden waren. Er bat sie, ihm Geld zu leihen, weil er sich im Augenblick in einer schwierigen Lage befände. McKay glaubt nun, daß ein Überfall auf eine ihrer Banken oder Filialen geplant werde. Er ist in großer Aufregung, ebenso die anderen Direktoren. Gestern haben sie eine Sitzung abgehalten und beschlossen, sich an uns zu wenden.«

»Wollen Sie damit sagen, daß sich das Direktorium bei Ihnen gegen Verluste decken will?«

»Ja, darauf läuft es hinaus. Es dauert drei Monate, bis der ganze riesige Apparat so umorganisiert ist, daß in diesem speziellen Fall nichts mehr zu befürchten ist. Und für diese drei Monate wollen sie sich bei uns versichern. Ich habe natürlich sofort den Aufsichtsrat verständigt. Wir haben heute beschlossen, dem Antrag der Bank zuzustimmen. Es ist eine dementsprechende Police ausgestellt worden. Die Spesen, die durch Ihre Tätigkeit entstehen, werden von der Bank getragen.«

»Da kann ich die armen Leute nur bedauern«, stellte Bob trocken fest. »Sie wären vielleicht billiger weggekommen, wenn sie ruhig einmal bei sich hätten einbrechen lassen!«

Anderntags sprach Bob lange mit McKay, einem kleinen Mann mit kahlem Kopf, der viel Nebensächliches daherredete.

»Wir wollen uns an die Tatsachen, das heißt an unsere Befürchtungen halten, Mr. McKay! Nehmen wir also an, daß Mr. Timmes, der in leitender Stellung bei Ihnen tätig war, unter den Einfluß dunkler Gesellen geraten ist und ihnen wichtige Informationen geliefert hat. Die Frage ist nur – in welche Ihrer Filialen werden die Kerle einbrechen? Sie haben, wie ich weiß, hundertachtzig Nebenstellen.«

»Glauben Sie nicht«, wandte McKay ein, »daß sie in die Zentrale einbrechen wollen? Timmes weiß viel besser Bescheid im Hauptbüro als in den Nebenstellen.«

»Das glaube ich kaum. Timmes weiß ja auch, daß Sie selbst über den Räumen der Bank wohnen. Nein, da unterschätzen Sie die Burschen, so leicht werden sie es uns nicht machen.«

»Welche Nebenstelle käme dann wohl am ehesten in Frage? Ich kann doch nicht alle hundertachtzig Filialen gleichzeitig bewachen lassen.«

»Das brauchen Sie auch gar nicht. Vor allem müßte ich die Geheimakten mit den Personallisten einsehen können. Darin ließen sich vermutlich einige Anhaltspunkte finden.«

Erst mußte eine Sitzung des Direktoriums abgehalten werden, an der lange hin und her beraten wurde, ob man Brewer Einsicht in die Personalakten geben sollte. Schließlich wurde er mit dem wertvollen Aktenstück in einen Raum eingeschlossen. McKay hatte darauf bestanden, daß keine Notizen gemacht werden dürften, doch Bob setzte sich in seiner üblichen großzügigen Weise über die Vorschrift hinweg.

Es war eine merkwürdige und in mancher Beziehung sehr interessante Lektüre. Einer der Beamten war Spiritist, ein anderer hatte einen Bruder in einer Trinkerheilanstalt, ein dritter besuchte Hunderennen. Eine Notiz bei Nr. 68 fiel Bob besonders auf:

›George Bowley. Merstham Bassett. Zuverlässiger Charakter, früher interessiert an der christlichen Jugendbewegung, später ausgetreten. Junggeselle, dreimal verlobt gewesen, häufige Liebschaften. Trinkt nur mäßig, guter Bankbeamter, eignet sich für große Landbezirke oder kleinere Städte ohne wesentliches gesellschaftliches Leben.‹

Bob machte sich kurze Notizen. Er sah das Aktenstück bis zu Ende durch und entdeckte noch verschiedene andere interessante Leute, aber er war davon überzeugt, daß Mr. George Bowley der Mann war, auf den es ankam.

Er suchte Direktor McKay auf. Nachdem sie über verschiedene Zweigstellen und Niederlassungen der Bank gesprochen hatten, erwähnte Bob die Filiale in Merstham Bassett.

»Wie spielt sich das Geschäft dort hauptsächlich ab?«

»Wir haben dort einen ziemlich großen Umsatz. Die kleine Stadt ist der Mittelpunkt eines größeren ländlichen Bezirks, fast alle Gutsbesitzer der Umgegend und der Adel von Cornwall zählen zu unseren Kunden, wodurch diese Nebenstelle eine gewisse Bedeutung erhält. Sie haben wohl Bowleys Personalien studiert, daß Sie ausgerechnet auf Merstham Bassett kommen?«

»Ja, ich bin auf ihn aufmerksam geworden. Was für ein Charakter ist er?«

»Ach, er ist ein wirklich guter Kerl. Er hat nur den einen Fehler, daß er zuviel flirtet. Neuerdings hat er sich wieder einmal mit einer jungen Dame verlobt. Ich hoffe, daß er endlich heiraten wird. Ich habe es immer gern, wenn Filialleiter verheiratet sind. Ein verheirateter Mann ist solider als ein Junggeselle. Wenn er mit dieser jungen Dame wieder nicht zurechtkommt, wird es überhaupt nie etwas mit ihm werden.«

»Ist sie hübsch?«

»O ja, sehr hübsch«, versicherte McKay begeistert. »Und sie versteht sich auch anzuziehen. Rosa steht ihr besonders gut.«

»Rosa?«

»Ja, nicht direkt rosa, es geht etwas ins Lachsrote. – Wollen Sie schon gehen?«

Bob hatte sich erhoben.

»Ja, ich fahre nach Merstham Bassett, um diesen Mr. Bowley kennenzulernen.«

Am frühen Morgen kam er in Merstham Bassett an und frühstückte in einem kleinen Gasthof.

»Sind noch andere Fremde hier?« erkundigte er sich beim Wirt.

»Ja, zwei Herren, die kamen hierher, weil sie angeln wollten. Und in der Umgebung der Stadt haben natürlich verschiedene Leute Landhäuser und Villen gemietet.«

Der Wirt zählte die Besitzer und Sommerfrischler einzeln auf, darunter auch eine gewisse Miss Kilroy.

»Ist die auch hier? Das heißt, der Name kommt mir so bekannt vor.«

»Das ist die junge Dame, mit der Mr. Bowley verlobt ist. Er ist der Leiter der hiesigen Bankfiliale. Es ist eine ziemlich romantische Angelegenheit, soviel ich gehört habe. Die beiden trafen sich vor drei Monaten in Torquay. Ihr Vater war Bankangestellter in Australien, und so spielt sich das Ganze gewissermaßen in Bankkreisen ab!«

Nach dem Frühstück schlenderte Bob durch die Stadt. Merstham Bassett bestand eigentlich nur aus einer Hauptstraße, an der die besseren Geschäfte und auch die Bankniederlassung lagen. Er betrat den Schalterraum, zeigte dem Vorsteher seine Ausweise und wurde ins Privatbüro gebeten.

»Ich habe auch einen Empfehlungsbrief von Direktor McKay, den ich Ihnen zeigen möchte.«

Der Bankvorsteher war ein gutaussehender junger Mann. Er sah sich die Papiere genau an.

»Was kann ich für Sie tun, Mr. Brewer?«

»Ich möchte Ihnen ein paar Fragen stellen. Zunächst – wohnen Sie hier im Gebäude?«

»Ja, im ersten Stock. Ich bin Junggeselle, wenigstens im Augenblick noch, und ich wohne hier gut.«

»Wo essen Sie, wenn ich fragen darf, Mr. Bowley?«

»Gewöhnlich drüben im ›König Georg‹, aber an drei Abenden in der Woche lasse ich mir das Essen in die Wohnung bringen. Der Seiteneingang für die Wohnung ist gleich gegenüber.«

Bob strich sich mit den Fingern übers Kinn.

»Wenn Sie drüben essen oder sonst ausgehen, ist dann überhaupt niemand im Haus?«

»Doch, mein Kassierer ist meist noch länger im Büro, mindestens solange, bis ich zurück bin. Wir richten es immer so ein, daß einer von uns anwesend ist.«

»So bleibt mir nur noch eine letzte Frage. Laden Sie manchmal auch Leute in Ihre Wohnung ein?«

Mr. Bowley richtete sich verärgert auf.

»Ich hoffe nicht, daß die Bank Rechenschaft von mir darüber verlangt, was ich mit meiner freien Zeit anfange? Bis jetzt habe ich keine Besuche empfangen. Wenn ich aber jemanden einlade, eine Tasse Kaffee bei mir zu trinken, geht dies schließlich keinen was an.«

»Selbstverständlich. Diese Unterhaltung bleibt ja vollkommen unter uns. Ich möchte aber auch Sie bitten, mit niemandem darüber zu sprechen, so sehr Sie die betreffende Person schätzen mögen. Ja, und jetzt können Sie mir vielleicht doch noch sagen, ob Sie in den nächsten Tagen abends Besuch erwarten?«

»Ja, meine Verlobte und ihre Tante kommen morgen abend nach dem Essen. Morgen ist Markttag, da gibt es viel zu tun, so daß ich es am Abend gern etwas gemütlich hätte. Sie glauben gar nicht, wie groß der Betrieb an Markttagen ist. Bleiben Sie länger in der Stadt?«

»Nein, ich fahre heute abend nach London zurück.«

»Schade. Ich hätte Sie sonst gern vorgestellt.«

»Vielleicht habe ich Gelegenheit, die Dame später noch kennenzulernen. Gibt es morgen außer dem Markt nicht sonst noch etwas Besonderes hier?«

»Ah, Sie haben etwas läuten hören? Ja, ein amerikanisches Syndikat beabsichtigt, hier in der Gegend Land aufzukaufen. Morgen wird der Agent erwartet. Man sagt, daß er verschiedenen Gutsbesitzern Angebote gemacht habe. Es sind bereits sechzigtausend Pfund bei der Bank hinterlegt worden, eine ziemlich große Summe. Die Landleute hier nehmen nämlich keine Schecks von Fremden an.«

»Aha.«

Bob verabschiedete sich von Mr. Bowley.

Am nächsten Morgen wimmelte Merstham Bassett von Wagen und Leuten. Der Markt war außergewöhnlich gut besucht. Die Gespräche drehten sich vor allem um das geheimnisvolle amerikanische Syndikat und den Agenten, der kommen sollte. Doch der Tag ging langsam zur Neige, und niemand erschien. Einige behaupteten schon, die ganze Sache sei nur ein Scherz gewesen, aber andere, die den Leiter der Bankfiliale gefragt hatten, widersprachen ihnen. Jedenfalls kam der Agent nicht. Mr. Bowley war ziemlich müde, als er den Bankraum abschloß. Er aß schnell zu Abend und traf noch einige Vorbereitungen für den Empfang seiner Gäste. Der Kellner vom Gasthaus ›König Georg‹ holte die leeren Schüsseln und Teller ab. Bowley begleitete ihn die Treppe hinunter, um die Tür hinter ihm zu schließen. In dieser Beziehung war er sehr gewissenhaft. Dann deckte er den Teetisch und machte es in der Wohnung so gemütlich wie möglich. Bald darauf klingelte es.

Bowley eilte hinunter, öffnete den beiden Damen und führte sie, nachdem er wieder geschlossen hatte, in seine Wohnung.

»Ach, was für eine hübsche Wohnung!« rief die junge Dame. Sie trug ein modernes Kleid in rötlichem Ton, der ihr gut stand. »Gehören die Möbel alle dir, George?«

»Selbstverständlich. Wir werden allerdings nicht hier wohnen. Ich habe schon ein Haus am Stadtrand gemietet. Mein Kassierer kann dann die Dienstwohnung haben.«

»Soll ich den Tee machen?«

»Nein, nein, das besorge ich schon.«

Ein paar Minuten später war der Tee fertig. Bowley schenkte ein.

Miss Kilroy legte ein wenig Puder auf und zog die Lippen nach. Dabei entglitt ihr der Lippenstift und rollte unter die Couch.

»Das werden wir gleich haben.« Bowley kniete auf den Boden und suchte.

Die ältere Dame nahm ein Fläschchen mit Butylchloral aus ihrer Handtasche und goß den Inhalt in Bowleys Tasse.

Der Lippenstift fand sich bald. Strahlend reichte ihn Bowley seiner Verlobten.

»Nun wollen wir aber den Tee versuchen!«

Die beiden Damen nahmen ihre Tassen.

»Wundervoll«, sagte Miss Kilroy, nachdem sie genippt hatte.

Mr. Bowley lächelte stolz und trank in großen Schlucken.

»Es ist nicht so . . .«

Die Tasse entglitt seiner Hand. Er fiel rückwärts und riß dabei den Stuhl um.

Die junge Dame erhob sich schnell, trat ans Fenster, hob den dunklen Vorhang ein wenig und ließ ihn wieder fallen.

»Geh nach unten und laß die anderen herein«, zischte sie der älteren zu. »Ich bleibe hier bei dem Kerl.«

Die beiden Männer, die in die Stadt gekommen waren, um zu angeln, standen unten schon bereit, als ihnen die Tür aufgemacht wurde. Der eine von ihnen war der gefürchtete Cris Wall. Er stieg die Treppe hinauf und betrachtete befriedigt den bewußtlosen Bankverwalter.

Rosa hatte inzwischen seine Taschen durchsucht und zwei Schlüssel in der Weste gefunden.

»Dies ist der Schlüssel zum Kassenschrank, und der größere ist für die Tür zum Büro. Also, mach schon, Cris! Ist unser Wagen auch schon gekommen?«

»Der steht am Ende der Straße.« Wall nahm die Schlüssel an sich und wandte sich an den zweiten Mann, der eine kleine, schwarze Ledertasche trug: »Du wirst die Werkzeuge nicht brauchen, Buck.«

Sie verließen das Zimmer. Rosa setzte sich in einen Sessel vor dem Kamin und beobachtete Bowley. Sie nahm eine Zigarette aus ihrem goldenen Etui und zündete sie an. Es dauerte ziemlich lange unten. Schließlich öffnete sich die Tür hinter ihr. Sie sah sich nicht um, sondern warf die Zigarette in den Kamin und erhob sich.

»Seid ihr endlich fertig?« fragte sie.

»Ja, wir sind fertig.«

Sie fuhr herum und starrte entsetzt auf – Bob Brewer.

»Ja, wir sind unten fertig, Rosa. Wir haben im Keller gesessen und auf Wall gewartet.«

Sie lief an Bob vorbei die Treppe hinunter. Es nützte nicht viel, denn das ganze Haus und alle Ausgänge waren von Polizisten besetzt.

An einem der nächsten Tage erklärte Bob Douglas Campbell die Zusammenhänge.

»Das amerikanische Syndikat, das die sechzigtausend Pfund eingezahlt hatte, war der Klub der Vier. Das Geld wurde auf der Bank deponiert, um es von dort stehlen zu können. Bei geglücktem Einbruch hätte nachher das Geld ja außerdem auf legalem Weg noch einmal abgehoben werden können. Auch jetzt ist es so, daß die Bank den deponierten Betrag jederzeit wieder auszahlen müßte. Deshalb sind sechs Beamte von Scotland Yard in Merstham Bassett, um aufzupassen. Wenn jemand einen Scheck auf das Geld des amerikanischen Syndikats präsentieren sollte, verhaften sie ihn sofort.«

»Wie geht es Bowley? Wird er sich erholen?«

»Ja. Der kräftige Schluck Butylchloral hat ihm nichts anhaben können. Aber ob sein liebebedürftiges Herz diese furchtbare Enttäuschung übersteht?«

8

»Du kannst von Reddy sagen, was du willst«, ereiferte sich Joe Crane, »aber das muß ihm jeder lassen, daß er einen scharfen Verstand besitzt.«

Tyke Sullivan brummte nur. Er war ein großer Mann mit dunklem Haar, braunen Augen und kurzgeschnittenem Bart. Seinen schmächtigen Gefährten behandelte er mit offenkundiger Verachtung.

»Ich sage dir geradeheraus«, erklärte er schließlich, »daß ich Reddy überhaupt nicht unter meinen Leuten haben wollte, selbst wenn er mir noch tausend Dollar die Woche dafür zahlte.«

»Das würde er wohl auch kaum tun«, antworte Joe Crane. »Ich behaupte nicht gerade, daß er sehr zuverlässig ist, und ich sage auch nicht, daß ich ihn persönlich leiden kann. Seine Art und Weise ist mir unsympathisch.«

Die beiden saßen am Strand von Brighton und benahmen sich wie zwei harmlose Bürger. Halb Brighton ging auf der Kurpromenade spazieren, sowohl Badegäste als auch Einwohner, denn es war ein herrlicher Morgen, und die Sonne spiegelte sich im Meer.

Tyke stieß Joe an.

»Dort kommt Reddy, du kannst ihm gleich alles selbst sagen!«

Tatsächlich kam Reddy auf sie zu. Er sah blendend aus und war nach der neuesten Mode gekleidet. Sie rückten etwas beiseite, damit er auch noch auf der Bank Platz fand.

»Wir haben gerade über dich gesprochen, Reddy«, sagte Joe. Reddy warf Tyke einen wohlwollenden Blick zu.

»Kalte Füße bekommen?« fragte er freundlich.

»Ja, so ungefähr«, gab Tyke zu. »Dieser Polizeiinspektor macht mir Sorge. Ich bin mehr für ein ruhiges Leben, seit ich in Devonshire gesessen habe.«

»Wirklich? Nun ja, ich denke auch ernstlich daran, mich zur Ruhe zu setzen.«

»Rede doch keinen Unsinn!«

»Tatsache«, beteuerte Reddy und blies ein paar Rauchringe in die Luft. »Ich fange nächstens ein Geschäft an – garantiert saubere Sache –, und wenn ihr beide euch an der neuen Gesellschaft beteiligen wollt, habe ich nichts dagegen.«

»Was soll denn das für eine Gesellschaft sein?« fragte Joe Crane neugierig.

»Schiffsreederei – eine neue Linie nach Südamerika. Natürlich nicht unter meinem Namen. Ich habe alle Anteile einer Gesellschaft aufgekauft, die ein kleines, schnelles Schiff besitzt. Es macht mit Leichtigkeit fünfzehn Knoten und fährt am siebenten nächsten Monats mit Stückgut von London nach Buenos Aires.«

»Das ist eine gute Idee«, meinte Tyke.

»Ich habe außerdem ein großes Motorboot gekauft, das im Hafen von Seaford liegt.«

»Wozu?« fragte Tyke.

»Weil ich etwas ganz Besonderes vorhabe. Und ich sage euch, damit fliegt auch dieser Brewer auf.«

»Dafür interessiere ich mich«, erwiderte Tyke. »Große Pläne sind immer etwas für mich gewesen. Kann man dabei auch Geld verdienen?«

»Ja, wenigstens etwas. Sagen wir einmal fünf Millionen Dollar.«

Sullivan holte tief Atem.

»Ich weiß, daß du keinen Unsinn redest, und ich muß zugeben, Reddy, daß mir die Idee, einmal mit Bob Brewer abzurechnen, äußerst sympathisch ist.«

Ein paar Tage nach diesen Gesprächen am Strand von Brighton saß Bob Brewer in London dem Generaldirektor der Vereinigten Versicherungsgesellschaften gegenüber.

»Ich mache mir Sorgen wegen des großen Wohltätigkeitsballs«, begann Douglas Campbell. »Es ist der Höhepunkt der Londoner Saison, und ich weiß zufällig, daß die Spitzen der Gesellschaft und all die Leute, die gern dazu gehören möchten, schon Eintrittskarten gekauft haben. Natürlich hat auch der Glückstopf seine Anziehungskraft.«

»Glückstopf?«

»Der gehört nun einmal dazu. Es ist ein großes Gefäß, und jede Dame, die eine besondere Karte löst, kann einmal hineingreifen.«

»Schrecklich kindisch!« seufzte Bob.

»Es ist nicht so kindisch, wie es klingt.«

»Kann man denn wenigstens etwas Anständiges herausfischen?«

»Ja, unter anderem ein Perlenhalsband im Wert von fünftausend Pfund!«

Bob pfiff vor sich hin.

»Das wird allerdings ziehen.«

»Natürlich gibt es auch eine Menge anderer Preise, die fast

gar nichts wert sind. Jeder bekommt ein kleines Geschenk. Das Perlenhalsband ist eine anonyme Stiftung.«

»Einen Augenblick!« wandte Bob ein. »Sie haben doch nicht etwa dieses Perlenhalsband bei sich versichern lassen? Ich meine, für den Fall, daß es gezogen wird?«

»Nein, nein, das haben wir gewiß nicht getan. Wir sind geschäftlich nicht direkt an diesem Wohltätigkeitsball interessiert. Ich habe Ihnen das nur erzählt, um Ihnen zu zeigen ... Aber Sie wissen ja, wie ich über die moderne Gesellschaft denke.«

»Ja, zur Genüge«, antwortete Bob schnell.

Er war froh, daß er sich nicht weiter um den Ball zu kümmern brauchte, denn es gab in diesen Tagen auch sonst viel zu tun. Vor allem beschäftigten ihn noch immer die drei in Freiheit befindlichen Mitglieder des Klubs der Vier, die sich in London oder in unmittelbarer Nähe der Stadt herumtrieben.

Manchmal lassen sich auf ganz banale Weise die wichtigsten Anhaltspunkte finden. Bob Brewer las an jenem Abend die Morgenzeitungen, wozu er den ganzen Tag nicht gekommen war. Er blätterte darin und kam schließlich zu den Annoncen und den weniger wichtigen Artikeln.

Unter der Rubrik ›Schiffahrt‹ entdeckte er eine Notiz, die ihn aufmerken ließ. Ein gewisser Mr. Batterby hatte den Dampfer ›Luana‹ erworben und modernisieren lassen.

»Batterby!« sagte Bob laut zu sich selbst. »Der Name kommt mir doch irgendwie bekannt vor!«

Er ging zum Safe, holte ein Notizbuch mit alphabetischem Griffregister heraus und schlug den Buchstaben R auf. Zeile für Zeile las er die verschiedenen Pseudonyme Reddys nach: Anderson, Redwood, Coleby, Marquis de Casteroux, Newbridge, Batterby – Harold Batterby!

Reddy war nicht der erste Gangster, der ein Pseudonym ein zweites Mal benutzte.

»Harold Batterby!«

Harold war tatsächlich auch der Vorname des Schiffkäufers, wie Bob telefonisch vom bisherigen Besitzer der ›Luana‹ erfuhr, der auch erwähnte, daß Batterby ein großer Mann mit grauen Haaren sei und ständig Andekdoten erzähle.

Bob beschloß daraufhin, sich die ›Luana‹ einmal etwas näher anzusehen.

Der Dampfer lag in den London Docks und wurde gerade beladen. Als Bob am Kai anlangte, stellte er fest, daß Proviant für eine lange Reise an Bord genommen wurde. Darunter befand sich eine große Zahl von Kisten einer bekannten Weinfirma in Reims. Ein Schiffsoffizier und ein Mann in einer weißen Jacke, den Bob für den Zahlmeister hielt, kontrollierten die Vorräte, die an Bord gebracht wurden.

»Nehmen Sie auch Passagiere mit?« fragte Brewer, der hinter die beiden getreten war.

Der Offizier sah sich erstaunt um.

»Nein«, antwortete er kurz. »Dies hier ist ein Frachtdampfer.«

»Sieht aber aus wie ein Passagierschiff – mit all dem Champagner an Bord!«

Der Offizier erwiderte nichts.

»Will der Eigentümer selbst eine Reise machen?« erkundigte sich Bob.

»Möglich«, sagte der Offizier und setzte in umgänglicherem, fast vertraulichem Ton hinzu: »Ich wollte, ich könnte noch zwei Monate zu Hause bleiben. Meine Frau ist krank.«

»Wann fährt der Dampfer?«

»Morgen abend.«

»Nach welchem Hafen?«

»Das ist noch ein Geheimnis. Vorerst nehmen wir irgendwo in der Nähe von Newhaven den Schiffseigentümer an Bord.«

»Haben Sie eine Ahnung, wann Sie wirklich abfahren?«

»Es wird wohl noch ein bis zwei Tage dauern. Doch warum wollen Sie alles so genau wissen?«

Bob hatte das Gefühl, daß er dem Mann trauen konnte. Reddy schien die Offiziere und die Besatzung nicht gewarnt zu haben. Wahrscheinlich fühlte er sich sicher und glaubte, daß niemand ihm auf die Schliche kommen und ihn als Harold Batterby identifizieren könnte.

Brewer zeigte seine Karte.

»Sie sind Detektiv?« fragte der Offizier interessiert. »Ist etwas nicht in Ordnung?«

»Ich möchte Sie bitten, über unsere Unterredung nicht zu sprechen. Vielleicht können Sie mir helfen. Sie brauchen sich kein Gewissen daraus zu machen, nicht im Interesse des Schiffseigentümers zu handeln. Wenn ich mich nicht sehr irre, wird er sich im nächsten Monat ohnehin vor den Geschworenen zu verantworten haben. Und Sie werden vermutlich in London bleiben können, um als Zeuge aufzutreten. Meine Gesellschaft wird Sie anständig dafür bezahlen.«

»Ich weiß nur eines –«, sagte der Offizier, »wir werden in Newhaven oder sonstwo an der Küste aufgehalten, weil der Eigentümer einen Ball geben will.«

»Einen Ball? Doch nicht etwa einen Wohltätigkeitsball?«

»Ob es ein Wohltätigkeitsball ist, weiß ich nicht, nur, daß es eine große Sache sein soll.«

Bob durchschaute plötzlich den ganzen Plan und traf verschiedene Vereinbarungen mit dem Offizier. Dann fuhr er in die Stadt zurück. Die Sekretärin des Komitees für den Wohltätigkeitsball war eine Dame, die in der Organisation solcher Veranstaltungen Erfahrung besaß.

»Wer hat eigentlich die Idee zu diesem Fest gehabt?« fragte Bob.

»Das ist ein Geheimnis, darüber kann ich leider nichts sagen.«

»Sie brauchen sich nicht zu genieren, ich weiß zufällig, daß es Mr. Harold Batterby war.«

»Wenn Sie es wissen, warum fragen Sie dann noch?« fuhr sie ihn ärgerlich an.

Um so liebenswürdiger war Bob. Er ließ die Bemerkung fallen, daß er bei den Redaktionen in der Fleet Street gut bekannt sei. Daraufhin erzählte sie ihm alles, was sie wußte.

Anschließend führte Brewer eine Reihe von Besprechungen in den Büros der Vereinigten Versicherungsgesellschaften, an denen alle möglichen Leute teilnahmen. Der Polizeipräsident schickte Beamte von Scotland Yard, und sogar die Admiralität war vertreten.

Als die ›Luana‹ am Morgen des Tages, an dem der Ball stattfinden sollte, durch den Kanal fuhr, erschienen zwei Zerstörer auf der Bildfläche und nahmen den gleichen Kurs.

Die ›Luana‹ warf in der Nähe von Seaford Anker, und die beiden Zerstörer taten dasselbe. Dieser Umstand kam dem Kapitän der ›Luana‹ etwas sonderbar vor, den zweiten Offizier erstaunte es jedoch gar nicht.

Kein Zweifel, der Ball versprach ein großartiger Erfolg zu werden. Alle Zufahrtsstraßen nach Victoria Hall waren von Autos blockiert. Langsam füllte sich der große Ballsaal mit Damen und Herren, die sechs Stunden lang der Wohltätigkeit obliegen wollten.

Reddy saß in einer der Logen, von der aus er den Saal überblicken konnte. Er rauchte eine Zigarre. Sein Begleiter, Joe Crane, war sprachlos vor Bewunderung.

»Du bist wirklich ein Genie! Niemand sonst hätte sich so etwas ausdenken können.«

»Ja, es ist große Klasse«, erwiderte Reddy nach einer Weile. »Sieh dir einmal die Smaragde der Dame dort an – ist das nichts?«

»Drüben im andern Raum soll wohl die Sache mit dem Glückstopf steigen?« Joe zeigte auf eine Tür mit dunkelrotem Vorhang. Darüber hing ein Schild mit folgendem Text: ›Glückstopf! Zutritt um 23 Uhr mit roten Karten‹.

»Jede Dame im Saal hat eine Karte«, erläuterte Reddy. »Kurz vor elf werden wir Mühe haben, sie alle in Reih und Glied zu bringen. Hinter der Tür befindet sich der kleine Saal, in den die Damen mit den roten Karten eintreten werden.«

»Woher haben sie denn die roten Karten?« fragte Joe, der nicht in die ganze Organisation eingeweiht worden war.

»Die sind am Eingang verteilt worden. Die Damen mit kostbaren Juwelen haben rote bekommen, die anderen weiße. Klar?«

Joe lachte.

»Großartig ausgedacht, Reddy! Aber was habe ich eigentlich dabei zu tun?«

»Du wartest draußen beim Auto am Seiteneingang und hilfst, die Beute an Bord zu bringen. Tyke Sullivan und ich kümmern uns um die Damen.«

»Wenn wir aber eine Panne haben?« fragte Joe ängstlich.

»Für den Fall unvorhergesehener Zwischenfälle habe ich auf dem Weg zur Südküste drei Autos postieren lassen. Die fahren hinter uns her, nachdem wir vorübergekommen sind, so daß wir immer einen Wagen zur Hand haben, was auch passieren mag. Das Schiff wartet in Seaford. Ich habe ein Telegramm vom Kapitän erhalten. Der junge Joyce fährt das Motorboot nach Portsmouth, läßt es dort und kommt mit nach Südamerika. Ich glaube, es ist alles aufs beste überlegt und vorbereitet. Aber sieh doch – die Dame dort drüben!« Er zeigte auf eine schlanke, blonde Dame im eleganten Abendkleid, die eine sehr kostbare Brillantenkette trug. »Die hat natürlich eine rote Karte bekommen!«

Viertel vor elf stellten sich die Damen unter Plaudern und Lachen in langer Reihe auf, genau nach den Nummern der roten Karten, die sie am Eingang erhalten hatten. Um elf Uhr wurden die Vorhänge beiseite gezogen, die Türflügel öffneten sich, und die Damen strömten in den kleinen Saal. Vor dem Eingang waren zuvor die Karten kontrolliert worden. Dann wurde die Tür wieder geschlossen und die schweren Vorhänge vorgezogen. Draußen ging der Tanz weiter.

Im kleinen Saal spielte sich währenddem eine sonderbare Szene ab. Reddy machte den Zeremonienmeister und erklärte, wie die Sache vor sich gehen sollte. In der großen Halle hatte inzwischen eine zweite Kapelle direkt vor dem Eingang Platz genommen und vollführte einen Heidenlärm.

»Meine Damen«, begann Reddy, »hören Sie mir jetzt bitte aufmerksam zu. Sie müssen vor allem verstehen, worum es geht. Mein Assistent legt gerade ein Tuch über den Glückstopf, wie Sie sehen –. Ja – so. Dies wäre das eine, und dies hier ist – ein Revolver!« Er hatte einen schweren Revolver aus der Tasche gezogen. »Sie werden nun alle an dem großen Behälter vorbeigehen und die Juwelen ablegen, die Sie tragen – Ihre Ketten, Ohrringe, Ringe, Broschen. Nehmen Sie sich in acht – sollte ich gefaßt werden, müßte ich zwanzig Jahre absitzen; mir persönlich aber wäre es weitaus lieber, wenn ich gleich wegen Mordes aufgehängt würde. Es kommt mir also nicht darauf an, wie viele von Ihnen ich erschießen muß. Sobald jemand den Mund auftut und um Hilfe ruft, schieße ich sofort. Auch dann, wenn Sie meinen Befehlen nicht gleich Folge leisten. Und wenn ich selbst es nicht tue, besorgen es meine Freunde hier.«

Dabei zeigte er auf eine junge Dame mit etwas harten Gesichtszügen, die neben ihm stand, und auf Tyke Sullivan, der mit dem Rücken an der Tür zur Haupthalle lehnte und in jeder Hand einen Browning hielt.

Man hörte den Angstruf einer Frau, die in Ohnmacht fiel.

»Es hat keinen Zweck zu schreien«, fuhr Reddy fort. »Vor der Tür spielt eine Kapelle, so daß man nichts von dem hört, was hier vor sich geht. In fünf Minuten muß die Zeremonie zu Ende sein. Also, los! Sie kommen zuerst!« Er winkte der eleganten blonden Dame mit der Brillantenkette. »Legen Sie Ihre Halskette sofort auf das Tuch, und zwar etwas schnell, wenn ich bitten darf!«

Die Angesprochene trat vor, nahm das prächtige Kollier ab und legte es auf das Tuch des Glückstopfs. Darauf entfernte sie sich an Reddy und seiner markant aussehenden Assistentin vorbei ein paar Schritte. Eine zweite, eine dritte Dame folgten, die ihren Schmuck ablegten. Plötzlich drehte sich die große Blonde um.

»Hände hoch, Reddy! Sobald Sie auch nur mit der Wimper zucken, sind Sie erledigt!«

Reddys Revolver polterte zu Boden. Er hob die Hände hoch. Sullivan ergab sich nicht sofort und wollte auf die blonde Dame mit der männlichen Stimme anlegen. Bevor er dazu kam, gab Bob schnell hintereinander drei Schüsse ab. Der große Sullivan brach zusammen und faßte an seinen Arm.

Dann ging alles drunter und drüber. Als die Schüsse fielen, hielten die Nerven der Frauen nicht mehr stand, und die Szene, die darauf folgte, spottete jeder Beschreibung.

Eine halbe Stunde später saß Bob, immer noch als elegante Dame gekleidet, im Büro des Chefs von Scotland Yard und rauchte eine Pfeife. Das prachtvolle, blonde Haar lag vor ihm auf dem Tisch. Neben ihm saß Douglas Campbell. Er schielte immer wieder voll Bewunderung zu Bob Brewer hinüber.

»Es ist der größte Erfolg, den wir seit Jahren gehabt haben«, versicherte der Polizeipräsident. »Und Ihnen allein gebührt selbstverständlich das Verdienst.«

»Haben Sie alle Mitglieder der Bande verhaften können?« fragte Bob.

»Ja, alle. Es war ausgeschlossen, durch die Postenkette zu entkommen. Wir haben auch den jungen Mann gefaßt, der das Motorboot nach Seaford steuern sollte.« Der Polizeipräsident blinzelte Brewer zu. »Er war übrigens gleichfalls verkleidet! Durch diesen Schlag ist der Klub der Vier ein für allemal erledigt.«

Bob sah auf sein schönes Abendkleid hinunter.

»Zwei Kammerzofen und einen Diener habe ich gebraucht, um mich anzukleiden!«

»Bob«, rief Campbell noch ganz aufgeregt, »unsere Gesellschaft wird nie imstande sein, Ihnen angemessen für das zu danken, was Sie heute abend für sie getan haben!«

»Nun, es liegt ganz bei Ihnen, dafür zu sorgen, daß es angemessen geschieht! Doch vorher bitte ich Sie, mitzukommen und mir zu helfen, das Korsett aufzuschnüren.«

EDGAR WALLACE
DIE GEBOGENE KERZE

Roman

Aus dem Englischen
von Gregor Müller

I

Infolge der Entgleisung, die in der Nähe von Three Bridges die Linie blockierte, erreichte der 4.15-Zug von London den kleinen Bahnhof Beston Tracey so spät am Abend, daß der letzte Bus, die einzige Verbindung zwischen Bahnhof und Dorf Little Tracey, bereits abgefahren war.

»Wenn Sie sich eine knappe halbe Stunde gedulden wollen, Mr. Lexman«, schlug der Bahnbeamte dem späten Passagier vor, »könnte ich Briggs mit seinem Wagen aus dem Dorf kommen lassen.«

Der Ankömmling warf einen kurzen Blick in die regennasse Umgebung und zuckte die Achseln.

»Nein, lassen Sie nur –«

Er gab dem Mann seinen kleinen Koffer zur Aufbewahrung, knöpfte den langen Regenmantel bis unters Kinn zu und trat entschlossen auf die Straße hinaus.

Das anfängliche Rieseln hatte sich in einen soliden Landregen verwandelt. Bevor John Lexman den fast drei Kilometer langen Weg zum Dorf unter die Füße nahm, zündete er sich im Schutz eines dichtbelaubten Baumes seine Pfeife an und schritt dann tapfer in den Regen hinaus. Er freute sich auf den vor ihm liegenden nächtlichen Marsch. War doch der Weg zwischen dem Bahnhof und seinem Heim – Beston Priory – mit durchwegs angenehmen Erinnerungen verknüpft. Auf dieser Straße hatte er den Entschluß gefaßt, den Roman zu schreiben, der ihn später berühmt machen sollte. Hier waren die Gestalten geboren, die Handlungsfäden gesponnen worden, die sein Erstlingswerk ›Das Geheimnis von Tilbury‹ zum Kriminalroman des Jahres gemacht hatten. Auf dieser kurzen Strecke zwischen dem Bahnhof und seinem Heim hatte er das Fundament zu Ruhm und Wohlstand gelegt. Sein Pseudonym ›George Standish‹ war zum Banner geworden, unter dem sich eine täglich wachsende Lesergemeinde sammelte. Was machte es ihm aus, daß ihn eine neidische Welt als Schauerromanschreiber bespöttelte?

Während er die morastige Landstraße entlangstapfte, beschäftigten sich Lexmans Gedanken mit den Verhandlungen des heutigen Vormittags. Es war ihm gelungen, zwei Abschlüsse zu tätigen, die nicht nur literarisch verlockend für ihn waren, sondern ihm auch große finanzielle Vorteile bringen mußten. Dann hatte er seinen Freund T. X. Meredith, den aufgehenden Stern am Himmel Scotland Yards, getroffen und sich über die Begegnung herzlich gefreut. Denn er war es gewesen, der in seiner stürmisch sprunghaften Art ihn zuerst auf den Gedanken gebracht hatte, sein Glück als Kriminalschriftsteller zu versuchen. Er hatte ihm, John Lexman, seine Erfahrung zur Verfügung gestellt und Einblicke vermittelt, die es dem Neuling ermöglichten, gleich mit seinem Erstlingswerk einen durchschlagenden Erfolg zu erringen.

Doch die freundlichen Erinnerungen wichen weniger angenehmen, als John Lexman jetzt den Hügel zu seinem Haus hinaufstieg. Seine Stirn legte sich in Falten, als er das Gittertor öffnete und sein Grundstück betrat. Die heutige stürmische Unterredung mit dem verdammten Griechen fiel ihm wieder ein, und als er ein paar Minuten später die überdachte Veranda durchschritt, um die Diele zu erreichen, war es ihm immer noch nicht gelungen, den lästigen Gedanken daran loszuwerden.

Das Haus ›Beston Priory‹ verdiente kaum den stolzen Namen, der ihm von längst verstorbenen Seelenhirten zugedacht worden war. Abgesehen von den dicken Mauern glich es mehr einem kleinen Landhaus. Doch die Spitzbogenfenster, der altertümliche Bau, die bleigefaßten Fensterscheiben und der verwilderte Garten waren für den gegenwärtigen Bewohner eine ständige Quelle des Stolzes und der Freude.

John Lexman legte in der unbeleuchteten Diele seinen triefenden Regenmantel ab. Sicher war Grace oben, um sich für das Abendessen umzuziehen. Warum sollte er sie jetzt schon aufsuchen? Der Gedanke an die Auseinandersetzung mit dem Griechen hatte ihn von neuem verstimmt.

Ein lustig flackerndes Feuer begrüßte ihn, als er sein Arbeitszimmer betrat. Er zog die durchnäßten Schuhe aus und knipste die Schreibtischlampe an. Der Raum strahlte eine behagliche Wärme aus. Große, lederbezogene Sessel standen vor dem Kamin, Bücherregale füllten die eine Längswand vollständig aus, auf dem mächtigen Schreibtisch aus Eichenholz lagen einige Bücher und Manuskripte herum.

Lexman trat, an seiner Pfeife ziehend, ans Kaminfeuer und starrte in die Flammen. Die breiten Schultern, die straffe Haltung gaben der gedrungenen Gestalt etwas Sportliches. Das Gesicht mit der gesunden braunen Tönung war hager und verriet Energie. Die grauen, tiefliegenden Augen wurden von buschigen Brauen überschattet, die auf den ersten Blick ein wenig abstoßend wirkten. Lexman verkörperte den typischen Engländer, wie er überall, bis in die fernsten Winkel der Kolonien, anzutreffen ist.

Die Tür wurde leise geöffnet, und Grace Lexman, die Frau des Hauses, trat freundlich lächelnd ein. John ging ihr entgegen.

»Ich hatte keine Ahnung, John, daß du zurück bist. Erst als ich . . .« Sie unterbrach sich.

». . . die große Pfütze in der Diele sah!« vollendete er den Satz. »Ich kenne dich, Spiegelberg!« zitierte er lachend.

Sie stimmte in das Lachen ein, wurde aber gleich wieder ernst.

»Ich bin froh, daß du endlich da bist. Wir haben Besuch.«

Er blickte sie überrascht an.

»Besuch? Wer kann uns bei diesem Wetter aufgesucht haben?«

»Mr. Kara ist hier!« antwortete sie mit eigenartiger Betonung.

»Kara? Was du nicht sagst! Ist er schon lange hier?«

»Seit vier.«

Ihr Ton verriet jetzt deutlich, daß ihr der Besuch wenig Freude bereitet hatte.

»Ich begreife nicht, Grace«, meinte der Gatte neckend, »was du gegen einen so sympathischen Menschen haben kannst?«

»Glaube mir – ich habe Ursache genug, ihn nicht besonders gern hier zu sehen«, entgegnete sie heftiger, als es sonst ihre Art war.

»Lassen wir das –«, unterbrach er nach kurzem Überlegen. »Eigentlich ist es mir gar nicht unlieb, daß er heute gekommen ist. Wo steckt er denn?«

»Im Salon.«

Der so bezeichnete Raum hatte schon den Prioren zu Empfangszwecken gedient. Bequeme Armstühle, ein riesiger Flügel, ein beinah mittelalterlich anmutender, mit grünen Kacheln ausgelegter Kamin, ein etwas beschädigter, aber immer noch farbenfroh leuchtender Teppich und zwei Silberleuchter gaben dem großen Raum das Gepräge. Zwei kleine Bronzevasen waren bis an den Rand mit Veilchen gefüllt, eine dritte große enthielt Heckenrosen und eine weitere Feldblumen.

Als der Hausherr den Salon betrat, erhob sich der Besucher und kam ihm entgegen. Kara war ein Mann, der die Bezeichnung ›schön wie Apoll‹ mit vollem Recht verdiente. Er mochte fast einen Kopf größer als Lexman sein, bewegte sich aber mit einer Grazie und Behendigkeit, daß die überragende Körperlänge kaum bemerkt wurde.

Die beiden Männer tauschten einen kräftigen Händedruck.

»Ich versuchte Sie vergeblich in London zu erreichen, Mr. Lexman«, begann Kara die Unterhaltung, »und da ich auf das Vergnügen, Sie zu sehen, nicht verzichten wollte, entschloß ich mich zur Fahrt hierher ...«

Nicht der geringste Akzent in seiner Aussprache verriet die griechische Abstammung, denn er hatte schon seine Jünglingsjahre in einer englischen Schule verbracht.

»Sie bleiben doch zum Essen, Kara, nicht wahr?«

Der Gast wandte sich mit einem Lächeln der Hausfrau zu, die ihrem Gatten in den Salon gefolgt war. Ihre Miene gab deutlich zu erkennen, daß sie von der Einladung keineswegs entzückt war.

»Ich würde mich freuen«, sagte sie förmlich. »Das Wetter ist fürchterlich, und in der Nähe dürften Sie kaum etwas zu essen bekommen. Sie müßten also damit warten, bis Sie wieder in London sind. Nur – es fragt sich, ob Sie das, was ich Ihnen vorzusetzen vermag, als vollwertige Mahlzeit akzeptieren werden.«

»Bemühen Sie sich nicht – ich bin mit wenig zufrieden«, beruhigte sie der Grieche. Mit einer knappen Verbeugung wandte er sich von ihr ab und wieder dem Hausherrn zu. Die junge Frau benützte die Gelegenheit, um unauffällig zu verschwinden.

Die Konversation der beiden Männer war bald bei einem recht naheliegenden Thema angelangt. Denn – worüber unterhält man sich mit einem Kriminalromanautor?

»Vielleicht fühlen Sie sich geschmeichelt«, meinte Kara, »wenn Sie erfahren, daß ich Ihre sämtlichen Werke gelesen habe.«

»Um Gottes willen!« wehrte Lexman ab. »Dann kann ich Sie nur bedauern.«

»Warum? Ich wüßte nicht, warum ich deshalb zu bedauern sein

sollte. Jedenfalls – an Ihnen ist ein großer Rechtsbrecher verlorengegangen.«

»Das soll wohl ein Kompliment für mich sein, wie?« erkundigte sich Lexman belustigt.

»Entschuldigen Sie, wenn das Kompliment etwas doppelsinnig ausgefallen ist. Ich meinte natürlich nur die Art und Weise, wie Sie in Ihren Romanen Verbrechen konstruieren und Ihre Helden handeln lassen. Wie oft haben sich meine Schlüsse und Spekulationen hinsichtlich der Auflösung der Probleme als falsch erwiesen. Ich werde immer wütend, wenn es mir, nachdem ich die Hälfte gelesen habe, nicht gelungen ist, Ihre Absichten zu durchschauen. Immerhin – einige Male ist es mir schon nach dem vierten oder fünften Kapitel gelungen.«

»Sie berauben mich einer großen Illusion! Bisher war ich der Meinung, den Knoten stets so geschürzt zu haben, daß seine Entwirrung vor dem ›Finish‹ unmöglich ist.«

»Das mag zutreffen«, stimmte Kara zu, »soweit es sich um den Durchschnittsleser handelt. Sie dürfen aber nicht vergessen, daß ich in der Kriminalliteratur recht bewandert bin und außerdem ein Flair für kombinatorische Aufgaben habe.«

»Wenn es sich so verhält«, erwiderte Lexman, »dann dürfte die Bekanntschaft mit einem Mann, wie mein Freund T. X. es ist, außerordentlich interessant für Sie sein.«

»T. X.?« wiederholte Kara.

»T. X. Meredith, der scharfsinnigste Mensch, der mir je begegnet ist. Wir studierten zusammen in Caius und sind dort Freunde geworden. Er ist Chefinspektor bei Scotland Yard.«

Ein rascher Funke im Blick des Griechen verriet deutlich sein Interesse für den ihm unbekannten Meredith. Zweifellos wäre das Gespräch fortgesetzt worden, wenn nicht in diesem Augenblick zu Tisch gebeten worden wäre.

Die Mahlzeit verlief, da die Hausfrau sich an den Gesprächen der beiden Männer nur wenig beteiligte, nicht besonders kurzweilig. Mrs. Lexman wußte selbst nicht, warum sich ihrer ein so niederdrückendes Gefühl des völligen Verlassenseins bemächtigt hatte. Wie eine Ahnung kommenden Unheils lag es auf ihrem Gemüt. Sie rief sich während der Mahlzeit die Ereignisse des heutigen Tages ins Gedächtnis zurück, um einen Grund für ihre merkwürdige

Stimmung zu finden. Die Morgenpost hatte nur angenehme Nachrichten gebracht, und auch im Haus war nichts vorgefallen, das sie aus dem Gleichgewicht hätte bringen können. Sie ahnte wohl seit einiger Zeit, daß John bei seinen Spekulationen in Goldminenaktien schwere Verluste erlitten haben mußte – sie hatte ihn sogar in Verdacht, sich Geld geborgt zu haben, um diese Verluste auszugleichen –, wußte aber auch, daß sich die finanziellen Aussichten ihres Gatten seit dem letzten großen Bucherfolg ständig verbesserten. Sie glaubte nicht, daß ihn eigentliche finanzielle Sorgen drückten, und zerbrach sich deshalb über diese Angelegenheit nicht weiter den Kopf.

»Die Herren werden wohl den Kaffee im Arbeitszimmer nehmen, nicht wahr? Ich bitte, mich jetzt zu entschuldigen, ich möchte mit Mrs. Chandler noch Haushaltsangelegenheiten besprechen.«

Sie nickte dem Gast zu, strich im Hinausgehen dem Gatten übers Haar und verließ das Zimmer. Kara folgte ihr mit den Blicken, bis die Tür sich hinter ihr geschlossen hatte.

Lexman erhob sich.

»Ich möchte mit Ihnen noch eine kleine Sache besprechen«, sagte er.

»Ich stehe Ihnen gern zur Verfügung«, erwiderte der Grieche höflich.

Die beiden Herren begaben sich ins Arbeitszimmer und nahmen in den bequemen Lehnsesseln Platz. Als das Mädchen Kaffee und Likör serviert und den Raum wieder verlassen hatte, unterhielten sie sich über die Einrichtung des Zimmers. Kara liebte alles, was bequem und heimelig war – er gab seinem Bedauern Ausdruck, daß es ihm mit all seinem Geld nicht gelungen sei, sein Heim auch nur halb so gemütlich zu gestalten wie Lexman das seine.

»Sie ziehen beim Arbeiten wohl auch mildes, gedämpftes Licht vor?« fragte er, als der Hausherr die Schreibtischlampe anknipste und auf einem der herumliegenden Manuskriptblätter eine kleine Korrektur anbrachte. »Ich selbst halte es genauso – nur das flakkernde, unruhige Licht einer Kerze ist mir bis in die Seele verhaßt.«

Er zeigte auf den Kaminsims, auf dem sich zwei Silberleuchter mit insgesamt sechs Kerzen befanden.

»Mein Gott«, verwunderte sich Lexman, »was haben Sie denn gegen Kerzen?«

Kara antwortete nicht gleich. Er zuckte die Achseln. Nach einer Weile sagte er:

»Lassen Sie sich einmal auf einem Stuhl festbinden, unter dem sich ein Fäßchen Schießpulver befindet. Denken Sie sich dazu eine immer tiefer brennende Kerze, die jemand, der Sie haßt, in das Schießpulver hineingesteckt hat ...«

Erstaunt sah Lexman, daß auf der Stirn seines Gastes dicke Schweißperlen standen.

»Wie Sie dieses Erlebnis schildern, dürfte es kaum besonders angenehm gewesen sein.«

Kara trocknete sich mit einem seidenen Taschentuch die Stirn.

»Es war entsetzlich!«

»Wo haben Sie denn diese böse Erfahrung gemacht?«

»Vor vielen Jahren, in meiner Heimat, in Albanien. Soviel Zeit seither auch verstrichen sein mag – vergessen kann ich das Erlebnis nicht. Jene Teufel lassen mich ja auch heute noch nicht in Ruhe.«

Wie es dazu gekommen war, und wie jene entsetzlichen Minuten endeten, darüber gab Kara keinerlei Auskünfte. Langsam ging er an den Regalen entlang, zog da und dort ein Buch heraus. Schließlich schwenkte er einen dicken Wälzer.

»›Wildes Brasilien‹«, las er laut den Titel vor. »Von George Gathercole. Kennen Sie den Verfasser?«

John, der eben im Begriff war, seine Pfeife neu zu stopfen, nickte. »Ich bin ihm schon einmal begegnet. Er ist schweigsam wie ein Trappist, kurz angebunden und, wie alle Menschen, die etwas erlebt haben, zugeknöpft bis über die Ohren.«

Der Grieche blätterte zerstreut in dem Buch.

»Das Vergnügen, seine Bekanntschaft zu machen, steht mir noch bevor – dessenungeachtet unternimmt er auf meine Kosten eine neue Reise.«

»Auf Ihre Kosten? Für Sie?«

»Ja. Sie haben vielleicht davon gehört, daß er vor einiger Zeit eine Reise nach Patagonien angetreten hat? In seinem Werk ›Das Gebirgssystem Südamerikas‹ erwähnte er so nebenbei, daß in Patagonien viel Gold vorhanden sein müsse. Da mich sein Hinweis interessierte, schrieb ich ihm. Wir wurden schnell einig. Ich habe ihm das Geld für die Ausrüstung der Expedition gegeben, und er ist abgereist.«

»Sie haben ihm, ohne ihn persönlich zu kennen, Geld für die Reise zur Verfügung gestellt? Der Teufel soll mich holen, wenn Ihnen das ähnlich ...«

Lexman unterbrach sich, um nicht gar zu unhöflich zu werden.

»Ähnlich sieht – wollten Sie sagen, nicht wahr? Im allgemeinen gehöre ich tatsächlich nicht zu den Leuten, die sich auf Treu und Glauben an jeder plausiblen Sache beteiligen. In diesem Fall aber bin ich von meinen Prinzipien abgewichen. Das tut ja jeder Mensch einmal in seinem Leben. Aus dem Briefwechsel ersah ich, daß ich es mit einem außergewöhnlichen Menschen zu tun haben mußte. Ich hatte ihn zwar, bevor er in meinem Auftrag London verließ, eingeladen, mit mir zu speisen. Statt seiner aber kam nur ein kurzes Telegramm aus Southampton, worin er seine Abreise von England mitteilte.«

Lexman nickte verständnisvoll.

»Ich beneide Gathercole um sein interessantes Leben. Wie lange wird er diesmal wegbleiben?«

»Drei Jahre«, sagte Kara, während er mit der Inspektion der Bücherreihen fortfuhr.

»Wie gut haben es doch die Schriftsteller, die beruflich reisen können! Sind sie nicht viel besser dran als wir, die wir, hinter dem Schreibtisch sitzend, die Erlebnisse erst ausbrüten müssen.«

Kara wandte sich brüsk um. Mit einem bedeutsamen Unterton in der Stimme und mit dem charakteristischen Näseln des Oxfordstudenten rief er aus:

»Haben Sie Grund zum Klagen? Sie leisten schöpferische Arbeit, die so interessant ist, wie man sie sich nur wünschen kann! Der arme Gathercole muß das, was er beschreibt, erleben – Ihnen steht eine Welt voller Phantasie offen. Sie können Menschen schaffen, leiden lassen und zerstören, Spannungen erzeugen, Ihre Leser hinreißen oder ungestraft enttäuschen. Sie führen Verwicklungen herbei, schürzen Knoten und lösen sie wieder – nicht wie es im wirklichen Leben geschieht, sondern wie es in Ihr Konzept paßt. Nach Ihrem Gutdünken verteilen Sie Freud und Leid, Gerechtigkeit und Ungerechtigkeit.«

Der Gemaßregelte mußte lachen, verdutzt über diese leidenschaftliche Zurechtweisung.

»Von Ihrem Standpunkt aus mögen Sie recht haben«, erwiderte er.

»Und –«, fuhr der andere pathetisch fort, »besitzen Sie nicht auch das, was einen Mann am glücklichsten zu machen geeignet ist – eine unvergleichliche Frau?«

Blitzschnell wandte sich Lexman dem Gast zu, denn die auffallende Betonung, mit der die Frage vorgebracht worden war, ging entschieden zu weit.

»Ich weiß wirklich nicht, wie Sie dazu kommen ...«

Kara lächelte.

»Bitte, fassen Sie meine Worte nicht als Unverschämtheit auf, Lexman. Sie wissen doch, daß ich mich früher selbst um Grace beworben habe? Als ich schließlich meine Hoffnung, sie zu erringen, begraben mußte, waren meine Gefühle Ihnen gegenüber nicht gerade freundschaftlicher Natur. Das werden Sie doch wohl verstehen, nicht wahr?« Trotz der leisen Drohung, die in seinen Worten mitschwang, bemühte er sich um einen scherzenden Ton. »Ich bin ein moderner Grieche und keineswegs so philosophisch veranlagt wie die alten Hellenen. In mir brennt die Leidenschaft heißer als bei euch kalten Nordeuropäern. Bisher hat mir das Leben fast alles gegeben, was ich von ihm verlangte. Das ist der Grund, warum meine Ansprüche sich zuweilen so hartnäckig versteifen.«

»Ja«, antwortete Lexman, »ich weiß, daß Sie ein glücklicher Mensch sind.«

Ein kurzes Schweigen trat ein. Dann schnitt Kara ein neues Thema an.

»Was haben Sie mit Vassalaro gehabt?«

Lexman erhob sich und ging langsam zum Kamin, ohne zu antworten, so daß Kara fortfuhr:

»Habe ich Sie nicht vor diesem Menschen gewarnt? Haben Sie vergessen, wie oft ich Ihnen sagte, daß meine Landsleute nicht leicht zu behandeln sind?«

»Er hatte mir aber doch jedes Entgegenkommen zugesichert«, beklagte sich Lexman. »Schon als ich mit ihm in Geschäftsverbindung trat, beruhigte er mich, da ich Befürchtungen wegen der Rückzahlung äußerte.«

»Um jetzt jedes Zugeständnis abzuleugnen, nicht wahr? Das werden Sie bei Geldverleihern recht häufig finden. Wenn man mit solchen Leuten Geschäfte macht, muß man sich an Wortbrüche gewöhnen. Sie haben von Anfang an einen Fehler gemacht, als Sie sich an Vassalaro wandten statt an mich. Ich hätte Ihnen mit jedem Betrag aushelfen können.«

»Gerade das wollte ich unter keinen Umständen«, sagte Lexman mißmutig. »Den Grund kennen Sie, Mr. Kara, denn Sie haben ihn vorhin selbst erwähnt. Ich wußte seit langem, daß Sie Grace verehrten.«

»Wie hoch ist Ihre Schuld bei Vassalaro?« fragte Kara nach kurzem Schweigen und betrachtete seine wohlgepflegten Fingernägel.

»Zweitausendfünfhundert Pfund. Nicht den zwanzigsten Teil davon könnte ich aufbringen – wenigstens im Augenblick nicht.«

»Glauben Sie, daß sich Vassalaro gedulden wird?«

Lexman hob zweifelnd die Schultern.

»Entscheiden Sie selbst, ob er es tun wird, Sie kennen ihn ja besser als ich. Ich habe kein Recht, Ihnen Vorwürfe zu machen, obschon Sie es waren, der mich mit ihm zusammengebracht hat.« Da Kara nur stumm nickte, ohne etwas zu erwidern, sprach Lexman weiter: »Die Unterredung, die ich mit diesem modernen Shylock hatte, bereitete mir die peinlichste Viertelstunde meines Lebens. Ich hatte ursprünglich ganz auf den Erfolg meines Theaterstücks vertraut und deshalb mein Zahlungsversprechen für einen bestimmten Tag gegeben. Leider aber war es mir aus verschiedenen Gründen nicht möglich, den Termin einzuhalten.«

»Das ist leicht verständlich«, meinte Kara. »Weiß Ihre Frau etwas von dieser Sache?«

»Nur wenig.« Unruhig ging John im Zimmer auf und ab. »Natürlich schrecke ich davor zurück, ihr reinen Wein einzuschenken. Was hätte es auch für einen Zweck, ihr den unangenehmen Auftritt, den ich mit Vassalaro hatte, zu schildern?« Er schwieg einen Augenblick. »Wissen Sie, daß der Mensch gedroht hat, mich, falls ich nicht zahle, zu ermorden?« Als Lexman seinen Gast lächeln sah, erregte er sich. »Ich kann eine solche Drohung keineswegs amüsant finden. Ich mußte mich mit Gewalt zurückhalten, um den Schuft nicht beim Kragen zu packen.«

Beruhigend legte ihm Kara die Hand auf den Arm.

»Ich mußte«, entschuldigte er sich, »bei dem Gedanken lachen, daß ausgerechnet Vassalaro jemand ermorden könnte. Er ist der größte Feigling, den ich je kennengelernt habe. Was aber mag ihn bewogen haben, gegen Sie so ausfällig zu werden?«

»Er entschuldigte sich damit, daß auch er von dritter Seite gedrängt werde. Vielleicht ist es so, denn er war ganz kopflos vor Angst um sein Geld. Hätte ich nicht diesen Eindruck gehabt, ich glaube, ich hätte ihn geohrfeigt, um ihm eine Lektion für seine Frechheiten zu erteilen.«

Kara blieb vor Lexman stehen und betrachtete ihn mit väterlichem Wohlwollen.

»Sie regen sich auf, weil Ihnen für Charaktere, wie Vassalaro einer ist, das Verständnis fehlt. Er ist feig wie ein Schakal. Er mag, wenn er Ihnen droht, ein Arsenal von Waffen bei sich haben, aber zeigen Sie ihm Ihren Revolver, halten Sie ihm die Mündung vor die Nase – er wird wie eine Fischblase zusammenschrumpfen! Haben Sie überhaupt eine Schußwaffe im Haus?«

»Im Haus – ja, aber Sie glauben doch nicht etwa, ich würde damit dramatische Szenen aufführen?«

»Das hat mit Dramatik gar nichts zu tun«, sagte Kara. »Wenn man unter Wölfen ist, muß man mit ihnen heulen. Wenn Sie es mit einem griechischen Halunken zu tun haben, dann müssen Sie sich eben, wohl oder übel, seinen Methoden anpassen, um nicht den kürzeren zu ziehen. Verprügeln ist sinnlos – er wird es Ihnen nie vergessen und sich bei erster Gelegenheit an Ihnen zu rächen versuchen. Und nicht nur Sie wären seiner Rache ausgesetzt, auch Ihre Frau würde darunter zu leiden haben. Auf einen groben Klotz gehört ein grober Keil. Halten Sie ihm im richtigen Augenblick die Pistole unter die Nase, und die Wirkung wird nicht auf sich warten lassen. Wo haben Sie Ihre Schußwaffe?«

Lexman ging zum Schreibtisch, öffnete eine Schublade und nahm einen Browning heraus.

»Hier!« Lachend hob er die Waffe. »Ich habe noch nie einen Schuß daraus abgegeben. Irgendein unbekannter Verehrer aus dem Leserkreis hat ihn mir vorige Weihnacht zugesandt.«

»Ein merkwürdiges Weihnachtsgeschenk«, meinte Kara und betrachtete interessiert die Waffe. »Können Sie überhaupt damit umgehen?«

»Versucht hab' ich es noch nie, aber ich weiß, daß man das Magazin hier hineinstecken und, um jemand zu treffen, abdrücken muß. Da mir jedoch die Patronen fehlen – der unbekannte Spender hat versäumt, sie mitzuliefern –, konnte ich das Ding bisher nicht ausprobieren.«

Es klopfte an der Tür.

Das Mädchen brachte einen Eilbrief herein und überreichte ihn dem Hausherrn.

Lexman betrachtete einen Augenblick die Anschrift und runzelte die Stirn.

»Von Vassalaro!« stellte er fest.

Kara nahm den hingehaltenen Umschlag in die Hand und besah sich die Schriftzüge.

»Was für eine saumäßige Pfote der Kerl doch schreibt!« war alles, was er verlauten ließ.

Dann gab er den Umschlag zurück. Lexman riß ihn auf und entnahm ihm ein halbes Dutzend gelber Briefblätter, von denen jedoch nur ein einziges beschrieben war. Die Mitteilung war nur kurz und lautete:

›Ich muß Sie heute abend unbedingt sprechen. Treffen Sie mich an der Straßenkreuzung zwischen Beston Tracey und der Eastbourne Chaussee. Ich werde um elf dort sein, und wenn Ihnen Ihr Leben lieb ist, bringen Sie eine größere Ratenzahlung mit.

Vassalaro‹

»Ist der Mensch wahnsinnig geworden, einen derartigen Drohbrief zu schreiben?« fragte Lexman aufgebracht. »Gut, ich werde mich mit ihm treffen und ihm eine Antwort erteilen, wie er sie noch nie erhalten hat.«

Er reichte den Brief seinem Gast hin, der ihn schweigend las.

»Sie sollten Ihre Pistole mitnehmen.«

Lexman warf einen Blick auf seine Taschenuhr.

»Es fehlt noch eine Stunde, aber da ich zwanzig Minuten brauche, bis ich beim Treffpunkt sein kann, werde ich mich jetzt langsam bereitmachen.«

»Sie wollen wirklich seiner Aufforderung Folge leisten?« erkundigte sich Kara erstaunt.

»Natürlich! Soll ich vielleicht warten, bis er hierherkommt und in Gegenwart meiner Frau eine Szene aufführt? Der Schuft wäre dazu imstande.«

»Können Sie ihm die verlangte Ratenzahlung geben?«

John antwortete nicht. Er hatte etwa zehn Pfund im Haus, und morgen würde er vielleicht dreißig erhalten. Nachdenklich starrte er auf den Brief. Das Papier schien von ungewöhnlicher Beschaffenheit zu sein – rauh, beinah wie Löschpapier, hatte es an verschiedenen Stellen die Tinte in sich aufgesogen. Die unbeschriebenen Seiten mochte Vassalaro versehentlich in der Aufregung mit in den Umschlag gesteckt haben, ohne sich der Verschwendung, die er damit getrieben hatte, bewußt zu werden.

»Diesen Brief werde ich mir sorgfältig aufheben«, sagte Lexman.

»Daran tun Sie gut. Vassalaro weiß wahrscheinlich nicht, daß er sich damit strafbar gemacht hat. Drohbriefe können zu recht unangenehmen Gegenwaffen werden.«

In einer Ecke des Arbeitszimmers stand ein kleiner Geldschrank. Lexman zog einen Schlüssel aus der Tasche und öffnete ihn. In eines der Stahlfächer legte er den Brief. Darauf schloß er Fach und Schrank wieder zu. Die ganze Zeit über hatte ihn der Gast scharf beobachtet, als wäre die Zeremonie von höchstem Interesse für ihn. Kurz danach erhob er sich.

»Ich würde Sie gern zu Ihrem Rendezvous begleiten, habe aber leider anderweitig etwas Dringendes zu erledigen. Lassen Sie mich Ihnen nochmals raten, die Pistole mitzunehmen, damit Sie, wenn Vassalaro unverschämt werden sollte, ein- oder zweimal abdrücken können – zu laden brauchen Sie nicht, denn es wird schon genügen, wenn Vassalaro die Pistole knacken hört.«

Grace erhob sich von ihrem Platz vor dem Flügel, als Kara mit John hereinkam, um sich von ihr zu verabschieden. Mit sichtlichem Widerstreben murmelte sie einige Worte des Bedauerns über die Kürze seines Besuches vor sich hin. Daß Kara diese Äußerungen richtig einschätzte, bewies die süßsaure Miene, mit der er sie anhörte. Er gab sich hinsichtlich der Gefühle, die Grace Lexman für ihn hegte, nicht dem geringsten Zweifel hin. Man wechselte noch einige Worte, dann verließ John das Zimmer.

»Ich will nur schnell Ihren Chauffeur verständigen«, rief er zurück.

Die beiden Zurückgebliebenen schwiegen erst, dann sagte Kara:

»Sie werden sich über meinen Besuch nicht sehr gefreut haben, Mrs. Lexman?«

Diese Offenheit brachte die Hausfrau in Verlegenheit. Sie errötete.

»Freunde meines Mannes sind mir immer willkommen«, wich sie aus.

Kara verbeugte sich leicht.

»Es ist immerhin etwas, daß Sie mich als Freund Ihres Gatten anerkennen«, bemerkte er und tat dann, als fiele ihm plötzlich etwas ein. »Ach ja, ich hätte zu gern ein Buch Ihres Gatten mitgenommen – ob er es mir wohl leihen würde?«

»Ich will es Ihnen gern drüben holen, wenn Sie mir ...«

»Bitte, bemühen Sie sich nicht – ich weiß, wo es liegt, und kann es mir selbst holen.«

Ohne die Erlaubnis abzuwarten, ließ er die junge Frau mit dem unangenehmen Gefühl zurück, daß sich der Gast mehr herausnehme, als es die Umstände rechtfertigten. Nach kaum einer Minute kam Kara mit einem Buch zurück.

»Ich bin gerade auf dieses Werk außerordentlich gespannt«, sagte er und wandte sich dann an den eben eintretenden Hausherrn: »Darf ich mir dieses Mexiko-Buch mitnehmen? Ich bringe es Ihnen in den nächsten Tagen wieder zurück.«

Das junge Paar blieb vor der Haustür stehen, bis die Schlußlichter von Karas Wagen hinter einer Straßenbiegung verschwanden. Dann gingen sie ins Haus zurück.

»Was hast du, Liebling?« fragte Grace. »Du scheinst Sorgen zu haben.«

Er brachte ein Lächeln zustande, antwortete jedoch nicht.

»Hast du Geldsorgen?« erkundigte sie sich besorgt.

Die Beichte drängte sich ihm auf die Lippen. Er wollte ihr von dem Drohbrief erzählen, unterdrückte aber diese Anwandlung. Bestimmt würde Grace ihn dann von einem Zusammentreffen mit Vassalaro abzuhalten versuchen.

»Es handelt sich um eine nicht sehr wichtige Sache«, beruhigte er sie. »Ich muß noch einmal nach Beston Tracey zum letzten Zug – der Verlag hat mir für heute abend dringende Korrekturfahnen angekündigt.« Diese Notlüge war John außerordentlich zuwider, und er sagte rasch: »Der Abend war wohl ziemlich langweilig für dich? Kara war auch nicht gerade gesprächig.«

Grace blickte ihm in die Augen.

»Er hat sich nicht im geringsten verändert«, meinte sie mit besonderer Betonung.

»Ich kann heute noch nicht begreifen, daß du mich langweiligen Gesellen diesem glänzenden, reichen Griechen vorgezogen hast!«

»Ich habe den ›glänzenden, reichen Griechen‹ von einer Seite kennengelernt, die mir jede Lust nahm, zu ihm in nähere Beziehungen zu treten. Ach, John – mir graut vor diesem Menschen!«

Überrascht ergriff er ihren Arm.

»Dir graut vor ihm? Du fürchtest ihn? Was fällt dir ein? Kara würde für dich durchs Feuer gehen.«

Sie seufzte.

»Das ist es ja eben ...«

Worauf sich ihre Furcht begründete, verriet sie ihm jedoch nicht. Vor Jahren hatte sie mit ihrem Vater, einem bekannten Archäologen, eine Reise durch den Balkan unternommen. In Saloniki hatte sie Remington Kara auf einer Gesellschaft kennengelernt, die vom amerikanischen Konsul zu Ehren des Gelehrten gegeben worden war. Kara war ihr vorgestellt worden, doch bald darauf wurden ihr auch unzählige Geschichten über den bildschönen Griechen zugetragen. Überall beschäftigte man sich mit ihm und seinem unermeßlichen Vermögen. Die Mutter – so flüsterte man sich zu – wäre eine vornehme Amerikanerin gewesen, die von albanischen Räubern gefangen und an einen der zahllosen Häuptlinge verkauft worden sei. Dieser habe sich in seine schöne Sklavin verliebt, sei ihr zuliebe zum Protestantismus übergetreten und habe sie dann geheiratet.

Die Frucht dieser unter so romantischen Umständen geschlossenen Ehe war Remington Kara, der seine Bildung in Oxford und Yale erhalten und vom Vater ein ungeheures Vermögen geerbt hatte. Man nannte ihn den ungekrönten König der Berge, die sich etwa vierzig Meilen um Durazzo herum erhoben. Hier war Kara Herr, bewohnte ein herrliches Schloß, das von einem italienischen Baumeister errichtet und mit allem nur erdenklichen Komfort ausgestattet worden war.

In seiner albanischen Heimat führte er den Beinamen ›Rumbo

Kara‹, der schwarze Zigeuner. Die Gründe für diesen Beinamen waren, da Kara blond und von sehr hellem Teint war, nicht recht ersichtlich.

Dieser Grieche nun hatte sich auf den ersten Blick in die damalige Grace Terrell verliebt. Anfangs hatte das Mädchen darüber gelacht, doch dauerte es nicht lange, bis ihr das Lachen angesichts der Leidenschaft Karas verging. Eine so zähe Werbung konnte nicht mißverstanden werden. So oft und offen sie dem Griechen auch klarzumachen versuchte, daß er sich keinen Hoffnungen hinzugeben brauche, Kara kümmerte sich nicht im geringsten um die ablehnende Haltung Miss Terrells. Durch einen dramatischen Vorfall lernte sie so recht seinen rücksichtslosen Charakter kennen. Nachdem sie ihn wieder einmal abgewiesen hatte, verstrichen ein, zwei Tage, ohne daß Kara sich sehen ließ. Als sie aber am dritten Tag von einem Tanzvergnügen nach Hause zurückkehren wollte und den Weg durch den Basar nahm, wurde ihr Wagen von einigen Banditen angehalten. Man steckte ihr, als sie um Hilfe schreien wollte, einen übelriechenden Knebel in den Mund und zog sie auf die Straße. Ein Tuch wurde ihr vor die Nase gehalten, dessen süßlicher Geruch ihr das Bewußtsein raubte. Als man nun Grace Terrell zu einem andern Wagen, der in der Nähe bereitstand, schleppen wollte, hatten sich einige englische Matrosen, die gerade vorbeibummelten, eingemischt und das Mädchen den Entführern entrissen.

Grace hatte nie auch nur einen Augenblick daran gezweifelt, daß Kara der Anstifter dieses Entführungsversuchs gewesen war. Er hatte diesen mittelalterlichen Weg gewählt, um sich die Frau, die ihm nicht freiwillig folgen wollte, mit Gewalt zu holen. Dieses Abenteuer hatte Grace Lexman ihrem Mann gegenüber nie erwähnt. Bis zu ihrem Hochzeitstag wurden ihr laufend von unbekannter Seite wertvolle Geschenke ins Haus geschickt. Mit der gleichen Regelmäßigkeit ließ sie die Sendungen an die einzige Adresse zurückgehen, die sie von dem vermuteten Spender kannte – das Landhaus Karas in Lemazo. Einige Monate nach ihrer Verheiratung mit John Lexman las Grace in einer Tageszeitung, daß ›der Führer der griechischen Kolonie in London‹ ein großes Haus am Cadogan Square gekauft habe. Nach kurzer Zeit schon entdeckte sie zu ihrem stillen Entsetzen, daß Remington Kara sich an ihren

Gatten herangemacht und mit ihm Freundschaft geschlossen hatte. Glücklicherweise besuchte er Lexmans Haus nur selten, aber sein Umgang mit John war für Grace eine Quelle ständiger Unruhe.

Sollte sie nun – spät genug – John alle ihre Befürchtungen mitteilen und ihrem vielleicht ungerechtfertigten Verdacht offen Ausdruck geben? Lange rang sie mit sich, und nie war sie näher daran gewesen, ihren Mann ins Vertrauen zu ziehen, als in diesem Moment. Prüfend ließ sie die Geschichte ihrer Bekanntschaft mit Remington Kara an sich vorüberziehen. Wäre ihr Mann nicht selbst so mit Sorgen belastet gewesen, hätte sie ihn bestimmt von allem unterrichtet. Unter diesen Umständen aber wollte sie ihn damit unbehelligt lassen. Und so unterhielt sie sich denn mit John über seine Bücher, machte Pläne für die Zukunft und sprach über die Verwendung des Geldes, das er mit seinen Kriminalromanen verdienen würde. Literarische Ehren, das wußte Grace, reizten ihn nicht so sehr wie die finanziellen Vorteile.

Unter solchen Gesprächen verging die Zeit im Flug. Gegen dreiviertel elf Uhr stand John auf und ließ sich von der Gattin in den Mantel helfen. Dann blickte er sie unentschlossen an.

»Hast du etwas vergessen?« fragte sie.

Er zögerte. Sollte er Karas Rat befolgen? Hieß es nicht das Schicksal herausfordern, sich zu einem Stelldichein mit einem Mann zu begeben, der mit Morddrohungen nur so um sich warf? Nun, die ganze Sache mochte lachhaft sein – doch genauso widersinnig war es, sich überhaupt Geld zu Spekulationszwecken zu borgen. Er hatte es ja auch nur auf Anraten Karas getan. Allerdings war der Rat stets nur in verschleierten Redewendungen erteilt worden.

Bei diesem Punkt seiner Überlegungen angelangt, ging Lexman langsam in sein Arbeitszimmer hinüber und nahm die Pistole aus der Schreibtischschublade.

»Ich bin bald wieder hier, Liebling!« tröstete er seine Frau und küßte sie.

Er trat, die Pistole wohlverwahrt in seiner Manteltasche, auf die dunkle Landstraße hinaus.

2

In der Zwischenzeit saß Kara, bequem in die tiefen Polster zurückgelehnt, in seinem eleganten Wagen und pfiff leise eine Schlagermelodie vor sich hin. Es regnete immer noch, und während der Chauffeur den Wagen vorsichtig über die sumpfige Straße steuerte, wischte Kara immer wieder die beschlagenen Scheiben sauber, um die Gegend, in der sie sich gerade befanden, erkennen zu können. An einer bestimmten Stelle blickte er hinaus, als erwarte er, jemand zu sehen, lehnte sich aber, als er sich erinnerte, daß er seinen ursprünglichen Plan geändert hatte, wieder bequem in die Polster zurück.

Der Wartesaal des Bahnhofs von Lewes war, entgegen der anfänglichen Vereinbarung, als Treffpunkt ausgemacht worden. Dort traf er auch bald darauf einen kleinen, gelbhäutigen Mann von orientalischem Aussehen, der, bis über die Ohren in seinen Regenmantel eingehüllt, vor dem ersterbenden Kaminfeuerchen des Bahnhofsraumes verschlafen vor sich hinstarrte. Seine Wangen waren eingefallen und von einem unregelmäßig sprossenden Bart umrahmt.

Der Wartende fuhr, als er Kara sah, zusammen. Dann folgte er ihm auf einen Wink hin bis zum Ende des Bahnhofsareals.

»Sie haben meine Befehle ausgeführt?« fragte Kara schroff.

»Genauso, wie Sie befohlen haben, Effendi«, antwortete der Mann im gleichen tadellosen Arabisch, in dem ihm die Frage gestellt worden war.

»Ihr Revolver?«

Der andere nickte und klopfte auf seine Hüfttasche.

»Geladen?«

»Was sollte ich mit einem ungeladenen Revolver anfangen?«

»Sie haben meine Absichten doch verstanden, oder nicht? Sie dürfen den Mann weder verwunden noch töten, ja überhaupt nicht einmal schießen. Nur die Waffe zeigen dürfen Sie! Um ganz sicherzugehen, und damit Sie gar nicht erst in Versuchung geraten, ist es besser, Sie entladen die Waffe gleich.«

Äußerst verwundert gehorchte der Mann. Er entlud den Revolver und sicherte ihn dann wieder.

»Ich werde die Patronen an mich nehmen.« Kara streckte die

Hand aus, um sie in Empfang zu nehmen. Er schob die kleinen Metallzylinder in seine Manteltasche. Darauf untersuchte er den Revolver peinlich genau und gab ihn wieder zurück. »Sie werden ihn bedrohen! Zielen Sie direkt auf sein Herz. Weiter haben Sie nichts zu tun.«

Der Mann scharrte unruhig mit den Füssen.

»Ich werde Ihre Befehle ausführen, Effendi«, versprach er, »aber . . .«

»Kein Aber«, unterbrach ihn Kara brüsk. »Sie haben sich um nichts weiter zu kümmern. Ich weiß, was ich will. Tun Sie, was ich von Ihnen verlange! Sie werden schon sehen, was sich dann weiter abspielt. Jedenfalls, ich werde in Ihrer Nähe sein.«

»Wenn er nun aber doch auf mich schießt?« machte der andere seiner Unruhe Luft.

»Das wird keinesfalls passieren«, beruhigte ihn Kara. »Sein Revolver wird ebensowenig geladen sein wie der Ihre. Gehen Sie jetzt, denn Sie haben noch einen weiten Weg vor sich. Werden Sie sich zurechtfinden?«

»Ich war schon einige Male in der Gegend . . .«

»Gut.«

Kara ging zu seiner Limousine zurück, die in einiger Entfernung vom Bahnhof auf ihn wartete. Er gab dem Chauffeur einen Befehl in griechischer Sprache, und dieser griff, zum Zeichen, daß er verstanden habe, respektvoll an seine Mütze.

3

Die Amtsräume T. X. Merediths lagen dem Handelsministerium gegenüber in einem Haus in der Nähe von Whitehall. Einem kleinen Messingschildchen neben der Eingangstür konnte man entnehmen, daß sich hier eine Spezialabteilung der General-Staatsanwaltschaft befand. Für diese Zweigbehörde, deren Leiter Mr. T. X. Meredith war, hatte sich innerhalb des Gebäudekomplexes von Scotland Yard kein Platz mehr gefunden. Immer mehr Ableger bestehender Abteilungen machten sich selbständig und benötigten zusätzlichen Raum.

T. X. Meredith genoß im Publikum einen beinah legendären Ruf. Man traute seiner Abteilung einfach alles zu, also auch Handlungen und Verfügungen, die mit Recht und Norm nicht in Einklang zu bringen waren. Unzählige Gerüchte und Anekdoten zirkulierten über die ›gesetzwidrige Abteilung‹. Vorsteher wichtiger staatlicher Ämter, Unterstaatssekretäre, hoch über den Klatsch des ›misera plebs‹ erhaben, flüsterten in verschwiegenen Klubecken über die neuesten Streiche des originellen Chefinspektors.

Erblickte man T. X. zum erstenmal, so glaubte man, einen Jüngling vor sich zu haben. Erst wenn man das hagere, energische Gesicht näher betrachtete, entdeckte man die kleinen Fältchen unter den klaren, blauen Augen. Der Mund mit den schmalen Lippen verriet eine Festigkeit, die allen, die mit ihm in Konflikt gerieten, wenig Gutes verhieß. Im allgemeinen war er taktvoll und zurückhaltend, jedoch in Dingen, die seine Neugierde herausforderten, von einer Zähigkeit, der er manchen seiner Erfolge zu verdanken hatte.

Auffallend war auch seine bildhaft drastische Sprache und Ausdrucksweise. Man erzählte sich mit verhaltenem Lächeln, ein hocharistokratischer Innenminister habe nach der Lektüre einiger Berichte des Chefinspektors folgenden Ausspruch getan: ›Es ist im Interesse des Ansehens des königlich großbritannischen Polizeidienstes außerordentlich zu bedauern, daß Mr. Meredith sich nicht einer etwas gewählteren Ausdrucksweise in seinen Berichten befleißigt. Von einem so der öffentlichen Kritik ausgesetzten Mann hätte man das eigentlich ohne weiteres erwarten dürfen.‹

Tatsächlich waren die Ausdrücke, derer sich T. X. oftmals bediente, weder in der ›Encyclopaedia Britannica‹ noch in irgendeinem anderen Lexikon zu finden. Die schriftlichen und mündlichen Randbemerkungen, mit denen er Berichte Untergebener oder Befehle Vorgesetzter bedachte, zeichnete sich durch unverkennbare Eigenart und Originalität aus.

An diesem Morgen saß der Chefinspektor aufgebracht vor seinem Schreibtisch. Ihm gegenüber hatte Polizeiinspektor Mansus Platz genommen – unter dem tadelnden Blick seines Vorgesetzten rutschte er unruhig auf dem Stuhl hin und her.

»Aber, T. X.«, verteidigte er sich, »was sollte ich sonst noch unternehmen? Es war ja überhaupt nichts weiter herauszuholen.«

Meredith bestand darauf, von seinen Leuten mit den Initialen seiner Vornamen angeredet zu werden.

»Nicht herauszuholen!« wiederholte er höhnisch. Er richtete sich mit solcher Heftigkeit in seinem Stuhl auf, daß Mansus erschrocken zurückfuhr. »Nun hören Sie mal gut zu –«, begann er seine Standpauke. Jedes Wort wurde von einem Schlag mit seinem Briefbeschwerer auf die Pultplatte begleitet. »Wissen Sie, was Sie sind? Nein? Sie sind ein Quasselkopf!«

»Nein, Sir, ich bin ein Polizeibeamter.«

»Was sind Sie? Ein Polizeibeamter? Ein Holzkopf sind Sie! Nie wird es mir gelingen, aus Ihnen einen wirklichen Kriminalbeamten zu machen!« Diese Klage wirkte um so komischer, weil T. X., als Mansus schon lange die blaue Uniform eines Gesetzeshüters trug, noch in kurzen Hosen die Schulbank gedrückt hatte. »Ein Kriminalbeamter«, erläuterte T. X. mit leidender Stimme, »muß verschlagen und klug sein wie eine Schlange. Sind Sie das vielleicht? Nein, das bilden Sie sich wohl selbst nicht ein, wie? Sie vereinigen in Ihrer Person ...«

Weiter kam Meredith in seiner Beschimpfung des altgedienten Inspektors nicht, denn eben trat der Polizeipräsident in höchsteigener Person ins Zimmer. Der Allgewaltige war ein alter, grauhaariger und müde aussehender Herr. Aus kaltblauen, unter buschigen Brauen halb verborgenen Augen blickte er die beiden Beamten prüfend an.

»Nun, T. X.?« begrüßte er seinen Chefinspektor. »Was haben Sie mir über Mr. Remington Kara zu berichten?«

»Wenig«, erwiderte Meredith. »Ich hatte Mansus mit den Recherchen beauftragt ...«

»Der natürlich nichts in Erfahrung bringen konnte, wie?«

Der Chef warf einen mißbilligenden Blick auf den Inspektor.

»Was zu erfahren war«, verteidigte T. X. seinen Untergebenen, »das hat er ausfindig gemacht. Wir sind keine Magier und können die Informationen nicht aus der Luft greifen. Die Tatsachen, auf die wir uns stützen müssen, sind zu mager und geben nicht viel her.«

Sir George Hartley murmelte etwas Undeutliches vor sich hin, doch ließ sich T. X. durch diese Mißfallenskundgebung nicht davon abhalten, seinem Herzen weiter Luft zu machen.

»Mehr als Mansus hätte auch ich nicht tun können. Man müßte doch erst einmal wissen, um was es sich eigentlich handelt und was bei diesen Nachforschungen herausschauen soll. Ich tappe ja ebenso in dunkeln wie der Inspektor.«

Der Präsident setzte sich und streckte seine langen Beine aus.

»Dieser Remington Kara interessiert mich, wie Sie wissen. Er soll ein ungeheures Vermögen besitzen, wofür ja auch der Ankauf des Hauses am Cadogan Square spricht. Aber wer ist er eigentlich? Wie kommt es, daß er, der offensichtlich keine Bekannten in London hat, hierherkommt? Dabei schimpft er andauernd auf Klima, Land und Leute. Er soll irgendwo auf dem Balkan ein riesenhaftes Besitztum haben, das ihm die Einkünfte liefert, die er so gut wieder auszugeben versteht. Er soll ein vorzüglicher Reiter, ein treffsicherer Schütze und erfahrener Flieger sein.«

T. X. gab Mansus einen verstohlenen Wink, worauf dieser, froh, der gefährlichen Nähe des ›Alten‹ entrinnen zu können, leise verduftete. Als sich die Tür hinter ihm schloß, wandte sich T. X. wieder Sir George zu.

»So – werden Sie mir nun reinen Wein einschenken können, warum Sie sich für Kara so interessieren?«

Der Präsident hüstelte.

»Ich interessiere mich für alle Leute, die für meine Behörde von Interesse werden könnten. Kara weicht von der Norm so weit ab, daß ich unbedingt Näheres über seine Person erfahren möchte. Außerdem liegt mir sein Gesuch vor, ihm eine direkte Telefonverbindung zwischen seiner Wohnung und Scotland Yard zu bewilligen. Als wir darauf hinwiesen, daß er ja von seinem Schlafzimmer aus jederzeit mit einer unserer Bezirkswachen telefonieren könne, meinte er, daß ihm eine solche indirekte Verbindung nicht genüge. Er befinde sich, so begründete er sein Gesuch, in ständiger Lebensgefahr, da einige seiner Landsleute ihm den Tod geschworen hätten.«

T. X. lächelte unmerklich.

»Wenn das alles ist, was Sie über ihn wissen, Sir George, will ich gern meine eigenen Kenntnisse zum besten geben. Was Sie mir da eben erzählten, kann mich leider nicht dazu verleiten, Überraschung zu heucheln.«

»Das sollen Sie auch gar nicht«, brummte der ›Alte‹. »Ich hätte der Sache überhaupt nicht soviel Bedeutung beigemessen, wenn mir nicht die eklige Schießerei in South London noch in so frischer Erinnerung wäre. Sie wissen ja, daß die Akteure ebenfalls Griechen waren. Ich habe zwar nichts dagegen, wenn sich die Leute gegenseitig umbringen wollen, aber sie sollen das in ihrem Land und nicht hier in London tun.«

»Sie haben recht, Sir George. Ich bin übrigens in der glücklichen Lage, Sie etwas über Kara informieren zu können. Also, zum ersten – sein Haus am Cadogan Square ist in seinem Auftrag vollständig umgebaut worden. Zweitens – sein Schlafzimmer sieht aus wie ein Banktresor oder eine kleine Festung.«

Der Präsident sah den Chefinspektor verwundert an.

»Woher haben Sie denn das?«

»Darüber gebe ich Ihnen gleich Auskunft. Lassen Sie mich erst mit der Schilderung fortfahren: Die Wände, der Fußboden und die Decken des Schlafzimmers sind aus Eisenbeton gegossen. Eine einzige Tür führt in das Zimmer, und zwar vom Korridor aus. Ein Fenster, von außen unerreichbar, liefert das notwendige Tageslicht. Der Raum ist geeignet, einer längeren Belagerung standzuhalten.«

»Wissen Sie vielleicht sonst noch etwas?«

Sir Georges kalte Augen funkelten und verrieten deutlich sein Interesse.

»Lassen Sie mich nachdenken, Sir. Also – das Zimmer ist einfach, aber kostbar ausgestattet. Ein Kamin, ein reich geschnitztes Bett und ein in die Betonwand eingelassener Stahltresor sind eigentlich das einzig Erwähnenswerte in diesem Schlafzimmer.«

»Aber, Menschenskind, nun sagen Sie mir endlich, woher Sie das alles wissen!«

»Ich habe mir gestattet, das Zimmer zu besichtigen. Durch einen längst abgegriffenen Trick habe ich mir das Vertrauen des Majordomus erworben. Leider ist seine Gutgläubigkeit aufs bitterste enttäuscht worden, denn er hat dadurch seine Stellung verloren. Morgen verläßt er Karas Haus, und wir müssen ihm unbedingt einen neuen Posten besorgen.«

T. X. machte sich eine kurze Notiz auf seinem Schreibblock.

»Glauben Sie, daß irgend etwas – hm . . .«

»Sie meinen, ob bei Kara etwas faul ist?« beendete T. X. die Frage des Chefs. »Vorläufig wüßte ich nichts. Das Haus und seine

Bewohner sind völlig unverdächtig. Abgesehen von den erwähnten Exzentritäten ist nichts gegen sie vorzubringen. Wie ich erfahren habe, wird Kara nur drei Monate im Jahr in England verbringen, den Rest jedoch abwesend sein. Er ist sehr reich, hat keine Verwandten und einen unbändigen Hang, andere zu beherrschen.«

Der Chef erhob sich.

»Dann prophezeie ich ihm, daß er sein Leben am Galgen beenden wird.«

»Da muß ich Ihnen widersprechen, Sir George. Leute, die so viel Geld haben wie Kara, werden selten gehängt. Ein solches Mißgeschick trifft fast immer nur arme Leute.«

Sir George lächelte maliziös.

»Dann passen Sie aber beizeiten auf, mein Lieber, daß nicht Sie noch von diesem Los betroffen werden! Ich habe mir sagen lassen, daß bei Ihnen ständiger Mangel an Geldüberfluß herrscht.«

»Wenn ich mir das geringste aus den Meinungen anderer Leute machen würde«, erwiderte Meredith, »müßte ich das als Verleumdung bezeichnen! Aber da wir schon von Leuten reden, die sich in Geldverlegenheit befinden – ich unterhielt mich gestern mit John Lexman. Sie kennen ihn doch? Nun, ich habe gehört, er hätte bei einem Goldminenschwindel Haare lassen müssen. Als ich ihn traf, machte er ein Gesicht, als sei er entweder verliebt – was er, da er jung verheiratet ist, wohl nicht sein wird – oder habe Schulden. Ganz offensichtlich hat er sich von seinen Verlusten noch nicht erholt.«

Auf dem Schreibtisch rasselte ungeduldig das Telefon. T. X. nahm den Hörer ab.

»Ein Ferngespräch –«, rief er über die Schulter dem Präsidenten zu, der eben das Zimmer verlassen wollte. »Warten Sie doch noch einen Augenblick, Sir George . . .«

Eine heisere Stimme quäkte aus dem Hörer:

»Ist dort Mr. Meredith?«

»Selbst!«

»Hier ist Lexman, John Lexman.«

»Ich hätte, zum Teufel noch mal, deine Stimme nicht erkannt!« brüllte T. X. »Was ist los? Wirst du mit deinen Romanverwicklungen nicht mehr fertig?«

John schien auf den scherzhaften Ton nicht eingehen zu wollen.

Mit ernster, sachlicher Stimme machte er die erstaunliche Mitteilung: »Ich wollte dich bitten, sofort nach Little Tracey zu kommen – ich habe einen Menschen ermordet!«

Meredith war einen Augenblick wie vor den Kopf geschlagen.

»Um Gottes willen!« rief er dann. »Was bist du doch für ein unsäglicher Idiot!«

4

Szene: Das Studierzimmer John Lexmans in ›Beston Priory‹. Zeit: Der frühe Vormittag. Personen: John Lexman, bleich und übernächtigt; neben ihm auf dem Sofa seine Frau; T. X. Meredith, am Schreibtisch sitzend, Block und Bleistift vor sich, die er hin und wieder benützt, um die Aussagen des Hausherrn zu notieren; im Gang, vor der Tür zum Arbeitszimmer postiert, der Dorfpolizist als Vertreter der örtlichen Behörde.

John Lexman hatte seinem Freund bereits kurz die Ereignisse geschildert, die vergangene Nacht zu dem entsetzlichen Vorfall geführt hatten.

»Den Brief, den dir Vassalaro schrieb, hast du doch noch, nicht wahr?« erkundigte sich T. X., und Lexman nickte. »Das freut mich für dich, John. Der Brief wird dir eine Menge Unannehmlichkeiten ersparen! Erzähle nun weiter, wie sich alles abgespielt hat.«

»Ich verabschiedete mich von Grace und ging ins Dorf. Es regnete immer noch ziemlich heftig, so daß ich auf dem ganzen Weg keiner Menschenseele begegnete. Ungefähr fünf Minuten vor der Zeit, die mir Vassalaro genannt hatte, kam ich an der betreffenden Stelle an. Ich schämte mich ein wenig vor mir selbst, daß ich ohne weiteres dem Befehl Vassalaros nachgekommen war, und hielt mich deshalb ein wenig im Dunkeln. – Was hätte ich aber auch anderes tun können, als seiner Aufforderung zu folgen? Kam ich nicht zum Stelldichein, dann mußte ich gewärtigen, daß er mir im eigenen Haus vor Grace eine widerliche Szene bereiten würde. Deshalb entschloß ich mich, ihn zu treffen. Am lachhaftesten erschien mir der Gedanke, daß ich, bewaffnet wie ein Brigant, zum nächtlichen Treffen erscheinen sollte. Als wäre die Pistole meiner Ansicht, schlug sie mir auf dem Weg ständig gegen die Hüfte.«

»War Vassalaro bereits dort, als du ankamst?« fragte T. X.

»Ja. Er stand auf der anderen Straßenseite, kam aber, als er mich sah, sofort zu mir herüber. Anfangs war er ziemlich genießbar, wenn auch seine innere Erregung nicht zu übersehen war. Plötzlich – eben hatte ich ihm angeboten, einen größeren Betrag meiner Schuld zu bezahlen – begann er wüst zu schimpfen. Er ließ sich auch durch mein gütliches Zureden nicht mehr beruhigen. Ohne vorherige Warnung zog er einen Revolver und fuchtelte mir damit vor dem Gesicht herum. Dabei stieß er die heftigsten Drohungen gegen mich aus. In diesem Augenblick erinnerte ich mich der Ratschläge Karas und ...«

»Karas?« unterbrach T. X. verblüfft.

»Ach, ich vergaß, daß du ihn nicht kennst. Der Mann ist ein Bekannter von mir und hatte mich Vassalaro seinerzeit vorgestellt. Er ist Grieche und soll sehr vermögend sein.«

»So, so! Bitte, erzähl weiter.«

»Ich mußte lächeln, als ich den aufgeregten Griechen vor mir herumtanzen sah. Kara hatte mir den Charakter des Mannes ziemlich ausführlich geschildert, und ich beschloß, Vassalaro auf die Probe zu stellen. Ich zog also meine Waffe und richtete sie, den Zeigefinger am Abzug, direkt auf seine Brust. Diese drohende Geste verfehlte jedoch die von mir beabsichtigte Wirkung. Vassalaro wurde noch aufgeregter, und ehe ich mir dessen bewußt wurde, hatte ich abgedrückt. Du kannst dir mein Entsetzen vorstellen, als hintereinander vier Schüsse knallten. Erst dann konnte ich meinen Finger von dem automatisch sich betätigenden Abzug wieder zurückziehen. Der Grieche war sofort zu Boden gestürzt. Ich ließ die Pistole fallen und kniete neben ihm nieder. Auf den ersten Blick erkannte ich die Schwere seiner Verletzungen. Es konnte nicht lange dauern, bis er ihnen erlag. Ich hatte ja auf seine Brust und das Herz gezielt.«

John schwieg. Die Erinnerung an den schrecklichen Augenblick schien noch jetzt Schauer über seinen Rücken zu jagen. Grace legte ihren Arm zärtlich um seinen Nacken und flüsterte ihm einige beruhigende Worte zu. Endlich hatte er sich wieder gefaßt und fuhr in seiner Erzählung fort.

»Ich wollte wissen, ob Vassalaro noch lebte, und legte mein Ohr an seinen Mund. Ich hörte ihn auch einige unverständliche Worte murmeln. Als ich etwas ruhiger geworden war, rannte ich ins Dorf, um die Polizei zu benachrichtigen und Hilfe herbeizurufen.«

T. X. erhob sich und öffnet die Tür zum Gang.

»Kommen Sie herein, Wachtmeister!« befahl er dem draußen stehenden Polizisten. »Haben Sie heute nacht alles, was Sie in der Nähe des Toten vorfanden, weggebracht?«

»Jawohl, Sir. Ich fand Hut und Stock und nahm sie mit.«

»Und den Revolver des Toten?«

»Von einem Revolver weiß ich nichts«, erwiderte der Polizist verwundert. »Nur Mr. Lexmans Pistole lag dort – er hat sie bereits als sein Eigentum anerkannt. Ich habe sie mitgebracht.«

Er zog die Waffe aus der Tasche und legte sie auf den Schreibtisch.

»Sie sollten die Umgebung des Tatorts nochmals auf das genaueste absuchen. Ich werde den Gefangenen inzwischen unter meine Obhut nehmen. Ich zahle Ihnen ein Pfund Sterling, wenn Sie den Revolver mitbringen – er ist mir sehr wichtig. Durchsuchen Sie vor allem die Straßengräben in der Nähe. Dort werden Sie die Waffe am ehesten finden können.«

Der Polizist grüßte und verließ das Zimmer, während T. X. sich wieder seinem Freund zuwandte.

»Der Fall sieht fürs erste äußerst verwickelt aus. Du mußt zugeben, John, daß da eine ganze Reihe von Fragen der Aufklärung bedürfen. Daß du Schulden hast, der Geldverleiher sein Geld wiederhaben will und, um dieses Ziel zu erreichen, vor Drohungen nicht zurückschreckt – all das ist nicht besonders befremdend. Was mich am meisten in Erstaunen setzt, ist das merkwürdige Gebaren Vassalaros, einem Schuldner mit dem Revolver nachzulaufen und ihn zu bedrohen. Warum verlangte er von dir eine Unterredung draußen auf der Landstraße in stockdunkler Nacht? Warum kam er nicht hierher in dein Haus, wo er dich, im Hinblick auf deine Frau, viel mehr unter Druck hätte setzen können als da draußen an der gottverlassenen Ecke, wo ihr euch allein gegenüberstandet? Warum schrieb er dir einen Drohbrief? Damit gab er dir doch einen Trumpf in die Hand, den du ihm, dem Gläubiger gegenüber, wieder ausspielen konntest. Er mußte ja wissen, daß Drohungen dieser Art strafbar sind.« T. X. klopfte mit dem Bleistiftende gegen seine

Zähne. »Ich finde, es wird Zeit, daß ich mir den bewußten Brief einmal ansehe. Wo hast du ihn?«

Lexman stand auf und ging zu seinem Geldschrank, in den er gestern abend den Brief geschlossen hatte. Als er die Tür des Schrankes berührte, machte er ein verblüfftes Gesicht.

T. X. bemerkte es und fragte:

»Was ist los?«

»Die Tür fühlt sich recht heiß an«, sagte John und warf einen Blick auf den Kamin, in dem ein Feuer prasselte, als wollte er die Möglichkeit prüfen, ob das Kaminfeuer die Stahltür des Tresors erhitzen könnte.

»So schließ doch endlich auf!« verlangte Meredith.

Im Moment, als die Tresortür aufging, schoß eine starke, heiße Stichflamme aus dem Inneren hervor und erstarb sogleich wieder. Nur eine schmale, schnell sich verflüchtigende Rauchsäule zeigte an, daß sich im Innern des Schrankes soeben etwas Ungewöhnliches ereignet haben mußte.

»Rühre nichts an!« befahl T. X., der aufgesprungen war.

Vorsichtig nahm er das kleine Stahlschubfach, das den Brief enthalten hatte, aus dem Schrank heraus und trug es zum Fenster. Nichts befand sich darin – ein Häufchen weißer Asche war alles, was vom wertvollsten Beweisstück für die Unschuld Lexmans übriggeblieben war.

»Nun wird mir vieles klar«, sagte T. X. nach langem Schweigen. Vor allem aber wurde ihm klar, daß mit der Vernichtung des Briefes sein Freund in tödliche Gefahr geraten war. »Die Mitteilung Vassalaros ist auf ein speziell präpariertes Papier geschrieben worden. Eine chemische Lösung hat das Schreiben bei Luftzutritt in Flammen aufgehen lassen und zerstört. Schon bevor du den Brief ins Fach legtest, hatte der Zerstörungsprozeß begonnen. Möglich, daß das Papier bereits gestern abend unter deinen Händen verbrannt wäre, wenn du es nicht gleich weggeschlossen hättest. Wo hast du den Umschlag zu dem Brief?«

»Den hat Kara gestern abend verbrannt«, berichtete Lexman niedergeschlagen. »Ich erinnere mich – ich legte ihn auf den Tisch, und Kara zerriß ihn und warf ihn ins Kaminfeuer.«

Meredith preßte die Lippen zusammen.

»Unsere einzige Hoffnung ist jetzt, daß wir den Revolver finden.«

Eine halbe Stunde später, als der Dorfpolizist zurückkam, wurde auch diese Hoffnung zerstört. Eine eingehende Suchaktion hatte keine Spur der gesuchten Waffe zutage fördern können. Merediths schlimmste Befürchtungen, die ihn beim Auffinden des Aschenhäufchens befallen hatten, waren Tatsache geworden.

Vierundzwanzig Stunden später wurde der Schriftsteller John Lexman auf Antrag der Staatsanwaltschaft als Untersuchungsgefangener in Lewes eingeliefert.

Die Anklage lautete auf vorsätzlichen Mord, begangen an dem griechischen Geldverleiher Vassalaro. Auf diesem Verbrechen stand als einzige mögliche Strafe – der Galgen.

5

Meredith bestellte Inspektor Mansus auf dem schnellsten Weg zu sich nach ›Beston Priory‹, wo er ihn im Arbeitszimmer des verhafteten Hausherrn erwartete.

»Ich schickte nach Ihnen, Mansus«, sagte er zur Begrüßung, »weil ich trotz übelster Erfahrungen immer noch der Meinung bin, daß Sie etwas mehr Gehirn besitzen als die meisten anderen Kollegen meiner Abteilung. Das will freilich nicht viel besagen, aber ...«

»Ich danke Ihnen, T. X., daß Sie mich Sir George gegenüber in Schutz genommen haben –«, warf der Inspektor ein, doch Meredith wehrte mit einer Handbewegung ab.

»Das habe ich nur im Interesse meiner Abteilung getan. Es ist die Pflicht eines Vorgesetzten, die Unfähigkeit seiner Untergebenen vor den Augen anderer zu kaschieren. Das Ansehen der Abteilung muß hochgehalten werden. Aber geben Sie gut acht, was ich Ihnen jetzt sage.« Er schilderte den Fall Lexman in großen Zügen. »Die Beweise gegen John Lexman sind außerordentlich schwerwiegend. Er hat sich von Vassalaro Geld geborgt. Angesichts der beim Toten gefundenen Schuldurkunden könnte Lexman diese Tatsache kaum bestreiten. Warum der Grieche das Dokument überhaupt bei sich trug, wo er doch genau wußte, daß sein Schuldner nicht bezahlen konnte, ist mir rätselhaft. Jedenfalls besteht kein Zweifel, daß die Geschworenen, vor die mein Freund treten muß, sich mit seinen Erklärungen über den Hergang der Tat nicht zufriedengeben werden. Eine Verurteilung ist beim gegenwärtigen Stand des Falles so gut wie sicher. Deshalb müssen wir zuallererst versuchen, die Waffe Vassalaros aufzufinden. Wenn mir dieses Unternehmen auch ziemlich hoffnungslos erscheint – jedenfalls dürfen wir keine Zeit mehr verlieren.«

Bevor er mit Mansus ›Beston Priory‹ verließ, suchte Meredith nochmals Grace Lexman auf. Die dunklen Ringe unter den Augen der jungen Frau sprachen deutlich genug von der schlaflosen Nacht, die sie hinter sich hatte. Sie war sehr bleich, gab sich jedoch ruhig und gefaßt.

»Darf ich Ihnen, Mr. Meredith, bevor Sie gehen, etwas mitteilen?« fragte sie und schloß die Zimmertür.

»Betrifft Ihre Mitteilung den Griechen Kara?«

Überrascht blickte sie ihn an.

»Was bringt Sie auf diesen Namen?«

»Vermutlich mein kriminalistischer Instinkt – obwohl ich nichts Bestimmtes weiß, vermute ich doch eine ganze Menge.«

Ohne Umschweife begann Grace Lexman, ihr Herz auszuschütten.

»Vorausschicken muß ich, daß Mr. Remington Kara einmal um meine Hand angehalten hat. Seit der Zeit und aus Gründen, die ich Ihnen gleich nennen werde, fürchte ich mich vor ihm.«

Sie berichtete von dem Anschlag, der bei ihrem Aufenthalt in Saloniki auf sie verübt worden war.

»Weiß Ihr Mann von dieser Sache?«

Sie schüttelte den Kopf.

»Das ist es ja – ich wünschte, ich hätte ihm alles erzählt.«

»Hat Mr. Kara je mit Ihnen über die finanziellen Verhältnisse Johns gesprochen?«

»Nie.«

»Wie lernte John eigentlich Vassalaro kennen?«

»Zufällig weiß ich das. Wir verlebten einen Teil unserer Flitterwochen in Babbacombe, und dort trafen wir auch Kara, den ich ja von früher her kannte. Er hatte Zimmer im gleichen Hotel wie wir, und ich glaube, auch Vassalaro wohnte schon dort, als wir ankamen. Jedenfalls stellte Kara seinen Landsmann meinem Gatten vor. Alles übrige ergab sich dann von selbst. Glauben Sie«, fragte Mrs. Lexman unsicher, »daß ich John irgendwie helfen kann?«

»Soweit es die eben geschilderten Tatsachen betrifft, glaube ich kaum, daß es Zweck hätte, sie dem Gericht mitzuteilen. Ein Beweis, daß Kara in dieser Sache irgendwie die Finger im Spiel hatte, wäre schwerlich zu erbringen. Das einzige, was Sie erreichen würden, wäre, daß John sich Ihretwegen noch mehr Sorgen machen müßte. Sie können sich darauf verlassen, daß ich alles tun werde, um ihn zu retten.«

T. X. streckte ihr die Hand hin, die sie fest umklammerte.

Mansus wartete vor dem Haus. Minuten später brausten die beiden im Auto zum Tatort.

Die nähere Umgebung war bereits gründlich abgesucht worden. Zwei Landstraßen kreuzten sich hier in beinah rechtem Winkel. Auf der einen Seite war das einfassende Gebüsch der Straße entlang an einer Stelle unterbrochen, vermutlich um das Vieh auf die Weide treiben zu können. Diese Lücke war auf beiden Seiten durch Niedertrampeln des Buschwerks noch vergrößert worden. Zwar hatte man versucht, das Loch in der Hecke mit Stacheldraht wieder zu schließen, doch war der Draht nur locker angebracht und hinderte keineswegs daran, das Wiesengelände zu betreten.

Dieser Stelle, dem Straßenstück vor und dem Wiesland hinter dem Durchlaß, wandten nun die beiden Beamten ihre Aufmerksamkeit zu. Plötzlich bückte sich der eifrig suchende Mansus und hob etwas vom Boden auf.

»Hallo!«

T. X. nahm dem Inspektor den Gegenstand ab. Kein Zweifel, es war eine Patrone. Er brachte am Fundort ein Zeichen an und suchte hinter der Hecke weiter.

»Ich befürchte«, sagte T. X. nach einer Weile, »daß wir nicht viel mehr finden werden. Doch – wir wollen einmal annehmen, Mansus, daß bei diesem Drama drei Mitspieler beteiligt waren: Lexman, Vassalaro und – ein Zeuge. Dieser Zeuge dürfte sich für das, was sich zwischen den beiden uns bekannten Personen abspielte, sehr interessiert haben. Er mußte der Unterredung unbeobachtet beizuwohnen versuchen, nicht wahr? Warum sollte er also nicht diese Büsche, die ihm einen unbehinderten Ausblick auf die sich abspielende Szene gestatteten, als Standort gewählt haben?«

»Ja –«, meinte Mansus, »aber dasselbe hätte er auch von der andern Straßenseite aus beobachten können. Dort ist die Hecke dichter und höher, und die Gefahr, gesehen zu werden, wäre geringer gewesen.«

Sein Chef lächelte.

»Wirklich, Freund Mansus, Sie beweisen mit Ihrer Bemerkung, daß Sie gelegentlich sogar selbständig zu denken vermögen. Und Sie haben sogar recht. Nur –«, fuhr T. X., als der Inspektor mit einem schwachen Lächeln auf das gespendete Lob reagierte, fort, »lassen Sie dabei einen sehr einfachen Umstand außer acht. Ich will gerne zugeben, daß der von mir erwähnte Platz denkbar ungünstig für den neugierigen Zeugen war. Wir wollen deshalb annehmen, daß er ihn auch nur deshalb gewählt hat, weil er ihn leicht erreichen konnte – nämlich durch die Lücke im Gebüsch. Wir dürfen ferner annehmen, daß er hier von Vassalaro, der auf Lexman wartete, nicht gesehen wurde. Übrigens hat er ja auch die Patrone auf dieser Straßenseite verloren, ganz abgesehen davon, daß er hier hinter der Hecke seine Zigarre weggeworfen hat.«

»Seine Zigarre?« wiederholte Mansus.

»Ja, seine Zigarre.«

»Er kann sie ja auch von der Straße aus ...« wollte der Inspektor einwenden.

»Reden Sie keinen Unsinn!« wies ihn T. X. zurecht.

Er führte seinen Begleiter ein paar Schritte hinter der Hecke entlang und zeigte dann auf eine Stelle am Boden. Dort lag, völlig regendurchweicht, der Stummel einer halbaufgerauchten Zigarre. Er prüfte den Fund mit aller Sorgfalt.

»Soweit ich Zigarrenkenner bin, muß das eine recht kostbare Zigarre gewesen sein.«

Auf der Suche nach weiteren Spuren fand Meredith endlich doch noch etwas, das die Mühen belohnte. Bei der Kreuzung zeichnete sich auf dem noch feuchten Boden die Reifenspur eines Autos ab.

»Hier hat der Wagen gewendet!« T. X. folgte der Spur ein Stück weit auf der nach links führenden Straße. »Und hier hat er gewartet. Sehen Sie die Öltropfen?« Er bückte sich. »Und hier liegen die Streichholzenden, die der Chauffeur weggeworfen hat –

ein, zwei, drei, vier, fünf, sechs. Wenn wir annehmen, daß man für eine Zigarette höchstens zwei Streichhölzer benötigt, dann kommen wir auf drei gerauchte Zigaretten. Hier liegt ja auch noch ein Stummel! Gold Flake? Diese Zigarette brennt zwölf Minuten, wenn das Wetter normal ist; bei starkem Wind dürften es jedoch nur etwa acht Minuten sein. Der Wagen hat hier also während ungefähr vierundzwanzig Minuten auf jemand gewartet. Wie finden Sie meine Logik, Mansus?«

»Na ja, sie leuchtet mir ein«, gab der Inspektor zu.

Weitere Radspuren fanden die beiden nicht, obwohl sie der Straße bis zu ihrer Einmündung in die Hauptallee folgten. Hier die Suche noch fortzusetzen war zwecklos, da der nächtliche Regenguß sämtliche Spuren verwischt haben mußte. Rechtzeitig erreichten sie den Bahnhof.

»Sobald Sie in London ankommen, fahren Sie zum Cadogan Square und nehmen Karas Chauffeur fest!« befahl T. X. dem Inspektor.

»Wie soll ich die Verhaftung begründen?«

»Das überlasse ich Ihnen. Es wird Ihnen schon irgendein Grund einfallen. Wahrscheinlich aber kommen Sie zu spät, und der Chauffeur hat sich schon heute früh nach dem Festland abgesetzt. Dann haben wir das Nachsehen, denn das Kanalboot hat Dover schon lange verlassen und dürfte jetzt in Boulogne sein. Damit wäre es unserer Machtsphäre entrückt. Wenn Sie aber Glück haben und ihn doch noch erwischen, dann verhören Sie ihn bitte sofort.«

Erst als es zu dunkeln begann, kehrte T. X. müde nach ›Beston Priory‹ zurück. Ein Telegramm seines ergebenen Mansus erwartete ihn.

›Chauffeur namens Goole, früher Kellner im Englischen Klub, Konstantinopel, heute morgen nach dem Osten abgereist, da angeblich Mutter schwer erkrankt.‹

»So!« brummte T. X. »Ich hätte Kara mehr Erfindungsgabe zugetraut.«

6

Meredith befand sich in Lexmans Arbeitszimmer, als das Dienstmädchen hereinkam und Mr. Remington Kara anmeldete.

Meredith faltete das Telegramm zusammen und schob es in seine Westentasche. Dann begrüßte er den Eintretenden mit einer kurzen Verbeugung. Die Pflichten des Hausherrn übernehmend, schob er dem Besucher einen Stuhl hin.

»Sie werden meinen Namen vielleicht schon gehört haben -« begann Kara das Gespräch, »ich bin mit Mr. Lexman befreundet.«

»Ja, es wurde mir berichtet – aber, bitte, lassen Sie sich deshalb nicht davon abhalten, Platz zu nehmen.«

Der Grieche war verblüfft. Dann lächelte er, deutete ebenfalls eine Verbeugung an und setzte sich.

»Wie sehr ich es bedaure, daß meinem Freund so etwas passieren mußte, brauche ich wohl nicht zu betonen. Ganz besonders bedrückt mich der Gedanke, daß ich selbst es war, der ihn mit dem unglückseligen Geldverleiher bekannt machte.«

»Ich würde mir an Ihrer Stelle deswegen den Schlaf nicht rauben lassen«, beruhigte ihn Meredith. »Es soll sehr oft vorgekommen sein, daß ein Mörder seinem zukünftigen Opfer durch einen Dritten vorgestellt wurde.«

Wieder war der Besucher sprachlos.

»Wann haben Sie denn Mr. Vassalaro zum letztenmal gesehen?« erkundigte sich T. X. beiläufig.

Überlegend zog Kara die Brauen hoch.

»Es dürfte etwa eine Woche her sein«, sagte er endlich.

»Denken Sie doch bitte noch einmal nach, Mr. Kara – vielleicht fällt Ihnen dann ein, daß Sie ihn seitdem noch einmal gesehen und gesprochen haben.«

»Leider . . .« begann der andere.

»Lassen Sie nur! Es ist nicht so wichtig. Nur eine Frage gestatten Sie mir noch: Sie waren doch dabei, als Lexman den bewußten Brief von Vassalaro erhielt, nicht wahr? Daß er den Brief erhalten hat, weiß ich bestimmt«, versicherte T. X., als er Kara zögern sah. »Das Dienstmädchen, das den Brief überreichte, bestätigte diese Aussage Lexmans unter Eid.«

»Ja«, gab Kara nun zu. »Ich war im Zimmer, als John den Brief erhielt.«

»Geschrieben war er auf braunem, ziemlich auftragendem Papier, nicht wahr? Und der Umschlag war entsprechend dick?«

Wieder ein kurzes Zögern.

»An die Papierfarbe kann ich mich nicht erinnern. Ich könnte also nichts beschwören. Auch über den Umfang der Sendung wüßte ich nichts zu sagen.«

»Sie haben doch sicher einen Blick darauf geworfen, nicht? Wie wären Sie sonst dazu gekommen, den Umschlag zu verbrennen?«

»Ich kann mich nicht entsinnen, das getan zu haben«, erwiderte Kara

»Jedenfalls aber haben Sie doch, als John Lexman Ihnen den Brief vorlas . . .«

»Von welchem Brief sprechen Sie eigentlich?«

»Von dem Drohbrief, den Lexman erhielt«, setzte Meredith dem Griechen geduldig auseinander. »Er hat Ihnen das Schreiben vorgelesen. Ebenso wußten Sie, daß Vassalaro der Absender war. Und Sie waren Zeuge, als er den Brief in den Geldschrank legte.«

Kara schüttelte abwehrend den Kopf.

»Ich glaube, John irrt sich. Ich erinnere mich zwar, daß Mr. Lexman in meiner Gegenwart einen Brief erhielt, weiß aber vom Inhalt nicht das geringste. Er ist mir weder vorgelesen worden, noch habe ich ihn in der Hand gehabt.«

Mit zusammengekniffenen Augen schaute T. X. Kara an.

»Sie würden also beschwören können, daß Sie den Brief weder selbst gelesen haben, noch daß er Ihnen von Lexman vorgelesen worden ist? Sie wissen auch nicht, ob der Brief, den Lexman in Ihrer Gegenwart erhielt, Drohungen enthielt?«

»Gewiß könnte ich das alles beschwören.«

»Wollen Sie auch beschwören, daß Sie Vassalaro seit einer Woche nicht gesprochen haben?«

Der Besucher lächelte.

»Ohne weiteres.«

»Sie haben ihn also auch vorletzte Nacht nicht gesehen?« bohrte T. X. weiter. »Sie waren nicht mit Vassalaro zusammen, haben ihn nicht auf dem Bahnsteig von Lewes getroffen? Haben Sie, als Sie ihn dann verließen, Ihren Weg nach London fortgesetzt, oder sind

Sie etwa wieder umgekehrt, um sich in der Umgebung von Beston Tracey aufzuhalten? Würden Sie auch einen Eid ablegen, daß Sie in der Nacht, in der Vassalaro getötet wurde, nicht auf einer Wiese hinter einer Hecke gestanden haben, von wo aus Sie die Szene zwischen den beiden mitansehen konnten?«

Kara war bleich geworden, aber nicht ein einziges Zucken verriet, daß ihm die Fragen zusetzten.

»Das alles kann ich beschwören.«

Sein Stimme klang jetzt unsicher.

»Dann würden Sie auch die Zeit Ihrer Ankunft in London beschwören können, Mr. Kara?«

»Zwischen zehn und elf kam ich dort an.«

T. X. lachte.

»Sie sind also nicht gegen halb eins durch Guildford gefahren? Haben Sie dort nicht gehalten, um zu tanken?«

Nun hatte Kara seine Fassung wiedergewonnen. Brüsk erhob er sich.

»Was sind Sie doch für ein kluger Mann, Mr. Meredith! So heißen Sie doch, nicht war?«

»Ja, so heiße ich. Bis jetzt hatte ich auch noch keine Veranlassung, einen anderen Namen anzunehmen, was bei Ihnen jedoch schon häufig der Fall gewesen sein dürfte.«

Befriedigt stellte T. X. fest, daß der Hieb gesessen hatte.

»Ich glaube, ich muß gehen«, sagte Kara kühl. »Ich kam hierher, um Mrs. Lexman einen Besuch abzustatten. Wie konnte ich ahnen, daß ich mit einem Polizeibeamten vorliebnehmen mußte.«

Meredith erhob sich und zündete sich eine Zigarette an.

»Mein lieber Mr. Kara, ich prophezeie Ihnen, daß Sie sich noch öfter im Leben mit Polizeibeamten werden begnügen müssen.«

»Was wollen Sie damit sagen?«

»Nun, es kann Ihnen immer einmal passieren, daß Sie jemand treffen wollen – und ein anderer taucht auf. Und wenn Sie bei Ihren künftigen Unternehmungen nicht sehr viel Glück haben, wird der andere eben ein Polizeibeamter sein.« Er zwinkerte dem Griechen zu. »Zwei Beweise fehlen mir, um die Unschuld Lexmans zu belegen – der erste ist der Brief, der verbrannt wurde. Das wissen Sie doch, nicht wahr?«

»Ja, das ist mir bekannt.«

Meredith blickte Kara fest an.

»Woher?«

»Irgend jemand muß in meiner Gegenwart davon gesprochen haben.«

»Sie lügen. Außer Mr. Lexman und mir weiß niemand von dem verbrannten Brief.«

»Aber, mein Bester«, erwiderte Kara und streifte sich gemächlich die Handschuhe über die Finger, »wissen Sie denn nicht mehr, daß Sie selbst mich fragten, ob ich den Brief verbrannt hätte?«

»Ich sprach nur vom Umschlag«, stellte T. X. richtig.

»Und welches wäre der zweite der Beweise, den Sie benötigen?«

»Ein Revolver!«

»Der von Lexman?«

»Den haben wir. Wir suchen die Waffe Vassalaros – die, mit der er Lexman bedrohte.«

»Da werde ich Ihnen wohl nicht helfen können.«

Kara schritt zur Tür. Meredith folgte ihm.

»Sieh da! Sie haben einen neuen Chauffeur, Mr. Kara?«

Bleich vor unterdrücktem Zorn, stieg der Grieche rasch ins Auto.

»Sie werden doch sicher Ihrem früheren Chauffeur ein paar Zeilen schreiben, nicht wahr?« rief ihm Meredith nach. »Bestellen Sie ihm doch einen Gruß von mir, und vergessen Sie ja nicht, sich nach dem Befinden seiner armen Mutter zu erkundigen!«

Ohne ein Wort zu erwidern, ließ sich Kara in den bequemen Sitz fallen.

7

Etwa sechs Monate nach den geschilderten Ereignissen saß T. X. in seinem Arbeitszimmer vor einer Generalstabskarte der Provinz Sussex. Mit der Bleistiftspitze folgte er mühsam einigen eingezeichneten Wasserläufen. In dieser Beschäftigung wurde er durch den Eintritt des Polizeipräsidenten gestört.

»Was treiben Sie denn da?« brummte der alte Herr skeptisch.

In seinem Freundeskreis pflegte er von seinem Chefinspektor als von einer notwendigen ›Geißel Gottes‹ zu sprechen.

»Ich bin dabei, mich in geographischer Spürarbeit zu versuchen«, erwiderte T. X. unbekümmert.

»Das ist aber ein ziemlich altes Exemplar, das Sie da studieren«, meinte Sir George nach einem raschen Blick auf die Karte.

»Ja. Sie erschien im Jahre 1876. Ich muß aber eine so alte Karte haben. In den modernen Karten fehlen eine ganze Anzahl von Wasserläufen, die entweder verschwunden oder einfach unter den Tisch gefallen sind. Ich weiß bestimmt, daß ich auf dieser Karte den Bach finden werde, den ich auf allen neueren Ausgaben vergeblich gesucht habe.«

»Ihre Hoffnungen in der Sache ›Lexman‹ haben Sie also noch immer nicht begraben?«

»Das wird nie der Fall sein.«

»Für Lexman ist die Geschichte doch eigentlich noch glimpflich abgelaufen! Fünfzehn Jahre hat er bekommen, nicht wahr?«

»Ja – fünfzehn Jahre«, wiederholte Meredith nachdenklich.

Sir George stand am Fenster und blickte auf Whitehall hinaus.

»Stimmt das, war mir von Ihrer Versöhnung mit Kara erzählt worden ist?«

Meredith murmelte etwas Unverständliches vor sich hin, was der Präsident als Bejahung aufzufassen schien.

»Wissen Sie, daß Ihr Freund und Feind alles mögliche versucht hat, Ihnen im Amt den Hals zu brechen?«

»Bestimmt wußte ich es zwar nicht – aber ich hatte es vermutet. Schließlich habe ich mein möglichstes versucht, Mr. Kara an den Galgen zu bringen. Warum sollte er nicht auch versuchen, mir am Zeug zu flicken? Wie hat er es denn angestellt? Hat er Parlamentarier, Minister mobilisiert?«

»Ganz richtig. Er hat überhaupt alle nur möglichen Hebel in Bewegung gesetzt, um sein Ziel zu erreichen. Nun gut, ich kann alles begreifen, nur – daß Sie ihn um Verzeihung gebeten haben sollen, das will mir nicht in den Kopf.«

»Mein Gott«, seufzte T. X. und machte eine wegwerfende Handbewegung. »Daß Ihnen das nicht in den Kopf will, wundert mich nicht im geringsten. Es gibt so vieles, was Sie nicht begreifen.«

»Sie sind ein unverschämter Frechling!« konstatierte Sir George. »Kommen Sie mit zum Essen?«

»Wohin wollen Sie mich denn führen?«

»In meinen Klub.«

Dann werden Sie auf das Vergnügen meiner Gesellschaft verzichten müssen, Sir George. Ich habe Sie ein einziges Mal dorthin begleitet, und das dürfte mir für den Rest meines Lebens genügen. Muß ich mich noch deutlicher ausdrücken?«

Brummend verließ der Chef das Zimmer, und Meredith vertiefte sich wieder in seine Karte. Er lächelte. Als er damals Kara die Hand zur Versöhnung reichte, hatte er ganz bewußt auf die maßlose Eitelkeit des Griechen abgestellt. Und tatsächlich war ihm Kara sogleich liebenswürdig entgegengekommen, als er sich mit ein paar höflichen Worten bei ihm wegen der Szene in ›Beston Priory‹ entschuldigte. So rasch war die einstige Feindschaft in Freundschaft umgeschlagen. Ja, man konnte von eigentlichen Bemühungen Karas sprechen, dem andern das Leben so angenehm wie möglich zu machen und ihm Vorteile zu verschaffen. Tips für Kapitalanlagen, von denen T. X. jedoch keinen Gebrauch machte, sollten dem zuvor so gehaßten Polizeibeamten zu einem Vermögen verhelfen. Der Wink, Aktien eines kleinasiatischen Verkehrsunternehmens zu kaufen, hätte Meredith – würde er den Rat befolgt haben – einen hundertprozentigen Reingewinn innerhalb weniger Wochen eingebracht.

Meredith war Grace Lexman beim Verkauf des Hauses ›Beston Priory‹ behilflich gewesen. Er war es, der eine neue Wohnung in der Stadt suchte und auch die Übersiedlung nach London in die Wege leitete. Aus dem Erbe ihrer Tante und den Honoraren Lexmans bezog Grace ein ausreichendes Einkommen, um ihr Leben sorglos gestalten zu können. Seit der Verurteilung des Schriftstellers stieg der Absatz seiner Bücher unaufhaltsam.

»Fünfzehn Jahre –« wiederholte Meredith leise, als er sich von neuem über die Karte von Sussex beugte.

Von Anfang an lag der Fall für John Lexman hoffnungslos: Er war Vassalaro Geld schuldig gewesen und konnte seine Behauptung, Drohbriefe erhalten zu haben, nicht beweisen. Der Revolver, den der Geldverleiher angeblich gegen ihn gerichtet hatte, war nicht mehr aufzufinden – wer also sollte die Schauermär glauben? Nur zwei Menschen glaubten Johns Darstellung – seine Frau Grace und T. X., dem immerhin ein freundschaftlich gesinnter Minister versprochen hatte, er werde Lexman sofort begnadigen, wenn es gelinge, den verschwundenen Revolver herbeizuschaffen.

Jeder Bach, jedes noch so kleine Gewässer in der Umgebung des Tatorts war durchsucht worden. Endlich mußte Meredith einsehen, daß hier drastische Maßnahmen erforderlich waren. Wie immer zerbrach er sich über ihre Gesetzmäßigkeit nicht lange den Kopf.

In Abwesenheit Karas tauchte in dessen Haus ein Monteur auf, der sich mit so überzeugender Sicherheit auswies, daß ihm ohne weiteres der Zutritt zum Schlafzimmer des Hausherrn gestattet wurde. Als Kara am nächsten Tag zurückkehrte, unterrichtete man ihn über den Besuch des Elektrikers. Aber er schenkte der Sache erst Beachtung, als er am Abend sein Schlafzimmer betrat, den Geldschrank aufgebrochen und alles durchwühlt fand.

8

Meredith trocknete sich gerade die Hände ab, als er im Vorzimmer die Stimme seines Gehilfen Mansus hörte. Gleich darauf trat der Inspektor aufgeregt ein. Schon die Eile, mit der er ins Zimmer stürzte – er gehörte sonst nicht zu denen, die sich leicht aus der Ruhe bringen lassen –, war für T. X. ein Zeichen, daß sich etwas Wichtiges zugetragen haben mußte.

»Nun, wo brennt es?« fragte er den Erregten.

»Wir haben damals vergessen, die Wohnung Vassalaros zu durchsuchen!« rief Mansus atemlos aus. »Ich kam darauf, als ich eben auf dem Verdeck eines Omnibusses von Westminster Bridge ...«

»Wenn Sie ausgeschlafen haben, können Sie weitererzählen, Mansus!« schnitt T. X. den Redefluß ab. »Und machen Sie keine so langen Einleitungen! Natürlich haben wir Vassalaros Wohnung durchsucht. Wissen Sie das schon nicht mehr?«

»Nein, Sir«, beharrte der Inspektor, »er hatte eine Wohnung in der Great James Street.«

»Was Sie nicht sagen! Er wohnte in der Adelphi.«

»Er hatte aber doch zwei Wohnungen, verdammt noch mal!« deckte Mansus seine Karten auf.

»Wo haben Sie denn das her?« fragte T. X. aufhorchend.

»Eben – Sie haben mich ja unterbrochen! Im Omnibus saßen auf den Plätzen vor mir zwei Herren, und einer von ihnen erwähnte plötzlich den Namen Vassalaro. Er erzählte, daß in der Wohnung des Ermordeten an der Great James Street eine Reihe von Sachen zurückgeblieben seien. Der das sagte, war der Besitzer des betreffenden Hauses, und er fragte seinen Begleiter, was er wohl mit dem Zeugs anfangen solle.«

»Und Sie?«

»Ich gab mich als Kriminalbeamter zu erkennen und forderte den Mann auf, mir zur Wache zu folgen.«

»Und er schloß den Mund wie eine Auster, wie?«

»Anfangs wollte er sich in Schweigen hüllen, packte dann aber nach und nach doch alles aus, was er wußte. Vassalaro hätte in seinem Haus, Great James Street Nummer 604, die dritte Etage bewohnt. Einige seiner Möbel stünden noch dort. Offensichtlich hat er beide Wohnungen benutzt.«

Meredith lächelte vielsagend, aber Mansus schüttelte den Kopf.

»Nein, was Sie vermuten, stimmt nicht. Vassalaro war zwar verheiratet, doch seine Frau hatte ihn bereits vor einigen Monaten verlassen. Die Wohnung in Adelphi benutzte er mehr für Geschäftszwecke, während er sonst die Wohnung in der Great James Street vorzog. Ich schärfte dem Mann im Omnibus ein, alles in der Wohnung so zu belassen, wie es gegenwärtig sei, und kündigte an, daß Sie und ich baldigst erscheinen würden.«

Schon zehn Minuten später befanden sich die beiden Beamten in der etwas unfreundlich wirkenden Wohnung des Verstorbenen. Der Hausbesitzer teilte ihnen mit, daß die meisten Möbel sein Eigentum seien; einige kleinere Stücke und alle übrigen Sachen hätten dem Toten gehört. Überflüssigerweise fügte er hinzu, daß Vassalaro ihm seit sechs Monaten die Miete schuldig geblieben sei.

Das Eigentum des Verstorbenen bestand aus einem Blechkoffer, einem kleinen Schreibtisch, einem Bücherregal und verschiedenen Kleidungs- und Wäschestücken. Der Schreibtisch war verschlossen, der Koffer dagegen offen. Seine genaue Durchsuchung förderte nichts von Wichtigkeit zutage. Ohne besondere Schwierigkeiten wurden die Schlösser des Schreibtisches aufgebrochen. In seinen Fächern fanden sich unzählige Briefe, Rechnungen, Belege und Notizbücher in einem wirren Durcheinander, wie man es bei einem unordentlichen Geschäftsmann, der Vassalaro unstreitig gewesen sein mußte, eben anzutreffen pflegt.

Ohne etwas den Fall Lexman Betreffendes zu finden, las T. X. einen Brief nach dem andern durch. Als er die Lektüre ergebnislos abbrach, fiel sein Blick auf einen kleinen Blechkasten, der zuhinterst in einem der Schreibtischfächer stand. Er öffnete die Kassette und fand darin ein in Stanniol eingewickeltes Päckchen.

»Teufel!« rief er aus, als er den Inhalt näher untersuchte.

Seine Aufregung war angesichts des wertvollen Fundes, den er gemacht hatte, durchaus begreiflich.

9

Auf dem peinlich sauberen Hof vor dem Haus des Zuchthausdirektors von Dartmoor stand ein Mann in Sträflingskleidung. Seine Haare waren kurz geschnitten, und zwei Tage alte Stoppeln bedeckten seine hageren Wangen. Die Hände vorschriftsmäßig auf dem Rücken gefaltet, wartete er auf den Befehl, der ihn wieder an seine tägliche Fronarbeit schicken sollte.

John Lexman, Zuchthausinsasse A.0.43, blickte zu dem Stückchen blauen Himmel empor, das die vier Meter hohen Mauern freigaben. Was würde der heutige Tag bringen? Was konnte es schon Neues geben? Jeder Sonnenaufgang war der Beginn einer neuen Ewigkeit. Wie viele endlos scheinende, furchtbare Jahre lagen noch vor ihm! Er wagte nicht, es sich vorzustellen, wagte nicht, an seine Frau zu denken . . .

Er hatte sich völlig neuen Lebensbedingungen anpassen müssen. Sein ganzes Interesse konzentrierte sich auf Fragen wie diese: Wie wird heute das Essen sein? Was wird es zu essen geben? Was für ein Buch bekomme ich am Sonntag aus der Zuchthausbibliothek? Solche Dinge füllten den Tag aus, würden die Zukunft ausfüllen – genauso wie die tägliche Arbeit, die man ihm zuteilte. Heute zum Beispiel sollte er Türen und Fenster in einem außerhalb der Zuchthausmauern gelegenen und von Anstaltsbeamten bewohnten Haus anstreichen. Gestern abend hatte man es ihm mitgeteilt. Ein Beamter hatte ihn kommen lassen und ihm die heutige Arbeit zugewiesen. Warum? Lexman wußte es nicht.

»Drehen Sie Ihr Gesicht zur Wand!« befahl ihm eine rauhe Stimme.

Mechanisch führte er den Befehl aus und starrte die graue Mauer an. Hinter sich hörte er die schlurfenden Schritte des Steinbruchkommandos und das Klirren der Ketten, mit denen die Leute dieser Gruppe zusammengeschlossen waren.

Er war nach Dartmoor gebracht worden, nachdem er in Wormwood Scrubbs drei Monate lang auf das Leben im Zuchthaus vorbereitet worden war. Verschiedene Mitgefangene hatten ihn als besonders glücklich gepriesen, weil er, statt der üblichen zwölf Monate Vorbereitungszeit in Warmwood Scrubbs schon nach relativ kurzer Zeit in die größere Freiheit des Zuchthauses versetzt worden war. In der Anstalt von Princetown waren Gerüchte im Umlauf, daß man den Gefangenen A.O.43 in Kürze nach Parkhurst, dem Paradies der englischen Zuchthäusler, überführen würde.

Hinter all diesen Erleichterungen spürte Lexman den Einfluß seines Freundes T. X. Meredith.

Die Stimme des Wärters riß ihn aus seinen Gedanken.

»Nummer 43, rechts um, marsch!«

Der bewaffnete Wärter folgte dicht hinter ihm. Durch das eisenbeschlagene Tor der Anstalt hinaustretend, schlugen sie den Weg nach rechts, dem Dorfe zu, ein, durchquerten Princetown und gelangten auf die Landstraße nach Tavistock. Hier hatten kürzlich einige Aufseher der Anstalt zwei oder drei Häuser gemietet, mit deren Ausbesserung verschiedene Sträflinge betraut wurden.

Das erste Haus war noch unbewohnt. Ein Tapezierer, ebenfalls von einem Wärter begleitet, wartete schon auf die Ankunft seines ›Malerkollegen‹. Der Aufseher, der mit dem Tapezierer gekommen war, verabschiedete sich von Lexmans Wärter und ließ ihn mit den beiden Gefangenen allein.

Etwa eine Stunde lang beaufsichtigte der Wärter die Arbeiten, die die beiden verrichteten, dann begab er sich ins untere Stockwerk, und kurz darauf hörte man seine Schritte auf dem Kies des Gartens.

»Wie bist du zu deinem Knast gekommen?« erkundigte sich der Tapezierer sofort, als die Luft rein war.

Lexman lächelte. Sooft er auch danach befragt wurde – immer tauchte in den Augen seiner Mitgefangenen ein Funke erhöhten Respekts auf, wenn sie erfuhren, was ihn ins Zuchthaus gebracht hatte.

»Mord!«

»Hu! Wieviel haben sie dir denn angehängt?«

»Fünfzehn!«

»Das heißt also, daß du bei guter Führung elfdreiviertel Jahre durchzuhalten hättest! Nächste Woche bin ich mit meiner jetzigen Strafe fertig. Ich war noch ganz jung, als ich zum erstenmal ...«

Der Tapezierer brach ab, denn von der Treppe klangen die Schritte des zurückkehrenden Aufsehers herauf.

»Nummer dreiundvierzig, kommen Sie sofort herunter!« rief der Wärter aus dem Treppenhaus.

In stummem Gehorsam griff Lexman nach seinem Arbeitsgerät und ging nach unten.

»Was macht der andere oben?« fragte der Wärter.

»Er arbeitet.«

Der Aufseher winkte Lexman zu, ihm zu folgen, und die beiden traten vor die Haustür. Weit vorn, dort, wo sich die Landstraße in großem Bogen Princetown zuwandte, war inmitten einer Staubwolke ein großes Auto in Sicht gekommen.

»Bleiben Sie hier stehen, bis der Wagen herankommt«, sagte der Wärter aufgeregt. »Ich gehe jetzt nach oben. Werfen Sie Ihren Farbtopf hin, sobald der Wagen anhält – und springen Sie hinein!«

Lexman schoß das Blut in den Kopf.

»Um Gottes willen!« stammelte er. »Was soll das bedeuten?«

»Schwingen Sie nicht so lange Reden und fragen Sie nicht soviel – tun Sie, was ich Ihnen sagte!« zischte der Wärter und verschwand.

Wie im Traum ließ Lexman den Topf fallen und ging langsam durch den Garten zur Gittertür, vor der eben ein graues Auto hielt. Er sprang aufs Trittbrett – die Wagentür stand offen – und streckte sich auf dem Boden des Fahrzeugs aus. Die Tür schlug zu, und mit einem Ruck fuhr der Wagen an. Schneller und schneller raste er über die glatte Chaussee, die vereinzelten Wohnhäuser bald hinter sich lassend.

Nach langer Zeit verriet das heftig einsetzende Schwanken, daß man offenbar die Fahrstraße verlassen hatte und sich auf offenem Heideland fortbewegte. Kurz darauf hielt der Wagen an.

»Steigen Sie aus!« befahl eine barsche Stimme.

Noch erschöpft von der qualvollen Fahrt, blickte sich John Lexman um. In weiter Ferne hoben sich die Türme und Zinnen des Zuchthauses vom klaren, blauen Himmel ab. Kaum hatte der Entflohene seinen Fuß auf den Heideboden gesetzt, als das Auto schon wendete und mit zunehmender Geschwindigkeit in östlicher Richtung auf der Landstraße verschwand.

Niemand war zu sehen! Was sollte er beginnen? Ein Anruf ließ ihn zusammenschrecken.

»Kommen Sie schnell hierher, Lexman!«

Etwa fünfzig Meter entfernt stand ein weißes Sportflugzeug startbereit auf dem rötlichen Heidekraut. An der Maschine lehnte eine vollständig in braunes Leder gehüllte Gestalt. Erleichtert aufatmend lief Lexman auf den Unbekannten zu, um überrascht stehenzubleiben, als er ihn erkannte.

»Remington Kara?« rief er aus, und der Mann in Braun lächelte. »Was machen Sie hier? Was soll das alles bedeuten? Was wollen Sie von mir?« stotterte Lexman.

»Zu viele Fragen auf einmal, Lexman! Ich will die letzte zuerst beantworten – ich bin gekommen, um Sie zu retten!«

»Retten? Mich? Warum? Sie wissen, ich habe keine besondere Ursache, Ihnen dankbar zu sein. Ein einziges Wort von Ihnen hätte mir die Zuchthauszeit erspart!«

»Ich hatte wirklich vergessen, daß Sie an jenem Abend einen Brief von Vassalaro erhalten hatten. Sollte ich mich eines Meineids schuldig machen, um Sie zu retten? Jetzt aber will ich das Versäumte nachholen und für Sie und Ihre Frau tun, was ich vermag.«

»Meine Frau? Was wissen Sie von ihr?«

»Sie erwartet Sie –«, erwiderte Kara kurz. Horchend hielt er die Hand ans Ohr – deutlich war nun das Echo eines Böllerschusses zu hören. »Man hat Ihre Flucht entdeckt, Lexman! Wir dürfen uns keinen Augenblick länger hier aufhalten – kommen Sie!« Mit einladender Geste wies er auf die offenstehende Tür der Flugzeugkabine. »Das ist eine Maschine vom allerneuesten Modell – steigen Sie ein!«

Mit schrillem Pfeifen begann sich der Propeller zu drehen, und die Maschine kam trotz des unebenen Bodens schnell in Fahrt. Schon nach dreißig Metern erhob sie sich vom Erdboden und stieg schnell höher und höher. Weit im Osten leuchteten die weißen Häuser von Torquay, während unter dem Flugzeug die See immer näher rückte. Bald blieb das Festland zurück, und weiter seewärts ging der Flug, bis auch die letzten Ausläufer der Küste sich in der Ferne verloren. Die Maschine senkte sich langsam und strich dicht über dem ruhig wie ein Spiegel daliegenden Wasser hin. Der Propeller dröhnte und machte jede Unterhaltung unmöglich. Von Zeit zu Zeit warf Kara einen Blick auf den Kompaß und änderte leicht die Richtung. Jetzt ließ er den Steuerknüppel einen Augenblick los, zog einen Schreibblock aus der Tasche, warf rasch ein paar Zeilen aufs Papier, riß den Zettel ab und reichte ihn Lexman.

›Für den Fall, daß Sie nicht schwimmen können, befindet sich unter Ihrem Sitz ein Schwimmgürtel‹, las Lexman und nickte.

Im Westen war ein kleiner weißer Fleck aufgetaucht, dem das Flugzeug nun zustrebte. Bald erkannte man eine lange, schmale, weiße Dampfjacht. Tiefer und tiefer senkte sich das Flugzeug, bis es endlich in der Nähe der Jacht aufsetzte, von der inzwischen ein Boot abgestoßen war.

»Die Tragflächen halten die Maschine noch einige Zeit über Wasser. Zehn Minuten Schwimmen werden genügen, bis unsere Leute uns auffischen können«, bemerkte Kara und stieß die Kabinentür auf.

Kurz darauf wurden die beiden von dem herankommenden Boot aufgenommen und auf die Jacht gebracht. Vom blendend sauberen Oberdeck aus beobachtete Kara das schnelle Sinken des weißen Vogels.

»Hier versinken fünfzehnhundert Pfund! Wenn Sie noch die zweitausend hinzurechnen, die ich Ihrem Aufseher als Bestechungsgeld zahlte, dann kommt eine hübsche Summe zusammen. Aber – wenn ich Ihnen dienlich sein kann, ist mir nichts zuviel . . .«

10

Um ein Uhr – eine Stunde nach Mitternacht – verließ T. X., das Herz voll Freude und Zuversicht, das Innenministerium in der Dorning Street. Den Spazierstock ohne jede Rücksicht auf die Gefährdung der Fußgänger hin und her schwenkend, lächelte er leutselig einem ihn grüßenden Polizisten zu.

Mit langen Schritten eilte er die Stufen zu seinem Amtszimmer hinauf, wo er Mansus, eine Abendzeitung lesend, antraf.

»Habe ich Sie lange warten lassen?« begrüßte Meredith mit glückstrahlender Miene den Inspektor. »Morgen früh fahren wir nach Devonshire. Die Fahrt wird Ihnen guttun.« Er entnahm der Innentasche seines Rockes ein amtlich aussehendes Schriftstück, das zu bekommen er keine Mühe gescheut hatte. Mit einem für ihn ungewöhnlichen Ernst sagte er: »Das Auffinden des Revolvers war ein Meisterstück von Ihnen, Mansus!«

Man sah ihm an, daß das Lob, das er seinem Inspektor spendete, aufrichtig gemeint war. Der andere errötete in freudigem Stolz, denn T. X. war bei seinen Leuten außerordentlich beliebt. Ein Wort des Lobes von seinen Lippen bedeutete fast immer baldige Beförderung. Es war die Idee des Inspektors gewesen, die Landstraße nach Lewes und alle Wasserläufe in der Nähe aufs eingehendste durchsuchen zu lassen. Beim dritten Versuch hatte man dann zwischen Gatwick und Horsley endlich den so lange gesuchten Revolver gefunden. Der auf dem Griff eingravierte Name bekundete, über jeden Zweifel erhaben, daß die Waffe das Eigentum des erschossenen Vassalaro gewesen war. Als T. X. die kostbare Intarsienarbeit und den Perlmuttergriff sah, hatte er sich die Bemerkung nicht verkneifen können:

»Damit hat ein großer Schurke sich dem kleinen Werkzeug seiner Pläne erkenntlich zeigen wollen!«

Dem Minister würde zur Begnadigung wohl schon die Auffindung der Waffe genügt haben, aber T. X. hatte noch mehr Beweise beibringen können. In der Wohnung Vassalaros, die Mansus durch einen so glücklichen Zufall entdeckt hatte, war eine ganze Anzahl der chemisch-präparierten Briefblätter gefunden worden, wie man sie Lexman ins Haus geschickt hatte. Außerdem war man auf den Textentwurf des Drohbriefes gestoßen, den Vassalaro Lexman hatte zukommen lassen. Offensichtlich war das Schreiben dem Geldverleiher diktiert worden, dem die aufgefundene Vorlage zeigte zahlreiche Verbesserungen, die von zweiter Hand stammten.

Um den Minister zu überzeugen, wie übel dem verurteiletn Schriftsteller mitgespielt worden war, hatte Meredith in Gegenwart des hohen Herrn und des Polizeipräsidenten ein Blatt des chemisch-präparierten Briefpapiers einige Minuten dem elektrischen Licht ausgesetzt. Das Resultat hatte die beiden Herren zwar veranlaßt, den Gestank, den das verbrennende Papier verbreitete, zu verfluchen, jedoch auch die Ausfertigung der Begnadigungsurkunde beschleunigt.

T. S. sah auf seine Uhr.

»Für den Besuch bei Mrs. Lexman dürfte es zu spät sein.«

»Für eine derartige Botschaft ist jede Tages- oder Nachtzeit geeignet«, widersprach Mansus.

Die beiden wurden jedoch enttäuscht. Niemand antwortete auf ihr Klingeln an Mrs. Lexmans Wohnungstür. Der Nachtportier glaubte zu wissen, daß die Dame verreist sei, und telefonierte, um Gewißheit zu erlangen, mit seinem Kollegen vom Tagdienst, der die Vermutung bestätigte. Mrs. Lexman wäre verreist, um, wie sie gesagt habe, einen Wochenendbesuch zu machen. Sie sei mit zwei Reisetaschen aus dem Haus gegangen und recht aufgeregt gewesen.

»Die Sache gefällt mir ganz und gar nicht«, meinte T. X. verstimmt. »Ob wohl jemand etwas von unseren Funden erfahren hat?«

»Außerhalb des Amtes bestimmt nicht«, versicherte Mansus, »außer ...«

»Außer?« drängte Meredith. »Führen Sie mir hier keine Mätzchen vor, Mansus! Sagen Sie, was Sie auf dem Herzen haben – nun?«

»Kann nicht Vassalaros Vermieter geplaudert haben? Er allein weiß, daß wir die Wohnung seines verstorbenen Mieters durchstöbert haben und ...«

»Das werden wir schnell ausfindig gemacht haben!« unterbrach Meredith.

Ein Taxi brachte sie in kürzester Zeit nach der Great James Street. Es dauerte geraume Zeit, bis sie den im ersten Schlummer liegenden Hausbesitzer wachgeklingelt hatten. Als er sah, wer seine mitternächtlichen Besucher waren, hielt er die bissigen Bemerkungen, die er bereits auf der Zunge hatte, zurück.

»Sie haben mir ja nicht verboten, von der Sache zu sprechen«, verwahrte er sich, als er erfuhr, um was es ging. »Ich habe ja auch nur zu einem einzigen darüber gesprochen. Noch am gleichen Tag, als Sie die Durchsuchung vornahmen, kam ein vornehmer Herr vorbei. Er sagte, er habe erst heute erfahren, daß Vassalaro bei mir eine Wohnung gehabt hätte. Er komme nur, um sich nach Mietrückständen zu erkundigen.«

»Wie sah der Vornehme aus?« fragte Meredith.

Der Hausbesitzer gab eine kurze Beschreibung des Besuchers. Betroffen sah Meredith den Inspektor an.

»Kara!« rief er aus und fluchte in unterdrücktem Ton vor sich hin. »Los, vorwärts – zum Cadogan Square!« befahl er.

Auf das heftige Läuten an der Haustür des Griechen wurde den beiden sofort geöffnet. Mr. Kara sei verreist, teilte ihnen der Diener mit, und zwar habe er sich schon am Sonnabend entfernt. Der Mann musterte die späten Besucher mit sichtlichem Mißtrauen. Vielleicht erinnerte er sich, daß sein Vorgänger seinen Posten verloren hatte, weil er unerwünschten Besuchern zuviel Vertrauen geschenkt hatte. Nein, er wisse nicht, wann sein Herr zurückkomme – vielleicht bald, vielleicht aber auch erst nach längerer Zeit. Möglich auch, daß er schon heute nacht wieder eintreffe.

»Sie haben Ihren Beruf verfehlt, mein Freund –«, sagte T. X., »Sie hätten Wahrsager werden sollen!«

»So, da hätten wir also unsere Ohrfeige weg!« murrte T. X., als er mit Mansus wieder im Auto sah, um ins Büro zurückzufahren. »Sehen Sie mal im Fahrplan nach, wann heute früh der erste Zug nach Tavistock abfährt.«

»Warum wollen Sie nicht mit dem Nachtzug fahren?« fragte Mansus. »Es gibt einen sehr guten Zug nach Tavistock. Er braucht zwar länger als die Schnellzüge, kommt aber trotzdem gegen sieben Uhr in Tavistock an.«

»Schon zu spät«, stellte Meredith mit einem Blick auf die Uhr fest. »In anderthalb Minuten fährt er ab. In dieser Zeit nach Paddington zu kommen ist ein Ding der Unmöglichkeit.«

Trotz des herrlichen Reisewetters bot die Fahrt mit dem Frühzug wenig Anregendes. T. X. konnte das Gefühl nicht loswerden, daß eine unangenehme Überraschung seiner harre. Erst die Autofahrt über die im Morgenschein blitzende Heide munterte die beiden übernächtigten Beamten ein wenig auf.

Während sie am Ufer des Dart entlangfuhren, stieß Mansus seinen Chef an und zeigte nach dem östlichen Horizont.

»Was mag der hier zu suchen haben?«

Wie ein großer Vogel zog ein weißes Sportflugzeug am blauen Himmel dahin. »Eigentlich eine tolle Möglichkeit für einen Zuchthäusler, seine Flucht zu bewerkstelligen!« äußerte T. X. spontan.

Nach ihrer Ankunft wurde den beiden nach kurzer Zeit klar, was das Flugzeug hier in der Nachbarschaft zu suchen gehabt hatte.

Ein bis an die Zähne bewaffneter Zuchthausbeamter hielt sie an. Das Vorzeigen ihrer Ausweise genügte, um ihnen den Weg zur Anstalt freizugeben.

»Wo brennt es denn? Warum diese scharfe Bewachung?« erkundigte sich Meredith.

»Ein Gefangener ist entflohen«, berichtete der Posten.

»Entflohen? Im Flugzeug, nicht wahr?«

»Davon weiß ich nichts, Sir. Mir ist nur bekannt, daß einer unserer Außenarbeiter verschwunden ist.«

Der Direktor der Anstalt lief nervös in seinem Büro hin und her und wirkte anfänglich etwas unhöflich.

»Verzeihen Sie die Aufregung, meine Herren«, entschuldigte er sich dann. »Einer meiner Pfleglinge ist entflohen. Sie haben es wohl schon erfahren, Mr. Meredith?«

»Ja, es ist bedauerlich, und war um so mehr, als ich gekommen bin, Ihnen einen weiteren zu entführen.« T. X. entnahm seiner Brieftasche die Gnadenurkunde und legte sie dem Anstaltsdirektor vor. »Hier ist der Entlassungsbefehl für einen gewissen John Lexman, der hier eine Strafe von fünfzehn Jahren verbüßt.«

Der Direktor warf nur einen kurzen Blick auf das Dokument.

»Gestern abend ausgestellt und datiert?« Er seufzte erleichtert. »Lexman ist der Mann, der heute morgen ausgerissen ist!«

11

Zwei Jahre waren seit der Flucht Lexmans verstrichen, als Meredith eines Morgens auf der kurzen Reise von Bath nach London eine Notiz in der ›Morning Post‹ las, die sein Interesse erregte. In der Zeitungsnotiz hieß es, daß Mr. Remginton Kara, ein einflußreiches Mitglied der griechischen Gesellschaft in London, am gestrigen Abend von der Hellenischen Liga durch ein Festessen geehrt worden sei.

Karas Abwesenheit von London, damals, als Grace Lexman verschwand und John Lexman aus dem Zuchthaus entfloh – dieses zeitliche Zusammentreffen konnte nicht nur ein Spiel des Zufalls sein, darüber war sich Meredith von Anfang an im klaren gewesen. Er hatte Kara nach dessen Rückkehr auf Umwegen aushorchen lassen wollen, aber der schöne Grieche begegnete allen mehr oder minder verschleierten Fragen nach der verschwundenen Familie Lexman mit einem kühlen, abweisenden und verständnislosen Lächeln.

Irgendwo in der weiten Welt trieb sich Lexman herum, verfolgt – wie er glauben mußte – von der Justiz, ein entflohener Zuchthäusler. Unstet und flüchtig wie er, lebte vielleicht seine Gattin mit ihm. Trotz zahlreicher Aufrufe in vielen europäischen Zeitungen war von Lexman kein Lebenszeichen eingetroffen, und Meredith glaubte zu wissen, warum alle Bemühungen, den Freund zu finden, erfolglos blieben.

Im Justizministerium hatte man sich den Kopf darüber zerbrochen, ob Lexman sich nicht trotz der einen Tag früher erfolgten Begnadigung durch seine Flucht strafbar gemacht habe. Diese Frage verursachte T. X. das geringste Kopfzerbrechen. Man hatte die Umstände, unter denen die Flucht vor sich gegangen war, sorgfältig nachgeprüft. Der Aufseher war, da er im Verdacht der Bestechlichkeit stand, aus dem Dienst entlassen worden. Er hatte sich kurz darauf in Falmouth ein Bierlokal gekauft. Woher die Mittel stammten, um die immerhin bedeutende Kaufsumme bar hinterlegen zu können, daran zweifelte niemand, der die Vorgeschichte des Falles kannte.

Wenn Kara die Flucht bewerkstelligt hatte, dann war es jedenfalls unmöglich, ihm das zu beweisen. Der Wagen, der Lexman von seinem Arbeitsplatz weggeholt hatte, war, wie der Besitzer des grauen Autos aussagte, von einem fremdländisch aussehenden Mann gemietet worden. Von diesem Unbekannten fand sich später nicht mehr die geringste Spur. Karas Hangar wurde kontrolliert, aber von den beiden dort untergebrachten Flugzeugen fehlte keines. T. X. gab sich geschlagen. Lexman und seine Frau Grace blieben wie vom Erdboden verschwunden. Und auch den Griechen selbst hatte Meredith in diesen zwei Jahren nicht mehr gesehen und gesprochen.

Nun legte er die Zeitung mit der Notiz, die seine Gedanken in die Vergangenheit hatte abschweifen lassen, neben sich auf das Polster und blickte aus dem Abteilfenster in die vorbeifliegende Landschaft hinaus. Dann nahm er die Zeitung wieder auf und blätterte flüchtig hin und her, bis ihn ein Artikel fesselte, der mit ›Erzreichtum in Feuerland‹ überschrieben war. Flüssig und bildhaft schilderte der Verfasser seine Erlebnisse in den Sümpfen der St. Sebastian-Bucht und auf der Fahrt den Juarez Celman Fluß hinauf. Urwaldnächte, in völliger Einsamkeit verbracht, Hinweise auf geologische Forschungen, der Handelswert von Porphyr, Basalt und anderem Gestein – all diese Dinge brachte der mit ›G. G.‹ unterzeichnete Artikel zur Kenntnis des großen Leserkreises der ›Morning Post‹. Meredith interessierte sich lebhaft für Reiseliteratur und versuchte angestrengt, den Namen des Verfassers herauszubekommen. Doch so viele Schriftsteller ihm auch einfielen, auf keinen paßten die beiden Anfangsbuchstaben. Je länger er nachdachte, desto nervöser machte es ihn, daß er nicht draufkam. Sobald er in sein Büro in Whitehall kam, telefonierte er der Redaktion der ›Post‹ und bat um Auskunft.

»Wir nennen prinzipiell keinen Namen von Autoren, die anonym zu bleiben wünschen«, erklärte der Redakteur vom Dienst abweisend. »Außerdem ist für solche Einsendungen mein Kollege vom Feuilleton zuständig. Wenn Sie mich als Privatmann auf der Straße fragen würden, wen ich für den Verfasser halte, dann würde ich Ihnen vielleicht sagen, daß die Buchstaben ›G. G.‹ auf George Gathercole passen.«

»George Gathercole?« wiederholte T. X. verblüfft. »Was bin ich doch für ein Esel!«

»Dieser Bemerkung allerdings kann ich aus vollem Herzen zustimmen«, sagte die Stimme am Telefon trocken.

Bevor Meredith eine passende Antwort finden konnte, wurde aufgehängt. Das kleine Erlebnis war schnell vergessen, denn gerade an diesem Morgen hatte T. X. alle Hände voll zu tun mit einer Aufstellung über Lexmans Vermögensstand. Aus Freundschaft hatte er die Verwaltung der Gelder und Werte übernommen und sich anerboten, die erforderlichen buchhalterischen Arbeiten aus Sparsamkeitsgründen selbst zu erledigen. Der Umsatz von Lexmans Büchern hatte sich seit seiner sensationellen Verurteilung und Flucht vervielfacht. Die Tantiemen strömten nur so herein und sammelten sich, da weder Lexman noch seine Frau etwas davon verbrauchten, zu erheblichen Beträgen an. Dazu kam noch der plötzliche Tod einer reichen Tante, die Grace in ›Anbetracht ihrer unseligen Ehe an der Seite eines verurteilten Mörders‹ ihr gesamtes Vermögen hinterlassen hatte.

An diesem Tag kam der Vorsitzende des Vormundschaftsgerichts bei Meredith vorbei, um die Bücher zu prüfen.

»Ein Jahr will ich die Arbeit noch übernehmen«, sagte T. X., als der Beamte sich verabschiedete. »Wenn die beiden dann noch immer nichts von sich hören lassen, werde ich meinen Auftrag dem Gericht zurückgeben.«

»Hoffen Sie immer noch, von Lexman Nachricht zu erhalten?«

»Daß die beiden noch leben, daran habe ich nie gezweifelt. Haben Sie die Bücher meines Freundes nicht gelesen? Alle seine Helden tauchen am Schluß wieder auf. So wird auch er es halten, sobald er den Zeitpunkt für gekommen hält. Wir werden ihn wiedersehen.«

Nichts konnte Meredith von diesem Glauben abbringen. Und Kara würde sich eines Tages bei all seiner Schlauheit doch das Genick brechen. Seit einiger Zeit schon waren merkwürdige Gerüchte über den Griechen im Umlauf. Woher sie stammten, und ob sie auf Tatsachen beruhten, war nicht ausfindig zu machen. Man erzählte sich, daß seine Ziele höher hinausliefen, als nur eine glänzende Rolle in der Gesellschaft zu spielen. Obwohl der Vater Karas Grieche gewesen war, gab der Sohn doch vor, in direkter Linie von einem Herrschergeschlecht Albaniens abzustammen und daher ein Recht auf den Thron dieses Landes zu haben.

Daß Karas Hauptleidenschaft eine unersättliche Gier nach

Macht war, daran zweifelte Meredith nicht. Sein ungeheures Vermögen, seine ganze durch keinerlei Gewissensbisse eingeengte Energie dienten dem einen großen Ziel – Macht!

In einem Fach seines Schreibtisches verwahrte T. X. ein kleines, in Maroquin gebundenes Büchlein, das er ›Lästerchronik‹ nannte. Die unbedruckten Seiten waren in seiner krausen Handschrift eng beschrieben. Alles, was er da und dort über prominente Persönlichkeiten las, was ihm vertraulich zugeflüstert wurde, was an Anekdoten und Geschichtchen zirkulierte oder ihm von Untergebenen zugetragen wurde – all diese Berichte und Vertraulichkeiten fanden ihren Niederschlag auf den Blättern der ›Chronik‹. Mit der Zeit war das kleine Buch zu einem Nachschlagewerk geworden, dessen Inhalt manchem Betroffenen schlaflose Stunden bereitet hätte.

In dieser ›Chronique scandaleuse‹ stand auch verschiedenes über Remington Kara, Dinge, die selbst Inspektor Mansus nicht wußte, zum Beispiel: Kara finanzierte die Familie und Verwandtschaft eines einflußreichen Unterstaatssekretärs, und er unterhielt einen Spielklub in der Albemarle Street, zu dessen häufigsten Besucherinnen die Gattin des Justizministers gehörte. Sie sollte dort angeblich in einer einzigen Spielnacht sechstausend Pfund Sterling verloren haben. Solche und ähnliche Informationen waren in dem Maroquinbüchelchen vermerkt. Wie T. X. zu ihnen gelangt war, oder wer sie ihm vermittelt hatte, darüber sprach er sich nicht aus.

Jener Justizminister übrigens war eine recht einflußreiche Persönlichkeit. Er war nicht reich – kaum dreitausend Pfund jährlich durfte er verbrauchen –, hatte keine nach irgendeiner Richtung hin tendierenden politischen Ansichten und war im Bestreben, allen dienlich zu sein, recht erfolgreich. Vier verschiedenen Kabinetten hatte er als Minister angehört, obwohl die Regierungsprogramme sich jedesmal diametral entgegenstanden. Er war eine Flagge, die nach allen Winden wehte.

Lady Bartholomew, die Gattin dieses vielseitigen Mannes, war kürzlich, wie man dem großen Publikum mitzuteilen die Herablassung hatte, nach San Remo gereist, um sich dort von einem Nervenzusammenbruch zu erholen.

In Merediths Maroquinbüchlein tauchte der Name der Ministersgattin nicht nur einmal, sondern gleich ein paarmal auf. Auch die Personalien waren verzeichnet – Geburtsdatum: März 18 . . ., Abstammung: Siebente Tochter des Earl von Balmorley, Kinder: Eine Tochter, die den merkwürdigen Namen Belinda Maria trägt.

T. X. blätterte in seiner ›Chronique scandaleuse‹ und wunderte sich, warum Lady Bartholomew mitten in der gesellschaftlichen Hochsaison nach Italien abgereist war. Entsprach der Reisegrund wirklich den Tatsachen? Er klingelte und ließ Mansus kommen.

»Sie haben Lady Bartholomew tatsächlich von Charing Cross abreisen sehen, wie?«

Der Inspektor bejahte.

»Reiste sie allein?«

»Nur mit ihrer Zofe. Sie sah auffallend leidend aus.«

»Ja, von ihrem schlechten Aussehen war schon vor Monaten die Rede«, bemerkte T. X., ohne sonderliches Mitgefühl mit der Geprüften zu verraten. »Belinda Maria war wohl nicht mit am Bahnhof?«

Mansus schien erst nicht zu begreifen.

»Wer? Belinda Maria? Ach so, sie meinen die Tochter? Nein, sie war nicht dabei. Sie studiert ja, wie ich gehört habe, in Frankreich.«

T. X. pfiff leise vor sich hin und schloß das rote Buch.

»Ich möchte wirklich wissen, wo die Leute diese ausgefallenen Vornamen hernehmen. Diese Belinda Maria muß doch ein merkwürdiges Geschöpf sein – nach ihrem Vornamen zu schließen. – Was suchen Sie denn nun schon wieder?« fuhr er den Inspektor ungeduldig an, als er bemerkte, daß dieser unaufhörlich in seinen Taschen herumkramte.

»Ich hatte mir alle Fragen notiert, die ich Ihnen im Zusammenhang mit Lady Bartholomew stellen wollte. Ich habe sie nun seit mehr als einem halben Jahr unter Beobachtung, und darum möchte ich gerne wissen, ob ich etwas veranlassen soll, damit wir sie in Italien nicht ganz aus den Augen verlieren.«

Meredith dachte einen Augenblick nach.

»Mich interessiert die Dame nur solange, als sich Kara mit ihr beschäftigt.«

Mansus brummte, noch immer die Taschen nach seinen Notizen durchwühlend, etwas Unverständliches vor sich hin.

»Nein, Sir«, sagte er dann vernehmlich, »von den kriminellen Eigenschaften Karas halte ich nicht allzuviel. Warum sollte er auch Verbrechen begehen? Was er braucht, und noch viel mehr, hat er ja. Er ist einer der populärsten Ausländer in London – und ein hübscher Mann dazu.«

Verachtungsvoll musterte Meredith den Inspektor.

»Sie sind blind wie eine neugeborene Katze. Sind Sie denn in Ihrem langen Beamtendasein noch nicht daraufgekommen, daß große Verbrechen nie aus materiellen Gründen begangen werden? Selbst der kleine Angestellte, der die Portokasse leert, um seiner ›Braut‹ ein Similihalsband zu schenken, tut es nicht aus Habsucht, sondern weil er sich bei dem Mädchen beliebt machen will – also aus Eitelkeit. Der größte Teil aller Verbrechen ist auf diesen Trieb zurückzuführen. Oder nehmen Sie den Fall des Doktors X – er ermordete seine Frau, weil sie dauernd betrunken und unordentlich war. Er fürchtete sich vor der Kritik der Nachbarschaft. Um nicht verschrien zu werden, bringt er die Frau um. Der Unternehmer, der seine Bilanzen fälscht und mit veruntreutem Geld Hochhäuser baut, tut das nicht aus Gewinnsucht, sondern weil er vor seiner Umgebung als Finanzgenie erscheinen will. Eitelkeit – das ist auch der Grund, warum Kara ein Verbrecher ist und bleiben wird. Ich sage ihm ein gewaltsames Ende voraus.« T. X. stand auf und zog seinen Mantel an. »Ich werde ihm jetzt einen Besuch abstatten. Ein inneres Gefühl treibt mich dazu. Vielleicht gibt er sich doch noch eine Blöße.«

12

Ein einziges Mal seit Lexmans Flucht hatte er Kara telefonisch zu sprechen versucht, jedoch ohne Erfolg, und Meredith hatte den Versuch nicht wiederholt.

Karas Haus am Cadogan Square war ein Eckhaus. Erbaut worden war es von einem Lord Henry Gratham, einem weitherum bekannten Feinschmecker und vorzüglichen Weinkenner. Das Haus war ›um ein Weinfaß herum‹ gebaut worden, das heißt, man hatte vor allem für ausreichende Kellerräumlichkeiten gesorgt. Der Grieche hatte die Liegenschaften von den Erben des Lords gekauft, die sich im stillen wunderten, was der als Abstinenzler bekannte neue Eigentümer mit den großen Weinkellern wohl anfangen würde.

Auf Merediths Klopfen wurde die Tür von einem vornehm livrierten Lakaien geöffnet, der den Besucher eintreten ließ. In der Diele brannte ein lustiges Feuerchen, und als sich T. X. niederließ, fiel sein Blick auf ein großes Porträt des Hausherrn.

»Ich glaube, Mr. Kara ist sehr beschäftigt, Sir«, gab der Diener zu bedenken.

»Bringen Sie ihm immerhin meine Karte. Ich glaube, er wird mich empfangen.«

Der Diener verbeugte sich, nahm die Karte entgegen und eilte die Treppe hinauf. Nach ein paar Augenblicken kam er schon zurück.

»Wollen Sie mir bitte folgen, Sir«, bat er und ging voraus.

Als sie den Korridor im oberen Stockwerk erreichten, hielt T. X. den Diener zurück.

»Kennen wir uns nicht von früher?« fragte er.

Der Diener lächelte.

»Leicht möglich, Sir. Ich war lange Zeit als Kellner im Constitutional Club beschäftigt.«

T. X. nickte.

»Sicher habe ich Sie dort gesehen.«

Dann stand Meredith in einem großen, elegant möblierten, jedoch wenig behaglich wirkenden Raum. Kara erhob sich von seinem Platz vor dem Schreibtisch und kam dem Besucher mit einem Lächeln entgegen.

»Welch unerwartetes Vergnügen!« rief er aus und drückte T. X. kräftig die Hand. Er hatte sich in der langen Zeit, seit sich die beiden nicht gesehen hatten, wenig verändert. »Sie können gehen, Miss Holland!« wandte er sich jetzt zu der jungen Dame um, die, einen Stenogrammblock in der Hand, vor dem Schreibtisch stand.

In der Wahl seiner Sekretärin hat dieser griechische Don Juan jedenfalls keinen schlechten Geschmack bewiesen! dachte Meredith, während er die Gestalt des Mädchens, vom bronzeschillernden Haar bis zu den zierlichen Füßen, musterte. Eine seltene Schönheit, kein Zweifel, von einer Ausstrahlung, die T. X. seltsam berührte.

»Miss Holland und ich haben uns soeben über einen merkwürdigen Mädchenvornamen amüsiert«, erzählte Kara vergnügt. »Ich erhielt nämlich einen Bettelbrief – von einer gewissen ›Maggie‹ Goomer . . .«

Das Mädchen lächelte verstohlen, und T. X. fand sie immer hübscher.

»Ich kenne einen noch ausgefalleneren«, sagte er. »Der verrückteste Mädchenvorname, den ich je gehört habe, ist ›Belinda Maria‹.«

»Dieser Name kommt mir merkwürdig bekannt vor«, meinte Kara.

Meredith betrachtete Miss Holland, und sie gab seinen prüfenden Blick mit einer derartigen Kälte zurück, daß er sich am liebsten in ein Mauseloch verkrochen hätte. Mit einer verächtlichen Kopfbewegung eilte sie aus dem Zimmer.

»Entschuldigen Sie, daß ich Sie nicht vorstellte«, bemerkte Kara. »Die Dame ist meine Sekretärin – Miss Holland. Hübsch, nicht wahr?«

»Zweifellos.«

Der Hausherr bot dem Gast Zigaretten an. Er trug einen grauen Straßenanzug nach der letzten Mode.

»Was sind Sie doch für ein mißtrauischer Mensch«, sagte der Grieche lachend.

»Ich? Wieso?«

»Weil Sie es nicht lassen können, sich für meine Angestellten zu interessieren. Ich bin fest überzeugt, daß Sie keine ruhige Stunde haben, bis Sie nicht die ganzen Lebensgeschichten meiner Sekretärinnen und Diener kennen.«

»Um Gottes willen!« wehrte T. X. ab. »Ich will gerne zugeben, daß ich von Natur aus neugierig veranlagt bin, aber doch nicht so, daß ich mich in Ihren Haushalt einmischen würde. Einmal mußte ich mich ja leider für einen Ihrer Chauffeure interessieren, aber . . .«

Karas Gesicht verfinsterte sich für einen Augenblick.

»Ach, Sie meinen Brown?«

»War es nicht Smith?« fragte Meredith ironisch zurück. »Aber Schwamm drüber – sein richtiger Name ist ja doch Poropulos, nicht wahr?«

»Ach, den meinen Sie? Nun, Sie wissen ja, daß ich ihn schon längst an die Luft gesetzt habe.«

»Doch wohl mit Pension, wie? Ich habe wenigstens so etwas munkeln hören.«

Kara betrachtete den Besucher nachdenklich.

»Ich bin gewohnt, meine Diener menschlich zu behandeln.« Dann fragte er brüsk: »Was verschafft mir die Ehre Ihres Besuchs?«

Bevor Meredith antwortete, zündete er sich eine der angebotenen Zigaretten an.

»Ich komme, um eine Gefälligkeit von Ihnen zu erbitten.«

»Ich wüßte nicht, was mir größeres Vergnügen bereiten würde«, erwiderte der Hausherr manierlich. »Leider habe ich feststellen müssen, daß Sie unsere sich so nett anlassende Freundschaft nicht weiter pflegten. Für mich wäre sie bestimmt wertvoller als für Sie . . .«

»Ach, ich bin eben ein wenig schüchtern«, unterbrach Meredith die Komplimente. »Für das gesellschaftliche Leben eigne ich mich schlecht. Aber gerade darum suche ich Sie ja heute auf – weil Sie doch mit aller Welt bekannt sind. Doch ganz nebenbei: Seit wann haben Sie Ihre Sekretärin?«

Kara starrte, als denke er nach, zur Decke empor.

»Vier . . . Nein, drei Monate sind es her, glaube ich. Sie wurde mir von irgendeiner Handelsschule empfohlen. Sie ist ein wenig zurückhaltend, aber sehr gebildet. Sie spricht und schreibt perfekt griechisch.«

»Also eine Perle!«

»So ist es. Sie wohnt in der Marylebone Road 86, hat keinen Freund, bleibt abends meist zu Hause und ist den Männern gegenüber eher kalt.«

Meredith warf dem Griechen einen prüfenden Blick zu.

»Warum diese ausführliche Auskunft?«

»Damit Sie sich nicht erst bemühen müssen, alles selbst ausfindig zu machen. Ich weiß doch, daß die unstillbare Wißbegierde, die Ihr Beruf mit sich bringt, Sie sowieso auf die Fährte meiner Sekretärin gesetzt haben würde.«

»Darf ich Platz nehmen?« fragte T. X. und lachte.

Kara schob ihm einen gepolsterten Lehnstuhl zu, und Meredith sank hinein.

»Sie sind ein heller Kopf, Mr. Kara!« stellte er fest.

Der Grieche maß ihn mit den Augen, diesmal ohne jeden Humor.

»Aber nicht hell genug, um zu ahnen, warum Sie mich heute aufsuchen.«

»Ich werde es Ihnen gleich sagen. Sie kennen doch halb London, nicht wahr? Sicher auch Lady Bartholomew?«

»Die kenne ich allerdings sehr gut«, gab Kara, fast ein wenig zu hastig, zu.

»Wissen Sie vielleicht, warum die Dame gerade jetzt, während der Hochsaison, alles im Stich gelassen hat und nach San Remo gefahren ist?«

»Die Frage berührt mich seltsam«, erwiderte Kara. »Warum hätte ausgerechnet ich den Grund dieser Reise erfahren sollen?«

Meredith starrte auf das glimmende Ende seiner Zigarette.

»Immerhin – Sie sind mit Ihrer Exzellenz vertraut genug, um von ihr einen Schuldschein in Händen zu haben.«

»Einen Schuldschein?«

Es konnte kein Zweifel bestehen, daß Merediths Bemerkung Kara angenehm überrascht und sichtlich erleichtert hatte. T. X. hätte sich ohrfeigen können, so sehr ärgerte er sich über die Blöße, die er sich mit seiner aus den Fingern gesogenen Weisheit gegeben hatte.

»Wenn ich den Ausdruck ›Schuldschein‹ gebraucht habe«, versuchte er nun seinen strategischen Rückzug anzutreten, »dann meinte ich das natürlich nicht wörtlich. Vielmehr geht es um das, was man eine Sicherheit nennt, und die ein Gläubiger eben von seinem Schuldner verlangt und auch bekommt.«

Kara antwortete nicht, sondern öffnete stumm ein Fach seines Schreibtischs, dem er einen kleinen, seltsam geformten Schlüssel entnahm.

»Bitte, hier haben Sie den Schlüssel zu meinem Tresor«, sagte er höflich. »Ich stelle Ihnen anheim, meinen Geldschrank zu öffnen und ihn eingehend zu durchsuchen. Halten Sie mich für einen Amateur-Shylock? Suchen Sie, soviel Sie wollen – einen Schuldschein werden Sie kaum finden.«

»Nicht im Traum ist mir der Gedanke gekommen, Sie für einen Geldverleiher zu halten«, antwortete T. X. nicht ganz der Wahrheit entsprechend.

Kara hielt ihm noch immer mit einladender Geste den Schlüssel hin.

»Bitte – Sie würden mir einen Gefallen erweisen ... Ich habe das Gefühl, Sie bringen die plötzliche Erkrankung und Abreise Lady Bartholomews mit meiner Person in Verbindung. Überzeugen Sie sich doch selbst, daß ich nicht der Blutsauger bin, für den Sie mich zu halten scheinen.«

Jeder andere hätte ein solches Angebot zum willkommenen Anlaß genommen, sich mit Anstand aus einer verfahrenen Situation zu winden. Auch Meredith hatte die höfliche Ablehnung schon auf der Zunge, überlegte es sich aber plötzlich noch einmal. Er nahm den Schlüssel mit einer Verbeugung entgegen und betrachtete ihn prüfend.

»So – das also ist Ihr ›Sesam, öffne dich!‹ Der Zauberschlüssel zu Ihrem berühmten Tresor ...«

»Nein – es ist nicht der Schlüssel zu dem Schrank, den Sie einmal in meiner Abwesenheit öffneten! Sie werden ja, da Sie über alles, was mich betrifft, angeblich so gut unterrichtet sind, wohl auch wissen, daß ich mir nach Ihrer Expedition in mein Schlafzimmer einen anderen Tresor anschaffte. Vielleicht fühlen Sie sich jetzt nicht mehr ganz so sicher, Mr. Meredith?«

»Ganz im Gegenteil.« T. X. erhob sich. »Ich werde von Ihrer gütigen Erlaubnis gerne Gebrauch machen.«

»Sie gestatten, daß ich Ihnen den Weg zeige ...«

Kara öffnete die Tür und ging den Korridor entlang voraus. Sie betraten das große, nur spärlich erleuchtete Schlafzimmer. Das einzige Fenster war mit einem starken Stahlrohrgitter gesichert. In dem großen Kamin brannte trotz der draußen herrschenden Wärme ein starkes Feuer, das eine stickige Hitze verbreitete.

»Das ist eine Exzentrizität von mir«, entschuldigte sich Kara mit einem Blick auf das Feuer. Dann zeigte er auf die grüne Tür des Tresors, der neben dem breiten Bett in die Wand eingebaut war. »Bitte!« sagte er ironisch. »Hier haben Sie sämtliche Geheimnisse, die Sie bei Remington Kara vermuten – verfügen Sie darüber!«

»Ich befürchte«, erwiderte T. X., »daß meine Bemühung vergeblich sein wird.«

»Diese Befürchtung kann ich nur teilen.«

»Sie haben mich offenbar mißverstanden, Mr. Kara! Ich meinte, der Schlüssel, den Sie mir so großzügig zur Verfügung stellten, würde mir nicht viel nützen.«

»Versuchen Sie es doch wenigstens!«

»Ihr Tresor ist, wie ich sehe, ein Fabrikat der Firma Magnus, der Schlüssel jedoch, den Sie mir gaben, gehört zu einem Chubbschrank. In meinem langjährigen Polizeidienst habe ich wenigstens so viel gelernt, um zu wissen, daß ein Chubbschlüssel einen Magnusschrank wohl kaum öffnen würde.«

Kara tat einen erstaunten Ausruf.

»Gott, wie zerstreut ich bin! Ja, natürlich – den Schlüssel zu meinem neuen Tresor habe ich, bevor ich die letzte Auslandsreise antrat, bei meiner hiesigen Bank hinterlegt. Ich bin, wie Sie ja wissen werden, erst heute morgen zurückgekommen und hatte noch keine Gelegenheit, ihn mir wieder zu holen. Entschuldigen Sie mich einen Augenblick, ich möchte sofort meinen Diener danach schikken.«

»Bemühen Sie sich doch bitte nicht erst«, bat Meredith höflich.

Er nahm aus seiner Tasche ein flaches Lederetui, das eine Anzahl merkwürdig geformter Stahlinstrumente enthielt. Innen am Deckel des Etuis steckte in einer Lederschlaufe ein Holzgriff. Diesen nahm der Chefinspektor heraus und schraubte ihn an eines der kleinen Stahlstücke. Überrascht schaute ihm Kara zu.

»Was wollen Sie damit anfangen?« erkundigte er sich, ein wenig unruhig geworden.

»Gleich werden Sie es sehen.«

Vorsichtig schob Meredith das kleine Stahlinstrument ins Schlüsselloch der Schranktür, drehte einmal nach links, einmal nach rechts und setzte diese Tätigkeit so lange fort, bis ein leises ›Klick‹ ihm den Erfolg seiner Arbeit anzeigte. Nun drehte er den Handgriff des Tresors und zog die Tür auf.

»Eigentlich eine recht einfache Sache, nicht wahr?« wandte er sich schmunzelnd an den Hausherrn.

In diesem Augenblick veränderte sich Karas Gesichtsausdruck.

Wütend blickte er auf den Besucher. Ein Schritt brachte ihn vor die geöffnete Schranktür.

»Sie sind nun, glaube ich, weit genug gegangen, Mr. Meredith!« zischte er. »Wenn Sie meinen Schrank durchsuchen wollen, dann müssen Sie mir schon eine gerichtliche Vollmacht dazu vorweisen.«

T. X. zuckte die Achseln. Sorgfältig löste er das Stahlstück wieder aus dem Holzgriff und legte beides ins Etui zurück.

»Sie haben mich ja selbst ausdrücklich dazu aufgefordert«, stellte er gelassen fest. »Ich wußte ja, daß alles nur Bluff war. Sie würden mir genausowenig gestatten, Ihren Schrank zu durchsuchen, wie Sie mir sagen würden, was aus John Lexman und seiner Gattin geworden ist.«

Dieser Hieb saß. Kara sprang mit verzerrtem Gesicht auf T. X. los. Bleich vor Wut, die Augen zusammengekniffen, glich er nicht im geringsten mehr dem Gentleman, der er sonst war.

»Sie – Sie ...« keuchte er und holte in ohnmächtiger Wut zu einem Schlag nach dem Gesicht seines Gegners aus.

»Hände hoch!« befahl T. X. scharf. »Schnell, sonst ...«

Blitzartig schossen Karas Hände empor, denn die Pistole, die Meredith gezogen hatte, preßte sich sehr spürbar gegen seine Rippen.

»Sie scheinen ja die Hände schon öfter nach oben gestreckt zu haben!« konstatierte T. X. trocken.

Mit der Rechten immer noch die Pistole an Karas Rippen pressend, suchte er mit der linken Hand dessen Taschen nach Waffen ab. In der Hüfttasche fand er einen harten Gegenstand. Zu seiner Überraschung war es jedoch kein Revolver, sondern ein ihm unbekannter, wie eine Taschenlampe aussehender Apparat. Statt der üblichen Glaslinse hatte der Zylinder am einen Ende einen siebartigen Deckel, ähnlich einem Salzstreuer. T. X. wollte gerade den kleinen Hebel herabdrücken, der am Zylinder angebracht war, als ihn ein Schreckensschrei des Griechen innehalten ließ.

»Um Gottes willen!« preßte Kara hervor. »Nicht auf mich zielen! Bitte, drücken Sie den Hebel nicht herunter!«

»Das soll wohl eine neuartige Schußwaffe sein?«

»Nein! Nein!«

Die Siebmündung gegen den Fußboden richtend, drückte T. X. den Hebel nieder. Es zischte laut, und der Teppich bedeckte sich mit einer farblosen Flüssigkeit. Ein einziger Strahl war aus der Düse gespritzt, aber der kostbare Teppich fing dort, wo ihn die Flüssigkeit getroffen hatte, zu rauchen an und nahm eine bräunlichgelbe Farbe an. Im Zimmer verbreitete sich ein durchdringender, außerordentlich unangenehmer Geruch.

»Kupfervitriol, nicht wahr?« fragte Meredith, den andern scharf fixierend.

Kara war dem Zusammenbruch nahe und fand nur langsam seine Selbstbeherrschung wieder.

»Ich hatte nicht die Absicht, die Waffe gegen Sie zu richten –«, versuchte er sich zu rechtfertigen. »Wie Sie wissen, bin ich von Todfeinden umgeben und muß zu meiner Verteidigung eine wirksame Waffe bei mir haben. Nur weil meine Feinde wissen, daß ich diesen Säurezylinder ständig bei mir trage, wagen sie sich nicht an mich heran. Wirklich, Mr. Meredith, ich schwöre Ihnen, daß ich die Waffe nicht gegen Sie gebrauchen wollte. Wie können Sie nur auf eine derartige Vermutung kommen? Schon der Gedanke daran ist absurd! Bitte, entschuldigen Sie, daß ich mir den kleinen Scherz mit dem Tresor erlaubte ...«

»Deswegen brauchen Sie sich nicht zu entschuldigen«, beruhigte ihn Meredith. »Ich glaube nicht, daß in dieser Sache ich der Narr gewesen bin. Nein –«, wehrte er ab, als Kara die Hand nach der Waffe ausstreckte, um sie wiederzuerhalten, »es tut mir leid, aber ich kann Ihnen Ihr niedliches Spielzeug nicht zurückgeben. Ich werde es dem Kriminalmuseum einverleiben lassen. Komprimierte Luft, nicht wahr?«

Kara nickte.

»Die Idee ist gut«, lobte T. X.

Mit diesen Worten verließ er das Zimmer.

13

›Sehr verehrter Mr. Meredith,

ich finde kaum Worte, um das Gefühl des Bedauerns auszudrükken, das ich angesichts der Auseinandersetzung mit Ihnen empfinde. Sie wissen, wie sehr ich Sie schätze.

Lassen Sie mir die Hoffnung, daß wir beide jene unglückliche Szene sobald als möglich aus unserem Gedächtnis auslöschen, und geben Sie mir die Versicherung, daß Sie mir bald gestatten werden, Ihnen meine mündlichen Entschuldigungen auszusprechen.

Darf ich Sie bitten, nächste Woche mit mir zu speisen? Sie werden bei dieser Gelegenheit einen recht interessanten Menschen kennenlernen – den Forscher George Gathercole, der eben von Feuerland zurückgekehrt ist. Ich habe heute morgen von ihm die Mitteilung erhalten, daß er ganz bedeutende Entdeckungen gemacht hat.

Ich weiß, daß Sie großherzig genug sein werden, meinen unverzeihlichen Temperamentsausbruch zu vergessen. Nehmen Sie den unerfreulichen Zusammenstoß nicht zum Anlaß, unsere bisher so erfreuliche Beziehung abzubrechen. Gestatten Sie meinem Freund Gathercole, der von allem, was zwischen uns vorgefallen ist, keine Ahnung hat, die Rolle eines unbewußten Friedensstifters zu übernehmen.

Mit dem Ausdruck höchster Verehrung!

Remington Kara‹

Langsam faltete der Grieche den soeben geschriebenen Brief und schob ihn in einen Umschlag. Dann klingelte er, und das Mädchen, das Meredith einen so nachhaltigen Eindruck gemacht hatte, erschien.

»Bitte, Miss Holland, sorgen Sie dafür, daß dieser Brief an den Adressaten gelangt.«

Das Mädchen nickte und wartete auf weitere Anweisungen. Kara erhob sich und begann im Zimmer auf und ab zu gehen.

»Kennen Sie Mr. T. X. Meredith?« fragte er unvermittelt.

»Ich habe von ihm gehört.«

»Ein merkwürdiger Mensch –«, bemerkte Kara sinnend. »Sie werden Mr. Meredith nun wohl öfter sehen. Und sicherlich wird er versuchen, Sie über mein Tun und Treiben auszuholen. Ich brauche wohl kaum zu betonen . . .«

»Ich würde Dritten gegenüber nie über so etwas sprechen«, erwiderte sie kühl.

»Bisher zahlte ich Ihnen, glaube ich, acht Pfund in der Woche. Ich werde Ihr Gehalt auf zehn erhöhen, denn ich bin mit Ihrer Arbeit außerordentlich zufrieden.«

»Ich danke Ihnen für Ihre Freundlichkeit, Mr. Kara. Mein jetziges Gehalt genügt jedoch für meine Bedürfnisse vollkommen. Ich bitte Sie daher, vorläufig von einer Erhöhung abzusehen.«

Sie verließ das Zimmer, ihren Chef verwundert und ein wenig wütend zurücklassend. Er betrachtete jeden, der ein Angebot von ihm zurückzuweisen wagte, als Feind.

Er klingelte nach dem Kammerdiener.

»Fisher, ich erwarte Besuch«, instruierte er ihn, »und zwar einen Mr. Gathercole. Sollte ich abwesend sein, wenn er kommt – der Herr ist einarmig –, so empfangen Sie ihn ganz besonders höflich. Unter allen Umständen aber müssen Sie versuchen, ihn zurückzuhalten, bis ich nach Hause komme. Ich werde jetzt ausgehen und wahrscheinlich gegen halb sieben Uhr wieder da sein. Wenn er nicht warten will, sagen Sie ihm, ich bäte ihn auf alle Fälle, mich in der Bibliothek zu erwarten. Dort wird er sich vermutlich am wohlsten fühlen.«

»Jawohl, Sir. Werden Sie sich umkleiden?«

»Ich gehe, wie ich bin. Bringen Sie mir meinen Pelzmantel. Die Kälte in diesem Land wird mich noch umbringen. Passen Sie auf, daß das Feuer nicht ausgeht, legen Sie meine Post ins Schlafzimmer, und dann sorgen Sie auch dafür, daß Miss Holland ihr Essen bekommt.«

Der Diener folgte seinem Herrn bis zum Auto und kehrte, als der Wagen abgefahren war, ins Haus zurück.

Von diesem Augenblick an benahm er sich für einen wohlerzogenen Kammerdiener außerordentlich merkwürdig. Gegen das Aufräumen des Schreibtischs seines Herrn wäre gewiß nichts einzuwenden gewesen, aber – er durchwühlte auch die Fächer, kramte hastig in den Papieren herum, kurz, er tat alles, was man von ihm eigentlich nicht erwartet hätte. Endlich stieß er auf das Scheckbuch und ersah aus dem Stammblock, daß am Tag zuvor sechstausend Pfund in bar abgehoben worden waren. Diese Tatsache schien den Kammerdiener außerordentlich zu interessieren, denn seine Miene wurde sehr nachdenklich. Dann legte er das Heft wieder ins Fach zurück und begab sich in die Bibliothek, wo er Miss Holland damit beschäftigt fand, Abschriften von Briefen anzufertigen und Bettelbriefe zu beantworten.

Fisher legte noch ein paar Holzklötze auf das lustig flackernde Kaminfeuer und erkundigte sich unterwürfig nach etwaigen Wünschen. Als Miss Holland dankend verneinte, ging er von neuem auf Entdeckungen aus. Diesmal fing er im Schlafzimmer seines Herrn an. Dort stand ein kleiner Tisch, an dem Kara seine Privatbriefe zu schreiben pflegte. Jedoch enthielt auch dieses Möbel nichts, was die Ausdauer Fishers belohnt hätte. Direkt neben dem Bett befand sich ein Telefonapparat, bei dessen Anblick der Diener spöttisch lächelte. Es war die Leitung, die Karas Schlafzimmer direkt mit Scotland Yard verband.

»Komischer Kauz!« murmelte er.

Er verließ das Zimmer und ging mit gerunzelter Stirn langsam die Treppe zur Diele hinunter. Von unten rief ihm die Köchin zu:

»Ein Herr ist da, Mr. Fisher! Er möchte Mr. Kara sprechen. Hier ist seine Karte!«

Fisher nahm sie entgegen und warf einen Blick darauf:

›George Gathercole, M. F. V. (Mitglied der Forschervereinigung)‹

»Ich werde den Herrn selbst empfangen«, erklärte der Diener mit majestätischer Würde.

Der Besucher wartete in der Diele. Er war ein Mann, der schon durch seine exzentrische Aufmachung die Aufmerksamkeit auf sich lenkte. Er trug einen alten, mit großen, hellen Vierecken gemusterten Mantel und darunter einen gleichermaßen auffälligen Anzug. Den neuen, blanken Zylinder hatte er weit in den Nacken zurückgeschoben. Ein ungepflegter, graumelierter Backenbart umrahmte das sonnenverbrannte Gesicht. Gathercole schien ein äußerst nervöser Herr zu sein, denn er hielt Selbstgespräche, die er mit gelegentlichen Handbewegungen unterstrich. Ab und zu warf er einen verächtlichen Blick auf das an der Dielenwand hängende Porträt des

Hausherrn. Den stahlumrandeten Klemmer trug er weit vorn auf der langen Nase. Zwei unter den linken Arm geklemmte Wälzer ergänzten das komische Gesamtbild des Forschers.

Der menschenerfahrene Kammerdiener bemerkte ferner ein Paar glänzend schwarz polierte Schaftstiefel und am Oberhemd einige riesige Knöpfe aus imitierten Perlen.

Mr. Gathercole warf dem Diener wütende Blicke zu.

»Hier! Nehmen Sie!« befahl er, auf die unter seinen Arm geklemmten Bücher deutend.

Fisher beeilte sich, den Befehl auszuführen. Dabei bemerkte er, daß eine Prothese den fehlenden Arm ersetzte.

»Wo ist der saubere Mr. Kara?« brummte der Forscher.

»Er wird in Kürze zurück sein«, erwiderte Fisher höflich.

»Er ist also nicht zu Hause? Ich warte nicht! Wie, zum Teufel noch mal, kommt der Mensch dazu, jetzt wegzulaufen? Er wußte doch, daß ich kommen wollte!«

»Mr. Kara erwartet Sie, aber er wurde weggerufen und befahl mir, Ihnen auszurichten, daß er um sechs Uhr wieder zu Hause sein wird.«

»Der Teufel soll ihn holen! Sechs Uhr? Bin ich denn sein Lakai, daß ich stundenlang warten soll, bis es ihm beliebt, nach Hause zu kommen? Sechs Uhr! Sagen Sie Ihrem Mr. Kara, daß ich hier war – geben Sie mir meine Bücher wieder!«

»Aber, bitte, Sir, ich – ich ...« stotterte der aus allen Himmeln fallende Diener.

»Los! Meine Bücher!«

Geschickt klemmte Gathercole mit der gesunden Hand die Bücher unter die Prothese.

»Bitte, Mr. Gathercole, warten Sie doch!« flehte der bestürzte Fisher.

»Hol Sie der Teufel! Auf wen soll ich warten? Sagen Sie Ihrem Herrn, daß ich wiederkomme, wann es mir paßt!«

Der cholerische Besucher stürmte aus der Haustür, die er hinter sich zuschmetterte. Der arme Fisher eilte in die Bibliothek, wo Miss Holland eben einige Bücher einpackte.

»Ich befürchte, Miss«, vertraute ihr der Kammerdiener an, »daß ich in des Teufels Küche geraten bin.«

»Was ist Ihnen denn passiert, Fisher?«

»Mr. Kara hat einen Mr. Gathercole erwartet und mir befohlen, den Herrn auf alle Fälle zurückzuhalten.«

»Nun, und?«

»Der Besucher ist gerade mit allen Zeichen des Unwillens davongelaufen!«

Sie biß sich auf die Lippen.

»Mr. Kara wird sich zwar ärgern, aber Sie trifft doch keine Schuld. Mit Gewalt konnten Sie Mr. Gathercole ja nicht gut zurückhalten. Warum haben Sie mich nicht gerufen?«

»Weil mir Mr. Gathercole dazu gar keine Gelegenheit gab.« Wider Willen mußte Fisher in der Erinnerung an die Szene in der Diele lächeln. »Das nächste Mal werde ich ihn bestimmt an Sie verweisen, Miss Holland! Haben Sie noch irgenwelche Befehle für mich?«

»Wann, sagten Sie, daß Mr. Kara nach Hause kommen wollte?«

»Um sechs.«

»Ich hätte hier einen wichtigen Brief«, sagte die Sekretärin, »der, glaube ich, persönlich bestellt werden sollte. Wenn Sie sich also die Mühe machen wollten . . .«

Für Fisher war dieser Auftrag ein Himmelsgeschenk, denn er hatte sich schon im stillen den Kopf zerbrochen, wie er einen absolut notwendigen Gang in die Stadt rechtfertigen sollte. Er nahm deshalb den Brief freudig entgegen und las, ohne auch nur mit der Wimper zu zucken, daß ihm ein Besuch bei Mr. T. X. Meredith, Scotland Yard, Abteilung Whitehall, bevorstand.

Den Brief vorsichtig in seiner Tasche unterbringend, verließ er das Zimmer, um sich umzukleiden. So groß auch das Haus war, hatte Kara doch davon abgesehen, eine größere Dienerschaft einzustellen. Die Köchin, zugleich Zimmermädchen, und der Kammerdiener waren die einzigen Personen, die ständig im Haus beschäftigt wurden und auch dort wohnten. Alle übrigen Arbeiten wurden von Leuten erledigt, die außer Haus schliefen.

Miss Holland war an ihrem Schreibtisch zurückgeblieben, vor sich die Briefe, die sie an diesem Nachmittag geschrieben hatte. Ihre Gedanken waren jedoch woanders. Sie hörte, wie die Haustür geschlossen wurde, und erhob sich, um vom Fenster aus auf die Straße zu blicken. Hinter der Gardine verborgen, beobachtete sie Fisher, wie er stadtwärts ging. Als er hinter der nächsten Straßenecke verschwand, verließ auch sie die Bibliothek und ging in die im Souterrain gelegene Küche. Sie suchte ab und zu Mrs. Beale, die Köchin, auf, um ein wenig mit ihr zu plaudern. Die alte Dame freute sich jedesmal herzlich, wenn sie bei ihr eintrat.

»Nett von Ihnen, Miss Holland, daß Sie mir wieder einmal Gesellschaft leisten«, sagte sie auch jetzt und seufzte.

»Sie müssen sich doch manchmal recht einsam vorkommen da unten?« fragte das Mädchen freundlich.

»Einsam, Miss? Das ginge noch, aber ich bekomme Gänsehaut, wenn ich so dasitze und mir die Türe dort ansehe.« Die Köchin zeigte auf eine schwere Eichentür. »Jedesmal läuft mir ein Schauder über den Rücken, wenn mein Blick darauffällt. Mr. Kara hat dort seinen Weinkeller, und kein anderer außer ihm war je dort drinnen. Ich weiß, daß er öfter den Keller aufsucht. Ich habe, um das herauszubekommen, einen Trick angewandt, den mir mein Bruder, der bei der Polizei ist, beigebracht hat: Ich habe einen Zwirnfaden zwischen Rahmen und Türkante gespannt, und als ich am nächsten Morgen nachsah, war er zerrissen.«

»Ja, Mrs. Beale, ich weiß, daß der Herr dort seine privaten Papiere aufbewahrt. Er hat es mir selbst gesagt.«

»Hm –«, meinte die Frau zweifelnd. »Ich wünschte jedenfalls, daß er die Tür zumauern ließe. Jeden Abend komme ich halb um vor Schreck, wenn ich mir vorstelle, daß die Tür aufgehen und der Geist des verrückten Lords hereinkommen könnte – wissen Sie, der, der die großen Weinkeller hat bauen lassen . . .«

Miss Holland lachte. Dann sagte sie:

»Ich wollte Sie bitten, Mrs. Beale, mir etwas zu besorgen. Ich brauche Briefmarken.«

Die Frau war gerne dazu bereit. Während sie ihren Hut aufsetzte und den Mantel anzog, stieg Miss Holland ins Obergeschoß hinauf. Wieder stand sie beobachtend am Fenster, bis die Köchin nicht mehr zu sehen war.

Nun, als sie endlich allein war, begann die Sekretärin tatkräftig einen anscheinend schon längst gefaßten Plan auszuführen. Ihrem Handtäschchen entnahm sie ein Etui und löste daraus einen blitzblanken neuen Schlüssel. Schnell eilte sie die Treppe hinauf und den Korridor entlang bis zum Schlafzimmer ihres Chefs. Sie trat ein und ging direkt zum Tresor, den sie bereits nach wenigen

Sekunden geöffnet hatte. Sorgfältig prüfte sie verschiedene Fächer, konnte jedoch in ihnen nichts finden, was sie interessierte.

Die oberen Laden des Schrankinneren waren verschlossen. Miss Holland schien darauf vorbereitet zu sein, denn mit einem zweiten Schlüssel öffnete sie sie sofort. Hastig durchsuchte sie die beiden Fächer. Ihre Hand zitterte ein wenig, als sie beim letzten Fach angelangt war, das eine Anzahl Schmucketuis enthielt. Eines nach dem andern zog sie heraus und fand endlich, als sie schon am Erfolg zu zweifeln begann, ganz zuunterst das, was sie suchte. Es war eine beinah rechteckige Holzkassette, die innen mit rotem Plüsch ausgelegt war. Mit einem unterdrückten Ausruf der Freude öffnete sie den Deckel.

»Endlich!« flüsterte sie.

In diesem Augenblick wurde ihr Handgelenk mit eisernem Griff umspannt, und als sie den Kopf, starr vor Schreck, herumwarf, blickte sie in das höhnisch grinsende Gesicht ihres Chefs.

Mit der letzten Energie, die sie noch aufbringen konnte, kämpfte die Überraschte gegen eine Ohnmachtsanwandlung an. Ihre freie Hand tastete nach der Tresortür, um sich zu stützen.

»Darf ich Ihnen dieses kleine Kästchen abnehmen?« bat Kara in seinem sanftesten Ton.

Er riß ihr die Kassette aus der Hand, legte sie ins Stahlfach zurück und schloß die Schranktür, nicht ohne einen interessierten Blick auf den Schlüssel zu werfen, den seine Sekretärin benutzt hatte.

»Ich muß mir offenbar wieder einmal einen neuen Geldschrank anschaffen«, bemerkte er lässig.

Für einen Moment ließ er ihr Handgelenk los, um sie sogleich am Arm zu packen. So zog er sie hinter sich her zur Bibliothek. Dort angekommen, lockerte er seinen Griff und blieb vor dem Mädchen stehen, das sich gegen den Schreibtisch lehnte und ihn kalt anblickte.

»Mir stehen verschiedene Möglichkeiten offen«, begann Kara langsam. »Ich könnte die Polizei rufen – das heißt, sobald meine Leute, die Sie so klug aus dem Haus zu entfernen wußten, wiederkommen. Ich könnte aber auch, um mir alle Scherereien zu ersparen, Ihre Bestrafung selbst in die Hand nehmen. Nun – ich habe für die Polizei nicht viel übrig . . .«

Ein Klopfen unterbrach ihn. Er ging an die Tür, wechselte einige Worter mit jemandem und kam ins Zimmer zurück. Lächelnd legte er eine Anzahl Briefmarken auf den Tisch.

»Ich habe bereits erwähnt«, fuhr er fort, »daß ich nicht allzuviel von der Polizei halte. In diesem besonderen Fall scheidet sie auch schon deshalb aus, weil diese Möglichkeit Sie nicht besonders zu schrecken scheint. Wahrscheinlich stehen Sie sogar im Sold der Polizei, um mich auszuspionieren. Habe ich recht, wenn ich behaupte, daß Sie eine Spionin meines Freundes T. X. Meredith sind?«

»Ich kenne diesen Mann nur vom Sehen und stehe auch nicht im Sold der Polizei«, antwortete sie ruhig und bestimmt.

Sie beobachtete ihn, wie er, den Zeigefinger an die Oberlippe gelegt, nachdenklich auf und ab ging. Ihr Herz schlug wie ein Schmiedehammer. Seit drei Monaten hatte sie ihre Rolle aufs beste gespielt. Nun aber machte sich die lange Nervenanspannung bemerkbar. Die Aussichtslosigkeit, je ihr Ziel zu erreichen, bedrückte sie jetzt mehr als die Angst um ihr eigenes Schicksal.

»Wenn ich Sie verhaften ließe«, begann Kara wieder, »dann würde Ihr Name in allen Zeitungen genannt werden. Ihr Bild würde die Sonntagsbeilage zieren.«

Er warf ihr einen prüfenden Blick zu, wie sie diese versteckte Drohung wohl aufnehmen würde.

»Das schreckt mich eigentlich nicht«, erwiderte sie kühl.

»Das ist es, was ich befürchte!«

Langsam ging er, als wolle er zum Fenster, an dem Mädchen vorbei. Plötzlich wandte er sich mit katzenartiger Behendigkeit um und riß sie in seine Arme, und ehe ihr klar wurde, was vor sich ging, hielt er sie fest an sich gepreßt und küßte sie auf den Mund.

»Schreien wird Ihnen gar nichts nützen –«, keuchte er heiser. »Mrs. Beale habe ich vorsorglich nochmals zum Hauptpostamt geschickt. Es wird wohl eine gute Stunde dauern, bis die Dame wiederkommt.«

»Lassen Sie mich sofort los!« preßte sie halb erstickt hervor.

Nun las er wirklich Furcht in ihren Augen, und ein Gefühl des Triumphes überkam ihn. Das war es, was ihm größte Befriedigung bedeutete – Furcht zu verbreiten!

»Fürchten Sie sich nun endlich vor mir?« fragte er höhnisch.

»Nicht wahr, Sie fürchten sich? Schreien Sie, damit ich Sie nochmals küssen kann.«

»Bitte, lassen Sie mich los –«, flehte sie.

Er spürte, wie sie in seinen Armen zitterte, und ließ sie lachend los. Halb ohnmächtig sank sie auf einen Stuhl.

»Sie werden mir nun beichten, wer Sie zu Ihrer Tat angestiftet hat!« befahl er. »Warum haben Sie sich hier eingeschlichen? Ich hegte nie auch nur den geringsten Verdacht gegen Sie. Ich vermute in Ihnen eine jener merkwürdigen Kreaturen, die in diesem Land so häufig sind – die lieber arbeiten, als sich einem Mann zu fügen! Die ganze Zeit aber spionierten Sie mich aus. Klug wie eine Schlange!«

In wenigen Minuten, das wußte sie, mußte Fisher zurückkommen. Auf seine Hilfe vertraute sie. Wenn nicht etwas dazwischenkam, würde Kara sich nicht davon abbringen lassen, sein Mütchen an ihr zu kühlen, sich an ihr zu rächen.

Er schien ihre Gedanken erraten zu haben, denn er kam wieder näher und beugte sich zu ihr.

»Warum zucken Sie so ängstlich zusammen?« fragte er spöttisch, als sie zurückwich. »Sie werden so oder so tun müssen, was ich von Ihnen verlange. Begleiten Sie mich nach unten!«

Er packte sie am Arm und führte sie aus dem Zimmer. Sie stiegen die Treppe hinab. Die Gefangene sprach kein Wort. Sie hoffte immer noch, sich losreißen zu können und auf die Straße zu gelangen. Ihre Hoffnungen wurden aber schnell zunichte, denn der Griff, mit dem Kara jetzt ihren Arm umspannt hielt, war wie von Eisen. Als er sie in Richtung Küche weiterzerrte, sträubte sie sich.

»Wohin wollen Sie mich bringen?« fragte sie erschrocken.

»Dorthin, wo Sie keinen Schaden mehr anrichten können. Es wird wohl doch am besten sein, wenn ich Sie der Polizei übergebe. Bis die Beamten kommen, werde ich Sie im Keller behalten.«

Hinter der schweren Tür, die von der Küche aus in den Keller führte, befand sich eine zweite, deren Riegel Kara zurückschob. Beide Türen waren stahlgepanzert, die eine an der Innen-, die andere an der Außenseite. Mehr konnte das Mädchen nicht sehen, denn Kara hatte sie in der Dunkelheit hineingeschoben und knipste nun erst das Licht an.

»Im Dunkeln werden Sie sich doch zu sehr fürchten!« sagte er.

Sie wollte schreien, aber seine Hand verschloß ihr mit brutalem Griff den Mund.

»Ich warne Sie –«, zischte er ihr ins Ohr.

Sein Gesicht war von Bosheit und Haß entstellt. Als er sich zum Gehen wandte, sank sie bewußtlos zu Boden.

Als sie die Augen wieder aufschlug, merkte sie, daß sie auf einem Feldbett lag. Verwirrt richtete sie sich auf und blickte sich um. Kara hatte sie verlassen. Der Keller, in dem sie sich befand, war sauber und trocken, die Wände mit weißleuchtenden Platten belegt. Zwei Glühbirnen warfen ein mattes Licht von der Decke und beleuchteten einen Tisch, einen Stuhl und einen Waschtisch – das einzige Mobiliar des Raumes. Für die notwendige Ventilation sorgte ein vergitterter Luftschacht. Der ganze Raum mit seiner Einrichtung ähnelte einer Gefängniszelle, und diesem Zweck mochte er wohl auch schon häufig gedient haben.

Beim vergeblichen Suchen nach einem Gegenstand, der ihr als Waffe dienen könnte, entdeckte Miss Holland in ihrem Handtäschchen, das ihr Kara abzunehmen vergessen hatte, eine kleine Papierschere, deren Griff sie mit einem Taschentuch umwickelte. Nun war sie wenigstens etwas gewappnet, wenn Kara noch einmal versuchen sollte, handgreiflich zu werden.

Der kleine Gefängnisraum besaß noch eine zweite Tür, und sie war nicht verschlossen. Hatte nicht Mrs. Beale erwähnt, daß sich hier unten mehrere Kellerräumlichkeiten befanden? Auf dem Fußboden des zweiten Raumes, den Miss Holland nun betrat, lag ein Kokosläufer. Als sie ihn aufrollte, entdeckte sie darunter eine Falltür. Sie mußte alle ihre Kräfte aufbieten, um die schwere Tür aufzuheben. Über eine Holztreppe gelangte sie in ein elegant möbliertes Zimmer. Ein farbenfroher, weicher Teppich bedeckte den Fußboden. Die bequemen Armstühle, der Schreibtisch mit dem ledergepolsterten Sessel und das Bücherregal ließen keinen Zweifel an der Bestimmung dieses Raumes aufkommen. Es war das Privatgemach des Hausherrn. Hier pflegte Kara seine geheimsten Briefe zu erledigen und seine privatesten Dokumente aufzubewahren. Neben diesem Geheimbüro lag noch ein kleines Gelaß, das mit einer kompletten Badeeinrichtung ausgestattet war.

Durch diese Entdeckungen ermutigt, setzte Miss Holland ihren Rundgang fort. Das Kellerlabyrinth schien bei weitem noch kein

Ende zu haben. Irgendwo weiter vorn war ein Lichtschein zu sehen, auf den sie nun zuging. Plötzlich stolperte sie über ein klirrendes Hindernis, und als sie sich bückte, um es aus dem Weg zu räumen, hielt sie eine Eisenkette in den Händen. Gleichzeitig war ein dumpfes Knurren zu vernehmen.

Zu Tode erschrocken eilte das Mädchen in Karas Studio zurück. Als sie sich wieder etwas beruhigt hatte, ging sie auf Zehenspitzen ein Stück weiter in die Richtung, aus der das Knurren gekommen war. Mit aufgerissenen Augen starrte sie dann auf das Bild, das sich ihren Augen bot.

»Allmächtiger Gott!« flüsterte sie. »Wer hätte so etwas im heutigen London für möglich gehalten?«

14

Inspektor Mansus hatte sein Arbeitszimmer in Scotland Yard. Am Nachmittag des Tages, an dem Miss Hollands Abenteuer in Karas Haus begann, schob ein Kriminalbeamter ein heulendes Dienstmädchen zu Mansus hinein. Von wortreichen Erklärungen und haltlosem Schluchzen überströmend, stand das Mädchen reuig vor dem Inspektor, der solche Szenen gewohnt war.

»Wenn Sie sich jetzt zehn Minuten still verhalten und mir einige Fragen beantworten, dann können wir uns viel schneller einig werden! Sie sind also die Zofe von Lady Bartholomew?«

»Ja, Herr Inspektor«, schluchzte die Aufgelöste.

»Und Sie wurden ertappt, wie Sie ein goldenes Armband Ihrer Herrin versetzen wollten, wie?«

Das Mädchen schluckte und schickte sich an, eine langatmige Erklärung vorzubringen.

»Ja, Sir. Aber die Lady hat mir doch das Armband so gut wie geschenkt, denn ich habe von ihr schon zwei Monate lang keinen Lohn erhalten. Dem geschniegelten Ausländer kann sie Tausende und aber Tausende geben, aber für ein armes Mädchen hat sie keinen Penny übrig. Wenn das Sir William wüßte! Den ganzen Tag spielt sie Karten! Und wo ist die Schnupftabakdose? Wenn er das wüßte! Ich werde mein Recht schon finden – wenn sie Mr. Kara soviel Geld geben kann, wird sie wohl auch mich bezahlen können. Und ...«

Mansus rief den Beamten, der das Mädchen gebracht hatte und auf dem Gang wartete, herein.

»Schafft sie in eine Zelle!« befahl er, und das heulende Mädchen wurde abgeführt.

Drei Minuten später trat der Inspektor bei seinem Chef ein und unterrichtete ihn von dem Vorfall.

»Die Sache scheint mir wichtig«, entschied Meredith. »Bringt sie mal zu mir!«

Als die Gefangene kurz darauf erschien, war sie in einem Zustand, der einer Ohnmacht nahe kam.

»Los, bringt ihr eine Tasse Tee!« befahl der Chef. »Setz dich, Marianne, und vergiß, was passiert ist.«

»Oh, Sir, ich habe so etwas zum erstenmal in meinem Leben getan«, begann das Mädchen und sank in den Stuhl, den ihr T. X. hinschob.

»Dann wirst du dich sicher dabei nicht gelangweilt haben, mein Kind – und nun hör mal gut zu!«

»Ich bin ein anständiges ...«

»Stopf dir deine Anständigkeit in die Pfeife und versuch sie zu rauchen! Wenn du mir die lautere Wahrheit gestehst und mir sagst, was es mit dem Geld, das Lady Bartholomew Mr. Kara gezahlt hat ...«

»Zweitausend Pfund, Sir«, fiel ihm die Zofe ins Wort. »Es waren zwei einzelne Tausender, und wie ich erfahren habe ...«

»Also los, sag mir die Wahrheit! Du sollst dann freigelassen werden, und wenn ich dabei zehnmal einem Verbrechen Vorschub leiste.«

Es dauerte noch geraume Zeit, bis T. X. sie soweit hatte, daß sie eine verständliche Schilderung der Ereignisse zu geben vermochte. In dem Bericht fanden sich Lücken, die erst nach längerem Hin- und Herfragen überbrückt werden konnten. Zuletzt kam aber doch ein halbwegs plausibles Ganzes zustande. Lady Bartholomew hatte im Kartenspiel viel Geld verloren und Kara angeborgt, um ihre Schulden bezahlen zu können. Als Sicherheit für das ihr gewährte Darlehen hatte sie ihm eine Schnupftabakdose übergeben, die Sir William von seinem Vater, einem Arzt, hinterlassen worden war. Dieser aber hatte die Dose von einem russischen Zaren, als Zeichen der Anerkennung für geleistete Dienste, erhalten. Nach der Beschreibung der Zofe bestand die Dose aus blauem Emaille und Gold und war mit fremdartigen Schriftzügen in einer unbekannten Sprache verziert. Über die Summe, die sich Lady Bartholomew von Kara geborgt hatte, war sich die Zofe nicht ganz im klaren. Bestimmt aber wußte sie, daß ihre Herrin dem Griechen bereits zweitausend Pfund zurückgezahlt, die Dose aber noch nicht wiederbekommen hatte. Wahrscheinlich hatte er sich geweigert, das Schmuckstück zurückzugeben.

Das Mädchen erzählte weiter, daß es wegen der Dose zu einer furchtbaren Szene gekommen sei. Das größte Theater habe sich jedoch bei der Rückkehr von Belinda Maria, der Tochter, abgespielt.

»Miss Bartholomew ist also wieder in London?« erkundigte sich Meredith.

Die Zofe vermutete, daß das junge Mädchen wieder nach Frankreich zurückgekehrt sei. Sicher war jedenfalls, daß Belinda Maria außerordentlich zornig wurde, als sie von der Schnupftabakdose und Karas Verhalten erfuhr. Sie hatte Dr. Williams, den Hausarzt der Eltern, aufgesucht und ihn bewogen, Lady Bartholomew zur Erholung wegzuschicken.

»Miss Belinda Maria scheint ja eine recht tatkräftige Person zu sein!« vermerkte T. X. überrascht. »Hat sie vielleicht auch Mr. Kara besucht?«

»O nein«, versicherte das Mädchen. »Ausländer sind bei Miss Belinda Maria nicht sehr beliebt. Sie ist eine wirkliche Dame!«

Nachdem Meredith der Zofe gehörig die Leviten gelesen und ihr aus seiner Tasche drei Monatslöhne ausgezahlt hatte, entließ er sie. Er wußte, daß sie ihn nicht angelogen hatte, als sie angab, keinen Lohn erhalten zu haben. Er forderte sie auf, nach Hause zu gehen, ihre Sachen zu packen und sich schnellstens aus London fortzuscheren.

Dann blieb er noch eine Weile vor seinem Schreibtisch sitzen und überlegte. Draußen im Vorraum wartete Mansus, und T. X. ging mit ihm zusammen nach Scotland Yard hinüber. Im Büro des Inspektors angelangt, setzte sich Meredith aufs Pult und zündete sich eine Zigarre an.

»Ich hätte Lust, Kara anzurufen«, sagte er gedankenvoll.

»Tun Sie es doch –«, ermunterte ihn Mansus, »dort steht das Telefon.«

»Er hat also doch erreicht, was er wollte? Man hat ihm die direkte Leitung bewilligt, wie?« T. X. betrachtete interessiert den kleinen Apparat. Er hob schon die Hand, um den Hörer abzunehmen, überlegte es sich jedoch anders. »Nein. Ich will ihn lieber morgen persönlich aufsuchen. Ich glaube kaum, daß über seine Beziehungen zu Lady Bartholomew etwas aus ihm herauszuholen ist.«

Es klopfte leise an die Tür, und auf das ›Herein‹ des Inspektors trat ein Polizist ins Büro. Die Hand grüßend an den Helm legend, überreichte er Meredith einen Briefumschlag.

»Das ist eben von Whitehall herübergeschickt worden«, meldete er.

T. X. nahm den Umschlag, der seine Adresse und den Vermerk: ›Eilt sehr! Persönlich abzugeben!‹ trug, nachlässig entgegen. Ohne besonderes Interesse riß er das Kuvert auf und entnahm ihm einige handbeschriebene Briefblätter. Die Handschrift kam ihm schon bei der Anrede: ›Mein lieber T. X.‹ bekannt vor.

Mansus beobachtete seinen Chef beim Lesen und bemerkte, daß er seine Stirn überrascht hochzog. Ohne ein Wort zu verlieren, las T. X. Seite für Seite durch, bis er endlich, am Ende angekommen, ausrief:

»Heiliger Strohsack! John Lexman!«

Seine Hände zitterten, als er die Blätter wieder ordnete und sie dann nochmals durchlas. Der Brief trug das heutige Datum und als Adresse war nur ›London‹ angegeben.

Das Schreiben lautete:

›Mein lieber T. X.,

ich zweifle nicht einen Augenblick daran, daß dieser Brief Dir einige Überraschungen bereiten wird, denn die meisten meiner Freunde dürften mich für tot halten. Glücklicherweise – oder soll ich ›leider‹ sagen – ist dies nicht der Fall. Doch ich will nicht ins

Dramatische verfallen. Ich freue mich auf ein Wiedersehen mit Dir, meinem besten Freund. Falls Dir meine Ergüsse etwas verworren vorkommen, dann verzeih mir – ich bin eben erst heimgekehrt, und die Überfahrt war recht stürmisch. Ich schreibe diese Zeilen im Charing Cross Hotel, werde jedoch nicht hierbleiben. Meine neue Adresse teile ich Dir noch mit.

Es dürfte auch für Dich ein Schlag sein, wenn ich Dir vom Tod meiner geliebten Frau berichte. Sie starb vor einem halben Jahr im Ausland. Du kannst Dir denken, daß dieses Thema mir Schmerz bereitet, und daß ich es deshalb nicht gern berühre.

Nun habe ich eine Bitte: Ich vermute, daß ich mit meiner damaligen Flucht aus Dartmoor straffällig geworden bin, und beabsichtige deshalb, mich freiwillig der Polizei zu stellen. Du sprachst immer sehr lobend von Deinem persönlichen Gehilfen, Inspektor Mansus, so daß ich mich gern, wenn ich Dir damit nicht zu nahe trete, heute abend 10.15 Uhr bei ihm melden würde.

Auf keinen Fall, mein lieber Freund, möchte ich Dich mit dieser Angelegenheit behelligen. Laß mich also, wie ich es beabsichtige, die Sache allein mit Mansus in Ordnung bringen. Ich danke Dir schon im voraus für Deine Freundlichkeit.

Ich weiß, daß meine Strafe keine große sein kann, denn meine Begnadigung war ja, wie ich erfahren habe, schon am Abend vor meiner Flucht ausgefertigt worden.

Wenn wir uns treffen, erwarte bitte keinen langen Bericht von mir, denn das, was ich in den letzten beiden Jahren erlebt habe, möchte ich am liebsten ganz und gar aus meinem Gedächtnis löschen. Meine verstorbene Grace und ich machten Schlimmstes durch – für sie war der Tod eine Erlösung.

Triffst Du Kara oft?

Bitte, benachrichtige Mansus von meinem beabsichtigten Besuch. Er wird mich zwischen zehn und halb elf erwarten dürfen. Er möchte dem diensttuenden Torwart Bescheid sagen.

Mit den herzlichsten Grüßen, mein lieber Freund, bin ich

Dein John Lexman‹

Merediths Augen glänzten feucht, als er sich, nach der zweiten Lektüre, an Mansus wandte,

»Hier, lesen Sie diesen Brief – die arme Frau! Wahrscheinlich will John alles vermeiden, was mich mit meiner Pflicht in Kollision bringen könnte. Trotzdem will auch ich ihn hier erwarten. Ich werde heute noch mit dem Minister sprechen, damit die volle Begnadigung schon da ist, wenn Lexman heute abend kommt. Der Unterstaatssekretär hat mir das Dokument schon längst versprochen.«

Mit seinen Gedanken beschäftigt, ging Meredith nach Whitehall zurück. Der Februarabend war kalt und unfreundlich, Regen und Schnee wirbelten durcheinander, und ein scharfer Ostwind drang sogar durch die Nähte des dicken Mantels, den Meredith trug. Als er sich seinem Dienstgebäude näherte, sah er jemand wartend vor der Eingangstür stehen. Es war eine mütterlich aussehende, bestimmt sehr achtenswerte ältere Dame, die mit ihrem Sealmantel und altmodischen Hut sonderbar von der Strenge des Gebäudes abstach.

»Nanu?« rief ihr T. X. zu. »Sie warten wohl auf Einlaß?«

»Ich suche Mr. Meredith–«, erwiderte die Frau gewichtig.

»Ihre Sehnsucht soll befriedigt werden!«

T. X. schloß die Tür auf und geleitete die Besucherin durch das kahle Treppenhaus in sein im ersten Stock gelegenes Amtszimmer. Er knipste sämtliche Lampen an und betrachtete die Frau genauer.

Eine gutmütige Person, dachte er sich. Vielleicht mit einigen Größenwahnideen behaftet, sonst aber brav.

»Sie werden die späte Störung entschuldigen, Sir«, begann sie. »Wie mein Vater zu sagen pflegte, muß man in derartigen Fällen die Devise des Hosenbandordens beherzigen« ›Honny soit qui mal y pense!‹«

»Ihr Vater war wohl in der Strumpfbranche tätig?« fragte Meredith scherzend. »Wollen Sie nicht wenigstens Platz nehmen, Mrs. . . .?«

»Mrs. Cassley, bitte.« Sie knickste. »Nein, mein Vater war Tapezierer.«

»Was führt Sie zu mir, Mrs. Cassley?«

»Möglich, Mr. Meredith, daß mein Besuch zu nächtlicher Stunde mißverstanden werden könnte, aber: ›Qui s'excuse . . .‹«

»Ja, ich weiß –«, unterbrach T. X., »›es ist nicht alles Gold, was glänzt‹, doch – was kann ich für Sie tun? Ich falle nämlich bald um vor Hunger.«

»Die Sache verhält sich so: Bei mir wohnt seit einigen Monaten eine sehr anständige Dame. Glauben Sie mir, ich weiß, was ich damit sage, denn ich kann Anstand und Sitte wohl erkennen. Seit langem übe ich den Beruf einer Zimmervermieterin aus. Früher war ich bei einem Arzt als Haushälterin.«

»Ich begreife, Sie haben Menschenkenntnis«, sagte T. X. geduldig und half Mrs. Cassley, den Faden wieder zu finden. »Wo, sagten Sie doch, wohnen Sie?«

»86 Marylebone Road«, erwiderte die alte Dame.

Merediths Interesse erwachte sofort.

»So? Und was ist mit der jungen Dame?«

»Sie ist, glaube ich, bei einem gewissen Mr. Kara als Sekretärin beschäftigt und . . .«

»Haben Sie irgendeine Nachricht von der jungen Dame bekommen?«

Mrs. Cassley beugte sich vor und sprach in einem unnatürlichen, dramatischen Ton.

»Die Sache war so: Vor einigen Tagen sagte mir die junge Dame, daß ich, falls sie einmal abends bis acht Uhr nicht zu Hause sei, sofort zu einem Mr. T. X. Meredith, Whitehall, gehen sollte und ihm . . .«

Sie unterbrach sich, anscheinend um die Spannung ihres Zuhörers zu steigern. Sie erreichte ihren Zweck vollkommen.

»Weiter, weiter! Schnell, was geschah weiter?« rief T. X. ungeduldig.

Mrs. Cassley fuhr fort:

»Sagen Sie ihm, sagte sie, daß Belinda Maria . . .«

Meredith sprang auf.

»Belinda Maria? Belinda Maria?«

Mit einem Schlag begriff er. Das Mädchen bei Kara, das Neugriechisch schrieb und sprach, hatte sich bei dem Albano-Griechen als Sekretärin eingeschlichen, um das Schmuckstück ihrer Mutter, Lady Bartholomews, zurückzugewinnen.

Unterdessen erzählte Mrs. Cassley weiter, aber ihr Wortstrom plätscherte ungehört an Meredith vorbei. Der Gedanke, daß Belinda Maria für den Fall, daß ihr etwas zustieß, an ihn gedacht hatte, ließ sein Herz höher schlagen.

Ohne zu zögern, rief er Mansus an, erteilte ihm einige Befehle und wandte sich dann wieder an die überraschte Mrs. Cassley.

»Warten Sie hier auf mich – ich bin bald zurück. Ich werde die Sache untersuchen.«

Kara war zu Hause, lag aber schon im Bett. T. X. erinnerte sich, daß der Grieche stets zeitig schlafen ging und die Gewohnheit hatte, späte Besucher im Schlafzimmer zu empfangen. So geschah es auch jetzt. Kara trug einen seidenen Schlafanzug und verließ sein Bett nicht.

»Welch freudige Überraschung!« begrüßte er den Chefinspektor. »Bitte, entschuldigen Sie mein Deshabillé.«

Meredith hatte keine Lust, Höflichkeiten auszutauschen.

»Wo ist Miss Holland?« fragte er geradeheraus. »Miss Holland?« Kara blickte ihn besorgt an, als zweifle er, richtig gehört zu haben. »Wie kommen Sie zu dieser Frage? Wo soll sie denn sein, wenn nicht zu Hause – oder im Theater, in einem Kino, was weiß ich?«

»Zu Hause ist sie nicht, und ich habe Grund, sie noch hier zu vermuten.«

»Warum so mißtrauisch, Mr. Meredith?« Kara klingelte, und Fisher erschien mit einem Tablett, auf dem zwei Tassen Kaffee standen. »Fisher –«, wandte er sich an den Diener, »Mr. Meredith erkundigt sich nach Miss Holland. Sagen Sie ihm doch, wo sich die Dame gegenwärtig befinden könnte. Sie wissen ja besser, was sie treibt.«

»Soviel mir bekannt ist«, antwortete der Diener, »hat Miss Holland das Haus gegen fünf Uhr dreißig verlassen. Kurz vor fünf erteilte sie mir noch einen Auftrag, und als ich zurückkam, hingen ihr Hut und ihr Mantel nicht mehr an der Garderobe in der Diele. Sie wird also wohl nach Hause gegangen sein.«

»Sie selbst haben sie aber nicht gehen sehen, wie?« fragte T. X.

»Nein, Sir. Es trifft sich überhaupt selten, daß ich sie gehen oder kommen sehe.«

»Na also«, schaltete sich Kara wieder ein. »Sie wird zu Hause oder eben ausgegangen sein. Überhaupt . . .« Er blinzelte anzüglich. »Eigentlich müßte ich die Dame ja vor Ihnen schützen, Sie Schwerenöter!«

Was blieb T. X. anderes übrig, als auf diesen Ton einzugehen? Mit dienstlicher Strenge war hier nichts zu erreichen, und für eine Durchsuchung des Hauses fehlte ihm die Vollmacht. Er fuhr nach Whitehall zurück und schickte Mrs. Cassley nach Hause.

»Wenn Miss Holland noch nicht zurück ist, rufen Sie mich gleich an!«

Alleingeblieben, warf T. X. einen Blick auf die Uhr.

»Gleich Viertel vor zehn – es wird Zeit, Lexman zu erwarten!«

15

Das Triumphgefühl, das Kara empfunden hatte, als Meredith unverrichteterdinge abziehen mußte, hielt nicht lange an. Wie kam es, daß gerade an diesem Abend die Gespenster der Vergangenheit aus ihren Gräbern stiegen und ihm die Freude an der Niederlage seines Gegners vergällten?

Jener albanische Häuptling, dem er einst die Geliebte geraubt hatte, und den er später in Pezarro das Schafott besteigen sah, kam ihm in den Sinn. Mit einem wollüstigen Schauer vergegenwärtigte sich Kara noch einmal die Umstände, die zu jener Hinrichtung geführt hatten ... Starr vor sich hinblickend stellte er sich die dem Schießpulverfäßchen immer näherkommende Kerzenflamme vor, hörte das Triumphgelächter seiner Feinde, die sich bereits anschickten, das Haus zu verlassen, unter dessen Trümmern sie seinen Leichnam zu begraben hofften, vernahm im Geiste die donnernden Kolbenschläge der zur rechten Zeit herbeigeeilten Gendarmerie, die ihn aus seiner schlimmen Lage befreite – und schließlich sah er wieder das wutverzerrte Gesicht seines gefesselten Todfeindes vor sich, empfand von neuem die Genugtuung, ihn an den Galgen gebracht zu haben.

Ein Läuten an der Haustür schreckte ihn aus seinen Erinnerungen. War etwa Meredith noch einmal zurückgekehrt, um herauszubekommen, ob Miss Holland nicht doch im Haus war? Er erhob sich, öffnete leise die Tür und beugte sich hinaus. Unten schloß der Diener die Haustür auf. Nein, Meredith war es sicher nicht, der Einlaß begehrte, doch wer immer es war – Fisher mußte die Nacht außer Haus zubringen, um seine, Karas Pläne nicht durchkreuzen zu können.

Von der Diele her vernahm er kurze, heftig hervorgestoßene Sätze. Er zog sich, als er Fisher die Treppe heraufkommen hörte, schnell ins Zimmer zurück und schloß die Tür.

Es klopfte.

»Mr. Gathercole ist gekommen, Sir!« rief Fisher vor der Tür. »Er bittet Sie, ihn zu empfangen.«

Erleichtert öffnete Kara die Tür.

»Der Forscher?« Er lächelte. »Selbstverständlich bin ich für Mr. Gathercole zu sprechen. Führen Sie ihn bitte sofort zu mir. Ich werde ihn hier empfangen.«

»Ich habe Mr. Gathercole bereits mitgeteilt, daß Sie sich zurückgezogen hätten«, meldete Fisher. »Er fluchte entsetzlich, als er dies hörte.«

Kara lachte.

»Schicken Sie ihn nur herauf! Wenn er wieder weg ist, haben Sie für heute nacht frei. Sie brauchen vor morgen früh nicht zurückzukommen.«

»Danke sehr, Sir.«

Dieser Ausgang kam Fisher sehr gelegen, denn er hatte allerlei vor, das er bei dieser Gelegenheit erledigen konnte.

»Bleiben Sie«, ergänzte Kara, »auf alle Fälle bis elf Uhr im Haus, um etwaige Wünsche Mr. Gathercoles auszuführen. Bevor Sie dann weggehen, bringen Sie mir ein Glas Milch und einige belegte Brötchen. Sie brauchen nicht hereinzukommen – stellen Sie alles vor die Tür.«

»Wie Sie befehlen, Sir.«

Fisher eilte zu Gathercole in die Diele hinunter.

»Mr. Kara läßt bitten, Sir«, teilte er dem gereizt Wartenden mit.

»So? Wie liebenswürdig von ihm! Er will sich also so weit herablassen, mich zu empfangen? Welch eine Leutseligkeit!«

»Ja, Sir«, war alles, was Fisher darauf zu erwidern wußte.

»He, Sie Lakaienseele, kommen Sie mal näher heran! Sehen Sie sich meinen grauen Bart an!«

Der Diener grinste verwirrt.

»Sehen Sie nach, ob er wirklich grau ist!« brüllte ihn Gathercole an.

»Jawohl, er ist grau . . .«

»Wirklich grau? Ziehen Sie mal daran, ob er echt ist!«

»Wie dürfte ich mir eine derartige Freiheit herausnehmen, Sir?« wehrte der Bedrängte ab.

»Freiheit, he? Los, marsch, führen Sie mich zu Ihrem sauberen Herrn!«

Sie stiegen die Treppe hinauf. Diesmal hatte der Besucher keine Bücher mit, und sein linker Arm hing tot herab. Oben angekommen, stieß Fisher die Tür auf und meldete mit lauter Stimme den Gast an.

Kara kam dem Forscher entgegen und begrüßte ihn mit einem gewinnenden Lächeln. Leise schloß Fisher hinter den beiden die Tür und lief wieder ins Erdgeschoß hinab, um noch einiges vor seinem beabsichtigten Ausgang zu erledigen.

Zehn Minuten später hörte er, wie im ersten Stock die Tür geöffnet wurde. Wie aus der Lautstärke hervorging, schien sich Gathercole auf der Schwelle noch mit Kara zu unterhalten.

»Für mich ist das Feuerland erledigt –«, hörte ihn Fisher sagen, »Schluß mit Patagonien! – Gewiß«, fuhr er nach einer kurzen Pause, anscheinend auf eine Bemerkung Karas hin fort, »wohin Sie wollen, nur nicht wieder nach dem verdammten Patagonien!«

Fisher wunderte sich über den verhältnismäßig freundlichen Ton des vorher so ruppigen Besuchers. Während er unten an der Treppe auf Gathercole wartete, hörte er ihn eine letzte Bemerkung an Kara richten:

»Hoffentlich wird Ihr Scheck auch eingelöst!«

Langsam kam er die Treppe herunter. Als er den Diener erblickte, hob er warnend seine gesunde Hand.

»Die Griechen soll alle der Teufel holen! Sorgen Sie nur dafür, mein Freund, daß Sie Ihren Lohn immer im voraus bekommen. Haben Sie mich verstanden?«

»Jawohl, Sir, aber bei Mr. Kara besteht in dieser Hinsicht keine Gefahr. Mit Geld ist er sehr großzügig.«

»So? Na, ich weiß es besser, Freundchen. Sie . . .« Er unterbrach sich, denn aus der Richtung des Schlafzimmers war ein leises ›Klick‹ zu vernehmen gewesen. »Was war das?«

»Mr. Kara hat den Türriegel vorgeschoben«, erklärte Fisher. »Er hat mir befohlen, ihn bis elf Uhr nicht mehr zu stören.«

»Er ist ein Angsthase, ein Feigling!«

Ohne sich weiter um den Diener zu kümmern, verließ Gathercole das Haus.

Draußen schaute er auf seine Uhr.

Es fehlten fünf Minuten bis zehn Uhr.

16

Sir George Hartley und T. X. Meredith schritten gemächlich durch die Gänge des Präsidiums. Sie befanden sich auf dem Weg zum Amtszimmer von Inspektor Mansus.

»Lexman wird sich freuen, Sie kennenzulernen, Sir George«, sagte T. X. »Kommen Sie doch mit, lassen Sie uns meinen Freund gemeinsam erwarten! Sie haben doch von jeher für diesen Fall großes Interesse gezeigt.«

Der Präsident murmelte etwas vor sich hin, als wehre er sich gegen die Zumutung, irgendeiner Sache besonderes Interesse widmen zu sollen.

»Dafür bekomme ich mein Gehalt, damit ich mich für derartige Dinge interessiere«, erklärte er laut. »Ich habe gestern mit Bartholomew über die Sache gesprochen und glaube nicht, daß Lexman für seine Flucht bestraft wird. Man hat mir die Niederschlagung des Strafverfahrens fest zugesagt.«

»So daß wir also Lexman nicht festzunehmen brauchen?«

Der Chef schüttelte nur den Kopf.

Ein kurzes Schweigen folgte, das durch die Frage Merediths unterbrochen wurde.

»Hat Bartholomew etwas von Belinda Maria erwähnt?«

Sir George blieb überrascht stehen.

»Und wer, wenn ich mir die Frage erlauben darf, ist diese Belinda Maria?« fragte er ironisch.

Meredith errötete bis an die Haarwurzeln.

»Sie ist die Tochter Bartholomews.«

»Ach so!« Der Ausruf sprach Bände. »Er erwähnte sie, glaube ich, kurz in seinem Gespräch.«

Sie betraten das Büro des Inspektors. Mansus saß vor seinem

Pult und schrieb. Bald befanden sich die Herren in einem angeregten Gespräch, so daß sie sich erst nach einiger Zeit wieder an den Zweck ihrer Zusammenkunft erinnerten.

»Lexman ist noch immer nicht da«, bemerkte Sir George.

»Eben scheint er einzutreffen!« rief T. X., als er feste, näher kommende Schritte auf dem Korridor hörte.

Er sprang auf und eilte dem Freund entgegen. Vor Aufregung konnte er im ersten Augenblick kein Wort hervorbringen. Stumm drückte er John die Hand, und erst nach einer Weile rief er mit etwas schwankender Stimme aus:

»Mein lieber Freund! Wie ich mich freue, dich wiederzusehen!«

Lexman erwiderte eine Zeitlang nichts. Dann sagte er leise:

»Es tut mir leid, T. X., wenn ich dir nun Unannehmlichkeiten bereite.«

»Unsinn! Schlag dir diesen Gedanken aus dem Kopf – komm! Sir George möchte dich kennenlernen.«

John Lexman hatte sich in den zwei Jahren stark verändert. Das Gesicht sah älter und gereifter aus, der Mund hatte einen verkniffenen Zug, und die Augen schienen tiefer in den Höhlen zu liegen. Er war im Abendanzug, und noch immer war seine Erscheinung stattlich wie vor seinem Verschwinden. Von der Schläfe bis zum Mund lief eine tiefe, kaum ausgeheilte Narbe, die er vor zwei Jahren nicht gehabt hatte.

»Ich muß mich entschuldigen«, sagte er, als er seinen Mantel über die Stuhllehne legte, »daß ich im Gesellschaftsanzug erscheine. Ich langweilte mich nämlich so sehr, daß ich mir die Zeit mit einem Theaterbesuch verkürzt habe.« Kein noch so leises Lächeln heiterte sein ernstes Gesicht auf. Er schien jedes Wort auf seine Wirkung hin abzuwägen. »Ich komme hierher, um mich der Polizei zu stellen.«

»Hast du Kara schon gesprochen?« fragte T. X.

»Nein – ich habe auch keine Sehnsucht nach ihm.«

»Sie brauchen sich wegen Ihrer Flucht keine Gedanken zu machen«, versicherte Sir George. »Aber sagen Sie bitte: Sie flüchteten wohl im Flugzeug, wie?«

Lexman nickte.

»Hat Ihnen jemand dabei geholfen?«

Wieder die stumme Bejahung.

»Sie werden verzeihen, Sir George, wenn ich mich darüber nicht äußere. Natürlich haben Sie ein Recht, auf der Beantwortung Ihrer Frage zu bestehen – solange Sie das jedoch nicht tun, möchte ich schweigen. Es ist auch besser, wenn die ganze Fluchtgeschichte gar nicht mehr zur Sprache kommt.«

Der Präsident überlegte kurz, dann sagte er:

»Gut, Schwamm drüber. Die Hauptsache ist ja, daß wir nun bald wieder ein neues, spannendes Buch von Ihnen erwarten dürfen.«

»Bis dahin wird noch viel Wasser die Themse hinabfließen. Vorläufig liegt mir der Gedanke, wieder zu schreiben, recht fern. Der Anreiz fehlt.«

Sir George ahnte, worauf Lexman sich bezog.

Das eingetretene Schweigen wurde durch lautes Telefongeklingel unterbrochen.

»Was soll das?« rief Mansus erstaunt. »Das ist doch der Apparat von Karas direkter Leitung!« Hastig nahm er den Hörer ab. »Hallo! Hallo!«

Keine Antwort. Nur ein fortgesetztes Knacken zeigte an, daß die Verbindung bestand.

Die im Zimmer Anwesenden blickten einander an.

»Da scheint etwas nicht in Ordnung zu sein«, gab Mansus der allgemeinen Vermutung Ausdruck.

»Versuchen Sie es noch einmal!« rief T. X., und Mansus gehorchte, doch Antwort bekam er auch diesmal nicht.

»Da mich die Sache nichts angeht, möchte ich gehen«, sagte Lexman und erhob sich. »Was bestimmen Sie wegen mir, Sir George?«

»Kommen Sie bitte morgen früh wieder«, bat der Präsident.

»Wo hast du deine Zelte aufgeschlagen?« erkundigte sich Meredith.

»Im Midland ...«

»Ich werde dich morgen früh aufsuchen. Komisch, daß dieser geheimnisvolle Anruf gerade heute kommt, wo du bei uns bist!«

Lexman schwieg einen Augenblick, dann sagte er fest:

»Ich würde, falls dem Griechen etwas passiert ist, nicht eine einzige Träne vergießen. Das kannst du mir glauben.«

»Er scheint dich bitter gekränkt zu haben.«

»Ja, das hat er – verflucht soll er sein!«

17

Im Auto des Präsidenten fuhr Meredith mit einem Kriminalbeamten nach dem Cadogan Square. Auf ihr Klingeln öffnete Fisher sofort. Er schien etwas verwundert zu sein, als er die beiden sah.

»Nein«, erwiderte er auf Merediths Frage, »Mr. Kara hat nicht nach mir geklingelt. Er schläft wohl schon.«

T. X. eilte die Treppe hinauf und steuerte direkt auf Karas Schlafzimmertür zu. Einmal, zweimal klopfte er, ohne Antwort zu erhalten. Dann ungeduldig und unruhig geworden, trat er mit den Schuhen gegen die Füllung.

»Haben Sie unten ein Telefon?« fragte er den Diener, der ihm gefolgt war.

»Jawohl, Sir.«

»Rufen Sie sofort Scotland Yard an. Man soll mir Leute mit Werkzeugen schicken, um die Tür aufzubrechen. Ich habe nichts bei mir, was mir weiterhelfen könnte.«

»Es würde wenig nützen, das Schloß aufzubrechen, Mr. Meredith«, wandte der erschrockene Fisher ein. »Mr. Kara hat, wie ich weiß, den Sperrhebel schon vorgelegt.«

»Daran hatte ich nicht mehr gedacht! Verlangen Sie also auch eine Stahlsäge. Wir werden die Füllung durchsägen müssen.«

»Er nimmt wohl Schlafmittel?« erkundigte sich der inzwischen ebenfalls eingetroffene Mansus beim Diener, der mit bleichem Gesicht herumstand.

»Mir ist darüber nichts bekannt.«

Statt untätig auf die Ankunft der Werkzeuge zu warten, kontrollierte Meredith die übrigen Räume auf dem Stockwerk. Er fand nichts Bemerkenswertes, nur in einem schmalen Abstellraum entdeckte er einen großen Schrankkoffer, der über und über mit Hoteletiketten und Bahnvermerken beklebt war. Er mußte eine weite Reise zurückgelegt haben. Quer über den Deckel zog sich die mit roter Farbe aufgedruckte Warnung: ›Vorsichtig zu behandeln – nicht stürzen‹.

Da inzwischen die Schlosser eingetroffen waren, schenkte Meredith diesem Fund keine weitere Aufmerksamkeit. In weniger als einer Viertelstunde hatte die Stahlsäge ihr Werk vollbracht. In der

Füllung befand sich ein Loch, groß genug, um hineingreifen zu können.

Nachdem einmal der Stahlriegel geöffnet war, gab es keinen weiteren Widerstand mehr zu überwinden – T. X. stieß die Tür auf und ging als erster ins Zimmer.

»Wartet hier draußen!« befahl er seinen Begleitern.

Ein kurzes Suchen nach dem Schalter, dann leuchtete das grellweiße elektrische Licht auf.

Starr, den Nachtanzug über und über blutbefleckt, hing der leblose Körper Karas über der Bettkante, als hätte ihn der Mörderstahl beim Versuch, aus dem Bett zu springen, getroffen.

Meredith betrachtete den Toten, bemerkte das verzerrte Lächeln auf dessen Gesicht und wandte sich langsam, fast widerwillig, von dem entsetzlichen Bild ab.

Sein Blick fiel auf ein seltsam verbogenes Kerzenende, das in der Mitte des Zimmers auf dem kostbaren Teppich lag.

Mansus entdeckte eine zweite, etwas dickere Kerze, als er unter Karas Bett nachschaute. Auf dem Tisch neben dem Bett stand der Telefonapparat. Der Hörer lag nicht auf der Gabel, er baumelte an der Leitungsschnur über die Tischkante hinab. Zwei Bücher und ein Brieföffner aus Elfenbein lagen neben dem Telefon.

Meredith zog, bevor er die Gegenstände berührte, Handschuhe an, um etwa vorhandene Fingerabdrücke nicht zu verwischen. Doch stellte sich diese Maßnahme als überflüssig heraus, da nicht die geringste Spur entdeckt werden konnte.

»Öffnen Sie, um Himmels willen, das Fenster! Die Hitze hier drinnen ist entsetzlich. Verwischen Sie mir aber keine Spuren, Mansus! Ist das Fenster verriegelt?«

Erst als sich Mansus überzeugt hatte, daß das Fenster einwandfrei verschlossen war, öffnete er. In diesem Augenblick ertönte aus dem Erdgeschoß ein stürmisches Läuten.

»Der Einbrecheralarm!« stellte T. X. fest. »Stellen Sie das Gerassel ab, Fisher!« befahl er dem Diener, der die Entwicklung der Dinge stumm, aber mit schreckensbleicher Miene verfolgte.

Fisher kam dem Befehl nicht ungern nach. Kaum hatte er das Zimmer verlassen, gab Meredith einem Beamten Auftrag, den Diener nicht aus den Augen zu lassen. Kurz darauf schwieg das Läutwerk. Fisher, dem das Mordzimmer Grauen einflößte, hielt sich jetzt in der Diele auf. Und hier geschah es, daß seine suchend umherschweifenden Blicke auf dem runden Tisch den Briefumschlag erspähten, den er, als er zuletzt hier unten gewesen war, bestimmt nicht gesehen hatte. Nachdenklich nahm er ihn auf und stellte erstaunt fest, daß das Schreiben an ihn selbst gerichtet war. Wer konnte ihm geschrieben und den Brief einfach hierhergelegt haben? Niemand war im Haus gewesen, niemand hatte, seit Gathercole es verlassen, die Diele betreten. Mit einer Ahnung kommenden Unheils riß er den Umschlag auf und entnahm ihm einen Briefbogen. Kaum hatte er den kurzen Inhalt gelesen, wurde er kreidebleich. So ungezwungen wie möglich durch die Diele schlendernd, zerknüllte er den Brief in der Hand und warf ihn ins flackernde Kaminfeuer.

In diesem Augenblick beugte sich oben Mansus übers Geländer und rief den Beamten zu sich, der auf Fisher aufpassen sollte. Diese Gelegenheit machte sich der Diener zunutze. Ohne auch nur zu versuchen, Rock und Mantel zu holen, schlich er sich zur Haustür, öffnete sie leise und schlüpfte auf die dunkle Straße hinaus.

Wenige Minuten nach seiner Flucht erschien der Polizeiarzt. Den Zeitpunkt der Ermordung des Griechen konnte er nicht genau bestimmen.

»Gegen zehn Uhr fünfundzwanzig erfolgte, wie Sie sagten, der Anruf? Das dürfte nach meinem Dafürhalten auch die Tatzeit gewesen sein. Mit der Rechten wird der Mörder dem Opfer das Messer in die Brust gestoßen haben, während er mit der Linken seine Kehle umklammert hielt, um das Schreien zu verhindern.«

Die Vernehmung der Köchin, Mrs. Beale, bestätigte die Aussagen Fishers. Danach hatte er sich fast den ganzen Abend bei ihr in der Küche aufgehalten. Nun wollte sich Meredith den Diener vornehmen, aber er war verschwunden.

»Lassen Sie nach ihm fahnden!« ordnete er an. »Ich kann mir zwar nicht denken, daß er etwas mit der Sache zu tun hat, aber ich muß ihn trotzdem vernehmen. Merkwürdig – niemand hätte, auch Fisher nicht, ohne Karas Erlaubnis das Schlafzimmer betreten oder nach der Tat wieder verlassen können. Der Riegel war ja bei unserem Eintreffen noch vorgeschoben. Was haben Sie in Karas Taschen gefunden, Mansus?«

Der Inspektor brachte die Gegenstände, die er vorsorglich auf einem Tablett ausgebreitet hatte. Zum größten Teil waren es Schlüssel, deren Bestimmung Mrs. Beale ohne weiteres angeben konnte. Nur einige wenige hatte sie, wie sie sagte, noch nie zu Gesicht bekommen.

»Ich glaube«, rief sie plötzlich aus, »dieser da gehört zum Weinkeller!«

»Ach, an den Keller hatte ich nicht mehr gedacht!« gestand Meredith. »Ob dort die Erklärung für das geheimnisvolle Verschwinden von Miss Holland zu finden ist?«

Er hatte das Mädchen in all dem Durcheinander des Abends wirklich vergessen und machte sich bittere Vorwürfe deswegen. Sofort begab er sich in die Küche und blieb vor der schweren Eichentür stehen.

»Sieht ganz nach einer Gefängnistür aus!« brummte er.

»Nicht wahr? Das war auch immer schon meine Meinung«, fiel Mrs. Beale ein. »Jedesmal, wenn ich sie mir ansehe, kommt mich das Gruseln an. Wer weiß, was sich hinter ihr schon abgespielt haben mag.«

Tatsächlich ließ sich die Tür mit dem bezeichneten Schlüssel ohne weiteres öffnen. Die zweite, dahinterliegende Tür war nur verriegelt und lief spielend leicht und geräuschlos in wohlgeschmierten Angeln.

Neugierig blickte Meredith in dem spärlich ausgestatteten Kellerraum umher, der erstaunlicherweise von zahlreichen elektrischen Lampen erleuchtet war.

»Hier hat wohl jemand verspätet Weihnachten gefeiert!« rief er überrascht aus.

Und dann entdeckte er etwas Sonderbares. Auf dem Tisch lag eine mit einem Taschentuch umwickelte Schere. Tuch und Schere waren blutverschmiert. Bleich bis in die Lippen starrte Meredith das Monogramm auf dem befleckten Tüchlein an: B. M. B.! – Nachdem er sich vergewissert hatte, daß ihn niemand beobachtete, ließ er das verdächtige Instrument in seiner Tasche verschwinden.

Er war über sich selbst verwundert. Wie kam er, der eifrige Polizeibeamte, dazu, Spuren zu unterschlagen, die vielleicht zur Aufklärung eines Mordes dienen konnten. Doch wie, so fragte er sich zweifelnd, kam Belinda Maria – denn auf sie deutete das Monogramm auf dem gefundenen Taschentuch hin – dazu, den Griechen zu ermorden? Wie sollte sie in sein Zimmer hinein- und – vor allem – wieder herausgekommen sein? Warum, wenn ihr das Unmögliche dennoch gelungen wäre, hatte sie sich dann in den Keller begeben und dort den Beweis ihrer Tat hinterlassen? Diese Zweifel machten T. X. zu schaffen, und darum wollte er sich Mrs. Beale noch einmal vornehmen. Er machte sich auf die Suche nach ihr und fand sie in einem Zimmer im ersten Stock.

»Nein, Sir, ich habe gar nichts gehört, und ich bin auch den ganzen Abend nicht aus der Küche herausgekommen.«

T. X. verständigte Mansus und kehrte darauf wieder in den Keller zurück.

Was mochte hier unten vor sich gegangen sein? Er fand die Falltür und stieg ins zweite Kellergeschoß hinunter. Wozu hatte Kara hier unten ein so luxuriöses Büro benötigt? Einen Raum nach dem andern durchsuchte Meredith und gelangte endlich in ein von einer starken Lampe erhelltes Zimmer. Unter der Lampe stand ein Feldbett. Das Bett mußte bis vor kurzem noch benützt worden sein. Decken und Laken waren zurückgeschlagen. Nirgends jedoch war ein menschliches Wesen zu finden, das hier gehaust haben könnte. In einer Nische stand ein elektrischer Kochherd, über dem sich ein Ventilator befand. Ein Schrank enthielt Lebensmittel.

Auf den sauber gescheuerten Fußbodenbrettern waren verwischte Blutspuren zu sehen. T. X. verfolgte sie ein Stück weit, bis sie sich verloren. Alles deutete darauf hin, daß jemand einen schweren Körper die Bohlen entlanggeschleift hatte. In der Nähe des Baderaumes, den T. X. noch nicht betreten hatte, entdeckte er die Blutspuren von neuem. Als er ihnen folgte, fand er im Badezimmer, eingeklemmt zwischen Wanne und Wand, den Kadaver einer riesigen Dogge mit lang heraushängender Zunge. Am Halsband des toten Tieres hingen einige Kettenglieder.

Meredith pfiff vor sich hin. Warum hatte das Mädchen den Hund erstochen?

18

Müde und abgespannt kam Meredith am frühen Morgen zu Sir George, um ihm über die Ereignisse der letzten Stunden Bericht zu erstatten. Die Zeitungen hatten die Nachricht von der Ermordung des Griechen bereits gebracht.

»Sowohl Gathercole als auch Fisher sind wie vom Erdboden verschwunden«, teilte T. X. dem Präsidenten mit. »Von ersterem wissen wir nur, daß er jenen Zeitungsartikel, von dem ich Ihnen erzählte, an die ›Post‹ eingesandt hat. Zu Gesicht bekommen hat ihn auch auf der Redaktion niemand. Im Klub, wo er früher immer verkehrte, kennt keiner seine Adresse. Ich habe heute früh seine Wohnung in Lincolns Inn durchsuchen lassen, aber auch dort ist er seit seiner mutmaßlichen Rückkehr von Patagonien noch nicht gewesen. Er hat die Räumlichkeiten an andere Leute vermietet. Ein Beamter, der auf dem Bahnhof Dienst hatte, sah gestern abend bei der Abfahrt des Elfuhrzuges einen Herrn, auf den die Beschreibung Gathercoles paßt. Das ist die einzige etwas hoffnungsvollere Nachricht.«

»Haben Sie Karas Sekretärin vernommen?«

Hier war sie, die Frage, die T. X. gefürchtet hatte.

»Nein, Sir George. Auch sie ist seit gestern nachmittag verschwunden.«

Der Chef lehnte sich im Stuhl zurück und fuhr sich mit der langfingrigen Hand durch die schütteren, weißen Haare.

»So? Sie haben also weiter niemand, den Sie befragen könnten, als den Toten selbst?« fragte er ironisch. »Wenn Ihnen die Sache zu hoch erscheint, so will ich gern einen anderen mit der Aufklärung betrauen, Mr. Meredith! Derartige Fälle gehören ja überhaupt nicht zu Ihrem Arbeitsbereich.«

»In diesem Stadium der Ermittlungen möchte ich den Fall nicht aus der Hand geben«, verwahrte sich T. X.

»Haben Sie noch irgend etwas über das Vorleben Karas erfahren können?«

»Nicht viel – doch das wenige wirft kein sehr schmeichelhaftes Licht auf den Toten. Es scheint, daß er bei allen revolutionären Umtrieben, die in den letzten Jahren Albanien zu einer Gefahr für seine Nachbarn werden ließen, seine Finger mit im Spiel hatte. Er hat sein Geld überall dort eingesetzt, wo es ihm für seine ehrgeizigen Pläne nützlich schien. Sie liefen auf nichts Geringeres hinaus als auf eine Krone! Bartholomew erzählte mir, daß Kara seine gesellschaftlichen Beziehungen zu unseren Regierungskreisen hauptsächlich dazu benutzt habe, um diesen einen möglichen Regierungswechsel in seinem Vaterland schmackhaft zu machen. Inwieweit er damit Erfolg gehabt hat, weiß ich nicht. Jedenfalls fanden wir in seinen Geheimfächern viele Briefe und Schriftstücke in Geheimschrift, die wir natürlich sofort dem Foreign Office zur Entzifferung übergaben. Über den Inhalt habe ich noch nichts erfahren können, doch zweifle ich nicht daran, daß das Resultat sehr interessant sein wird.«

Der Präsident überlegte eine Weile, dann sagte er:

»Ich kann mir nicht helfen, aber ich glaube, daß das Verschwinden der Sekretärin unmittelbar mit dem Mord zusammenhängt. Bringen sie mir die Dame – dann wissen wir bald, wer der Täter ist!«

In keineswegs sehr gehobener Stimmung suchte Meredith, bevor er sich zum Lunch begab, Lexman auf. Als der Wagen, den sich T. X. genommen hatte, vor dem Hotel hielt, trat der Schriftsteller gerade aus dem Portal.

»Komm, John, begleite mich zum Lunch!« schlug Meredith vor. »Das Neueste weißt du wohl schon?«

»Wenn du damit auf Karas Ermordung anspielst – ja, ich habe davon gelesen. Merkwürdig! Gestern abend sprachen wir von ihm – hm! Gerade als sein Telefon klingelte! Ich würde mich freuen, T. X., wenn du mit dieser Sache nichts zu tun hättest.«

»Warum macht dir das Sorgen?« fragte Meredith erstaunt.

»Du mißverstehst mich – ich meine nur, daß du nicht hättest dabeisein sollen, als ich mich bei Mansus meldete. Ich hatte beabsichtigt, die ganze Vergangenheit zu begraben, ohne meinen besten Freund damit zu behelligen.«

»Du bist überempfindlich, John!« T. X. klopfte Lexman auf die Schulter. »Berichte mir alles, was dich bedrückt. Ich will gern, soweit es in meiner Macht steht, helfen. Weißt du etwas, das zur Aufklärung des geheimnisvollen Mordes beitragen könnte?«

Lexman starrte, mit einem besorgten Ausdruck in den Augen, ins Weite.

»Du weißt, daß ich alles für dich tun würde – du hast dich Grace gegenüber wirklich als Freund gezeigt. Ich kann dir trotzdem nicht helfen. Ich haßte Kara – doch sogar jetzt, nachdem der Mann unschädlich gemacht worden ist, hat sich diese Empfindung auch nicht um ein Jota verringert. Glaube mir, Kara war das gemeinste Geschöpf, das je auf Gottes Erdboden lebte. Sein Ende mag schrecklich gewesen sein, für ihn aber war es immer noch viel zu barmherzig!«

Die Leidenschaft, die in dieser unverhohlenen Erklärung lag, versetzte Meredith in Unruhe und Ratlosigkeit. Er schwieg. Nie hatte er einen Menschen so haßerfüllt gesehen, wie es Lexman in diesem Augenblick war.

Der Schriftsteller starrte zum Fenster hinaus.

»Entschuldige, T. X.«, sagte er nach einer Weile mit etwas sanfterer Stimme. »Du hast mich an meiner empfindlichsten Stelle getroffen. Eines Tages wirst du erfahren, was mir der Mensch angetan hat, jetzt aber wollen wir ein anderes Thema anschlagen!«

»Kennst du eigentlich Gathercole, John?« fragte Meredith.

Lexman nickte.

»Ich erinnere mich an ihn – wir haben schon früher einmal über ihn gesprochen. Ein komischer Mensch.«

»Ihn zu finden habe ich mir als nächstes Ziel gesetzt.«

»Ihn? Warum?«

»Weil er Kara als letzter lebend gesehen haben muß.«

»Hast du ihn im Verdacht, der Täter zu sein?«

»Nein. Er kann nicht gut der Mörder sein, weil zum Begehen der Tat zwei gesunde Hände erforderlich waren, und Gathercole nur einen Arm hat. Ich will von ihm wissen, worüber sie sich bei dieser letzten Zusammenkunft unterhalten haben, und er soll mir auch sagen, ob Kara allein im Schlafzimmer war.«

»Hm, hm!«

»Aber das alles wird mir nicht weiterhelfen, wenn ich nicht herausbekomme, wie der Täter aus dem Schlafzimmer entkommen konnte. Durch die Türfüllung greifen, um den Riegel vorzulegen . . . Na ja, in einer Gespenstergeschichte würde man sich so was noch gefallen lassen. Übrigens – du hättest aus dieser Sache einen wundervollen Roman zusammenbasteln können, John! Auf welchem Weg hättest du ›deinen‹ Mörder nach der Tat aus dem Schlafzimmer entkommen lassen?«

Lexman lächelte.

»Den Tresor hast du wohl genau untersucht, wie?«

»Ja.«

»Hast du etwas Besonderes gefunden?«

T. X. blickte erstaunt auf.

»Was man eben in Panzerschränken zu finden erwartet. Warum fragst du?«

»Ich vermutete einen Augenblick, daß der Tresor zwei Türen, eine sichtbare und eine verborgene, haben könnte.«

»Daran habe ich bei der Untersuchung auch gedacht.«

Lexman lehnte sich, mit einem Löffel spielend, in seinem Stuhl zurück.

»Natürlich braucht man in einem Roman nicht nur mit glaubhaften Möglichkeiten zu arbeiten. Ich hätte als Autor in meiner Handlung ganz gut einen Schrank mit doppelten Türen verwenden können, durch den der Verbrecher hätte entkommen können, etwa mittels einer Strickleiter die Hauswand hinunter.«

»Die Idee ist gut«, lobte T. X., »kommt aber in diesem Fall nicht in Betracht. Nun, hast du noch andere Ideen?«

»Falltüren sind zu abgenutzt«, erwiderte Lexman. »Paneele, die sich durch einen Federdruck öffnen und verborgene Türen freigeben, sind gleichfalls zu banal. In meinen schriftstellerischen Anfängen spielte ich noch gern mit diesen geheimnisvollen Dingen. Seit ich aber die Erfahrung gemacht habe, daß man einen Baumeister nicht einmal dazu bewegen kann, einen Erker in ein Wohnzimmer zu bauen, seitdem bin ich von dem Gedanken, ihn zu einer verborgenen Nische verleiten zu können, abgekommen. Stell dir einmal vor, was ein Architekt dazu sagen würde, wenn ich ihn bäte, ein Haus mit doppelten Wänden und verborgenen Räumen zu bauen! – Bliebe also noch die Möglichkeit zu prüfen, ob man den Riegel von außen mit einem starken Magneten heben kann ...«

»Diese Möglichkeit habe ich gleichfalls in Betracht gezogen«, unterbrach Meredith, »und sie auch ausprobiert. Sobald der Riegel eingeschnappt ist, kann man ihn erst wieder lösen, wenn man einen Knopf, der ihn einklemmt, zurückdrückt. Versuch es mit einer anderen Erklärung, John!«

»Welch ein Unsinn, sich den Kopf zu zerbrechen, nur damit du Karas Mörder findest! Der Mann verdient zu entkommen, aber ich will gleichwohl versuchen, dir bei der Lösung des Rätsels behilflich zu sein. Vielleicht erreiche ich aber damit nur, dich auf eine falsche Fährte zu lenken. Ich warne dich, T. X.! Es gibt auf der ganzen Welt keinen zweiten Menschen, der sich über die Ermordung Karas so freut wie ich. – Hast du den Kamin untersucht?«

»Er kommt gar nicht in Frage, weil zur Zeit der Tat ein starkes Feuer darin brannte. Es war, als wir ankamen, so heiß im Zimmer, daß ich sofort das Fenster öffnen ließ.«

»Ja, ich weiß«, sagte Lexman, »Kara liebte Hitze. Hast du selbst denn keine Erklärung, wie der Mörder entkommen sein könnte?«

»Keine, die einleuchtend wäre. Kara hat, als der Mörder kam, auf dem Bett gelegen und gelesen. Als er die Gefahr erkannte, muß er nach dem Apparat, der direkt mit Scotland Yard verbindet, gegriffen haben. Es war aber schon zu spät, denn in diesem Augenblick, als er den Hörer aufnehmen wollte, traf ihn der tödliche Stoß.«

»So wird es wohl gewesen sein –«, stimmte Lexman den Vermutungen des Freundes in so gedankenverlorenem Ton zu, daß es Meredith unwillkürlich auffiel. »Hast du die Mordwaffe gefunden?«

T. X. schüttelte den Kopf.

»Und du hast überhaupt nichts im Zimmer bemerkt, das dir einen Fingerzeig gegeben hat?«

»Ich fand zwei Kerzen«, antwortete T. X. nach kurzem Zögern. »Eine lag in der Mitte des Zimmers, die andere unter dem Bett. Die erste war eine gewöhnliche Christbaumkerze, unten zugespitzt. Das Spitzen muß im Zimmer selbst vorgenommen worden sein, denn wir fanden die Wachsspäne auf dem Fußboden verstreut. Auch im Kamin entdeckten wir geschmolzene Wachsstückchen.«

»Nun, und –?«

»Die kleinere Kerze war außerdem so gebogen, daß sie mehr an einen Korkenzieher erinnerte.«

»Das Geheimnis der gebogenen Kerze!« murmelte Lexman vor sich hin. »Wäre das nicht ein herrlicher Titel für einen Kriminalroman? Ich weiß, wie sehr Kara den Anblick von Kerzen verabscheute.«

»Er haßte Kerzen? Warum denn?« fragte Meredith überrascht.

»Nun, in Albanien, seinem Heimatland, spielen Kerzen eine große Rolle – und zwar nicht nur als Lichtspender! Man verwendet sie dort mit Vorliebe zur Folterung Gefangener, und die Albanier haben eine rege Phantasie, wenn es um Erfindung immer neuer Foltermethoden, bei denen Kerzen eine Rolle spielen, geht. Kara wandte diese Methoden bedenkenlos bei seinen Feinden an, doch einmal mußte er selbst das Vergnügen kennenlernen, das man empfindet, wenn man festgebunden auf einem Stuhl sitzt, während der Docht einer Kerze, die in einem Fäßchen mit Schießpulver steckt, immer tiefer herunterbrennt. Seither konnte er keine Kerzen mehr sehen.«

Die Unterhaltung wurde durch einen Kellner unterbrochen, der T. X. einen Eilbrief überreichte. Ein Bote von Merediths Abteilung hatte ihn soeben abgegeben.

Das Schreiben lautete:
›Lieber Mr. Meredith,

in Beantwortung Ihrer Anfrage teile ich Ihnen mit, daß meine Tochter in London ist. Ich habe dies jedoch erst heute morgen erfahren. Meine Bank benachrichtigte mich, daß meine Tochter dort vorgesprochen und einen größeren Betrag von ihrem Privatkonto abgehoben habe. Wohin sie sich gewandt, und was sie mit dem Geld machen will, weiß ich nicht. Ich brauche wohl kaum zu betonen, daß ich mir über mein Kind große Sorgen mache und mich freuen würde, wenn Sie mir bald einige Erklärungen zu geben vermöchten.

William Bartholomew‹

»Ich wollte, ich hätte so viel Verstand besessen, diesen Besuch bei der Bank vorauszusehen«, seufzte Meredith. »Ich hätte das Mädchen bestimmt dort getroffen. Diese Sache kostet mich noch meine Stellung.«

Lexman blickte seinen Freund besorgt an.

»Meinst du das im Ernst?«

»Ach, Unsinn, mach dir keine Sorgen – aber um meinen Ruf geht es trotzdem. Der Chef wollte schon die Ermittlungen einem anderen übergeben, weil derartige Fälle angeblich nicht in mein Ressort gehörten. Aber – fahre mit deiner Kerzentheorie fort!«

»Ich erinnere mich nicht, eine Theorie entwickelt zu haben«, widersprach Lexman und faltete seine Serviette zusammen. »Ich wollte dir nur eine mögliche Erklärung für die gefundenen Kerzenreste geben. Allen Anschein nach handelt es sich um einen Mord nach albanischen Methoden. Ich behaupte das zwar nicht, sondern deute nur auf die bestehende Möglichkeit hin.«

T. X. mußte sich mit dieser Erklärung zufriedengeben, und die beiden Herren brachen auf.

Wie Meredith ganz richtig angedeutet hatte, gehörte die Ermittlung in Mordfällen eigentlich nicht zu den Obliegenheiten der von ihm geleiteten Kriminalabteilung. Einiges Kopfzerbrechen bereitete die Einhändigung der Lady Bartholomew gehörenden, bei Kara gefundenen Schnupftabakdose, was nur auf ganz diskrete Art bewerkstelligt werden konnte. Die Briefe, die man in Karas Tresor gefunden und an das Foreign Office gesandt hatte, zeigten, wie sehr er aus den Spielverlusten der hohen Dame Nutzen gezogen hate. Die Art und Weise, wie er die Ministersgattin aufgrund der verpfändeten Dose bedrängte, grenzte an Erpressung. Die Absicht Karas war offensichtlich die, sich den Minister durch dessen Gattin gefügig zu machen.

Die Woche verging. Die Nachforschungen des Chefinspektors blieben erfolglos. Weder konnte Gathercole ausfindig noch Fisher dingfest gemacht werden. Die Ermittlungen drohten im Sande zu verlaufen. Inzwischen hatte Meredith von Lexman die Nachricht erhalten, daß er beabsichtige, England ganz zu verlassen, um in Amerika eine passende Stellung anzunehmen.

T. X. war entschlossen, in die langwierige Sache etwas Leben zu bringen. Da er jedoch mit seinen Methoden oft anstieß und in Schwierigkeiten geriet, wollte er sich in einigen Punkten der Rükkendeckung des Ministers und des Präsidenten versichern. Er suchte den ersteren auf und machte ihm seine Absichten klar.

»Ja –«, sagte Sir William Bartholomew, »meinen Segen haben Sie. Was nun meine Tochter betrifft, so kann ich Ihnen mitteilen, daß ich von ihr Nachrichten habe. Ich verstehe nicht, was sie mit ihrer Geheimnistuerei bezweckt. Sie hat mich in eine unangenehme Lage gebracht. Mir ist die Sache außerordentlich peinlich, ich möchte aber das Vertrauen, das das Mädchen in meine Diskretion gesetzt hat, nicht mißbrauchen.«

»Würden Sie mir wenigstens den Brief oder das Telegramm, das Sie von Ihrer Tochter erhalten haben, zeigen?«

»Auch das kann ich, so leid es mir tut, nicht verantworten. Sie hat mich ausdrücklich um strenge Diskretion ersucht, und ich möchte das Kind nicht enttäuschen. Ich habe meiner Frau geschrieben und sie gebeten, nach London zurückzukehren. Ich bin von diesen dauernden Aufregungen ganz krank.«

»Die Adresse Ihrer Tochter könnte ich also ebenfalls nicht erfahren?«

»Ich kenne sie gar nicht.«

Am Nachmittag befahl T. X. seinem Sekretär, ihm bis morgen aus sämtlichen Zeitungen der letzten Tage die Inseratenseiten herauszusuchen.

Als er am anderen Morgen in sein Amtszimmer kam und die bereitliegenden Zeitungen aufmerksam durchsah, fand er schon nach wenigen Minuten die Anzeige, auf die es ihm ankam:

›B. M. Du bringst mich in Verlegenheit. Sehr unbedacht. Das für Mutter bestimmte Päckchen erhalten und in ihr Zimmer gelegt. Warum willst du, daß ich zum Wochenende verreise und Dienerschaft beurlaube? Erfülle gleichwohl deinen Wunsch, verlange aber Aufklärung. Die Sache ist weit genug gegangen.

Vater‹

»Endlich eine Gelegenheit, mich zu betätigen!« murmelte Meredith vor sich hin, nachdem er das Inserat gelesen hatte.

19

Der Abend des 17. Februar war, im Gegensatz zu den um diese Jahreszeit üblichen Stürmen, Frösten und Schneefällen, windstill und nur leicht dunstig. Ab und zu hüllte ein Nebelschleier von durchsichtigem Grau die Wohnhäuser des Portland Place ein, um sie gleich wieder freizugeben.

Vor dem Haus Sir William Bartholomews hielt an diesem Abend gegen elf Uhr ein Taxi. Der Fahrgast, eine junge Dame, zögerte einen Augenblick, ehe sie den Wagen verließ. Sie gab dem Chauffeur einige Weisungen und lief die wenigen Stufen bis zur Haustür hinauf. Mit dem bereitgehaltenen Schlüssel öffnete sie rasch die Tür und schlüpfte ins Haus.

Nun stieg Miss Belinda Maria Bartholomew langsam in den zweiten Stock hinauf. Mit vergnügtem Lächeln beglückwünschte sie sich zum Erfolg ihres Planes. Nur ein Zweifel blieb noch – würde das Ankleidezimmer der Mutter unverschlossen sein? Aber Jack, ein alter Diener, vergaß sowieso regelmäßig die Türen zu verschließen und würde wohl auch diesmal nicht darauf geachtet haben.

Erleichtert atmete das Mädchen auf, als sich die Tür zum Zimmer ihrer Mutter ohne weiteres öffnen ließ. Die Vorhänge waren zugezogen, so daß man vor neugierigen Blicken geschützt war. Die Briefe auf dem Schreibtisch schob Belinda Maria beiseite, aber das kleine Päckchen, das sie suchte, war nirgends zu sehen. Vielleicht hatte der Vater es in eines der Fächer eingeschlossen.

Ratlos stand Miss Bartholomew neben dem Schreibtisch und schaute im Zimmer umher.

»Gott sei Dank!« rief sie plötzlich, denn auf dem Kaminsims hatte sie das Gesuchte entdeckt. Ungeduldig riß sie Faden und Hülle ab, und ihre Augen leuchteten auf, als sie das rote Etui erblickte. Mit einem tiefen Seufzer der Erleichterung legte sie die Dose auf die Schreibtischplatte und wiederholte leise: »Gott sei Dank!«

»Vor allem aber mir!« meldete sich eine Stimme.

Mit einem Schreckensschrei fuhr das Mädchen zusammen, und T. X. trat hinter dem Fenstervorhang hervor, der ihn bis jetzt verborgen hatte.

»Mr. Meredith?« stotterte sie. »Wieso – woher wußten Sie, daß ich hierherkommen wollte?«

»Es ist nichts so fein gesponnen ...« zitierte er lachend.

Sie lächelte ein wenig, wurde aber gleich wieder ernst.

»Wer hat Sie hergeschickt? Mr. Kara?«

»Wer mich ...« begann er verwundert.

»Er hat mir gedroht, mich verhaften zu lassen«, sagte sie hastig. »Soll er es tun! Vor der Polizei habe ich lange nicht solche Angst wie vor ihm. Sie wissen doch sicher, warum ich die Stelle als Sekretärin bei ihm antrat, nicht wahr? Nur um das Eigentum meiner Mutter wiederzubekommen, tat ich es.« Sie zeigte auf die Dose. »Er ertappte mich, als ich sie ihm stehlen wollte, und beschuldigte mich, eine Spionin der Polizei zu sein. Dann sperrte er mich in den Keller. Wie ein Viech hat er sich mir gegenüber benommen.«

»Nun, und?«

»Weiter nichts!« sagte Belinda Maria mit zusammengepreßten Lippen. »Was wollen Sie jetzt mit mir anfangen?-

»Ich möchte Ihnen einige Fragen stellen. Haben Sie, seit Sie von Kara weg sind, wieder etwas von ihm gehört?«

»Ich werde mich hüten, ihm nochmals zu nahe zu kommen.«

»Aber die Zeitungen haben Sie doch wohl gelesen?«

»Nur den Inseratenteil. Ich hatte Papa telegrafiert und ihn gebeten, mir durch die Zeitung zu antworten.«

»Stimmt – und deshalb bin ich ja hier.«

»Ich hatte etwas Ähnliches befürchtet! Vater ist, wenn er einmal in Fahrt ist, nicht mehr aufzuhalten. Er schwingt Reden, wann immer es ihn ankommt. Ich bat ihn, nur mit ›Ja‹ oder ›Nein‹ zu antworten. Warum fragten Sie, ob ich die Zeitungen gelesen hätte? Ist Mutter krank?«

»Nein, soviel ich weiß, nicht. Lady Bartholomew ist wohlauf und befindet sich bereits auf der Heimreise.«

»Warum also die Frage? Stand etwas in der Zeitung, das mich interessieren könnte?«

»Ja, ein Artikel über Kara.«

Sie zuckte verächtlich die Schultern.

»Was geht er mich an?«

»Er ist ermordet worden. Am gleichen Abend, als Sie vom Cadogan Square verschwanden.«

»Ermordet?«

»Erstochen! Der Täter ist unerkannt entkommen.«

Meredith zog ein Päckchen aus seiner Rocktasche und begann es auszuwickeln. Das Mädchen beobachtete ihn mit immer größerer Spannung und einem leisen Gefühl nahenden Unheils. Endlich lag der Inhalt – eine Schere – offen auf dem Tisch. Der Griff war mit einem blutigen Taschentuch umwickelt, und die Schere selbst war voll von eingetrocknetem Blut.

Belinda Maria trat erschrocken einen Schritt zurück.

»Wie kommen Sie zu meiner Schere?« fragte sie entsetzt. »Sie glauben doch nicht etwa, daß ich ...«

»Nein!« wehrte er lächelnd ab. »Natürlich nicht – hätte aber ein anderer dieses blutige Instrument gefunden und es als Ihr Eigentum erkannt, dann allerdings weiß ich nicht ...«

»Ich – ich – habe etwas getötet ...« gab sie stotternd zu. »Einen Hund! Eine furchtbare Bestie! Er sprang mich an, und ich stieß mit der einzigen Waffe, die ich bei mir hatte, zu – eben mit dieser Schere hier. Woher ich den Mut dazu hatte, kann ich mir jetzt noch nicht erklären. Wie erleichtert war ich, als er tot umfiel ...«

»So ungefähr hatte ich mir den Hergang auch gedacht«, erwiderte Meredith. »Den totenHund habe ich gefunden. Sie trafen genau die Halsschlagader. Wie kam es, daß ich Sie nicht mehr im Keller vorfand?«

Ein kurzes Zögern, und als sie antwortete, hatte T. X. das Gefühl, daß sie ihm etwas verheimliche.

»Ich war noch dort – wahrscheinlich haben Sie mich nur nicht gefunden, als Sie den Keller durchsuchten. Auch ich hörte nichts von Ihnen.«

»Und wie sind Sie aus dem Keller herausgekommen?«

»Und Sie?« fragte sie naiv.

»Ich verließ den Keller durch die dazu bestimmte Tür. Ich bedaure, Ihnen kein dramatischeres Geständnis machen zu können, aber die Tür war die einzige Möglichkeit, die ich entdecken konnte.«

»Nun, auch ich bin durch die Tür ins Freie gelangt«, erklärte Belinda Maria und fing plötzlich zu kichern an. »Nun erst verstehe ich alles – ich war im Keller, und als ich Ihren Schlüssel sich im Schloß drehen hörte, lief ich, so rasch mich meine Füße trugen, ins

Untergeschoß. In der Eile vergaß ich, meine Schere mitzunehmen. Natürlich war ich der Meinung, es sei Kara, der mich suche. Als es wieder ruhig geworden war, schlich ich mich nach oben, bemerkte, daß die Kellertür offengeblieben war – dann . . .« Wieder zögerte sie, und T. X. wurde das Gefühl nicht los, daß sie etwas verschweige. »Sie haben also nichts von meiner Flucht bemerkt? Ich lief, so schnell ich konnte, durch die Küche auf den Hof und von dort auf die Straße, wo ich mir ein Taxi nahm. Mehr kann ich nicht berichten.«

»So? Das ist also alles?«

»Ja. Und was werden Sie jetzt mit mir anfangen?« wollte sie wissen.

T. X. betrachtete angelegentlich die reichverzierte Zimmerdecke.

»Eigentlich müßte ich Sie ja als ›hinreichend verdächtig‹ festnehmen. Doch will ich diesmal ein Auge zudrücken. Nur eines möchte ich noch von Ihnen wissen: Wen haben Sie unten im zweiten Keller in dem Raum, wo das Feldbett steht, angetroffen?«

»Ein Bett im zweiten Keller?« wiederholte sie, als wüßte sie nicht, was er meinte. Dann schien ihr aber ein Licht aufzugehen. »Ich habe natürlich dort unten geschlafen! Nun also, nachdem auch diese Frage geklärt wäre – was wollen Sie mit mir anfangen?« Langsam begann sie ihre Sicherheit zurückzugewinnen. »Vielleicht wäre es doch besser, wenn Sie mich verhafteten!« neckte sie ihn, vermied es aber, seinem Blick zu begegnen.

»Seien Sie kein Frosch!« antwortete er barsch.

»Sie sind ein – ganz unhöflicher Mensch, Sir!«

Empört wandte sie sich ab.

»So?«

»Bisher war mir diese Ihre Eigenschaft nur vom Hörensagen bekannt. Nun aber kann ich sie selbst bestätigen. Es ist ja nicht das erste Mal, daß Sie sich mir gegenüber so abfällig äußern. Erinnern Sie sich noch der Kritik, die Sie, ganz unberufenermaßen, an meinen beiden Vornamen übten?«

»Ich wüßte nicht, wann ich eine solche Kritik geübt hätte«, verteidigte er sich schmunzelnd. »Ich habe einzig und allein meinem Erstaunen über derartige Namen Ausdruck gegeben.«

»Nun, als merkwürdig haben Sie sie jedenfalls bezeichnet«, beharrte sie.

»Das bedeutet aber noch lange nicht, daß ich sie lächerlich finde. Man kann auch Dinge, die merkwürdig anmuten, mit Ehrfurcht betrachten. Ein Alpdruck zum Beispiel ist eine merkwürdige Sache. Lächerlich aber wird ihn kaum jemand finden.«

»Sie sind ja ein feiner Kavalier! Sollte das vielleicht ein Kompliment sein? Wie reizend, meine Vornamen mit einem Alpdruck zu vergleichen!«

»Sie drehen einem das Wort im Mund um – typisch weiblich! Ich bin weit davon entfernt, Ihren Namen im geringsten komisch zu finden, im Gegenteil – ich finde, daß Belinda Anna . . .«

»So heiße ich ja gar nicht –«, unterbrach sie, »Belinda Maria!«

»Wie schön das klingt – so schmelzend . . .«

»Sie sind ein großer Schwindler! Aber es nützt Ihnen nichts, Mr. Sherlock Holmes! Was meine Vornamen betrifft – zufällig bin ich der gleichen Meinung wie Sie. Die Ihre interessiert mich jedoch nicht im geringsten. Ich wurde übrigens nach einer Tante benannt, die so hieß. Dagegen läßt sich nichts machen.«

»Im Vergleich zu mir sind Sie aber doch im Vorteil. Ich wurde nämlich nach einem Hund meines Vaters benannt!«

»So? Wie heißen Sie denn? Was bedeuten die Buchstaben T. X.?«

»Thomas Xaverius.«

Ihr herzliches Lachen hallte in dem großen Zimmer wider.

»Ja, sicher, es ist zum Lachen«, gab er zu.

»Entschuldigen Sie, Mr. Meredith«, bat sie, immer noch gegen ihre Heiterkeit ankämpfend. »Tommy Xaver? Wie nett!« Sie warf einen Blick auf ihre Armbanduhr. »Jetzt muß ich aber gehen – wenn Sie mich verhaften wollen, beeilen Sie sich bitte ein wenig!«

»Sie können gehen«, sagte er, »aber ich werde Sie nach Hause begleiten.«

»Nein! Ich verbiete es Ihnen!«

Ihre Stimme klang so energisch, daß er keinen Einspruch wagte. Sie streckte ihm die Hand hin.

»Aber zum Wagen begleite ich Sie«, versuchte er, einen Kompromiß auszuhandeln.

»Damit Sie ja aufpassen können, wenn ich dem Chauffeur die Adresse sage!«

Er sah sie mit gemacht strengem Blick an.

»Sie haben also kein Vertrauen zu mir?«

»Nein, nicht das geringste.«

»An den Wagen bringe ich Sie trotzdem! Ich werde aber nicht hinhören, wenn Sie dem Fahrer Ihre Adresse ins Ohr flüstern.«

»Und werden Sie mir auch nicht zu folgen versuchen?«

»Ich verspreche es Ihnen. Eine Bedingung muß ich allerdings noch stellen, bevor ich Sie laufenlasse.«

»Ich lasse mir keine Bedingungen stellen!«

»Nur langsam, Belinda Maria. Scherz beiseite – seien Sie vernünftig! Ich verlange nur, daß Sie mich, wenn Sie mich brauchen, sofort benachrichtigen. Wirklich, Belinda Maria, das müssen Sie mir versprechen.«

»Mein Name ist Miss Bartholomew –«, wies sie ihn zurecht.

»Hier ist meine Telefonnummer – rufen Sie mich im Notfall sofort an. Wenn es mir irgend möglich ist, werde ich Ihnen helfen.«

Noch einen Augenblick zögerte sie, dann schlug sie in seine Hand ein.

»Gut, ich will es Ihnen versprechen.«

»Besten Dank, Belinda Maria!« sagte er unbeirrt und führte sie auf die Straße. »Gute Nacht!«

Er hielt ihr die Hand hin.

»Das ist nun das drittemal, daß wir uns ›Gute Nacht‹ sagen«, stellte Miss Bartholomew fest.

»Verderben Sie mir doch durch Ihre unpassenden Bemerkungen meine glückliche Stimmung nicht«, bat er. »Und denken Sie an Ihr Versprechen!«

»Ich werde es halten.«

»Eines Tages teilen Sie mir vielleicht auch mit, was Sie in jenem Keller fanden?«

»Ich habe Ihnen alles gesagt«, beteuerte sie leise.

»Nein, mein Kind, das haben Sie nicht.«

Der Wagen war schon angefahren, als sie sich nochmals aus dem Fenster beugte und ihm zuwinkte.

T. X. stand noch lange da und starrte so verträumt, wie es sich für einen ernsthaften Polizeibeamten eigentlich nicht gehört, vor sich hin.

20

Das Haus am Cadogan Square war von der Polizei noch nicht freigegeben worden. Meredith suchte häufig das Mordzimmer auf und versuchte, aufgrund der Untersuchungsergebnisse die Tat zu rekonstruieren. Man brachte die Zimmertemperatur auf den gleichen Hitzegrad, der am Mordabend geherrscht haben dürfte. Mit der Stoppuhr in der Hand stellte T. X. allerhand Zeitberechnungen an. Dreimal schritt er in Begleitung von Inspektor Mansus den Weg zum Cadogan Square ab, und jedesmal kehrte er unruhiger in sein Büro zurück.

Lexman hatte die beabsichtigte Reise nach New York um einige Wochen verschoben und die Zeit auf dem Lande verbracht. Nach seiner Rückkehr in die Hauptstadt trafen sich die beiden Freunde.

»Dieser Fall macht mir Sorgen, John«, gestand T. X., »mehr als ich mir anmerken lasse. Gott sei Dank geht es mir nicht allein so. De Mainau ist von Paris gekommen, um der Sache, die ihn höchst interessiert, auf den Grund zu gehen. O'Grady, der New Yorker Kriminalchef, hat extra seine Erholungsreise unterbrochen, um diesen Mordfall an Ort und Stelle zu studieren. Keiner von beiden konnte uns der Lösung näherbringen. Theorien zu Dutzenden, Erklärungen keine. Gathercole ist immer noch spurlos verschwunden. Nicht einmal den Diener haben wir ausfindig machen können.«

»Aber das dürfte doch nicht so schwierig sein!« meinte Lexman.

»Warum hält sich dieser Gathercole verborgen?« fragte Meredith ärgerlich. »Er hat doch gar keinen Grund dazu. Fisher will gehört haben, wie er sich an der Schlafzimmertür von Kara verabschiedete. Er soll einen Scheck erwähnt haben, den er offenbar bei jener Besprechung erhalten hat. Dieser Scheck ist jedoch bis jetzt nicht vorgelegt und eingelöst worden. Gathercole muß also, ohne ihn zu Geld gemacht zu haben, abgereist sein. Wir haben Karas Bücher eingehend geprüft. Außer dem Vorschuß bei Antritt der Reise ist keine weitere Zahlung an den Forscher geleistet worden. Nun, begreifst du jetzt mein Dilemma? Für morgen bin ich zum Minister geladen – vermutlich habe ich einen Rüffel zu gewärtigen.«

Die Lexman gegenüber erwähnte Unterredung mit dem Minister verlief angenehmer, als Meredith erwartet hatte.

»Ich habe Sie rufen lassen«, begann Seine Exzellenz, »um Ihren Bericht über den Fall Kara zu hören. Die vorgefundenen Papiere hat man inzwischen entziffert. Einiges war in offener Sprache, das meiste aber verschlüsselt geschrieben.« Der Minister schwieg einen Augenblick. »Sie dürfen sich natürlich von dem, was ich Ihnen jetzt mitteile, in Ihren Ermittlungen nicht beeinflussen lassen, Mr. Meredith. Ich nehme aber an, daß der Mörder, wenn Sie seiner habhaft werden, allerlei zu seiner Verteidigung wird anführen können.«

»Daran zweifle ich keinen Moment!« pflichtete T. X. aus tiefster Überzeugung bei.

»In meiner langen Laufbahn als Anwalt«, führte der Minister weiter aus, »habe ich noch nie eine solche Häufung von Gemeinheit und Niederträchtigkeit bei einem einzigen Menschen gefunden wie bei diesem Kara.« Er führte einige Beispiele an, um zu zeigen, warum er zu dieser Meinung gelangt war. »Der Mann muß wahnsinnig gewesen sein – der reine Sadist, der die Grausamkeit um ihrer selbst willen liebte. Lebte er noch, das heißt, hätten wir die gefundenen Papiere zu seinen Lebzeiten einsehen können, würden wir ihn gehängt haben. Sogar in diesem Land konnte er seinen Blutdurst nicht zügeln, auch hier hat er einen Mord begangen.«

Fragend blickte Meredith Seine Exzellenz an.

»Erinnern Sie sich seines Chauffeurs? Er hieß, glaube ich, Poropulos und wurde angeblich nach der Ermordung Vassalaros nach Griechenland zurückgerufen.« Als Meredith nickte, fuhr der Minister fort: »Das war eine von Kara erfundene Legende. Suchen Sie in seiner früheren Wohnung in Portsmouth Road, dort werden Sie die sterblichen Überreste des Mannes finden. Er wurde in jener gleichen Nacht noch von Kara ermordet. Er war aber nur eines der vielen Opfer dieses Scheusals. Die Finger beider Hände reichen nicht aus, um die Zahl der Menschen zu bestimmen, die er in Albanien auf dem Gewissen hat. Ganze Ortschaften ließ er niederbrennen und die Bewohner umbringen. Seine Gesellen waren zu jeder Schandtat bereit, um ihrem Herrn einige vergnügte Augenblicke zu bereiten. Kara lebte deshalb in ewiger Furcht, daß ihn eines Tages der Dolch eines Meuchelmörders treffen würde. In jedem Diener vermutete er einen Spion. Bei Poropulos mag er damit nicht so unrecht gehabt haben, denn tatsächlich war der angebliche Chauffeur

Agent einer europäischen Regierung. Wohlverstanden, Mr. Meredith, ich sage Ihnen das nicht, damit Sie in Ihren Bemühungen zur Aufdeckung des Mordes nachlassen. Kara ist ermordet worden, und diese Tat darf nicht ungesühnt bleiben. Vielleicht aber erfahren wir, wenn wir den Mörder haben, was ihn zu seiner Tat getrieben hat.«

Über eine Stunde brachte T. X. nach Beendigung dieser Unterredung mit der Lektüre von Karas hinterlassenen Papieren zu. Als er sich endlich auf den Heimweg machte, zitterte noch immer die Empörung über die Schandtaten des Ermordeten in ihm nach. Der Mann mußte wirklich wahnsinnig gewesen sein – derartiger Grausamkeiten konnte kein normaler Mensch fähig sein.

Während sich Meredith in seiner Wohnung umkleidete, klingelte das Telefon. Eine Frauenstimme meldete sich. Belinda Maria – er erkannte ihre Stimme sofort.

»Mr. Meredith – endlich! Ich versuchte Sie schon vorher zu erreichen. Könnten Sie ganz schnell – bis um acht Uhr – an den Marble Arch kommen?«

»Selbstverständlich, Belinda!« rief T. X. aufgeregt. »Was ist –?«

Doch da war die Verbindung schon unterbrochen.

Ein hastiger Blick auf die Uhr. Fünf Minuten fehlten noch. Zwei Minuten brauchte er, um sich fertig anzukleiden, die Treppe hinunterzurasen und auf die Straße zu gelangen. Auf der Fahrt zum Treffpunkt schienen sich alle Verkehrspolizisten gegen ihn verschworen zu haben, denn überall traf er auf gebieterische Haltzeichen. Das Taxi hielt noch kaum, als der ungeduldige Fahrgast heraussprang und dem Chauffeur das Geld in die Hand drückte. Von weitem schon sah er Miss Bartholomew auf sich zukommen. Sie gab ihm ein Zeichen, ihr zu folgen. Auf der Bayswater Road holte er sie ein.

»Ich glaube, man ist mir gefolgt«, flüsterte sie ihm zu. »Bitte, rufen Sie einen Wagen.«

Erst als sie dem Finsbury Park zufuhren, begann sie ihr Herz auszuschütten.

»Ich habe Sorgen, Mr. Meredith, und weiß nicht, an wen ich mich wenden könnte.«

»Brauchen Sie Geld?«

»Geld? Nein, ich habe, was ich brauche. Hier ist ein Brief – lesen Sie ihn, dann wissen Sie, was ich meine.«

Sie nahm einen Bogen Papier aus ihrem Handtäschchen, und T. X. las schnell die wenigen Zeilen. Es war ein gewöhnlicher Erpresserbrief, voll von offenbar absichtlich eingestreuten orthographischen Fehlern. Verlangt wurden dreißig Pfund, und die Briefempfängerin sollte das Geld vor das Parterrefenster ihres Schlafzimmers legen.

»Wann ist Ihnen dieser Wisch zugeflattert?« fragte Meredith.

»Heute nachmittag. Kurz darauf rief ich Sie an. Ich wußte, Sie würden mich nicht im Stich lassen.«

Dieses Vertrauen in seine Hilfe berührte ihn sehr wohltuend.

»So, das wußten Sie also«, stellte er fest. »Nun, es wird nicht allzu schwierig sein, Sie aus dieser Zwickmühle zu befreien. Wo wohnen Sie eigentlich? Das muß ich schon wissen, denn wenn der liebenswürdige Briefschreiber das Geld abholen kommt . . .«

»Ich kann Ihnen meine Adresse trotzdem nicht geben«, sagte sie. »Glauben Sie nicht, daß ich Ihre Hilfsbereitschaft nicht anerkenne. Nein, das ist es nicht. Auch verrückt bin ich nicht. An Ihrem Blick sehe ich, daß Sie es vermuten.«

»Wie dürfte ich mich zu solch respektlosen Vermutungen versteigen?«

»Es wäre ja nicht das erstemal, daß Sie derartige Gedanken hegten – aber, Scherz beiseite: Meine Adresse kann ich Ihnen vorläufig nicht anvertrauen. Sie werden sich wohl denken können, daß ich triftige Gründe habe, sie vorerst noch für mich zu behalten. Nicht an mich denke ich dabei, sondern an jemand, dessen Leben von meiner Verschwiegenheit abhängt.« An der Spannung, die sich in seiner Miene ausdrückte, merkte sie, daß sie mit ihrer dramatischen Erklärung erst recht Öl ins Feuer seiner Neugierde gegossen hatte. Sie beeilte sich deshalb, ihre Worte abzuschwächen. »Sie dürfen das, was ich gesagt habe, nicht wörtlich nehmen. Ich habe eben jemand, für den ich sorgen muß.«

»So also verhält es sich!« erwiderte er betreten. Sie hatte für jemand zu sorgen! »Wie heißt denn der Glückliche, dem Sie Ihre Fürsorge widmen?«

»Das kann ich Ihnen nicht verraten!«

Er brauchte eine Weile, um diese Antwort zu verdauen.

»Es ist nicht so, wie Sie vermuten –«, unterbrach sie sein Schweigen.

Er warf ihr einen leuchtenden Blick zu. Seine Hoffnung hatte schon fast ihren vorherigen Stand wieder erreicht, als sie ihn von neuem in den Abgrund zurückstieß.

»Eine Heirat kommt für mich überhaupt nicht in Frage«, erklärte sie kategorisch, ohne zu bedenken, daß er davon kein Wort hatte fallenlassen.

»Ich habe daran gar nicht gezweifelt«, erwiderte er.

»Doch, das haben Sie.«

»Gut, lassen wir das vorläufig auf sich beruhen. Doch wie soll ich Ihnen nun eigentlich aus der Patsche helfen?«

»Ich brauche Ihren Rat. Würden Sie mir empfehlen, das Geld hinzulegen, wo der Erpresser es haben will?«

»Bestimmt nicht. Sie würden sich damit der Unterstützung einer strafbaren Handlung schuldig machen. Außerdem würden Sie den Kerl in Zukunft überhaupt nicht mehr los. Wenn er so mühelos dreißig Pfund bekommen kann, warum sollte er dann nicht versuchen, auch mehr herauszuholen? Warum, um Himmels willen, kehren Sie nicht nach Hause zurück? Niemand hat etwas gegen Sie, und nicht der geringste Verdacht lastet auf Ihnen.«

»Vorläufig ist es mir unmöglich, nach Hause zurückzukehren. Ich habe vorher noch etwas Dringendes zu erledigen.«

»Aber warum wollen Sie mir Ihre Adresse nicht anvertrauen?« bedrängte er sie. »Wir kennen uns doch zur Genüge – sind wir nicht zusammen durch dick und dünn gegangen? Bedenken Sie die vielen Jahre unserer Freundschaft, Belinda Maria!«

»Wenn Sie nicht sofort ruhig sind, steige ich aus!« drohte sie.

»Aber, zum Teufel – wie soll ich Ihnen denn helfen?«

»Bitte, fluchen Sie nicht in Gegenwart einer Dame!« rief sie. »Sie müssen immer freundlich und lieb zu mir sein. So helfen Sie mir am besten.«

Er lehnte sich in die Polster zurück, fest entschlossen, nun seiner Begleiterin die Initiative zu überlassen. Er mußte nicht lange warten.

21

In der gleichen Nacht, gegen zwölf Uhr, schlich ein Mann in langem Mantel durch den Garten eines Hauses in einem Vorort Londons. Vor einem Fenster des Erdgeschosses machte er halt. Ohne große Hoffnung, aber doch mit einiger Erwartung tastete er den Sims ab. Die für solche Zwecke trainierten Fingerspitzen stießen bald an ein kleines Päckchen, das auf dem Fenstervorsprung bereitlag.

Der Mann zog sich ebenso vorsichtig, wie er gekommen war, aus dem Garten zurück. Draußen auf der Straße wartete sein Genosse auf ihn.

»Hat sie ausgespuckt?« fragte der Wartende aufgeregt.

»Ein Päckchen lag da – was drin ist, weiß ich noch nicht«, brummte der andere. Er riß schnell die Umhüllung auf und las unter einer Laterne das inliegende Schreiben. »Sie hat sich das Geld noch nicht verschaffen können und will mich morgen nachmittag gegen sechs Uhr an der Ecke Oxford Street und Regent Street treffen.«

»Wie will sie dich denn erkennen?«

»An einer ›Westminter Gazette‹, die ich gefaltet unter dem Arm tragen soll.«

»Dann ist es eine Falle!«

Der Mann im langen Mantel lachte wegwerfend.

»Sie wird mir keine Falle stellen. Sie hat mehr Angst als Vaterlandsliebe.«

Der zweite biß sich in den Zeigefinger und beobachtete nervös die Straße.

»Feine Ganoven sind wir! Erst wollten wir ein Bombengeschäft machen, und jetzt rennen wir herum, um lumpige dreißig Pfund zu bekommen!«

»Pech, verfluchtes Pech –«, pflichtete der erste bei. »Aber keine Sorge – das Mädchen ist für mehr als dreißig Pfund gut.«

Am Nachmittag des folgenden Tages stand gegen sechs Uhr der Mann im langen Mantel an der Ecke Oxford Street und Regent Street. Anstatt die Zeitung, wie vorgeschrieben, unter dem Arm zu tragen, schlug er sie sich in regelmäßigen Abständen gegen den

Schenkel. Damit er in dem Gedränge auch nicht übersehen werden konnte, stand er unter einer helleuchtenden Straßenlaterne.

Kurz nach sechs Uhr sah er das Mädchen kommen. Statt jedoch bei ihm stehenzubleiben und ihm das verlangte Geld zu übergeben, ging sie kühl lächelnd an ihm vorüber. Eben wollte er ihr folgen, als er einen festen Griff spürte.

»Ich habe doch das Vergnügen, mit Mr. Fisher zu sprechen?« fragte eine höfliche Stimme, ohne daß sich der Griff lockerte.

Der Angesprochene starrte dem andern ins Gesicht.

»Geschnappt!« bemerkte er schlicht.

Wenige Minuten später erschien der Gefangene vor Mr. T. X. Meredith, der ihn freundlich lächelnd begrüßte.

»Nun, mein lieber Mr. Fisher, wie geht es Ihnen? Heißen Sie noch so, oder sind Sie jetzt Mr. Harry Gilcott? Oder vielleicht sogar Mr. George Porten?«

Karas ehemaliger Diener lächelte unterwürfig.

»Sie machen immer Spaß, Mr. Meredith! Die junge Dame hat mich wohl verpfiffen?«

»Nein – das haben Sie ganz allein besorgt. Sie können Ihre Handschrift noch so sehr verstellen und noch so viele orthographische Fehler einflechten – wenn Sie sich vorher keine Handschuhe anziehen oder nicht zum mindesten die Hände waschen, dann nützt Ihnen der ganze Bluff nicht viel.«

»Die Hände waschen?« fragte Fisher erstaunt.

»Ja, weil man nämlich sonst Ihre Fingerabdrücke zu deutlich lesen kann.«

»Ach – so!« sagte der Gefangene gedehnt, als ihm endlich ein Licht aufging. »Warum hat man mich eigentlich verhaftet?«

»Weil Sie die gesetzlichen Bestimmungen mißachtet und Ihre Meldepflicht versäumt haben. Sie stehen als bedingt Entlassener unter Polizeiaufsicht und wissen wohl, was Sie als solcher zu tun haben. Außerdem ...«

»Das ist nicht so schlimm –«, seufzte Fisher erleichtert auf, »dafür gibt es höchstens ein Jahr. Wollen Sie mich auch wegen – dieser letzten Sache hochgehen lassen?«

»Vorläufig nicht«, beruhigte ihn der Chefinspektor. »Du wußtest doch seit langem, wie die Dame heißt, die du zu erpressen versuchtest, nicht wahr?« Wieder zum dienstlichen ›Sie‹ übergehend, fragte er: »Was wissen Sie über die Ermordung Ihres früheren Herrn?«

»Gar nichts, Sir. Ich habe nicht das geringste damit zu tun gehabt. Das kann ich beweisen. Ich war den ganzen Abend bei Mrs. Beale . . .«

»Mit Ausnahme einer Viertelstunde«, warf T. X. ein.

»Ja, aber ich ging nur rasch auf die Straße, weil ich einen Freund treffen wollte.«

»Wohl deinen Komplicen in dieser kleinen Erpressung, wie?«

»Jawohl, Sir. Ich hatte vor, mit ihm zusammen ein größeres Ding zu drehen. Aber ich will lieber den Mund halten, sonst muß ich damit rechnen, dafür noch ein paar Jahre angedreht zu bekommen. Wenn Sie mir versprechen, Mr. Meredith, daß ich mit heiler Haut davonkomme, will ich die ganze Sache erklären.«

»Wer sollte denn das Opfer der ›großen Sache‹ sein?«

»Mr. Kara, Sir.«

»Schießen Sie los!«

Die Geschichte war in wenigen Worten erzählt. Fisher hatte im Zuchthaus seinen Komplicen kennengelernt und mit ihm ausgemacht, Mr. Kara zu bestehlen. Den beiden war von einem Dritten der Reichtum des Griechen in den verlockendsten Farben geschildert worden, und das hatte ihre Habgier entflammt. Und nun hatte ein ›Zufall‹, wie Fisher sich ausdrückte, die ganze Sache vermasselt. Erst von diesem Punkt an, als die Ereignisse des Mordabends berührt wurden, schenkte Meredith der alltäglichen Geschichte gespanntere Aufmerksamkeit.

»Der Besucher, Mr. Gathercole«, erzählte Fisher, »klingelte und verlangte, als ich öffnete, Mr. Kara zu sprechen. Da mein Herr Gathercole schon am späten Nachmittag hatte empfangen wollen, meldete ich den Besuch sofort und erhielt Befehl, den Erwarteten hinaufzuführen. Ich brachte ihn also nach oben, und nachdem er bei Mr. Kara eingetreten war, kümmerte ich mich nicht weiter um die beiden, sondern hielt mich in der Diele auf. Erst als ich Mr. Gathercole beim Aufbruch mit Mr. Kara zwischen Tür und Angel reden hörte, ging ich ihm entgegen, um ihn an die Haustür zu begleiten.«

»Erinnern Sie sich, die Stimme Ihres Herrn gehört zu haben?« erkundigte sich Meredith.

»Heute glaube ich, daß ich auch ihn sprechen hörte. Jedenfalls war Mr. Gathercole, als ich ihn nach unten begleitete, in bester Laune.«

»War der Besucher alt oder jung?«

»Alt, Sir. Das heißt, so in mittleren Jahren. Zapplig und zerstreut, wie solch gelehrte Herren es meist sind. In meiner Erinnerung lebt Mr. Gathercole als ›alter Herr‹. In Wirklichkeit mag er vielleicht erst fünfundvierzig sein.«

»Ist Ihnen etwas Besonderes an ihm aufgefallen?«

»Nein, eigentlich nicht. Doch, er hatte einen künstlichen Arm!«

»Der linke oder der rechte?«

»Der linke Arm war eine Prothese.«

»Wissen Sie das bestimmt?«

»Ich könnte einen Eid ablegen, daß es der linke war.«

»Gut. Fahren Sie fort.«

»Mr. Gathercole kam, nachdem er sich von Mr. Kara verabschiedet hatte, die Treppe herunter und verließ, von mir bis an die Tür geleitet, das Haus. Ich habe ihn seither nicht wiedergesehen. Als Sie eintrafen und der Mord entdeckt wurde, geriet ich, da ich doch meine eigenen Pläne im Haus verfolgte, ein wenig aus dem Häuschen. Dann schickten Sie mich hinunter, um den Alarm abzustellen, und danach blieb ich, um zu überlegen, in der Diele. Das erste, was ich dort bemerkte, war ein Brief, der vorher bestimmt nicht auf dem Dielentisch gelegen hatte. Er war an mich adressiert.« Fisher schwieg einen Augenblick, fuhr aber, als T. X. ihm ermunternd zunickte, fort: »Ich war erschrocken, denn ich konnte mir nicht erklären, wie der Brief dorthin gekommen war. Mit Ausnahme der knappen Viertelstunde, die ich mit meinem Freund verbracht hatte, war ich doch den ganzen Abend zu Hause. Der Brief mußte also, als Sie eintrafen, schon auf dem Tisch gelegen haben. Ich riß den Umschlag auf und las erschrocken die wenigen Worte, die auf dem Briefblatt standen.«

»Wie lauteten sie?«

»In meinem ganzen Leben werde ich sie nicht mehr vergessen, Sir, so sehr sind sie in mein Gehirn eingebrannt«, beteuerte Fisher. »Statt einer Anrede begann der Brief mit ›A.C. 274!‹«

»Wußten Sie, was diese Chiffre zu bedeuten hatte?«

»Ja, Sir. Es war meine Gefangenennummer in Dartmoor.«

»Nun, und der Inhalt des Briefes?«

»›Mach, daß du so schnell wie möglich verduftest!‹« Man merkte Fisher noch jetzt den Schrecken an, den ihm diese Botschaft aus der Vergangenheit eingejagt hatte. »Ich kam nicht drauf, wer den Brief hingelegt haben könnte. Auf alle Fälle hatte mich jemand erkannt. Ich kniff aus. Einige Zeit danach begegnete ich zufällig der Sekretärin Mr. Karas, Miss Holland – ihren richtigen Namen kannte ich damals noch nicht –, und folgte ihr bis vor ihr väterliches Haus. Das war an dem Abend, als Sie gleichfalls dort auftauchten.«

Meredith spürte, daß er errötete.

»Haben Sie mir sonst noch etwas mitzuteilen?« fragte er, um über seine Verlegenheit hinwegzukommen.

»Nein, Sir.«

22

»Etwas wollte ich Sie noch fragen«, sagte Belinda, als sie am nächsten Morgen Meredith im Green Park traf.

»Wenn sich Ihre Neugierde darauf bezieht, zu erfahren, ob ich nachgeforscht habe, wo Sie wohnen, bekommen Sie keine Antwort.« T. X. schielte zur Seite, wo Belinda Maria mit langen, wiegenden Schritten neben ihm her ging. »Ihr Vater ist wieder in London. Er möchte Sie gern sprechen.«

Sie verzog das Gesicht zu einer Grimasse.

»Sie haben mich doch hoffentlich nicht bei ihm verpetzt?«

»Selbstverständlich habe ich das getan. Zweifelten Sie daran?«

»Was ist los mit Ihnen? Sie sind heute so schlechter Laune – und haben doch alles, was ein Mensch begehren kann!«

»Ha, ha!«

»Lachen Sie nicht. Habe ich nicht recht? Sie haben eine gutbezahlte Stellung, die Welt blickt zu Ihnen auf, zu Hause warten Weib und Kinder, die Sie lieben . . .«

»Was – liebe ich?« fragte er verblüfft.

»Ihre Frau und Ihre Kinder. Sie sind doch verheiratet?«

Er räusperte sich nur.

»Natürlich sind Sie verheiratet! Oft stelle ich Sie mir im Kreise

Ihrer Familie vor – Sie erzählen den Kleinen Geschichten und lesen Ihrer Frau den ›Daily Megaphone‹ vor ...«

Er hielt sich an einer Banklehne fest.

»Kommen Sie, setzen wir uns – ich fühle mich schwach.« Er ließ sich auf die Bank fallen, und sie setzte sich neben ihn. »Sie haben mein Heim treffend geschildert.«

»Also hatte ich recht – Sie sind verheiratet, nicht wahr?«

Er verzog keine Miene.

»Wußten Sie das nicht?«

Sie schluckte.

»Ich habe mich, da mich die Sache ja nichts angeht, nie für Ihre Familienverhältnisse interessiert. Hoffentlich sind Sie glücklich.«

»Vollkommen. Besuchen Sie mich doch einmal an einem Sonntagnachmittag, wenn ich meinen Schrebergarten umgrabe. Sie werden staunen, wie groß die Kartoffeln sind. Ich bin leidenschaftlicher Gemüsegärtner.«

»Kommen Sie, wir wollen weitergehen«, bat sie.

Meredith sah verstohlen zu seiner Begleiterin hinüber. Er hätte schwören mögen, daß Ihre Augen feucht schimmerten.

»Sind Sie mir böse, Belinda Maria?«

»Keine Spur. Warum auch?«

»Sie glauben doch nicht etwa den Unsinn, den ich eben verzapft habe?«

»Ich habe noch nicht darüber nachgedacht. Es geht mich ja schließlich nichts an.«

»Sind *Sie* verheiratet?«

Sie starrte ihn an.

»Natürlich – wenn mein jetziger Mann stürbe, würden Sie mein vierter Gatte.«

Sie hätte sich auf die Zunge beißen mögen, als sie sich der Folgen dieser Antwort bewußt wurde. Eine Sekunde später hatte sie alle Hände voll zu tun, um sich seiner Umarmung zu erwehren. Ohne auf die entrüsteten Bemerkungen eines alten Parkwächters zu achten, hielt er sie fest und küßte sie.

»Belinda Maria, Liebling«, schärfte T. X., als sie sich trennten, seiner Braut ein, »du wirst jetzt deine Wohnung, wo immer sie sich befindet, aufgeben und dich brav nach Portland Place zurückbegeben. Ja, ich weiß, du kannst nicht gleich zurückkehren – du hast noch jemand bei dir. Ich kann mir auch denken, wer es ist.«

»Wer denn?« fragte sie erschrocken.

»Deine Mutter.«

»Mein Gott, Tommy, du glaubst doch nicht im Ernst, daß ich Mutter bei mir haben könnte, ohne daß es alle Welt erfahren würde?« Sie befanden sich gegenüber der Kavalleriewache und mußten sich nun voneinander verabschieden. »Vielleicht zeigst du mal, daß du bei der Polizei wirklich etwas zu sagen hast, und läßt den Verkehr stoppen, damit ich über die Straße kann!«

23

So unglaublich es klingt – ein Kanalräumer in London war die Ursache erhöhter Betriebsamkeit des britischen Konsuls in Durazzo. Tatsächlich war der Kanalräumer schuld daran, daß sich der dicke Vertreter Großbritanniens im fernen Durazzo schon vor Tagesanbuch aus den Federn erheben mußte, um einige Nachforschungen anzustellen, die sich auf das ganze Land und im besonderen auf die zahlreichen Basare in den Städten erstreckten.

Die ersten Bemühungen des Konsuls, das zu erfahren, was man von ihm wissen wollte, endeten mit einem glatten Fiasko. In Durazzo gab es Hunderte, die sich des schönen Namens Hussein Effendi erfreuten. Als alles erfolglos blieb, beriet sich Britanniens Vertreter schließlich mit seinem amerikanischen Kollegen.

»Warum«, fragte dieser erstaunt, »interessiert sich das Foreign Office in London auf einmal für einen unbekannten Muselman?«

»Sie müssen sich doch zu Hause mit irgend etwas beschäftigen«, erwiderte der Brite respektlos.

»Sie haben recht«, meinte der Yankee. »Ich weiß ein Lied davon zu singen. Was die in Washington alles von mir wissen wollen, geht auf keine Kuhhaut. Wahrscheinlich hat man Ihnen diese Aufgabe nur gestellt, um sicher zu sein, daß Sie nicht vor Langeweile umkommen. Was haben Sie schon alles unternommen?«

»Ich habe mich bei Hakaat Bey melden lassen. Was mag denn

dieser Hussein Effendi ausgefressen haben, daß sich Großbritannien für ihn interessiert?« klagte der Konsul trübselig.

Der Anlaß dieser ganzen Aufregung im fernen Albanien aber war eben jener Londoner Kanalräumer gewesen, der ein paar Tage zuvor auf der Victoria Street in die Kanalröhre hinuntergestiegen war und einen Gegenstand gefunden hatte, für den sich Chefinspektor Meredith außerordentlich interessierte.

Und nun saß T. X. ungeduldig in seinem Arbeitszimmer und wartete gespannt auf die Antwort aus Albanien. Endlich, in später Nachtstunde, wurde seine Ausdauer belohnt. Ein Eilbote des Foreign Office brachte ein Telegramm. Die Nachricht lautete:

›Nr. 847. Ihr 63 952 von gestern. Hussein Effendi ist ein angesehener Kaufmann und vor einigen Tagen nach Italien gereist, um seine Tochter Marie Therese Florence Hussein, katholisch wie der Vater, in einem Kloster unterzubringen. Voraussichtlich nächstes Reiseziel Paris, wo unter Theokritis & Co., Rue de l'Opéra, zu erreichen.

Vizekonsulat Durazzo‹

Eine halbe Stunde später unterhielt sich Meredith bereits telefonisch mit dem Vertreter Scotland Yards in Paris, und wenige Stunden nach diesem Gespräch hatte er den erbetenen Bericht in Händen. Nun fügten sich die einzelnen Beweisstücke allmählich zu einem Ganzen zusammen. Viel fehlte nicht mehr, um den Mord an Kara aufklären zu können. Die fehlenden Beweise sollte ihm der gesuchte Hussein Effendi liefern.

Um acht Uhr abends meldete sich der Pariser Polizeiagent bei Meredith und begrüßte ihn mit einem kurzen, vielsagenden Nikken.

»Führen Sie den Herrn zu mir«, bat T. X.

Ein schlanker, hagerer Herr in den Fünfzigern folgte dem Agenten, der sofort das Zimmer wieder verließ. Der Besucher war im Frack erschienen. Sein Gesicht zeigte eine Bräune, die nicht nur von der Sonneneinwirkung herrührte, und die dünnen weißen Haare hoben sich kontrastvoll davon ab. Er verneigte sich.

»Sprechen Sie französisch, Monsieur?« erkundigte sich Meredith.

Der Fremde nickte stumm.

»Mein Pariser Agent wird ihnen den Grund für mein Ersuchen mitgeteilt haben«, eröffnete T. X. das Gespräch. »Ich benötige einige Auskünfte, um ein Verbrechen, das in England begangen wurde, aufzuklären. Ich habe Ihnen freies Geleit, wenn ein solches überhaupt nötig sein sollte, zusichern lassen, so daß, was Sie mir auch mitzuteilen haben, Sie keinen Schaden davontragen werden.«

»So hat man mir versichert, Effendi«, erwiderte der hagere Türke. »Ich habe mich mit Engländern und Amerikanern immer sehr gut verstanden. Auch habe ich schon öfter in London geweilt. Es wird mir deshalb ein besonderes Vergnügen bereiten, Ihnen einen Dienst zu erweisen.«

Meredith erhob sich und nahm aus einem Bücherschrank ein kleines, in Seidenpapier gewickeltes Päckchen. Er legte es, während ihm sein Besucher mit unbeweglicher Miene zuschaute, auf den Tisch. Langsam, den Türken fest im Auge behaltend, entfernte T. S. die Papierhülle und hielt endlich ein Messer mit langer, rostiger Klinge in der Hand. Bis zum Heft war es mit dunklen Flecken übersät.

»Ihr Eigentum, wenn ich mich nicht irre, Hussein Effendi?«

Sorgfältig prüfte dieser das Messer, trug es zum Fenster und hielt es, um ganz sicher zu sein, gegen das Licht. Erst dann gab er es Meredith zurück.

»Es ist mein Eigentum«, sagte er.

T. X. lächelte.

»Sie wissen, daß Ihr Name eingraviert ist, nicht wahr?«

Der Türke verbeugte sich.

»Mit diesem Dolch«, fuhr T. X. fort, »hat man in London einen Mord verübt.«

Nicht die geringste Bewegung des Besuchers verriet, ob ihn diese Mitteilung überraschte.

»Wir alle empfangen unser Los von Gott«, erwiderte er gelassen. »Ich weiß, daß in Großstädten oft derartige Verbrechen verübt werden.«

»Aber – es ist Ihr Dolch!« gab Meredith zu bedenken.

»Meine Hand, Effendi, weilte zur Zeit des Mordes mit mir in Durazzo«, antwortete Hussein und warf einen prüfenden Blick auf die blutbefleckte Waffe. »Endich also hat den ›schwarzen Zigeuner‹ sein Schicksal erreicht!«

»Den schwarzen Zigeuner?«

»Den Griechen, den man Kara nannte, ja. Er war ein schlechter Mensch.«

Meredith war aufgesprungen und blickte den Gast mit zusammengekniffenen Augen an.

»Woher wissen Sie, daß Kara ermordet wurde?«

»Haben es die Zeitungen nicht genügend in die Welt hinausposaunt?«

»Sie haben recht«, mußte T. X., wenn auch ärgerlich, zugeben. »Ich wußte ja nicht, daß Sie englische Zeitungen lesen, Hussein Effendi.«

»Ich habe keine gelesen – als ich hier eintrat, hatte ich keine Ahnung, daß Kara ermordet worden ist. Erst als ich dieses Messer in Händen hielt, wußte ich es.«

»Man fand das Messer in einem Abwässerkanal. Dorthinein muß der Mörder es wohl geworfen haben. Sie sagen, Effendi, daß Sie bis jetzt von Karas Ermordung nichts wußten – aber Sie wissen doch sicher, wer der Mann ist, der dieses Messer von Ihnen erhielt. Er ist der Mörder.«

Der Türke hob abwehrend die Hände.

»Ich bin zwar Christ, weiß aber, daß es in der Religion meiner Ahnen, dem Islam, vieles gibt, was weise und gut ist. Einer der weisesten Sprüche des Korans lautet: ›Der Bösewicht soll durch die Hand des Guten umkommen, er soll seinen Tod von den Streichen des Friedfertigen empfangen.‹ Herr, ich bin ein ehrlicher Mann und habe nie etwas begangen, dessen ich mich schämen müßte. Ich habe mit Griechen, Juden, Armeniern, Engländern, mit Angehörigen aller Völker Handel getrieben und bin stets aufrichtig mit ihnen verfahren. Wenn ich wirklich einmal Blut vergießen mußte, dann habe ich es in berechtigter Notwehr, nicht aus Rache oder Beutegier getan. Fragen Sie diese Klinge, Herr, vielleicht gibt sie Antwort. Solange sie dies nicht tut, werde auch ich schweigen. Es steht geschrieben: ›Die Waffe ist die Dienerin des Krieges – der Diener aber schweigt, wenn man ihn um die Taten seiner Herren befragt.‹ Die Waffe hier war der Diener des Mannes, der Kara ermordete. Sie ist klug und wird schweigen.«

T. X. lachte hilflos.

»Ich hatte gehofft –«, begann er, »oder vielmehr befürchtet«, setzte er leise, kaum hörbar, hinzu, »daß Sie mir Auskunft geben würden. Ich kann und will Sie nicht zwingen, Effendi. Ich danke Ihnen, daß Sie meinem Ruf gefolgt sind, auch wenn Ihr Besuch erfolglos für mich verlaufen ist.«

Er lächelte Hussein Effendi zu und streckte die Hand aus.

»Mein Herr«, entgegnete dieser und umspannte Merediths Hand mit festem Druck, »es gibt im Leben Dinge, an denen man still, mit abgewandtem Gesicht, ohne daran zu rühren, vorbeigehen soll. Augenblicke kommen, wo die Gerechtigkeit zur Ungerechtigkeit wird, wo man blind sein muß, nichts sehen oder hören darf.«

Diese Weisheiten des alten Türken waren das einzige, was Meredith als Gewinn aus dieser Unterredung davontrug. Er begab sich zum Portland Place, um Belinda Maria zu treffen. Sie hatte ihren Vater besucht, damit er sich nicht weiter zu beunruhigen brauchte und sich von ihrem Wohlbefinden überzeugen konnte.

»Weißt du schon«, fragte Meredith seine Braut, »daß Lexman nach Amerika fährt? Vorher aber will er noch einen Vortrag halten.«

»Einen Vortrag? Über was denn?«

»Gerade das Thema ist es ja, was mich so beunruhigt«, erwiderte er. »Komm – während des Essens reden wir weiter darüber.«

»Wo soll denn der Vortrag Lexmans stattfinden?« fragte Belinda Maria, als sich die beiden gegenüber saßen.

»Das weiß ich nicht, es ist auch nicht wichtig. Das Thema interessiert mich mehr.«

»Wie heißt es?«

»Es geht um die Ermordung Remington Karas, deren Geheimnis gelöst werden soll. Lexman ist der richtige Mann, um dieses Thema zu behandeln. Obwohl er sich seine Kriminalromane aus den Finger saugt, würde er doch, hätte er sich meinem Beruf verschrieben, ein hervorragender Kriminalist geworden sein. Er hat zu seinem Vortrag eine Unzahl von Einladungen verschickt. Beinah alle Polizeipräsidenten der großen Staaten werden kommen. O'Grady, der New Yorker, ist bereits da. Die Spanier schicken ihren klügsten Kopf. Du weißt, welches Aufsehen die Ermordung Karas erregt hat. Lexman will uns nicht nur den vermeintlichen Hergang, sondern auch die Person des Täters, seine Motive und Gründe schildern und – den Namen nennen.«

Sie hatte ihm schweigend zugehört. Nun faßte sie ihn beschwörend am Arm.

»Du mußt Lexman veranlassen, seinen Vortrag in meinem Haus zu halten. Tommy, du mußt!«

»Am Portland Place?«

»Nein. Ich habe ein eigenes Haus, es ist möbliert und natürlich gemietet. Bitte, sprich mit Lexman und veranlasse ihn, mir diesen Wunsch zu erfüllen.«

»Aber warum nur?«

»Frage nicht, sei lieb, Tommy!«

»Ich werde ihn heute nachmittag darum bitten«, versprach er.

Ins Büro zurückgekehrt, telefonierte er mit Lexman.

»Mir wäre zwar ein Ort außerhalb Londons lieber gewesen«, meinte John, »aber ich bin Miss Bartholomew sehr dankbar und werde gern von ihrem Angebot Gebrauch machen. Bitte, lade sie ein, dem Vortrag beizuwohnen. Es wird nicht uninteressant sein, das verspreche ich dir.«

So kam es, daß Belinda Maria an der Veranstaltung teilnehmen durfte. In Gesellschaft der berühmtesten Kriminalisten sollte sie der Aufklärung eines der sensationellsten Mordfälle der Gegenwart beiwohnen.

24

Das Zimmer, in dem der Vortrag stattfinden sollte, war ziemlich groß und konnte, da man alle überflüssigen Möbel hinausräumte, in einen eigentlichen Saal verwandelt werden. Die geladenen Gäste aus aller Herren Länder nahmen ihre Plätze ein.

Das Kaminfeuer flackerte gemütlich, und die Koryphäen unterhielten sich über alle möglichen Berufsfragen. Belinda Maria, die in der Tür stand, um nach dem Rechten zu sehen, lauschte eine Weile den Gesprächen der Herren, ohne zu wissen, wer was sagte.

»... Erinnern Sie sich, Sir George, des Falles Bolbrook? In Odessa habe ich den Mann endlich fassen können ... Das merkwürdigste war, daß man nicht einen Penny bei dem Toten fand. Nur ein kleines, goldenes Amulett, ein Smaragd an goldener Kette ... Ich wußte also, daß das Mädchen mit dem Pelzmantel ... Pinto konnte, nachdem er mich mit drei Kugeln bedacht hatte, aus dem Haus flüchten. Ich schleppte mich zum Fenster und knallte ihn nieder. Ein feiner Schuß ...«

Die Herren erhoben sich, als das Mädchen eintrat und die Ankunft Lexmans meldete.

Er sah abgespannt aus, begrüßte die Gäste mit freundlichem Kopfnicken. Er kannte sie beinah alle. Nach der Begrüßung legte er einige engbeschriebene Manuskriptblätter auf das für ihn vorbereitete Rednerpult und begann sofort:

»Sie wissen, meine sehr verehrten Damen und Herren, daß ich der Verfasser zahlreicher Kriminalromane bin. Diese Romane hatten, meines Erachtens, ihren Erfolg dem Umstand zu verdanken, daß sie in logischer, verständlicher Weise fiktive Kriminalfälle schufen und auf eine Weise lösten, die die Spannung der Leser bis zum Ende wachhielt. Sir George, unser Polizeipräsident, hatte verschiedentlich die Liebenswürdigkeit, mir gegenüber darauf hinzuweisen, daß die Erzeugnisse meiner Feder etwas mehr seien als reine Sensationshascherei. Ich habe tatsächlich, soweit es mir möglich war, versucht, meine Bücher auch vom fachwissenschaftlichen Standpunkt aus zu einer lohnenden Lektüre zu machen.

Bitte, mißverstehen Sie mich nicht – es soll keine Selbstbeweihräucherung sein. Es geht mir nur darum, Ihnen, meine Damen und Herren, die Sie fast alle in leitenden Stellungen bei einer Polizeibehörde tätig sind, meinen Standpunkt zu erklären. Ich glaube heute, daß es mir einigermaßen gelungen ist, mich in die Gedanken, in die Mentalität des Verbrechers einzufühlen, und daß ich meine fiktiven Hauptgestalten so ausgestattet und dem Leser vorgeführt habe, wie sie im wirklichen Leben sein könnten. Und so will ich auch versuchen, mich in die Lage und in die Gedankengänge jenes Menschen zu versetzen und einzufühlen, der den Griechen Remington Kara ermordet hat.

Die meisten der hier Anwesenden sind wohl über den Charakter des Verstorbenen genügend unterrichtet, um zu wissen, welcher Menschenklasse er angehörte, und daß er sein Schicksal nicht unverdient erlitten hat. Es ist Ihnen bekannt, welch entsetzlicher Grausamkeit er fähig war. Er war ein Egoist reinsten Wassers, der nur seiner Machtgier frönte.«

Der Redner schilderte nun in großen Zügen den Hergang bei der Ermordung Vassalaros und kam dann auf die Vorgeschichte zu sprechen:

»Ich kenne jetzt die Zusammenhänge um Vassalaros Tod. An Weihnachten, das heißt vor der Ermordung des Geldverleihers, sandte mir ein unbekannter Leser einen Revolver als Weihnachtsgeschenk zu. Dieser Unbekannte war, wie ich heute weiß, Remington Kara, der die Ermordung des ihm unbequem gewordenen Vassalaro schon drei Monate voraus geplant hatte. Er war es, der mir den Browning schickte, er, der genau wußte, daß ich noch nie eine derartige Waffe besessen, geschweige denn in der Hand gehalten hatte. Er war sich klar darüber, daß ich das Ding nicht öfter als nötig in die Hand nehmen, sondern vielmehr irgendwo verschließen und vergessen würde. Aber Kara war, wie in allem, auch in dieser Sache ganz systematisch vorgegangen. Drei Wochen nach Erhalt jenes ›Weihnachtsgeschenks‹ wurde in mein Haus eingebrochen. Schon damals hatte ich den Eindruck, daß der Einbrecher seine Sache ganz besonders ungeschickt angepackt habe. Er vollführte bei seinem Versuch, ins Haus zu gelangen, einen solchen Lärm, daß ich aufwachen mußte und auch tatsächlich erwachte. Der vermeintliche Dieb beschränkte sich aber darauf, eine Fensterscheibe einzudrücken, und flüchtete dann. Wie Kara ganz richtig vorausgesehen hatte, dachte ich nach diesem Einbruchsversuch sofort an meinen Revolver. Ich holte ihn aus dem Versteck hervor, um ihn für alle Fälle bei der Hand zu haben. Um sich zu vergewissern, daß sein Vorhaben planmäßig verlief, kam Kara am Tag nach dem versuchten Einbruch zu mir und hörte natürlich, was sich zugetragen hatte. Obwohl er auf meinen Revolver, von dem ich ihm damals noch nicht erzählt hatte, mit keinem Wort anspielte, erinnere ich mich doch, daß er darauf hinwies, wie gut es sei, immer eine Waffe in Reichweite zu haben. Ein paar Wochen später wiederholte sich die ganze Komödie, wieder wurde einzubrechen versucht, wieder besuchte mich Kara. Auch jetzt schilderte ich ihm den ganzen Vorfall. Es wäre ja ganz unnatürlich gewesen, wenn ich es unterlassen hätte. Nicht nur zwischen meiner Frau und mir war es das Gesprächsthema, auch die Dienstboten und selbst die Einwohner von Beston Tracey sprachen darüber.

Und dann wurde mir an jenem Abend – im Beisein Karas – der Drohbrief Vassalaros zugestellt. Während ich draußen den Chauffeur suchte, um ihm den Aufbruch seines Herrn anzukündigen, blieb Kara im Haus. Kurze Zeit unterhielt er sich mit meiner Frau und ging dann unter einem Vorwand nochmals in mein Arbeitszimmer. Hier lud er meinen Revolver – nicht nur den Lauf, auch das Magazin. Er vertraute seinem Glück, daß ich die Waffe nicht vor der Zeit ausprobieren würde. Das Risiko war ziemlich groß, denn bevor er mir den Revolver zusandte, hatte er den Abzug so vorzüglich eingeölt, daß er dem leichtesten Druck gehorchte. Hätte ich ihn berührt – Karas Plan wäre ins Wasser gefallen.

Was sich in jener Nacht ereignete, wissen Sie heute alle, meine Damen und Herren.«

Lexman streifte nun seine Verhaftung, die Verhöre, die Verhandlung vor dem Schwurgericht, das entsetzliche Urteil und beschrieb sein Leben im Zuchthaus. Dann folgte die Schilderung der Flucht aus Dartmoor:

»Nach meiner Verurteilung klügelte Kara ein raffiniertes System aus, um meine Frau zu beunruhigen. Kaum einen Monat später sprach ein Mann bei ihr vor, der vorgab, eben entlassen worden zu sein. Er habe mich gesehen und gesprochen und die entsetzlichen Folgen bemerkt, die schon der kurze Zuchthausaufenthalt bei mir gezeitigt hätte. Die Berichte genügten, um eine Frau wie Grace an den Rand des Wahnsinns zu bringen. Er erzählte ihr auch, daß ich meiner besseren Bildung wegen von den Gefangenenwärtern mißhandelt und schikaniert würde, und daß ich krank und beinahe irrsinnig geworden sei. Kurz, man tat alles, um Grace die Einsamkeit zur Hölle zu machen. Das war Karas Absicht. Nicht mit Peitschenhieben, sondern mit Nadelstichen wollte er sich rächen, meine Frau, die ihn verschmäht hatte, im tiefsten verwunden und ihr den Frieden rauben. Als er dann erfuhr, daß ich entlassen werden sollte, baute er einen neuen Plan zu unserer Vernichtung auf. Es blieben ihm zur Ausführung kaum zwei Tage.

Von einem seiner Agenten erfuhr er, daß mein Wärter bei seinen Vorgesetzten schlecht angeschrieben sei, weil er im Verdacht der

Bestechlichkeit stehe. Sofort bot Kara ihm eine große Summe als Bestechungsgeld an, und der Wärter sagte zu.

Kara hatte inzwischen ein Sportflugzeug gekauft, und da er, wie wir wissen, ein ausgezeichneter Pilot war, flog er selbst das Flugzeug nach Devon und kam dort bei Tagesanbruch auf einem einsamen Platz in der Heide an.

Wie meine Flucht bewerkstelligt wurde, wissen Sie alle. Ich kann mir daher eine genaue Schilderung ersparen. Meine wirkliche Geschichte beginnt ja erst in dem Augenblick, als ich meinen Fuß auf Deck der ›Mpret‹, der Jacht Karas, setzte.

Sobald ich an Bord war, fragte ich nach meiner Frau. Kara machte mich darauf aufmerksam, daß ich noch immer in Sträflingskleidung sei, und so ging ich, ohne Grace begrüßt zu haben, in die Kabine, um mich umzuziehen. Seidene Unterwäsche, ein eleganter Jachtanzug und alles, was ich sonst benötigte, lagen für mich bereit. Wie wohl ich mich in Zivilkleidung fühlte, brauche ich nicht erst zu betonen. Nach wenigen Minuten erschien ein Steward und führte mich in den Salon, wo mich meine Frau erwartete.«

Die Stimme des Vortragenden hatte an Kraft verloren, und die letzten Worte brachte er nur im Flüsterton heraus. Es dauerte eine Weile, bis er sich wieder so weit in der Gewalt hatte, um in seinen Ausführungen fortzufahren.

»Wie mir Grace erzählte, hatte sie sich eines gewissen Mißtrauens gegen Kara nicht erwehren können. Als ihr dieser aber den Plan zu meiner Befreiung bis in die kleinsten Details erläuterte, hatte sie ihm schließlich geglaubt. Er hatte ihr sogar das Flugzeug gezeigt, kurz alles getan, um sie zum freiwilligen Mitgehen zu bewegen. Sie folgte ihm an die See, weigerte sich aber, mit ihm an Bord der ›Mpret‹ zu gehen. Sie schlug ihm vor, daß sie sich in der Nähe der Jacht aufhalten wolle, bis sie mich an Bord sehe. Dann werde sie nachkommen. Ein Motorboot sollte sie zur Jacht bringen.

Wir freuten uns wie Kinder, daß wir uns wiederhatten. Keiner, der es je durchgemacht hat, kann ermessen, wie glücklich ich war. Die Reise verlief ohne besondere Ereignisse. Unsere einzige Sorge war, daß vielleicht ein englisches Kriegsschiff auf den entflohenen Sträfling Jagd machen könnte. Kara hatte diese Gefahr wohl ebenfalls in Betracht gezogen, denn die Jacht war ausreichend mit Kohlen versehen worden, um nicht das für mich so gefährliche Gibraltar anlaufen zu müssen. Dort hätte ich mich auf englischem Boden und in größter Gefahr, verhaftet zu werden, befunden. Die Fahrt durchs Mittelmeer war stürmisch. Endlich lief der Dampfer in den Hafen von Durazzo ein. Um, wie Kara zu bedenken gab, nicht vom englischen Konsul gesehen und erkannt zu werden, verkleideten Grace und ich uns als Türken. Sie trug einen dichten Gesichtsschleier, der ihre Züge unkenntlich machte. Ich selbst hüllte mich in einen langen, schwarzen Kaftan, und mein hageres, sonnverbranntes Gesicht tat das übrige, um in dieser Umgebung nicht weiter aufzufallen.

Das Besitztum Karas liegt etwa zwanzig Kilometer von Durazzo entfernt. Man gelangt dorthin auf schlechten Nebenstraßen, die teilweise nicht einmal Pfaden gleichen. Die Landschaft ist wild und unbebaut. Der Weg führte durch Sümpfe, über Bäche und hinauf zu engen, steinigen Gebirgsübergängen.

Der Palast – man muß den Gebäudekomplex wegen seiner Ausdehnung so bezeichnen – liegt auf einem hohen Felsen über dem Meer, und dahinter breiten sich Olivenhaine, grüne Matten und wogende Maisfelder aus. Der Palast liegt strategisch günstig – nur zwei Pfade, leicht zu verteidigen, führen zu ihm.

Die Skipetaren – sonst blutdürstig und grausam – waren ihrem Herrn treu, denn Kara war ihr anerkannter Häuptling. Er zahlte offensichtlich gut genug, so daß sie es nicht nötig hatten, ihm mit Gewalt sein Eigentum abzunehmen. Außerdem hielt er sie dauernd beschäftigt. Von Zeit zu Zeit inszenierten seine Agenten einen der dort üblichen Aufstände – die Leute brauchen das wie das tägliche Brot.

Das Haupthaus, in maurischem Stil erbaut, war bequem eingerichtet, die Höfe mit sprudelnden Fontänen und lauschigen Lauben ausgestattet. Als ich das Tor zu Karas Besitz durchschritt, wurde mir zum erstenmal die Bedeutung und Stellung dieses Mannes klar. Zahlreiche Diener – alle orientalischer Abstammung – eilten in den Räumen umher, schweigsam, höflich, jedem Wink ihres Herrn und seiner Gäste gewärtig. Kara selbst führte uns in sein Arbeitszimmer. Der Raum war hoch, luftig, pompös; rings an den Wänden standen türkische Diwane, den Fußboden bedeckte ein ungeheurer Perser.

Ich möchte hier betonen, daß Kara während der langen Seereise sowohl Grace als auch mir gegenüber stets höflich und zuvorkommend gewesen war.

Wir hatten kaum sein Arbeitszimmer betreten, als er sich freundschaftlich an mich wandte: ›Sie möchten gern Ihr eigenes Zimmer besichtigen, wie?‹

Ich stimmte zu, und der Hausherr klatschte in die Hände. Ein albanischer Diener, ein Riese, trat ein und verbeugte sich erst vor seinem Herrn, dann vor uns. Kara sprach einige Worte mit ihm. ›Mein Diener wird Sie führen, Mr. Lexman‹, wandte er sich freundlich lächelnd an mich.

Ich folgte dem Albanier. Kaum war der Vorhang hinter mir zurückgeglitten, als ich von vier Männern ergriffen, zu Boden geworfen und gefesselt wurde. Mit einem Schlag wurde mir das Spiel Karas klar, und zitternd dachte ich an Grace und ihr künftiges Schicksal. Ich nahm alle Kräfte zusammen, um mich zu befreien, war aber gegen die Übermacht wehrlos. Man schleppte mich durch einen Gang, öffnete eine Tür und warf mich in ein völlig leeres Zimmer. Eine knappe halbe Stunde später kamen die Männer, die mich gefesselt hatten, wieder. Diesmal begleitete sie ein Mann namens Salvolio. Er war entweder griechischer oder italienischer Herkunft. Er sprach mich englisch an und befahl mir, mich ruhig zu verhalten. Dann führten sie mich zurück in Karas Arbeitszimmer. Er saß in einem tiefen Lehnstuhl und rauchte gemächlich eine Zigarette. Ihm gegenüber, immer noch in türkischer Kleidung, stand Grace. Sie war, wie ich zu meiner Freude bemerkte, nicht gefesselt und wollte mir entgegeneilen, wurde aber von meinem Wärter roh zurückgerissen.

Der Grieche sprach mich mit seiner verhaßten, näselnden Stimme an: ›Sie, mein sehr verehrter Mr. Lexman, befinden sich hier völlig in meiner Gewalt. Ich muß Ihnen einiges mitteilen, das für Sie eine ziemliche Enttäuschung bedeuten dürfte.‹ Er schilderte mir nun die Geschichte meiner Begnadigung und erwähnte, auf welche Art und Weise sich meine Unschuld herausgestellt hatte. ›Unter größten Mühen und Aufwendungen ist es mir gelungen, Sie hierherzubringen. Nun, die Schwierigkeiten, die sich der Ausführung meiner Pläne entgegenstellten, sind überwunden. Das Alpha und Omega dieser Pläne ist einzig und allein: Ihnen und Ihrer Frau das Dasein so ungemütlich wie nur möglich zu machen.‹ Nicht ein einziges Mal verriet seine Stimme Erregung. Er sprach so sanft und gleichmäßig, als erkundige er sich nach meinem Befinden. Erst als er mir den Grund seines unauslöschlichen Hasses verriet, begann er etwas aufgeregter zu werden. ›Nichts kann mich mehr hindern, dem Haß, den ich seit Jahren gegen Sie empfinde, freien Lauf zu lassen. Sie haben mir die Frau, die ich liebte, weggenommen, was für einen Menschen, wie ich es bin, eine unerhörte Beleidigung ist. Sie haben es gewagt, sich mir in den Weg zu stellen!‹ Er musterte mich einen Augenblick. ›Ich kann es Ihnen an den Augen ablesen, daß Sie der Meinung sind, ich trachte nur danach, Ihre Frau in meinen Harem einzuschließen – nicht wahr? Sie täuschen sich! Nichts liegt mir ferner. Kara Rumbo eignet sich nicht das an, was ein anderer übriggelassen hat! Mein Haß soll Sie und Ihre Frau treffen – meine Rache wird derart sein, wie Sie es sich in Ihrer Phantasie gar nicht vorstellen können. Sie verstehen mich doch, nicht wahr?‹

Ich antwortete ihm nicht, wagte aber auch nicht, Grace, an die er sich nun wandte, anzublicken.

›Ich glaube bemerkt zu haben, daß Sie Ihren Gatten lieben. Nun, ich werde Ihnen Gelegenheit geben, diese Liebe unter Beweis zu stellen. Was werden Sie sagen, wenn er geschlagen, gedemütigt wird, wie es kaum ein Vieh ertragen könnte? Weder Sie noch er sollen jemals wieder Lebensfreude oder Ruhe haben. Von dieser Minute an sind Sie beide Sklaven, und Sie sollen schlimmer noch als Sklaven behandelt werden!‹

Er klatschte in die Hände. Danach habe ich Grace nur noch ein einziges Mal lebend gesehen.«

Bis hierher hatte sich John Lexman in der Gewalt gehabt. Nun aber, beim empfindlichsten Punkt seiner Leidensgeschichte angekommen, verbarg er sein Gesicht in den Händen. Erst nach einigen Minuten unheimlichen Schweigens war er imstande, seinen Bericht fortzusetzen.

»Man schleppte mich in ein Verlies, das in die Felsen gehauen war, fesselte mich und kettete mich an. Dort blieb ich allein. Einmal am Tag erschien ein Wärter und brachte mir ein Stück Ziegenfleisch und einen Blechbehälter mit Wasser. Jede Woche an einem bestimmten Tag besuchte mich Kara. Er brachte einen kleinen Feldstuhl mit, setzte sich in einiger Entfernung mir gegenüber, zündete sich eine Zigarette an und betrachtete mich eine Zeitlang. Dann erst begann er zu erzählen. Ich kann nicht schildern, wie er mich mit Worten marterte – was er mir alles sagte ... Immer wieder sprach er von Grace, beschrieb bildhaft die Schrecken, denen sie ausgeliefert war! Er setzte mich unbeschreiblichen seelischen Qualen aus. Jedes seiner Worte sollte mich verwunden. Nicht, daß er mich die Torturen, denen meine Frau ausgesetzt war, wirklich sehen ließ – nur ein einziges Mal machte er mich zum Zeugen ihrer Qualen. Er setzte sich einfach vor mich hin und erzählte. Ich wurde vor Haß beinah wahnsinnig. Zweimal sprang ich ihn an, jedesmal riß mich die Kette wieder auf mein Lager zurück. Einmal brachte er einen seiner Diener mit, um mich peitschen zu lassen. Aber er schien nicht die Befriedigung daraus zu ziehen, die er sich versprochen haben mochte. Ich gab keinen Laut von mir, und er ließ in der folgenden Zeit davon ab. Er zog die indirekte Folter vor.

Ich erwähnte, daß ich Grace nur noch einmal lebend gesehen habe. Ich will Ihnen erzählen, wie es dazu kam. Kara ersann immer neue Variationen der Rache. Er ließ Grace in einem Boot aufs Meer hinausrudern, bis zu einer Stelle, die ich von meinem Verliesfenster aus beobachten konnte. Dort peitschte man meine Frau vor meinen Augen mit der gleichen Peitsche, die man auch bei mir verwendet hatte. Ich möchte hier nicht schildern, was ich dabei empfand. Wie wünschte ich mir, selbst unter den Schlägen zusammenzubrechen, um die Mißhandlung meiner Frau nicht mit ansehen zu müssen. Gott, wie entsetzlich war dies alles!

In diesem Winter bekam ich Kara nicht mehr zu sehen. Wahrscheinlich war er nach England gefahren, um dort die Saison mitzumachen. Mein Felsenkeller war vor den Einflüssen der kalten Bora geschützt, und auch im strengsten Winter war die Temperatur immer erträglich.

Als Kara zurückkehrte, war er wie ein wilder Stier. Einer seiner Pläne mußte gescheitert sein, denn die Qualen, die er mir nun an Körper und Geist auferlegte, spotten jeder Beschreibung. Vor seiner Reise war er einmal wöchentlich erschienen; nun kam er täglich. Meist tauchte er am späten Nachmittag bei mir auf. Einmal jedoch erwachte ich mitten in der Nacht und sah ihn mit einer Laterne in der Hand an meinem Lager stehen, die glimmende Zigarette im Mund. Als er bemerkte, daß ich wachgeworden war, stellte er die Laterne ab und lehnte sich gegen die Wand.

›Leider muß ich Ihnen mitteilen, Lexman‹, sagte er, ›daß ich mich über die Widerstandskraft Ihrer Frau getäuscht habe. Sie ist dem Ende nahe.‹ Er wartete, aber ich antwortete nicht. ›Ich habe von Durazzo einen Arzt holen lassen, denn ich möchte nicht, daß mir Mrs. Lexman so schnell entkommt. Geschieht es dennoch, nun, dann habe ich immer noch Sie! Ja – sie stirbt langsam. Heute hat sie nicht weniger als dreimal nach Ihnen verlangt . . .‹

Ich ließ mich nicht zum Angriff auf das Ungeheuer verleiten und hatte mich so in der Gewalt, wie ich es nie für menschenmöglich gehalten hätte.

›Kara‹, sagte ich, ›was hat Ihnen meine Frau getan, daß Sie sie alle Höllenqualen ausstehen lassen?‹

›Was sie mir angetan hat?‹ wiederholte er. ›Sie hat mich vor mir selbst erniedrigt. Nie zuvor hat sich mir eine Frau versagt. Was ich haben wollte, bekam ich. Seit mich Ihre Frau demütigte, habe ich an mir selbst zweifeln gelernt. Nicht wegen gebrochenen Herzens, nein! Nie habe ich eine Frau wirklich geliebt! Nur die Leidenschaft eines Augenblicks konnte mich zu einer Frau treiben. Grace Lexman hat mir mein Selbstvertrauen zerstört! Immer, wenn ich eine große Sache in die Hand nehme, taucht die Befürchtung eines Fehlschlags auf, ähnlich dem, den ich bei ihr erlitten habe. Die Erinnerung an diese Abfuhr läßt mich schon vor Inangriffnahme meiner Pläne an ihrem Gelingen zweifeln. Ich hasse Ihre Frau und werde sie immer, solange ich lebe, hassen. Stirbt sie, dann soll sie mein Haß bis ins Grab verfolgen. Sie wird mich um einen Teil meiner Rache betrogen haben.‹ Er beugte sich vor und starrte mir haßerfüllt ins Gesicht. ›Ich könnte der König dieses Landes sein!‹ stieß er hervor. ›Wissen Sie, was das für mich bedeutet? Eine einzige Hoffnung habe ich noch, dieses Ziel zu erreichen: Ich muß Ihre Frau am Leben erhalten. Erst wenn ich sie völlig gedemütigt habe, wenn sie mich um Gnade bittet, dann, ja dann werde ich wieder der sein, der ich vorher war – der künftige König von Albanien. Vorher nicht, vorher nicht! Darum – Sie können es mir glauben – werde ich die besten ärztlichen Kräfte aufbieten, um das Leben Ihrer Frau meiner Rache zu erhalten.‹

Er verließ mich. Erst lange Zeit später sah ich ihn wieder. Einige Tage nach seinem Besuch schickte er mir die Botschaft, daß meine Frau gestorben sei.«

Lexman erhob sich von seinem Stuhl. Den Kopf gesenkt, schritt er vor seinem Pult auf und ab.

»Von jenem Augenblick an«, begann er wieder, »hatte ich nur noch ein Ziel vor Augen: Rache! Remington Kara zu strafen, war mir Lebenszweck geworden. Meine Damen und Herren! Ich habe das mir gesteckte Ziel erreicht – von dieser meiner Hand ist Kara getötet worden!«

Mit geballten Händen schlug sich John Lexman an die Brust.

»Ich war es, der ihn für seine Missetaten strafte, ich, der ihn an jenem Abend ermordete!«

Die Anwesenden waren aufgesprungen und stießen, mit einer einzigen Ausnahme, Rufe des Erstaunens aus. Der einzige, dem Johns Mitteilung keine Überraschung bedeutete, war T. X. Meredith.

Bange Minuten verstrichen, bis Lexman seinen Vortrag wieder aufnahm.

»Ich erwähnte bereits, daß Kara einen Mann namens Salvolio zu meinem persönlichen Kerkermeister bestimmt hatte. Er war, ich weiß nicht wie, aus einem Zuchthaus Italiens entflohen, wo er eine lebenslängliche Freiheitsstrafe verbüßen sollte. Jedenfalls war es ihm gelungen, mit dem Griechen zusammenzukommen, und er war von ihm aufgenommen worden. Dieser Salvolio war eine Bestie sondergleichen. So schweigsam er auch war – mit dem Messer war er rasch bei der Hand. Er hat vor meinen Augen einen seiner Leute niedergestochen, nur weil der Unglückliche mich mit mehr Brot versorgte, als von Kara angeordnet worden war. Salvolio habe ich auch die Narbe zu verdanken, die ich wohl zeitlebens behalten werde. Er hatte sich vorgenommen, in Abwesenheit seines Herrn auf eigene Faust Grausamkeiten und Quälereien zu ersinnen, die denen Karas in nichts nachstanden. Auch hinterbrachte er mir in Abständen teuflische Berichte über meine Frau. Grace hatte, um nur ein Beispiel zu nennen, stets Hunde gehaßt, und Kara schien von dieser Abneigung Kenntnis erhalten zu haben, denn er ließ vier große Doggen in ihrem Schlafzimmer anketten. Die Ketten waren gerade lang genug, daß die Bestien sie, wenn sie sich nur ein wenig von ihrem Platz bewegen wollte, erreichen konnten. Salvolio machte mir von dieser Gemeinheit höhnisch grinsend Mitteilung, und in meiner Erregung versuchte ich ihn anzugreifen. Er zog sofort sein Messer und stieß, während ich von meinen Ketten zurückgerissen wurde, nach mir. Nur einem Zufalle ist es zu verdanken, daß ich jetzt vor Ihnen sprechen kann. Kara hatte dem Schurken wahrscheinlich aufs strengste verboten, mir zu nahe zu treten, denn als der Grieche zurückkehrte und die noch unverheilte Wunde in meinem Gesicht sah, erkundigte er sich nach der Ursache. Wütend über die Eigenmächtigkeit seiner Kreatur, ließ er Salvolio in meiner Gegenwart auspeitschen. Den Haß, den dieser nun gegen mich hegte, können Sie sich kaum vorstellen.

Nach dem Tod meiner Frau reiste Kara plötzlich ab und überließ mich der Willkür Salvolios. Er mochte ihm wohl freie Hand gelassen haben, denn Salvolio begann mit einer neuen Tortur. Er setzte meine Verpflegung auf ein Mindestmaß herab. Glücklicherweise bin ich kein starker Esser, so daß ich mit der unzureichenden Nahrung anfangs noch einigermaßen auskam. Als dann aber die Rationen täglich kleiner wurden, begann mein Körper an den Folgen dieser Unterernährung zu leiden. Wer weiß, wie lange ich durchgehalten hätte, wenn nicht gerade zu jener Zeit ein Ereignis eingetreten wäre, das mein elendes Dasein völlig veränderte.

Offenbar wurde Kara nicht so bald zurückerwartet – er verbrachte wohl den Winter wiederum in London –, denn Salvolio benützte die Zeit ausgiebig, um sich nach Herzenslust zu amüsieren. Fast täglich lud er sich von Durazzo Mädchen, meist Tänzerinnen, ein, und die ausschweifenden Gelage wollten kein Ende mehr nehmen. Niemand war da, der meinen Kerkermeister an seinem tollen Treiben hätte hindern können.

In der Nacht, die ich nun schildern werde, hatten die Festlichkeiten länger als sonst gedauert. Ich sah schon den Morgen durch mein Zellenfenster dämmern, als die Tür zu meinem Verlies aufgeschlossen wurde. Es war Salvolio, der mich besuchen wollte. Er war schwer betrunken. In seiner Begleitung befand sich eine der Tänzerinnen, vor der er sich vermutlich aufspielen wollte. Das Mädchen schien sich zu fürchten, denn er mußte seine ganze Beredsamkeit aufbieten, damit sie nicht weglief. Nur widerwillig betrat sie schließlich das Gefängnis, obwohl sie Salvolios Intimitäten keinen Widerstand entgegensetzte. Sie schien doch keine Tänzerin zu sein. Meine Vermutung wurde später bestätigt, denn ich erfuhr, daß sie die Tochter eines zum Christentum übergetretenen türkischen Kaufmanns ist, der sich in Durazzo niedergelassen hatte. Salvolio hatte sie dort kennengelernt und überredet, von zu Hause wegzulaufen und zu ihm zu ziehen. Ich muß diesen Umstand erwähnen, denn ihm verdanke ich meine Rettung.

Das Mädchen versuchte also, wie ich bereits sagte, wegzulaufen, und nur mit Mühe verhinderte Salvolio diese Absicht. Er zog seine Begleiterin hinter sich her in meine Zelle und blieb, sein langes Messer in der Hand, drohend vor mir stehen. Plötzlich versetzte er mir mit seinem eisenbeschlagenen Stiefel einen Tritt gegen die Magengrube. Ich hielt der Mißhandlung stand, ohne mich zu bewegen. Während er mich beschimpfte und zum Angriff gegen sich zu reizen versuchte, sah ich in der Tür einen neuen Zeugen der Szene auftauchen.

Das Mädchen stand starr und blickte mit entsetzten Augen auf Salvolios Tun, der weiter seinen Haß an mir ausließ. Inzwischen hatte die hohe Gestalt eines weißbärtigen Türken das Verlies betreten und war langsam nähergekommen. Bei seinem Anblick schrie das Mädchen laut auf. Wortlos, mit gebieterischer Geste, zeigte der Alte auf die offene Tür. Wie ein gepeitschter Hund schlich das Mädchen hinaus. Nach dem Schrei hatte sich Salvolio umgedreht und starrte nun auf den Türken. Mit einem Satz war dieser neben ihm und begann mit ihm zu ringen. Er war einen Kopf größer als mein Kerkermeister und sicher auch kräftiger. Salvolio versuchte ihn abzuwehren, und der Türke versetzte ihm einen leichten Stoß. So schien es mir wenigstens, doch wurde ich schnell eines anderen belehrt. Unter Röcheln und Husten sank Salvolio zu Boden. Aus seiner Brust quoll ein dicker Blutstrahl. Vorsichtig wischte der Türke die Waffe am Rock des Toten ab, dann wandte er sich mir zu. ›Wer sind Sie?‹ fragte er erst auf türkisch, dann, als er merkte, daß ich diese Sprache nicht verstand, auf französisch. Ich schilderte ihm kurz meine Geschichte. Er kam näher heran und prüfte die Ketten. ›Allein hätten Sie die Freiheit nie wiedererlangt‹, meinte er. Mit dem Schlüssel, den er in Salvolios Tasche fand, öffnete er das Schloß an meinen Fesseln. Ich war frei. Da ich zu schwach war, um mich erheben zu können, half er mir auf die

Beine. Er zog eine Pistole aus seinem Gürtel und reichte sie mir. ›Vielleicht kommt Ihnen diese Waffe auf Ihrem Weg nach Durazzo zustatten.‹ Meine Knie zitterten vor Schwäche und Aufregung, als er mich ins Freie führte und die Tür des Verlieses hinter uns zuzog. Draußen wartete das Mädchen schluchzend auf uns. Erst als mein Retter einige Worte in türkischer Sprache zu ihr sagte, beruhigte sie sich. ›Meine Tochter wird uns den Weg zeigen‹, sagte der Alte. ›Ich kenne diese Gegend nicht besonders gut; sie aber weiß den Weg nur zu genau.‹

Ich will meine Geschichte nicht zu lang ausspinnen«, unterbrach Lexman die Schilderung seiner entsetzlichen Erlebnisse. »Am gleichen Tag kamen wir in Durazzo an, ohne daß jemand aus Karas Schloß uns verfolgt hätte. Der Türke brachte mich, ohne Aufsehen zu erregen, in sein Haus. Er hieß, wie ich jetzt erfuhr, Hussein Effendi. Auf Anraten seiner Verwandten beschlossen wir, da wir die Folgen der Ermordung Salvolios nicht voraussehen konnten, noch in der gleichen Nacht die Berge aufzusuchen, wo ein Bruder Husseins mit seinem Stamm hauste. Nie werde ich die nun folgenden drei Monate vergessen. Fremd und rauh wie die Stammesangehörigen erschienen mir ihre Sitten. Eines aber weiß ich bestimmt: Nie hat es einen besseren Freund gegeben als Hussein Effendi. Er versorgte mich mit den nötigen Mitteln, um Albanien verlassen zu können, er brachte mir die Nachricht, daß Kara in England weile, und er gab mir auch das Messer, mit dem er Salvolio erstochen hatte.

Von Albanien fuhr ich nach Mailand. Im Hotel, wo ich wohnte, erzählte man mir, daß im gleichen Haus ein schwerkranker Engländer liege. Es war kein erstklassiges Hotel. Wir waren die einzigen Landsleute dort, und ich hielt es für meine Pflicht, mich um den Kranken zu kümmern. Schon der erste Besuch zeigte mir, daß ich es mit einem Todeskandidaten zu tun hatte. Er kam mir bekannt vor, doch dauerte es eine ganze Weile, bis ich darauf kam, wen ich vor mir hatte. Es war George Gathercole, der Forscher. Von Südamerika hatte er die Keime der Malaria mitgebracht, die nun hier, so nahe der Heimat, zum Ausbruch gekommen war. Weder der ärztlichen Kunst noch meiner Pflege gelang es jedoch, den cholerischen und ungeduldigen Patienten zu retten. So etwas von Fluchen und Ungeduld habe ich noch nie erlebt. Tapfer muß er gewesen sein, denn aus seiner Krankheit schien er sich gar nichts zu machen. Gathercole starb am 17. Januar dieses Jahres. Auf seinen Wunsch war ich einen Tag vor seinem Tod nach Genua gefahren, um dort seine bei der Dampfergesellschaft hinterlegten Habseligkeiten abzuholen. Als er die Augen für immer geschlossen hatte, durchsuchte ich seine Papiere, um etwaige Verwandte ausfindig zu machen. Bei dieser Gelegenheit fand ich einen Brief Karas, und dieser Fund brachte mich auf den Gedanken, ihn für meinen Racheplan zu benützen. Seit meiner Befreiung hatte ich nur den einen Wunsch, den Mörder meiner Frau zu töten, und zwar so, daß man nie auf den wirklichen Täter würde schließen können. Genauso sorgfältig, wie Kara den Plan zu meinem Verderben aufgebaut hatte, wollte ich die Vergeltung vorbereiten. Das Innere seines Londoner Hauses kannte ich, und ich wußte, in welcher Furcht er vor gewissen seiner Landsleute lebte, was für Vorkehrungen er getroffen hatte und wie der Türverschluß in seinem Schlafzimmer funktionierte.

In der Brieftasche des Toten fand ich Geld, etwas über einhundert Pfund. Von dieser Summe nahm ich mir einen Teil, weil mein Geld knapp geworden war, und weil ich wußte, daß mich in London genügend Barmittel erwarteten, um dieses eigenmächtige Darlehen den Erben zurückerstatten zu können. Die persönlichen Papiere Gathercoles wie auch den Rest des Geldes händigte ich dem britischen Konsul aus und reiste, mit den Ausweisen George Gathercoles versehen, weiter. Mit dem Bart, der mir in der Gefangenschaft gewachsen war, sah ich für jemand, der den Forscher nicht genau gekannt hatte, diesem einigermaßen ähnlich. Um Kara auf meine bevorstehende Ankunft als George Gathercole vorzubereiten, sandte ich einen Artikel, den ich geschrieben hatte, an die ›Post‹. Das Material dazu fand ich in der Bibliothek des Britischen Museums. Die Zeitung druckte meine angeblichen Forschungsergebnisse ab, und ich sorgte dafür, daß der Artikel Kara zugestellt wurde. Zwischen Chelsea und Scotland Yard hatte ich mir ein Haus gemietet. Der Eigentümer wollte für drei Monate an die Riviera reisen und war froh, einen Mieter zu finden, der den hohen Betrag bar auf den Tisch legen konnte. Als nächstes ließ ich mir einige neue Anzüge anfertigen – nicht in London, sondern in Manchester, denn ich wollte vermeiden, daß meine äußere Aufmachung eruiert werden und zu meiner Identifizierung beitragen könnte. Als ich endlich alles beisammen hatte, setzte ich den Tag und die Stunde für die Ausführung der Tat fest. Ich packte alle meine Habseligkeiten in zwei große Koffer und sandte diese ins Midland Hotel, wo ich mich unter meinem eigenen Namen eintrug. Den Nachmittag verbrachte ich in der Nähe von Karas Haus und wartete, bis er herauskam und wegging. Es war das erstemal, daß ich ihn seit meiner Gefangenschaft wiedersah, und es fiel mir außerordentlich schwer, mich von einem Angriff auf ihn an Ort und Stelle zurückzuhalten. Ich beherrschte mich jedoch. Ich wartete noch eine Weile und klingelte dann an seiner Haustür. Gleich zu Beginn schon schien mein Unternehmen fehlzuschlagen, denn in dem Diener, der die Tür öffnete, erkannte ich den Strafgefangenen aus Dartmoor, der am Morgen meiner Flucht das Beamtenhaus tapeziert hatte. Ich wußte, daß ich mich nicht irren konnte, und der letzte Zweifel verschwand, als ich den Mann reden hörte. Würde er mich wiedererkennen? Es schien nicht der Fall zu sein, obwohl ich ihm dazu jede Gelegenheit gab. Ich blickte ihn starr an und befahl ihm später sogar, mich am Bart zu ziehen. Nachdem ich sicher war, daß mir von ihm keine Gefahr drohte, verließ ich das Haus wieder und ging in meine Wohnung zurück. Ich wollte meine Absicht noch an diesem Abend zur Ausführung bringen.

Als ich mich am Nachmittag vor Karas Haus herumgedrückt hatte, war mir aufgefallen, daß zwei Telefondrähte hineinführten. Ohne darüber Gewißheit zu haben, mußte ich doch annehmen, daß einer davon ein Privatanschluß war. Ich konnte mir leicht zusammenreimen, daß es sich um die direkte Verbindung mit irgendeiner Polizeibehörde handeln mußte. In seinem Palast in Albanien hatte er ja genau die gleiche Vorkehrung getroffen, um mit der Gendarmeriestation in Durazzo, unabhängig vom Telefonamt, in Kontakt treten zu können. Dies hatte mir Hussein Effendi erzählt.

Nach Einbruch der Dunkelheit beobachtete ich wieder Karas Haus. Kurz nach zehn Uhr klingelte ich. Fisher öffnete mir die Tür. Ohne mich als seinen Arbeitskollegen aus der Strafanstalt zu erkennen, teilte er mir mit, daß sich Mr. Kara bereits in sein Schlafzimmer zurückgezogen habe. Er meldete mich jedoch sogleich an und bat mich dann, ihm zu folgen. Ich hatte etwas vorbereitet, um den Diener für alle Fälle aus dem Haus zu vertreiben.

In meiner Brieftasche lag ein kurzes Schreiben, worin ich Fisher mitteilte, daß jemand über sein Vorleben unterrichtet sei und ihm den Rat gebe, so schnell wie möglich zu verduften. Als er mir nun die Treppe hinauf voranging, warf ich meinen Brief im Vorbeigehen auf den Dielentisch. In meiner Rocktasche hatte ich zwei Kerzen, die ich schon den ganzen Abend in den Händen gehalten und gepreßt hatte, bis sie weich und biegsam geworden waren. Die Verwendung dieser Kerzen war genau vorausgeplant. Nun öffnete sich vor mir Karas Schlafzimmertür, und ich stand meinem Todfeind gegenüber.«

Im Saal herrschte atemlose Stille, als Lexman mit gesenktem Haupt einen Augenblick schwieg, um sich zu sammeln. T. X. saß in seinen Stuhl zurückgelehnt, mit der einen Hand sein Gesicht umspannend. Er wandte den Kopf und beobachtete verstohlen den Polizeipräsidenten. Dieser saß, die Stirn finster gefaltet und seinen weißen Schnurrbart streichend, da und blickte Lexman starr an. Der französische Polizeichef hatte die Hände tief in die Hosentaschen vergraben. Der Italiener scharrte unruhig mit den Füßen, während O'Grady, der Amerikaner, seine erkaltete Zigarre in den Mundwinkeln hin und her schob, als könne er den Augenblick der völligen Aufklärung nicht erwarten. Nun wandte sich Lexman von neuem seinen Zuhörern zu, um den eigentlichen Tathergang zu schildern.

»Kara erhob sich vom Bett und kam mir mit ausgestreckter Hand entgegen. ›Endlich, Mr. Gathercole!‹ begrüßte er mich in seidigstem Ton. Ich erwiderte kein Wort, sondern starrte ihn nur kalt an. Endlich stand ich, Mann gegen Mann, vor meinem Peiniger. Ein einziger, fragender Blick Karas traf mich – dann erkannte er die Wahrheit. Er wollte nach dem Telefon neben seinem Bett greifen, konnte den Hörer aber nicht mehr erreichen, denn schon hatte ich mich auf ihn gestürzt. Er war in meinen Händen hilflos wie ein Kind. Alle Not, alle Qualen und Foltern, die er Grace und mich hatte erdulden lassen, die kalten Nächte ohne Schlaf, der Tod meiner Frau – all das schürte meinen maßlosen Haß und ließ nicht die kleinste Mitleidsregung in meinem Herzen aufkommen. Ich schüttelte meine Armprothese ab und warf mein Opfer aufs Bett. ›Kara –‹, flüsterte ich ihm ins Ohr, ›bereite dich auf den Tod vor! Er soll nicht so qualvoll werden, wie der meiner Frau es war, aber – sterben sollst du!‹ Er versuchte zu sprechen, seine Hände griffen wild in die Luft, aber ich hielt seine Kehle zusammengepreßt. ›Niemand wird ahnen, wer dich getötet hat, Kara! Ich töte dich ohne die geringste Furcht vor Strafe. Dein Tod wird ein Geheimnis bleiben! Man wird deine Briefe lesen, dein vergangenes Leben, deine Gemeinheiten sollen vor der Welt ausgebreitet werden, bis dein Name zu einem einzigen Fluch wird! Man wird endlich wissen, wer und was du warst!‹ Ich ließ seinen Arm einen Augenblick los, um das Messer zu ziehen und zuzustechen. Ich glaube, er war sofort tot!«

Lexman hatte die letzten Worte ruhig und entspannt gesagt.

»Ich ließ ihn, wo er lag. Ich hatte nicht viel Zeit zu verlieren. Nun nahm ich die mitgebrachten Kerzen aus der Tasche. Sie waren genügend weich, so wie ich es wünschte. Ich zog den Türriegel hoch und klemmte die kleinere der beiden Kerzen darunter, so daß sie den Riegel stützte. Es würde nicht lange dauern, das wußte ich, bis die im Zimmer herrschende Wärme das Wachs weiter nachgiebig machen und der Riegel ins Lager zurückfallen würde.

Ich hatte vorausgesetzt, daß die vermutete private Telefonleitung im Schlafzimmer installiert war. Was ich natürlich nicht ahnte, war, daß es sich um eine Direktverbindung mit Scotland Yard handelte. Und erst, als ich neben dem Apparat einen Brieföffner liegen sah, kam ich auf die Idee, die ich nun ausführte. Ich nahm ein gleichfalls dort herumliegendes Zigarettenetui, stellte es neben dem Apparat auf und legte den Brieföffner waagrecht in der Mitte darauf, und zwar so, daß das eine freie Ende sich genau unter dem Telefonhörer befand. Unter das andere freie Ende des Öffners schob ich die größere der mitgebrachten Kerzen. Das Papiermesser wurde nun also in der Mitte vom Etui und auf einer Seite von der Kerze gestützt. Die gestützte Hälfte des Messers beschwerte ich mit zwei Büchern. Wie lange es dauern würde, bis die Kerzenstütze genügend weich geworden war, um unter dem von zwei Büchern beschwerten Brieföffner nachzugeben, vermochte ich nicht vorauszusehen. Eines aber war mir klar, daß, wenn dies geschah, der Brieföffner beim Zurückkippen den Telefonhörer abheben und herunterwerfen würde. Ich nahm an, daß Fisher inzwischen meine Warnung gelesen und das Haus entweder schon verlassen hatte oder es bald verlassen würde. Er war aber noch da, denn als ich leise die Schlafzimmertür öffnete, hörte ich ihn unten in der Diele auf und ab gehen.

Ich schloß die Tür nicht gleich hinter mir, sondern unterhielt mich laut mit dem toten Kara, indem ich ihm, als Gathercole, meine ironischen Abschiedsworte zurief. So entsetzlich mich diese Unterhaltung mit einem Toten berührte, so sehr reizte mich die ganze Situation auch zum Lachen. Jetzt kam Fisher die Treppe herauf. Er hatte also meinen Brief noch nicht gefunden. Ich schloß leise hinter mir die Schlafzimmertür und trat auf den Gang hinaus. Wie lange würde es wohl dauern, bis die Kerze, die den schweren Riegel hielt, sich zusammenbog? Um mein Alibi so unangreifbar wie möglich zu machen, beschloß ich, mich mit Fisher noch ein wenig zu unterhalten. Es dauerte nicht lange, bis ich das Geräusch des fallenden Riegels hörte. Die Hitze hatte die Kerze schneller erweicht, als ich geglaubt hatte. Um ganz sicherzugehen, fragte ich Fisher, was das eben gehörte Geräusch zu bedeuten habe. Er erklärte mir die Ursache und begleitete mich bis zur Haustür. Auf dem Sloane Square fand ich ein Taxi. Unter meinem langen Mantel trug ich den Abendanzug.

Zehn Minuten später verließ ich als bartloser Abendbummler meine Wohnung. Am Victoria Bahnhof nahm ich mir einen Wagen nach Scotland Yard. Es war reiner Zufall, daß die zweite Kerze in Karas Zimmer erst dann unter der Belastung nachgab und der Telefonhörer aus der Gabel geworfen wurde, als ich mit Mr. Meredith und Inspektor Mansus in dessen Amtszimmer beisammensaß. Ich hatte allerdings keine Ahnung, daß es sich um eine Verbindung mit Scotland Yard handelte, und noch weniger konnte ich wissen, von wo der Anruf kam, bis ich Mr. Mansus' Ausruf hörte.

Das, meine Damen und Herren, ist meine Geschichte.«

Er stützte sich mit ausgestreckten Armen aufs Pult.

»Machen Sie mit mir, was Sie wollen! Kara war ein Mörder, tausendfach hat er den Tod verdient. Ich habe, was ich mir vorgenommen, ausgeführt, nicht mehr und nicht weniger! Meine Absicht war, nach vollbrachter Tat nach Amerika auszuwandern, aber je näher der Tag meiner Abreise heranrückte, um so sinnloser erschien mir mein weiteres Leben, und . . .«

Er ließ sich auf seinen Stuhl fallen.

»Ich bin zu Ende!«

»Nein! Noch nicht!«

T. X. drehte sich, wie von der Tarantel gestochen, zu Belinda Maria um, die den Ausruf getan hatte und nun, an Lexman sich wendend, weitersprach:

»Sie wissen noch nicht alles, Mr. Lexman! Kara hat auch Sie belogen!«

»Was soll das heißen?« fragte Lexman verwirrt.

Statt einer Antwort erhob sich Miss Bartholomew und ging zur Tür. Es dauerte eine ganze Weile, und als sie zurückkam, war sie nicht allein. Eine schlanke Frau von großer, ernster Schönheit begleitete sie.

»Alle guten Geister!« stieß Meredith hervor. »Ich will nie mehr eine Pfeife rauchen, wenn das nicht Grace Lexman ist!«

25

Die Gäste hatten sich von ihren Plätzen erhoben und die so lange voneinander getrennten Ehegatten allein gelassen. Miss Bartholomew hatte alle Hände voll zu tun, um die ungeduldigen Fragen, die von allen Seiten auf sie einstürmten, zu beantworten.

»Natürlich war Grace Lexman nicht gestorben«, sagte sie gerade zum soundsovielten Mal. »Kara hat John Lexman zum Narren gehalten. Genauso, wie er ihm vorlog, daß seine Frau gestorben sei, erzählte er auch ihr, daß ihr Gatte nicht mehr lebe. Kara brachte Grace Lexman aus Albanien nach England zurück und sperrte sie unter dem Haus am Cadogan Square in den Keller. Dort entdeckte ich sie.«

»Sie haben Sie im Keller entdeckt?« wiederholte der Präsident ungläubig.

Belinda Maria nickte.

»Grace und – den Hund. Sie haben ja vorhin gehört, auf welche Weise Kara die arme Frau quälte. Mit diesen meinen Händen«, erklärte sie stolz, »habe ich die Bestie erstochen! Es war scheußlich ...«

»Und seitdem wohnte Mrs. Lexman, die Totgeglaubte, bei

Ihnen?« wollte T. X. wissen. »Sollte ich deshalb die Adresse Ihrer Wohnung nicht erfahren?«

Belinda Maria zwinkerte ihm belustigt zu.

»Bedenken Sie, daß Mrs. Lexman sehr krank war, als ich sie fand. Ich wußte von Anfang an, wer den Griechen ermordet hatte. Ich konnte Ihnen nichts von Grace erzählen, ohne Lexman zu gefährden. Als er sich jedoch entschloß, seine Beichte in Form eines Vortrages abzulegen, tat ich mein möglichstes, um das große ›Geständnis‹ zu einem Erfolg werden zu lassen.«

Die Herren blickten einander an.

»Was soll nun aber aus Lexman werden?« brach Sir George das Schweigen. »Wie denken Sie über seine Beichte, T. X.? Paßt die Wirklichkeit in Ihre Theorie?«

»Vorzüglich!« versicherte Meredith. »Von Anfang an war mir klar, daß nur der Mann, den Fisher zu Kara geführt hatte, der Mörder sein konnte. Ebenso wußte ich, daß der Mörder mit Gathercole weiter nichts als einen künstlichen Arm gemeinsam hatte. Allerdings hatte der Forscher, wie mir bekannt war, einen künstlichen rechten Arm, während der Mann, der sich als Gathercole ausgab, die Prothese links trug.«

»Ach so!« meinte der Chef gedehnt. Er wandte sich seinen ausländischen Kollegen zu: »Wir müssen uns ziemlich schnell darüber klarwerden, was mit Lexman geschehen soll. Was halten Sie von der Sache, Carlneau?«

Der Franzose zuckte die Achseln.

»Ich würde mein möglichstes tun, damit der Mann begnadigt wird. Man sollte ihm sogar eine Pension zahlen!«

»Und Sie, Antonelli?« fragte Sir George den Italiener, der geschmeidig lächelte.

»Lexman hat uns eine sehr rührende Geschichte erzählt«, meinte er, ohne zu verraten, ob er sich davon habe beeinflussen lassen. »Meiner Meinung nach werden Sie, wenn Sie Lexman anklagen lassen, weiter nichts erreichen, als daß ein unerhörter Skandal entsteht.«

Sir George nickte zustimmend.

»Auch ich bin der Meinung«, erklärte als nächster der Spanier, »daß Kara nur das bekommen hat, was er verdiente. Eine Bestrafung Lexmans würde ich unter allen Umständen ablehnen.«

»Nun, nun«, ließ sich O'Grady als letzter vernehmen, »warum sollen wir uns die Köpfe heiß reden? Ich habe mir schon einmal bei einer ähnlichen Sache die Finger verbrannt. Was dich nicht brennt, das blase nicht! lautet ein altes Sprichwort, und, Sir George, ich glaube, die Sache brennt Sie nicht.«

Nachdenklich starrte dieser vor sich hin, von Belinda Maria verstohlen beobachtet. Endlich sagte er zu ihr:

»Holen Sie ihn doch herein!«

Bald kam sie mit Lexman und dessen Frau zurück. Die beiden Wiedervereinten hielten sich an den Händen und lächelten glücklich. Die Zukunft schien ihnen keine Sorgen zu bereiten.

Sir George räusperte sich.

»Mr. Lexman«, begann er, »wir danken Ihnen bestens für Ihre ausgezeichnete Schilderung, die Ihrem Schriftstellertalent die größte Ehre macht. Die Theorie, die Sie uns vorlegten, wird, soweit sie die Ermordung Karas betrifft, sicherlich zutreffen. Sie haben es ausgezeichnet verstanden«, führte er, auf jedes Wort besonderen Nachdruck legend, aus, »sich in den unbekannten Mörder Karas hineinzuversetzen. Nicht allein den Hergang der Tat haben Sie plausibel rekonstruiert, auch die für den Mörder wahrscheinlich maßgeblichen Gründe haben Sie uns überzeugend dargelegt. Wie ich schon sagte – der Aufbau Ihrer Theorie macht Ihnen alle Ehre!« Als er sah, daß Lexman ihn unterbrechen wollte, winkte er mit einer Handbewegung ab. »Bitte, warten Sie!« bat er. »Sie haben, wenn man so sagen darf, sich die Haut des Mörders übergezogen, und Sie schilderten uns mit seiner Zunge die Beweggründe zu seiner Tat. Sie sprachen so beklemmend anschaulich, daß man beinah versucht war, zu glauben, der Unbekannte befinde sich mitten unter uns. Für diese Ihnen so wunderbar gelungene Personifizierung sage ich Ihnen im Namen aller Anwesenden meinen herzlichsten Dank.«

Er richtete seine scharfen Augen unter den buschigen Brauen hervor auf die versammelten Kollegen, und wie auf Kommando ließ sich ein beifälliges Murmeln vernehmen.

Brüsk wandte sich Sir George von den andern ab und blickte auf seine Uhr.

»Ich habe es eilig«, sagte er. Mit herzlicher Gebärde streckte er dem verblüfften Lexman die Hand hin. »Viel Glück, Freund Lexman! Eines schönen Tages werde ich Sie in Beston Tracey überfallen. Hoffentlich werfen Sie dann den ungebetenen Gast nicht hinaus! Leben Sie wohl, Mrs. Lexman –«, verabschiedete er sich von Grace, »vielleicht bekommen wir dann eine schönere Geschichte von Ihrem Gatten zu hören, als die heutige es war.«

An der Tür drehte er sich noch einmal um.

»Apropos, Lexman – ich glaube nicht, daß es sinnvoll wäre, die Geschichte, die Sie uns heute erzählten, in einem Kriminalroman zu verwerten. Meinen Sie nicht auch?«

Lexman blickte Sir George mit großen Augen an.

»Darauf können Sie sich verlassen, Sir George! Wenn der Roman ›Die gebogene Kerze‹ wirklich einmal geschrieben werden sollte – dann bin bestimmt nicht ich der Verfasser!«

EDGAR
WALLACE

DIE DREI GERECHTEN

Roman

Aus dem Englischen
von Richard Küas

I

›520 £ jährlich

Gesucht zum sofortigen Eintritt Sekretärin für chemisches Laboratorium. Muß jung sein. Branchekenntnisse nicht erforderlich, dagegen Abgangszeugnis einer öffentlichen Lehranstalt über bestandene Prüfung in Physik und anorganischer Chemie. Bevorzugt Dame, deren Familie Beziehungen zur wissenschaftlichen Welt hat. Bewerbungen zunächst nur schriftlich. Postfach 9754, Daily Megaphone. Falls persönliche Vorstellung gewünscht, werden Reisekosten von irgendeiner Bahnstation innerhalb hundertundfünfzig Meilen von London vergütet.‹

Ein guter Freund sandte die Zeitung nach Heavytree-Farm, nachdem er diese Anzeige mit Blaustift umrandet hatte.

Mirabelle Leicester fand die Zeitung auf dem Diwan der Diele vor, als sie vom Hühnerfüttern hereinkam; sie glaubte, der Alington-Grundstücksmakler hätte sie ihr geschickt, der ihre Aufmerksamkeit ausdauernd auf Inserenten lenkte, die billige Farmen zu kaufen suchten. Sie hatte das Empfinden, daß dieser Mann sie gern forthaben wollte und bemüht war, einen weniger ärmlichen Eigentümer an ihrer Stelle zu sehen.

Sie öffnete den Umschlag mit ihrem staubbedeckten Daumen und wandte, immer mit dem Gedanken an den Makler, ihre Aufmerksamkeit dem Anzeigenteil zu. Ihre Augen überflogen schnell die Spalten mit den Landkaufgesuchen.

Es waren da mehrere »Gentlemen, die eine kleine Farm in einem guten Bezirk zu kaufen suchen«, aber keine dieser Anzeigen sprach sie besonders an, und sie wunderte sich schon, warum der sparsame Mann zweiundeinenhalben Penny auf Porto und Zeitung verschwendet hatte, als ihr Blick auf die blau angestrichene Anzeige fiel.

»Hurra!« rief Mirabelle, während sie die roten Lippen vor Aufregung und Verwunderung halb öffnete.

Tante Alma sah betroffen von ihrem Sammelbuch mit Zeitungsausschnitten auf, als Mirabelle hereinstürzte.

»Das gilt mir!« sagte diese dramatisch und zeigte mit ihrem Finger auf die Anzeige. »Ich bin jung – habe keine Erfahrung – besitze das Zeugnis einer höheren Schule – und Väterchen galt etwas in der wissenschaftlichen Welt. Und – Alma – wir sind genau hundertvierzig Meilen von London entfernt.«

»O du meine Güte!« antwortete Tante Alma, eine Dame, deren hagere und beängstigende Erscheinung der Schrecken aller Hausierer und Farmarbeiter war, obwohl ein sanfteres Weib niemals Strümpfe strickte.

»Ist das nicht wunderbar, Tante? Das hilft uns aus allen unseren Nöten. Wir überlassen Mark die Farm, beziehen unsere Wohnung in Bloomsbury ... können uns erlauben, ein- oder sogar zweimal die Woche in das Theater zu gehen ...«

Alma las die Anzeige ein zweites Mal.

»Das Anerbieten scheint gut«, meinte sie mit gewohnter Zurückhaltung, »obwohl ich mich für den Gedanken, daß du in Stellung gehst, nicht sonderlich erwärmen kann. Dein seliger Vater ...«

»... hätte mich in die Stadt gehetzt, und ich wäre bis zum Anbruch der Nacht im Besitz der Stellung gewesen«, erklärte Mirabelle entschieden.

Aber Alma war sich dessen nicht so sicher. London war voller Fallgruben, und namenlose Schurkerei lauerte in seinen dunklen Gassen und Durchfahrten. Sie selbst ging nur mit Widerstreben nach London.

»Ich war vor drei Jahren dort, damals, als jene fürchterlichen ›Vier Gerechten‹ ihr Wesen trieben, meine Liebe«, erzählte sie, und Mirabelle, die ihre Tante liebte, hörte sich zum soundsovielten Male die ihr so oft erzählte Geschichte an.

»Sie setzten ganz London in Schrecken. Man konnte sich nachts nicht hinauswagen, weil man nicht sicher war, lebendig nach Hause zurückzukehren ...! Und zu denken, daß man sie frei ausgehen ließ! Das heißt doch einfach, das Verbrechen ermutigen.«

»Meine Liebe!« – und das war Mirabelles unabänderliche Antwort – »das waren durchaus keine Verbrecher. Das waren reiche Leute, die ihr Leben dafür einsetzten, um die der Bestrafung zuzuführen, die das Gesetz durch seine alten Finger schlüpfen ließ. Und man begnadigte sie wegen der geistigen Arbeit, die sie während des Krieges geleistet hatten. Einer von ihnen arbeitete drei Monate lang im deutschen Kriegsministerium, und überhaupt waren es nicht vier, sondern nur drei. Ich träfe für mein Leben gern einmal mit ihnen zusammen. Was für liebe Kerle müssen sie sein!«

Wenn Tante Alma eine Grimasse schnitt, sah sie scheußlich aus.

Mirabelle blickte weg.

»Auf jeden Fall sind sie nicht mehr in London, meine Liebe, und du wirst nachts ruhig schlafen können!«

»Und die *Schlange*?« fragte Miss Alma Goddard düster.

Wenn es irgend etwas gab, an das jemand, der London besuchen wollte, nicht erinnert werden wollte, war es die Schlange.

Sechs Millionen Menschen erhoben sich jeden Morgen aus ihren Betten, falteten ihre Zeitungen auseinander und stöberten nach Mitteilungen über die Schlange.

Achtzehn Tagesblätter ließen keinen Tag vorübergehen, ohne ihren Lesern einzuschärfen, daß deren Angst kindisch und ein bestürzendes Anzeichen der neurotischen Veranlagung des Zeitalters sei; sie brachten auch in regelmäßigen Zeitabständen genaueste Einzelheiten über die schwarze »Mamba«, ihre Gewohnheiten und über ihren besonders tödlichen Biß und beschäftigten einen ganzen Stab von Berichterstattern wegen dieser Geschichte.

Diese schwarze Mamba, die giftigste aller afrikanischen Schlangen, war in einer kalten nebligen Märznacht aus dem Zoo entronnen. Und eigentlich hätte die Angelegenheit mit einem Artikel von drei Zeilen ein Ende haben müssen, *wenn* diesem Dreizeilenartikel am nächsten Tage ein weiterer Dreizeilenartikel gefolgt wäre, der angab, daß die Schlange tot auf dem gefrorenen Erdboden aufgefunden wurde – denn *keine* Mamba konnte bei einer Temperatur unter zwanzig Grad Celsius am Leben bleiben.

Aber dieser zweite Artikel erschien niemals.

Am zweiten April fand ein Polizist an einem Türeingang auf dem Orme-Platz einen zusammengesunkenen Mann. Er erwies sich als ein wohlbekannter und anscheinend vermögender Börsenmakler namens Emmett. Der Mann war tot. In seinem verschwollenen Gesicht befanden sich zwei winzige Wunden, nicht größer als zwei Punkte. Und die wissenschaftliche Größe, die deshalb konsultiert wurde, erklärte, daß der Mann an einem Schlangenbiß, und zwar an dem Biß einer besonders giftigen Schlange, gestorben sei. Die Nacht war frostig, der Mann war – ohne Begleitung – im Theater gewesen. Sein Chauffeur berichtete, er habe seinen Herrn in bester Verfassung an der Türschwelle verlassen. Der Schlüssel, den man in der Hand des Toten fand, bewies, daß er gebissen worden war, noch ehe das Auto umgedreht hatte. Als seine Hinterlassenschaft geprüft wurde, stellte es sich heraus, daß der Mann hoffnungslos insolvent war. Riesige Summen, die von seiner Bank abgehoben worden waren, waren spurlos verschwunden. Die Polizei stand vor einem Rätsel.

London hatte sich kaum von diesem bestürzenden Fall erholt, als die Schlange zum zweiten Male zupackte. Dieses Mal geschah es in einer offenen Straße und traf ein Opfer aus den niedrigeren Klassen, aber keins mit einer makellosen Vergangenheit; einen ehemaligen Zuchthaussträfling namens Sirk, einen mittel- und obdachlosen Heruntergekommenen. Ein Parkaufseher im Hydepark hatte ihn in der Nähe der Achillesstatue zusammenbrechen sehen. Als ihn der Aufseher erreichte, war er tot. Von einer Schlange keine Spur. Es war auch sonst niemand in seiner unmittelbaren Nähe. Dieses Mal hatte die Schlange ihre Spur am Handgelenk hinterlassen – zwei winzige, nadelstichgroße Wunden, nahe beieinander.

Einen Monat später fiel ihr ein dritter Mann zum Opfer, ein Angestellter der Bank von England, ein geachteter Mann. Man hatte ihn in einem Untergrundbahnzug vornüberfallen sehen. Als man ihn ins Krankenhaus gebracht hatte, fand man, daß er inzwischen verschieden war – wieder an den Folgen eines Schlangenbisses.

So wurde die Schlange zum täglichen Schreckensgespenst, und ihre unheimliche Berühmtheit fand ihren Weg bis zur Heavytree-Farm.

»Blech!« rief Mirabelle; trotzdem überlief sie ein Schauer. »Alma, ich wünsche, du würdest dir diese unheimlichen Geschichten nicht in deinem Merkbuch aufbewahren.«

»Aber sie sind Leben!« erwiderte Alma nüchtern. »Wann willst du die Stelle antreten?«

Mirabelle lachte.

»Sofort – indem ich mich zunächst darum bewerbe.« Sie war eine praktische Person. »Und ehe du deine Kisten zu packen brauchst, ist es noch sehr lange hin.«

Eine Stunde später fing sie den Dorfbriefträger ab und gab ihm einen Brief mit.

Das bedeutete den Anfang eines Abenteuers, das viele Menschenleben und Schicksale umfaßte, das die Drei Gerechten an den Rand der Auflösung ihres Bundes brachte, und das eines Tages den Mittelpunkt Londons in ein Schlachtfeld verwandeln sollte.

Zwei Tage nach der Absendung dieses Briefes kam die Antwort; in Schreibmaschinenschrift, in einem überraschend persönlichen Stil und an manchen Stellen mit merkwürdigen Wendungen. Die Erklärung dafür befand sich am Kopf des Briefbogens:

Oberzohn & Smitts, Kaufleute und Exporteure

Am dritten Tage verließ Mirabelle Leicester in London einen Omnibus und betrat durch die nichts weniger als imponierende Tür ein Geschäftshaus; ein fraglustiger Chauffeur, der sie beobachtete, folgte ihr und holte sie in der Vorhalle ein.

»Entschuldigen Sie, Madam! ... Sind Sie Mrs. Carter?«

Nun sah Mirabelle durchaus nicht wie die Frau Irgendjemand aus.

»Nein!« antwortete sie und nannte ihren Namen.

»Aber Sie sind doch die Dame aus Hereford ... Sie wohnen mit Ihrer Mutter am Telford-Park ...?«

Der Mann war so aufgeregt, daß sie sich über seine Zudringlichkeit nicht ärgerte. Allem Anschein nach hatte er Anweisung, eine ihm Unbekannte zu treffen und fürchtete, sie zu verfehlen.

»Sie sind im Irrtum ... Ich wohne auf Heavytree-Farm, Daynham .. mit meiner Tante zusammen.«

»Heißt sie Carter?«

Mirabelle lachte.

»Miss Alma Goddard ... Sind Sie nun zufrieden?«

»Dann sind Sie nicht die Dame, mein Fräulein; ich soll auf sie warten, um sie mitzunehmen.«

Der Fahrer zog sich unter Entschuldigungen zurück.

Das junge Mädchen wartete zehn Minuten in dem zierlichen Wartezimmer, ehe der blasse Jüngling mit dem borstigen, in die Höhe stehenden Haar und mit der riesigen Brille ohne Einfassung wiederkam. Sein Gesicht schaute breit, ausdruckslos und ungesund drein.

Mirabelle fiel der sonderbare Umstand auf, daß jeder Mann, den sie im Kontor sah, von demselben Schlage war. Große, schwergebaute Leute, die den Eindruck erweckten, als seien sie von einer außerordentlich dringlichen Arbeit abgerufen worden, um sich mit ihrer eigenen belanglosen Nachfrage zu beschäftigen. Stumme Männer, die sie durch dicke Brillengläser anstarrten und nickten oder ihre Köpfe schüttelten. Mirabelle erwartete, Ausländer in den Kontoren von Oberzohn & Smitts anzutreffen; Deutsche, dachte sie und war erstaunt, später zu entdecken, daß alle, Chef wie Angestellte, größtenteils Schweden waren.

Der blasse Jüngling schwieg, getreu den Grundsätzen seiner Firma. Er bat sie mit einem kleinen Ruck seines Kopfes, ihm zu folgen; sie kam in ein größeres Zimmer, in dem ein halbes Dutzend Männer an ebenso vielen Pulten saßen und wahnsinnig drauflosschrieben; da sie meist kurzsichtig waren, klebten ihre Nasen wie festgeleimt auf den Papieren und Büchern, die ihre Aufmerksamkeit beanspruchten. Niemand sah auf, als Mirabelle durch das hüfthohe Türchen in der Schranke trat, die den Besucher von den Angestellten trennte. An der Wand, zwischen zwei Fenstern, hing eine Karte von Afrika mit großen, grünen Flecken. In einer Ecke des Zimmers war ein Dutzend massive Elefantenzähne aufgestapelt; von jedem hing ein Etikett herunter. Auf dem einen Fensterbrett stand ein Glaskasten mit dem Modell eines Dampfschiffes und auf einem anderen ein roh geschnitztes hölzernes Götzenbild eingeborener Machart.

Der Jüngling blieb vor einer schweren Tür aus Rosenholz stehen und klopfte. Als eine tiefe Stimme antwortete, stieß er die Tür auf, trat beiseite und ließ Mirabelle vorangehen.

Mirabelle betrat einen Riesenraum; das war die Bezeichnung, die sich ihr für diese Raumverhältnisse als am passendsten aufdrängte. Die ungeheure Leere wurde noch durch einen fast absoluten Mangel an Mobiliar unterstrichen. Ein sehr kleiner Ebenholzschreibtisch, zwei sehr kleine Stühle und ein langer, schmaler, schwarzer, in eine Nische eingelassener Schrank war alles an Möbeln, was sie erblicken konnte. Die hohen Wände waren mit einer Goldtapete bekleidet. Vier ziegelrote Balken liefen quer über die schwarze Decke – der Fußboden war von einem tief purpurfarbigen Teppich vollständig bedeckt. Auf dem Sims über dem Kamin lag etwas, das wie eine zusammengerollte Landkarte aussah; von der Leiste hing eine lange, dünne Schnur herab, die in einer Quaste endete.

Das Zimmer mit seinem vollständigen Mangel an notwendigster Bequemlichkeit war ein so unerwarteter Anblick für die junge Dame, daß sie abwechselnd von den leeren Wänden zur

Decke starrte, bis sie bemerkte, daß ihr Führer ihr mit eindringlicher Gebärde Zeichen gab. Dann ging sie auf den Mann zu, der mit seinem Rücken dem winzigen Feuerchen zugewandt stand, das in einem silbernen Kohlenbecken brannte.

Er war groß und grau; ihr erster Eindruck war der, daß er eine ungeheuer hohe Stirn hatte. Das blasse Gesicht war lang, und beim Näherkommen sah sie, daß es von unzähligen Runzeln und Furchen bedeckt war. Sie glaubte einen Fünfziger vor sich zu haben; aber als er zu sprechen begann, wußte sie, daß er viel älter war.

»Miss Mirabelle Leicester?«

Im großen und ganzen war sein Englisch nicht vollkommen, seine Redeweise umständlich; er stieß etwas mit der Zunge an.

»Bitte, nehmen Sie Platz! Ich bin Doktor Erik Oberzohn. Ich bin kein Deutscher. Ich bewundere die Deutschen, aber ich bin Schwede. Ich hoffe, Sie überzeugt zu haben.«

Sie lachte, und wenn Mirabelle Leicester lachte, vergaßen auch weniger empfängliche Männer als Dr. Erik Oberzohn alles andere.

Sie war nicht sehr groß – wenigstens erweckte ihre Schlankheit und ihre vollkommen ebenmäßige Gestalt diesen Eindruck. In ihrem Gesicht und in ihren klaren grauen Augen lag etwas, das an Landleben erinnerte. Sie gehörte in die Obstgärten, wo die Apfelblüte wie dichter Schnee auf den bloßen Zweigen lag; sie gehörte zu den kühlen Bächen, die geschwätzig unter Hagedornhecken dahineilten. Englisches Aprilsonnenlicht lag in ihren Augen und der Frühlingssamt ewig grüner Wiesen unter ihren Füßen.

Für Dr. Oberzohn war sie ein Mädchen in einem blauen Kostüm. Er sollte bemerken, daß sie einen kleinen Hut mit einem geraden Rand trug, der ihr Gesicht dort, wo sich ihre schöngeschwungenen Augenbrauen erhoben, mit einem Rahmen umgab.

»So setzen Sie sich doch! Sie haben eine wissenschaftliche Erziehung genossen?«

Mirabelle schüttelte den Kopf. »Die habe ich nicht«, bekannte sie bedauernd. »Aber in den Fächern, die Sie in Ihrer Anzeige erwähnten, habe ich meine Prüfung bestanden.«

»Aber Ihr Vater ...! Er war doch ein Gelehrter?«

Sie nickte ernst.

»Aber kein großer Gelehrter!« behauptete er. »England und Amerika sind gar nicht in der Lage, große Gelehrte hervorzubringen. Ah, reden Sie mir nicht von Ihren Edisons und Newtons! Das waren stumpfsinnige, erdenschwere Männer, mit großen Mängeln ... Das heilige Feuer fehlte ihnen.«

Sie war etwas betroffen, gleichzeitig lachte sie innerlich. Seine kühle Ablehnung von Männern, die in der Welt der Wissenschaft verehrt wurden, war sichtlich aufrichtig.

»Lassen Sie uns von Ihnen selbst plaudern!«

Er nahm auf dem ungepolsterten Stuhl mit steiler Rückenlehne an dem kleinen Schreibtisch Platz.

»Ich fürchte, ich kann Ihnen nur wenig über mich mitteilen, Doktor Oberzohn. Ich wohne bei meiner Tante auf Heavytree-Farm in Gloucester, und wir haben eine Wohnung in Doughty-Court. Tante und ich haben ein kleines Einkommen ..., und ich denke, das ist ungefähr alles, was ich Ihnen sagen kann.«

»Fahren Sie nur, bitte, fort!« befahl er. »Erzählen Sie mir von den Empfindungen, die Sie hatten, als Sie meinen Brief erhielten. Ich möchte Ihre geistige und seelische Struktur kennenlernen. Auf diese Weise bilde ich mir mein Urteil; so habe ich mein ungeheures Vermögen erworben: durch die Analyse der menschlichen Seele.«

Sie hatte viele Prüfungen erwartet: eine Prüfung in den Elementarfächern, möglicherweise eine Prüfung im Maschinenschreiben, die sie am meisten fürchtete; aber keinen Augenblick hatte sie sich beim Empfang der an gewählten Wendungen reichen Aufforderung, sich in den Stadtkontoren von Oberzohn & Smitts vorzustellen, träumen lassen, daß diese Vorstellung zu einem Versuch in Psychoanalyse führen würde.

»Ich kann nur sagen, daß ich überrascht war«, antwortete sie.

Wenn Oberzohn wirklich der Kenner der Menschenseele gewesen wäre, der er zu sein vorgab, hätte ihm die harte Linie, die sich jetzt um ihren Mund grub, manches gesagt.

»Natürlich veranlaßte mich das Gehalt ... Zehn Pfund Sterlin die Woche ist eine so reichliche Bezahlung, daß ich mir nicht denken kann, daß ich mich für die Stellung eigne ...«

»Sie *eignen* sich dafür!« Oberzohns scharfe Stimme wurde noch kreischender, als er ihr das eindrücklich sagte. »Ich brauche eine Sekretärin für das Laboratorium. Sie qualifizieren sich dafür ...«, er zögerte und fuhr dann fort, »schon, weil Sie von einem gelehrten Vater abstammen. Auch . . .«, wieder zögerte er den Bruchteil einer Sekunde, »auf Grund Ihrer Allgemeinbildung. Ihre Pflichten werden bald beginnen.« Er wies mit seiner langen mageren Hand nach der Tür in der Ecke des Zimmers hin. »Sie werden Ihre Stellung sofort antreten!«

Das lange Gesicht, die lächerlich hohe Stirn, die knollige Nase, der breite, schiefe Mund, alle schienen zusammenzuarbeiten, wenn er sprach. Einen Augenblick lang war seine Stirn voller Falten und Runzeln, im nächsten war sie verhältnismäßig glatt. Die Spitze seiner Nase tauchte bei jedem Wort auf und nieder, nur seine kleinen, tiefliegenden Augen blieben fest und starr auf sie gerichtet.

Sie hatte Augen wie diese schon früher gesehen; braune, leidenschaftliche Augen. An was, an wen erinnerten sie sie?

Seine letzten Worte jagten ihr fast Furcht ein.

»Oh, es ist ganz unmöglich, daß ich heute meine Stellung hier antrete«, sagte sie zitternd.

»Heute oder niemals!« erklärte er bestimmt.

Sie stand vor der Wahl. Das Gehalt war mehr als erwünscht, es war bitter notwendig. Die Farm machte sich kaum bezahlt, denn Alma war nicht die beste Wirtschafterin. Das Einkommen verminderte sich mehr und mehr. Im vergangenen Jahre hatte die Gesellschaft, in der ihr kleines Vermögen angelegt war, keine Dividenden gezahlt, und Mirabelle hatte auf ihre Schweizer Reise verzichten müssen. Es hieß die Zähne zusammenbeißen. Sie *mußte* zu einem Entschluß kommen.

»Ich werde die Stellung sofort antreten.«

»Schön! Ich wünsche das!«

Noch immer redete er zu ihr, als ob sie eine öffentliche Versammlung wäre. Dann erhob er sich von seinem Stuhl und öffnete die kleine Tür, die in ein kleineres Zimmer führte.

Sie hatte wohl schon Laboratorien gesehen, aber keins war so wundervoll ausgerüstet wie dieses. Reihenweise standen da weiße Porzellankrüge und Flaschen aus geschliffenem Kristall. Eine Bank lief das Zimmer entlang, auf der Apparate jeglicher Art ordnungsgemäß aufgestellt waren. In der Mitte des Zimmers befand sich ein großer, mit einer Glasplatte gedeckter Tisch, und darauf standen, unter staubdichtem Glas, die empfindlichsten Instrumente; von Waagen angefangen, die auf das Gewicht eines Staubkörnchens reagierten, bis zu elektrischen

Maschinen, die so kompliziert waren, daß Mirabelle bei deren Anblick vollständig ihren Mut verlor.

»Was habe ich zu tun?« fragte sie niedergeschlagen.

Jedes Ding hier war ihr wunderbar neu; sie war überzeugt, sie würde einen dieser Krüge oder eine der Büchsen fallen lassen – – ihr ganzes aus dem Laboratorium ihrer Schule stammendes Wissen war plötzlich versiegt; nichts davon war auf einmal übriggeblieben.

»Was Sie machen sollen ...?«

Sonderbar genug, der Doktor schien das im Augenblick ebensowenig zu wissen wie das junge Mädchen.

»Erst ... die Mengen feststellen. In jeder Flasche befindet sich eine bestimmte Menge. Wieviel? Wer weiß? Die letzte Sekretärin war liederlich, dumm. Sie führte kein Buch. Manchmal suche ich etwas, es ist nicht da. Alles fort. Das ist sehr traurig.«

»Sie wünschen also, daß ich den Bestand aufnehme?«

Mirabelles Hoffnungen belebten sich etwas bei der Einfachheit dieser Aufgabe.

Gewichte und Maße gab es genug. Diese standen in einer Reihe, wie eine Abteilung Soldaten nach ihrer Größe geordnet. Alles war sehr neu, sehr sauber. Ein Geruch von trocknender Emaillefarbe herrschte im Raum, als ob man das Zimmer eben frisch gestrichen hatte.

»Das ist alles!« sagte der Mann mit dem langen Gesicht.

Er holte aus seinem Rock eine große Brieftasche und gab ihr zwei zerknitterte Banknoten.

»Zehn Pfund!« bemerkte er kurz. »Wir zahlen pränumerando. Über noch etwas möchte ich mich gern informieren. Befindet sich Ihre Tante in London?«

Mirabelle schüttelte den Kopf.

»Nein, sie befindet sich noch auf dem Lande. Ich beabsichtige heute nachmittag zurückzufahren, und wenn ich die Stelle erhielte, wollten wir morgen in die Stadt kommen.«

Er warf seine dicken Lippen auf.

Sie betrachtete gefesselt seine nachdenklich gerunzelte Stirn.

»Es würde Ihre Tante sehr beunruhigen, wenn Sie heute nacht in London blieben – wie?«

Sie lächelte und schüttelte den Kopf.

»Ich glaube nicht. Ich werde in unserer Stadtwohnung bleiben. Ich habe mich dort oft allein aufgehalten, aber sogar das wird nicht einmal notwendig sein. Ich werde ihr telegrafieren, sie solle mit dem nächsten Zug herkommen.«

»Warten Sie!«

Er machte eine majestätische Handbewegung und hastete in sein Zimmer zurück. Er kehrte mit einigen Telegrammformularen zurück.

»Setzen Sie Ihr Telegramm auf!« befahl er. »Einer der Angestellten soll es sofort zur Post bringen.«

Dankbar nahm sie die Formulare.

»Ich danke Ihnen.«

Mr. Oberzohn verbeugte sich, ging zur Tür und verbeugte sich nochmals. Dann schloß sich die Tür hinter ihm.

Zum Glück für ihren seelischen Frieden hatte Mirabelle keine Veranlassung, ihren Prinzipal zu fragen oder die Tür zu öffnen. Hätte sie das getan, so würde sie entdeckt haben, daß die Tür verschlossen war.

Und was das Telegramm anbetraf, das sie aufgesetzt hatte? Das war im Feuer in Oberzohns Zimmer zu einem kleinen Häufchen schwarzer Asche verbrannt.

2

Die Nummer 233 in der Curzon-Straße war ein kleines Haus. Sogar der enthusiastischste Grundstücksmakler hätte es nicht fertiggebracht, die Größenverhältnisse des Hauses mit Begeisterung zu beschreiben, und wenn sein eigenes Seelenheil davon abgehangen hätte. Er hätte sich über seine kleinen Kostbarkeiten verbreiten können, ehrfürchtig auf seine historische Vergangenheit hindeuten, wahrheitsgemäß von seiner Zentralheizung und seinen elektrischen Anlagen berichten können. Aber wenn er ein ehrlicher Mann war, durfte seine Darstellung nur den Eindruck erwecken, daß Nummer 233 zu den kleinen Häusern gehörte.

Das Haus wurde von zwei modernen Herrenhäusern flankiert, deren Bronze- und Glastüren nachts eine Flut von Licht durchließen. Beide Häuser überragten das bescheidene Dach ihres Nachbars um viele Stockwerke. Nummer 233 hatte das Aussehen eines kleinen Mannes, der zwischen eine große Volksmenge eingequetscht wird und unfähig ist, zu entrinnen.

Für den Teil der Curzon-Straße, in dem es lag, war dieses Haus jedenfalls eine Beleidigung und in jedem außer in juristischem Sinne ein Unfug. Benachbarte Grundeigentümer und Pächter hatten an den gelehrten Richter des Bagatellengerichtshofes eine Bittschrift gerichtet, »er möge dem genannten George Manfred verbieten, ein Geschäft, nämlich die Triangel-Detektei, die sich in besagter Nummer 233, Curzon-Straße, im Stadtteil Westminster, in der Grafschaft Middlesex befinde, fortzuführen ...«

Aber der Richter hatte sich geweigert, dem Antrag stattzugeben.

In einem Beschluß, der eine Drittelspalte der ›Times‹ einnahm, hatte er der Auffassung Raum gegeben, daß ein Privatdetektiv viel eher eine Amtsperson als ein Geschäftsmann sei: eine Erkenntnis, die von jeher angefochten worden war und bis zum Jüngsten Tage umstritten sein wird. Der kleine silberne Triangel blieb also auch weiterhin an der Tür befestigt, und George Manfred fuhr fort, seine Klienten, deren Anzahl spärlich war, zu beraten; denn Manfred war vorsichtig genug, nur solche zu empfangen, die ihm ein großes Betätigungsfeld für sein Genie in Aussicht stellten.

Er war ein großer, auffallend hübscher Mann mit dem Gesicht eines Patriziers und den Schultern eines Athleten, und die ganze Curzon-Straße oder wenigstens die Bewohner, denen nichts entging, beobachteten, daß er zu allen Zeiten außerordentlich gut gekleidet ging.

Er war eine wandelnden Reklame für einen Schneider in der Hannover-Straße, der so auf der Höhe war, daß er bei dem bloßen Gedanken, überhaupt für sie Reklame zu machen, schon vor Schreck gestorben wäre.

Autoinsassen, die an einer belebten Straßenkreuzung aufgehalten wurden und einen Blick in seine Limousine warfen, sahen sein scharfgeschnittenes Profil und sein gebräuntes, männliches Gesicht und hielten ihn deshalb für einen Spezialisten aus der Harley-Straße. Gesellschaftlich näher traten ihm nur sehr wenige. Dr. Elver, der Polizeiarzt von Scotland Yard, pflegte ihn manchmal in der Curzon-Straße aufzusuchen und seine phantastischen Ansichten über die Schlange und ihr Auftreten zu äußern. Dann hörten George Manfred und seine Freunde wohl schweigend zu, aber sie boten ihm keine Hilfe an. Aber außer Elver und einem Polizeikommissar, einem sehr geheimnisvollen Manne, der sich in ganz unvorhergesehenen Augenblikken dort sehen ließ, um eine Pfeife zu rauchen und von alten Zeiten zu sprechen, waren der gesellschaftlichen Besucher nur sehr wenige, und auch diese kamen nur in langen Zeitabständen.

In Wirklichkeit war sein Gentleman-Chauffeur besser bekannt als er selbst. In den Garagen, wo er das Auto unterstellte, nannte man ihn den ›Blitz‹. Es gab nur eine Meinung darüber, daß dieser Mann mit dem hageren Gesicht und dem unablässig suchenden Auge früher oder später mit jenem Schicksal zu rechnen hätte, das unausweichbar alle Chauffeure erwartet, die scharfe Ecken mit einer Geschwindigkeit von sechzig Kilometern die Stunde nehmen.

Wenige kannten Mr. Manfreds Hausmeister, einen finsteren Ausländer, etwas untersetzt und einfach aussehend. Er war ein Mann, der sehr wenig sprach, auch zur Köchin und den beiden Dienstmädchen nicht, die jeden Morgen um acht Uhr kamen und das Haus pünktlich um sechs wieder verließen; denn Mr. Manfred speiste zur Nacht meist außerhalb. Manfred annoncierte nur in mehr exklusiven Blättern und niemals unter seinem eigenen Namen. Keine Unterredung wurde ohne vorherige Rücksprache gewährt; so erwies sich die Ankunft Mr. Sam Barbertons nach jeder Richtung hin als eine Unregelmäßigkeit.

Gerade als die Mädchen das Haus verließen, klopfte er an die Tür, und da sie wenig von Manfred und seinen Gewohnheiten wußten, außer, daß er zum Frühstück weichgekochte Eier und Spinat liebte, gestatteten sie dem Fremden, in die Halle einzutreten, und hier fand ihn der eiligst von seinem Zimmer herbeigeholte schweigsame Hausmeister.

Der Besucher war ein knorriger untersetzter Mann mit einem ziegelroten Gesicht und mit einem Kopfe, der teils grau, teils kahl war. Sprache wie Anzug waren gleich unfein. Der Hausmeister sah, daß er kein gewöhnlicher Handwerker war, denn seine Schuhe waren von jener Art, die unter dem Namen ›Veldtschon‹ bekannt war: sie waren aus rohem Leder gefertigt und stellenweise von der Sonne gebleicht.

»Ich wünsche den Boss dieses Triangels zu sprechen«, rief er mit lauter Stimme; seine Finger tauchten in seine Westentasche und brachten einen schmutzigen Zeitungsausschnitt zum Vorschein.

Der Hausmeister nahm ihm den Ausschnitt, ohne ein Wort zu sagen, ab. Der Ausschnitt stammte aus der Kap-Times – er würde das an den Typen und am Satz erkannt haben, auch wenn sich auf der Rückseite nicht die Hälfte einer Notiz über einen Kirchenbasar in Wynberg befunden hätte. Der Hausmeister beachtete solche Nebensächlichkeiten.

»Ich befürchte, Sie werden Mr. Manfred nicht ohne vorherige Abmachung sprechen können«, erwiderte er. Sprache und Stimme klangen unerwartet sanft bei einem so unverbindlich aussehenden Manne.

»Ich muß ihn sprechen! Und wenn ich die ganze Nacht hier sitzen soll!« antwortete der Mann hartnäckig und drückte seine Unerschütterlichkeit dadurch aus, daß er sich auf einem Stuhl in der Halle niederließ.

In dem Gesicht des Dieners zuckte kein Muskel. Es war unmöglich zu sagen, ob er ärgerlich war oder sich im stillen amüsierte.

»Ich habe das hier aus einer Zeitung herausgeschnitten, die ich auf der ›Benguella‹ sah – sie ging heute nachmittag bei Tilbury ins Dock –, und ich kam geradewegs hierher. Ich hätte es mir nicht einfallen lassen, überhaupt zu kommen, nur möchte ich faires Spiel für alle haben, die es angeht. Dieser portugiesische Kerl – er hat 'nen Namen wie 'ne Zigarrensorte – Villa, jetzt hab' ich's! Was hat es für 'nen Zweck, nach London zu fahren, wenn man alles an Bord regeln kann? Aber portugiesische Mulatten! Du lieber Gott! Lieber mit Buschmännern zu tun haben! Buschmänner sind zivilisiert dagegen! Schauen Sie mal her!«

Ehe der Hausmeister begriff, was der Mann tat, hatte dieser einen seiner häßlichen Schuhe abgeschüttelt. Er trug weder Socke noch Strumpf und hatte die Fußsohle zum Zwecke der Besichtigung nach oben gekehrt. Sie war voll von schwieligen Narben, und der Hausmeister kannte deren Ursache.

»Portugiesen!« sagte der Besucher kurz, als er seine Schuhe wieder aufnahm. »Keine Nigger-Mulatten, ich gebe das zu. Sie sengten mir die Sohlen, um mich zum Reden zu bringen, und sie hätten mich abgemurkst, nur einer von diesen amerikanischen Branntweinhändlern kam ihnen dazwischen . . . voll von Streitlust und Feuerwasser. Der brachte mich in die Stadt.«

»Wo war das?« fragte der Hausmeister.

»Mosamedes. Ich ging dort an Land, um mich mal umzusehen wie ein Narr. Ich war an Bord eines Woermanndampfers, der nach Boma ging. Der Kapitän war zwar ein Rauhbein, aber ein aufrechter Mensch ... er warnte mich.«

»Und was wollten sie aus Ihnen herauskriegen?«

Der Besucher schielte den Fragesteller argwöhnisch an.

»Sind Sie der Boss?«

»Nein, ich bin Mr. Manfreds Hausmeister, Butler. Wen soll ich melden?«

»Barberton ... Mr. Samuel Barberton. Sagen Sie ihm, ich möchte, er solle gewisse Dinge für mich herausfinden. Die Adresse einer jungen Dame ... Miss Mirabelle Leicester heißt sie. Und ich möchte dem Boss auch etwas mitteilen. Diese portugiesischen Mulatten besoffen sich eines Nachts und quasselten über ein Fort, das sie in England hätten. Es sieht wie ein Haus aus, aber es ist eine Festung ... er hat sich dorthin begeben ...«

Nein, der Mann war nicht betrunken. Der Hausmeister bückte sich, als ob er ein Streichholz vom Boden aufheben wollte, und näherte dabei unauffällig seinen Kopf dem des Besuchers. Dieser roch zwar stark nach Tabak, aber nicht nach Alkohol.

»Wollen Sie so gut sein und warten?« fragte der Hausmeister und verschwand auf der Treppe.

Nicht lange danach kehrte er bis zur untersten Stufe zurück und bat Mr. Barberton, ihm zu folgen. Der Besucher wurde in ein Frontzimmer des Hauses geführt: in einen kleinen Raum, der durch die langen grauen Plüschvorhänge hinter dem Empireschreibtisch, an dem Manfred stand, noch kleiner erschien.

»Mr. Barberton, Sir!« meldete der Hausmeister, verbeugte sich und ging.

»Nehmen Sie Platz, Mr. Barberton!« Manfred wies auf einen Stuhl und nahm selbst Platz.

»Mein Hausmeister sagt mir, Sie hätten mir eine wirklich aufregende Geschichte zu erzählen ... Sie sind aus Kapstadt?«

»Nein, das bin ich nicht. Ich habe Kapstadt nie in meinem Leben gesehen.«

Der Mann hinter dem Schreibtisch nickte.

»Nun, wollen Sie mir sagen ...«

»Ich werde Ihnen nicht viel sagen«, kam die überraschend derbe Antwort. »Es ist nicht wahrscheinlich, daß ich einem Fremden etwas anvertraue, was ich nicht einmal Elijah Washington mitteilen würde, und er hat mein Leben gerettet.«

Manfred verriet keine Empfindlichkeit gegen diese vorsichtige Haltung. Er hatte in diesem Zimmer schon viele Klienten gehabt, die ihre Abneigung gezeigt hatten, ihn als ihren Vertrauten anzusehen. Dennoch hatte er das Gefühl, daß dieser Mann, im Gegensatz zu allen übrigen, bis zum Ende hart wie ein Diamant bleiben würde. Aber er war neugierig, den wahren Grund seines Besuches zu erfahren.

Barberton zog seinen Stuhl näher an den Schreibtisch heran und stützte seine Ellbogen auf dessen Rand.

»Die Sache ist die, Mister. Wie heißen Sie? . . . Da ist ein gewisses Geheimnis, das nicht nur mein eigenes ist und wieder auch nur mir allein gehört. Es ist ein Haufen Geld wert. Mr. Elijah Washington wußte das und versuchte, mich auszupumpen, und Villa brachte eine Bande Kruleute dazu, mir die Füße zu sengen, aber noch habe ich nichts verraten. Was ich will, ist, daß Sie Miss Mirabelle Leicester auffinden. Und ich möchte sie schnell finden, denn es sind nur noch zwei Wochen, bis die Gegenpartei anfängt, sich zu rühren . . . Ich weiß nicht, ob Sie mich verstehen . . . Villa hat ihr sicher gekabelt, und nach seinen Äußerungen brennt sie darauf.«

Mr. Manfred lehnte sich in seinem Polsterstuhl zurück. Der Schimmer eines vergnügten Lächelns stahl sich in seine grauen Augen.

»Ich verstehe Sie also dahin, daß wir Miss Leicester für Sie finden sollen.«

Der Mann nickte energisch.

»Haben Sie die geringste Ahnung, wo sie zu finden ist? Hat sie irgendwelche Verwandten in England?« fragte Manfred.

»Ich weiß nicht«, unterbrach ihn der Mann. »Alles, was ich weiß, ist, daß sie hier lebt, und daß ihr Vater vor drei Jahren – am 29. Mai –, bitte, notieren Sie sich das! – gestorben ist. Er starb in England, am 29. Mai.«

Das ist eine wichtige Nachricht und macht das Suchen leicht, dachte Manfred.

»Und Sie werden mir etwas Näheres über das Fort erzählen, nicht wahr?« äußerte Manfred, während er von seinen Notizen aufblickte.

Barberton zögerte.

»Das wollte ich«, gab er zu, »aber ich bin mir nicht sicher, ob ich das tun werde, ehe ich nicht die junge Dame gefunden habe. Und vergessen Sie nicht«, Barberton klopfte auf den Schreibtisch zur Bekräftigung seiner Worte, »die Gesellschaft ist gefährlich!«

»Welche Gesellschaft?« fragte Manfred gut gelaunt. Er kannte manche ›Gesellschaft‹ und fragte sich, ob der Besucher vielleicht die meinte, die er selbst augenblicklich im Sinn hatte.

»Die Gesellschaft, von der ich rede«, antwortete Barberton, der sehr zögernd sprach und, augenscheinlich vor Angst, unwillkürlich sein Geheimnis zu verraten, jedes Wort abwog, ehe er es äußerte.

Damit schien sein Verlangen sein Ende erreicht zu haben, denn er erhob sich, stand ein wenig linkisch da und suchte in seiner Innentasche herum.

»Sie haben nichts zu bezahlen!« Manfred erriet die Absicht des Mannes. »Sobald wir den Aufenthalt von Miss Mirabelle Leicester festgestellt haben, werden wir Sie vielleicht ersuchen, uns die baren Auslagen zu erstatten.«

»Ich kann es mir leisten, zu bezahlen ...«, begann der Fremde.

»Und wir können uns gestatten, zu warten.« Wieder zeigte sich das vergnügte Lächeln in den unergründlichen Augen.

»Da ist noch etwas, wonach ich Sie fragen wollte. Sie wissen doch alles, was in diesem Lande passiert?«

»Nicht ganz!« antwortete der andere mit vollkommenem Ernst.

»Haben Sie jemals von den ›Vier Gerechten‹ gehört?«

Manfred neigte sich nach dem Manne hin, als ob er nicht richtig verstanden hätte. Die Frage überraschte ihn.

»Die Vier ...?«

»Die Vier Gerechten ...! In Wirklichkeit drei. Ich möchte mit diesen Vögeln gern in Berührung kommen.«

Manfred nickte. »Ich glaube, ich habe schon von ihnen gehört.«

»Sie halten sich augenblicklich irgendwo in England auf, sie haben einen Freispruch erwirkt. Ich ersah das aus der ›Kap-Times‹ ...! Das Stück, von dem ich die Annonce abriß.«

»Als ich zuletzt von ihnen hörte, waren sie in Spanien.« Manfred ging um den Schreibtisch herum und öffnete die Tür. »Warum wünschen Sie, zu diesen Leuten in Beziehung zu treten?«

»Weil die Bande Angst vor ihnen hat. *Darum!*« antwortete Barberton mit Nachdruck.

Manfred begleitete seinen Besucher bis an den Treppenabsatz.

»Sie haben es unterlassen, mich noch von etwas sehr Wichtigem in Kenntnis zu setzen«, bemerkte Manfred lächelnd, »und ich möchte nicht, daß Sie fortgehen, ohne mir das mitgeteilt zu haben. Wie lautet Ihre Adresse?«

»Petworth Hotel, Norfolk-Straße.«

Barberton stieg die Treppe hinunter; der Hausmeister wartete unten in der Halle, um ihn hinauszulassen. Und Mr. Barberton, der die unbestimmte Idee hatte, daß es in adeligen Häusern Sitte sei, irgend etwas Ähnliches zu tun, ließ eine Silbermünze in des Hausmeisters Hand gleiten.

Der finstere Mann murmelte einen Dank; seine Verbeugung war vielleicht ein wenig tiefer, seine Haltung etwas ehrerbietiger.

Er machte die Vordertür hinter dem Fremden zu und verschloß sie; dann ging er die Treppe langsam hinauf und in das Büro. Manfred saß an dem Empireschreibtisch und zündete sich eine Zigarette an. Der Chauffeur war hinter den grauen Plüschvorhängen hervorgetreten, um den Sitz einzunehmen, von dem Mr. Barberton aufgestanden war.

»Ein freigebiger Bursche ... hat mir eine halbe Krone gegeben«, sagte Poiccart, der Hausmeister. »Er gefällt mir, Manfred.«

»Ich wünschte, ich hätte seine Füße sehen können«, bemerkte der Chauffeur, dessen wahrer Name Leon Gonsalez war. Es klang bedauernd. »Er stammt aus West-Sussex, und in seiner Familie muß Irrsinn verbreitet sein. Die linke Schädelwand ist etwas eingedrückt, und das Gesicht unsymmetrisch.«

»Arme Seele!« murmelte Manfred und blies eine Rauchwolke gegen die Decke. »Es ist eine große Zumutung, Ihnen seine Freunde vorstellen zu müssen, Leo.«

»Glücklicherweise haben Sie keine Freunde«, antwortete dieser und langte eine Zigarette aus dem Etui auf dem Tisch. »Nun, was halten Sie von dem Geheimnis unseres Herrn Barberton?«

George Manfred schüttelte seinen Kopf.

»Seine Angaben waren etwas zu unbestimmt und etwas zusammenhanglos. Aber Ihr eigenes Geheimnis, Leo? Sie waren den ganzen Tag fort ...! Haben Sie eine Lösung gefunden?«

Gonsalez nickte.

»Barberton hat vor etwas Angst«, bemerkte Poiccart. »Er trug eine Schußwaffe zwischen Hosenbund und Weste . . . Haben Sie das bemerkt?«

George nickte.

»Die erste Frage ist, wer ist oder wie heißt diese ›Gesellschaft‹? Frage zwei ist, wer und wo ist Miss Mirabelle Leicester? Frage drei ist, warum versengten sie Barbertons Fußsohlen . . .? Das ist wohl alles, glaube ich.«

Das scharfgeschnittene Gesicht Gonsalez' schob sich aus einer Rauchwolke.

»Ich werde die meisten dieser Fragen beantworten und zwei Fragen mehr stellen. Mirabelle Leicester nahm heute eine Stellung bei Oberzohns an, als Laboratoriumssekretärin!«

George Manfreds Gesicht umdüsterte sich.

»Laboratorium? Ich wußte nicht, daß er eins besitzt.«

»Er hatte auch keins – bis vor drei Tagen . . .! Es wurde innerhalb zweiundsiebzig Stunden von Fachleuten ausgerüstet, die Tag und Nacht arbeiteten. Die Anlagen kosten sechzehnhundert Pfund, und es wurde geschaffen, um Oberzohn einen Grund für das Engagement Mirabelle Leicesters zu geben. Sie schickten mich los, um die merkwürdige Annonce aufzuklären, die uns alle am Montag beschäftigte – hier haben Sie die Aufklärung. Die Annonce hatte den Zweck, unsere Miss Leicester in Oberzohns Haus zu bringen. Als wir entdeckten, daß Oberzohn die Annonce hatte einsetzen lassen, waren wir uns darüber einig, daß der Mann damit ein dunkles Ziel verfolge . . . Ich habe sein Kontor zwei Tage lang überwacht, und sie war der einzige Bewerber um die Stellung und ihr Brief der einzige, der beantwortet wurde. Oberzohn frühstückte mit ihr im Ritz-Carlton . . . sie schläft heute nacht in Chester-Square.«

Das darauf eingetretene Schweigen wurde von Poiccart unterbrochen.

»Und welche Fragen haben Sie zu stellen?« fragte er sanft.

»Ich glaube sie zu kennen«, antwortete Manfred vor sich hin nickend. »Die Frage lautet: Wie lange hat Mr. Samuel Barberton noch zu leben?«

»Getroffen!« sagte Gonsalez mit Befriedigung. »Sie fangen an, die Mentalität Oberzohns zu begreifen.«

3

Der Mann, der an jenem Morgen ohne Anmeldung in Dr. Oberzohns Privatkontor trat, sah aus, als ob er eben aus den Seiten eines Modemagazins käme. Für ein Kennerauge war alles zu aufdringlich neu an ihm. Seine limonenenfarbigen Handschuhe, seine blendenden Schuhe, der Glanz seines Zylinders, die geradezu peinliche Korrektheit, das Taschentuch sehen zu lassen, wären sogar in Ascot-Paddock beim Rennen um den Großen Preis aufgefallen.

Er sah gut aus, hatte ein glattes, wenn auch ein wenig plumpes Gesicht, trug einen gelbbraunen Schnurrbart und ein Monokel.

Leute, die Hauptmann Monty Newton nicht leiden konnten – und ihrer gab es eine ganz Anzahl –, behaupteten von ihm, er habe den Ehrgeiz, den Eindruck zu erzielen, den ein Soldat auf ein Hausmädchen mache. Sie sagten das nicht öffentlich, denn er war ein Mann, den man eher umschmeicheln als beleidigen durfte. Er besaß Vermögen, ein Gut auf dem Lande, ein Haus am Chester-Square und eine ganze Auswahl Autos. Er war Mitglied mehrerer Klubs, deren Vorstände niemals über ihn sprachen, ohne seine Wahl in den Klub mit dem zur Kriegszeit gegen einen Soldaten geübten Entgegenkommen zu entschuldigen. Niemand wußte, wie er zu seinem Vermögen gekommen, oder, wenn er es geerbt hatte, wessen Erbe er war. Er gab große Gesellschaften, spielte gut Karten und hatte darin ungewöhnliches Glück, besonders, wenn er der Wirt war und nach einem jener glänzenden Diners, die er in seinem hochherrschaftlichen Hause am Chester-Square gab, die Bank hielt.

»Guten Morgen, Oberzohn! Wie geht es Smitts?«

Das war sein Lieblingswitz, denn es gab keinen Smitts, und es hatte auch seit 1896 keinen Smitts mehr in der Firma gegeben.

Der Doktor schrieb an einem Telegramm; jetzt sah er auf.

»Guten Morgen, Hauptmann Newton!« antwortete er steif.

Newton ging hinter seinem Rücken vorbei und las dabei den Inhalt des Telegramms. Es war an eine »Miss Alma Goddard, Heavytree-Farm, Daynham, Gloucester« gerichtet und lautete:

»Habe die feine Stellung erhalten. Kann unmöglich schnell heute nacht zurückkehren. Schlafe in unserer hübschen Wohnung in Doughty-Hof. Komme nicht eher hierher, bis ich nach dir schicke! Miss Mirabelle Leicester.«

»Sie ist hier? Wirklich?«

Hauptmann Newton schielte nach der Tür zum Laboratorium.

»Das Telegramm werden Sie doch nicht abschicken? ›Miss Mirabelle Leicester‹. ›Unmöglich schnell heute nacht zurückkehren!‹ Sie könnte es in einer Minute umstürzen. Wer ist Alma Goddard?«

»Die Tante«, erwiderte Oberzohn. »Ich beabsichtigte nicht, es abzusenden, ehe Sie es gesehen hatten. Mein Englisch ist zu korrekt.«

Er machte für Hauptmann Newton Platz. Dieser nahm einen Bogen Papier aus dem Fach, stellte behutsam seinen Zylinder darauf, zog seine Handschuhe aus, legte sie in den Zylinder, setzte sich auf den Stuhl, von dem der alte Mann aufgestanden war, zog die Knie seiner tadellosen Beinkleider herauf, riß das oberste Telegrammformular ab und schrieb die Adresse:

»Stellung erhalten. Hurra! Bemüh' dich nicht, 'raufzukommen, bis ich eingerichtet bin. Werde wie gewöhnlich in Stadtwohnung schlafen. Zu beschäftigt, um mehr zu schreiben. Halte meine Post dort. – Mirabelle«

»So ist's besser!« sagte Hauptmann Newton, indem er sein Werk mit Genugtuung überflog. »Los! Schicken Sie's ab!«

Er stand auf und spreizte seine Beine vor dem Feuer aus. »Das Schwierigste dürfte sein, die junge Dame zu überreden, nach Chester-Square zu kommen«, meinte er.

»Mein eigenes kleines Haus ...«, begann Oberzohn.

»... würde sie zu Tode erschrecken«, antwortete Newton laut auflachend. »Der Hundestall! Nein! Chester-Square oder nirgends. Ich werde Hanne oder eine von den Mädels veranlassen, hier vorzusprechen und sich bei ihr einzuschmeicheln. Wann läuft die ›Benguella‹ ein?«

»Heute nachmittag. Der Mann hat durch Funkspruch Zimmer im Petworth-Hotel bestellt.«

»Norfolk-Straße ... Hm! Einer Ihrer jungen Leute kann ihn aufstöbern und ihn im Auge behalten. Lisa? Um so besser. Die Sorte fällt auf Weiber 'rein. Ich glaube, er hat jahrelang kein weißes Weib gesehen. Sie sollten Villa 'rausschmeißen! Rohes Vieh. Natürlich wird der Mann jetzt auf seiner Hut sein.«

»Villa ist mein bester Mann an der Küste«, bellte Oberzohn wütend. Nichts verletzte seine erstaunlich große Eitelkeit an ihren empfindlichsten Stellen so schnell wie eine Anzweiflung seiner organisatorischen Fähigkeiten.

»Was macht das Geschäft?«

Hauptmann Newton holte eine lange Spitze aus Ebenholz aus seiner Tasche, öffnete ein Platinetui und zündete sich eine Zigarette an.

»Slächt.« Wenn sich Oberzohn ärgerte, litt seine Aussprache darunter. »Nichts als Spesen.«

Oberzohn & Smitts hatten früher einmal ungeheure Gewinne aus dem Verkauf synthetischen Alkohols gezogen. Unter anderem trieben sie auch Handel an der afrikanischen Westküste. Sie kauften Gummi und Elfenbein und bezahlten mit Schnaps. Sie verkauften im geheimen Schußwaffen, zettelten Kriege zwischen den Stämmen an, um ihren Gewinn zu vermehren, und hatten, ihrer Heimat näher, mindestens zwei portugiesische Revolutionen finanziert. Mit dem Anwachsen ihres Vermögens hatte sich auch ihr Unternehmungsgeist ausgedehnt. Gewehre auf Gewehre verließen die belgischen und französischen Fabriken, für die kurdischen Insurgenten, für ehrgeizige chinesische Generale und für südamerikanische Politiker. Es gab kein Land in der Welt, das nicht einem Agenten von Oberzohn & Smitts Gastfreundschaft gewährte – und solche Vertreter kosten viel Geld. Gerade augenblicklich war die Welt beunruhigend friedlich gestimmt. Eine Revolution in Venezuela hatte einen höchst schmählichen Mißerfolg gehabt, und Oberzohn & Smitts waren zwei Schiffsladungen todbringender Waffen nicht bezahlt worden. Ein General hatte sie bestellt, aber zwei Tage nachdem diese Waffen gelandet wurden, wurde er gegen eine Ziegelmauer gestellt und von den Soldaten der Regierung, gegen die er sich im Aufstand befand, auf der Stelle niedergeknallt.

»Aber das soll nichts ausmachen.« Oberzohn stieß schlechte Handelsgeschäfte mit einer Handbewegung aus der Reihe der ausschlaggebenden Faktoren in seinem Leben. »Das hier wird gelingen, und dann werde ich frei sein, um zu bestrafen gut ...«

»Gut zu bestrafen!« verbesserte der Sprachreiniger und strich sich den Bart. »Es ist doch blödsinnig. Sie haben Manfred und Gonsalez und Poiccart im Kopf? Lassen Sie die in Ruh'! Sie sind nichts!«

»Nichts?« brüllte der Doktor, das blasse Gesicht plötzlich von Wut verzerrt. »In Ruh' soll ich sie lassen? Und mein Bruder? Im Himmel! Als heiliger Märtyrer ...!«

Er drehte sich hastig um, packte die seidene Quaste der Schnur über dem Kamin und zog daran. Nicht eine Landkarte, sondern ein Bild kam zum Vorschein. Das Bild war nach einer Fotografie gemalt worden, und zwar von einem Künstler, der auf das Malen farbenfreudiger Schilder eingestellt war, wie sie vor jeder Bude und auf jedem Landjahrmarkt hängen. In dieser Auffassung war die Sudelei eine schreiende Ungereimtheit. Trotzdem übertraf es in Dr. Oberzohns Augen selbst die Meisterwerke des Prado an Schönheit. Es war ein lebensgroßes Bild eines Mannes in einem Gehrock. Er lehnte gegen eine Säule, in einer Stellung, die billige Fotografen für den Gipfel der Anmut halten. Sein breites Gesicht war brutal und dumm, obwohl der Maler es zu idealisieren versucht hatte. Die karminroten Lippen waren zu einem blöden Lächeln geöffnet. In einer Hand hielt er eine Papierrolle, in der anderen Hand einen Derbyhut, der beträchtlich verzeichnet war.

»Mein Bruder!« Dr. Oberzohn würgte. »Mein angebeteter Bruder! Adolf ... ermordet! Von den sogenannten ›Drei Gerechten‹ ...! Mein *Bruder!«*

»Sehr interessant!« murmelte Hauptmann Newton, der sich nicht einmal die Mühe gab, aufzusehen. Er schnippte die Asche von seiner Zigarette in das Feuer und schwieg.

Es war richtig, Adolf Oberzohn war von Leon Gonsalez erschossen worden; diese Tatsache konnte nicht bestritten werden. Daß Adolf im Augenblick seines Todes versucht hatte, die großen Gewinne einzuheimsen, die denen winken, die einen gewissen verworfenen Handel zwischen Europa und den südamerikanischen Staaten treiben, stand außer Frage.

Es handelte sich damals um ein Mädchen. Leon verfolgte seinen Mann bis nach Portoriko und traf mit ihm in dem Café ›Zu den sieben Tugenden‹ zusammen. Adolf war von Hause aus ein guter Schütze und schoß zuerst – und starb zuerst. Das war Adolf Oberzohns Geschichte. Die Geschichte eines Mädchens, das Leon Gonsalez nach Europa zurückschmuggelte, gehört auf ein anderes Blatt. Sie verliebte sich in ihren Retter und machte ihn krank vor Angst.

Dr. Oberzohn ließ die Bilderrolle wieder zurückschnellen, schnaubte sich laut die Nase und drückte die Tränen aus seinen farblosen Augen.

»Ja, sehr traurig, sehr traurig!« bemerkte der Hauptmann munter. »Nun, und das Mädel? Keine Rauheiten oder Roheiten mit ihr! Sie verstehen mich, Erik? Ich wünsche die Angelegenheit fein säuberlich erledigt zu sehen. Und jagen Sie sich die Wanze wegen der ›Drei Gerechten‹ aus dem Schädel! Die haben gar nichts damit zu tun! Wenn ein Mann sich dazu erniedrigt, eine Privatdetektei zu betreiben, verdient er keine Beachtung. Sollten sie sich dreinmischen, werden wir nach allen Regeln der Kunst mit ihnen verfahren. Wissenschaftlich!«

Er schüttelte sich vor Lachen über seinen guten Witz. Es war ersichtlich, daß Hauptmann Newton von Oberzohn & Smitts nicht abhängig war. Wenn er auch nicht der entscheidende Teilhaber war, dominierte er doch in dem Zweige, in dem er einst in einer untergeordneten Stellung gedient hatte. Er verdankte dem Tode Adolfs viel – und bedauerte niemals das Hinscheiden dieses widerlichen Menschen. Der Doktor öffnete eine Schublade seines Schreibtisches und nahm einen kleinen Merkblock heraus; Newton ergriff einen Bleistift und schrieb darauf:

›An Mirabelle Leicester, durch Oberzohn (Telefon), London. Bedauere, kann heute nacht nicht nach London kommen. Schlafe nicht allein in der Wohnung! Habe Hanne Newton gedrahtet, dich heute nacht zu beherbergen. Sie wird dich aufsuchen. Alma.«

»Hier haben Sie's!« sagte der brave Hauptmann und übergab dem anderen den Block. »Die Nachricht kam heute nachmittag. Alle Telegramme an Oberzohn werden telefonisch durchgesprochen. Vergessen Sie das niemals!«

»Findiges Geschöpf!« Dr. Oberzohns Bewunderung artete beinahe in Verehrung aus.

»Nehmen Sie sie mit zum Lunch ... nach dem Lunch die Nachricht! Um vier Uhr, Johanna oder eines der anderen Mädels. Ausgewähltes Diner. Morgen das Kontor ... sachte, sachte! Überstürzen Sie diese Entwürfe, und Ihre Pläne krepieren wie ein Hund.«

Er schielte noch einmal zur Tür hin.

»Sie wird doch nicht herauskommen?« fragte er. »Verteufelt dämlich, wenn sie herauskäme und Miss Newtons Bruder sähe!«

»Ich habe die Tür zugeschlossen«, antwortete Oberzohn stolz.

Hauptmann Newtons Haltung wechselte. Sein Gesicht wurde plötzlich rot vor Wut.

»Dann sind Sie ein ... ein Narr sind Sie! Schließen Sie die

Tür auf, sobald ich gegangen bin – und lassen Sie sie unverschlossen! Wollen Sie das Mädchen erschrecken?«

»Ich wollte nichts aufs Spiel setzen«, verteidigte sich der Schwede mit langem Gesicht.

»Tun Sie, was ich Ihnen sage!«

Hauptmann Newton fuhr mit seinen Fingerspitzen über seinen tadellosen Rock. Er zog die Handschuhe an, setzte seinen Zylinder mit Hilfe eines kleinen Taschenspiegels auf, den er seiner inneren Brusttasche entnahm, erfaßte seinen Spazierstock und schlenderte aus dem Zimmer.

»Erfinderisches Geschöpf!« murmelte Dr. Oberzohn nochmals und ging, um der bestürzten Mirabelle seine Einladung zum Lunch zu überbringen.

4

Das große Restaurant mit seiner Atmosphäre von Luxus und Reichtum war ein wenig überwältigend gewesen. Die besetzten Tische, das gedämpfte Licht, die Gewandtheit der Kellner und ihre Sicherheit, die fast an Lässigkeit grenzten, taten ihre Wirkung. Als Mirabelles neuer Chef ihr gesagt hatte, daß es seine Gepflogenheit sei, seine Laboratoriumssekretärin mit zum Lunch zu nehmen, »denn ich habe sonst nicht Zeit, geschäftliche Dinge mit ihr zu besprechen«, hatte sie widerstrebend angenommen.

Sie wußte wenig von Kontorgebräuchen, aber sie hatte das Empfinden, daß es im allgemeinen nicht zu den Gewohnheiten eines Prinzipals gehören dürfte, seine Sekretärin nach dem Ritz-Carlton zu fahren, um mit ihr an diesem Treffplatz der Modewelt und der Schlemmer ein teures Gabelfrühstück einzunehmen. Es vermehrte auch durchaus nicht ihr Selbstbewußtsein, daß ihr Begleiter der Gegenstand allgemeinen Interesses war. Die heiteren Tafelgäste vergaßen ihre Gerichte und wandten sich um, um den auffallenden Mann mit der hohen Stirn anzustarren.

An einem kleinen Tisch sah sie einen Herrn allein sitzen, dessen Gesicht ihr beunruhigend bekannt vorkam. Ein scharfes, hageres Gesicht mit forschendem und gleichzeitig vergnügtem Blick. Wo hatte sie den schon einmal gesehen? Dann entsann sie sich:

Der Chauffeur hatte ein solches Gesicht – der Mann, der ihr in Oberzohns Haus folgte, als sie am Morgen dort ankam.

Es war natürlich lächerlich. Dieser Mann gehörte offenbar zu der Klasse der Müßiggänger, für die ein Lunch im Ritz-Carlton zu den alltäglichen Ereignissen gehörte. Und doch – die Ähnlichkeit war außerordentlich groß.

Sie war froh, als das Mahl vorüber war. Dr. Oberzohn sprach *nicht* von ›geschäftlichen Dingen‹. Er sprach überhaupt nicht. Aber er verwandte seine Zeit darauf, ganz unglaubliche Speisemengen in den breiten Schlitz seines Mundes zu schaufeln. Er aß mit Eifer, geräuschvoll – Mirabelle war froh, daß die Kapelle spielte, damit man ihn nicht essen hörte; sie wurde rot vor unterdrücktem Lachen, als sie sich die Verrücktheit dieses Gedankens vorstellte; und danach fühlte sie sich weniger verlegen.

Kein Wort wurde zwischen ihnen gewechselt, als die große Limousine der City zuraste. Der Doktor hing seinen Gedanken nach und ignorierte ihre Gegenwart. Die einzige Bemerkung, die er über den ›Lunch‹ machte, war, als sie das Hotel verließen; da ließ er sich herbei, eine bittere Klage über die mangelhafte Güte des Kaffees zu grunzen, den man in England zusammenbraute.

Er gestattete ihr, zu ihrem Wiegen und Messen zurückzukehren, ohne das leiseste Interesse an ihrem Fortschritt zu nehmen.

Und dann kam nach der Ankunft eines rätselhaften Telegramms ihrer Tante der Gipfel der Überraschung dieses Nachmittags für sie.

Mirabelle wog gerade ein übelriechendes Pulver nach, als sich die Tür öffnete und ein reizend aussehendes, schön gekleidetes Mädchen eintrat. Ein niedliches Gesicht, umrahmt von einer Fülle goldbrauner Locken, neigte sich lächelnd im Gruß.

»Sie sind Mirabelle Leicester, nicht wahr? Ich bin Hanne Newton – Ihre Tante hat mir telegrafiert.«

»Kennen Sie denn meine Tante?« fragte Mirabelle betroffen. Sie hatte Alma niemals die Newtons erwähnen gehört, aber Tante Alma war manchmal merkwürdig verschwiegen. Mirabelle hätte eher eine ›alte Tante‹ in mittlerem Alter zu sehen erwartet, und sie hielt es für sehr merkwürdig, daß ihre wenig einnehmende Verwandte mit einem solchen Schmetterling der ›Gesellschaft‹ näher bekannt sein sollte.

»O ja … wir kennen Alma sehr gut«, antwortete ihr Besuch.

»Allerdings habe ich sie, seitdem ich ein *ganz* kleines Mädel war, nicht wieder gesehen ... Sie ist sehr lieb.«

Sie sah sich mit auffallendem Interesse im Laboratorium um.

»Was für ein übelriechender Platz!« Der Besuch rümpfte die Nase. »Und wie gefällt Ihnen der alte ... Mr. Oberzohn?«

»Kennen Sie ihn denn?« fragte Mirabelle, befremdet über diesen gleichzeitigen ›Zufall‹.

»Mein Bruder kennt ihn ... wir wohnen zusammen ... mein Bruder und ich, und er kennt jeden. Ein Stadtmann muß das! Nicht, meine Liebe?«

»Stadtmann?« Das war ein unbeholfener Ausdruck. Mirabelle gehörte auch nicht zu der Sorte, die jeden Menschen gleich mit ›mein Lieber‹ anredete. Das Zusammentreffen dieser beiden Verstöße gegen den guten Geschmack veranlaßte Mirabelle, ihren Besuch unter die Lupe zu nehmen. Johanna Newton war schön, aber nicht geschmackvoll gekleidet. Da war etwas an ihr ... Wenn Mirabelle eine größere Lebenserfahrung besessen hätte, würde sie vielleicht gedacht haben, dieses Mädchen sei von jemandem hergerichtet worden, um die Rolle einer Dame zu spielen, der sich aber über die Erfordernisse dieser Rolle durchaus nicht klar war.

»Ich werde Sie mit mir nach Chester-Square nehmen, sobald Mr. Oberzohn – spaßiger Name, was? – mit Ihnen fertig ist. Monty bestand darauf, daß ich das Auto mitbringe. Monty ist mein Bruder; er ist ziemlich klassisch.«

Mirabelle fragte sich, ob dieser Ausdruck eine besondere Vorliebe für die Dichter der alten Griechen oder für weniger melodische Opern bezeichnen sollte. Hanne – nebenbei ihr richtiger Name – wollte damit nur sagen, er hielte auf Klasse; das war einer ihrer beliebten Ausdrücke; ein anderes Lieblingswort von ihr war ›morbide‹.

Eine halbe Stunde später setzte der Chauffeur, der am Morgen Mirabelle so eindringlich nach ihren Personalien gefragt hatte, seinen Fuß auf den Starter und verfolgte die Spuren eines Rolls-Royce. Er wunderte sich, was Mirabelle Leicester mit Johanna Alice Murphy zu tun haben könne, die so viele reiche junge Männer an den Spieltisch in Hauptmann Newtons prächtigem Gesellschaftszimmer lockte, wo es um riesige Gewinne ging und der Hauptmann mit phänomenalem Glück spielte.

»Und so steht es!« berichtete Gonsalez dienstbeflissen. »Ich habe ein gutes Tagewerk getan. Oberzohn ist in seinen Karnikkelstall zurückgekehrt, um neue Revolutionen auszuhecken ... Miss Leicester ist Chester-Square 307 zu finden. Nun fragt sich nur, was tun wir, um das kostbare Leben Mr. Sam Barbertons zu retten?«

Manfred sah sehr ernst drein.

»Ich kann mich nur schlecht mit dem Gedanken befreunden, daß das junge Mädchen die Nacht in Newtons Haus zubringt.«

»Man brauchte ja nicht zu erlauben, daß sie dort bleibt«, sagte Poiccart in seiner schwerfälligen Art.

»Sehr richtig!« nickte Leon.

George Manfred sah nach der Uhr.

»Es ist klar, daß wir in erster Linie Freund Barberton sprechen müssen. Wenn wir ihn dazu bestimmen können, den Abend bei uns zu verbringen, wird sich das übrige ziemlich einfach gestalten.«

Das Telefon rief schrill; Leon Gonsalez griff nach dem Hörer.

»Gloucester? Ja.«

Er bedeckte die Muschel mit der Hand. Und dann zu den beiden: »Ich habe mir erlaubt, Miss Alma Goddard zu bitten, mich anzurufen ... Ich entdeckte heute morgen ihre Adresse: Heavytree-Farm, Daynham, bei Gloucester. Ja, ja, hier ist Mr. Johnson, der spricht. Ich wollte Sie bitten, eine Nachricht an Miss Leicester zu übermitteln ... Oh, sie ist nicht zu Hause?«

Leon horchte aufmerksam; und nach einigen Minuten: »Verbindlichsten Dank! Sie hält sich also in Doughty-Court auf? Sie drahtete Ihnen ...? Oh, nichts Wichtiges weiter ...! Ich bin ihr ehemaliger wissenschaftlicher Lehrer, und ich sah eine Anzeige, die ... Oh, sie hat sie gelesen? Wirklich?«

Er hängte den Hörer an.

»Nichts, auf das wir weiter fußen können. Das Mädel hat gedrahtet, sie sei entzückt von ihrer neuen Stellung. Die Tante solle nicht nach London kommen, bis sie sich eingearbeitet hätte, und Mirabelle schlafe in Doughty-Court.«

»Und das ist überdies ein ausgezeichneter Platz«, entgegnete Manfred. »Es soll mich aber gar nicht überraschen, wenn sie überhaupt nicht dort schläft. Sobald wir Mr. Barberton gesprochen haben, wollen wir das feststellen.«

Petworth-Hotel in der Norfolk-Straße war ein ruhiges Hotel, das im wesentlichen von Überseebesuchern, besonders von Südafrikanern bevorzugt wurde. Der Empfangsherr meinte, Mr. Barberton sei ausgegangen; der Portier versicherte sogar, daß das bestimmt der Fall sei.

»Er ging an das Flußufer hinunter ... Er sagte, er wollte den Fluß sehen, ehe es dunkel würde«, erklärte er.

Manfred setzte sich in das Auto, in dem Leon schon saß – Poiccart ging selten aus dem Haus, sondern saß meist daheim und fügte die kleinen Kreuzworträtsel des Lebens bröckchenweise zusammen, die nach der Curzon-Straße gebracht wurden, um dort ihre Lösung zu finden. Er war der größte aller Strategen; sogar Scotland Yard selbst legte ihm manches Problem zur Begutachtung vor.

»Ans Flußufer?« Manfred sah zu dem blaurosa Himmel hinauf. Die Sonne war untergegangen, aber es war noch lichter Tag. »Wenn es dunkler wäre, würde ich in Sorge um ihn sein. Halt, dort ist Doktor Elver!«

Der kleine Polizeiarzt, der mit einem lustigen Winken an ihnen vorübergegangen war, kehrte um.

»Nun, ihr Kinder des Gesetzes ...« – er neigte ein wenig zur Theatralik – »welch düsteres Ziel der Rache habt ihr im Auge?«

»Wir suchen einen Herrn mit Namen Barberton, um ihn zum Essen einzuladen«, sagte Manfred.

»Klingt lahm. Hat er nicht irgendwelche Eigentümlichkeiten an sich, die imstande wären, mich zu interessieren?«

»Verbrannte Fußsohlen!« gab Leon schlagfertig zurück. »Wenn Ihnen daran liegt, zu erfahren, auf welche Weise das westafrikanische Nachrichtendepartement Auskünfte aus widerstrebenden Opfern herausholt, dann kommen Sie mit uns.«

Elver zögerte. Er war ein Mann, den die indische Sonne verbrannt hatte, verschrumpelt wie ein getrockneter gelber Apfel, und er hatte kein Interesse an den Vorgängen dieser Welt, die nichts mit seinem Beruf zu tun hatten.

»Ich werde mit Ihnen gehen«, meinte er und stieg in das Auto.

»Und wenn Sie des Kerls, des Barberton, nicht habhaft werden, dann können Sie mich zu Gast haben. Ich höre euch gern reden. Man kann nie zuviel über Verbrecherseelen hören! Und das Leben ist langweilig, seit ›die Schlange‹ nicht mehr beißt.«

Das Auto fuhr Blackfriars-Brücke zu, und Manfred überwachte den Bürgersteig. Er sah nichts von Barberton und gab Leon ein Zeichen, zurückzufahren.

Leon steuerte den Wagen an die Uferseite des breiten Spazierweges. Sie waren unter der Waterloo-Brücke durchgefahren und näherten sich der Nadel der Kleopatra, als Gonsalez den Mann sah, den sie suchten.

Er lehnte an der Brustwehr der Brücke, die Ellenbogen auf den Rand gestützt, den Kopf nach vorn gebeugt, als ob er die Strömung der Gezeiten unten betrachtete.

Der Wagen bremste in der Nähe eines Polizisten, der den Müßigen nachdenklich beobachtete. Der Polizist erkannte den Polizeiarzt und grüßte.

»Kann das Huhn da nicht begreifen, Herr! Der Kerl steht schon geschlagene zehn Minuten dort ... Ich behalte ihn im Auge, weil er mir wie ein Selbstmordkandidat aussieht, der sich die Sache noch überlegt.«

Manfred näherte sich der Gestalt; als er deren Gesicht sah, durchlief ihn plötzliches Erschrecken. Das Gesicht war zu einem Grinsen verzerrt – die Augen weit und starr, die Haut tief kupferrot.

»Elver! Leon!«

Als Leon vom Wagen sprang, berührte Manfred die Schulter des Mannes, der haltlos zu Boden fiel.

In der nächsten Sekunde kniete der Doktor neben der leblosen Gestalt.

»Tot«, bemerkte er lakonisch, und dann: »Gütiger Gott!«

Er zeigte auf den Nacken, auf dem sich eine rote Stelle zeigte.

»Was ist das?« fragte Manfred ruhig.

»Die Schlange!« erwiderte der Doktor.

5

Mitten im Herzen Londons, geradezu unter den Augen des Polizisten, wie sich erwies, hatte Barberton sein Schicksal ereilt.

»Ja, Herr, ich beobachtete ihn eine Viertelstunde lang. Ich sah ihn am Ufer entlanggehen und das Bild bewundern; das war lange, ehe er hier haltmachte.«

»Hat sich jemand genähert, oder hat jemand mit ihm gesprochen?« fragte Dr. Elver aufsehend.

»Nein, Herr, er stand ganz allein für sich; ich kann beschwören, daß ihm niemand bis auf die Entfernung von zwei Metern nahe gekommen ist. Natürlich gingen Leute an ihm vorüber, aber ich betrachtete ihn unverwandt, und ich bemerkte niemanden dicht bei ihm und ließ ihn auch nicht eine Sekunde aus den Augen.«

Ein zweiter Polizist war erschienen: dieser wurde in Manfreds Auto nach Scotland Yard geschickt, um das Ambulanzauto und Ersatzmannschaften zu holen, die nötig waren, die sich ansammelnde Menge zu zerstreuen. Beide Autos kamen gleichzeitig an, und die beiden Freunde beobachteten, wie das bemitleidenswerte Etwas auf die Bahre gehoben wurde; sie warteten, bis das Fahrzeug mit seiner traurigen Ladung verschwunden war, ehe sie zu ihrer Limousine zurückkehrten.

Gonsalez nahm seinen Platz am Steuer ein. George setzte sich neben ihn. Kein Wort fiel zwischen ihnen, bevor sie vor ihrem Hause in der Curzon-Straße waren.

Manfred trat allein ein, während sein Begleiter den Wagen in die Garage fuhr. Als Leon zurückkehrte, fand er Poiccart und Manfred in tiefem Gespräch.

»Sie hatten recht, Raymond!«

Leon streifte seinen dünnen Rock ab und warf ihn auf den Stuhl. »Die Richtigkeit Ihrer Voraussagen ist fast niederschmetternd. Die ganze Zeit warte ich auf einen Irrtum Ihrerseits, und ich bin enttäuscht, wenn er sich nicht zeigen will. Sie sagten, die Schlange würde wieder auftreten, und sie ist wieder aufgetreten. Nun, Seher, prophezeie mir mein eigenes Schicksal!«

Poiccarts massives Gesicht verdüsterte sich. Seine dunklen Augen waren unter dem Stirnrunzeln, das seine buschigen Augenbrauen noch senkte, fast nicht mehr zu sehen.

»Man braucht nicht gerade ein Seher zu sein, um zu wissen, daß uns unsere Beziehungen zu Barberton die Schlange auf den Hals jagen wird. Wer war es? Gurther oder Pfeiffer?«

Manfred überlegte.

»Pfeiffer, glaube ich. Er ist der sichere von beiden. Gurther hat Anfälle. Er ist nervös veranlagt. Und Ihre neunschwänzige Katze dürfte sein geistiges Gleichgewicht kaum vermehrt haben. Nein, es war Pfeiffer. Sicher!«

»Ja, ich glaube, die Peitsche hat ihn etwas aus dem Gleichgewicht gebracht«, antwortete Leon. Seine Gedanken weilten bei dem Vorfall, als ob dieser wert sei, ihn einer Betrachtung zu unterziehen.

»Gurther ist eine Art Jekyll und Hyde, nur daß kein guter Faden an ihm ist. Wenn man ihn in sein Fauteuil in der Oper sinken sieht, sollte man nicht glauben, daß dieser ausgezeichnete junge Mann in seinem Privatleben kaum einmal im Monat seine Wäsche wechselt und schon beim Geräusch laufenden Badewassers zusammenschauert. Das klingt beinahe, als ob er Morphinist wäre. Ich erinnere mich eines Falles im Jahre 1899 ... aber ich habe Sie unterbrochen.«

»Welche Vorsichtsmaßregeln werden Sie treffen, Leon?« fragte Manfred.

»Gegen die Schlange?«

Leon zuckte die Achseln. »Die Vorsicht, die der Farmer gegen eine Wespenplage anwendet. Man kann nicht auf der Brust einer Wespe knien und ihr unter Anwendung der Lokalanästhesie den Stachel entfernen. Man muß ihr Nest zerstören. Ich persönlich habe niemals meine Auflösung in irgendeiner Form gefürchtet, aber ich habe einen kindlichen Widerwillen, von einer Schlange gebissen zu werden.«

Poiccarts umwölktes Gesicht faltete sich zu sekundenlangem Lächeln.

»Sie haben aber keinen Widerwillen, mir meine Ansichten zu stehlen«, antwortete er trocken.

Manfred ging in dem kleinen Zimmer auf und ab, die Hände auf dem Rücken, eine dicke ägyptische Zigarette zwischen den Lippen.

»Zehn Uhr fünfundvierzig verläßt der Zug nach Gloucester Paddington. Telegrafieren Sie Miss Goddard, Heavytree-Farm, mit einem Wagen am Zug zu sein. Ich möchte, daß zwei Mann in der Nachbarschaft der Farm Tag und Nacht Wache stehen.«

Poiccart öffnete eine der Schreibtischschubladen, entnahm ihr ein kleines Heftchen und ließ seine Finger über dessen Inhaltsangabe gleiten.

»Ich kann die Leute dafür in Gloucester besorgen«, sagte er, »Gordon, Williams, Thompson und Elfred ... Es sind zuverlässige Leute; sie haben schon früher für uns gearbeitet.«

Manfred nickte.

»Senden Sie ihnen die gewöhnlichen Instruktionen in einem Briefe! Ich bin neugierig, wer mit der Aufdeckung des Falles

Barberton beauftragt werden wird. Falls es Meadows ist, kann ich mit ihm zusammenarbeiten. Ist es dagegen Arbuthnot, dann werden wir gezwungen sein, uns unsere Informationen auf unterirdischen Wegen zu verschaffen.«

»Rufen Sie doch Elver an!« riet Leon, und George rückte das Tischtelefon an sich heran.

Es dauerte einige Zeit, ehe er Verbindung mit Dr. Elver bekommen konnte; dann hörte er zu seiner Befriedigung, daß der gefürchtete Inspektor Meadows die Verfolgung des Falles ganz in seiner Hand hatte.

»Er kommt zu Ihnen, um mit Ihnen zu sprechen«, berichtete Elver. »Tatsächlich befand sich der Boss hier, als ich in Scotland Yard ankam, und gerade er bat Meadows, sich mit Ihnen zu beraten. Im Amt des Staatssekretärs des Innern wird der Teufel los sein wegen dieser Mordgeschichte. In Wirklichkeit hatten wir vom Yard die Versicherung gegeben, daß sich diese geheimnisvollen Todesfälle nicht wiederholen würden, und daß die Schlange für immer tot sei.«

Manfred tat noch einige Fragen und stellte das Telefon ab.

»Sie haben Angst vor der Öffentlichkeit ... Man weiß niemals, was die Menge unter gewissen Umständen tun wird. Aber Sie können drauf wetten, das englische Publikum wird immer zu den gleichen Mitteln greifen ... Regierungen hassen ein intelligentes Publikum. Das wird dem Staatssekretär des Innern sein Amt kosten! Armer Kerl! Und er tut doch sein Bestes!«

Ein schriller Ruf von der Straße veranlaßte ihn, sich mit einem Lächeln umzudrehen.

»Die Abendblätter bringen es schon ...! Natürlich! Als ob es sich an ihrer Türschwelle zugetragen hätte.«

»Aber *warum?*« fragte Poiccart. »Was hat Barberton verbrochen?«

»Sein erstes Vergehen«, antwortete Leon sofort, ohne auf Manfred zu warten, »war, daß er auf die Suche nach Miss Mirabelle Leicester ging. Sein zweites Verbrechen war, daß er sich mit *uns* beriet. Er war bereits ein toter Mann, als er unser Haus verließ.«

Der schwache Ton der Portalglocke veranlaßte Poiccart, hinunterzugehen und einen unauffälligen Mann in den mittleren Jahren hereinzulassen, der irgend etwas anderes hätte vorstellen können, als er in Wirklichkeit war. Es war der schärfste Spürhund, den Scotland Yard seit den letzten dreißig Jahren auf die

Spuren von Verbrechern gehetzt hatte. Ein Mann mit sandgelbem Haar und hagerem Gesicht; er trug einen Klemmer und sah eher wie ein Schauspieler aus. Er hatte die Herren in der Curzon-Straße schon früher besucht und wurde jetzt warm begrüßt. Ohne große Einleitung kam er sofort zu dem Zweck seines Besuches. Manfred erzählte ihm kurz, was vorgegangen war, und den Kern seiner Unterhaltung mit Barberton.

»Miss Mirabelle Leicester ist . . .«, begann Manfred.

»Von Oberzohn engagiert . . . weiß ich«, war die überraschende Antwort.

»Sie kam heute morgen nach London, und nahm eine Stellung als Laboratoriumsassistentin an. Ich hatte keine Ahnung, daß Oberzohn & Smitts ein Laboratorium in ihrem Grundstück haben.«

»Sie haben das auch erst seit einigen Tagen«, unterbrach Leon. »Das Laboratorium wurde besonders für Miss Leicester in Szene gesetzt.«

Meadows nickte und wandte sich dann an Manfred.

»Er gab Ihnen nicht die geringste Andeutung, warum er Miss Leicester sprechen wollte?«

George schüttelte den Kopf.

»Nein. Über dieses Thema war nichts aus ihm herauszubekommen.«

»Er kam mit der ›Benguella‹ an, nicht?« fragte Meadows, indem er sich eine Notiz machte. »Wir müssen versuchen, etwas aus der Schiffsbesatzung herauszubekommen, ehe die Stewards abmustern. Wenn ein Mann nicht an Bord eines Schiffes mitteilsam wird, wird er es niemals. Vielleicht finden wir auch etwas zwischen seinen Sachen. Möchten Sie nicht mitkommen, Manfred?«

»Mit Vergnügen!« antwortete Manfred mit Haltung. »Vielleicht kann ich Ihnen etwas behilflich sein. Sie werden nichts dagegen haben, wenn ich mir aus dem, was wir vorfinden, meinen eigenen Vers mache.«

Meadows lächelte. »Jawohl. Sie dürfen Ihr kleines Privatgeheimnis für sich behalten.«

Eine Autodroschke setzte sie am Petworth-Hotel in der Norfolk-Straße ab. Sie wurden sofort in das Zimmer geführt, das der Tote gemietet, aber bis jetzt nicht bewohnt hatte. Sein Koffer, noch verschnürt und verschlossen, stand auf einem kleinen Gestell, sein Überzieher hing an der Tür; in einer Ecke des Zimmers lag ein dick gepackter Rucksack, straff verschnürt, der, wie sie nachträglich entdeckten, einen vom Wetter mitgenommenen Regenmantel, zwei sehr abgenutzte Decken und ein Luftkissen enthielt; außerdem einen zusammenklappbaren Feldstuhl, der ebenfalls Spuren eines häufigen Gebrauchs aufwies. Das war das Ergebnis ihres vorläufigen Suchens.

Das Schloß des Koffers öffnete sich, als der Detektiv den dritten Schlüssel versuchte. Außer etwas Wäsche und zwei Anzügen, von denen der eine verhältnismäßig neu war und die Marke eines Geschäftes in St. Paolo de Loanda trug, befand sich nichts darin, das sie hätte aufklären können. Sie fanden einen Umschlag mit Papieren und breiteten diese sorgfältig, eins nach dem anderen, auf dem Bett aus. Barberton war augenscheinlich ein ordnungsliebender Mann. Er hatte seine Hotelrechnungen aufbewahrt und auf deren Rückseite kurze, aber bissige Bemerkungen gemacht, wie er dort untergebracht war. Ein Hotel in Lobuo war voll von Ungeziefer gewesen, und von einem in Mossamedes hatte er geschrieben: ›Ratten fraßen einen Schuh auf. Wirt vergütete dafür nichts. Ich nahm mir drei Handtücher und einen Kopfkissenüberzug dafür.‹

»Der Embryo eines der ›Vier Gerechten‹«, bemerkte Meadows trocken.

Manfred lächelte.

Die Rückseite einer der Rechnungen war eng mit Zahlenreihen beschrieben: »2/6, 13/5, 10/7, 17/12, ungefähr 24«, und so weiter.

Bei einer Anzahl dieser Ziffern stand das Wort ›ungefähr‹, und Manfred bemerkte, daß sich dieser Zusatz bei allen größeren Zahlen befand.

Bei der Ziffer 10/7 zeigte sich ein dicker Bleistiftstrich.

Unter den Papieren lagen mehrere andere Quittungen. In Sao Paolo hatte er ›einen Präzisions-Selbstlader‹, einen Browning und dazugehörige Munition gekauft. Der Selbstlader war nicht in dem Koffer.

»Wir fanden ihn in seiner Tasche«, sagte Meadows kurz. »Der Mann erwartete Unheil; und dazu war er berechtigt, wenn es wahr ist, daß man ihn in Mossamedes folterte.«

Meadows las einen Brief, dessen Seiten er langsam umwandte.

»Der Brief ist von seiner Schwester ... sie wohnt in Brighton. Es steht nichts weiter drin als ...«, er las einen Teil des Briefes laut vor.

›... Dank für die Bücher. Die Kinder werden sich darüber freuen. Es muß Dir wie in alten Zeiten vorgekommen sein, als Du an sie schriebst –, aber ich kann es verstehen, daß es Dir die Zeit vertreiben half. Mr. Lee kam herüber und fragte, ob ich Nachricht von Dir hätte. Er ist ein prächtiger Mensch.‹

Der Brief war von einer geschulten Hand geschrieben.

»Er hat auf mich nicht den Eindruck eines Mannes gemacht, der Bücher schreibt«, sagte Meadows und suchte weiter.

In diesem Augenblick faltete er eine verblichene Karte, von Angola augenscheinlich, auseinander. Die Karte war in einem etwas zu kleinen Maßstab gezeichnet; so klein, daß sogar ein Teil der Kalahariwüste im Süden und im Norden das Hügelland des Kongo darauf angegeben war.

»Kein Zeichen irgendwelcher Art!« bemerkte Meadows, indem er die Karte an das Fenster nahm, um sie sorgfältiger zu prüfen. »Und das ist, glaube ich, ungefähr alles –, wenn das hier nicht etwas ist.«

»Das hier« war in ein Stück Zeug eingewickelt und am Boden und an den Seitenwänden des Koffers mit zwei improvisierten Gurten aus Segeltuch befestigt. Meadows versuchte es loszumachen und stieß einen Pfiff aus.

»Gold!« rief er. »Etwas anderes kann nicht so schwer sein.«

Er hob das Paket schließlich heraus, nahm die Umhüllung ab und starrte voller Erstaunen auf den vor seinen Augen liegenden Gegenstand.

Es war ein afrikanischer Fetisch, ein nacktes, plumpes, roh behauenes Götzenbild, die Gestalt eines eingeborenen Weibes.

»Gold?« fragte Manfred ungläubig und versuchte es mit Zeigefinger und Daumen zu heben. Er griff fester zu und prüfte die Entdeckung eingehend.

»Gold! Kein Zweifel. Und feines Gold obendrein.« Sein Daumennagel machte einen tiefen Kratzer am Fuß der kleinen Statue. Er konnte die Spuren sehen, wo der ungeschulte Bildhauer jedesmal angesetzt hatte.

Meadows kannte die afrikanische Westküste ziemlich gut. Er hatte manche Fahrt nach Afrika hinter sich und war unterwegs in verschiedenen Häfen angelaufen.

»So was, wie das hier, ist mir noch nicht zu Gesicht gekommen; und das ist auch nicht erst kürzlich gemacht. Wenn Sie das hier betrachten« – er deutete auf eine körperliche Eigentümlichkeit der Gestalt –, »dann können Sie wetten, daß Sie etwas in

Händen haben, das vor mindestens ein paar hundert Jahren angefertigt worden ist und wahrscheinlich noch früher. Die Eingeborenen von Zentral- und Westafrika zum Beispiel trugen keine Zehenringe seit Cäsars Zeiten.«

Er wog den Götzen in einer Hand.

»Oberflächlich geschätzt, zehn Pfund schwer, mit anderen Worten, achthundert Pfund Sterling Goldwert!«

Er betrachtete das Zeug, in das der Fetisch gehüllt gewesen war, und stieß einen Ruf der Überraschung aus.

»Hier! Sehen Sie mal!«

In einer Ecke stand mit Tintenstift geschrieben: Zweites Regal zur Linken, Gottes sechste Galerie.

Plötzlich fiel Manfred etwas ein.

»Wollen wir die Figur nicht einmal sofort wiegen? Ich möchte gern ihr genaues Gewicht wissen.«

»Warum?« fragte Meadows überrascht, als Manfred auch schon klingelte.

Der Hoteleigentümer, der wußte, daß eine polizeiliche Untersuchung vor sich ging, kam in höchsteigener Person, eilte auf die Bitte des Detektivs in die Küche hinunter und kehrte mit einer Küchenwaage zurück, die er auf den Tisch setzte. Er war augenscheinlich sehr neugierig und wollte wissen, zu welchem Zweck man sie gebrauchte, aber Inspektor Meadows machte ihn nicht klüger und stand in abweisender Haltung an der Tür, bis er gegangen war.

Die Figur wurde unter dem Stück Zeug, unter dem sie verborgen gewesen war, hervorgenommen und in einer flachen Schale auf die Waage gestellt.

»Zehn Pfund und sieben Unzen«, nickte Manfred triumphierend. »Ich dachte mir's, daß es dieser sein würde.«

»Dieser? Was, dieser?« fragte Meadows baff.

»Betrachten Sie diese Liste!«

Manfred nahm die Hotelrechnung, auf deren Rückseite sich die Zahlenreihen befanden, und deutete auf die Zahl, neben der ein schwarzes Kreuz stand.

»10/7«, sagte er. »Das ist unser kleiner Kerl hier, und die Erklärung ist ziemlich einfach. Barberton fand irgendein Schatzhaus mit solchen Figuren angefüllt. Er nahm sich die an Gewicht leichteste mit. Sehen Sie sich die Zahlen an! Er wog sie mit einer Federwaage, und das Gewicht einer der Figuren betrug 21 Pfund. So weit wog die Waage. Was darüber hinausging, hatte er abzuschätzen – er setzt deshalb bei diesen dazu, ›ungefähr 24, ungefähr 22‹.«

Meadows starrte seinen Begleiter dumm an, aber Manfred ließ sich durch nichts täuschen. Der scharfe Verstand des Detektivs arbeitete.

»Also nicht um ihn zu berauben . . . Der Koffer war unberührt. Sie haben ihm auch nicht die Fußsohlen verbrannt, um den Götzen oder das Schatzhaus zu finden; sie müssen gar keine Kenntnis davon gehabt haben . . . Es wäre leicht gewesen, ihn zu berauben.«

Er sah sich langsam im Raume um. Auf dem Kaminsims lag ein Streifen braunen Papiers, das wie ein Fidibus aussah.

Meadows nahm ihn auf, besah sich beide Seiten, und da er das Papier leer fand, legte er es dorthin zurück, wo er es hergenommen hatte. Manfred nahm es danach ebenfalls auf und drehte es abwesend zwischen seinen empfindlichen Fingerspitzen.

»Was wir zuerst zu tun haben«, sagte Meadows, mit einem letzten Blick im Zimmer herum, »ist, Miss Leicester zu finden.«

Manfred nickte. »Das ist die eine der Aufgaben!« bemerkte er langsam. »Die andere Aufgabe ist natürlich, Johnny zu finden!«

»Johnny?« Meadows runzelte argwöhnisch die Stirn. »*Wer* ist Johnny?«

»Johnny – ist mein Privatgeheimnis.« George Manfred lächelte. »Sie versprachen mir, daß ich eins haben dürfe.«

6

Als Mirabelle Leicester nach Chester-Square kam, waren ihre Empfindungen eine sonderbare Mischung von Erstaunen, Neugier und Verlegenheit. Diese Verlegenheit war das Ergebnis der außerordentlichen Ergüsse ihrer Begleiterin, die plötzlich die Rolle einer intimsten Freundin und lebenslänglich Bekannten angenommen hatte.

Mirabelle hatte Zeit genug, nachzudenken; denn Hanne Newton schwätzte in einem fort darauf los, und wenn Hanne einmal eine Frage stellte, dann wartete sie entweder die Antwort ab, oder die Frage war schon zu ihrer eigenen Befriedigung beantwortet, ehe sie gestellt war.

Chester-Square, dieser ehrwürdige Teil Belgravias, ist ein imposantes Viertel. Das große Haus, in das das junge Mädchen durch einen Bedienten eingelassen wurde, hätte auch einem der Verfeinerung weniger zugänglichen Wesen als Mirabelle Leicester gefallen. Sie wurde in ein großes Gesellschaftszimmer geführt, das von der Vorder- bis zur Hinterfront des Hauses durchging; und es endete selbst dort nicht einmal, denn ein langes kühles Gewächshaus mit schönen Blumen erstreckte sich noch ein gehöriges Stück weiter.

»Monty ist noch nicht aus der Stadt zurück«, rasselte Johanne los. »Meine Liebe! Er ist gerade jetzt fürchterlich beschäftigt ... mit Staatspapieren und Aktien ... und ähnlichen Dingen.«

Sie sprach, als ob Papiere und Aktien und solcher Kram Wunder waren, die erst vorgestern und besonders um Mr. Monty zu beschäftigen, aufgetreten wären.

In Wahrheit bewegte sich Johanne auf sehr unsicherem Boden. Die ihr erteilten Anweisungen waren sehr einfach und bestimmt gewesen: »Nimm sie nach Chester-Garden, befreunde dich mit ihr, und laß sie nicht ahnen, daß ich Oberzohn kenne!«

Welches Ziel man damit im Auge hatte, Mirabelle Leicester hierherzubringen, und was hinter Montys Handlungsweise steckte, wußte Hanne nicht. Sie spielte diese Rolle nur ihrer eigenen Sicherheit halber, indem sie den Boden dazu mit Redensarten von netten Tagen und ungeheuren Reichtümern vorbereitete, für den Fall, daß man das von ihr verlangen würde. Denn sie selbst, nicht weniger als viele ihrer Freundinnen, hatten eine gesunde Angst vor Montys Mißbilligung, die sich gewöhnlich in einer ganz bestimmten unangenehmen Form auswirkte.

»Kommen Sie 'rauf in Ihr Zimmer, meine Liebe!« sagte Johanne. »Wir haben ein nettes Zimmer für Sie, und ich bin sicher, Sie werden sich da mollig fühlen. Es befindet sich nach vorn heraus, und wenn Sie sich daran gewöhnen können, daß die Milchleute in den Straßen 'rumschreien, ehe Sie sich ausgelüftet haben, werden Sie 'ne sehr nette Zeit hier verleben.«

Als Mirabelle die Wohnung sah, war sie davon entzückt. Sie hielt alles, was Hannes unbestimmte Beschreibung versprochen hatte. Der darin verschwendete Luxus übertraf Mirabelles kühnste Träume. Sie bewunderte das prachtvolle Bett, den dikken blauen Teppich, die mit Seide tapezierten Wände und stand in Verzückung vor dem kleinen Baderaum mit seinem Silber, seinem gedämpften Licht und seinen Marmorwänden.

»Ich werde Ihnen eine Tasse Tee heraufschicken lassen, Liebes. Sie werden nach diesem schrecklichen Tage in der vollkommen fürchterlichen Fabrik ausruhen wollen. Ich bin neugierig, ob Sie Oberzohn ausstehen können, obwohl man mir erzählte, daß er ein ganz umgänglicher Mann sein soll.«

Sie schien Miene zu machen, gehen zu wollen, und Mirabelle hatte nicht weniger den Wunsch, allein zu sein.

»Kommen Sie herunter, wenn Sie Lust haben!« sagte Hanne zu ihr, als sie sich trennten und Hanne die Treppen hinunterlief. Sie erreichte die Vorhalle gerade rechtzeitig genug, um Mr. Newton zu begegnen, der seinem Diener Hut und Handschuhe übergab.

»Nun, ist sie da?«

»Oh, da ist sie schon«, erwiderte Hanne, die sich in Gegenwart des Dieners durchaus nicht genierte. »Aber, ist sie nicht ein bißchen dumm, Monty? Sie konnte weder Gicks noch Gacks sagen. Was für einen Plan habt ihr mit ihr?«

Er bürstete sein Haar sorgfältig vor dem Spiegel, der sich über der Kleiderablage befand.

»Plan! Von was für einem Plane redest du?« fragte er, nachdem sich der Diener entfernt hatte, und ging mit ihr ins Gesellschaftszimmer.

»Warum hat man sie hierher gebracht? Spielt sie eine Rolle in einem Stück?«

»Sei nicht dämlich!« entgegnete Monty ohne Eile, ließ sich gemächlich auf einen niedrigen Diwan fallen und holte ein seidenes Kissen hinter sich heran. »Du hast sie doch hoffentlich nicht in Angst versetzt? Oder doch?«

»*Angst.* Ich wette, sie war niemals zuvor in ihrem Leben in einem so schönen Hause. Was ist sie denn eigentlich, Monty? Tippmamsell oder so was?«

»Sie ist eine Dame«, erklärte Monty. »Das ist der Typ, der stets eine fremde Sprache für dich sprechen wird!«

Sie zuckte die Achseln.

»Ich behaupte nicht, eine Dame zu sein! Und was ich bin, dazu hast du mich gemacht«, antwortete sie, und der Vorwurf kam aus ihr mehr wie aus einem Automaten. Er hatte ihn schon früher gehört; nicht nur von ihr, sondern auch von anderen, die in einer ähnlichen Lage wie sie waren.

»Wo gehst du heute abend hin?«

Er nahm auf einmal ungewöhnliches Interesse an dem, was sie vorhatte. Sie fühlte sich geschmeichelt.

»Du weißt doch ganz genau Monty, wohin ich heute abend gehe«, entgegnete sie vorwurfsvoll. »Du hast mir doch versprochen, mich mitzunehmen! Ich glaube, du wirst wundervoll als ein Kreuzritter ... als einer von diesen ... von diesen alten Rittern in Rüstung aussehen.«

Er nickte, aber nicht zu ihrer Bemerkung.

»Ah, ich erinnere mich jetzt; natürlich ... der Künstlerball.«

Seine Überraschung war so gut gespielt, daß sich Hanne täuschen ließ.

»Daß du so was vergessen kannst! Ich gehe doch als Cinderella! Und Minnie Gray geht als Pierette ...«

»Minnie Gray geht überhaupt nicht!« entgegnete Monty, an seinem Tee nippend. »Ich habe ihr bereits telefoniert, daß aus der Sache nichts wird. Miss Leicester wird dich begleiten.«

»Aber, Monty ...!« protestierte das Mädel.

»Bitte, widersprich nicht!« befahl er. »Ich sage dir hiermit, gehe hinauf, sprich mit dem Mädchen, und bringe ihm bei, du hättest ein Billett für den Ball übrig.«

»Aber ein Kostüm, Monty ... Das Mädchen hat doch kein Phantasiekostüm. Und Minnie ...«

»Vergiß Minnie! Ja? Hörst du? Mirabelle Leicester geht heute abend zum Künstlerball!« Er klopfte auf das Teetablett, um seinen Worten mehr Nachdruck zu geben. »Du hast ein Billett übrig, und du kannst einfach nicht allein gehen, weil ich eine sehr wichtige geschäftliche Zusammenkunft habe, und weil deine Freundin dich im Stich gelassen hat. Ihre Kleidung wird in einigen Minuten hier sein! Es ist ein hellgrüner Domino mit einer hellroten Kapuze.«

»Wie überscheußlich!«

Sie vergaß über diesem Verbrechen gegen den guten Geschmack ihre eigene Enttäuschung. »Hellgrün? Kein Mensch hat einen Teint, der so was aushalten könnte!«

Noch immer ignorierte er sie.

»Du wirst Miss Leicester erklären, das Kostüm komme von einer Freundin, die durch Krankheit oder irgendeine andere Ursache verhindert sei, den Maskenball mitzumachen ... Sie wird vor Freude einen Luftsprung machen. Es ist eins der wenigen ›Ereignisse‹ im Jahr, und die Eintrittskarten werden sehr teuer verkauft.«

Sie fragte, was er meinte, und er erklärte ihr geduldig: »Es kann ja sein, daß sie Kopfschmerzen hat und den Abend still für sich zubringen möchte. Wenn sich das so verhalten sollte, kannst du ihr sagen, ich hätte eine Gesellschaft für heute abend zu mir geladen, und die sei ein wenig lebhaft. Verlangte sie etwas über mich zu wissen?«

»Nein, das tat sie nicht«, kam es rasch und bissig von ihr. »Gar nichts wollte sie wissen! Wovon es auch sei! Ich konnte sie nicht zum Sprechen bringen! Sie ist stumm wie ’ne Auster.«

Mirabelle saß am Fenster und sah auf den freien Platz hinunter, als es leise an der Tür klopfte und Johanne hereintrat.

»Ich habe eine wunderbare Neuigkeit für Sie!« begann sie.

»Für mich?« Mirabelle war überrascht.

Johanne kam quer durch das Zimmer zu ihr gelaufen und dachte, daß sie damit überraschend lebensgetreu die Rolle eines jungen, lebenslustigen Dinges spiele, das sich vor unschuldiger Freude nicht zu lassen wisse.

»Ich habe ein Extrabillett für den Künstlerball heute abend. Man verkauft sie zu einem . . . sie sind sehr kostspielig. Sind Sie aber ein glückliches Mädel!«

»Ich?« fragte Mirabelle überrascht. »Warum soll ich ein glückliches Mädel sein?«

Hanne erhob sich vom Bett und zog sich schmollend einige Schritte von ihr zurück.

»Sie müssen mit mir kommen! Wenn Sie nicht kommen, werde ich selbst auch nicht gehen dürfen. Lady Mary und ich sollten eigentlich ursprünglich gehen, und nun ist sie krank.«

Mirabelle war noch betroffener.

»Aber ich kann nicht gehen; ganz gewiß nicht. Es ist ein Kostümfest, nicht wahr? Ich habe doch darüber in den Zeitungen gelesen. Und ich bin zu übermüdet heute abend.«

Wenn Johanne schmollte, sah sie ganz reizend aus.

»Meine Teure, wenn Sie sich eine Stunde hinlegten, wären Sie imstande, zu gehen. Außerdem, hier könnten Sie doch nicht so bald am Abend einschlafen. Monty hat eine seiner Herrengesellschaften hierher geladen, und das ist ’ne recht lärmende

Bande, obwohl durch und durch ehrbare Leute«, fügte sie hastig hinzu.

Die arme Johanne hatte eine Aufgabe, die über ihren Horizont hinausging.

»Ich möchte ja ganz gern gehen«, sagte Mirabelle versöhnlich, »wenn ich ein Kostüm bekommen könnte ...«

»Oh, das habe ich!« rief das Mädchen schnell und lief aus dem Zimmer.

Sie kam bald zurück und warf einen Domino auf das Bett.

»Es sieht nicht gerade hübsch aus, aber es hat den Vorteil, daß man unten drunter fast alles tragen kann, was man will.«

»Um welche Zeit beginnt der Ball?« Mirabelle überlegte sich, daß sie nicht abgeneigt sei, daran teilzunehmen; ein Kostümball war etwas gänzlich Neues für sie.

»Um zehn Uhr!« antwortete Johanne. »Wir können zu Abend essen, ehe Montys Freunde ankommen. Sie möchten natürlich Monty sehen, nicht wahr? Er ist unten. Er ist ein *solcher* Gentleman, Liebes.«

Mirabelle hätte am liebsten laut aufgelacht.

Ein wenig später wurde sie dem fürchterlichen Monty vorgestellt, und sie empfand seine leise und gefällige Art als eine Wohltat, gegenüber den krampfhaften Bemühungen Johannens, unterhaltsam zu sein.

Monty war fast in allen Teilen der Welt gewesen und konnte ganz nett über sie alle plaudern.

Das Mahl gab ihr ihre Sicherheit wieder. Monty war ein Weltmann, galant bis zum äußersten; er sprach weder etwas aus, noch deutete er etwas an, das Mirabelle hätte verletzen können. Sie hatten das Souper halb hinter sich, als der Ruf eines Zeitungsjungen auf der Straße hörbar wurde. Durch das Fenster des Eßzimmers sah sie den Diener auf die Straße gehen und eine Zeitung kaufen. Er warf einen Blick auf die Überschrift und kam langsam zurück und die Stufen herauf, während er las. Eine kleine Weile später kam er ins Zimmer und mußte ihrem Gastgeber ein Zeichen gegeben haben, denn Monty ging sofort hinaus, und sie hörten ihre Stimmen im Gange. Johanne wurde unruhig.

»Ich bin neugierig, was da los ist«, meinte sie ein bißchen nervös. »Es zeugt von sehr schlechten Manieren, Damen während des Essens zu verlassen ...«

In diesem Augenblick kam Monty zurück. Bildete sie sich das

nur ein, oder war er wirklich blaß? Johanne sah es, und ihre Augenbrauen zogen sich zusammen; aber sie war zu gescheit, um eine Bemerkung wegen seines Aussehens zu machen. Mr. Newton setzte sich mit einem Wort der Entschuldigung auf seinen Platz und schenkte sich ein Glas Champagner ein. Nur eine Sekunde lang zitterte seine Hand, dann war er wieder seiner sicher.

»Was ist passiert, Monty?«

»Passiert? Nichts, Liebling!« antwortete er kurz und nahm das Gespräch dort wieder auf, wo er es abgebrochen hatte, als er das Zimmer verließ.

»Es ist doch nicht die vertrackte Schlange, wie?« fragte Johanne, während sie ein Schauer überlief. »Gott, das bringt meine Nerven völlig außer Rand und Band. Ich gehe keine Nacht zu Bett, ohne unter das Bett zu sehen oder die Kleider von unterst zuoberst zu kehren. Man hätte sie längst finden müssen, wenn die Polizei ...«

In diesem Augenblicke sah sie Monty Newtons Augen auf sich gerichtet; mit einem kalten, drohenden, bösartigen Blick, so daß ihr der Rest ihrer Worte auf der Zunge starb.

Mirabelle ging hinauf, um sich umzukleiden, und Johanne wäre ihr gefolgt, aber der Mann befahl ihr, dazubleiben.

»Du bist ein wenig zu geschwätzig, Johanne«, sagte er sanfter, als sie erwartet hatte. »Die Schlange ist kein Gesprächsgegenstand, über den wir uns beim Diner zu unterhalten wünschen. Und ... hör mal!« Er ging auf den Gang hinaus, sah sich überall um, kam zurück und schloß die Tür. »Halte das Mädel in deiner Nähe!«

»Wer soll dann mit mir tanzen?« fragte sie heftig. »Das sieht mir aus, als ob ich eine höllisch tolle Nacht haben sollte.«

»Benton wird sich um euch kümmern und einer von der ›Alten Garde‹ ...«

Er sah ihren erschrockenen Blick und kicherte.

»Was ist denn los, du Närrin?« fragte er gut gelaunt. »Er wird mit dem Mädel tanzen.«

»Ich wünschte, die Kerle wären nicht dort«, antwortete sie unruhig, aber er fuhr fort, ohne weiter darauf zu achten.

»Ich werde um halb zwölf dort ankommen. Am besten ist es, du erwartest mich am Eingang bei der amerikanischen Bar. Meine Freunde sind nicht gekommen, verstehst du? Ihr werdet um Mitternacht wieder hier sein.«

»So zeitig?« fragte sie niedergeschlagen. »Warum das? Es endet noch nicht, bis ...«

»Ihr werdet um Mitternacht zurück sein!« entgegnete er ruhig. »Geh in ihr Zimmer und schaffe alles beiseite, was sie zurückgelassen haben könnte! Verstehst du? Nichts darf zurückbleiben!«

»Aber wenn sie zurückkommt, wird sie ...«

»Sie wird nicht zurückkehren!« sagte Monty Newton.

Das Mädchen überlief ein kalter Schauer.

7

Monty öffnete sein Zimmer, schaltete das Licht an, hatte die Tür hinter sich geschlossen und war auf halbem Wege zu seinem Toilettentisch, als sich ein Arm wie Stahl um seine Kehle schloß, er sich plötzlich rückwärts auf den Boden geworfen fühlte und in das undurchdringliche Gesicht Leons sah.

»Einen Laut, und Sie sterben!« flüsterte eine Stimme in sein Ohr.

Newton lag regungslos.

»Dafür werde ich's Ihnen besorgen!« stammelte er.

Der andere schüttelte seinen Kopf. »Ich glaube nicht ... wenn Sie mit ›besorgen‹ meinen, daß Sie mich bei der Polizei anschwärzen wollen. Ich habe Sie eine ziemlich geraume Zeitlang im Auge behalten, Monty Newton. Und Sie werden erstaunt sein, wenn Sie vernehmen, daß ich Ihrem Hause mehrere Besuche abgestattet habe. Hinter diesem Vorhang« – Gonsalez nickte nach der Ecke des Zimmers zu – »befindet sich eine kleine in der Wand eingemauerte Kassette. Wollen Sie mir glauben, daß ich deren Tür geöffnet habe und von jedem der in ihr enthaltenen Dokumente eine Fotografie habe machen lassen?« Er schnappte ein Paar Aluminiumhandschellen von sonderbarer Machart um Montys Handknöchel und sah einen Ausdruck des Schreckens in Montys Augen aufleuchten. So schwer Monty auch war, Gonsalez hob ihn fast mühelos auf, warf ihn auf das Bett, verschloß die Tür, ging daran, erst die Knöchel seines Gefangenen zu knebeln und ihm dann gemächlich die Schuhe auszuziehen.

»Was machen Sie da?« fragte Monty erschrocken.

»Ich beabsichtige, herauszubekommen, wohin man Miss Leicester gebracht hat«, antwortete Gonsalez, der einen der Schuhe ausgezogen, eine der seidenen Socken abgestreift hatte und nun den bloßen Fuß des Mannes prüfend betrachtete.

»Die gewöhnlichen und streng gesetzmäßigen Untersuchungen nehmen Zeit in Anspruch und versagen schließlich ... Und zum Unglück für Sie habe ich keine Minute übrig.«

»Ich sage Ihnen, sie ist nach Hause gegangen.«

Leon antwortete nicht. Er zog eine Schublade des Sekretärs auf, suchte eine Zeitlang und fand anscheinend, was er gesucht hatte: eine dünne seidene Schärpe. Trotz des Widerstandes des auf dem Bett liegenden Mannes befestigte er sie um Montys Mund.

»In Mossamedes ...«, begann er, »in Mossamedes bemächtigten sich Ihre Freunde eines Mannes namens Barberton, den sie später ermordeten, und versuchten, ihn zum Sprechen zu bringen, indem sie ihm die Füße verbrannten. Er war ein Held. Nun will ich einmal sehen, wie heldenhaft *Sie* sind.«

»Um Gottes willen, tun Sie das nicht!« bat Newtons erstickte Stimme.

Gonsalez hatte ein flaches Metallkästchen aus der Tasche geholt, und der Gefangene beobachtete ihn mit gespanntem Ausdruck, als Gonsalez den Deckel abnahm und einen Zigarrenanzünder dicht an der geschwärzten Oberfläche des Kästchens zum Brennen brachte. Ein blaues Flämmchen entstand und flakkerte im Luftzug hin und her.

»Die Polizei ist eine ganz ausgezeichnete Einrichtung«, sagte Leon. Er hatte einen silbernen Schuhanzieher auf dem Tisch gefunden und erhitzte ihn gemächlich über der Flamme, indem er das sich rasch erhitzende Werkzeug mit einem seidenen Taschentuch festhielt. »Aber wenn man es mit Verbrechen zu tun hat, die mit Gewalttätigkeit verbunden sind, bringen moralische Überredung und sanfte Behandlung unglücklicherweise im Busen unserer Gegner nichts Schmerzhafteres hervor als eine Empfindung vergnügter und lächerlicher Verachtung. Die Engländer, die einen Gott aus dem Gesetze machen, hörten damit auf, die Meuchelmörder einzusperren, und ließen sie anstatt dessen durchpeitschen. Und siehe da, es gibt nur noch wenige Meuchelmörder. Als die russischen Banditen nach London kamen, taten die Behörden das einzig Richtige ... sie hielten die Polizei zurück und ließen Artillerie auffahren, da sie einzig und allein das Bestreben hatten, die Banditen zu töten um jeden Preis. Gewalt fürchtet Gewalt. Der Revolverheld lebt in der Furcht vor der Schußwaffe. Was ich noch sagen wollte ... Ich habe gehört, die ›Alte Garde‹ ist wieder vollzählig auf dem Damm?«

Wenn Leon aus diesem Loche pfiff, konnte er stundenlang fortfahren.

»Ich verstehe nicht, was Sie wollen«, murmelte Monty.

»Sie wollen nicht ...« Der Eindringling hob den schwarzen, berußten, rauchenden Schuhanzieher in die Höhe und brachte ihn seinem Gesicht so nahe, als sich das ungestraft tun ließ.

»Ja, ich denke, das wird genügen«, meinte er und kam langsam auf das Bett zu.

Der Mann auf dem Bett zog seine Füße in Vorahnung des Schmerzes in die Höhe, aber eine lange Hand packte ihn an den Knöcheln und zog sie wieder gerade.

»Sie sind zum Ball der Künste gegangen.«

Sogar durch das Tuch hindurch klang die Stimme heiser.

»Zum Ball der Künste?« Gonsalez sah auf ihn herunter und entfernte den Knebel, nachdem er den Schuhlöffel in den Kamin geworfen hatte.

»Warum sind sie auf den Ball der Künste gegangen?«

»Ich wollte sie heute nacht aus dem Wege haben.«

»Ist ... Ist Oberzohn vielleicht auf dem Ball?«

»Oberzohn?« Des Mannes Lachen klang beinahe hysterisch.

»Oder Gurther?«

Diesmal lachte Mr. Newton nicht.

»Ich verstehe nicht, was Sie meinen«, sagte er.

»Damit werden wir uns später eingehender beschäftigen«, entgegnete Leon obenhin und zog den Knoten des Taschentuchs auf, das die Knöchel zusammengeschnürt hatte. »Sie können jetzt aufstehen. Um welche Zeit erwarten Sie sie zurück?«

»Ich weiß nicht. Ich sagte Johanne, sich nicht zu beeilen, da ich jemanden hier erwartete.«

Das klang glaubhaft. Leon entsann sich, daß der Ball der Künste eine Art Kostümfest sei und daß damit ein Grund für das Fortgehen durch die Wirtschaftsgebäude, anstatt durch die Vordertür des Gebäudes, gegeben war. Und als ob er Leons Gedanken gelesen hätte, sagte Newton in diesem Augenblick: »Miss Leicester kam auf die Idee, hinten hinauszugehen. Sie war etwas befangen ... sie trug einen Domino.«

»Farbe?«

»Grün mit einer rötlichen Kapuze.«

Leon streifte ihn mit einem schnellen Blick.

»Ziemlich auffällig. Der Zweck?«

»Zweck? Den weiß ich eigentlich nicht«, knurrte Newton; er saß dabei auf dem Bettrand und zog eine Socke an. »Aber ich weiß so viel, Gonsalez«, bemerkte er, unter einem Ausbruch von Ärger, der halb Furcht war, »daß es Ihnen leid tun wird, mich so behandelt zu haben.«

Leon ging zur Tür und schloß das Schloß auf.

»Wenn es Ihnen nur nicht einmal leid tut, daß ich Sie nicht getötet habe!« antwortete er und war fort.

Monty Newton wartete, bis er von seinem geöffneten Fenster aus die schlanke Gestalt den Bürgersteig entlang um die Ecke verschwinden sah. Dann eilte er hinunter, um New-Cross 93 anzurufen.

8

In einem Dreieck, das von Eisenbahnlinien und dem dunklen Surrey-Kanal gebildet wurde, standen die öden Ruinen eines Lagerhauses, in dem einmal die der Oberzohn & Smitts-Compagnie gehörigen Waren untergebracht waren.

Ein darüber hinwegsegelnder Zeppelin hatte eine Bombe fallen lassen und ein großes, häßliches Loch ins Dach gerissen. Die darauffolgende Feuersbrunst hatte die eisernen Fensterrahmen verbogen und gespaltet zurückgelassen. Das Dach war wie durch ein Wunder unberührt geblieben, mit Ausnahme der schwarzen Ränder um das Granatloch herum, durch das die Flammen bis zu einer Höhe von hundert Fuß emporloderten.

In der Mitte des Dreiecks befand sich eine Backsteinvilla; noch häßlicher als die Fabrik selbst, da ihr die unauslöschbare Größe von Tragödie und Pathos fehlte, die jedem ausgebrannten Gebäude anhaftet, wie häßlich dieses auch immer in seiner Glanzzeit gewesen sein mag.

Die Villa war nach einem in Oberzohns Besitz befindlichen Plane gebaut worden und war die genaue Wiedergabe seines Geburtshauses in Schweden.

Es hatte hohe, gegabelte Verzierungen, ganz unregelmäßig verteilt, und an Stellen, wo man sie gar nicht erwartet hätte. Das Dach war mit grauen Ziegeln gedeckt. In der sonderbar aussehenden Tür befanden sich Glaspaneele, und gußeiserne Kraniche und Hunde säumten den schmalen Fußweg durch die üppig wuchernden Nesseln.

Hier hauste Oberzohn in Einsamkeit, aber nicht allein. Denn zwei Männer wohnten in diesem Hause, außerdem eine dicke schwedische Köchin und ein sehr unansehnliches Dienstmädchen; ein Mädchen mit ausdrucksleerem Gesicht, das von Sonnenaufgang bis Mitternacht arbeitete, ohne zu murren, das selten sprach und niemals lächelte. Die beiden Männer befanden sich um die Dreißig herum. Sie bewohnten das Turmzimmer an jedem Ende des Gebäudes und hatten wenig gemeinschaftliche Interessen. Manchmal spielten sie Karten zusammen, mit einem alten, fettigen Spiel. Aber keiner von ihnen sprach mehr als unbedingt notwendig. Es waren magere, hohlgesichtige Kerle mit einer gewissen Ähnlichkeit der Physiognomie. Beide hatten dünne, gerade Lippen, beide hatten runde, hervorstehende dunkle Augen, die von einer lebhaften, aber erschreckenden Neugier erfüllt zu sein schienen.

»Sie sehen aus«, berichtete Gonsalez, der das Terrain sondieren ging, »als ob sie beobachteten, wie Schweine geschlachtet werden, und als ob sie jede Minute dieses Schauspiels mit vollen Zügen genössen. Iwan Pfeiffer der eine, Sven Gurther der andere. Beide entschlüpften in Deutschland dem Henker; über beide war das Todesurteil gefällt. Erbarmungslos beide, wie Wölfe. Entmenscht.«

Die »Drei« setzten, wie gewöhnlich, die Gesetzmaschine in Bewegung und fanden, daß die Hände der Polizei gebunden waren. Nur wenn das Gesetz gedehnt wurde, konnten die Leute des Landes verwiesen werden, und das Gesetz zu dehnen ist eine schwierige Sache. Allem Anschein nach boten sie dazu nach keiner Richtung eine Handhabe. Einmal führte eine Frau, selbst nicht die wünschenswerteste aller Bürgerinnen, Klage gegen einen von ihnen. Eine Untersuchung folgte, aber Beweise konnten nicht erbracht werden; der Charakter des Klägers selbst schloß eine Verurteilung aus, und der Fall wurde fallengelassen – von der Polizei.

Jemand anderes war schnell bei der Hand.

Eines Morgens, kurz vor Tagesanbruch, hörte ein den Schlepperweg am Kanal entlang patrouillierender Polizist ein bissiges Knurren. Er sah sich nach dem Hunde um. Anstatt des Hundes fand er auf einem dieser engen Zugänge, die zum Kanalufer führten, einen Mann. Er war an der Einzäunung aus starken Bohlen gefesselt, und sein nackter Rücken zeigte die Spuren einer Peitsche. Jemand hatte ihn während der Nacht festgehalten, als er das Flußufer auf der Suche nach Vergnügen unsicher gemacht hatte, hatte ihn geknebelt und gepeitscht. Fünfundzwanzig Hiebe! Ein Fachmann meinte, das Strafinstrument sei die behördlich gebrauchte neunschwänzige Katze gewesen.

Scotland Yard, neugierig und argwöhnisch, holte sich die ›Drei Gerechten‹ heran. Aber die konnten mit unanfechtbaren Alibis dienen. So blieb Sven Gurther ungerächt – aber er hielt sich danach vom Schlepperweg fern.

In Oberzohns Hause gab es Zimmer, die nur dieser selbst besuchte. Das dänische Dienstmädchen hatte sich der Köchin gegenüber beklagt, daß ein Strom warmer, verpesteter Luft aus einem der Zimmer herausgeströmt sei, und sie eine Stunde lang habe husten müssen, als sie daran vorüberkam und Dr. Oberzohn gerade heraustrat. Da war noch ein anderes Zimmer, in dem der Doktor ein wahres Ragout von Apparaten aufgestellt hatte: Galvanisiermaschinen, elektrische Maschinen, älter und mehr gebraucht als jene, die Mirabelle während ihres kurzen Aufenthaltes in der Stadt gesehen hatte, ferner eine Maschine für flüssige Luft, nicht von der modernsten Konstruktion, aber in gebrauchsfähigem Zustand.

Oberzohn war, sonderbar genug, kein Doktor der medizinischen Fakultät, nicht einmal Doktor der Chemie. Es war Doktor der Philosophie und der Rechte. Diese Experimente hier gehörten zu seinen Steckenpferden – Steckenpferde, die er seit seiner Kindheit geritten hatte.

Eines Abends saß er in seinem dumpfen Wohnzimmer, las in einem enggedruckten und bis ins kleinste durchgearbeiteten Band eines deutschen Philosophen und dachte dabei an etwas anderes. Obwohl die Sonne eben untergegangen war, waren Gardinen und Vorhänge zugezogen; ein Holzfeuer knisterte im Kamin, und das helle Licht dreier großer Birnen verbreitete einen Strahlenkreis.

Ein Telefonanruf unterbrach die Stille.

Oberzohn hörte und knurrte eine Entgegnung.

»So!« sagte er schließlich und redete ein Dutzend Worte in seinem fremdklingenden Englisch.

Er legte sein Buch beiseite, humpelte in seinen Plüschpantoffeln quer durch das Zimmer und drückte zweimal auf einen Klingelknopf neben dem Kamin.

Gurther kam lautlos herein und wartete.

Er war schmierig, unrasiert. Sein spitzes Kinn und die kurze Oberlippe waren blau von Bartstoppeln. Sein Hemd, das aus seiner Weste quoll, war schmutzig und fast schwarz an den Rändern. Er stand stramm, ein leeres Lächeln in seinen Augen, die sich auf einen Punkt über dem Kopf des Doktors richteten.

Dr. Oberzohn erhob seine Augen von seinem Buche.

»Ich wünsche, daß Sie heute abend einen Gentleman aus einem dieser Klubs vorstellen.«

Er sprach in jenem harten norddeutschen Dialekt, den sich Schweden so schnell aneignen.

»Ja, Herr Doktor.«

Gurther verschwand.

Dr. Oberzohn haßte aus irgendeinem Grunde die Deutschen. Das gleiche taten auch Gurther und Pfeiffer; Pfeiffer war polnischer Abstammung und Russe von Geburt. Gurther haßte die Deutschen, weil sie das kleine Gefängnis in Altdorf stürmten, um ihn zu lynchen, nachdem die Polizeihunde Frau Siedlitz' Körper gefunden hatten. Er wäre damals mit dem Leben nicht davongekommen, wenn die grüne Polizei nicht gewesen wäre, die einen Kommunistenaufstand witterte, die Menge zerstreute und Gurther zu Fuß und unter Bedeckung nach der nächsten großen Stadt schickte. Die zwei Polizisten, die ihn begleiteten, sah man niemals wieder. Gurther erschien zwei Jahre später auf geheimnisvolle Weise in England; er hatte einen richtig ausgestellten Paß. Nichts verriet, daß er Gurther war.

Aber Leon wußte es, Manfred wußte es, und Poiccart wußte es.

Seiner Auspeitschung war eine gewisse Unschlüssigkeit vorangegangen.

»Es würde das einfachste sein, wir halten seinen Kopf so lange unter Wasser, bis er ertrunken ist«, sagte damals Leon.

Sie besprachen seinerzeit diesen Punkt, entschieden sich aber nicht aus einem sentimentalen oder moralischen Beweggrunde, sondern nur aus Dienlichkeitsgründen dagegen.

Gurther erhielt seine Peitschenstrafe und erfuhr niemals, wie nahe er dem schwarzen und schmierigen Kanalwasser gewesen war.

Dr. Oberzohn nahm sein Buch wieder auf – ein fesselndes

Buch, das von der menschlichen Seele, von der Unsterblichkeit und von der Zeit handelte.

Er war gerade mitten bei einer Analyse des Begriffes Ewigkeit, als Gurther wieder erschien; er war nach ›Klub-Gentleman-Art‹ gekleidet. Sein Gehrock saß tadellos; Hemd und Weste hatten genau den richtigen Schnitt. Das schneeweiße Oberhemd, die Beinkleider mit Bügelfalte, die Krawatte und der Kragen ...

»Sehr gut!«

Dr. Oberzohns Blick glitt langsam prüfend über die Gestalt. »Aber die Hemdenknöpfe müßten Perlen sein und nicht Perlmutter. Und die Uhrkette ist aus der Mode ... man trägt keine. Ein Klub-Gentleman gestattet sich keinen sichtbaren Schmuck. Und dann meine ich, ein Schnurrbart ...«

»Jawohl, Herr Doktor!«

Gurther, der früher Schauspieler gewesen war, verschwand. Als er wiederkam, waren die Perlmutterknöpfe weg, an ihrer Statt trug er jetzt kleine Perlen, und auf seiner weißen Weste fehlte die Uhrkette. Auf seiner Oberlippe war ein kleiner brauner Schnurrbart hervorgesproßt, so natürlich, daß selbst Oberzohn, der ihn einer sehr kritischen Prüfung unterwarf, nichts daran auszusetzen hatte.

Der Doktor zog eine Brieftasche und holte daraus drei knisternde Banknoten.

»Ihre Hände, bitte?«

Gurther näherte sich drei Schritte, stand still, schlug mit den Hacken zusammen und hielt seine Hände zur Begutachtung hin.

»Gut! Sie kennen Leon Gonsalez? Er wird auf dem Ball der Künste sein. Er trägt kein Phantasiekostüm. Er war der Mann, der Sie gepeitscht hat.«

»Er war der Mann, der mich gepeitscht hat«, wiederholte Gurther ohne Erregung.

Schweigen. Dr. Oberzohn warf seine Lippen auf. »Benton wird Ihnen Anweisung geben ...! Sie – haben es nur mit Gonsalez zu tun.«

Gurther verbeugte sich unbeholfen.

»Ich habe um diesen Auftrag gefleht«, erwiderte er, verbeugte sich nochmals und zog sich zurück. Später hörte Oberzohn das Summen des kleinen Autos, als es über das Gras auf die Straße hinausglitt.

Er nahm sein Buch wieder auf.

Dieses Kapitel über die Ewigkeit war ungemein fesselnd.

Der Ball der Künste in der ›Korinthischen Halle‹ war eins der Ereignisse der Saison, und die Eintrittskarten, die nur die Mitglieder dreier Klubs erhielten, wurden eifrigst von Leuten der Gesellschaft gesucht, die nicht im entferntesten etwas mit irgendeiner Kunst zu tun hatten, außer mit der Kunst, sich das Leben angenehm zu machen.

Als Mirabelle in die überfüllte Halle trat, sah sie sich verwundert um. Die Balkons, ihre Konturen umrissen von gedämpften Lichtern und halb in Blumen verborgen, waren zu Logen umgewandelt worden. Die Decke war mit blauem und goldenem Band drapiert. An einem Ende der großen Halle befand sich eine richtige Laube von Rosen, hinter der eine der zwei Musikkapellen spielte. Masken in jeder erdenklichen Vermummung tanzten rhythmisch über das Parkett. Für den Blasierten bestand wenig Unterschied zwischen den Indianern, den Pierrots und den Rittern, die sich hier zeigten, und jenen, die sie hundertmal in hundert anderen Ballsälen gesehen hatten.

Als sich das junge Mädchen in Verwunderung und Entzücken umsah und alle bösen Ahnungen vergessen hatte, traten zwei Herren, der eine im Gesellschaftsanzug, der andere im Kostüm eines Briganten, unter dem Schatten eines der Balkone hervor und auf sie zu.

»Hier sind unsere Begleiter!« sagte Johanne mit plötzlicher Lebhaftigkeit. »Mirabelle, gestatten Sie mir, Sie mit Lord Evington bekannt zu machen.«

Der Mann im Gesellschaftsanzug strich seinen kleinen Schnurrbart und verneigte sich steif. Er hatte ein hageres, ein wenig bleiches, ernst dreinsehendes Gesicht. Seine runden, dunklen Augen betrachteten sie eine Sekunde lang, und dann: »Ich freue mich, Ihre Bekanntschaft gemacht zu haben, Miss Leicester«, bemerkte er mit einer hohen, scharfen Stimme, die gerade die Spur eines fremden Akzents an sich hatte.

Das überraschte das junge Mädchen in gleicher Weise wie der kalte Kuß, den er auf ihre Hand drückte; und als ob er ihre Gedanken gelesen hatte, fuhr er schnell fort: »Ich habe so lange draußen im Auslande gelebt, daß mir England und englische Sitten ganz fremd geworden sind. Möchten Sie nicht tanzen? Und wollen Sie sich nicht lieber maskieren? Ich muß meines

Anzugs halber um Entschuldigung bitten, aber ein Galaanzug war nicht zulässig.«

Sie band sich die rote Maske vor, und eine Sekunde später glitt sie durch die Menge und war im Augenblick den Blicken entschwunden.

9

Die Musikkapelle hatte zu spielen aufgehört. Besonders eifrige Tänzer klatschten in die Hände, und fast noch, ehe das Händeklatschen eingesetzt hatte, begann die zweite Kapelle den ›Kulloo‹ zu spielen.

Mirabelle war es nicht besonders wohl zumute. Ihr Kavalier war der korrekteste aller Tänzer, aber ihnen fehlte jener innere Kontakt, jene Interesseneinheit, die immer den ganzen Unterschied zwischen einem gut und einem schlecht zusammenpassenden Paare ausmachen.

»Wollen wir uns nicht setzen?« bat sie. »Mir ist heiß.«

»Möchte das gnädige Fräulein nicht in die kleine Halle kommen?« fragte er. »Es ist kühler dort, und die Stühle dort sind sehr bequem.«

Sie sah ihn verwundert an.

»›Gnädiges Fräulein‹ ist doch ein deutscher Ausdruck ... Warum bedienen Sie sich dessen, Lord Evington?«

»Ich lebte viele Jahre in Deutschland«, meinte Mr. Gurther.

Am Ende des Saales, verborgen durch die Blumendekoration des Podiums, befand sich eine Tür, die zu einem kleineren Zimmer führte; dieses Zimmer war für gewöhnlich von der großen Halle durch Flügeltüren getrennt, die selten geöffnet wurden. Heute nacht sollte das Anhängsel als Wintergarten dienen.

Gurther stand mit einladender Geste am Eingang einer kleinen Grotte, die durch eine einzige chinesische Laterne kümmerlich erleuchtet war.

»Ich möchte lieber draußen sitzen«, sagte Mirabelle und zog einen Stuhl aus der Grotte.

»Entschuldigen Sie bitte!«

Sofort war er an ihrer Seite, der Stuhl aufgestellt und ein Kissen gefunden.

Mirabelle ließ sich mit einem Seufzer der Erholung in den Stuhl fallen. Es war noch zu früh für Tanzmüde. Als Mirabelle sich umsah, bemerkte sie, daß sie, außer einem einsamen Kellner, allein waren.

»Nehmen Sie Wein ...? Nein! Orangenlimonade? Gut!«

Gurther rief den Kellner heran und gab seinen Auftrag.

»Sie müssen mich entschuldigen, wenn ich ein wenig fremd bin. Ich habe lange Jahre in Deutschland gelebt – außer während des Krieges, da war ich in Frankreich.«

Es war richtig, Mr. Gurther war viele Jahre lang in Deutschland gewesen, aber niemals in Frankreich. Ebensowenig hatte er einen einzigen Schuß während des ganzen Krieges knallen hören.

»Sie leben auf dem Lande, natürlich?« fragte er sie.

»Nein. In London. Ich arbeite bei Mr. Oberzohn.«

»So! Guter Kerl! Gentleman!«

Sie hatte keinen allzu guten Eindruck von dem Doktor erhalten, aber sie hörte mit Genugtuung, daß ein Fremder mit solcher Herzlichkeit von ihrem neuen Chef sprach.

In diesem Augenblick weilte sie mit ihren Gedanken auf Heavytree-Farm. Etwas würgte sie in ihrer Kehle. Sie fühlte sich sehr weit von Hause und sehr verlassen. Am liebsten wäre sie aufgesprungen und zu Hanne hingelaufen, um ihr zu sagen, sie habe ihren Entschluß geändert und müsse noch in dieser Nacht nach Gloucester zurückkehren ... Ungeduldig wartete sie auf die Rückkehr des Kellners.

Mr. Gurther spielte mit einigen Strohhalmen, die er dem Glasbehälter auf der Mitte des Tisches entnommen hatte. Das eine Ende der Strohhalme war oberhalb des Tischrandes sichtbar, das andere Ende der Strohhalme war tief in eine weithalsige kleine Flasche getaucht, die Gurther in der Hand hielt.

Die hohlen Halme enthielten ein Zoll tief das rote Pulver, mit dem die Flasche gefüllt war.

»Entschuldigen Sie, bitte!«

Der Kellner stellte die beiden Gläser mit Limonade auf den Tisch. Mirabelles Augen waren sehnsüchtig auf die kleine Tür im Hintergrund des Zimmers gerichtet. Diese ging auf die Straße hinaus, und dort standen Autodroschken, die sie innerhalb zehn Minuten nach Paddington-Station bringen konnten.

Als sie ihren Blick wieder ihrem Begleiter zuwandte, rührte dieser den bernsteingelben Inhalt ihres Glases mit einem Löffel um. Zwei Strohhalme ragten einladend aus der schäumenden

Limonade. Mirabelle lächelte und erhob ihr Glas, als er eine Zigarette in seine lange schwarze Zigarettenspitze steckte.

»Darf ich rauchen . . .?«

Das erste, was sie durch die Strohhalme schmeckte, war etwas außerordentlich Bitteres. Sie zog ein schiefes Gesicht und stellte das Glas hin.

»Scheußlich!«

»Hat es schlecht geschmeckt . . .?« fragte er.

»Es schmeckte ganz fürchterlich . . .«

»Wollen Sie bitte das meinige versuchen?« Er bot ihr sein Glas, und sie trank.

»Es muß etwas in den Strohhalmen gewesen sein.« Damit sagte er die Wahrheit.

»Es war . . .«

Das Zimmer drehte sich vor ihr, der Fußboden hob und senkte sich wie das Deck eines Schiffes bei stürmischer See. Sie stand auf, schwankte und packte ihn am Arm.

»Öffnen Sie die kleine Tür, Kellner, bitte! . . . Die Dame ist ohnmächtig.«

Der Kellner riß die Tür auf.

Ein Mann stand dort – gerade außerhalb der Tür. Über seinem Gesellschaftsanzug trug er einen langen spanischen Mantel.

Gurther starrte ihn an, die Zigarette noch ohne Feuer, mit halb amüsiertem, halb niedergeschlagenem Ausdruck. Er rührte keine Hand.

Gonsalez wartete dort . . . der Tod grinste ihn an . . . Und dann wurde der Raum pechschwarz dunkel. Jemand hatte die Lichtleitung unterbrochen.

10

Fünf, zehn Minuten vergingen, ehe der Eigentümer des Ballhauses auf seinem Weg nach dem kleinen Zimmer strauchelte, stolperte und fluchte. Er stieß gegen die gemieteten Blumen und arbeitete sich durch die Trümmer von Blumentöpfen und Haufen verstreuter Erde zum Schalter. Eine Sekunde darauf waren die Räume wieder glänzend erleuchtet.

Der Geschäftsführer des Ballhauses kam in den Wintergarten gerast.

»Was war denn los? Die Sicherung durchgebrannt?«

»Nein«, antwortete der Besitzer verdrießlich, »irgendein Narr hat aus Übermut ausgeschaltet.«

Der Kellner protestierte aufgeregt, niemand sei dem Schalter zu nahe gekommen.

»Da war ein Herr und eine Dame hier und ein zweiter Gentleman draußen.«

Er wies auf die offene Tür.

»Wo sind sie hin?«

»Ich weiß nicht. Die Dame war ohnmächtig«, entgegnete der Kellner.

Die drei waren verschwunden, als der Geschäftsführer in einen kleinen Hof hinausging, der an der Ecke des Gebäudes in eine Nebenstraße mündete. Dann kam er von seiner Inspektionsreise zurück.

»Jemand hat das vom Hofe aus getan. Dort befindet sich ein offenes Fenster, von dem aus man den Schalter leicht erreichen kann.«

Das Fenster wurde geschlossen.

»Im Hofe befindet sich weder eine Dame noch ein Herr«, sagte der Geschäftsführer zum Kellner. »Sind Sie sicher, daß sie nicht in den großen Saal gegangen sind?«

»Im Dunkeln . . . vielleicht.«

Des Kellners Aufgeregtheit war begreiflich. Mr. Gurther hatte ihm eine Fünfpfundnote gegeben, und der Kellner hatte ihm das Geld noch nicht zurückgegegeben. Und er würde auch wohl niemals zurückkehren, um es zu beanspruchen, wenn alles, was seine scharfen Ohren aufgefangen hatten, wahr war.

Vier Männer erschienen im Wintergarten; einer schloß die Tür und blieb daran stehen. Die drei anderen waren vom Geschäftsführer begleitet, der Philips, den Kellner, rief.

»Dieser Mann hat sie bedient«, erklärte der Geschäftsführer verstört.

»Wie sah der Herr aus?«

Philips gab eine kurze und nicht unzutreffende Beschreibung.

»Ich glaube, Herr Fluen, das ist Ihr Mann!«

»Der dritte der Gesellschaft war bärtig und dick. Er trug einen Derbyhut zum Gesellschaftsanzug.«

»Das ist Gurther!« Er nickte. »Es wird mir großes Vergnügen bereiten, mit ihm zusammenzutreffen. Acht Monate lang hat sich die Botschaft um seine Auslieferung bemüht. Aber unsere Leute zu Hause ...«

Er zuckte die Achseln. Alle richtig beschaffenen Beamten verhalten sich in solcher Weise, wenn sie von ihrer Regierung sprechen.

»Und die Dame, sagen Sie ...« – Inspektor Meadows war offensichtlich beunruhigt. – »Sie war ohnmächtig, sagten Sie? Hat sie irgend etwas getrunken?«

»Orangenlimonade ... Hier ist das Glas. Sie sagte, es befände sich etwas Häßliches in den Strohhalmen. Hier, die sind es!«

Philips reichte sie dem Detektiv. Dieser netzte seinen Finger an den Halmen, führte ihn an die Zunge und spuckte schnell aus.

Gonsalez natürlich. Aber wohin war er gegangen? Und wie? Mit einem ohnmächtigen Mädchen in seinen Armen und diesem Schlangenbastard? Gurther war außerordentlich schnell beim Zupacken und ein grausamer kalter Mann.

»Als das Licht ausging ...«, begann der Kellner, und die Unruhe schwand aus Mr. Meadows Gesicht.

»Natürlich ... Ich hatte das vergessen«, äußerte Meadows leise. »Das Licht ging aus.«

Den ganzen Weg nach Scotland Yard zurück versuchte Meadows, etwas aus seinem Unterbewußtsein an die Oberfläche zu bringen. Etwas, was dort quälend an der Arbeit war, dessen leise Berührung er fühlte, und das ihm dennoch jedesmal entwich, wenn er es festhalten wollte. Es hatte nichts mit dem Licht zu tun – nichts mit Gonsalez, noch mit dem Mädchen. Mit Gurther? Nein. – Auch mit Manfred nicht? Ein Name war ihm an jenem Tage genannt worden – er hatte eine geheimnisvolle Bedeutung. Ein goldener Götze. Er nahm den Gedanken an dessen Ende auf ... *Johnny!* Manfreds Privatgeheimnis. Und als er sich nun dessen erinnerte, war er enttäuscht. Der Umstand war zu unbedeutend, um sich von ihm in Verwirrung bringen zu lassen.

Meadows verließ seine Begleiter an der Ecke der Curzon-Straße und trat allein in das Haus. Ein Lichtstreifen ließ sich zwischen den Vorhängen des Zimmers im ersten Stock sehen. Der Gang war erleuchtet. Poiccart beantwortete sein Klingeln sofort.

»Jawohl. George und Leon waren vor kurzer Zeit zurück ... Das Mädchen? Nein, sie hatten nichts über ein Mädchen berichtet. Mir schien es, als ob sie beunruhigt ausgesehen hätten. Handelt sich um Miss Leicester, nehme ich an. Wollen Sie nicht eintreten?«

»Nein, ich kann nicht warten. Ich sehe, da ist Licht in Manfreds Zimmer.« Der Schatten eines Lächelns erhellte das massive Gesicht Poiccarts und verschwand sofort.

»Das ist auch mein Zimmer. In Abwesenheit ihrer Herren nehmen sich deren Diener große Freiheiten. Soll ich George eine Botschaft ausrichten?«

»Bitten Sie ihn, er soll mich im Yard anrufen!«

Poiccart schloß die Tür hinter ihm, blieb in der Halle stehen, um ein Tablett auf den Tisch zu stellen, und hängte einen Hut auf. Das alles sah Meadows durch das Fenster über der Tür und durch das Spazierstockperiskop, das er immer bei sich führte. Und, was Meadows sah, ließ seine Zweifel schwinden.

Poiccart stieg langsam die Treppe hinauf in das kleine Kontor, zog die Vorhänge zurück und öffnete das Oberfenster. In der nächsten Sekunde sah der beobachtende Detektiv das Licht ausgehen und ging fort.

»Tut mir leid, daß ich euch im Dunkeln lassen muß«, sagte Poiccart.

Die Männer, die im Zimmer waren, warteten, bis die Laden zugemacht und die Vorhänge zugezogen waren, und dann flammte Licht auf. Auf einem langen Diwan lag, mit bleichem Gesicht, geschlossenen Augen und kaum atmender Brust, Mirabelle Leicester. Ihr Domino lag in einem einzigen schimmernden Haufen von Grün und Scharlach auf dem Fußboden. Leon badete ihr Gesicht sanft mit einem Schwamm. George Manfred sah mit gerunzelter Stirn vom Rücken des Diwans aus zu.

»Wird sie sterben?« fragte er geradezu.

»Ich weiß nicht. Manchmal stirbt man nach diesem Zeug«, erwiderte Leon kaltblütig. »Sie muß es ziemlich unverdünnt bekommen haben. Gurther ist ein roher Patron.«

»Was war's denn?« fragte Manfred.

Gonsalez spreizte seine freie Hand mit einer Gebärde der Ungewißheit.

»Wenn Sie sich Morphium im Superlativ vorstellen können, so was war's. Ich weiß nicht. Ich hoffe, sie stirbt nicht. Sie ist ziemlich jung ... Es wäre das Schlimmste.«

Poiccart bewegte sich unruhig. Er allein hatte in seiner Seele, was Leon ›die Spur‹ eines Gefühles nennen würde.

»Können wir Elver erreichen?« fragte er besorgt, und Leon sah mit seinem knabenhaften Lächeln auf.

»Zwiebeln züchten in Sevilla hat dich weich gemacht, Raymondo mio!« In Augenblicken großer Spannung verfehlte er niemals, den starken Mann mit seinen zwei Jahren landwirtschaftlicher Versuche zu foppen, und sie wußten, daß diese Nekkereien den wohlerwogenen Zweck verfolgten, sein Gemüt zu beruhigen.

Mirabelles Augenlider hatten zweimal gezuckt. Leon hob ihren bloßen Arm, stieß die Nadel einer winzigen Spritze hinein und drückte den Kolben durch.

»Morgen wird sie genau das Gefühl haben, als ob sie betrunken gewesen wäre«, meinte er ruhig. »Und auf der Zunge einen Geschmack, als ob sie zehn starke Zigarren geraucht hätte. O Señorita, öffne deine Augen und gönne deinen Freunden einen Blick!«

Der letzte Satz war auf Spanisch gesprochen. Sie hörte es; die Lider zuckten und hoben sich.

»Sie sind weit weg von Heavytree-Farm, Miss Leicester!«

Sie sah erstaunt in das gütige Gesicht George Manfreds.

»Wo bin ich?« fragte sie mit schwacher Stimme und schloß ihre Augen sofort wieder mit einer Grimasse des Schmerzes.

»Diese Frage stellen sie immer; geradeso, wie es in den Büchern steht«, bemerkte Leon in lehrhaftem Tone. »Wenn sie nicht sagen: ›Wo bin ich‹, fragen sie nach ihrer Mutter. Sie ist außer Gefahr.«

Er hatte eine Hand an ihrem Puls, die andere an der Seite des Halses.

»Sonderbar regelmäßig! Sie hat gute Anlagen ... mathematische anscheinend.«

»Sie ist sehr schön«, äußerte Poiccart mit gedämpfter Stimme.

»Alle Menschen sind schön ... genauso, wie alle Zwiebeln schön sind.«

»Wie lange brauchen wir noch?« unterbrach ihn Manfred.

Leon schüttelte den Kopf.

»Ich weiß nicht. Ich glaube aber nicht lange. Natürlich hätten wir's Meadows sagen können, und er würde Polizeireserven herangebracht haben, aber ich bin dafür, daß wir sie nicht bei dieser Angelegenheit haben sollten.«

»Die Alte Garde war dort?«

»Jede Mütze von ihnen ... Zähe Kerle! Die werden hiersein, sobald der Herr Doktor entdeckt, was vor sich geht. Nun, ich denke, ihr könnt reisen. Ich möchte sie aus dem Wege haben.«

Er bückte sich, legte seine Hände unter Mirabelle und hob sie auf. Die Kraft, die in seinem zarten Körper steckte, war eine nimmer endende Quelle der Verwunderung für seine beiden Freunde.

Sie folgten ihm die Treppe hinunter, die kurze Halle entlang und eine andere Treppe hinunter in die Küche. Manfred öffnete die Tür und ging auf einen gepflasterten Hof hinaus. In der Grenzmauer befand sich eine schwere Tür. Er öffnete sie langsam und spähte hinaus. Hier befanden sich die unvermeidlichen Stallungen. Das Geräusch eines angelassenen Motors ließ sich aus einer benachbarten Garage hören. Augenscheinlich wartete jemand auf sie. Ein langgestrecktes Auto fuhr geräuschlos vor, und eine Frau stieg aus. Neben dem Chauffeur am Steuer saßen zwei Männer.

»Ich glaube, zur richtigen Aufregung werdet ihr nicht mehr zurecht kommen«, sagte Gonsalez; dann gab er der Schwester einige Anweisungen und schloß die Tür hinter ihr.

»Nehmen Sie den kürzesten Weg!« befahl er dem Chauffeur. »Swindon-Gloucester. Gute Nacht!«

»Gute Nacht, Sir!«

Er sah ihnen gespannt nach, als der Wagen in die Hauptstraße einbog. Noch immer wartete er, den Kopf weit vorgebeugt. Zwei Minuten vergingen, und der schwache Ton einer Autohupe, ein langer und ein kurzer, ließen sich hören. Er seufzte.

»Sie befinden sich außerhalb der Gefahrenzone«, bemerkte er.

Bäng! Er sah den Blitz, hörte das Klatschen des Geschosses, als die Kugel die Tür traf, und seine Hand ballte sich. Dann kamen ein dumpfer schlagartiger Laut, ein Wehschrei aus einer der dunklen Ecken der Stallungen und das Geräusch von Stimmen. Leon zog sich in den Hof zurück und verriegelte die Tür.

Er besaß eine neue Waffe. »Oberzohn ist ein ziemlich gerissener Vogel. Aber was Geräuschlosigkeit anbelangt, steht meine Luftpistole doch über ihrer Schußwaffe.«

»Ich erwartete den Angriff nicht von diesem Teil der Stallungen her.«

Manfred steckte seinen gewohnten Browning wieder in die Tasche.

»Wenn sie von der anderen Seite gekommen wären, hätte das Auto nicht vorbeifahren können.«

Sie gingen ins Haus. Poiccart hatte bereits das Licht im Hallengang abgeschaltet.

»Sie haben doch ihren Mann getroffen ... tötet das Ding?« fragte Manfred.

»Wenn's der Zufall *will*, ist's schon möglich. Ich zielte auf seinen Magen. Ich fürchte, ich habe ihn in den Kopf getroffen. Wegen einer Wunde in seinem Magen hätte er nicht gequiekt. Ich fürchte, er lebt.«

Leon fühlte sich die Treppe hinauf und nahm das Telefon zur Hand.

Sofort fragte eine Stimme: *»Nummer?«*

»Geben Sie mir 8877, Treasury!«

Leon wartete, dann fragte eine andere Stimme:

»Ja. Hier ist Scotland Yard.«

»Mr. Meadows, bitte!«

Manfred beobachtete ihn stirnrunzelnd.

»Sind Sie das, Meadows? ... Sie haben eben Leon Gonsalez erschossen. Können Sie mir Polizeireserven heraussenden und ein Krankenauto?«

»Sofort!«

Leon hängte den Hörer an und kicherte in sich hinein.

»Was soll das heißen?« fragte Poiccart.

»Ist dieses Volk gerissen!« Leons Stimme verriet seine Bewunderung. »Sie haben die Leitung nicht durchgeschnitten ... sie haben sie nur umgelegt.«

»Pffft!« Manfred stieß einen Pfiff aus. »Sie haben mich genarrt! Sie haben mit Oberzohn gesprochen?«

»Mit Hauptmann Monty und Lew Cuccini. Vielleicht haben sie sich täuschen lassen. Aber wenn sie sich haben nicht täuschen lassen, werden wir das bald erfahren.«

Leon brach hastig ab. An der Vordertür wurde Klopfen hörbar; ein einziger, schwerer Schlag. Leon grinste entzückt.

»Einer von uns muß nun vorsichtig ein Oberfenster öffnen und hinaussehen, worauf er sofort angeschossen werden wird. Ich werde diesen Kerls einen Schrecken einjagen.«

Er lief hastig zum obersten Stockwerk hinauf und zog auf

dem Treppenabsatz, außerhalb einer Mansardentür, an einem Strick.

Eine Feuerleiter, die flach gegen die Decke gelegen hatte, kam herunter, und gleichzeitig öffnete sich ein kleiner Lichtschacht. Leon ging in den Raum, und seine Taschenlampe zeigte ihm bald, was er brauchte, einen kleinen Papiermachézylinder, der einer Siebenpfundgranate nicht unähnlich war.

Mit diesem im Arm kletterte er die Leiter zum Dach hinauf, befestigte den Zylinder an einer flachen Stelle und zündete ihn an. Es gab ein plötzliches Aufflammen, ein dumpfes Bumm. Dann schoß eine weiße Kugel in die Luft, beschrieb einen schönen Bogen und barst in einen Schauer glänzender tiefroter Sterne.

Leon wartete, bis der letzte erloschen war, dann stieg er, den heißen Zylinder unter seinem Arm, die Leiter herunter, machte das Tau los, das sie an Ort und Stelle gehalten hatte und kehrte zu seinen zwei Freunden zurück.

»Sie werden glauben, wir hätten geheime Signale mit der Polizei vereinbart«, sagte er; »wenn meine Kenntnis ihrer seelischen Veranlagung richtig ist, werden wir nicht wieder belästigt werden.«

Zehn Minuten später ließ sich ein anderes Klopfen an der Tür hören; gebieterisch diesmal, fast amtlich in seiner Art.

»Das«, erklärte Leon, »ist ein Polizist, der uns wegen des Feuerwerks in einer öffentlichen Straße zur Rede stellen wird.«

Leichtfüßig lief er zur Halle hinunter und öffnete diesmal ohne Zögern die Tür. Eine große mit einem Helm bedeckte Gestalt stand an der Türschwelle, ein Notizbuch in der Hand.

»Sind Sie der Gentleman, der die Rakete abgebrannt hat?« begann er.

Leon ging an ihm vorbei und sah die Curzon-Straße hinauf und hinunter. Wie er es erwartet hatte, die ›Alte Garde‹ war verschwunden.

11

Monty Newton schleppte sich nach Hause. Er war müde und ärgerlich und öffnete sich selbst mit seinem Schlüssel die Tür.

Er fand den Diener auf dem Fußboden der Halle im Schlaf und mit seinem Mantel bedeckt; Monty stieß ihn mit der Spitze seines Fußes, bis er wach war.

»Stehen Sie auf!« knurrte er. »Irgend jemand hier gewesen?«

Fred erhob sich, ein wenig verdöst, und rieb sich die Augen.

»Der alte Mann ist im Wohnzimmer«, sagte er, und sein Herr ging ohne ein Wort an ihm vorbei.

Als er die Tür öffnete, sah er, daß alle Lichter im Wohnzimmer brannten. Dr. Oberzohn hatte ein kleines Tischchen an den Kamin gezogen, und vor diesem saß er kerzengerade, ein winziges Schachbrett vor sich und in eine Schachaufgabe vertieft. Er warf nur einen kurzen Blick auf den Ankömmling und nahm dann seine Beschäftigung wieder auf, machte einen Zug ...

»Ach«, sagte er mit Befriedigung, »Leskina hat unrecht. Es ist möglich, in fünf Zügen matt zu setzen.«

Er warf die Schachfiguren durcheinander und wandte sich ganz Newton zu.

»Nun, haben Sie die Angelegenheit zu einem befriedigenden Abschluß gebracht?«

»Er brachte die Reserven heran«, versetzte Monty; ging an eine Kredenz und schenkte sich verschwenderisch Whisky ein. »Sie haben Cuccini an der Kinnlade verletzt. Nichts Ernstliches.«

Dr. Oberzohn legte seine knochigen Hände auf seine Knie.

»Gurther muß bestraft werden!« sagte er. »Augenscheinlich hat er seine Nerven verloren. Und wenn ein Mensch seine Nerven verliert, dann verliert er auch seinen Sinn für Zeit. Und seine Pünktlichkeit ... Wie beklagenswert! Das Auto war nicht angekommen; meine eigene, ausgezeichnete Polizei hatte nicht Aufstellung genommen! Was für ein Jammer!«

»Die Polizei ist hinter ihm her. Ich nehme an, daß Sie das wissen.« Newton blickte über sein Glas hinweg zu ihm hinüber.

Dr. Oberzohn nickte.

»Das Auslieferungsverfahren ist nun so gut wie perfekt. Aber Gurther ist ein zu guter Mann, um ihn zu verlieren. Ich habe ein Versteck für ihn zurechtgemacht. Er ist zu vielem zu gebrauchen.«

»Wohin ist er gegangen?«

Dr. Oberzohns Augenbrauen hoben und senkten sich.

»Wer weiß!« bemerkte er. »Er hat den kleinen Wagen. Möglich, er ist zu dem Haus gefahren.«

Newton ging an das Fenster und blickte hinaus. Der Chester-Square erschien im grauen Licht des dämmernden Morgens unheimlich. Und darauf sah er eine Gestalt aus dem Schatten treten und langsam an die Südseite des Vierecks gehen.

»Man bewacht dieses Haus!« rief er und lachte.

»Wo ist die junge Dame?« fragte Oberzohn, der düster in das Feuer starrte.

»Ich weiß nicht ... Ein Auto wurde aus den Stallungen gezogen, gerade als einer unserer Leute die Einfahrt ›schloß‹. Wahrscheinlich ist sie nach Heavytree-Farm zurückgekehrt, und Sie können Ihr Laboratorium verkaufen. Es gibt jetzt nur einen Weg, und das ist der Weg der Gewalt. Wir haben Zeit. In sechs Wochen können wir viel machen. Villa kommt heute morgen ... Ich wünschte, wir hätten den Götzen aus dem Koffer genommen. Er könnte die Polizei auf die richtige Spur bringen.«

Dr. Oberzohn spitzte seine Lippen, als ob er im Begriff sei, zu pfeifen, aber er machte sich natürlich keines solchen Leichtsinns schuldig.

»Ich freue mich, daß sie ihn gefunden haben«, äußerte er mit Entschiedenheit. »Für die bedeutet er eine Witterung. Was können sie sich denn anderes dabei denken, als daß der unglückliche Barberton auf ein altes Schatzhaus der Eingeborenen gestoßen ist? Nein, das fürchte ich nicht.« Er schüttelte den Kopf. »Am meisten fürchte ich Johnson Lee und diesen seltsamen Amerikaner, Elijah Washington.«

Er steckte seine Hände in die Tasche und zog ein dünnes Paket Briefe heraus.

»Johnson Lee ist für mich schwer zu begreifen. Was kann einen Gentleman veranlassen, einem Buren so freundliche Briefe zu schreiben?«

»Wie sind Sie denn zu diesen Briefen gekommen?«

»Villa hat sich ihrer bemächtigt. Eine ebenso intelligente Handlung wie die, die Figur nicht anzutasten.«

Er reichte Newton einen der Briefe hinüber. Der Brief trug die Aufschrift:

›Ankunft abwarten! Postlagernd Mossamedes.‹

Der Brief selbst war in einer sonderbar runden, jugendlichen Handschrift geschrieben; ein weiterer merkwürdiger Umstand war, daß das Briefpapier in regelmäßigen Abständen quer über den Boden perforiert war, und daß Mr. Johnson Lee auf den durch die Durchlöcherung entstandenen Linien schrieb.

›Lieber B.! Ich habe meinen Bankier angewiesen, Ihnen 500 £ Sterling zu kabeln. Ich hoffe, das wird Sie durchbringen und genug übriglassen, um Ihre Rückfahrt zu bezahlen. Sie können sicher sein, daß ich kein Wort verraten werde, und Ihre Briefe kann natürlich niemand im Hause lesen, außer mir. Ihre Geschichte ist sehr seltsam. Ich rate Ihnen, sofort nach Hause zu fahren und Miss Leicester zu sprechen.

Ihr Freund
Johnson Lee.‹

Der Briefbogen war überschrieben »Rath Hall, 13. Januar.«

»Die Briefe erreichten mich heute. Wenn ich sie vorher gesehen hätte, brauchten diese bedauerlichen Ereignisse nicht zu passieren.«

Oberzohn sah nachdenklich zu seinem Freund hin.

»Jetzt werden sie Schwierigkeiten machen. Ich hegte diese Erwartung.« Monty wußte, daß Oberzohn mit diesen Worten die »Drei Gerechten« meinte.

»Aber auch sie sind sterblich. Erinnern Sie sich daran, Newton; auch *sie* sind sterblich!«

»Ebenso wie wir«, antwortete Newton düster.

»Soweit ich dabei beteiligt bin, ist das die Frage«, sagte Oberzohn.

Dr. Oberzohn scherzte niemals. Er sprach mit der größten Ruhe und Sicherheit. Monty vermochte nur, ihn anzustarren.

Als der Doktor sein Haus betrat, erwartete er nicht, Gurther in der Halle anzutreffen. Der Mann hatte sein glänzendes Äußere abgetan und befand sich wieder in der schmutzigen und schäbigen Kleidung, die er in der Nacht zuvor abgelegt hatte.

»Sie sind hier, Gurther?«

»Ja, Herr Doktor!«

»In mein Zimmer!« bellte Dr. Oberzohn und marschierte voraus.

Gurther folgte ihm und stand dann, den Rücken zur Tür gewandt, aufrecht, das Kinn erhoben, seine hellen sonderbaren Augen auf einen Punkt in der Luft gerichtet, der sich wenige Zoll über dem Kopf seines Herrn befand.

»Erzähle jetzt!«

Das plumpe Gesicht des Doktors arbeitete in lächerlicher Weise.

»Ich sah den Mann, Herr Doktor. Und dann ging das Licht aus, und ich legte mich nieder, da ich erwartete, er würde schießen ... Ich glaube, er muß das gnädige Fräulein mit sich genommen haben. Ich konnte nichts sehen, denn eine Palme stand zwischen uns. Ich ging sofort nach dem größeren Saal zurück und durch die Menge auf dem Parkett. Sie hatten große Angst.«

»Haben Sie sie gesehen?«

»Ja, Herr Doktor«, antwortete Gurther. »Für mich ist es nicht schwer, in der Dunkelheit zu sehen. Danach lief ich nach dem anderen Eingang, aber sie waren fort.«

»Komm her!«

Der Mann steltzte zwei Schritte auf den Doktor zu, und Oberzohn schlug ihn zweimal mit der flachen Hand ins Gesicht. Kein Muskel in des Mannes Gesicht zuckte. Er stand aufrecht, sein Mund halb zu einem Grinsen verzogen, seine seltsamen Augen starrten geradeaus.

»Das ist für die Unpünktlichkeit. Hat dich jemand zurückkehren sehen?«

»Nein, Herr Doktor, ich kam zu Fuß.«

»Hast du das Licht gesehen?«

»Ja, Herr Doktor, und ich dachte, es würde das beste sein, wenn ich hier wäre.«

»Da hast du recht. Marsch!«

Oberzohn ging in das verbotene Zimmer, drehte den Schlüssel um und schritt in die überhitzte Atmosphäre hinein. Gurther stand erwartungsvoll an der Tür. In diesem Augenblick kam der Doktor zurück. Er trug eine lange mit einer Art Flanell bedeckte Kiste unter seinem Arm. Er reichte sie dem wartenden Manne, ging nochmals in das Zimmer und kehrte einige Minuten später mit einer zweiten, etwas größeren Kiste zurück.

»Marsch!« sagte er.

Gurther folgte ihm aus dem Hause und quer durch den mit üppigem Unkraut überwucherten ›Garten‹ in der Richtung auf die Fabrik. Ein weißer Nebel hatte sich vom Kanal heraufgewälzt, und Fabrik wie Gelände lagen unter seinem weißen Schleier.

Oberzohn nahm den Weg durch ein schiefes Loch in der Mauer, in dem früher einmal eine Tür gewesen war, und verfolgte einen mühevollen Kurs zwischen verkohlten Balken und verbogenen Trägern, die den Boden bedeckten. In der Nähe der entgegengesetzten Seite des Gebäudes machte Oberzohn halt, setzte seine Kiste nieder, scharrte die Asche mit seinem Fuße beiseite und reinigte auf diese Weise einen Raum von drei Quadratfuß. Dann bückte er sich, faßte einen eisernen Ring und zog; mühelos kam eine Fliese zum Vorschein. Oberzohn nahm die Kiste wieder auf und stieg die Steinstufen hinab; er machte nur einmal halt, um Licht anzuschalten.

Die Gewölbe der Fabrik waren in Wirklichkeit vom Feuer unberührt geblieben. Hier befanden sich Regale, die noch jetzt verstaubte Ballen Baumwollwaren trugen. Oberzohn war in Eile. Er querte den steinernen Fußboden mit zwei Schritten, nahm die Querschiene von der anderen Tür, schritt ins Dunkle hinein und stellte dort seinen Kasten auf den Erdboden.

Die elektrische Kraft in der Fabrik wurde in früheren Tagen durch zwei voneinander unabhängige Leitungen verbreitet, und die Stromverbindung mit den Gewölben war in Wirklichkeit von der Explosion nicht berührt.

Sie befanden sich jetzt in einem kleineren, ziemlich gut möblierten Raum. Gurther wußte das, denn hier hatte er den größeren Teil seiner ersten sechs Monate in England zugebracht. Frische Luft wurde durch drei kleine Roste in der Nähe des Daches vermittelt. Auch ein Ofen war da und, wie Gurther wußte, auch ein genügender Vorrat an Feuerungsmaterial in einem der drei Keller, die in das Gewölbe mündeten.

»Hier bleibst du, bis ich nach dir schicke!« befahl Oberzohn. »Vielleicht heute nacht, nachdem sie gesucht haben. Hast du einen Revolver?«

»Ja, Herr Doktor.«

»Essen, Wasser, Betten . . . alles, was du brauchst.«

Oberzohn riß einen anderen von den Kellern auf und prüfte die Vorräte.

»Ich komme vielleicht heute nacht, um dich zu holen, vielleicht morgen nacht, wer weiß? Du wirst sofort Feuer machen!«

Oberzohn deutete auf die beiden mit Flanell bedeckten Kisten.

»Guten Morgen, Gurther!«

»Guten Morgen, Herr Doktor!«

Oberzohn stieg zu dem Fußboden der Fabrik hinauf, ließ die Falltür zufallen, schob die Asche, die deren Anwesenheit verbarg, zurück und ging, nachdem er einen vorsichtigen Blick ringsherum getan hatte, quer über das Feld nach seinem Hause zurück.

Er war kaum in seinem Arbeitszimmer angelangt, als bereits das erste Polizeiauto die Gasse entlang donnerte.

12

Im Verlauf seiner Nachfragen entdeckte Detektivinspektor Meadows, daß zwei Männer um acht Uhr des vorigen Abends nach Barberton gefragt hatten. Der erste von diesen wurde als großer Mensch von fast aristokratischer Erscheinung beschrieben. Er trug eine dunkle, hornumrandete Brille. Der Geschäftsführer des Hotels meinte, der Mann hätte ein Invalide sein können, denn er ging an einem Stock. Der zweite Mann wäre wohl eine Art Diener gewesen, denn er sprach sehr respektvoll zu dem Besucher.

»Nein, er nannte seinen Namen nicht, Mr. Meadows«, berichtete der Geschäftsführer. »Ich erzählte ihm das Fürchterliche, was Mr. Barberton zugestoßen sei, und er war so verstört, daß ich die Frage nicht gern stellen wollte.«

Meadows befand sich auf seiner Rundreise zur Curzon-Straße, als er das hörte, und kam dort gerade recht zum Frühstück.

Manfreds Dienerschaft betrachtete es als eine Überspanntheit eines sonst normal veranlagten Herrn, daß er unabänderlich mit seinem Kellermeister und Chauffeur frühstückte. Dieser Umstand war schon oft in der kleinen Dienerhalle durchgehechelt worden; es erregte daher kein Aufsehen mehr, als Manfred in die niederen Regionen hinuntertelefonierte und um ein weiteres Gedeck bat.

Das Dreigestirn befand sich in hoffnungsvoller Stimmung. Leon Gonsalez war besonders lebhaft und vergnügt, wie er es stets nach einer solchen Nacht wie der letzten war.

»Wir durchsuchten Oberzohns Haus vom Keller bis zum

Boden«, erzählte Meadows, nachdem das Gedeck aufgelegt worden war.

»Und natürlich habt ihr nichts gefunden. Der elegante Gurther . . .?«

». . . war nicht da. Der Kerl wird sich in respektvoller Entfernung halten, sobald er gewahr wird, daß ein Haftbefehl gegen ihn heraus ist.«

Manfred unterdrückte ein Gähnen.

»Gurther kehrte bald nach Mitternacht zurück und befand sich jedenfalls bis zu Oberzohns Rückkehr dort.«

»Sind Sie dessen sicher?« fragte der Detektiv betroffen.

Leon nickte mit lustigem Augenzwinkern.

»Danach verhinderte einer dieser verdammten Flußnebel jede weitere Beobachtung. Aber ich bilde mir ein, Herr Gurther ist auf jeden Fall nicht weit fort. Haben Sie seinen Kollegen Pfeiffer gesehen?«

Meadows nickte.

»Ja, er putzte gerade Stiefel, als ich ankam.«

»Wie romantisch.«

»Ein interessanter Mann, dieser Gurther«, bemerkte Gonsalez nachdenklich. »Ich habe das Gefühl, daß er dem Strick entgehen wird. Soso! Sie konnten ihn nicht finden? Ich fand ihn aber vergangene Nacht. Wenn es nicht um die Dame gewesen wäre, die unser Interesse erforderte und daher ein Hindernis für uns war, hätten wir vielleicht seiner Tätigkeit ein Ziel gesetzt.«

Gonsalez sah Meadows' Auge auf sich gerichtet.

»Natürlich würden wir ihn Ihnen übergeben haben.«

»Natürlich!« entgegnete der Detektiv trocken.

»Ein merkwürdiger Mann, aber nervös. Werden Sie Mr. Johnson Lee aufsuchen?«

»Wie kommen Sie zu dieser Frage?« sagte der Detektiv überrascht, denn er hatte den »Drei Gerechten« seine Absicht noch nicht mitgeteilt.

»Sie werden sich wundern«, antwortete Leon. »Sagen Sie mir, Mr. Meadows, Sie und George haben doch Barbertons Koffer gründlich und sorgfältig durchsucht; fanden Sie damals irgend etwas, woraus sich hätte schließen lassen, daß Barberton ein Flickschuster, oder sagen wir, Buchbinder war?«

»Ich glaube, in dem Brief an seine Schwester befand sich ein Hinweis auf Bücher, die er gemacht hatte. Ich habe nichts Besonderes gefunden, außer einer Ahle und einem langen, schiefen

Viereck, das mit Nadelstichen übersät war. Tatsächlich, beim ersten Anblick dachte ich, bei dem Leben, das er in der Wildnis geführt haben mußte, müßte das Ding doch recht geeignet sein, um seine eigenen Schuhe auszubessern. Auf die Buchbinderidee bin ich nicht gekommen.«

»Ich denke, in des Wortes gewöhnlicher Bedeutung band der Mann niemals ein Buch«, bemerkte Manfred, »und wie Leon eben sagte, Sie werden von Johnson Lee sehr überrascht sein.«

»Kennen Sie ihn?«

Manfred nickte ernst.

»Ich habe eben telefonisch mit ihm gesprochen. Sie werden sehr vorsichtig mit Mr. Lee verfahren müssen, Meadows. Unsere Freundin, die Schlange, könnte ihr Gift nach jener Richtung hin spritzen; und das wird sie, sobald sie nur den geringsten Verdacht schöpft, daß Johnson Lee das Vertrauen Barbertons genoß.«

Der Detektiv legte Messer und Gabel hin.

»Ich wünschte, ihr Kerle hörtet mal damit auf, geheimnisvoll zu tun!« rief er halb ärgerlich und halb amüsiert. »Was steckt dahinter? Ihr redet von der Schlange, als ob ihr eure Hände darauf legen könntet.«

»Das könnten wir auch«, antworteten die drei einstimmig.

»Wer ist es?« forderte sie der Detektiv heraus.

»Der Herr Doktor«, sagte Gonsalez lächelnd.

»Oberzohn?«

Leon nickte.

»Ich glaubte, Sie würden selbst darauf gekommen sein, wenn Sie die ursprünglichen drei Morde zusammenhielten, denn Morde waren es. Zuerst« – er zählte an seinen Fingern ab – »haben wir da einen Börsenmakler. Dieser Gentleman war ein reicher Spekulant, der gelegentlich höchst fragwürdige Geschäfte finanzierte. Sechs Monate vor seinem Tode hob er einen großen Betrag in Banknoten ab. Durch ein sonderbares Zusammentreffen sah der gerade zum Lunch gehende Bankangestellte seinen Kunden und Oberzohn in einer Autodroschke vorüberfahren, und als sie ihm querüber waren, sah er weiter, wie ein großer blauer Briefumschlag in Oberzohns Tasche spazierte. Der Bankangestellte hatte das abgehobene Geld in einen blauen Umschlag gesteckt. Der Börsenmakler hatte den Doktor finanziert, und als die Spekulation fehlschlug und das Geld verloren war, stellte er das nicht unnatürliche Verlangen um Rückgabe des Geldes. Er traute Oberzohn ganz und gar nicht, trug den Schuldschein über das Geld in seiner Tasche mit sich herum und ging nirgends hin, ohne bewaffnet zu sein. Dieser Umstand kam zwar bei der Untersuchung nicht ans Licht, aber Sie wissen, daß es sich so verhält.«

Meadows nickte.

»Bei seiner Zusammenkunft, die er an seinem Todestage in Winchester-Straße mit Oberzohn hatte, drohte er diesem mit Bloßstellung. In dieser Nacht kehrte er aus seinem Klub oder aus dem Theater zurück und wird tot an der Türschwelle gefunden. Schuldschein wird nicht gefunden. Was folgt daraus?«

»Weiter: Ein Mann, berüchtigter Einbrecher, im übrigen pfennig- und obdachlos, geht Bayswaters-Weg entlang; wahrscheinlich um nach leichtem Gelderwerb auszuspähen. Er sah, wie das Auto des Maklers nach Orme-Platz fuhr. Er folgte dem Auto, auf die Zufallsgelegenheit hin, ein paar Münzen zu erbetteln. Der Chauffeur sah ihn. Der Bettler wieder muß sonst irgend etwas gesehen haben. Er schlief in der nächsten Nacht in Rowton-Haus, erzählte einem Freund, den er vom Gefängnis her kannte, er halte eine Million Pfund Sterling so gut wie in der Hand ...«

Meadows lachte hilflos.

»Ihr Aufklärungssystem ist augenscheinlich gründlicher als das unsere.«

»Es vervollständigt das Ihrige«, sagte George ruhig. »Fahre fort, Leon!«

»Was passierte dem Einbrecher? Er sah jedenfalls jemanden in Orme-Platz, den er entweder erkannte, oder den er bis zu dessen Wohnung verfolgte. Denn am nächsten Tage oder an den nächsten zwei Tagen ging er in öffentlichen Fernsprechstellen aus und ein, obwohl keine Nummer festgestellt werden konnte. Er geht in den Hyde-Park – offenbar auf Bestellung – und die Schlange sticht! –

Dem Bündnis drohte noch eine andere Gefahr. Der Bankangestellte hört von dem Tode seines Kunden und ist beunruhigt. Ich habe Beweise, daß er Oberzohn telefonisch anrief. Wenn Sie sich erinnern, wurde der Börsenmakler, als man seine Hinterlassenschaft feststellte, fast bankrott gefunden. Eine große Summe war von der Bank erhoben und an ›X‹ gezahlt worden. Die Gewißheit, daß er wußte, *wer* dieser ›X‹ war, beunruhigte diesen anständigen Bankangestellten. Dieser ruft Oberzohn an; vermutlich um ihn zu fragen, warum er keine Erklärung abgegeben habe. An dem Tage, an dem er mit diesem Schlangenmenschen telefoniert hatte, stirbt er.«

Der Detektiv horchte mit schweigender Bewunderung zu.

»Klingt jedes für sich wie 'ne Seite aus 'nem Sensationsroman«, meinte er, »und hängt doch zusammen.«

»Es hängt zusammen, weil es wahr ist.« Poiccarts tiefe Stimme mischte sich in die Unterhaltung. »Das war schon immer Oberzohns Methode. Er ist ein strenger Logiker. Und es gibt keine logischere Handlung auf der ganzen Welt als die Vernichtung jener, die unsere Sicherheit und Leben bedrohen.«

Meadows schob seinen Teller beiseite. Er hatte sein Frühstück nur halb aufgegessen.

»Beweis!« rief er kurz.

»Welchen Beweis wollen Sie denn hier haben, lieber Mann?« spöttelte Leon.

»Die *Schlange* ist der Beweis!« beharrte Meadows. »Zeigen Sie mir, wie man eine Giftschlange dressiert, daß sie zusticht, wenn sich das Opfer, wie im Falle Barberton, unter ganz naher Beobachtung befindet. Dann will ich's Ihnen glauben.«

Die drei sahen einer den anderen an und lächelten.

»An einem dieser Tage werde ich es Ihnen zeigen«, sagte Leon. »Gewiß haben sie ihre Schlange gezähmt. Sie kann sich so schnell bewegen, daß das menschliche Auge ihr nicht zu folgen vermag. Sie verwundet fast immer an edlen Stellen und im günstigsten Augenblick. Sie zielte gestern auch auf mich, aber sie verfehlte mich. Wenn sie das nächste Mal beißt ...« Gonzales sprach sehr langsam und sah den Detektiv nur durch einen sehr schmalen Schlitz seiner halb geschlossenen Augen an – »wenn sie das nächste Mal beißt, wird weder Scotland Yard auf der einen Seite noch diese angenehme Verbrecherbande auf der anderen Seite die Schlange zu retten vermögen.«

Poiccart erhob sich plötzlich. Sein scharfes Ohr hatte den Klang einer Glocke gehört, und er ging lautlos die Treppe hinunter.

»Das Ganze klingt wie ein Roman!« Meadows rieb aufgeregt sein Kinn. »Ich starre auf den Bucheinband, während ihr Seite für Seite lest. Ich glaube, ihr kennt den Anfang und das Ende der Geschichte?«

Leon nickte.

»Warum erzählt ihr mir denn nicht alles?«

»Weil uns Ihr Leben teuer ist«, bemerkte Leon einfach. »Weil ich ... weil wir alle die Aufmerksamkeit der Schlange auf uns selbst gerichtet zu halten wünschen.«

In diesem Augenblick kam Poiccart zurück und steckte seinen Kopf zur Tür herein.

»Möchten Sie Mr. Elijah Washington sprechen?« fragte er. Und dann sahen sie an seinen Augen, daß es sich lohnen würde, Mr. Elijah Washington kennenzulernen.

Eine oder zwei Sekunden darauf kam dieser selbst. Ein großer, breitschultriger Mann mit einem rötlichen Gesicht. Er trug einen Klemmer, und seine Augen erschienen hinter den nicht eingefaßten Gläsern recht lebendig und voller Lachen. Er war vom Kopf bis zum Fuß in Weiß gekleidet; die Krawatte, die über das weiche, seidene Hemd herunterfloß, war hellgelb, der Gürtel um seine Hüfte rot wie Scharlach.

Er stand und strahlte die Gesellschaft an, seinen weißen Panama unter seinen Arm gedrückt und beide riesigen Hände in seine Hosentaschen versenkt.

»Freut mich, euch Volk kennenzulernen!« begrüßte er sie in tiefem Baß. »Schätze, Mr. Barberton hat Ihnen von mir erzählt. Armer, kleiner Kerl! Hören Sie! Er war kein unrechter Kerl! Aber 'n bißchen unheimlich. Man hat mir gesagt, ich würde den Polizeiboss hier finden ... Hauptmann Meadows?«

»Mister«, sagte der Inspektor, »der Mann bin ich.«

»Erfreut, Sie kennenzulernen. Mein Name ist Elijah Washington ... Naturgeschichtliches Syndikat, Chikago.«

»Setzen Sie sich, Mr. Washington!« Poiccart schob einen Stuhl hin.

»Ich will Ihnen bloß sagen, Gentlemen, dieser Barberton wurde ermordet. Schlange? Hören Sie mal! Ich kenne Schlangen! Bin mit ihnen aufgezogen! Schlangen sind mein Steckenpferd. Kenn' se von den Eierfressern bis zu den Tigern. Schlangen sind gewöhnliche Gegenstände wie Fliegen auch. Und ich sage es euch Jungens geradeaus, es gibt keine Schlange in dieser Welt oder im Jenseits, die ungesehen unter Aufsicht eines Polizisten eine Wand hinaufklettert, einen Mann beißen und sich aus dem Staube machen kann.«

Seine Blicke strahlten von einem zum anderen. Er hatte ein beinahe väterliches Aussehen.

»Ich hätte euch Leuten gern was Schlimmeres als 'ne Mamba gezeigt, aber Schlangen in der Tasche 'rumzutragen, ist ebensogut wie 'n toller Hund. Es ist, wie wenn Millionäre Ohrringe tragen, bloß um zu zeigen, daß sie sich's leisten können. Ich hatte den kleinen Kerl gern. Tut mir mächtig leid, daß er tot ist. Aber wenn irgend jemand Ihnen sagt, eine Schlange hätte Barberton gebissen, dann gehen Sie stracks hin zu ihm, hau'n Sie ihn auf die Nase und sagen Sie ihm, daß er lügt!«

»Dürfen wir Ihnen etwas Kaffee anbieten?« Manfred hatte geklingelt.

»Aber ja! Gewiß! Ich habe mich niemals an das Teetrinken hier gewöhnen können. Ich befinde mich auf der Reise. Einmal da hinten in Angola, kriegt ich's richtig mit der Angst zu tun.«

»Was machten Sie denn dort?« fragte Leon.

»Schlangen!« erwiderte der andere kurz. »Ich vertrete eine Gesellschaft, die Zoos und Museen mit den verschiedenen Sorten versorgt. Ich war hinter einer fliegenden Schlange her ... Aber so was gibt's nicht, obwohl die Eingeborenen das Gegenteil behaupten.«

Washington war Barberton durch Zufall begegnet. Ohne Ziererei bekannte er, daß er tatsächlich um einer Spirituosenladung willen in ein Dorf im Innern gegangen sei. Und als er zu einem solchen Zentrum der Zivilisation zurückkehrte, wie es Mossamedes damals vorstellte, fand er eine Bande portugiesischer Mischlinge, die um ein Feuer herumhockten, an dem sie Barbertons Füße rösteten.

»Ich weiß nicht, was er war ... ein Prospektor, schätze ich. Er war eine jener dunklen Existenzen, die man allenthalben an der afrikanischen Westküste trifft. Ich habe die Sorte fast überall, bis 'runter nach Port-Nolloth angetroffen. In Angola gibt es Dutzende davon. Sie verniggern schließlich.«

»Können Sie uns nichts Näheres über Barberton erzählen?«

Mr. Elijah Washington schüttelte den Kopf.

»Nein, Herr. Ich weiß nicht mehr über ihn als Sie selbst. Es machte mich natürlich neugierig, als ich den Grund kennenlernte, warum sie ihn folterten, aber er wollte mir nicht verraten, wo es war.«

»Wo *was* war?« fragte Manfred hastig, und Mr. Washington war betroffen.

»Nun, die Handschrift, die die Kerle haben wollten. Ich dachte, vielleicht habe er das *Ihnen* mitgeteilt. Er sagte, er käme stracks hierher, um über diesen Teil der ganzen Angelegenheit zu sprechen. Es handele sich um einen Brief, den er in einem

Zinkkästchen gefunden hätte ... Das ist alles, was man aus diesem verstockten Zeitgenossen 'rauskriegen konnte.«

Die Männer sahen einander an.

»Mehr weiß ich darüber nicht«, fügte Mr. Washington hinzu, als er sah, wie Gonsalez' Lippen sich bewegten. »Es handelt sich nur um einen Brief. Von wem dieser Brief kam, worum es sich in dem Briefe handelte, hat er mir niemals gesagt. Mein erster Gedanke war, daß er hier herumgeflirtet hat. Aber die Ehescheidungsgesetze sind mächtig großzügig und bemühen sich nicht, auf diese Weise Beweise zu sammeln. Ein Mann braucht kein Schriftstück, um sein Weib loszuwerden. Sie wundern sich wohl, warum ich hierhergekommen bin?«

Mr. Washington hob seine Tasse mit dampfendem Kaffee an den Mund und trank sie aus, ohne abzusetzen.

»Das ist fein!« sagte er. »Ungefähr das kaffeeähnlichste Getränk, seit ich von zu Hause fort bin.«

Er wischte sich den Mund mit einem großen und grellfarbigen seidenen Taschentuch ab.

»Ich bin deshalb hergekommen, Gentlemen, weil ich mir einbildete, ich könnte jedem hier nützlich sein, der sich in diesem kleinen Dorfe mit Schlangenjagd beschäftigte.«

»Das ist doch 'ne ziemlich gefährliche Beschäftigung, nicht?« fragte Manfred gelassen.

»Für *Sie*, nicht für mich. Ich bin immun gegen Schlangenbisse.«

Er krempelte bei diesen Worten seinen Ärmel auf; sein Arm war mit den Narben und Malen ehemaliger Wunden bedeckt.

»Alles Schlangen!« erklärte er kurz. »Das hier« – er schien besonders stolz darauf zu sein – »stammt von 'ner Kobra. Als mich die Schlange biß, warteten meine schwarzen Jungens nicht; sie fingen an, meine Sachen unter sich zu teilen. Sie bestallten sich zu Testamentsvollstreckern und Erben des Familiennachlasses zugleich.«

»Aber Sie sind sehr krank danach geworden?« fragte Gonsalez.

Mr. Washington schüttelte den Kopf.

»Nein, mein Herr nicht kränker, als wenn mich 'ne Biene gestochen, und nicht so viel, als wenn mir eine Wespe ihren ersten Stich beigebracht hätte. Manche Leute können Arsenik essen, manche können so viel Morphium auf einmal vertilgen, daß es langen würde, die Bewohner eines ganzen Landstrichs zu dezimieren. Ich bin gegen Schlangenbisse gefeit; wurde schon von ihnen gebissen, als ich fünf Jahre alt war.«

Er neigte sich zu ihnen hinüber; sein lustiges Gesicht wurde plötzlich ernst.

»Ich bin der Mann, den Sie brauchen.«

»Ja, das glaube ich auch«, antwortete Manfred langsam.

»Weil diese verruchte Schlange noch immer ihr Wesen treibt. Und in der Geschichte ist etwas, was nicht stimmt. Aber zuerst möchte ich die Schlangen selbst rechtfertigen. Wenn jemand sagt, daß die Schlange von Natur aus bösartig sei, versteht er davon nichts, Schlangen sind furchtsame, stille, scheue Dinger, die keinen Streit mit irgend jemandem haben wollen. Wenn eine Schlange irgendwen ankommen sieht, ist es ihr natürliches Bestreben, auszureißen.«

Leon sah ihn mit forschenden Augen an.

»Eigentümlich«, sagte er, halb zu sich selbst, »zu denken, daß Sie vielleicht der einzige von uns allen hier sind, der noch in einer Woche am Leben sein wird.«

Meadows, der doch wahrhaftig nicht leicht zu erschrecken war, fühlte, wie ein eiskalter Schauer über seinen Rücken lief.

13

Was Leon Gonsalez vorhersagte, trat nicht vollständig ein, obwohl er selbst am meisten dazutat, das größte Unheil zu verhindern, das er prophezeit hatte.

Als Mirabelle Leicester am Morgen erwachte, war ihr Kopf dumpf und benommen, und sie befand sich lange Zeit in einem Zustand zwischen Schlafen und Wachen. Sie versuchte, Ordnung in die Wirrnis ihrer Gedanken zu bringen. Ihre Augen hafteten an einem knorrigen Balken unter der Decke, den sie sich erinnerte, schon einmal irgendwo gesehen zu haben. Und als sie schließlich genügend Energie aufgebracht hatte, sich auf ihren Ellenbogen zu stützen, gewahrte sie die ihr sehr vertraute Umgebung ihres eigenen kleinen hübschen Zimmers.

Heavytree-Farm! Was für einen sonderbaren Traum sie gehabt hatte! Einen Traum, der angefüllt war mit verschwimmenden Visionen von alten Männern mit einem verlängerten Schädel, von Tanzmusik, von einem überfüllten Ballsaal und einem beinahe protzig gekleideten Manne, der während des Diners sehr höflich zu ihr gewesen war. Wo hatte sie denn nur gespeist? Sie setzte sich aufrecht und faßte nach ihrem wild klopfenden Herzen.

Wieder sah sie sich im Zimmer um, und langsam stiegen aus ihren Träumen einige greifbare Tatsachen heraus.

Sie befand sich noch immer in einem Zustand starren Staunens, als sich die Tür öffnete und Tante Alma hereintrat; das wenig einnehmende Gesicht trug einen Ausdruck von Sorge.

»Hallo, Alma!« rief Mirabelle schwerfällig, »ich habe einen ganz verrückten Traum gehabt.«

Alma preßte ihre Lippen fest zusammen, als sie ein Tablett an die Seite des Bettes stellte.

»Ich glaube, ich träumte von der Annonce, die ich gesehen habe.« Und dann mit einem schweren Atemzug: »Wie komme ich hierher?«

»Man hat dich hierhergebracht«, antwortete Alma. »Die Pflegeschwester ist unten und frühstückt. Sie ist ein nettes Frauenzimmer und hebt sich Zeitungsausschnitte auf.«

»Wer? Die Schwester?« fragte Mirabelle bestürzt.

»Du kamst hier um drei Uhr morgens in einem Auto an. Du hattest eine Nurse bei dir.«

Alma zählte die näheren Umstände in chronologischer Reihenfolge auf.

»Und zwei Männer. Zuerst stieg einer der Männer aus und klopfte an die Tür. Ich war zu Tode erschrocken. In der Tat, ich war schon den ganzen Nachmittag in Angst, seitdem ich dein Telegramm erhalten hatte, das mich bat, nicht nach London zu kommen.«

»Aber ein derartiges Telegramm habe ich doch gar nicht abgesandt«, bemerkte das junge Mädchen.

»Nachdem ich 'runterkam, sagte mir der Mann – er war ein wirklicher Gentleman und sprach sehr nett –, daß du krank geworden seist und daß dich eine Schwester nach Hause gebracht hätte. Dann trugen sie, die Schwester und die beiden Männer, dich die Treppe hinauf und legten dich aufs Bett, und die Schwester und ich zogen dich aus. Es war einfach unmöglich für mich, dich aufzuwecken, und du sprachst ununterbrochen von Orangenlimonade.«

»Ich entsinne mich. Es war so bitter. Und Lord Evington ließ mich von der seinigen trinken. Und dann ... dann weiß ich nicht, was nachher passierte«, sagte sie mit einer kleinen Grimasse.

»Mr. Gonsalez ließ das Auto kommen und die Schwester aus dem Schwesternheim«, erklärte Alma.

»Gonsalez? Doch nicht mein Gonsalez ...? Der Gonsalez von den ›Vier Gerechten‹?« fragte das junge Mädchen betroffen.

»Ich bin sicher, daß es Gonsalez war. Sie machten auch gar kein Geheimnis daraus. Du kannst ja die Herren sprechen, die dich hierherbrachten. Er ist irgendwo in der Nähe. Ich sah ihn vor kaum fünf Minuten auf dem Rasenplatz hier auf und ab schlendern und rauchen. Eine Pfeife«, fügte Alma hinzu.

Das Mädchen stand auf, mit merkwürdig wankenden Knien; aber sie ermöglichte es dennoch, sich an das Fenster zu schleppen, stieß den Fensterflügel noch weiter auf und blickte über den buntgestickten Blumenteppich. Mirabelle stand einen Augenblick still und nahm in großen Zügen den wunderbaren Duft in sich auf; dann wandte sie sich mit einem Seufzer zu der wartenden Alma zurück.

»Ich weiß nicht, wie das alles passierte und weshalb; aber auf mein Wort, Alma, ich freue mich so, daß ich wieder hier bin. Dieser fürchterliche Mensch ...! Wir frühstückten im Ritz-Carlton. Ich möchte niemals wieder ein anderes Restaurant sehen oder einen Ballsaal oder Chester-Square oder irgendeinen anderen Platz, außer der guten alten Heavytree-Farm!«

Sie nahm eine Tasse Tee aus Almas Hand, trank hastig und setzte sie mit einem kleinen Seufzer hin.

»Das war wunderbar. Ja, auch der Tee war's. Aber ich dachte dabei eigentlich an Gonsalez. Wenn er es sein sollte ...!«

»Unten ist ein Herr; er wartet seit zwölf Uhr.«

»Ich werde in einer Viertelstunde unten sein«, sagte sie. »Wer ist es denn?«

»Ich habe noch nichts von ihm gehört, aber er ist ein Gentleman«, war die unbefriedigende Antwort. »Sie wollten ihn nicht hereinkommen lassen.«

»Wer wollte das nicht?«

»Die Herren, die dich gestern hierhergebracht haben.«

Mirabelle starrte sie an.

»Du meinst, sie bewachen das Haus?«

»Ja, so sieht es mir aus«, sagte Alma bitter. »Warum sie sich 'reinmischen, weiß ich nicht. Auf jeden Fall ließen sie ihn schließlich herein. Mr. Johnson Lee.«

Das junge Mädchen zog die Stirn in Falten. »Den Namen kenne ich nicht.«

Sie nahm ihr Bad, kleidete sich mit Hilfe der Krankenschwester an und wankte die Treppe hinunter. Alma wartete in der Vorhalle, deren Fußboden mit Ziegeln belegt war.

»Er will dich allein sprechen«, flüsterte sie pathetisch. »Ich weiß eigentlich nicht, ob ich das erlauben soll, aber da stimmt augenscheinlich etwas nicht. Diese Männer, die um das Haus 'rumspionieren, sind mir fürchterlich auf die Nerven gefallen.«

Mirabelle lachte leise, als sie die Tür öffnete und eintrat. Bei dem Geräusch der schließenden Tür erhob sich der Mann, der steif auf einem tiefen Diwan in einer Fensternische gesessen hatte. Er war groß und gebückt und sein dunkles Gesicht voller Falten. Seine Augen konnte sie nicht sehen, denn diese waren hinter dunkelgrünen Gläsern verborgen, die sich auf sie richteten, als sie quer durch das Zimmer auf ihn zukam.

»Miss Mirabelle Leicester?« fragte er in der tiefen melodischen Stimme eines wohlerzogenen Mannes.

Er gab ihr die Hand.

»Wollen Sie sich nicht setzen?« fragte sie, denn er war stehen geblieben, während sie sich bereits gesetzt hatte.

»Danke.« Er setzte sich vorsichtig und hielt seinen Regenschirm, den er mit ins Zimmer gebracht hatte, zwischen seinen Knien.

»Ich fürchte, mein Besuch kommt sehr ungelegen, Miss Leicester. Haben Sie vielleicht durch irgendeinen Zufall von einem Mr. Barberton gehört?«

Ihre Stirn faltete sich nachdenklich.

»Barberton? Der Name kommt mir bekannt vor.«

»Er wurde gestern am Themseufer getötet.«

Sie entsann sich dessen jetzt.

»Der Mann, der von der Schlange gebissen wurde?« fragte sie erschrocken.

Der Besucher nickte.

»Es war ein großer Schlag für mich, denn ich war viele Jahre mit ihm befreundet und hatte mit ihm abgemacht, ihn am Abend im Hotel aufzusuchen, als sein Tod mir zuvorkam.«

Und dann lenkte der Fremde das Gespräch in ein anderes Fahrwasser.

»Ihr Vater war Gelehrter, Miss Leicester?«

Sie nickte.

»Ja, er war Astronom, ein Fachmann für Meteore.«

»Richtig. Ich dachte mir, daß er ein Gentleman sei. Ich habe mir erst kürzlich sein Buch vorlesen lassen. Er hielt sich einige Jahre in Afrika auf?«

»Ja«, antwortete sie gelassen, »er starb dort. Er hat drei Jahre lang Meteore in Angola studiert. Sie wissen jedenfalls, daß eine sehr große Anzahl Sternschnuppen in jenem Lande fallen. Mein Vater behauptete, daß diese Tatsache den großen Eisensteingebirgen zuzuschreiben sei, die die Meteore anzögen. – Darum errichtete er ein kleines Observatorium im Innern.« Ihre Lippen zitterten. »Er wurde während eines Eingeborenenaufstandes getötet.«

»Kennen Sie den Teil Angolas, in dem er sein Observatorium hatte?«

Sie schüttelte ihren Kopf.

»Sicher nicht. Ich bin niemals in Afrika gewesen. Aber vielleicht weiß Tante Alma ...«

Sie ging hinaus und fand Alma im Gange wartend; diese unterhielt sich mit dem Mann, der Pfeife rauchte. Bei Mirabelles Näherkommen zog er sich hastig zurück.

»Alma, erinnerst du dich, in welchem Teil Angolas Vater sein Observatorium hatte?«

Alma wußte es nicht aus dem Kopf, aber eins ihrer wertvollen Notizbücher enthielt alle Aufklärungen, die das Mädchen brauchte, und sie brachte das Buch zu Mr. Lee.

»Hier sind alle Einzelheiten«, sagte Alma und legte das Buch offen vor die beiden hin.

»Würden Sie so gut sein, es mir vorzulesen?« bat er sanft. Und sie las ihm die drei kurzen Sätze vor, die besagten, daß Professor Leicester seine Wohnung in Bishaka aufgeschlagen habe.

»Das ist der Ort!« unterbrach der Besucher. »Bishaka. Sind Sie sicher, daß Mr. Barberton nicht an Sie geschrieben hat?«

»Mir?« fragte sie erstaunt. »Nein ... Warum sollte er das auch?«

Er antwortete nicht, aber er saß lange Zeit und wälzte das Thema in seinem Kopfe hin und her.

»Sie sind vollkommen sicher, daß niemand Ihnen ein Dokument ... wahrscheinlich in portugiesischer Sprache ... über ...« – er zögerte –, »... Bishaka gesandt hat?«

Sie schüttelte den Kopf Und dann stellte er, als ob er ihre Gebärde nicht gesehen habe, die Frage noch einmal.

»Ich bin dessen sicher. Der Briefwechsel, den wir hier auf der Farm unterhalten, ist sehr unbedeutend, und es ist unmöglich, daß ich etwas so Merkwürdiges übersehen könnte.«

Wieder wälzte er das Problem in seinem Hirn hin und her.

»Besitzen Sie irgendwelche Schriftstücke in portugiesischer oder in englischer Sprache ... irgendwelche Briefe von Ihrem Vater über Angola?«

»Nicht ein einziges« antwortete sie. »Die einzige Andeutung, die mein Vater über Bishaka machte, war *die*, daß er eine Menge Nachrichten erhalten habe, von denen er glaubte, daß sie wertvoll für ihn sein könnten, und daß er ein wenig beunruhigt wegen seiner Kameras war, die er an verschiedenen Stellen des Landes aufgestellt hatte, um jeden Sektor des Himmelsgewölbes zu decken, und die von wandernden Prospektoren nicht in Ruhe gelassen würden.«

»Sagte er das? Hat er das gesagt?« fragte Mr. Lee hastig. »Da haben Sie's! Das erklärt vieles.«

Sie lachte unwillkürlich.

»Mir erklärt es nicht viel, Mr. Lee«, gestand sie offen. Und dann, in einem ernsteren Tone: »Kam Barberton von Angola?«

»Ja, Barberton kam aus diesem Lande«, antwortete er mit gedämpfter Stimme. »Ich möchte Ihnen gern etwas erzählen ...« – er zögerte – »aber ich fürchte mich ein wenig.«

»Fürchten? Warum?«

Er schüttelte den Kopf.

»In letzter Zeit sind so schauerliche Dinge passiert. Ich möchte gern, daß ich glauben könnte, Sie seien nicht in Gefahr«, fügte er freundlich hinzu. »Dann könnte ich von dem sprechen, was mir auf der Seele liegt, und mich damit selbst von einer großen Angst befreien.«

Er stand langsam auf.

»Ich glaube, das beste ist, ich berate mich mit meinem Rechtsanwalt. Ich war töricht, ihm das so lange vorzuenthalten. Er ist der einzige, den ich mit der Durchsuchung meiner Dokumente betrauen kann.«

Sie sah ihn nur befremdet an.

»Aber das können Sie doch sicher selber tun!« antwortete sie gutmütig.

»Nein, das kann ich eben nicht, weil ich ...« – er sprach mit der Naivität eines Kindes – »ich bin blind.«

»Blind?« fragte Mirabelle betroffen; der Mann lachte leise.

»Für einen Blinden bin ich doch ziemlich auf dem Damm und gewandt. Nicht? Ich kann quer durch ein Zimmer gehen, ohne an Möbel anzustoßen. Das einzige, was ich nicht kann, ist lesen, zum wenigsten gewöhnlichen Druck nicht. Ich kann Braille lesen. Barberton, der arme Kerl, lehrte es mich. Er war Schullehrer«, erklärte er, »in einer Blindenanstalt bei Brightlingsea. Er war kein sonderlich gelehrter Mann, aber Blindenschrift konnte er wunderbar schnell schreiben. Auf diese Weise haben wir jahrelang miteinander korrespondiert. Er konnte einen Brief in Blindenschrift fast ebensoschnell schreiben wie Sie die gewöhnliche Schrift mit Tinte und Feder.«

Ihr Herz war voll Mitleid für den Mann; er war so heiter, so vertrauensvoll und zugleich so stolz auf seine eigenen Fähigkeiten, daß ihr Mitleid sich in Bewunderung kehrte.

»Ich hätte Ihnen gern mehr erzählt«, sagte er, ihr seine Hand reichend. »Wahrscheinlich werde ich Ihnen morgen einen langen Brief diktieren, oder mein Rechtsanwalt wird das besorgen und Ihnen alle Daten vorlegen. Augenblicklich muß ich aber erst prüfen, wie weit ich gehen kann. Ich habe nicht das Verlangen, unnötig Hoffnungen zu erregen. Kennen Sie einen Mr. Manfred?«

»Persönlich nicht«, erwiderte sie hastig. »Sie meinen George Manfred?«

Er nickte.

»Haben Sie ihn gesprochen?« Es kam hastig heraus. »Und Mr. Poiccart?«

»Nein, Mr. Poiccart nicht. Manfred sprach zeitig heute morgen durchs Telefon mit mir. Er schien alles über meine Beziehungen zu meinem armen Freund zu wissen. Er wußte auch von meiner Blindheit. Ein sehr merkwürdiger Mann, sehr sanft, sehr höflich. Er war es auch, der mir Ihre Adresse gab. Vielleicht«, sann er, »würde es ratsam sein, wenn ich ihn zuerst um Rat fragte.«

»Ganz Ihrer Meinung!« rief sie begeistert. »Es sind wundervolle Leute. Sie haben sicher von ihnen gehört, Mr. Lee ... von den ›Vier Gerechten‹?«

Er lächelte.

»Klingt, als ob Sie sie bewunderten. Ja, ich habe oft von

ihnen gehört. Es sind die Männer, die vor vielen Jahren damit anfingen, die Unzulänglichkeiten der englischen Gesetze auszumerzen und dort zu strafen, wo vom Gesetz keine Bestrafung vorgesehen ist. Sonderbar, daß ich niemals mit ihnen Beziehungen angeknüpft habe...« Er dachte eine lange Weile darüber nach, und dann fuhr er fort: »Ich wundere mich«, aber er sagte ihr nicht, worüber er sich wunderte.

Sie ging mit ihm den Gartenpfad hinunter auf die Straße und stand und plauderte mit ihm über das Land, über die Blumen, die er niemals gesehen hatte, und über das Wetter. Als sein Wagen abfuhr, winkte sie mit der Hand, und er erhob seine Hand natürlich zu einem letzten Gruß, daß sie einen Augenblick lang annahm, er müsse sie gesehen haben.

So kam er ihr außer Sicht und hätte ebensogut aus ihrem Leben scheiden können; denn Oberzohn hatte beschlossen, daß die Stunden des blinden Johnson Lee gezählt sein sollten.

Aber zufällig hatten die ›Drei Gerechten‹ über Mr. Oberzohn den gleichen Beschluß gefaßt; nur über die Art, wie er aus dem Leben scheiden sollte, herrschte einige Unstimmigkeit.

Leon Gonsalez hatte darüber sehr originelle Ideen.

Manfred streifte seine Handschuhe über, als er sprach, und Leon Gonsalez sah ihn mit kritischer Bewunderung an.

»Sollen Sie jetzt bei Hofe vorgestellt werden, oder nehmen Sie Ihren Tee bei einer Herzogin ein?«

»Keines von beiden. Ich besuche Freund Oberzohn.«

»Den Teufel tun Sie!« Leons Augenbrauen hoben sich.

»Ich habe die Vorsicht gebraucht, ihm eine Mitteilung zu schicken, in der ich ihn bat, seine Schlangen unter Verschluß zu halten. Und da ich absichtlich den Durchschlag des Briefes geschickt habe, um ihm die Tatsache vor Augen zu führen, daß das Original des Briefes vorhanden ist und als Beweismittel gegen ihn angewendet werden kann, glaube ich Oberzohn & Smitts Hauptkontor verlassen zu können, ohne daß mir ein Haar gekrümmt worden ist. Wenn Sie nicht zu müde sind, Leon, würde ich es vorziehen, im Buick zu fahren.«

»Lassen Sie mir eine Viertelstunde Zeit!« antwortete Leon und ging in sein Zimmer, um sich zu säubern.

Genau fünfzehn Minuten später hielt der Buick vor der Tür, und Manfred setzte sich in den ›Salon‹. Es bestand keine Scheidewand zwischen Chauffeur und Passagier, und so war eine Unterhaltung möglich.

»Es wäre gut gewesen, wenn Sie Bruder Newton dorthin zitiert hätten.«

»Bruder Newton wird dort sein. Ich war vorsichtig genug, ihm eine ähnliche Mitteilung zu schicken. Ich kann mir nicht vorstellen, daß sie ihre bewaffnete Macht aufmarschieren lassen«, sagte Manfred.

»Na, zwei oder drei weiß ich bestimmt, die sie nicht aufmarschieren lassen.«

Gonsalez grinste den Verkehrsschutzmann an, der ihn nach der Oxford-Straße hineinwinkte.

»Mein Browning schießt zu hoch, Manfred. Ich hatte das Eisen schon immer in diesem Verdacht.«

Gonsalez schwätzte über Waffen und Munition, bis der viereckige Block von Oberzohn & Smitts in Sicht kam.

»Weidmanns Heil!« rief er, als er herunterkletterte, den Wagenschlag öffnete und seinen Hut vor Manfred zog, als dieser ausstieg.

Gonsalez kletterte auf seinen Sitz zurück, drehte den kleinen Wagen im Kreise herum und hielt auf der gegenüberliegenden Straßenseite. Seine Augen waren dabei abwechselnd auf den Eingang zu Oberzohn & Smitts und auf den Spiegel gerichtet, der ihm einen Blick auf den Verkehr gestattete, der sich ihm von rückwärts näherte.

Manfred wurde nicht länger als zwei Minuten im Wartezimmer gehalten. Nach Verlauf dieser Zeit führte ihn ein feierlich aussehender, bebrillter Jüngling mit einer kleinen Verbeugung quer durch ein recht unauffälliges Kontor vor den berühmten Doktor.

Der alte Mann saß an seinem Schreibtisch. Hinter ihm Monty Newton, eine große gelbe Blume im Knopfloch und ein Lächeln in seinem Gesicht.

Oberzohn stand auf wie ein Mann, der im Begriff war, stramm zu stehen.

»Mr. Manfred, das ist eine große Ehre!« sagte er und streckte ihm seine Hand entgegen.

Ein Stuhl war für den Besuch hereingebracht worden, ein sehr dick gepolsterter Stuhl, auf den der Doktor mit der Hand wies, die Manfred nicht nahm.

»Guten Morgen, Manfred!«

Newton nahm seine Zigarre aus dem Mund und nickte lustig. »Waren Sie gestern abend auf dem Ball?«

»Ich war da, aber ich ging nicht hinein.« Manfred setzte sich. »Sie sind auch erst spät gekommen, wie man mir sagte.«

»Von allen Ereignissen war das das unglücklichste«, bemerkte Dr. Oberzohn, und Newton lachte.

»Mir ist seine Laboratoriumssekretärin abhanden gekommen; das hat er mir noch nicht vergeben«, berichtete Newton treuherzig. »Ein Mädel, das er gestern erst angenommen hat. Sie wollte nicht aufs Land zurück, wo sie herkam. Deshalb bot ihr meine Schwester an, ihr Nachtquartier bei sich in Chester-Square zu geben. Aber verdammt, sie kam bei einem Tanz abhanden, und wir haben sie seitdem nicht wieder gesehen.«

»Es war eine schreckliche Sache«, erzählte Oberzohn traurig. »Ich betrachtete sie als meine Schutzbefohlene. Ich bin für ihre Sicherheit verantwortlich. Sie, glaube ich, Mr. Newton ...«

»Wenn ich Sie wäre, würde ich mich nicht einen Augenblick beunruhigen, Doktor«, sagte Manfred obenhin. »Die junge Dame befindet sich auf Heavytree-Farm. Ja, ich dachte mir, daß das Sie überraschen würde. Befindet sich Ihre Schwester wohl?« Newton zuckte die Achseln.

»Sie ist natürlich verstört. Und wer würde das nicht sein! Johanne ist ein sehr zart besaitetes Mädchen.«

»Ja, das ist sie wohl seit Jahren gewesen«, äußerte Manfred angriffslustig. »Darf ich rauchen?«

»Eine von meinen Zigaretten gefällig?«

Manfreds ernste Augen bohrten sich in die des Doktors; in einer Weise, die den Älteren wider dessen Willen in seinem Bann hielten.

»Ich habe gerade eine zuviel von Ihren Zigaretten geraucht«, sagte Manfred. Seine Worte gingen durchs Zimmer, wie ein kalter Hauch. »Ich möchte keine mehr davon haben, Herr Doktor, sonst würde es in Ihrem Familienkreise Lücken geben.«

»Sie scheinen so viel über mich zu wissen wie ich selbst, Mr. Manfred«, sagte Oberzohn in einem heiseren Flüsterton.

Manfred nickte.

»Noch mehr. Denn während Sie gegen die Zeit anrennen, um das Ende eines Lebens zu vermeiden, das einer Erhaltung nicht besonders wert scheint, und während Sie nicht wissen, welchen Tag oder welche Stunde das Ende kommen mag, kann ich Ihnen das bis auf die Minute sagen.«

Der Finger seiner behandschuhten Rechten verstärkte die Drohung.

Aus Monty Newtons Gesicht war jede Spur eines Lächelns gewichen. Er ließ den Besuch nicht aus den Augen.

»Vielleicht sind Sie so gut und sagen mir die Minute!« Oberzohn fand nur mit Mühe die Sprache. Wut hatte sich seiner bemächtigt, und nur sein eiserner Wille ließ die Flammen nicht hochlodern.

»An dem Tage, an dem Mirabelle Leicester ein Leid widerfährt, sterben Sie! Sie und alle, die es mit Ihnen gehalten haben!«

»Passen Sie mal auf, Manfred! Hier in diesem Lande gibt's noch ein Gesetz!« begann Monty Newton heftig.

»Das Gesetz bin ich!«

Diese Worte klangen wie die Armesünderglocke des Schicksals.

»In dieser Angelegenheit bin ich Richter, Geschworene und Henker. Und schonen werde ich weder alt noch jung!« betonte Manfred gelassen.

»Sind Sie denn ebenfalls unsterblich?« höhne Monty.

Nur eine Sekunde lang ließ Manfred das Gesicht des Alten aus dem Auge.

»Das Gesetz ist unsterblich«, sagte er. »Wenn Sie sich einbilden, daß Sie mich durch einen schlau ausgeheckten Plan aus dem Wege schaffen können, ehe ich gefährlich werde, dann achten Sie ja darauf, daß dann nichts von mir übrigbleibt.«

»Sie haben mich doch nicht hierherbestellt, damit ich mir diesen Unsinn anhöre?« fragte Newton. Und obwohl seine Worte frech waren, befanden sich jetzt Schatten in seinem Gesicht, die vor Manfreds Eintritt in das Zimmer *nicht* da waren.

»Ich bin hierhergekommen, um Ihnen zu sagen, Sie sollen Miss Leicester aus dem Spiel lassen. Sie sind hinter etwas her, was Sie nicht bekommen können und was kein Mensch in der Lage ist, Ihnen zu geben. Was es ist, weiß ich nicht ... Mit dieser Nachricht will ich Ihnen gern ein Geschenk machen ... Aber dieses Etwas ist groß – größer als irgendeine Beute, hinter der Sie jemals in Ihrem verbrecherischen Leben hergewesen sind! Und um das zu erlangen, sind Sie bereit, das Leben Unschuldiger zu opfern. Das *Ende* ist nahe!«

Er hatte sich erhoben und stand am Tisch; er ragte über den gebückt dastehenden Doktor hinaus.

»Ich kann natürlich nicht sagen, welche Tätigkeit die Polizei diesem Schlangenbiß gegenüber entfalten wird, Oberzohn. Aber ich mache Ihnen folgendes Anerbieten: Ich und meine Freunde wollen beiseite stehen und es Meadows überlassen, wie er eurer auf seine eigene Weise habhaft wird. Sie denken, daß Sie dann unbehelligt davonkommen werden? Das werden Sie *nicht.* Diese Polizisten sind wie Bulldoggen.«

»Und was verlangen Sie für diesen interessanten Dienst?«

Newton rauchte gelassen an seiner Zigarre, seine Hände auf dem Rücken gefaltet, breitbeinig, ein Bild des Wohlbefindens und des Behagens.

»Lassen Sie Miss Leicester in Ruhe! Finden Sie einen anderen Weg, zu Geld zu kommen, das Sie so nötig brauchen!«

Newton lachte.

»Mein Lieber! Das ist dummer Schnack. Weder Oberzohn noch ich sind eigentlich arm.«

»Bankrott seid ihr! Beide!« antwortete Manfred gelassen. »Ihr seid in der Lage von Spielern, die eine lange Zeit Unglück im Spiel gehabt haben. Ihr habt keine Reserven, und eure Ausgaben sind ungeheuer. Suchen Sie einen anderen Weg, Newton ... und sagen Sie Ihrer Schwester ...« – Manfred zögerte an der Tür und sah in das weiße Futter seines Zylinders – »ich möchte sie morgen früh zehn Uhr sprechen.«

»Ist das ein Befehl?« fragte Newton sarkastisch.

Manfred nickte.

»Dann lassen Sie mich Ihnen sagen«, brüllte der Mann, weiß vor Wut, »daß ich Befehle von Ihnen weder für sie noch für mich annehme. Das ist Ihnen wohl zu Kopf gestiegen, daß Sie Ihren Freispruch erwirkt haben! Wie? Nehmen Sie sich vor mir in acht, Manfred! Ich bin nicht ganz ungefährlich!«

Er fühlte des Doktors Fuß warnend auf seinem eigenen.

»All right!« knurrte er. »Aber erwarten Sie nicht, daß Johanne zu Ihnen kommt.«

Er riß einen groben Witz. Manfred blickte auf, ihre Blicke trafen sich.

»Sie werden entweder von der Regierung gehängt oder von Oberzohn ermordet werden ... Ich bin nicht ganz sicher, welches von beiden es sein wird«, meinte Manfred sachlich, und er sprach mit solcher Überzeugung, daß alles Blut aus Monty Newtons Herzen wich.

Manfred stand am Bürgersteig und winkte. Sein kleiner Wagen kam schnell und geräuschlos zu ihm herübergeglitten.

Leons Augen hafteten auf dem Hauseingang. Ein großer Mensch stand im Schatten der Halle auf der Lauer. Er lehnte, in einen nachlässigen Anzug gekleidet, an der Wand; eine Sekunde lang war Leon erschrocken.

»Steigen Sie ein! Fix!«

Leon schrie die letzten Worte fast über seine Schulter nach rückwärts. Manfred sprang in den Wagen, als der Chauffeur den Wagen auch schon vorwärts trieb.

»Was zum ...?« begann Manfred. Der Rest seines Satzes wurde von dem schrecklichen Krach verschlungen, der unmittelbar darauf folgte.

Der Lederüberzug des kleinen Autos war hinten von oben bis unten aufgerissen, ein Glassplitter traf Leons Kappe. Er stellte die Bremsen fest, riß die Türen des Wagens auf und sprang heraus.

Hinter dem Wagen lag ein Haufen von Trümmern; ein großes Stück Gußeisen lag, in drei Stücke geborsten, mitten zwischen zerbrochenem Kistenmaterial.

Leon sah auf. Unmittelbar über dem Eingang zu Oberzohn & Smitts befand sich ein Kran, der gerade, ehe Manfred heraustrat, mit einer schweren Last herausgeschwungen wurde. Das Stahlseil hing lose herab. Leon hörte aufgeregte Stimmen von der drei Stockwerk hohen, offenen Bodenluke her reden. Und zwei Männer mit großen Brillengläsern sahen herunter und schnatterten in einer Sprache, die er nicht verstand.

»Ein sehr hübscher Unfall. Wenn wir nicht schnell gewesen wären, hätten wir Stoff für 'nen halben spaltenlangen Artikel in den Abendblättern abgeben können!« bemerkte Leon.

»Und der Herr im Hauseingang ... was machte *der*?« fragte Manfred.

Leon ging zurück durch den Eingang, der Mann war verschwunden. Aber in seiner Nähe befand sich eine kleine elektrische Klingel, die offensichtlich erst kürzlich dort angebracht worden war; denn die Leitungsdrähte liefen locker auf der Wandoberfläche hin.

Leon kam gerade rechtzeitig genug zurück, um einen Polizisten die Straße überqueren zu sehen.

»Ich möchte herausfinden, wie dieser Unfall passieren konnte, Schutzmann. Mein Herr wurde dabei fast getötet.«

Der Schutzmann sah auf die zwanzig Zentner Trümmer, die

da halb auf dem Bürgersteig herumlagen, und blickte dann in die Höhe auf das lose Drahtseil.

»Das Seil war nicht an der Rolle befestigt und ganz abgelaufen, glaube ich.«

»Ja, das glaube ich auch!« sagte Leon ernst.

Er wartete nicht, um den Schutzmann seine Nachforschungen beenden zu sehen, sondern fuhr in gemessenem Tempo nach Hause und erwähnte nichts von dem Unfall, bis er seinen Wagen untergebracht hatte und nach Curzon-Straße zurückgekehrt war.

»Der Mann in der Halle war dort aufgestellt, um ein Zeichen zu geben, sobald Sie sich unter der Kranlast befänden ... Gewisse Dinge dürfen nicht vorkommen. Ich werde jetzt einige Erkundigungen einziehen.«

Gonsalez kannte einen von Oberzohns Leuten, einen netten jungen Schweden, mit der in Skandinavien normalen Kenntnis des Englischen. Neun Uhr abends war Gonsalez in ein schwedisches Restaurant in Dean-Street geschlendert und traf dort den jungen Mann, der eben seine Mahlzeit beendet hatte. Es war eine Bekanntschaft – eine seiner vielen –, die Leon eifrig gepflegt hatte.

Der junge Mann, der Leon unter dem Namen Mr. Heinz kannte – Leon sprach auffällig gut Deutsch –, war froh, Gesellschaft zu haben, mit der er den unerklärlichen Vorfall dieses Nachmittags besprechen konnte.

»Das Kranseil war nicht an der Rolle befestigt«, sagte er. »Es hätte schrecklich werden können! Draußen befand sich gerade ein Gentleman in seinem Auto unter dem Kran, und er war gerade ein paar Zoll mit seinem Wagen vorgerückt, als die Kiste herunterfiel. In dem Hause herrscht Unglück. Ich bin froh, daß ich Ende der Woche dort fortgehe.«

Leon stellte noch einige wichtige Fragen, aber er beeilte sich nicht damit; er besaß in einem bemerkenswerten Grade die Gabe der Geduld. Es war beinahe zehn Uhr, als sie sich trennten, und Gonsalez ging nach seiner Garage zurück; er brachte eine Viertelstunde dort zu.

Um Mitternacht, Manfred hatte eben eine lange Unterhaltung mit dem Scotland-Yard-Mann gehabt, der noch immer in Brightlingsea war, kam Leon; er sah sehr zufrieden mit sich aus. Poiccart war zu Bett gegangen, und Manfred hatte eben eine Reihe Lichter ausgeschaltet, als sein Freund eintrat.

»Schönen Dank auch, mein lieber George!« rief Gonsalez munter. »Es war sehr gut von Ihnen, und ich wollte Sie nicht gern stören, aber ...«

»O bitte, es hat mir keine Umstände gemacht. Ich mußte nur meine Schuhe wechseln«, sagte Manfred lächelnd. »Aber warum – ich bin ja nicht neugierig – aber warum wollten Sie, daß ich an den Nachtwächter von Oberzohn telefonierte, er solle um elf Uhr an der Tür auf eine Botschaft vom Doktor warten?«

»Weil der Nachtmann eine ehrliche Seele ist«, antwortete Leon und rieb sich vergnügt die Hände. »Er ist verheiratet und hat sechs Kinder. Und es lag mir besonders daran, daß niemand dabei zu Schaden käme. Auf das Gebäude kommt's nicht an. Das steht – oder stand – für sich, entfernt von allen anderen. Das einzige, was mich beunruhigt, war der Nachtwächter. Er befand sich an der Tür ... Ich habe ihn dort gesehen.«

Manfred stellte keine weiteren Fragen. Am nächsten Morgen griff er zur Zeitung, blickte sofort nach der mittleren Spalte und las den Bericht über das große Feuer in der City-Straße, durch das die Anlagen der Herren Oberzohn & Smitts gänzlich ausgebrannt worden seien. Tatsächlich erwartete Manfred das zu lesen, ehe er einen Blick in die Zeitung geworfen hatte.

»Unglücksfälle bleiben Unglücksfälle«, meinte Leon an diesem Morgen beim Frühstück. »Und das Gespräch, das ich gestern abend mit dem Angestellten hatte, hat mich 'ne Menge gelehrt. Oberzohn hat seine Feuerversicherung verfallen lassen!«

14

In einem der verbotenen Zimmer, das mit Apparaten angefüllt war, die Oberzohn zum Vergnügen und zu seinem Nutzen dort aufgestapelt hatte, stand auch ein kleiner elektrischer Ofen, der der Mittelpunkt von Oberzohns sehr interessanten Experimenten war. Es befanden sich in gewissen bekannten Arzneien Bestandteile, die er bestrebt war, zu eliminieren. Dr. Oberzohn glaubte fest an viele Dinge, die der moderne Chemiker ins Reich der Fabel verwies. So glaubte er an den ›Stein der Weisen‹ und an die Umwandlung unedler Metalle in edle. Jede freie Stunde widmete er dieser Marotte; und er befand sich mitten in seinen

Versuchen, als das Telefon ihn in sein Studierzimmer zurückrief.

Er hörte der Unglücksmeldung, die Monty Newton hervorjammerte, zu; jeder Muskel seines Gesichtes zuckte.

»Es brennt noch? Habt ihr denn keine Feuerwehr in London?«

»Ist der Platz versichert, oder ist er's nicht?« fragte Monty zum zweiten Male.

»Nein! Nicht versichert. Aber das ist so nebensächlich im Vergleich zu dem großen bevorstehenden Ereignis, daß ich es nicht beachten werde.«

»Es war Brandstiftung«, berichtete Newton wütend. »Die Feuerwehr ist dessen sicher. Diese verfluchte Bande rächt sich an uns für das, was heute nachmittag passiert ist.«

»Ich weiß nicht, daß heute nachmittag etwas passiert ist«, antwortete Oberzohn kalt. »Und Sie wissen auch von nichts. Es war ein Unglücksfall, den wir alle beklagen. Was diesen Mann anbelangt ... werden wir sehen.«

Er legte den Telefonhörer sehr sorgfältig auf, ging den Gang entlang und eine Flucht steiler dunkler Treppen hinunter, die in eine im Untergeschoß befindliche Küche führten. Er hörte wütende Stimmen, ehe er die Tür öffnete, und beobachtete den sich ihm darbietenden Auftritt mit dem Gefühl größter Genugtuung.

Nur zwei Männer befanden sich in dem sonst leeren Raum. Die Dienstboten benutzten die wirkliche Küche an der Vorderseite des Hauses, und dieses Zimmer war mehr eine Art Abwaschraum. An einer Seite des Brettertisches stand Gurther, bleich wie der Tod, die gequollenen Augen rot vor Wut. An der anderen Seite stand der kurze untersetzte Russenpole mit seinem teigigen, fleischigen Gesicht und mit Säcken unter den Augen. Die auf dem Tisch und Fußboden verstreuten Karten erzählten dem Herrn Doktor, daß sich hier nur ein Streit wiederholte, den es häufig zwischen ihnen gab.

»Schweinehund!« zischte Gurther. »Ich habe dich gesehen, wie du den König beim Geben unterschlagen hast! Du raubst und bestiehlst ja selbst 'nen Blinden.«

»Du Hund! Du ...«

Sie sprachen beide Deutsch. Dann sah der Doktor, wie sich Gurthers Hand nach seiner Hüfte stahl.

»Gurther!« rief er, und der Mann drehte sich wie ein Kreisel herum. »Auf mein Zimmer! Vorwärts!«

Ohne ein Wort schritt der Mann an ihm vorbei, und der Doktor war mit dem keuchenden Russen allein.

»Herr Doktor, dieser Gurther ist nicht zu ertragen!«

Seine Stimme zitterte vor Wut. »Ich möchte lieber mit einem Schwein zusammenleben als mit diesem Mann. Der ist ja niemals normal, wenn er nicht Kokain oder Morphium genommen hat.«

»Still!« rief Oberzohn und wies auf einen Stuhl. »Warten Sie hier, bis ich komme!«

Als Oberzohn auf sein Zimmer kam, fand er Gurther in strammer Haltung vor.

»Nun, Gurther?« Es klang fast wohlwollend, als er dem Manne auf die Schulter klopfte. »Die Sache mit dem Gonsalez, die muß ein Ende nehmen. Kann ich denn meinen Gurther wie einen Wurm unter der Erde halten? Das kann nicht sein. Heute nacht werde ich dich zu diesem Manne schicken, und du bist so klug, daß es dir nicht fehlschlagen kann. Er hat dich gepeitscht, Gurther! Festgebunden und gepeitscht! Nun sollst du den Mann wiedersehen. Du wirst in einem Alltagsanzug gehen. Wie ein Kontorist! Du wirst ihn auf deine treffliche Art beobachten! Und dann sollst du ihn treffen ...! Ich erlaub' dir's!«

»Jawohl, Herr Doktor!«

Er wandte sich auf seinem Absatz um und verschwand durch die Tür. Der Doktor wartete, bis er ihn die Treppe hinaufgehen hörte, dann klingelte er nach Pfeiffer. Der Mann kam mürrisch herein. Ihm fehlte die kurze militärische Art Gurthers; dennoch war er, wie Oberzohn wußte, der gewecktere, der schlauere von beiden.

»Pfeiffer, es ist mir zu Ohren gekommen, daß du in Gefahr bist. Die Polizei will dich mit nach Warschau zurücknehmen, wo, wie du weißt, gewisse unangenehme Dinge geschehen sind. Und man hat mir gesagt, daß einer deiner Freunde« – Oberzohn dämpfte seine Stimme – »dich gern gehen sehen würde.«

Der Mann erhob seinen mürrischen Blick nicht vom Boden. Er antwortete auch nicht, noch gab er durch irgendeine Gebärde, durch irgendeine Bewegung seines Körpers zu erkennen, daß er das gehört hatte, was der alte Mann sagte.

»Gurther geht morgen; vielleicht, um gute Arbeit für uns zu tun. Vielleicht auch, um im geheimen zu seinen Freunden zu sprechen, die er bei der Polizei hat. Wer weiß! Er hat eine Aufgabe zu verrichten. Laß ihn das erst tun! Alle meine Leute werden dort sein. Du sollst auch gehen. Gurther, sagst du, beraubt einen Blinden! Gut! Das sollst du diesmal auch tun! Und was Gurther anlangt ... ich will ihn nicht wiedersehen. Ich bin seiner müde. Er ist ein Wahnsinniger. Alle Menschen sind wahnsinnig, die das weiße Pulver durch ihre Nase hinaufschnupfen. Nicht, Pfeiffer?«

Der linkisch aussehende Mann gab noch immer keine Antwort.

»Laß ihn erst seine Arbeit machen. Da darfst du dich nicht 'reinmischen, bis ... bis es getan ist'«

Pfeiffer sah ihn jetzt an, ein kühles Grinsen im Gesicht.

»Wenn er zurückkommt, komme ich nicht zurück. Dieser Mann jagt mir Angst ein. Zweimal ist die Polizei hier gewesen ... dreimal ... Entsinnen Sie sich des Frauenzimmers? Der Mann ist eine Gefahr. Ich habe Ihnen das gesagt an dem Tage, als Sie ihn herbrachten.«

»Er versteht sich aber wie ein feiner Mann zu kleiden«, sagte der Doktor sanft.

»Hm!« antwortete der andere verächtlich. »Ist er nicht Schauspieler, der für soundso viele Mark die Woche gemimt und sein Gesicht geschminkt und seine Beine herumgeworfen hat?«

»Wenn er nicht wiederkommt, werde ich erlöst sein«, murmelte der Doktor. »Aber es wäre ein großer Fehler, wenn er so gefunden würde, daß diese schlauen Kerle in unseren Angelegenheiten herumspionieren könnten.«

Pfeiffer schwieg. Er verstand seine Anweisungen.

»Wann geht er?«

»Morgen früh. Vor Tagesanbruch. Du wirst natürlich mit ihm sprechen.«

Er sagte etwas in einem so leisen Tone, das nur Pfeiffer hörte. Der Schatten, der in Strümpfen horchend an der Tür stand, hörte nur zwei Worte.

Gurther grinste im Dunkeln; seine hellen Augen bekamen Feuer. Er hörte seinen Kollegen auf die Tür zuschreiten und lief lautlos die Treppe hinauf.

Rath Hall war ein zweistöckiges weißes Gebäude, inmitten eines so dicht beholzten Parkes, daß das Haus von der Straße aus nicht zu sehen war. Und da der Hauptzugang zu dem Grundstück ein sehr gewöhnliches Tor ohne Torhüterhaus oder sichtbare Auffahrt auf der anderen Seite davon war, würde Gonsalez den Platz verfehlt haben, wenn er nicht den Mann erkannt hätte, der auf der moosbewachsenen, zerfallenen Mauer saß und heruntersprang, als Leon sein Auto anhielt.

»Mr. Meadows ist im Hause, Herr. Er sagte, er erwarte Sie.«

»Und wo in aller Welt ist das Haus?« fragte Leon Gonsalez, als er den Wagen zurückgehen ließ.

Zur Antwort öffnete der Detektiv das Tor weit, und Leon ließ seinen Wagen durch die Bäume schlängeln; dann, beim Näherkommen erkannte er, wo einmal ein Kiesweg gewesen war. Außerdem sah er Autospuren in dem weichen Erdboden.

Er kam gerade an, als Mr. Johnson Lee seine zwei Gäste zum Essen führte, und Meadows war sichtlich froh, Gonsalez zu sehen. Er entschuldigte sich und nahm Leon beiseite, in die Halle, wo sie nicht belauscht werden konnten.

»Ich habe Ihre Botschaft erhalten«, sagte er. »Das einzige Ungewöhnliche, was sich ereignet hat, ist, daß die Dienerschaft Einladungen zu einem großen Konzert in Brightlingsea erhalten hat. Haben Sie das erwartet?«

Leon nickte.

»Jawohl. Und ich hoffe, Lee wird sie gehen lassen. Mir ist es lieber, wenn sie aus dem Wege sind. Ein toller Plan ... aber Oberzohn liebt das. Sonst was passiert?«

»Nein. Ein oder zwei sonderbar aussehende Typen wurden beobachtet.«

»Hat Lee Ihnen die Briefe gezeigt, die er von Barberton hat?«

»Hat er. Aber sie kommen mir mehr als spanisch vor. Eine Anzahl winziger Erhebungen auf dickem, braunem Papier. Er bewahrt sie in seinem Geldschrank auf. Er las mir einige Briefe vor. Auf mich wirkten sie nicht sehr aufklärend.«

»Aber den Brief, auf den es ankommt?« fragte Leon hastig. »Den, den Lee beantwortet hat ... Beiläufig ... Sie wissen doch, daß Lee alle seine Antworten zwischen perforierten Zeilen schrieb?«

»Ich habe das Papier gesehen«, antwortete der Detektiv nikkend. »Nein ... ich habe ihn danach gefragt, aber anscheinend hat er keine Lust zu reden, ehe er nicht seinen Rechtsanwalt gesehen hat, der heute nacht hierher kommt. Er hätte eigentlich schon zum Essen hier sein müssen.«

Sie gingen zusammen ins Eßzimmer. Der Blinde wartete geduldig am Kopfende der Tafel, und Leon nahm mit einer Entschuldigung auf dem für ihn reservierten Sitz Platz. Er saß mit dem Rücken zur Wand, einem der drei hohen Fenster gegenüber, die auf den Garten hinausgingen. Es war eine warme Nacht, und die Vorhänge waren nicht zugezogen; auch hatte man das mittlere Fenster, dem Gonsalez gegenübersaß, offengelassen. Er gab Mr. Washington einen Wink, und der Amerikaner verstand, daß Gonsalez eine unbehinderte Aussicht auf den Park haben wollte.

»Möchten Sie vielleicht das Fenster geschlossen haben?« fragte Mr. Lee, indem er sich vorwärtsbeugte und die Tischgesellschaft im allgemeinen anredete. »Ich weiß, es ist offen, weil ich selbst es geöffnet habe. Ich liebe frische Luft.«

Sie murmelten ihre Zustimmung, und das Mahl verlief ohne bemerkenswerten Zwischenfall. Mr. Washington war einer jener anpassungsfähigen Leute, die sich in jede Umgebung hineinfinden, in die sie geraten. Er war in Rath Hall so zu Hause, als ob er in der Nähe geboren und aufgezogen worden sei. Überdies hatte er eine besondere Veranlassung, erfreut zu sein; er hatte eine seltene Otter während seines Morgenspazierganges im Gehölz gefunden und erklärte zehn Minuten lang, in welcher Hinsicht sie sich von jeder anderen englischen Otter unterschied.

»Ist sie tot?« fragte Meadows nervös.

»Totmachen?« fragte Mr. Washington entrüstet. »Warum sollte ich sie töten? Ich sah heute morgen eine große Menge Tauben auf dem Rasenplatz . . . hätte ich sie töten sollen? Nein, mein Herr! Ich hege keine solche niederträchtige Gesinnung gegen Schlangen. Ich schätze, Gott der Herr sandte Schlangen zu einem anderen Zweck in diese Welt, als daß sie jedesmal, wenn jemand ihrer ansichtig wird, gejagt und getötet werden sollen. Ich habe sie heute mit dem Zuge an einen Freund im Zoologischen Garten geschickt. Der wird mir sie aufbewahren, bis ich so weit bin, sie mit mir nach Hause zu nehmen.«

Leons Stimme klang eindringlich, als er auf einmal Washington bat, sich noch weiter links zu setzen. Als der große Mann seinen Stuhl verrückte, nickte Leon ihm dankend zu. Seine Augen hafteten auf dem Fenster und dem immer mehr in Dunkelheit sinkenden Rasenplatz. Nicht ein einziges Mal ließ er seinen Blick abschweifen.

»Das ist doch 'ne merkwürdige Sache mit meinem Rechtsanwalt ... mit Poole«, sagte Lee. »Er versprach doch, pünktlich sieben Uhr hier zu sein. Wie spät haben wir's denn?«

Meadows sah nach seiner Uhr.

»Halb neun.« Meadows sah, wie sich eine Wolke über das Gesicht des blinden Besitzers von Rath Hall legte.

»Es ist sehr merkwürdig. Es wird Ihnen doch nichts ausmachen ...?«

Sein Fuß berührte eine unter dem Tisch angebrachte Klingel. Sein Diener trat ein.

»Telefonieren Sie doch mal nach Mr. Pooles Wohnung, und fragen Sie, wann er das Haus verlassen hat!«

Der Diener kehrte nach kurzer Zeit zurück.

»Mr. Poole hat das Haus um halb sieben mit seinem Auto verlassen.«

Johnson Lee lehnte sich in seinen Stuhl zurück.

»Halb sieben? Dann hätte er um diese Zeit hier sein müssen.«

»Wie weit ist's von hier nach seiner Wohnung?«

»Ungefähr fünfzehn Meilen. Möglich, daß er später von London gekommen ist. Aber seltsam ist es auf jeden Fall.«

»Vielleicht hat er 'nen Raddefekt gehabt«, bemerkte Leon, ohne die Richtung seines Blickes im geringsten zu verändern.

»Er hätte telefonieren können.«

»Wußte jemand, daß er hierherkommen sollte? Ich meine, jemand außerhalb Ihrer Dienerschaft?« fragte Gonsalez.

Der blinde Mann zögerte.

»Ja, ich habe das auf der Post erwähnt. Ich ging, um meine Post abzuholen, und fand dabei heraus, daß ein Brief, den ich an Mr. Poole geschrieben hatte, durch eine von mir begangene Dummheit zurückgekommen war. Ich sagte dem Mann, daß es sich erübrigte, den Brief jetzt noch zu befördern, da Poole heute abend selber herauskäme.«

»War das im öffentlichen Schalterraum?«

»Ich glaube, ja.«

»Sie äußerten sonst nichts, Mr. Lee, ich meine, was auf den Zweck von Pooles Besuch Bezug hatte?«

»Ich weiß nicht. Ich fürchte fast, ich hab's getan«, gestand er. »Ich entsinne mich, gesagt zu haben, ich wolle mit Poole über den armen Barberton sprechen. Mr. Barberton war hier herum eine bekannte Persönlichkeit.«

»Das ist außerordentlich fatal«, bemerkte Leon.

Er dachte an zwei Dinge zugleich. Daran, wo sich wohl der vermißte Rechtsanwalt befinden mochte, und was für eine wundervolle Deckung die Mauer zwischen Fenstersims und Fußboden für einen Mann abgeben könnte, der sich außer Sicht halten wollte, bis er plötzlich zurückkäme, um die Schlange auf ihren Todesweg zu schicken.

»Beiläufig, wie viele von Ihren Leuten haben Sie denn in der Nähe, Meadows?«

»Einen, und er befindet sich nicht hier auf dem Grundstück, sondern draußen auf der Straße. Ich ziehe ihn des Nachts ein, oder besser, am Abend, um das Grundstück abzupatrouillieren, und er ist bewaffnet.«

»Das heißt, daß er einen Revolver hat, den er noch niemals anders als auf eine Scheibe abgeschossen hat!« sagte Leon. »Entschuldigen Sie . . . ich glaubte, ich hörte ein Auto.«

Er stand geräuschlos vom Tisch auf, ging hinter Lees Stuhl herum, schoß auf das Fenster zu und sah hinaus. Dicht an der Mauer lief ein Blumenbeet entlang, und die andere Seite entlang lief ein breiter Kiesweg. Zwischen Kiesweg und Blumenbeet befand sich ein breiter Rasenstreifen. Der Fahrweg ging etwa fünfzig Fuß nach rechts, ehe er sich unter einem Bogen von Crimson Ramblers wendete. Links dehnte er sich weniger als ein Dutzend Fuß aus, und von diesem Punkte aus mündete ein der Hausmauer paralleler Fußweg in den Fahrweg.

»Hören Sie's?« fragte Lee.

»Nein, ich habe mich getäuscht.«

Leon fuhr mit seiner Hand in die Seitentasche und holte eine Handvoll Dinger heraus, die wie winzige Knallbonbons aussahen. Nur Meadows bemerkte, wie er diese rechts und links ausstreute, und er war zu diskret, um nach dem Zweck zu fragen. Leon erkannte wohl, wie Meadows fragend seine Brauen hob, als er an dessen Stuhl vorbeischritt, aber er sagte absichtlich nichts. Darauf nahm er sein Mahl ein und schickte nur gelegentlich einen Blick nach dem Fenster.

»Ich verlasse mich nicht gänzlich auf den Rat meines Rechtsanwaltes«, sagte Lee. »Ich habe nach Lissabon telegrafiert und Doktor Pinto Caillao gebeten, nach London zu kommen. Der ist vielleicht wesentlich nützlicher als Poole, obwohl . . .«

Der Kellermeister trat in diesem Augenblick ein.

»Mrs. Poole hat soeben telefoniert, Sir. Ihrem Gemahl ist ein böser Unfall zugestoßen. Sein Auto ist gegen einen Baumstamm gefahren, der quer über die Landstraße bei Lawley lag. Der Baum befand sich jenseits der Kreuzung, und Mister Poole sah ihn erst, als es zu spät war.«

»Ist er schwer verletzt?«

»Nein, Herr, aber er befindet sich im Cottage-Hospital. Mrs. Poole sagt, er sei imstande, nach Hause zu fahren.«

Der Blinde saß mit offenem Munde da.

»Was für ein schreckliches Ereignis!« begann er.

»Das ist noch sehr glücklich für Mister Poole abgelaufen. Ich fürchtete Schlimmeres.«

Von irgendwo außerhalb des Fensters kam ein kleiner Knall, ein Laut, wie ihn ein explodierender Feuerwerksfrosch verursacht. Leon stand vom Tisch auf, ging schnell an die Seite des Fensters und sprang hinaus. Als er die Erde berührte, trat er auf eines der kleinen Bonbons, die er ausgestreut hatte, und es krachte unter seinen Sohlen.

Niemand war zu sehen. Er lief schnell über den Grasflecken, verlangsamte seinen Schritt, als er an das Ende der Mauer kam, und wirbelte plötzlich herum, den Revolver steif vor sich hinhaltend.

Noch immer nichts. Vor ihm befand sich eine dichte Buchsbaumhecke, in die ein Durchlaß geschnitten war. Er hörte den Krach eines Schwärmers hinter sich und glaubte, daß es Meadows sei. In diesem Augenblick kam der Detektiv zu ihm heran. Leon legte seinen Finger auf seine Lippen, lief über den Fußweg zum Gras auf der anderen Seite und stellte sich hinter einen Baum, bis er gerade durch die Öffnung in der Buchsbaumhecke sehen konnte. Auf der anderen Seite befand sich ein Rosengarten. Leon nahm aus seiner Tasche eine schwarze Röhre, die er, ohne seine Augen von der Buchsbaumhecke abzuwenden, auf die Mündung seines Brownings setzte. Meadows hörte den dumpfen Knall der Explosion. Dann gab es ein Fliegen von Blättern und Zweigen und das Hallen davoneilender Schritte. Leon stürzte gerade noch rechtzeitig genug durch die Öffnung der Hecke, um einen Mann im Gebüsch verschwinden zu sehen.

»Plopp!«

Die Kugel traf einen Baum, der knapp einen Fuß von dem Flüchtigen stand.

»Das wär' das!« sagte Leon und nahm den Dämpfer von der Mündung. »Ich hoffe, daß keiner von den Dienstboten, und vor allem, daß Lee nichts gehört hat, dessen Gehör unglücklicherweise außerordentlich scharf ist, oder daß er den Schuß für etwas anderes gehalten hat.«

Er ging zum Fenster zurück und hob die Schwärmer auf, die noch nicht explodiert waren.

»Das sind nützliche Dinger, die Sie auf den Fußboden legen müssen, wenn Sie erwarten, daß Ihnen jemand um Mitternacht die Kehle durchschneidet«, äußerte er gemütlich. »Sie kosten genau zwei Dollar pro hundert und haben mir mein Leben öfter gerettet, als ich aufzählen kann. Haben Sie jemals im Dunkeln darauf warten müssen, daß Ihnen jemand die Kehle abschneidet?« fragte er. »Ich hab's dreimal durchlebt, und es ist eine Erfahrung, die ich nicht gern noch einmal durchmachen möchte. Einmal in Böhmen, in der Stadt Prag, einmal in New Orleans und einmal in Ortona.«

»Und was geschah mit den Meuchelmördern?« fragte Meadows mit einem Schauer.

»Das ist eine Frage für Theologen, wenn Sie mir den abgenützten Witz verzeihen wollen«, entgegnete Leon. »Ich nehme an, sie befinden sich in der Hölle, aber mein Urteil ist nicht ganz unbefangen.«

Mr. Lee war vom Tisch aufgestanden und lehnte sich auf seinen Stock an der Fronttür, Washington stand gespannt neben ihm.

»Was war denn los?« fragte der alte Herr mit etwas müder Stimme. »Es ist 'ne unsichere Sache, wenn man nicht sehen kann, was vorgeht. Aber mir war eben so, als hätte ich einen Schuß gehört.«

»Zwei!« antwortete Leon sofort. »Zwei haben Sie wohl gehört. Aber ich hoffte, Sie würden sie nicht hören. Ich weiß nicht, wer der Mann war, Mister Lee, aber er hatte sicher kein Recht, sich hier herumzutreiben, und ich verjagte ihn.«

»Sie müssen einen Schalldämpfer gebraucht haben. Haben Sie das Gesicht des Mannes gesehen?«

»Nein. Er wandte mir den Rücken zu.«

Leon hielt es für überflüssig, hinzuzufügen, daß er die Menschen ebensogut an ihrem Rücken erkannte wie an ihrem Gesicht. Denn wenn er seine Feinde beobachtete, war dieses Studium sehr gründlich und vollständig. Überdies, Gurthers Schultern bewegten sich beim Laufen in einer eigentümlichen Weise.

Er wandte sich plötzlich an den Besitzer von Rath Hall.

»Darf ich Sie einige Minuten unter vier Augen sprechen, Mister Lee?«

Er war zu einem plötzlichen Entschluß gekommen.

»Gewiß!« sagte der andere zuvorkommend und fühlte sich den Weg in die Halle und in sein Studierzimmer.

Zehn Minuten war Leon mit ihm allein. Als er herauskam, war Meadows zu seinem Mann am Tor hinausgegangen, und Washington war allein zurückgeblieben und wußte nicht recht, was er mit sich anfangen sollte. Leon nahm ihn am Arm und geleitete ihn auf den Rasenplatz vor dem Hause.

»Heute nacht wird's hier richtig losgehen!« sagte er und erzählte ihm die Vereinbarung, die er mit Mr. Johnson Lee getroffen hatte.

»Ich habe ihn zu überreden versucht, mir den Brief zu zeigen, den er in seinem Geldschrank hat, aber in dieser Angelegenheit ist er wie ein Felsen, und es ist mir unsympathisch, in den Tresor eines mir Befreundeten einzubrechen. Hören Sie mal zu!«

Elijah Washington hörte zu und stieß einen leisen Pfiff aus.

»Nun haben sie den Rechtsanwalt verhindert, hierher zu kommen«, fuhr Gonsalez fort. »Und nun haben sie eine Todesangst, daß der alte Mann *uns* das erzählt, was er eigentlich seinem Rechtsanwalt mitteilten wollte.«

»Meadows geht nach London, nicht wahr?«

Leon nickte langsam.

»Ja, er geht nach London . . . mit dem Auto. Wußten Sie, daß die gesamte Dienerschaft heute abend beurlaubt ist?«

Mr. Washington starrte ihn an.

»Die weibliche meinen Sie?«

»Frauen und Männer!« antwortete Leon gelassen. »In Brightlingsea findet heute abend ein ausgezeichnetes Konzert statt, und obwohl sie für den ersten Teil zu spät kommen werden, werden sie sich desto gründlicher über den zweiten Teil des Programms amüsieren. Die Einladung dazu kommt zwar nicht von mir, aber ich heiße sie sehr willkommen.«

»Aber will Meadows wirklich fort, wo der Spaß losgeht?«

Augenscheinlich war Inspektor Meadows gar nicht abgeneigt, Rath Hall in diesem kritischen Augenblicke zu verlassen. Er war in der Tat sehr einverstanden damit. Und Mr. Washingtons

Ansichten über die Intelligenz der Polizei erfuhr eine Wendung zum Schlechteren.

»Aber sicher würde es doch besser sein, er bliebe hier«, meinte der Amerikaner. »Wenn Sie einen Angriff erwarten. Sind Sie denn sicher, daß sie alle Ihre Leute hierherwerfen werden?«

»Todsicher!« entgegnete Gonsalez ruhig. »Hier kommt Meadows' Wagen.«

Das Auto kam in diesem Augenblick von der Rückseite des Hauses und hielt vor der Tür.

»Ich lasse Sie nicht gern allein hier zurück«, sagte Meadows, als er sich neben den Chauffeur setzte und seine Handtasche auf den Sitz stellte.

»Sagen Sie dem Chauffeur, er solle Lawley meiden wie die Pest!« flüsterte Leon. »Dort liegt ein gefällter Baum quer über der Chaussee, denn daß die Ortsbehörde ihn in der Zwischenzeit hat entfernen lassen, ist sehr unwahrscheinlich.«

Leon wartete, bis die Schlußlichter in der Dunkelheit verschwunden waren, und ging dann in die Halle zurück.

»Nun sind Sie und ich ganz allein«, sagte Mr. Washington düster. »Was meinen Sie, sollen wir die Türen hinten zuschließen?«

»*Die* sind in Ordnung!« erwiderte Leon. »Die Gefahr wird auch nicht von der Hinterseite kommen. Kommen Sie mit hinaus, um die Abendluft noch etwas zu genießen! Es ist noch etwas zu früh, ehe der richtige Skandal losgeht.«

Aber er irrte sich.

Elijah Washington folgte ihm in den Park und hatte kaum zwei Schritte getan, als Leon ihn taumeln sah. In einer Sekunde war er neben ihm und sah ihn vornübergebeugt ins Dunkle starren.

»Bringen Sie mich ins Zimmer!« vernahm er Washingtons Stimme. Der Mann lehnte sich schwer auf seinen Begleiter.

Leon hatte seinen Arm um Washingtons Hüfte gelegt und trug ihn auf diese Weise fast halb. Er schob den Mann in die Halle, aber schloß die Tür nicht. Anstatt dessen ließ Leon sich, sobald der Amerikaner sich geräuschvoll in einen der Hallenstühle hatte fallen lassen, auf den Boden nieder und sah längs des künstlichen Horizonts, den er geschaffen hatte. Nirgends eine Bewegung, nirgends ein Zeichen eines Angreifers. Erst dann schloß er die Tür und verriegelte sie. Hierauf stieß er die Tür zum Studierzimmer weit auf, trug Washington hinein und schaltete das Licht an.

»Ich glaube, irgendwas hat mich angefallen«, murmelte Washington.

Seine rechte Wange war rot und geschwollen, und Leon sah den verräterischen Biß; sah auch sonst noch etwas.

Washington legte seine Hand auf die Wange und prüfte danach seine Fingerspitzen.

»Bringen Sie mir etwas Whisky, bitte!«

Washington hatte sichtlich große Schmerzen und wiegte sich hin und her.

»Teufel! Das ist schrecklich!« stöhnte er. »Ich habe niemals eine Schlange gekannt, die so gebissen hätte.«

»Aber Sie leben noch, mein Freund, und ich habe Ihnen nicht geglaubt, daß Sie gegen Schlangen immun sind.«

Leon goß ein großes Wasserglas voll reinen Whisky und hielt es an die Lippen des Amerikaners.

»Zur Hölle mit der Prohibition!« murmelte Washington und nahm das Glas nicht eher vom Munde, als bis es leer war.

»Davon können Sie mir ruhig eine zweite Dosis geben.«

Washington fuhr mit der Hand nach dem Gesicht und berührte die winzige Wunde sehr vorsichtig.

»Was empfanden Sie denn, als es Sie traf?«

»Naß!« murmelte er überrascht. »Genauso, als ob mich eine Schlange gebissen hätte«, bekannte der Fachmann.

Sein Gesicht war unter den Augen bereits geschwollen und seine Haut schwarz und blau.

Leon ging quer durch den Raum zum Kamin und drückte auf den Knopf der elektrischen Klingel. Die Tür wurde aufgerissen, und George Manfred kam herein; hinter ihm tauchte Meadows und ein Dutzend seiner Leute auf.

»Um Gottes willen!« bemerkte Washington schläfrig.

»Haben Sie Lee aus der Schußlinie gebracht?« fragte Manfred.

Leon nickte. »Er befand sich in dem Auto, das Freund Meadows mitnahm, später aber wieder verließ, um nach hier zurückzukehren.«

Washington hatte ein kleines Pappschächtelchen aus seiner Tasche genommen und rieb unter Stöhnen ein rotes Pulver vorsichtig in die beiden weißgeränderten Wunden.

»Das muß eine Schlange sein, die mit einer Kobra fertigwird, und gegen die ein Klapperschlangenbiß unschuldig ist wie das gutmütige Zausen eines Hundes«, meinte Washington. »Mamba?! Quatsch! Ich kenne Mamba! Ziemlich bösartig, aber nicht so schlimm wie das hier!«

Manfred sah zu Leon hinüber.

»*Gurther*?« fragte er nur.

Gonsalez nickte.

»Sollte jedenfalls mir gelten, aber wie ich schon früher bemerkt habe, Gurther ist nervös. Und es half ihm gar nichts, daß man ihn eingesperrt hatte.«

Leons Blick schweifte prüfend über die schweren Vorhänge, die die Fenster bedeckten.

Dann ging er hinauf in Lees Schlafzimmer, das sich in der Mitte des Hauses befand und auf einen kleinen Balkon mündete, dessen Fußboden durch das Dach der Vorhalle gebildet wurde.

Das große Fenster stand offen. Leon kroch in die Dunkelheit hinaus und tat zwischen den Pfeilern der Balustrade hindurch einen Rundblick.

Die Angreifer befanden sich in freiem Gelände; sie machten keinen Versuch mehr, ihre Anwesenheit zu verbergen. Er zählte sieben Männer, bis er die Zigarette eines achten sah, der sich am anderen Ende der Auffahrt befand.

Worauf mochten sie warten? fragte er sich. Keiner von ihnen rührte sich. Sie näherten sich nicht einmal dem Hause. Diese Untätigkeit gab ihm zu raten auf. Sie erwarteten ein Signal – ein Zeichen. Was für eins? Woher sollte es kommen? Und von wem sollte es gegeben werden?

Da sah er einen Mann über den Rasenplatz heranschleichen. Einen oder zwei? Spielten ihm seine Augen einen Streich? Wenn es zwei waren, mußte einer von ihnen Gurther sein. Ein Irrtum war für ihn ausgeschlossen. Eine Sekunde kam ihm der Mann hinter einem Balustradenpfeiler außer Sicht. Leon bewegte seinen Kopf ...

Gurther war gefallen!

Leon sah ihn in die Knie brechen und zu Boden taumeln.

Was bedeutete das?

Leon wunderte sich noch darüber, als er ein weiches kratzendes Geräusch vernahm und einen tiefen Atemzug. Er versuchte zu ergründen, aus welcher Richtung beides kam.

Plötzlich sah er, nur ein paar Zoll von seinem Gesicht entfernt, eine Hand aus der Dunkelheit auftauchen und sich an der unteren Kante der Brüstung festhalten.

Schnell und geräuschlos schlängelte sich Leon ins Zimmer zurück, stand, von dem Vorhang gedeckt, auf und wartete. Seine Hand kam mit etwas in Berührung; es war die lange Seidenschnur, mit der die Vorhänge zugezogen wurden.

Leon grinste in der Dunkelheit und machte eine kunstvolle Schlinge.

Der Eindringling zog sich vollends auf den Balkon hinauf und stahl sich auf Zehenspitzen zu dem offenen Fenster hin. Er hatte nicht den leisesten Verdacht, denn die Jalousie war den ganzen Abend nicht heruntergelassen gewesen. Lautlos trat er in das Schlafzimmer; im Sternenlicht zeigte sich seine Silhouette vorübergehend in der Fensterscheibe.

Er ist barhäuptig, dachte Leon. Das machte es leichter. Als der Mann einen weiteren leisen Schritt tat, fiel ihm die Schlinge um den Hals, zog sich zusammen und erstickte den Schrei in seiner Kehle. Im nächsten Augenblick lag er flach am Boden, ein Knie in seinem Rücken. Er versuchte aufzustehen, aber Leons Faust stieß mit der Genauigkeit einer Kolbenstange auf ihn nieder, und er wurde plötzlich still.

Gonsalez lockerte den Knoten der Schlinge und warf sich den Körper über die Schulter, trug ihn aus dem Zimmer und die Treppe hinunter. Er konnte annehmen, daß dieser der einzige Eindringling wäre, aber er überließ nichts dem Zufall. Nachdem er seinen Gefangenen den Leuten übergeben hatte, die in der Halle warteten, lief er in das Schlafzimmer Lees zurück, um seine Annahme, daß der Abenteurer keine Nachfolger gefunden hatte, bestätigt zu finden. Unten standen sie noch immer in ungleichen Entfernungen voneinander, wie er sie zuletzt gesehen hatte. Sie erwarteten wohl ein Zeichen vom Hause aus. Was für ein Zeichen? Er hätte das gern gewußt.

Er ließ einen der Leute als Wache im Zimmer und ging in das Arbeitszimmer zurück, um zu finden, daß der bestürzte Einbrecher ein alter Freund von ihm war.

Lew Cuccini blickte von einem seiner Häscher zum anderen, ein Bildnis stummen Kummers. Aber die ungewöhnliche Entdekkung, die Leon bei seiner Rückkehr ins Arbeitszimmer machte, war, daß der amerikanische Schlangenbeschwörer wieder vollkommen genesen war; abgesehen von seinem häßlichen Aussehen, schien er sich nach diesem Gottesurteil, dem neunundneunzig Menschenleben von hundert unterlegen wären, um nichts schlechter zu befinden.

»Schlangenfest ... Das bin ich! Ist das der Kerl, der's getan hat?« Washington deutete auf Cuccini.

»Wo ist Gurther? fragte Manfred.

Cuccini grinste ihm höhnisch ins Gesicht.

»Finden Sie das nur gefälligst selbst heraus, Boss! Er wird Sie schon kriegen! Sobald ich schreie ...«

»Cuccini«, Leons Stimme klang sanft. Die Spitze eines langklingigen Messers, das er an des Banditen Kehle hielt, war unzweifelhaft scharf.

Cuccini schrak zurück.

»Sie werden *nicht* schreien! Wenn Sie's tun, werde ich Ihnen die Kehle durchschneiden, und alle diese schönen Teppiche verderben! Das hier ist echt seidener Bokhere, George! Ich habe in den letzten zehn Jahren keinen solchen gesehen.«

Leon machte eine Kopfbewegung nach dem weichgetönten Teppich hin, auf dem George Manfred stand.

»Was für ein Signal ist vereinbart, Cuccini?« Leon wandte seine Aufmerksamkeit erneut dem Gefangenen zu. »Und was wird auf das Signal erfolgen?«

»Hören Sie mal!« sagte Cuccini. »Dieser Halsabschneiderunsinn zieht bei mir nicht. Hierzulande gibt's keinen dritten Grad der Folter! Vergessen Sie das nicht!«

»Sie haben niemals meinen neunundneunzigsten Foltergrad gesehen!«

Leon lächelte wie ein Junge, der sich über etwas freut. »Bitte, steckt etwas in seinen Mund!«

Einer der Leute band ein wollenes Tuch um Cuccinis Kopf.

»Legen Sie ihn auf das Sofa!«

Gebunden war er schon und daher völlig hilflos.

»Hat jemand ein paar Wachsstreichhölzer? Oh, hier sind ja welche!«

Leon leerte einen kleinen Kristallbehälter in seine Handfläche und sah sich mit sanftem Blick in der Gesellschaft um.

»Nun, Gentlemen, wenn Sie mich fünf Minuten lang allein lassen wollten. Ich möchte Mr. Cuccini eine ausgezeichnete Nachahmung der Überredungsmethode Gian Viscontis zeigen, der sein Landsmann und Erfinder des Systems ist, das ich jetzt anzuwenden gedenke.«

Cuccini schüttelte heftig den Kopf. Ein Schwall unartikulierter Laute brach sich hinter dem Tuch hervor Bahn.

»Unser Freund ist nicht unintelligent. Jemand, der behauptet, Signor Cuccini sei unintelligent, wird mein ernstliches Mißfallen auf sich laden«, erklärte Leon.

Sie brachten den Mann in eine sitzende Stellung, und er sprach, abgerissen und zögernd.

»Glänzend!« sagte Leon, als der Mann zu Ende war. »Nehmt ihn in die Küche und gebt ihm zu trinken! Ihr werdet einen Hahn über dem Küchenausguß finden.«

»Ich habe mich oft gefragt, Leon, ob Sie jemals eine Ihrer fürchterlichen Drohungen von Folter und teuflischer Grausamkeit ausführen würden«, sagte George, als sie beide allein waren.

»Die Hälfte der Folter ist die Furcht vor ihr!« antwortete Leon leichthin; er zündete sich eine Zigarette mit einem der Streichhölzer an, die er vorhin vom Tisch genommen hatte, und die er nun sorgsam wieder in den Kristallbehälter füllte. »Jeder, der gewandt in der Anwendung suggestiver und liebevoller Detailmalerei ist, kann Daumenschrauben, Brennzangen und den ganzen unheimlichen Folterapparat entbehren, der jemals bei unseren Vorfahren zur Anwendung gelangte. Ich fragte mich manchmal selbst« – er blies nachdenklich einen Ring in die Luft –, »ob ich meine Drohungen ausführen würde ... Ich muß es einmal versuchen.«

Er nickte gemütlich vor sich hin, als ob er sich damit selbst ein großes Vergnügen in Aussicht stellte.

Manfred sah nach der Uhr.

»Was wollen Sie jetzt machen? Das Signal geben?«

Gonsalez nickte.

»Und dann?«

»Sie 'reinkommen lassen. Wir können Zuflucht in der Küche suchen. Ich glaube, das wäre das klügste.«

Manfred nickte.

»Sie wollen den Geldschrank öffnen lassen?«

»Allerdings. Gerade das wünsche ich, und da Mr. Lee damit zögert, halte ich das für die beste Art und Weise. Mir ging das die ganze Zeit durch den Kopf. Haben Sie den Tresor gesehen, Manfred? Ich habe ihn! Niemand, nur ein Fachmann kann ihn knacken. Ich habe aber das Werkzeug nicht dazu. Ich habe mich für einen solchen Fall nicht vorgesehen und habe Bedenken. Unsere Freunde haben das Werkzeug hierzu – und *keine* Bedenken.«

»Und die *Schlange*? Ist da irgendwelche Gefahr?«

Leon schnappte mit den Fingern.

»Die Schlange hat für diese Nacht ihre Aufgabe verrichtet und wird nicht mehr zupacken! Und was Gurther anbelangt . . .«

»Er hat ein besonderes Hühnchen mit Ihnen zu rupfen.«

Leon blies einen weiteren Ring zur Decke hinauf und sprach nicht, ehe sich der Ring an der Decke gebrochen hatte.

»Gurther ist tot!« antwortete er; es klang selbstverständlich. »Er liegt seit den letzten zehn Minuten auf dem Rasen draußen.«

15

Leon erzählte kurz die Szene, die er vom Balkon aus beobachtet hatte.

»Es war zweifellos Gurther. Unmöglich, ihn zu verkennen. Er kam mir eine Sekunde lang hinter den Balustradepfeilern außer Sicht, und als ich dann umsah, lag er flach auf dem Boden.«

Leon warf seine Zigarette in das Kaminfeuer.

»Ich glaube, jetzt ist's Zeit.«

Er wartete, bis Manfred sich entfernt hatte, und ging zur Tür, entfernte die Vorlegestange und riß die Tür weit auf.

Er bückte sich und bemerkte, daß man das Öffnen der Tür von draußen beobachtet hatte. Denn einer der Gauner bewegte sich über den Rasenplatz auf das Haus zu. Er nahm seine kleine elektrische Taschenlampe aus der Tasche und sandte drei flakkernde Strahlen in die Dunkelheit. Zu seiner Überraschung kamen nur zwei Männer auf das Haus zu. Augenscheinlich erwartete man, daß Cuccini auf Widerstand stoßen würde, ehe der Einbruch stattfinden könne.

Das Haus war im fünfzehnten Jahrhundert erbaut, und die Eintrittshalle war ein breiter, scheunenartiger Raum. Irgendein Baumeister des Georgianischen Zeitalters hatte in der seltsamen Laune seiner Zeit eine kleine Musikgalerie über dem Eßzimmer, unmittelbar gegenüber dem Arbeitszimmer, errichtet. Leon hatte bereits das Haus durchforscht und hatte die kleine Treppe gefunden, die zu dieser architektonischen Stilwidrigkeit führte. Er hatte kaum das Signal gegeben, als er auch schon durch die große Tür im Eßzimmer untertauchte; er hatte sich hinter den dicken Vorhängen im Hintergrund der kleinen Galerie versteckt, als die ersten beidenMänner hereinkamen. Er sah sie geradewegs in das Arbeitszimmer gehen und die Tür aufstoßen. Gleichzeitig erschien ein dritter Mann in der Vorhalle, der jedoch nicht hereinzukommen versuchte.

Augenblicklich kam einer der beiden, die in das Arbeitszimmer getreten waren, heraus und rief nach Cuccini. Als er keine Antwort erhielt, ging er knurrend zu seiner Arbeit zurück. Welcher Art diese Aufgabe war, konnte Leon erraten, ehe der sonderbare scharfe Geruch heißen Stahls zu seinem empfindlichen Riechorgan heraufwehte.

Wenn er sich niederbückte, konnte er die Beine der Leute sehen, die an dem Geldschrank arbeiteten. Sie hatten alle Lichter eingeschaltet und erwarteten anscheinend keine Störung. Dem Mann an der Tür hatte sich ein zweiter Mann zugesellt.

»Wo ist Lew?«

In der Stille, die im Hause herrschte, war jedes Wort, wenn auch leise gesprochen, hörbar.

»Ich weiß nicht, jedenfalls irgendwo drinnen. Er mußte erst den Dago festnageln.«

Leon grinste.

Einer der Arbeiter in der Bibliothek kam in diesem Augenblick heraus.

»Habt ihr Cuccini gesehen?«

»Nein«, sagte der Mann an der Tür.

»Geh 'rein und such ihn! Er muß hier sein!«

Cuccinis Abwesenheit machte ihn offenbar unruhig. Denn obwohl er in das Zimmer ging, war er doch in der nächsten Minute wieder draußen und fragte, ob der Mann, der nach Cuccini suchen gegangen war, zurück sei. Dann ließ sich der Ruf des Abgeschickten aus dem Hintergrund der Halle hören: »Die Küche ist verschlossen!«

Der Geldschrankknacker äußerte einen Ruf des Erstaunens.

»Verschlossen? Was soll das heißen?«

Er kam bis an den Fuß der Treppe und brüllte hinauf: »Cuccini!«

Nur das Echo antwortete.

»Das ist doch merkwürdig.« Er steckte seinen Kopf in das

Bibliothekszimmer. »Mach fix, Michel! Hier ist nicht alles geheuer.« Und über seine Schultern, nach rückwärts: »Sag den andern, sie sollen sich fertighalten!«

Der Mann verschwand draußen in der Dunkelheit, war einige Minuten abwesend und kam mit einer beunruhigenden Nachricht wieder.

»Sie sind fort, Boss! Ich habe keinen von ihnen finden können.«

Der Boss schickte ihm einen Fluch nach und begab sich selbst auf die Suche. Er kam eiligst zurück, lief in das Arbeitszimmer, und Leon hörte seine Stimme.

»Wir müssen machen, daß wir fortkommen.«

»Na, und Cuccini?«

»Muß selber sehen, wo er bleibt. Bist du soweit, Michel?«

Die tiefe Stimme erwiderte etwas. Dann folgte ein Krach, als ob irgend etwas aus Eisen gebrochen sei. Das war der entscheidende Augenblick. Leon teilte die Vorhänge und ließ sich leicht zu Boden fallen.

Der Mann an der Tür wandte sich blitzschnell nach dem Geräusch um.

»'rauf mit'n Händen!« befahl er scharf.

»Nicht schießen!« Leons Ton nahm fast den der Unterhaltung an, so ruhig war er. »Das Haus ist von der Polizei umstellt.«

Mit einem Fluch war der Mann aus der Tür, und in diesem Augenblick ließ sich draußen der erste Schuß hören, dem das unregelmäßige Feuern von der Wegseite her folgte. Leon lief zur Tür, warf sie zu und schaltete das Licht an, als die beiden Männer aus der Bibliothek kamen. Einer von ihnen hatte einen dicken Packen viereckiger, brauner Bogen unter seinen Arm. Er ließ seine Beute fallen und hielt beide Hände hoch, als er die Waffe sah. Aber sein Kamerad war aus härterem Holz geschnitzt und warf sich mit einem Schrei auf den Mann, der zwischen ihm und der Freiheit stand.

Leon drehte sich beiseite, schob seine Schulter vor, um den wütenden Stoß von des Mannes Faust aufzufangen, ließ seinen Browning fallen, bückte sich schnell und griff seinen Gegner unterhalb der Knie an.

Der Mann schwankte, suchte seine Balance zu halten und fiel mit lautem Krach auf den steinernen Fußboden. Während der ganzen Zeit stand sein Kamerad und schaute, die Hände in der Luft wedelnd, verdattert drein.

An der Außentür ließ sich Klopfen hören. Ohne seine Gefangenen aus den Augen zu lassen, langte Leon nach der Vorlegestange und zog sie fort. Manfred kam herein.

»Der Herr, der nach Cuccini rief, hat sie erschreckt. Ich glaube, sie sind fort. Zwei Autos standen auf der Chaussee.«

Manfreds Blicke fielen auf die braunen Bogen, die am Erdboden verstreut lagen. Er nickte.

»Ich glaube, da haben Sie ja alles, was wir brauchen, Leon!«

Die Detektive kamen in diesem Augenblick hereingeströmt und kümmerten sich um die Gefangenen, während Leon Gonsalez und sein Freund hinaus auf den Rasenplatz gingen, um sich nach Gurther umzusehen.

Der Mann lag, wie er gefallen war, auf seinem Gesicht. Und als Leon seine Taschenlampe auf die Gestalt spielen ließ, sah er, daß die Schlange ihn hinter dem Ohr gebissen hatte.

»Gurther?« Leons Stirn zog sich in Falten.

Er drehte die Gestalt so, daß sie auf den Rücken zu liegen kam, und stieß einen kleinen Laut der Überraschung aus, denn, was da in den sternenbesäten Himmel hinaufstarrte, war das fleischige Gesicht Pfeiffers.

»*Pfeiffer!* Ich hätte darauf schwören mögen, daß es der andere war. Die Sache ist etwas verzwickt. Laß sehen!«

Leon stand eine volle Minute lang überlegend da.

»Ich hätte verstehen können, wenn es Gurther gewesen wäre. Er wurde ein Unfug und eine Gefahr für den alten Mann. Und Pfeiffer, der Zuverlässigere von beiden, haßte ihn. Meine erste Ansicht war, daß *Gurther* auf Oberzohns Befehl umgebracht worden war.«

»Angenommen, Gurther hörte den Befehl oder erfuhr sonst davon?« fragte Manfred gelassen.

Leon schnappte mit seinen Fingern. »Das wird's wohl sein. Wir hatten vor einigen Jahren einen ähnlichen Fall. Entsinnen Sie sich dessen noch, Manfred? Der Alte gab dem Pfeiffer den Befehl, Gurther das Lebenslicht auszublasen, und Gurther führte seinen Schlag zuerst. Gerissener Kerl!«

Als sie ins Haus zurückkehrten, saßen die drei Galgenvögel in einer Reihe in Lees Bibliothek. Cuccini war natürlich eine alte Bekanntschaft. Von den anderen beiden Leuten erkannte Leon einen, einen berüchtigten Verbrecher.

Der dritte und offenbar der geschulte Fachmann der Gesellschaft – der, den sie mit Michel angeredet hatten, und der das Schloß aus Lees Geldschrank herausgeschmolzen hatte – wurde von Meadows als Michel Seldwyn, ein geschickter Einbrecher und Bankräuber, ermittelt; nach seiner eigenen Aussage war er an diesem Nachmittag eben vom Festland zurückgekehrt, um einer schmeichelhaften Einladung zu folgen, die einen beträchtlichen Gewinn für ihn selbst abwerfen sollte.

»Warum habe ich bloß Mailand verlassen, wo das Pfropfen leicht ist und das Geld gut? Können Sie mir das sagen?« fragte er bitter.

Die Gefangenen wurden zum nächsten sicheren Gewahrsam gebracht, alle Spuren einer aufregenden Stunde waren verschwunden; nur die geschwärzte und verzogene Tür des Geldschrankes zeugte von dem schlimmen Charakter des Besuches.

Maedows kam zurück, als sie die verstreuten Schriften zusammensuchten. Es waren Hunderte, die alle in Braille, in Blindenschrift, geschrieben waren, und Manfreds feinfühlige Finger tasteten über die Oberfläche.

»O ja«, antwortete er auf eine an ihn gestellte Frage. »Ich wußte an dem Tage, an dem wir Barbertons Sachen durchsuchten, daß Lee blind sei. Das war mein Geheimnis.« Er lachte. »Barberton erwartete den Besuch seines Freundes und hatte eine Botschaft für ihn auf dem Kaminsims zurückgelassen. Entsinnen Sie sich jenes Papierstreifens? Darauf stand: ›Lieber Johnny, ich werde in einer Stunde zurück sein.‹ Das hier ...«, er deutete auf das Papier, »sind Briefe.«

»Die Art, wie sie gefalzt sind, verrät mir das«, bemerkte Meadows. »Wahrscheinlich werden Sie keine Verurteilung Cuccinis erreichen; die beiden Einbrecher werden vor den Richter kommen, aber Cuccini verklagen würde heißen, die ganze Schlangengeschichte ans Tageslicht zu zerren, und das bedeutet für mich einen größeren Fußtritt, als ich vertragen kann. Ich habe große Lust, Cuccini für den Augenblick laufenzulassen.«

Manfred nickte. Er hatte die Bogen auf den Knien.

»Die sind von verschiedenen Plätzen aus geschrieben«, fuhr er fort.

Es war sonderbar anzusehen, wie er, den Blick ins Leere gerichtet, mit seinen Fingern über die Zeilen fuhr.

»Bis jetzt habe ich nichts erfahren, als daß Barberton sich in seiner Freizeit damit amüsiert hat, Märchen der Eingeborenen ins Englische zu übersetzen und sie für den Gebrauch von Blindenschulen in Braille zu übertragen. Ich wußte natürlich, daß er das tat, da ich schon seine Schwester aufgesucht habe, die die Vorsteherin der Mädchenabteilung ist.«

Er hatte bereits ein halbes Dutzend Briefe durchflogen, als er vom Tisch aufstand und durch das Zimmer zum Geldschrank schritt.

»Ich habe das Gefühl, daß das, was wir suchen, nicht hier ist. Es ist kaum anzunehmen, daß er eine Mitteilung solcher Art mit der übrigen Korrespondenz zusammenwerfen würde.«

Die Geldschranktür war offen und das Stahlfach hinten hervorgezogen. Offensichtlich waren diese Briefe aus *diesem* Behälter entnommen. Die Schublade war jetzt leer. Manfred maß die Tiefe mit seinen Fingern.

»Lassen Sie mich mal sehen!« bat Gonsalez plötzlich.

Er suchte am Boden des Geldschrankes herum und fühlte gegenwärtig an den Seiten entlang.

»Hier ist nichts«, sagte er. Er zog dann ein halbes Dutzend Rechnungsbücher heraus und ein Bündel von Schriften, die Manfred beiseite gestellt hatte. Diese lagen auf dem Fußboden zwischen der Masse geschmolzenen Metalls, die tiefe Löcher in den Teppich gebrannt hatte. Leon prüfte ein Buch nach dem andern, öffnete sie und führte seinen Fingernagel an dem Rand der Seiten entlang. Das vierte Buch, ein dickes Hauptbuch, ließ sich nicht so leicht öffnen ... ließ sich gar nicht öffnen. Er trug es zum Tisch und versuchte den Deckel aufzuschlagen.

»Nanu? Wie macht man das auf?«

Der Einband war von Leder; allem Anschein nach ein ganz ungewöhnliches Buch, und Leon war ängstlich bemüht, eine so künstliche Attrappe nicht zu beschädigen. Als er den Rand sorgfältig prüfte, sah er eine Stelle, wo die Ränder auseinandergezwängt waren. Er nahm ein Messer und schob die dünne Klinge in die Öffnung. Es gab einen Knacks, und der Einband des Buches sprang auf wie der Deckel eines Kastens.

»Und das ist, glaube ich, das, was wir suchen«, sagte Gonsalez.

Das Innere des Buches war vollständig ausgehöhlt, die Ränder der Blätter zusammengeklebt, und der auf diese Weise gebildete Behälter war dicht mit braunen Papieren gefüllt; braun alle, mit Ausnahme eines einzigen, das auf einem amtlichen Foliobogen geschrieben und das mit

Kolonialamt, Lissabon

überschrieben war.

Barberton hatte gleich über jede Zeile den entsprechenden Wortlaut in Braille, in Blindenschrift, gesetzt; jetzt war eins der Geheimnisse aufgeklärt.

Leon überflog den Brief. Das Schreiben war vom 21. Juli 1912 und trug an der linken Ecke den Stempel des portugiesischen Kolonialamtes. Er las den Brief hastig durch und sah am Schluß mit einem Seufzer der Befriedigung auf.

»Und das erledigt Oberzohn & Co. und beraubt sie eines Vermögens, dessen Umfang wir, hoffe ich, entdecken werden, wenn wir Barbertons Brief lesen.«

Er zündete sich eine Zigarette an und überflog das Schreiben noch einmal. Meadows, der Leons Leidenschaft für das Drama nicht verstand, wartete mit wachsender Ungeduld.

»Sehr geehrter Herr!« begann Leon zu lesen. »Ich habe heute die Ehre gehabt, Ihren Brief vom 15. Mai 1912 Seiner Exzellenz dem Herrn Präsidenten und den Herren Kabinettsministern vorzulegen. Durch Brief vom 8. Januar 1911 wurden Ihnen die Ländereien, gezeichnet Ex. 275 auf der Flurkarte des Biskarabezirkes, zugesprochen. Ihr weiteres Schreiben, in dem Sie, sehr geehrter Herr, sich beklagen, daß das Eindringen von Prospektoren in Ihr Land Ihre wissenschaftliche Arbeit behindert, und Ihre Bitte, daß man diesen Belästigungen ein Ende bereite, indem man Ihre Konzession dahin erweitert, daß Sie Anspruch auf alle Mineralien haben, die auf besagtem Gelände, Ex. 275 Flurkarte Biskara, gefunden werden, ist von dem Rat in Erwägung gezogen worden.

Die Erweiterung der Konzession soll zwölf Jahre betragen, beginnend mit dem 14. Juni 1912, und soll jedes zwölfte Jahr von Ihnen, Ihren Erben oder Beauftragten erneuert werden können nach Hinterlegung von Milreis 1000.

Im Falle, daß der Konzessionär, seine Erben oder Beauftragten es unterlassen, um eine Erneuerung der Konzession am 14. Juli 1924 nachzusuchen, sollen die Schürfrechte auf besagtem Gelände, Ex. 275, Flurmappe von Biskara in Übereinstimmung mit dem Landesgesetz von Angola, für Bewerbungen offenstehen . . .«

Leon lehnte sich zurück.

»14. Juni?« sagte er, aufsehend. »Was! Das ist doch nächste

Woche! In fünf Tagen! Das haben wir ja fein gedeichselt, George!«

»Barberton sagte, es wären sechs Wochen«, bemerkte Manfred. »Offenbar beging er den Irrtum, das Datum der Konzession vom Ausstellungstage des Briefes an zu rechnen. Er muß der ehrlichste Mensch der Welt gewesen sein; er hatte keinen anderen Grund, mit Miss Leicester in Verbindung zu treten. Er hätte stillschweigen und sich selbst um das Schürfrecht bewerben können. Fahren Sie fort, Leon!«

»Das ist ungefähr alles«, sagte Leon, den Schluß des Briefes überfliegend. »Der Rest ist mehr oder weniger Stilblüte und Phrase und bezieht sich auf die wissenschaftliche Arbeit, mit der Professor Leicester beschäftigt war. *Fünf Tage . . .!*«

»Vielleicht finden wir jetzt etwas in Barbertons langer Erzählung, das uns eine Idee von dem Umfang dieses Eigentums gibt.« Manfred blätterte in den zahlreichen Seiten. »Stenographiert einer der Herren?«

Meadows ging in die Halle hinaus und kam mit einem Schutzmann zurück. Leon wartete, bis der Mann Bleistift und Papier gefunden hatte, und begann dann die ungewöhnliche Geschichte Barbertons – ungewöhnlich deshalb, weil jedes Wort geduldig und fleißig in die Buchstaben des Braille-Systems gestochen war.

16

»Lieber Freund Johnny!

Ich habe Dir eine solche Menge mitzuteilen, daß ich kaum weiß, wo ich beginnen soll. Ich bin auf eine reiche Ader gestoßen, und der Traum, über den ich so oft mit Dir gesprochen habe, ist endlich wahr geworden. Vor allem, laß mich Dir erzählen, daß ich dabei zu Gold von fast fünfzigtausend Pfund Sterling Wert gekommen bin. Wir wurden hier von Löwen beunruhigt; einer davon rückte mit einem meiner Träger ab, und zuletzt beschloß ich, 'rauszugehn und mit dem Kerl abzurechnen. Ich fand ihn sechs Meilen vom Lager entfernt und jagte ihm ein paar Kugeln in den Leib, ohne ihn jedoch töten zu können. So beschloß ich, seiner Spur zu folgen. Es war 'ne verrückte Idee, einem angeschweißten Löwen im Dschungel zu folgen; *wie* verrückt, wurde mir nicht eher klar, als bis ich aus dem

Busch zwischen die Hügel kam und dort Frau Löwin auf mich warten fand. Sie hat mich auch beinah' erwischt. Mehr durch Zufall gelang es mir, sie beim ersten Schuß im Feuer hinzustrekken. Ich konnte einen weiteren Schuß auf ihren Ehemann abgeben, als er sich in der Nähe unseres Zeltes in seine Höhle schleichen wollte.

Da ich so weit gegangen war, dachte ich, ich könnte ebensogut aufs Ganze gehen; besonders, da ich zwei junge Löwen am Höhleneingang hatte spielen sehen. Ich holte meine Boys, die halbtot vor Angst waren. Dann kroch ich hinein, um zu finden, daß es mit dem alten Löwen fast zu Ende war, wie ich das auch erwartet hatte. Ein Schuß erledigte ihn völlig. Dann mußte ich die beiden Jungen töten; sie waren zu jung, um alleingelassen zu werden, und sie in unser Lager zu bringen wäre großer Unfug gewesen. Die Höhle hatte jahrelang als Lager gedient; sie war voll von Knochen, darunter auch Menschenknochen.

Aber was mir auffiel, war das Vorhandensein eines Daches, das, dessen bin ich gewiß, nur von Menschenhand geschaffen sein konnte. Es sah drinnen wie in einem Hause aus, und in dem Felsen im Hintergrunde war eine Tür ausgehauen. Ich machte mir eine Fackel und begab mich auf eine Forschungsreise. Und wer kann sich meine Überraschung vorstellen, als ich in einen kleinen Raum gelangte, in dem eine ganze Reihe steinerner Nischen oder Bordbretter waren. Auf jeder Seite befanden sich davon drei Reihen. Und auf jedem dieser Bordbretter standen in kleinen Abständen kleine Figuren. Diese waren so mit Staub bedeckt, daß ich dachte, sie wären aus Stein gemacht, bis ich versucht, eine herunterzunehmen und sie zu prüfen. Dann sah ich an ihrem Gewicht, daß es Gold war – wie sie alle.

Ich wollte natürlich, daß meine Boys nichts davon erfahren sollten; denn sie waren ein verräterischer Haufen. Ich nahm darum die leichteste dieser Figuren, nachdem ich sie alle mit einer Federwaage gewogen hatte, und machte mir ein Zeichen, wo ich sie weggenommen hatte. Du wirst natürlich denken, das sei ein genügend großer Fund für einen Menschen, solange er lebt.

Aber mein Glück hatte eben einmal eingesetzt. Ich schickte die Boys zurück und befahl ihnen, das Lager abzubrechen und mich auf dem Gipfel des Thaba zu treffen. Ich nannte es Thaba, weil es einem mir bekannten Hügel im Basutoland so ähnlich sieht.

Das Lager wurde in dieser Nacht dort hinverlegt. Das war eine bessere Lagerstelle als eine, die wir jemals zuvor gehabt hatten. Wasser war dort, Kleinwild und keine Moskitos. Das Schlimmste waren die furchtbaren Wirbelstürme, die aus dem Nichts entstehen. Und solange man nicht einen solchen in dem Raseneisensteinland durchgemacht hat, weiß man nicht, was ein solcher Wirbelsturm ist.

Der Hügel gegenüber war etwas kleiner als der, auf dem ich lagerte, und dazwischen befand sich ein kleines Tal, durch das ein kleiner seichter Fluß lief – Stromschnellen wäre bezeichnender.

Früh am nächsten Morgen sah ich durch mein Glas und bemerkte auf dem gegenüberliegenden Hügel etwas, was ich für ein Haus hielt. Ich fragte meinen Vormann, wer dort wohnte; er sagte mir, das sei einmal das Haus des Meisters der Sterne gewesen. Ich entsann mich darauf, daß irgend jemand in Mossamedes mir gesagt hatte, daß hier herum sich ein Astronom niedergelassen habe, der dann von den Eingeborenen ermordet worden sei. Ich faßte den Plan, hinüberzugehen und den Ort zu besichtigen. Da der Tag bewölkt und nicht zu heiß war, nahm ich mein Gewehr und ein paar meiner Boys, und wir querten den Fluß und bestiegen den Hügel. Das Haus lag natürlich in Trümmern; selbst in seinen besten Zeiten war es nur eine Mattenhütte gewesen. Ein Teil davon war von Pflanzen überwuchert, aber aus Neugier suchte ich rings umher, weil ich hier vielleicht ein paar Geräte zu entdecken glaubte, die mir nützlich sein könnten. Vor allen Dingen ein paar Kessel; denn meine Boys hatten fast in jeden Kessel ein Loch gebrannt. Ich fand auch einen Kessel. Und dann kehrte ich einen Haufen um, der wahrscheinlich einmal das Bett des Forschers gewesen sein mußte. Weiter fand ich dort ein kleines, etwas verrostetes Zinkkästchen. Ich brach es mit meinem Stock auf. Darin lagen einige wenige Briefe, die so verblichen waren, daß ich nur hier und da ein Wort entziffern konnte. In einem grünen Wachstuch befand sich ein langer Brief vom portugiesischen Gouvernement.«

Entweder aus Zufall oder aus Absicht setzte sich die Erzählung auf dem eben erwähnten Schriftstück selber fort.

»Ich spreche und lese Portugiesisch so leicht wie Englisch. Und das einzige, was mich in Unruhe versetzte, war, daß die Konzession Professor Leicester alle Rechte auf meine Höhle zugestand. Mein erster Gedanke war, das Papier zu verbrennen, aber dann begann ich einzusehen, was für eine Schuftigkeit das wäre. Ich nahm die Briefe, trocknete sie in der Sonne und versuchte zu entdecken, ob er Verwandte habe. Ich hoffte, daß ich imstande sein würde, mich mit ihnen auf fünfzig Prozent zu einigen. In dieser Absicht half mir ein einziger Brief; von Kinderhand, anscheinend von seiner Tochter, geschrieben. Keine Aufschrift. Aber ein Name: Mirabelle Leicester! –

Ich steckte Konzession und Brief in meine Tasche und begab mich ans weitere Suchen, fand aber sonst nichts. Als ich hügelabwärts schritt, kam mir der Gedanke, daß dieser Mann vielleicht Gold gefunden habe und der Grund zur Erlangung der Konzession nur ein Vorwand sei. Ich schickte einen Boy nach Werkzeug ins Lager, und als er zurückkam, nahm ich sofort Schürfungen vor. Nach einer Stunde stieß ich auf eins der reichsten Goldlager, die ich jemals gesehen hatte. Entweder ich träumte, oder mein guter Engel hatte mich zuletzt gerade an die Stelle auf dem Hügel geführt, wo Gold gefunden werden konnte. Ich hatte meine Boys vorher nach dem Lager zurückgeschickt, weil ich, falls ich Gold finden sollte, diese Tatsache nicht über ganz Angola verbreitet wissen wollte.

Verstehe wohl, es war keine Goldader im gewöhnlichen Sinne des Wortes; es war alles Schwemmgold, und je weiter ich grub, desto breiter wurde das Bett.

Was das bedeutet, Johnny? Daß wir einen Hügel von Gold gefunden haben, allerdings nicht so wertvolles Gold, wie es die Märchenbücher schildern, aber doch Gold, das in Unzen oder vielleicht Pfunden per Tonne bezahlt wird. Ich mußte vorsichtig sein, um die Boys nicht neugierig zu machen. Ich breche morgen mein Zelt ab und bitte Dich, mir fünfhundert Pfund Sterling nach Mossamedes zu kabeln. Die Goldfigur, die ich mitbringe, ist mehr als das wert. Ich würde mehr bringen, aber ich kann diesen Angolajungen nicht trauen. Eine Anzahl von ihnen ist in der Mission erzogen und kann Portugiesisch lesen. Und sie sind zu dick mit einem Mulatten, Villa mit Namen, der ein Vertreter von Oberzohn & Smitts ist, befreundet. Die Kaufleute und ich kennen diese Leute als die gewissenlosesten Schufte an der Küste.

Ich werde, etwa drei Wochen, nachdem Du diesen Brief erhalten hast, in Mossamedes sein. Aber ich möchte nicht zu schnell nach der Küste zurückkehren, da die Leute sonst vermuten, daß ich einen Fang gemacht habe.«

Leon legte den Brief beiseite.

»Da haben Sie die Geschichte in einer Nußschale, meine Herren! Ich glaube keinen Augenblick, daß Barberton Villa diesen Brief gezeigt hat. Wahrscheinlich ist, daß einer der Eingeborenen, die lesen konnten, ihn gesehen und Oberzohns Vertreter von dem Inhalt berichtet haben. Barberton wurde getötet, um sein Zusammentreffen mit dem jungen Mädchen zu verhindern; damit er sie nicht warnte, die Erneuerung der Konzession zu beantragen. Es war nicht einmal notwendig, daß sie seine Sachen durchsuchten, um sich des Briefes zu bemächtigen. Sobald sie nur von dessen Existenz und das Datum wußten, an dem das Gesuch um Erneuerung der Konzession eingereicht werden mußte, war ihre Aufgabe einfach die, an das Kolonialamt in Lissabon ein entsprechendes Gesuch zu richten. Das änderte sich natürlich sofort gänzlich, nachdem Barberton ermordet war und als sie erfuhren oder vermuteten, daß das Dokument sich in Mr. Lees Besitz befand.«

Meadows gab das zu.

»Das also steckte hinter Mirabelle Leicesters Anstellung durch Oberzohn?«

»Ja, und genau das steckte auch hinter dem Angriff auf Heavytree-Farm. Um sich diesen Besitz zu sichern, mußten sie Miss Leicester versteckt halten, bis es entweder für sie zu spät war, um eine Erneuerung der Konzession zu beantragen, oder bis man sie zur Ernennung eines Bevollmächtigten terrorisiert hatte.«

»Oder bis man sie geheiratet hatte«, bemerkte Leon scharf.

»Ist Ihnen niemals dieser Gedanke aufgestiegen? Unser wandelndes Modejournal Monty Newton dürfte vielleicht Heiratsabsichten gehabt haben. Es wäre ein sehr feines Geschäft gewesen, sich gleichzeitig mit einem Weibe einen großen goldhaltigen Hügel zu sichern. Aber das hier, denke ich, wird den ehrgeizigen Bestrebungen des Herrn Doktor Oberzohn ein Ziel setzen.«

Er stand vom Tisch auf und übergab die Papiere der Fürsorge des Detektivs. Dann wandte er sich mit einem rätselhaften Lächeln an seinen Freund: »George, hättest du nicht Lust, 'ne Autofahrt von zweihundertundfünfzig Meilen zu machen?«

»Bist du der Chauffeur?« fragte George.

»Ich bin der Chauffeur«, antwortete Leon lustig. »Ich war viele Jahre Chauffeur und bin noch nicht getötet. Es ist unwahrscheinlich, daß ich mein kostbares Leben und das Ihre heute nacht auf das Spiel setzen werde. Kommen Sie nur ruhig mit mir, und ich verspreche Ihnen, daß ich den Wagen nicht über sechzig laufen lassen werde – außer auf den wirklichen Autowegen.«

Manfred nickte.

»Wir werden in Oxley halten und versuchen, einen Fernruf nach Gloucester durchzukriegen«, meinte Leon. »Diese Linie ist natürlich nicht in Ordnung. Sie würden doch nicht die Dummheit begehen und die einfachste Vorsicht, die Verbindung mit Rath Hall zu unterbrechen, außer acht lassen.«

In Oxley hielt der große Wagen vor dem dunklen und schweigenden Schatten eines Wirtshauses. Leon holte den halb angekleideten Wirt an die Tür und erklärte sein Anliegen. Dabei erfuhr er, daß zwei große Autos vor einer halben Stunde in der Richtung nach London vorbeigefahren waren.

»Das war die ›Bande‹. Neugierig, wie sie ihrem Brotherrn ihren zweiten Reinfall erklären werden.«

Zuerst rief er Curzon-Straße an. Keine Antwort.

»Verlangen Sie's noch mal!« sagte Leon. »Sie haben ja Poiccart zurückgelassen.«

Manfred nickte.

Sie warteten fünf Minuten. Noch immer keine Antwort.

»Wie sonderbar!« murmelte Manfred. »Das sieht doch Poiccart nicht ähnlich, das Haus im Stich zu lassen. Verlangen Sie Gloucester!«

Einige Sekunden später waren sie mit Heavytree-Farm verbunden.

Aber jetzt dauerte es etwas, ehe ihr Anruf beantwortet wurde.

Es war aber weder Mirabelle Leicester noch ihre Tante, die sprachen. Auch konnte Leon Digby nicht erkennen.

»Lee sagte doch, er habe niemals ein wichtiges Schriftstück erhalten«, bemerkte Manfred, »und das war auch richtig, seiner Auffassung nach. Denn für ihn war das nur ein Bogen, auf dem Blindenschrift stand. Lesen Sie das, Leon!«

»Wer ist das?« fragte eine Stimme scharf. »Sind Sie das, Sergeant?«

»Nein, es ist Mr. Meadows«, log Leon.

»Der Scotland-Yard-Herr?« Die Frage klang erregt .»Ich bin Konstabler Kirk, von der Gloucester-Polizei. Mein Sergeant hat versucht, Verbindung mit Ihnen zu bekommen, Sir!«

»Was ist los?« fragte Leon; er fühlte, wie es eisig nach seinem Herzen griff.

»Ich weiß nicht, Herr. Vor ungefähr einer halben Stunde ritt ich hier vorbei . . . Ich bin einer von den Berittenen. Ich sah die Türen weit offen und alle Lichter eingeschaltet. Und als ich hier hereinkam, war niemand zu sehen. Ich weckte Miss Goddard und Mr. Digby. Aber das junge Fräulein befand sich nicht im Hause.«

»Alle Lichter eingeschaltet?« fragte Leon hastig.

»Ja, Herr. Auf jeden Fall im Wohnzimmer.«

»Kein Zeichen irgendeines Kampfes?«

»Nein, Herr, aber ein Auto sauste an mir vorbei, und zwar mit einer fürchterlichen Geschwindigkeit. Ich halte es für möglich, daß sie sich da drinnen befunden hat. Mr. Digby und Miss Goddard sind eben nach Gloucester.«

»All right, Konstabler! Ich schicke Ihnen Mr. Gonsalez 'runter.«

»Was ist los?« fragte Manfred, der an dem Gesicht seines Freundes bemerkt hatte, daß etwas nicht stimmte.

»So haben sie Mirabelle Leicester schließlich doch«, äußerte Leon. »Ich fürchte, ich werde mein Versprechen Ihnen gegenüber nicht halten können, George. Mein Wagen muß vor Tagesanbruch noch ganz gehörig laufen.«

17

Mirabelle ging an diesem Abend zeitig zu Bett; sie erwachte beim ersten Sonnenstrahl, der durch ihr Fenster schielte. Sie stand mit dem Gefühl auf, sich so wohl wie nur jemals im Leben befunden zu haben. Sie zog die Vorhänge zurück und sah mit einem unermeßlichen Gefühl von Glück und Befreiung auf eine stille Welt hinaus. Es war kein Mensch zu sehen. Nebelfetzen lagen in den Niederungen, und von einem weißen Gutshaus, weit weg, am Abhang eines Hügels, sah sie blauen Rauch aufsteigen.

Es war ein denkwürdiger Morgen, und um ihn so recht in sich

aufzunehmen, zog sie sich schnell an und ging in den Garten hinunter. Als sie den Kiesweg entlangschritt, hörte sie, wie ein Fenster geöffnet wurde, und sie erblickte den verbundenen Kopf Mr. Digbys.

»Oh, sind Sie das, Miss? Sind Sie's wirklich?« sagte er, erlöst aufatmend. Sie lachte.

»Außer dieser großen Spinne ist nichts Schreckliches mehr in Sicht«, rief sie und zeigte auf einen großen flachen Kerl, der bereits sein Netz zwischen zwei großen Stockrosen spann. Auch die ersten Bienen waren unterwegs.

»Wenn irgend jemand letzte Nacht gekommen wäre, würde ich ihn nicht gehört haben«, gestand er. »Ich schlief wie ein Toter. Soll ich Ihnen etwas Tee machen, oder soll ich das Mädchen rufen?«

Sie schüttelte den Kopf, aber er war bereits verschwunden. Zehn Minuten später besuchte er sie, die Teetasse in der Hand. Er erzählte ihr zum zweiten Male, daß er pensionierter Polizeibeamter wäre und seit drei Jahren in Gonsalez' Diensten stände. ›Die Drei‹ bezahlten gut und hatten, wie sie zu ihrer Überraschung erfuhr, beträchtliches Privatvermögen.

»Lohnt sich's denn für sie – dieses Privatdetektivgeschäft?«

»Gott segne Ihre Unschuld! Nein, Miss!« Er verlachte die bloße Idee. »Es sind sehr reiche Leute. Ich glaubte, jeder wüßte das. Man erzählt sich, Mr. Gonsalez habe sogar vor dem Kriege eine Million Sterling besessen.«

Das waren erstaunliche Neuigkeiten.

»Aber warum beschäftigen Sie sich« – sie stockte – »mit dieser Art Zeugs?«

»Liebhaberei, Miss. Manche Leute halten sich Rennpferde, andere Jachten ... Diese Herren empfinden großes Vergnügen bei dieser Beschäftigung – und sie bezahlen gut!« fügte er hinzu.

Der Tag ging ohne ein besonderes Ereignis vorüber. Durch die Gloucester Abendzeitungen erfuhr sie von dem Feuer bei Oberzohn und brachte die Katastrophe nur mit einem unglücklichen Zufall in Verbindung. Sie war nicht ärgerlich darüber. Das Feuer hatte ein häßliches Kapitel aus ihrer Vergangenheit aufgezehrt. Zufällig hatte das Feuer auch ein schlechtgemaltes Ölbild vernichtet, das Dr. Oberzohn teurer war als irgendeins, das Leonardo gemalt oder Raffael geschaffen hatte; aber davon wußte sie nichts.

Eben vor dem Essen ereignete sich der erste ungewöhnliche

Vorfall dieses Tages. Mirabelle stand am Gartentor, die Augen auf die Schönheiten des Abendhimmels gerichtet, der mit roten und schiefergrauen Kumuluswolken übersät war. Das Barometer fiel und versprach eine regnerische Nacht. Aber die Lieblichkeit dieser Farbenverschwendung hielt sie fest. Und dann wurde sie dunkel gewahr, daß ein Mann aus der Richtung von Gloucester auf das Haus zukam. Er ging auf der Mitte des Weges; so, als ob auch er den Anblick bewundere und keine Eile habe. Er hatte die Hände auf dem Rücken, sein weicher Filzhut war aus der Stirn zurückgeschoben; ein stämmig aussehender Mann, aber sein Gesicht schien ihr merkwürdig bekannt. Er wandte seine ernsten Augen in ihre Richtung, und als sie nochmals seine starken Züge, seinen winzigen graumelierten Schnurrbart unter seiner Adlernase betrachtete, war sie sicher, sie hatte ihn schon gesehen. Vielleicht waren sie sich auf der Straße begegnet, und sie hatte im Unterbewußtsein ein Bild von ihm zurückbehalten.

Er verlangsamte seinen Schritt, bis er ihr quer gegenüber war, dann machte er halt.

»Das ist doch das Heavytree-Gäßchen?« fragte er in einer tiefen melodischen Stimme.

»Nein, das Gäßchen fängt mit der ersten Lücke der Hecke an.« Sie lächelte. »Ich fürchte, es ist ein schlechter Weg ... gewöhnlich geht man da bis an die Knöchel im Schlamm.«

Er sah an ihr vorbei, nach dem Hause. Seine Augen maßen die Entfernung zwischen den Fenstern, senkten sich einen Augenblick auf eine sich rankende Klematis und kehrten zu ihr zurück.

»Ich kenne mich in Gloucestershire nicht gut aus ... Sie haben ein sehr hübsches Haus.«

»Ja«, antwortete sie überrascht.

»Und einen Garten.« Und darauf unverfänglich: »Züchten Sie Zwiebeln?«

Sie starrte ihn an und lachte.

»Ich glaube wohl, ganz sicher bin ich nicht. Meine Tante besorgt den Küchengarten.«

Wieder wanderten seine melancholischen Augen über das Haus. »Es ist ein sehr hübscher Platz.« Er hob seinen Hut und ging.

Digby war ausgegangen, und als sie dem Fremden auf der Straße nachsah, bemerkte sie Digby um eine Wegbiegung kommen, haltmachen und zu dem Fremden sprechen. Anscheinend kannten sie sich, denn sie gaben einander die Hand, als sie sich begegneten; und nach einer Weile bemerkte sie, wie Digby die Straße in der Richtung, wo sie stand, hinunterzeigte. Dann sah sie den Mann dabei nicken. Bald danach verschwand der Fremde. Wer konnte er sein? War er ein Wächter mehr, den die ›Drei Männer‹ angestellt hatten, um sie zu bewachen? – Als Digby zu ihr hinkam, fragte sie ihn.

»Der Herr, Miss? Das ist Mr. Poiccart.«

»Poiccart?« sagte sie angenehm berührt. »Ich wünschte, ich hätte das gewußt!«

»Seine Ankunft überrascht mich«, antwortete der Wächter. »Tatsächlich ist er einer der ›Drei‹, mit dem ich am meisten zu tun gehabt habe. Er hält sich gewöhnlich in der Curzon-Straße auf, selbst wenn die anderen beiden fort sind.«

Digby wußte nichts über Poiccart zu sagen, außer daß dieser ein sehr ruhiger Herr sei und keinen handelnden Anteil an den Unternehmungen der ›Gerechten‹ habe.

Im Hause ging man bald nach zehn Uhr zu Bett. Alma machte noch einmal überall die Runde, prüfte die neuen Riegel und Schlösser, die an diesem Morgen an jeder Eingangstür des Hauses angebracht worden waren.

Mirabelle hatte eine unerklärliche Müdigkeit überkommen; ihr Kopf hatte kaum das Kissen berührt, als sie bereits fest im Schlafe lag.

Sie hörte durch ihre Träume das Rauschen des Regens gegen ihr Fenster schlagen, lag eine lange Zeit wach und versuchte so viel Energie zu sammeln, um aufzustehen. Dann schloß sie das eine Fenster, das offenstand, und in dessen Vorhängen sich der Wind fing. Hierauf schlug es stärker gegen die geschlossenen Fenster; irgend etwas rasselte auf dem Fußboden ihres Zimmers. Sie setzte sich auf. Hagel konnte es nicht sein, obwohl es in der Ferne wie Donner grollte.

Mirabelle stand auf, zog ihren Schlafrock an, ging zum Fenster und hatte große Mühe, einen Schrei zu unterdrücken. Jemand stand unten im Garten auf dem Kiesweg. Ein Mädchen!

Mirabelle lehnte sich hinaus .»Wer ist da?« fragte sie.

»Ich bin's! – Ich! – Johanne!« Ein Seufzer klang dabei mit.

Selbst in diesem ungewissen Lichte vermochte Mirabelle wahrzunehmen, daß das Mädchen vor Nässe triefte.

»Wecken Sie niemanden! Kommen Sie herunter! Ich muß Sie sprechen!« beschwor das Mädchen sie.

»Was ist denn *passiert?*«

»*Viel! – Alles!* Komm nur!«

Das Mädchen schien vor einem Zusammenbruch zu stehen.

Mirabelle zündete eine Kerze an und ging leise die Treppe hinunter, um Alma nicht zu stören. Unten stellte sie das Licht auf den Tisch, entfernte die Vorlegestange und schob die Riegel zurück. Dann öffnete sie die Tür.

Noch während sie das tat, glitt ein Mann durch die halb geöffnete Tür. Seine großen Hände erstickten den Schrei, der aus des Mädchens Kehle wollte.

Ein zweiter Mann folgte dem ersten und half, das widerstrebende Mädchen ins Wohnzimmer zu tragen. Einer der beiden holte eine kleine Metallflasche aus seiner Tasche; an der Metallflasche war ein biegsamer Gummischlauch befestigt, der in eine große rote Mütze endete. Ihr Häscher ließ sie gerade so lange los, als es bedurfte, ihr die Maske über das Gesicht zu streifen. Dann wurde ein winziger Hahn geöffnet, Mirabelle empfand einen schwachen Hauch im Gesicht, einen sonderbaren süßlichen Geschmack; dann fing ihr Herz an wahnsinnig zu schlagen. Sie glaubte, sie müsse jetzt sterben, und wand sich verzweifelt, um sich zu befreien.

»Sie ist soweit«, sagte Monty Newton und hob eins ihrer Augenlider eine Sekunde lang. »Bringen Sie eine Decke!«

Er wandte sich wütend an die jammernde Johanne. »Halte den Mund, du!« schnauzte er sie an. »Willst du das ganze Haus aufwecken?«

Schmerzzerrissen wimmerte Johanne weiter. Die Tränen liefen ihr die Wangen herunter, und sie rang verzweifelt ihre Hände.

»Du hast doch gesagt, du würdest ihr nicht wehtun!« jammerte sie.

»'raus!« zischte er und zeigte auf die Tür.

Eine schwere Decke wurde um das bewußtlose Mädchen gewickelt. Dann trugen die beiden Männer sie hinaus in den Regen, wo das alte Lastauto wartete, und ließen sie auf dessen strohbedeckten Boden niedergleiten. In der nächsten Sekunde ging das Lastauto an, um sich in immer schneller werdendem Tempo zu entfernen.

Um diese Zeit war die Wirkung des Gases verflogen. Mirabelle hatte das Bewußtsein wiedererlangt. Sie streckte eine Hand aus und berührte das Knie – einer Frau.

»Wer ist das ... Alma?«

»Nein«, antwortete eine gedrückte Stimme. »Ich bin's, Johanne.«

»Johanne! Ja, natürlich! ... Warum haben Sie mir das angetan? Wie schändlich!«

»Still!« befahl Monty bissig.

Mirabelle war es sterbenselend zumute und ihr Kopf zu benommen, und während der nächsten Stunde war sie zu krank, um beängstigt zu sein. In ihrem Kopfe drehte sich alles; er schmerzte fürchterlich, und das Stoßen des Lastautos machte die Dinge nicht besser.

Monty, der mit dem Rücken der Seite des Lastwagens zugekehrt saß, rauchte. Er fluchte ab und zu, wenn ein ungewöhnlich schwerer Stoß ihn vorwärtsschleuderte. Sie fuhren mitten durch den Sturm. Es blitzte fast unaufhörlich, und der Donner war betäubend.

Mirabelle fiel in einen kurzen Schlaf; als sie erwachte, war es ihr ein wenig besser. Es war noch immer finster, und sie hätte die Richtung nicht gewußt, in der sie fuhren, wenn der Chauffeur beim Passieren eines Landstädtchens nicht in eine falsche Wegkreuzung eingebogen wäre. Beim Scheine eines Blitzes sah sie etwas, was unzweifelhaft eine Rennbahn war, und ein wenig später las sie das Wort ›Newbury‹. Da begriff sie, daß sie auf dem Wege nach London waren.

Um diese Stunde des Morgens war wenig oder gar kein Verkehr. Und als sie in den neuen Great-West-Weg einbogen, sauste eine Limousine mit einer Siebzigmeilenfahrt an ihnen vorbei. Der Lärm, den das Auto machte, weckte das Mädchen auf. Die Lichter wurden häufiger. Sie sah ein hellerleuchtetes Schaufenster; der Nachtwächter hatte offenbar vergessen, die Lichter um die bestimmte Stunde auszuschalten.

Bald fuhren sie über die Themse. Sie sah die roten und grünen Lichter eines Schleppers und schwarz auf schwarz eine lange Reihe Lichter hintereinander in der Mitte des Stromes. Sie nickte wieder ein und wurde wachgeschleudert, als der Lastwagen über eine der holprigsten Stellen fuhr. Ein anderesmal wurde er mit einem Krach gegen irgendein Hindernis zum Stehen gebracht. Dann wurde das Stoßen sanfter, schließlich hielt der Wagen, und Monty sprang herunter und rief sie laut an.

In ihrem Kopfe war es klar, obwohl es darin hämmerte. Sie bemerkte ein sonderbar gestaltetes Haus, alles Giebel und Türmchen, und für seine Höhe außerordentlich schmal. Es schien mitten auf einem Felde zu stehen. Und doch war es in London.

Sie konnte das Glühen von Schmelzöfenfeuern sehen und hörte das tiefe Dröhnen einer Dampfpfeife, als das Schiff mit der Ebbe stromabwärts lief.

Sie hatte keine Zeit, um Beobachtungen zu machen, denn Monty packte sie am Arm, und sie arbeitete sich durch den Schlamm eine Anzahl Stufen hinauf, bis sie in eine schwach erleuchtete Vorhalle kam. Sie hatte die verrückte Idee, daß kleine Hunde an der Seite der Treppe ständen und ein großer Vogel mit einem langen Schnabel. Aber das alles war wohl dem Traumnebel zuzuschreiben, den das Gas zurückgelassen hatte.

Monty öffnete eine Tür und schob sie vor sich her; dann starrte sie in das Gesicht Dr. Oberzohns.

Er trug einen schwarzen Samtschlafrock, der einst ein prächtiges Kleidungsstück, jetzt aber schmierig und fleckig war.

Auf seinem eiförmigen Schädel saß eine gestickte Schlafmütze. Seine Füße steckten in warmen Plüschpantoffeln. Er hatte das Buch hingelegt, in dem er gelesen hatte, rieb seine Augengläser an seinem Samtärmel und sagte: »So!«

Er deutete auf die Überreste des Kaminfeuers.

»Setzen Sie sich, Mirabelle Leicester, und wärmen Sie sich!« Er wandte sich an Monty: »Sie sind schnell wiedergekommen, mein Freund.«

»Ich bin grün und blau am ganzen Körper«, schimpfte Newton. »Warum haben Sie uns kein anständiges Auto besorgt?«

»Weil keines zu bekommen war, wie ich Ihnen schon sagte.«

»Haben Sie . . .?« begann Newton hastig, aber der alte Mann schielte bedeutungsvoll zu dem jungen Mädchen hinüber, die vor Frost schauderte und automatisch die Hände wärmte.

»Zu richtiger Zeit werde ich antworten; Sie brauchen nicht erst zu fragen. Jetzt ist nicht der günstigste Augenblick. Wo steckt denn Ihr Mädchen?«

Newton hatte Johanne gänzlich vergessen und ging hinaus. Er fand sie fröstelnd im Gange stehen.

»Brauchen Sie sie?« fragte Monty, den Kopf zur Türspalte hereinsteckend.

»Sie soll das Mädchen begleiten. Sie werden ihr Aufklärung geben.«

»Wo werden Sie sie hinbringen?«

Oberzohn zeigte auf den Fußboden.

»*Hier*? Aber ...«

»Nein, nein! Mein Freund, Sie denken zuviel im voraus, an Sachen, an die ich nicht denke. Das gnädige Fräulein wird in einem Palaste leben, dessen einer meiner Freunde nicht länger bedarf.«

Noch nie zuvor war das Gesicht Dr. Oberzohns dem Ausdruck eines Lächelns so nahe gekommen.

Er suchte unter dem Tisch und brachte ein Paar schmutzige Schaftstiefel zum Vorschein, schleuderte seine Pantoffeln ab und zog unter vielem Krächzen und Ziehen die Stiefel an.

»Alles, was Sie brauchen, befindet sich dort. Ich habe dafür gesorgt. Marsch!«

Er zog das junge Mädchen von seinem Sitz und ging voran. Newton folgte ihm, und Johanne schloß den Zug. In der Fabrik holte Oberzohn eine kleine Taschenlampe hervor und führte sie durch die Trümmer, bis er zu jener Stelle des Fußbodens kam, an der sich die Falltür befand.

Er entfernte mit seinem Fuß die Decke von Unrat, zog die Falltür auf und stieg hinunter.

»Ich kann da nicht hinuntergehen, Monty! Das kann ich nicht!« schrie Johanne mit erregter Stimme. »Was wollt ihr denn mit uns anfangen? Mein Gott, wenn ich das gewußt hätte ...«

»Sei kein Narr!« gab Newton rauh zurück. »Wovor solltest du dich denn fürchten? Wir wollen, daß du dich einen Tag lang oder zwei um sie kümmerst. Du willst doch nicht, daß sie allein hier hinuntergeht; sie würde sich zu Tode fürchten.«

Mit klappernden Zähnen stolperte Johanne hinter ihm her, die Stufen hinunter. Gewiß war der erste Anblick der neuen Wohnung beruhigend. Zwei kleine Feldbetten waren da aufgestellt, das unterirdische Zimmer war reingefegt und mit Teppichen ausgelegt. Überdies war der Raum glänzend erleuchtet, und ein Ofen strömte eine fast drückende Hitze aus.

»In diesen Kisten sind Kleider aller Art und teuer obendrein«, sagte Oberzohn und zeigte auf einen nagelneuen Koffer am Fuß eines der Betten. »Nahrungsmittel werdet ihr in Menge hier haben ... Brot und Milch jeden Tag frisch. Nachts müßt ihr den Vorhang über dem Ventilator halten.« Er meinte den schwarzen kleinen Vorhang an der Wand von ungefähr zehn Zoll im Geviert.

Monty führte Johanne in den nächsten Raum und zeigte ihr die Waschtoilette. Sogar ein Bad befand sich da.

»Aber wie kommen wir hier heraus, Monty? Wo schaffen wir uns Bewegung?«

»*Du* wirst morgen nacht hier herauskommen. Dafür werde *ich* sorgen.« Monty ließ seine Stimme sinken. »Nun hör mal zu, Hanne! Du mußt mal ein vernünftiges Mädel sein und mir helfen. Hier handelt es sich um Geld! Mehr als du dir jemals hast träumen lassen. Und wenn wir dieses unangenehme Geschäft hinter uns haben, dann – dann gehe ich mit dir auf eine Reise um die Welt.«

Sein altes Versprechen! Oft gegeben – und niemals gehalten – und immer erhofft. Aber dieses Mal war sie nicht imstande, ihre Unruhe völlig zu beseitigen.

»Aber was fangt ihr mit dem Mädel an?«

»Nichts! Sie wird nur eine Woche hier festgehalten. Ich schwöre dir, daß ihr nichts zustoßen wird. Sobald acht Tage vergangen sind, wird sie herausgelassen werden, ohne daß ihr ein Haar gekrümmt worden ist.«

Sie sah ihn forschend an. Soweit sie beurteilen konnte, sprach er die Wahrheit. Und doch . . .

»Ich verstehe das nicht.« Sie schüttelte den Kopf, und zum erstenmal zeigte Monty Geduld mit ihr.

»Sie ist die Eigentümerin großer Reichtümer in Afrika. Und diese werden wir erlangen, wenn das alles gutgeht. Der Witz ist der: Um es zu besitzen, muß sie ihre Ansprüche darauf binnen wenigen Tagen einreichen. Tut sie das *nicht*, dann gehört ihr Besitztum uns.«

Ihr Gesicht hellte sich auf.

»Ist das *alles?*«

Sie glaubte ihm, kannte ihn gut genug, um seine an ihm immerhin seltene Aufrichtigkeit zu bemerken.

»Das hat eine Last von mir genommen, Monty. Natürlich werde ich nun bleiben und mich um sie kümmern. Monty, es macht es so viel leichter, zu wissen, daß nichts passieren kann. Was sollen diese Flanelldinger hier hinter dem Ofen. Es sieht aus, als ob es Kästen wären.«

Er wandte sich schnell zu ihr um. »Eben wollte ich mit dir

darüber sprechen. Ihr dürft sie unter keinen Umständen berühren. Sie gehören dem alten Mann, und er ist sehr eigen in solchen Dingen. Laßt *ihn* sie anfassen und niemand sonst! Hörst du?«

Sie nickte und berührte seine Wange mit ihren kalten Lippen.

Er machte sich los und ging zu Oberzohn zurück, der, ein Bild personifizierter Geduld, auf ihn wartete.

Das fremde Mädchen lag auf dem Bett, ihr Gesicht auf ihrem Ellbogen. Er starrte sie an, mit einem Blick, der unergründlich war.

»Das wäre alles. Gute Nacht, gnädiges Fräulein!«

Er drehte sich um und ging zu den Stufen zurück und winkte mit der Hand. Monty folgte ihm.

Das junge Mädchen hörte den dumpfen Fall der Falltür, das Schlürfen der Stiefel des alten Mannes, dann ein rumpelndes Geräusch, dessen Ursprung sie im Augenblick nicht erkannte. Später, als sie in einem Anfall entsetzlicher Furcht einmal die Falltür zu heben versuchte, fand sie, daß ein schweres Faß auf die Falltür gerollt worden war und daß das Faß unbeweglich war.

18

Dr. Oberzohn hatte seit fünfunddreißig Jahren in keinem Bett geschlafen. Es war seine Gewohnheit, in einem Stuhl sitzend zu schlafen, und zwischen seinen einzelnen Nickerchen pflegte er in seinen Lieblingsschriftstellern zu blättern. Die meisten seiner Bücher handelten von der Seele, von der Freiheit des Willens und von der Vorherbestimmung, und zur Erholung schloß er mit einem gelegentlichen Untertauchen in Nietzsche.

Unter gewöhnlichen Umständen würde er aller Philosophie bedurft haben, die er bewältigen konnte. Denn der Untergang war nahe. Die Zerstörung seines Lagers, das für alle Zwecke und Ziele unversichert war, wäre der vernichtendste Schlag des Schicksals für ihn gewesen, *wenn* nicht die Vision des Goldes aus der Zukunft herübergeschimmert hätte.

Villa, dieser hübsche Mulatte, war in England angekommen und den ganzen Abend mit dem Doktor zusammengewesen. In diesem Augenblick befand er sich auf dem Wege nach Liverpool, um den Westafrika-Dampfer abzufangen, und er hatte bei seinem Herrn eine Aufstellung der Schürflose gelassen, die er bereits auf dem Monte Doro, dem ›Goldberge‹, abgesteckt, wie er romantisch den neuen Berg nannte. Dort lagen Millionen! Ungezählte Reichtümer! Und zwischen dem Herrn Doktor und der Erlangung dieses unermeßlichen Reichtums stand ein Leben, das zu vernichten er kein unmittelbares Verlangen hatte. Der Doktor war Junggeselle; Weiber langweilten ihn. Dennoch war er bereit, zum Äußersten zu schreiten und zu heiraten, wenn er sich seines Besitzes doppelt versichern konnte. Die *tote* Mirabelle gab ihm *eine* Gelegenheit; die lebende, auf seine Seite herübergezogene Mirabelle vermehrte diese Gelegenheit um das Hundertfache.

Er öffnete das Buch, in dem er las, auf der letzten Seite und nahm das zusammengefaltete Papier heraus. Es war eine besondere Genehmigung zur Eheschließung und ordnungsgemäß beim Greenwicher Standesamt eingetragen, seit dem Tage, der Mirabelles Stellungsantritt bei ihm voranging.

Das war seine zweite und mächtigste Waffe. Er hätte auf Grund dieses Papiers beinahe seit einer Woche verheiratet sein können. Die Verfügung blieb wenigstens zwei Monate in Kraft, und nur fünf Tage trennten ihn von der Notwendigkeit einer Entscheidung. Wenn diese Frist verstrichen war, konnte Mirabelle am Leben bleiben. Es war etwas ganz anderes, mit kaltem Blute ein Weib zu töten, nach der die Polizei suchen würde, und mit deren Verschwinden man seinen Namen in Verbindung bringen würde, oder jemanden auf die andere Weise umzubringen, die *er* bevorzugte: unbekannte Männer auf überfüllten Plätzen tödlich zu treffen. Nein, Mirabelle Leicester war noch nicht für die Schlange bestimmt. – Noch nicht!

Er faltete das Papier sorgfältig zusammen, legte es zurück in das Buch und blätterte die Seite um, als sich ein leises Klopfen an der Tür hören ließ. Er setzte sich gerade.

»Komm herein, Pfeiffer! Los!«

Die Tür öffnete sich langsam; ein Mann glitt ins Zimmer, bei dessen Anblick Oberzohn der Mund offenstehen blieb.

»Gurther!« stammelte er, zum ersten Male in seinem Leben aus der Fassung gebracht.

Gurther lächelte und nickte, seine Stielaugen waren auf die Schlafmützenquaste Oberzohns gerichtet.

»Du hast nichts ausgerichtet – und bist zurückgekehrt?«

»Der Amerikaner ist tot, wie ich glaube«, berichtete der

Mann in seiner langsamen Sprechweise. »Auch der unvergleichliche Pfeiffer ist – tot.«

Der Doktor blinzelte ein paarmal: *»Tot?«* fragte er in seiner knarrenden Stimme. *»Wer* hat dir das gesagt?«

»Ich habe ihn gesehen. Es ist was passiert. Die Schlange hat Pfeiffer gebissen.«

Des Alten harte Augen hielten Gurther fest.

»So?« sagte er leise.

»Er starb sehr schnell – auf die gewöhnliche Weise«, stieß Gurther hervor, noch immer das blöde Lächeln im Gesicht.

»So!« wiederholte der Doktor. »Dann war also alles ein Fehlschlag. Was ist dabei 'rausgekommen? Ein Amerikaner – der nichts bedeutet – nichts für uns wenigstens. Und Pfeiffer, der *sehr* viel für uns bedeutet – tot!«

»Der Herr segne seine Asche!« sagte Gurther mit bewegungslos starrem Blick. »Und den ganzen Rückweg über dachte ich, wieviel besser es doch war, daß es Pfeiffer traf und nicht mich. Obwohl meine Nerven sehr gelitten haben.«

»So!« sagte der Doktor zum vierten Male und streckte seine Hand aus.

Gurther holte ein goldenes Zigarettenetui aus seiner Westentasche. Der Doktor öffnete es, besah sich die fünf Zigaretten, die es enthielt, auch die beiden Hälften des langen Zigarettenhalters, die zierlich an ihrem Platze lagen, schloß das Etui und legte es auf den Tisch.

»Was soll ich mit dir anfangen, Gurther? Morgen wird die Polizei kommen und das Haus nach dir absuchen.«

»Da ist doch der Keller, Herr Doktor. Es ist sehr angenehm da unten. Ich würde es vorziehen, dort unten . . .«

Oberzohn machte eine Gebärde wie ein Junge, der etwas von einer Schiefertafel wegwischt.

»Das ist nicht möglich; er ist besetzt!« antwortete er. »Ich muß einen anderen Platz für dich finden.«

Oberzohn starrte nachdenklich vor sich hin.

»Da ist noch das Boot«, meinte er schließlich.

Gurther lächelte noch immer.

Das ›Boot‹ war ein kleiner Lastkahn, der in das Privatdock der O.-&-S.-Fabrik hereingeholt worden war und dort jahrelang gemodert hatte; ein Spielplatz der Ratten und eine Herberge für Heimatlose.

Der Doktor sah, was in dem Manne vorging.

»Es läßt sich wohnlich machen. Ich werde dir irgendein Gas geben, um die Ratten zu vertilgen, und es wird ja nur fünf bis sechs Tage dauern.«

»Jawohl, Herr Doktor.«

19

Es war fünf Uhr morgens, als ein schmutzbespritzter Wagen durch den Nebel und das Regengepeitsche die Chiltern-Höhen hinuntersauste, in den Haupt-Gloucester-Weg einlenkte und mit einem Stoß vor der Heavytree-Farm hielt.

Manfred sprang heraus, aber noch ehe er die Tür erreichte, hatte Tante Alma sie geöffnet, und in ihrem Gesicht las er, daß sie in dieser Nacht noch nicht geschlafen hatte.

»Wo ist Digby?« fragte er.

»Er ist fort, um den Hauptkonstabler zu sprechen«, versetzte Alma. »Kommen Sie doch herein, Mr. Gonsalez!«

Leon war naß vom Kopf bis zum Fuß. Nicht ein einziger trockener Faden war an ihm. Aber er war lustig und ganz er selbst, als er in die Halle stapfte und sich seines Mantels entledigte.

»Digby hat natürlich nichts gehört, George.«

»Ich habe den leichtesten Schlaf von der Welt«, erwiderte Tante Alma, »aber ich habe nicht das geringste Geräusch gehört. Das erste, was ich erfuhr, war, daß ein Polizist an meine Tür klopfte und mir sagte, er habe die Vordertür offen gefunden.«

»Keine Spur irgendwo?«

»Doch!«

Sie gingen in das Wohnzimmer, und Alma nahm eine kleine schwarze Flasche mit einem Schlauch daran und eine Mütze.

»Ich fand das hinter dem Sofa. Mirabelle hat auf dem Sofa gelegen. Die Kissen lagen auf dem Fußboden, und sie hat bei ihrem Widerstand die Stickereien zerrissen.«

Leon drehte den Hahn auf und schnüffelte, als das Gas ausströmte.

»Das neue Gas, das beim Zahnziehen gebraucht wird. Aber wie kamen sie denn hierher? War da ein Fenster offen oder eingedrückt?«

»Sie sind zur Tür hereingekommen. Ich bin dessen sicher. Und sie hatten ein Frauenzimmer bei sich«, berichtete Tante Alma fast stolz.

»Woher wissen Sie das?«

»Es muß eine Frau im Spiel gewesen sein. Mirabelle würde niemandem außer einer Frau geöffnet haben, ohne entweder mich oder Mr. Digby zu wecken.«

Leon nickte, seine Augen funkelten.

»Klar!« sagte er.

»Und ich fand die Spur eines Frauenfußes im Gange. Die Spur ist jetzt trocken, aber sie ist noch sichtbar.«

»Ich habe sie schon gesehen«, antwortete Leon. »Es ist links von der Tür; ein kleiner, spitzer Schuh und ein Gummiabsatz. Miss Leicester öffnete einer Frau die Tür, die Männer kamen herein, und das übrige war leicht. Du kannst Digby keinen Vorwurf machen«, sagte er in bittendem Tone zu George.

»Ich mache mir selbst einen Vorwurf«, gab Manfred zurück.

»Poiccart sagte mir ...«

»Er war hier«, unterbrach Tante Alma.

»Wer? Poiccart?« Manfred war überrascht. Gonsalez schlug sich aufs Knie.

»Natürlich! War er! Was für Narren wir sind! Wir hätten doch wissen müssen, wie der alte Fuchs dazukommt, seinen Posten zu verlassen. Um welche Zeit war er hier?«

Alma erzählte die näheren Umstände seines Besuchs.

»Er muß London unmittelbar nach uns verlassen haben«, meinte Leon mit einem breiten vergnügten Grinsen. »Er erwischte den Fünfuhrzug nach Gloucester und kam mit 'ner Autodroschke hierher.«

»Na und danach?« fragte Manfred.

»Ich möchte wissen, ob er schon wieder zu Hause ist.«

Leon nahm das Telefon und verlangte Fernverbindung mit London. Dann: »Ich glaube nicht, daß er schon zurück ist. Ah, da kommt Digby! Sieht aus, als ob er gehängt werden sollte.«

Der frühere Polizist befand sich in der Tat in einer traurigen und rührenden Gemütsverfassung.

»Ich weiß nicht, was Sie von mir denken werden, Mr. Manfred«, begann er.

»Ich habe bereits meine Meinung hierüber zum Ausdruck gebracht.« George lächelte schwach. »Ich tadele Sie nicht, Digby!

Tatsächlich beabsichtigte ich, von heute an vier Leute hier zu postieren. Sie haben Nachforschungen angestellt?«

»Ja, Herr. Der Wagen kam heute morgen sehr früh durch Gloucester und schlug dann den Swindon-Weg ein. Er wurde durch einen Schutzmann gesehen. Dieser berichtete, eine dicke Segeltuchrolle hätte auf der Plane des Lastwagens gelegen.«

»Keine Spur, daß irgend jemand die Kerle in einem Auto oder auf einem Motorrad verfolgte?« fragte Manfred gespannt. Poiccart hatte sich neuerdings mit Motorradfahren befaßt.

»Nein, Herr.«

»Haben Sie Mr. Poiccart gesprochen?«

»Ja, er wollte eben nach London zurück. Er sagte, er wolle sich den Platz mal mit eigenen Augen ansehen.«

George war enttäuscht. Wenn Poiccart die Reise gemacht hatte, um seine Neugier zu befriedigen, war seine Abwesenheit von zu Hause verständlich. Dann würde er aber auch durch den eben geforderten Fernruf nicht zu erreichen sein.

Tante Alma war dabei, ein Frühstück zu improvisieren, und beide Männer nahmen ihre Einladung dankend an, denn sie waren ausgehungert. Sie waren mitten im Frühstücken, als der Fernruf nach London durchkam.

»Sind Sie dort, Poiccart?«

»Ja, hier Poiccart«, antwortete dessen Stimme. »Von wo aus sprechen Sie?«

»Heavytree-Farm. Haben Sie etwas von Miss Leicester gesehen?«

Pause.

»Verschwunden?«

»Wußten Sie das nicht?«

Wieder Pause.

»O ja. Ich weiß. Ich habe sie sogar ein Stück bis London begleitet und wurde abgestreift, als der Lastwagen eine Zuflucht auf dem Great-Western-Weg aufsuchte. Meadows befindet sich bei mir. Kam eben von Oberzohns. Hat nichts finden können.«

Manfred dachte eine Weile nach.

»Um neun Uhr sind wir zurück.«

»Wird Leon als Chauffeur fahren?« war die trockene Antwort.

»Ja. Trotzdem werden wir um neun Uhr zurücksein.«

»Der Mann hat ein Vorurteil gegen mich als Chauffeur«,

äußerte Leon, als Manfred das Gespräch berichtete. »Wissen Sie, ob Poiccart mit Miss Leicester gesprochen hat?«

»Ja, er hat sie gefragt, ob sie Zwiebeln züchtete.« Eine Antwort, die Leon innerlich in Lachkrämpfe versetzte.

Das Frühstück war vorüber, und sie machten sich eben fertig zur Abfahrt, als Leon plötzlich fragte: »Hat Miss Leicester ihren eigenen Schreibtisch?«

»Jawohl! Auf ihrem Zimmer.« Alma nahm ihn mit sich hinauf und zeigte ihm das alte Rollpult.

Er öffnete die Schubfächer ohne ein Wort der Entschuldigung, nahm einige alte Briefe heraus, blätterte sie durch und las sie ohne jedes Zeichen von Scham. Dann besah er sich den Löscher. Da waren auch mehrere leere Briefbogen, mit dem Kopfdruck ›Heavytree-Farm‹, von denen zwei unten am Fuß Mirabelles Unterschrift trugen. Alma erklärte, daß das Bankkonto auf Mirabelles Namen ginge, und wenn sie Geld abheben wollten, bestände die Bank auf einem begleitenden Deckbrief – eine Gepflogenheit, die in einigen der West-Provinz-Banken noch heute existiert.

Alma schloß ein Fach auf, das Leon nicht hatte herausziehen können, und zeigte ihm ein Scheckbuch, in dem drei Blankoschecks mit Mirabelles Namen gezeichnet waren.

»Und dieser Bankier hat mich von Kindesbeinen an gekannt!« bemerkte Alma entrüstet. »Man möchte es gar nicht glauben, daß noch so viel Bürokratismus herrscht.«

Leon nickte.

»Führen Sie einige Bücher?«

»Doch!« Alma war überrascht. »Wirtschaftsbücher meinen Sie doch?«

»Könnte ich eins sehen?«

Sie kam mit einem dünnen Hauptbuch zurück. Er prüfte den Inhalt ganz kurz.

»So! Das wäre das ! Nun können wir fahren, George!«

»Warum wolltest du denn das Wirtschaftsbuch sehen?« fragte Manfred, als sie die Straße entlangsausten.

»Ich bin von Natur kaufmännisch veranlagt«, lautete die völlig unbefriedigende Antwort. »Und – George – wir haben kein Benzin mehr! Bitte, wie sich das für einen fahrenden Ritter gehört, daß wir bald 'ne Benzinstation in Sicht bekommen.«

Nachdem Manfred sein Bad genommen und seine Wäsche gewechselt hatte, gab er seine Absicht bekannt, Chester-Square aufzusuchen.

»Ich muß auf alle Fälle Johanne Newton wieder mal sehen, selbst wenn sie wieder die gewöhnliche Hanne Smith geworden ist.«

Miss Newton war nicht zu Hause, sagte ihm das Mädchen, als er seinen Besuch machte. Ob er Mr. Montague Newton sprechen wolle, der nicht nur zu Hause sei, sondern ihn auch gern sprechen wolle – denn er hatte seinen Feind kommen sehen.

»Das soll mir sehr angenehm sein!« murmelte Manfred und wurde in Mr. Newtons glänzendes Empfangszimmer geführt.

»Zu dumm, das mit Johanne«, sagte Mr. Newton gewandt. »Sie ist heute vormittag nach dem Kontinent abgereist.«

»Ohne Paß?« Manfred lächelte.

Eine kleine Entgleisung Montys. Aber wie konnte Monty wissen, daß die Behörden die Erneuerung ihres Passes auf Grund gewisser schwebender Unregelmäßigkeiten vor knapp einer Woche verweigert hatten.

»Nach Belgien braucht man keinen Paß. – Jedenfalls sind diese Paßgeschichten ein bißchen altbacken. Wir stehen jetzt nicht mehr im Krieg.«

»Wir befinden uns die ganze Zeit über im Krieg. Darf ich Platz nehmen?«

»Bitte! Zigarette gefällig?«

»Lassen Sie mich erst die Marke sehen, ehe ich . . .!«

Der andere platzte vor Lachen wie bei einem guten Witz.

Der Besucher lehnte die aus dem Zigarettenetui angebotene Zigarette ab und nahm eine aus der Schachtel, die auf dem Tische stand.

»Und macht Hanne die große Reise?« fragte er sanft.

»Hannes Nerven sind 'runter, sie braucht Ruhe.«

»Und was ist mit Aylesbury los?«

Manfred sah Newton bei Erwähnung des Frauenzuchthauses zusammenzucken, aber Newton faßte sich sofort wieder.

»Es liegt nicht weit genug weg, und dann habe ich gehört, daß alle möglichen Sorten sonderbares Volk dort herum wohnen. Nein, sie geht nach Brüssel, und dann weiter nach Aachen. – Ich glaube, ich werde sie einen Monat oder zwei nicht sehen.«

»Sie war noch heute in den frühen Morgenstunden in Heavytree-Farm«, sagte Manfred, »und Sie waren auch dort. Sie wurden dort gesehen und von einem meiner Freunde – Mr. Raymond Poiccart – erkannt. Sie fuhren in einem Lastwagen von Heayvytree-Farm zu Oberzohns Haus.«

Nicht mit dem Zucken einer Wimper verriet Monty Newton seine Bestürzung.

»Das ist Bluff!« rief er. »Ich habe letzte Nacht das Haus nicht verlassen. Ist auf Heavytree-Farm was passiert?«

»Miss Leicester wurde verschleppt. Sie sind überrascht? Beinahe erregt, sehe ich.«

»Glauben Sie vielleicht, daß ich etwas damit zu tun hatte?«

»Allerdings. Und die Polizei teilt meine Ansicht. Ein vorläufiger Haftbefehl, auf Sie lautend, wurde heute morgen ausgestellt. Ich meine, Sie müßten das wissen.«

Jetzt fuhr der Mann zurück und wurde abwechselnd rot und bleich und wieder tief rot. Manfred lachte leise.

»Sie haben ein böses Gewissen, Newton! Und das ist soviel wie halb festgenommen. Wo ist Hanne?«

»Auf Reisen, sage ich Ihnen.«

Newton wurde durch diesen zu erfolgreichen Bluff aus seinem Gleichgewicht gebracht und hatte etwas von seinem Selbstbewußtsein verloren.

»Sie befindet sich bei Mirabelle Leicester, dessen bin ich sicher«, sagte Manfred. »Zweimal habe ich Sie nun gewarnt, und es ist überflüssig, Sie ein drittes Mal zu warnen. Ich weiß nicht, wie tief Sie in diese Schlangenmorde verstrickt sind; ein Geschworenengericht wird das früher oder später entscheiden. Aber wenn ich erfahre, daß Miss Leicester schlecht behandelt worden ist, sind Sie sechs Stunden später tot. Sie wissen, daß das wahr ist, nicht?«

Manfred sprach in tiefem Ernst.

»Ihr fürchtet euch mehr vor uns als vor dem Gesetz. Und daran tut ihr recht. Denn wir überlassen unsere Sünder nicht dem Zufall, daß die Geschworenen das Richtige treffen. Ihnen wird von uns dasselbe Verhör zuteil werden wie von einem Richter, der alle Tatsachen weiß. Es geht doch nichts über einen englischen Richter, Newton!«

Jetzt lächelte Manfred wieder und ging.

Fred wartete, obwohl nahe zur Hand, doch in achtungsvoller Entfernung von der Zimmertür und ließ ihn behende zur Tür hinaus.

Monty Newton wandte seinen Kopf seitwärts, erwischte noch schnell einen Blick von dem Manne, den er haßte – mehr haßte als Leon Gonsalez –, und rief dann barsch nach seinem Diener.

»Kommen Sie einmal her! Man wird jemanden hierherschikken, um Nachfragen zu halten. Sie sagen ihnen, Miss Johanne sei heute morgen mit dem Acht-Uhr-Fünfzehn-Zug nach dem Festlande gereist. Sie sei entweder in Brüssel oder in Aachen. Sie wüßten nicht genau, in welchem Hotel, aber Sie würden das herausfinden. Ist Ihnen das klar?«

»Jawohl, Herr.«

20

Mirabelle Leicester konnte unmöglich die ernste Gefahr verkennen, in der sie schwebte. Warum sie die Feindschaft Oberzohns auf sich geladen, zu welchem Zwecke dieser Mann so begierig war, sie unter seinen Augen zu behalten, davon hatte sie nicht die leiseste Ahnung.

Es kam wie eine Erlösung über sie, wenn sie am Morgen aufwachte und Johanne in demselben Raume schlafend fand. Denn obwohl sie sehr viel Grund hatte, ihr zu mißtrauen, war doch etwas in dem Puppengesicht dieses Mädchens, das für sie einnahm.

Johanne lag völlig angekleidet auf dem Bett, und bei dem Geräusch, das das krachende Bett verursachte, wandte sie sich um, stand auf und befestigte ihren Unterrock.

»Nun, wie gefällt Ihnen Ihr neues Heim?« fragte sie mit einem Versuch zur Heiterkeit.

»Ich habe bessere gesehen«, antwortete Mirabelle kalt.

»Ja, das glaube ich Ihnen unbesehen.« Johanne reckte sich und gähnte. Dann öffnete sie einen der Schränke, warf eine Schaufel Kohlen in den Ofen und schlug klirrend das eiserne Türchen zu.

»Das ist meine Aufgabe«, meinte sie, »Sie warmzuhalten.«

»Wie lange werde ich hier gefangengehalten?«

»Fünf Tage«, war die überraschende Antwort.

»Warum gerade *fünf* Tage?«

»Ich weiß es nicht. Kann sein, sie werden's Ihnen sagen.«

Johanne brachte den Steckkontakt an und schaltete die kleine elektrische Kochplatte an. Sie verschwand und kam mit einem Kessel zurück, den sie auf die Platte setzte.

»Die Aussicht ist nicht bedeutend, aber das Essen ist gut«, bemerkte sie mit einer Lustigkeit, von der Mirabelle jetzt überzeugt war, daß sie gezwungen war.

»Sie sind natürlich auf seiten dieser Leute – Doktor Oberzohns und Newtons?«

»*Mister* Newton!« verbesserte Johanne. »Ja, ich bin seine Verlobte. Wir heiraten, sobald die Sachen etwas besser stehen«, sagte sie oberflächlich. »Und es hat gar keinen Zweck, daß Sie es an mir auslassen, weil ich mitgeholfen habe, Sie hierherzubringen. Monty hat mir alles darüber gesagt. Sie werden Ihnen nicht das geringste Leid antun.«

»Warum denn ...?«

»Er wird es Ihnen sagen«, unterbrach sie Johanne, »früher oder später. Der alte Mann oder ... oder ... nun, Monty hat *damit* nichts zu schaffen; er tut das nur aus Gefälligkeit gegen Oberzohn.«

In einer Sache gab Mirabelle ihr recht. Es war Zeitverlust, sich in Anschuldigungen zu ergehen oder dem Mädchen Vorwürfe für den Gipfel ihrer Verräterei zu machen. Alles in allem hatte Johanne ihr gegenüber keine Verpflichtungen und war vom ersten Augenblick an ein Werkzeug, das für ihre Haft gebraucht worden war.

»Wie kommen Sie dazu, diese Art Tätigkeit auszuüben?« fragte Mirabelle, während sie Johanne beim Teebrühen beobachtete.

»Wo haben Sie denn die Redensart ›die Art Tätigkeit‹ her? Wenn Sie meinen, ich verbringe mein ganzes Leben damit, weibliche Wesen zu beschützen, dann bringen Sie mich auf einen anderen Gedanken. Sie fürchten sich nicht?«

»Eigentlich nicht.«

»Ich an Ihrer Stelle würde es tun«, gestand Johanne. »Macht es Ihnen was aus, wenn ich kondensierte Milch nehme? Es ist keine andere da. Ja, ich würde mich zitternd unter den Tisch verstecken, daß ich etwas von Oberzohn weiß.«

»Wenn ich Oberzohn wäre«, erwiderte Mirabelle mit Feuer, »würde ich mich in einem tiefen Loch verstecken, wo die ›Vier Gerechten‹ mich nicht finden würden.«

»›Vier Gerechten‹«, äffte das Mädchen nach, und dann wechselte ihr Gesichtsausdruck. »Waren das die Leute, die Gurther durchgepeitscht haben?«

Mirabelle hatte von dieser Tat nicht gehört, aber sie gab

durch ein Kopfnicken zu verstehen, daß sie ihnen das wohl zutraute.

»Wirklich? Und weiß Gurther, daß diese Leute Ihre Freunde sind?« fragte sie bedeutungsvoll.

»Ich weiß nicht, wer Gurther ist.«

»Es ist der Mann, der neulich abends mit Ihnen getanzt hat, Lord . . ., ich hab's vergessen, wie wir ihn damals nannten. Dennoch, *wenn* er's weiß, dann sind da zwei Leute, mit denen Sie außerordentlich vorsichtig umgehen müssen. Gurther ist halb wahnsinnig, Monty sagt das immer. Er ist Morphinist oder Kokainist. Und es gibt Zeiten, wo er kein Mensch, sondern ein ganz niedriges Vieh, ein Wolf ist. Vor *ihm* ist mir bange. Ich gebe das zu. Übrigens, ›Vier Gerechte‹ gibt es überhaupt nicht«, sagte sie mit einem Seitensprung. »Seit Jahren gibt es deren nur drei. Einer von ihnen wurde in Bordeaux getötet. Das ist eine Stadt, in der ich nicht begraben sein möchte«, bemerkte Johanne unehrerbietig.

Eine Pause folgte, während sie eine luftdichte Dose öffnete und ihr einen kleinen Kuchen entnahm; sie stellte ihn auf den Tisch und schnitt ihn in Scheiben.

»Was für Leute sind es denn?«

Offenbar war die Pause bei Johanne mit Gedanken an diese Männer ausgefüllt gewesen.

»Monty sagt, sie seien bloß Bluff; aber ich bin mir nicht ganz sicher, daß Monty mir nur sagt, was er denkt. Er hat solche Angst, daß er mir sagte, ich solle sie besuchen und mit ihnen sprechen, bloß, weil sie *ihm* einen Befehl geschickt hätten. Und das alles sieht Monty gar nicht gleich. Sie haben Leute getötet, nicht?«

Mirabelle nickte.

»Und sie sind freigekommen?« sagte Johanne. »Müssen die aber gerissen sein!« Das forderte Johannes Bewunderung heraus.

»Woher haben die denn ihr Geld?« fragte sie weiter.

Das war stets ein interessantes Gesprächsthema für Johanne.

Als das junge Mädchen ihr das erklärte, war sie tatsächlich davon eingenommen. Daß sie töten und dennoch freikommen konnten, war wundervoll. Daß es Leute waren, die Millionen besaßen, stellte sie in eine Sonderreihe für sich.

»Hier werden sie Sie niemals finden«, meinte Johanne. »Kein

lebender Mensch weiß um diese Gewölbe. Hier pflegten acht Leute zu arbeiten – Affenfelle zu sortieren. – Jeder einzelne von ihnen ist tot. Monty glaubt, der alte Mann hatte die Idee, eine Schmierfettfabrik zu errichten.«

»Schmierfettfabrik? Was ist das?« fragte Mirabelle.

»Falschmünzerei! Falsches Geld! Nicht englische Arbeit, aber vom Festland. Er wollte das tun, wenn die Geschäfte einmal ganz richtig schlechtgegangen wären. Aber natürlich – seit Sie da sind, wird das alles ganz anders.«

Mirabelle setzte ihre Tasse hin.

»Gedenkt er Geld aus *mir* herausschlagen zu können?« fragte sie und mußte sich Gewalt antun, um nicht laut aufzulachen.

»Glaubt er, ich besäße viel Geld?«

»Er ist dessen sicher.«

»Es ist lächerlich«, sagte sie. »Ich habe kein Geld. Wenn Oberzohn für mich Lösegeld haben will, dann wird er nicht hundert Pfund Sterling für mich bekommen.«

»Lösegeld haben will?« Fragte Johanne. »Ich verstehe Sie nicht, vermag Ihnen da nicht zu folgen. Aber *reich* sind Sie schon. Das kann ich Ihnen sagen. Monty sagt so, und wenn Monty das sagt . . . mich würde er nicht belügen.«

Mirabelle war verdutzt. Es schien ihr fast unmöglich, daß ein Mann vom Verstande Oberzohns und von den Informationsmöglichkeiten, über die er verfügte, einen solchen Irrtum begehen konnte. Und doch war es Johanne vollkommen Ernst mit ihrer Ansicht.

»Sie müssen mich für jemand anderes gehalten haben«, sagte Mirabelle, aber Johanne gab keine Antwort. Sie saß in einer horchenden Stellung, und ihre Augen waren auf die eiserne Tür gerichtet, die ihren Schlafraum von dem größeren Gewölbe trennte. Sie hatte das Geräusch der geöffneten Falltür vernommen, und jetzt hörte sie Schritte, die die Stufen herunterkamen.

Mirabelle erhob sich, als Oberzohn hereintrat. Er trug seinen schwarzen Schlafrock, seine Schlafmütze saß im Genick, und die schmutzigen Schaftstiefel, die er anhatte, bildeten dazu einen Gegensatz, der unter anderen Umständen ihr Gelächter hervorgerufen hätte.

Er ließ sich zu einem steifen Kopfnicken herab.

»Haben Sie gut geschlafen, gnädiges Fräulein?« fragte er und nahm zu ihrem Erstaunen ihre kalte Hand und küßte sie.

Sie empfand dasselbe Gefühl von Widerwillen, dieselbe Vorstellung von Unaufrichtigkeit, die sich ihrer an jenem Ballabend bemächtigt hatte, als Gurther sie in ähnlicher Weise begrüßte.

»Das ist ein hübscher Ort für junge und alte Leute!« Er sah sich mit Befriedigung im Raume um. »Ich würde zufrieden sein, hier, Bücher lesend und in Gedanken verloren, mein Leben beschließen zu können. Aber –«, er spreizte seine Finger und zuckte die Achseln, »was wollen Sie? Ich bin Geschäftsmann! Habe ungeheure Interessen in allen Weltteilen. Ich bin auch reich, reicher als Sie sich träumen lassen! Ich habe Warenlager in allen Erdteilen, und Tausende von Männern und Frauen essen mein Brot.«

Sie fragte sich, warum er ihr das alles in seiner monotonen Stimme erzählte. Sicherlich war er nicht zu dem *Zwecke* heruntergekommen, um die Unerschütterlichkeit seiner finanziellen Lage zu betonen.

»Ihr Geschäft interessiert mich wenig, Mr. Oberzohn. Aber ich will wissen, warum ich hier gefangengehalten werde. Wenn Sie so reich sind, brauchen Sie mich doch sicher nicht wegen eines Lösegeldes hier zu halten?«

»Lösegeld?« Seine Stirn zog sich in Falten. »Närrisches Geschwätz! Hat *sie* Ihnen das erzählt?« Er zeigte auf Johanne; sein Gesicht verfinsterte sich.

»Nein! Das war nur eine Vermutung von mir«, antwortete Mirabelle hastig, da sie ihre Gefährtin bei ihm nicht in ein schlechtes Licht bringen wollte.

»Ich halte Sie nicht um eines Lösegeldes willen. Ich halte Sie hier, mein reizendes Fräulein, weil Sie für mich eine Augenweide sind. Hat Heine nicht gesagt, Frauenschönheit ist ein Beruhigungsmittel für die Seele? Sie sollten Heine lesen! Er ist frivol. Aber in seiner Torheit liegt manch trefflicher Gedanke. Nun sagen Sie mir, reizende Dame, haben Sie alles, was Sie wünschen?«

»Ich will fort von hier! Ich kann in diesen unterirdischen Räumen nicht bleiben, ohne meine Gesundheit zu gefährden.«

»Sie werden bald gehen können.« Er verbeugte sich wieder steif und schlürfte quer durch den Raum zum Ofen hin. Hinter dem Ofen standen die beiden flanellbedeckten Kästen, und einen davon hob er fast mit einem Ausdruck von Zärtlichkeit auf.

»Das hier sind Geheimnisse, denen Sie nicht nachforschen

dürfen!« bemerkte er in seinem unbeholfenen Englisch. »Das mächtigste chemische Mittel! Ungeheuer in seiner Kraft! Wenn ein Unberufener es nur berührt, explodiert es. Haben Sie verstanden?«

Er sprach zu Mirabelle gewandt; diese verstand ihn nicht, aber sie sagte nichts.

»Aus bestimmten Gründen müssen die Kästen warmgehalten werden. Einen nehme ich mir mit, den anderen lasse ich hier. Sie dürfen ihn nicht anrühren! Haben Sie mich verstanden?«

Seine Augen wanderten zu Johanne hin.

»Das habe ich deutlich genug verstanden«, sagte diese. »Hören Sie, Oberzohn! Wann kann ich spazierengehen? Dieser Platz hier macht mich bereits nervös!«

»Heute nacht sollen Sie mit der reizenden Dame zugleich Bewegung haben. Ich selbst werde Sie begleiten.«

»Warum halten Sie mich hier, Mr. Oberzohn?« fragte Mirabelle von neuem.

»Weil Sie sich in Gefahr befinden!« Oberzohn hielt dabei die grüne Kiste unter seinem Arm. »Jawohl! In *sehr* großer Gefahr!« Er unterstrich jedes Wort durch Nicken. »Gewisse Leute – die schändlichsten von allen, haben es auf Ihr Leben abgesehen. Es sind sehr listige und kluge Verbrecher. Aber nicht so klug und listig wie Doktor Oberzohn. Und weil ich Sie nicht in deren Hände fallen lassen will, mein junges Fräulein, *deshalb* halte ich Sie hier. Guten Morgen!«

Wieder verneigte er sich steif und ging; die Eisentür schlug raschelnd hinter ihm zu. Sie hörten, wie er die Treppe hinaufstieg, hörten das Niederfallen der Falltür und das Gerumpel, das, wie Johanne wußte, von dem Zementfaß herrührte, das oben auf die Luke gerollt wurde.

»Angenehmer Kerl, nicht?« bemerkte Johanne bitter. »Der und seine Chemikalien!« Sie starrte auf die zurückgebliebene Kiste. »Wenn ich ganz sicher wäre, daß es *nicht* explodiert, würde ich's zu Mus hauen!«

Später erzählte sie der Gefangenen von Oberzohns fixer Idee und wie er Zeit und Geld auf der Suche nach dem Lebenselixier opferte.

»Monty meint, er wird es finden«, sagte sie vollkommen ernst.

»Wissen Sie, daß der alte Mann einen Ochsen durch Einkochen auf ein halbes Litermaß reduziert hat? Da war einmal ein

König in Europa, ich habe seinen Namen vergessen ... Der konnte das auch machen, aber nicht so stark. Monty erzählt, Oberzohn äße überhaupt kaum noch etwas – höchstens einen Teelöffel voll von diesem Zeug und er hat für den ganzen Tag genug. Und Monty sagt ...«

Die ganze übrige Zeit dieses düsteren Morgens lauschte Mirabelle den Erzählungen von Montys weisen Lehren und klugen Handlungen, ohne ein Wort in sich aufzunehmen; und ab und zu schweiften ihre Augen zu der flanellbezogenen Kiste hinüber.

21

Elijah Washington kam zu einer Beratung nach London. Mit Ausnahme einer blauen Schwellung unterhalb seines rechten Auges hatte er von jenem alarmierenden Zwischenfall nichts davongetragen.

Leon Gonsalez hatte ihn nach der Stadt gefahren, und unterwegs gab der riesige Mann seine Ansichten über Schlangenbiß zum besten, die den Mann am Führersitz ungeheuer interessierten.

»Ich denke mir die Sache so: Eine Schlange tritt in Wirklichkeit überhaupt nicht in Tätigkeit. Diese Kanaillen haben das Schlangengift gewissermaßen extrahiert – und das ist leicht, indem man die Giftschlange auf etwas Weiches beißen läßt – und mit dem Gift einen Pfeil oder einen Stachel vergiftet. In Afrika machen sie das so. Besonders oben im Ituriland habe ich's gesehen. Auch in Südamerika kommt es ziemlich häufig vor. Der Kerl wirft oder schießt, und wo das Geschoß trifft, tritt sofort Vergiftung durch Schlangengift ein.«

»Eine ausgezeichnete Theorie! Nur daß weder Pfeil noch ein Stachel jemals gefunden wurde«, antwortete Leon. »Danach hat die Polizei im Falle des Börsenmaklers zuerst geforscht. Tagelang haben sie das Terrain abgesucht. Und genauso verhielt es sich im Falle des Tramps, des Bankangestellten und Barbertons. Ein Pfeil würde doch eine Weile haften bleiben, würde an des Mannes Kleidung oder in der Nähe der Stelle, wo er traf, gefunden werden. Wie erklären Sie sich das?«

Mr. Washington gab freimütig zu, daß er dafür keine Erklärung hätte.

Leon Gonsalez lachte leise vor sich hin.

»Ich habe sie; tatsächlich weiß ich ganz genau, wie es gemacht wird.«

»Allmächtige Schlange!« schnappte Washington verdutzt. »Warum sagen Sie es denn nicht der Polizei?«

»Die Polizei weiß es – *jetzt*«, sagte Leon. »Es ist kein Schlangenbiß. Es ist – *Nikotinvergiftung!*«

»*Wie?* Wie meinen Sie das?« fragte der bestürzte Mann, aber Leon behielt seinen Witz für sich.

Nach der Beratung, die beinahe die ganze Nacht hindurch dauerte, hatten sie Washington von Rath Hall hereingeholt; und unterwegs hatte Leon leise angedeutet, daß die Drei einen Auftrag für ihn hätten und daß sie hofften, er würde ihnen zu Willen sein.

»Sie sind ein viel zu guter Mensch, um Sie unnötig in eine gefährliche Lage zu bringen«, meinte Leon. »Und selbst wenn Sie das *nicht* wären, würden wir nicht leichtsinnig Ihr Leben aufs Spiel setzen. Aber die Aufgabe, die wir Sie zu übernehmen bitten, ist nicht gerade ein Kinderspiel.«

»Hören Sie mal!« rief Washington mit plötzlich erwachter Energie, »von Schlangen will ich nichts mehr wissen, wenigstens von *der* Sorte nicht! Ich habe schon manchen Schmerz verspürt, aber *solchen* – nein! Ich weiß, es *muß* Schlangengift gewesen sein. Aber ich möchte *den* kleinen Zappelwurm sehen, der *die* Marke Gift braut, die man mir verzapft hat. Und vielleicht überlege ich mir's noch, ob ich mir von *dem* ein lebendiges Exemplar zulege.«

Leon gab ihm stillschweigend recht.

»Wo befindet sich Lee?« fragte Washington, als sie in die Curzon-Straße einbogen.

»Im Augenblick hier in London. Aber wir schaffen ihn nach dem Norden von England, obwohl ich ihn nicht mehr für gefährdet halte, seitdem Barbertons Briefe in unserer Hand sind. *Gestern* würden sie ihn noch getötet haben, um zu verhindern, daß wir die Korrespondenz erwischten. Heute hat er, wie ich mir einbilde, jede Bedeutung in den Augen Oberzohns und Genossen verloren. Aber nun sind wir am Ziele!«

Washington kletterte steif heraus und wurde gleich von Poiccart in Empfang genommen. Die drei Männer gingen zu Manfred hinauf.

Er befand sich nicht allein. Digby, den Kopf in Händen, saß

auf einem Stuhlrand, beantwortete Leons munteren Gruß mit einem traurigen Lächeln und schien sehr unglücklich zu sein.

»Ich schicke Digby los, um Oberzohns Haus unter Beobachtung zu halten. Vor allem aber soll er mal dessen altes Fahrzeug untersuchen.« Manfred hatte den alten Leichter im Auge, der auf dem Schlickboden des Oberzohnschen Privatdocks lag, und der seit Jahren der Tummelplatz von Ratten war.

»Der Leichter ist tatsächlich unbeweglich, ich habe das bereits früher berichtet«, sagte Leon.

»Gewiß macht er den Eindruck, und dennoch möchte ich den Kasten mal untersucht haben«, antwortete Manfred. »Natürlich ist das eine Aufgabe für die Nacht, und ich habe Meadows gebeten, den Bezirksinspektor zu benachrichtigen, daß Sie dort arbeiten. Ich möchte nicht aus meinem Bett geholt werden, um Sie auf der Peckham-Polizeistation zu legitimieren. Es ist kein angenehmes Stück Arbeit, aber vielleicht können Sie es dadurch interessanter gestalten, daß Sie von da aus einen Zugang zu seinem Grundstück finden. Ich glaube nicht, daß bei der Beobachtung der Fabrik viel herauskommt, aber das Haus selbst dürfte jedenfalls eine lohnende Studie für einen Beobachter der Menschennatur sein.«

»Ich hoffe, ich werde diesmal mehr Erfolg haben, Mr. Manfred«, äußerte Digby, im Begriff zu gehen. »Und wenn es Ihnen nichts ausmacht, möchte ich schon bei Tage gehen und einen Blick auf den Platz werfen. Ich möchte diesmal nicht hinunterfallen.«

George stand lächelnd auf und schüttelte Digbys Hand.

»Selbst Mr. Gonsalez irrt sich«, bemerkte er boshaft, und Leon sah beleidigt aus.

Manfred schichtete einige Papiere auf seinem Schreibtisch und legte sie in eine Schublade, während er auf Poiccarts Rückkehr wartete. Als dieser kam, sagte Manfred: »Nun werden wir Ihnen sagen, was wir Ihnen gern auftragen möchten, Mr. Washington. Wir bitten Sie, einen Brief nach Lissabon zu bringen. Leon hat Ihnen wahrscheinlich schon etwas in dieser Richtung angedeutet. Es ist meine Pflicht, Sie darauf aufmerksam zu machen, daß der Auftrag außerordentlich gefährlich ist. Das ist ziemlich sicher. Aber Sie sind der einzige Mensch, Mr. Washington, dem ich dieses wichtige Dokument anvertrauen kann. Ich empfinde es als meine Pflicht, Sie darauf aufmerksam zu machen, daß vieles gegen Ihre glückliche Ankunft in Portugal spricht.«

»Segen auf Sie für diese ermunternden Worte«, sagte Washington blaß. »Das einzige, worüber ich Gewißheit haben muß, ist: ›Ist es wahrscheinlich, daß ich mit Mr. Schlange zusammentreffe?‹«

Manfred nickte. Das Gesicht des Amerikaners wurde lang.

»Selbst das soll mich nicht bange machen«, antwortete der schließlich. »Besonders, da ich nun weiß, daß das Gift, das sie brauchen, keine ehrliche Schlangenspucke ist, sondern ein synthetisch zusammengepanschtes Zeug. Ich fühlte schon mein Vertrauen auf Schlangen in einer bestürzenden Weise erschüttert. Wann soll ich losgehen?«

»Heute abend.«

Für einen Augenblick war Mr. Washington betroffen.

»Nicht auf dem Wege über Dover–Calais!« fuhr Manfred fort. »Wir ziehen die Route Newhaven–Dieppe vor. Den beobachten unsere Freunde jedenfalls weniger, obwohl ich auch dafür nicht bürgen möchte. Oberzohn gibt eine Menge Geld für Spionagezwecke aus. Unser Haus zum Beispiel steht schon seit Tagen unter Beobachtung. Bitte, kommen Sie mal her!«

Manfred ging ans Fenster und zog den Vorhang beiseite.

»Sehen Sie einen Spion?« fragte er augenzwinkernd.

Mr. Washington sah die Straße hinauf und hinunter.

»Sicher!« antwortete er. »Der Mann an der Ecke, der die Zigarre raucht!«

»Ist ein Detektiv von Scotland Yard. Sehen Sie noch jemanden?«

»Der Mann, der dort drüben auf der gegenüberliegenden Wegseite die Fenster reinigt.«

»Ein vollkommen unschuldiger Staatsbürger«, entgegnete Manfred.

»Nun, eine von diesen Autodroschken kann es doch nicht sein, denn diese sind ja leer.«

Mr. Washington nickte nach einer Reihe von Autodroschken hin, die in der Mitte der Straße hintereinander aufgefahren standen.

»Im Gegenteil, er befindet sich im ersten Auto in der Reihe, es ist der Fahrer selbst. Wenn *Sie* jetzt hinausgingen und nach einer Autodroschke riefen, würde er zu Ihnen kommen. Wenn jemand anders zu ihm käme, würde er behaupten, schon gemietet zu sein. Sein Name ist Clarke, er wohnt 43, Portlington Mews; er ist ein entlassener Sträfling, der von seiner Frau getrennt lebt und sieben Pfund die Woche für seine Dienste erhält; zehn Pfund jedesmal, wenn er Oberzohns Auto fährt, und außerdem alles Geld, das er aus dieser Autodroschke herausschlägt.«

Er lächelte über Washingtons Erstaunen.

»Jede Ihrer Bewegungen wird also beobachtet. Auch wenn Sie seinen Wagen *nicht* mieten, wird er Ihnen doch folgen. Darauf müssen Sie gefaßt sein. Ich lege alle meine Karten auf den Tisch, Mr. Washington. Ich bitte Sie hiermit, etwas zu tun, was entweder von mir selbst, von Poiccart oder Gonsalez ausgeführt werden muß, wenn Sie sich nicht dazu entschließen können. Offen gestanden, kann keiner von uns hier entbehrt werden.«

»Ich werde gehen«, entschloß sich der Amerikaner. »Schlange oder nicht Schlange, ich gehe nach Lissabon. Welchen Weg soll ich einschlagen?«

Poiccart nahm ein zusammengefaltetes Papier aus der Tasche.

»Newhaven, Dieppe, Paris. Sie haben ein reserviertes Abteil im Südexpreß, erreichen spät morgen abend Valladolid und steigen in den portugiesischen Postzug um, wenn ich nicht ein Flugzeug für Sie in Irun bereitstellen kann. Das versuchen wir jetzt zu bekommen. Sonst würden Sie um zwei Uhr am übernächsten Nachmittag in Lissabon sein. – Besser, er nimmt den Brief jetzt mit sich, Manfred.«

Manfred schloß den Tresor in der Wand auf und nahm einen langen Briefumschlag heraus. Dieser war an »Senhor Alvaz Manuel y Cintra, Kolonialminister«, adressiert und mit vielen Siegeln versiegelt.

»Ich bitte Sie, diesen Brief in Senhor Cintras eigene Hände zu legen. Schwierigkeiten werden Sie damit nicht haben, denn Sie werden erwartet. Wollen Sie in diesem Anzug reisen?«

Der Amerikaner überlegte einen Augenblick.

»Ja, der ist so gut wie irgendein anderer.«

»Wollen Sie bitte Ihr Jackett ausziehen?«

Washington gehorchte. Manfred machte einen kleinen Schlitz in das Futter und schob den Brief hinein. Dann erwies sich Leon zum Erstaunen des Amerikaners als geübte Hausfrau. Und so geschickt wurde der Schlitz zugenäht, daß Elijah Washington zweimal hinsehen mußte, um zu entdecken, wo das Futter aufgetrennt worden war.

»Well, das wird die Bande schlagen! Mr. Gonsalez, ich werde Ihnen meine Oberhemden zum Ausbessern schicken«, rief der Amerikaner.

»Und hier ist noch etwas, was Sie mitnehmen müssen!«

Es war ein schwarzes, ledernes, vielgebrauchtes Portefeuille, an dessen einem Ende eine Stahlkette befestigt war, die in einem Ledergürtel endigte.

»Ich bitte Sie, das um Ihre Hüfte zu schnallen und diese Brieftasche immer bei sich zu tragen. Sie enthält nichts Wichtigeres als einige Briefumschläge, die in imponierender Weise versiegelt sind, und wenn Sie sie verlieren sollten, ist das Unglück nicht groß.«

»Sie glauben, sie werden es auf die Brieftasche absehen?«

Manfred nickte.

»Man kann natürlich nicht wissen, was Oberzohn tun wird. Er ist so tückisch wie eine seiner Schlangen. Aber meine Erfahrung lehrt mich, daß, je schlauer der Verbrecher, desto größer der Narr und desto ungeheuerlicher seine Irrtümer. Aber Sie werden Geld nötig haben.«

»Well, ich bin nicht gerade abgebrannt«, erwiderte Washington lächelnd. »Schlangen sind eine mächtig profitable Anlage. Trotzdem ... ich bin Geschäftsmann!«

Während der nächsten fünf Minuten erörterten sie die finanziellen Fragen, und Washington war mehr als überrascht von der Großzügigkeit, mit der hier Geld verausgabt wurde.

Er trat aus dem Hause, warf einen Blick aus dem Augenwinkel auf den Führer der Autodroschke, dessen Hand fragend erhoben war, und ließ ihn völlig unbeachtet. Er drehte sich um, ging auf die nächste Straße zu, fand eine freie Autodroschke unverdächtigerer Art und befahl dem Fahrer, ihn zum Ritz-Carlton zu bringen, wo Zimmer für ihn bestellt worden waren.

Wie ihm Manfred vorausgesagt hatte, folgte ihnen die verdächtige Autodroschke.

Mr. Washington ging auf sein Zimmer, öffnete das Fenster und sah hinaus. Das Auto hatte sich der in Nähe haltenden Autoreihe angeschlossen. Der Chauffeur hatte seinen Sitz verlassen.

»Jetzt telefoniert er«, murmelte Washington.

Und würde viel Geld darum gegeben haben, wenn er den Inhalt des Gesprächs hätte erfahren können.

22

Oberzohn hatte einen sehr geschäftigen Vormittag in seinem Versuchslaboratorium verbracht und sich eben in seinem Armsessel niedergelassen, als ein Telegrafenbote sein Zweirad über das holprige Gelände trieb, eine Sekunde lang die Hunde aus Gußeisen bewunderte, die den schmierigen Grasstreifen bevölkerten, und das Echo dieses unheimlichen Hauses mit einem donnernden Klopfen weckte. Mr. Oberzohn eilte zur Tür.

Ein Telegramm an seine Adresse mußte wichtig sein.

Er nahm das Telegramm, schlug dem Telegrafenboten die Tür vor der Nase zu und riß den Umschlag im Gehen auf.

Es waren drei Blätter voll falsch geschriebener Wörter, denn das Telegramm war in portugisischer Sprache abgefaßt, und Telegrafenbeamte können schlecht raten. Oberzohn las das Telegramm durch, seine Lippen bewegten sich dabei schweigend, bis er zum Schluß kam. Dann begann er es noch einmal zu lesen, und um seinen Inhalt besser zu verstehen, nahm er Papier und Bleistift und übersetzte die Botschaft ins Schwedische. Er legte das Telegramm auf den Tisch und nahm sein Buch wieder auf; aber er las nicht. Sein geschäftiges Hirn glitt von Lissabon nach London, von der Curzon-Straße zu seiner Fabrik. Schließlich schloß er sein Buch mit einem Klapp, stand auf, öffnete die Tür und bellte nach Gurther.

Dieser sonderbare Mensch kam in Strümpfen herunter, sein Haar hing ihm ins Gesicht; ein unangenehmer Anblick.

Eine Stunde lang sprachen sie hinter verschlossenen Türen. Dann kam Gurther heraus; er zeigte noch immer seine Zähne in einem automatenhaften Lächeln und nahm die Treppen zwei Stufen auf einmal.

Die Route über Newhaven–Dieppe ist zeitweilig sehr beliebt. Es gibt Zeiten, zu denen die Züge nach Paris überfüllt sind. Und dann gibt es Nächte, wo man einen ganzen Eisenbahnwagen für sich haben kann. Und an *dem* Abend, als Elijah Washington seine Platzkarte nahm, hätte er, wenn das körperlich möglich gewesen wäre, in einem Abteil sitzen und seine Füße auf den Sitz des nächsten Abteils legen können.

Der Amerikaner liebt Gesellschaft. Er besitzt die Sucht, sich zu informieren. Einsamkeit läßt ihn sich elend fühlen, Schweigen macht ihn nervös. Er will über große und wichtige Dinge reden, wie über die Zukunft des Landes, die Aussichten der Landwirtschaft, das Auf und Ab des Handels; alles Dinge, von denen der Durchschnittsengländer nichts weiß, und an denen er wenig interessiert ist.

Mr. Washington sah sich allein in einem Abteil, grunzte seine Unzufriedenheit, spazierte den Gang entlang und schielte in ein Abteil nach dem anderen, in der Hoffnung, einen Landsmann in ähnlicher ungemütlicher Lage zu finden.

Sein Suchen war fruchtlos, und er kehrte in seinen Wagen zurück, wo sein Gepäck und sein Überzieher zurückgeblieben waren. Er setzte sich, um ein englisches Witzblatt zu lesen und darin vergeblich etwas zu suchen, worüber ein intelligenter Mann lachen kann.

Die Türen des Wagens befanden sich an Vorder- und Hinterwand, und die meisten Passagiere mußten an der offenen Tür von Washingtons Abteil vorüber. Bei jedem Zuschlagen der Tür sah er auf, in der Hoffnung, eine geistig ebenbürtige Seele zu finden. Aber er erlebte nur Enttäuschungen, bis schließlich eine Dame an der Tür seines Abteils haltmachte. Es war ein Wagen für Raucher, aber Washington, der nach der galanten Seite neigte, hätte gern seine Zigarre für das Vergnügen ihrer Gesellschaft geopfert.

»Jung«, schätzte er, und anscheinend »Witwe«.

Sie war in Schwarz gekleidet, ein anziehendes Gesicht wurde durch einen schweren Schleier sichtbar.

»Ist dieses Abteil besetzt?« fragte sie mit leiser Stimme, die beinahe ein Flüstern war.

»Nein, Madam!« Washington erhob sich, den Hut in der Hand.

»Gestatten Sie?« bat sie mit einer weichen Stimme.

»Aber natürlich! Bitte nehmen Sie doch Platz!« sagte der galante Amerikaner. »Möchten Sie in der Ecke am Fenster sitzen?«

Sie schüttelte den Kopf, blieb bei der Tür sitzen und wandte ihm den Rücken.

»Gestatten Sie, daß ich rauche?« fragte Washington nach einer Weile.

»Aber, bitte!« antwortete sie und wandte ihr Gesicht wieder ab.

Engländerin, dachte Washington angewidert und machte sich auf anderthalb Stunden unfreiwilligen Schweigens gefaßt.

Ein Pfiff ertönte, der Zug glitt langsam aus der Halle, und Elijah Washingtons abenteuerliche Reise begann.

Sie fuhren durch Croydon, als das Mädchen aufstand, sich hinauslehnte und die kleine mit Glasscheiben versehene Tür schloß.

»Sie hätten mich das tun lassen sollen«, sagte Elijah vorwurfsvoll.

Sie murmelte etwas wie, sie wünsche nicht, ihn zu behelligen, und er ließ sich in seinen Sitz zurückfallen.

Einer oder zwei der Vorübergehenden warfen ihre Blicke ins Abteil. Das paßte ihr augenscheinlich nicht, denn sie zog den Vorhang herunter, der sie teilweise vor Beobachtung vom Gange aus schützte. Und nachdem der Schaffner die Fahrkarten durchlocht hatte, ließ sie auch den zweiten von den drei Vorhängen herunter.

»Sie haben doch nichts dagegen?«

»Durchaus nicht, Madam!« Es klang nicht gerade begeistert von Elijahs Seite. Er hatte keine Sehnsucht, in einem so abgeblendeten Abteil mit einer Dame allein zu fahren. Er hatte von Fällen gehört ... und Washington war von Natur aus ein außerordentlich vorsichtiger Mann.

Die Schnelligkeit des Zuges wuchs; die Passagiere hatten ihre Plätze eingenommen, und die zweite Fahrkartenrevision kam gerade, während sie durch Redhill rasten. Und als bei dieser Gelegenheit der Schaffner erst einen bezeichnenden Blick auf die heruntergezogenen Vorhänge und dann auf die Dame und schließlich auf Washington warf, empfand dieser das sehr unangenehm.

Sie bevorzugte ein Parfüm von einem besonders angenehmen Duft. Das Abteil war voll von dessen zartem Hauch. Mr. Washington bemerkte ihn durch das Aroma seiner Zigarre hindurch.

Das Gesicht der Dame war ihm noch immer abgewendet; er fragte sich, ob sie wohl eingeschlafen wäre, und als er es müde wurde, in dem Witzblatt nach Humor zu suchen, legte er das Blatt fort, faltete seine Hände, schloß seine Augen und glitt bald sanft jener Grenze zwischen Wirklichkeit und Unwirklichkeit zu, die der Anfang des Traumes ist.

Die Dame bewegte sich; er beobachtete sie aus dem Winkel seines halb geschlossenen Auges. Sie hatte sich so weit umgedreht, daß sie ihm zur Hälfte ihr Gesicht zuwandte. Ihr

Schleier war noch immer heruntergelassen, ihre weiß behandschuhten Hände waren nachdenklich auf ihren Knien gefaltet. Er schloß von neuem seine Augen, bis ihn eine weitere Bewegung wieder aufweckte.

Sie suchte in ihrer Handtasche.

Mr. Washington war jetzt ganz wach; so wach, wie er jemals in seinem Leben gewesen war. Als sie einmal ihre Hand ausstreckte, hatte sich der Ärmel etwas zurückgeschoben.

Und zwischen dem Handschuh und dem Ärmelbündchen ihrer Bluse zeigte sich ein Streifen Haut.

Und auf diesem Hautstreifen wuchs Haar! Männerhaar!

Washington änderte oberflächlich seine Stellung, grunzte wie im Schlaf und ließ seine Hand in der Nähe seiner Tasche fallen. Und während der ganzen Zeit ließen ihn diese kalten Augen hinter dem Schleier nicht mehr aus ihrem Bann.

Sie hob den untersten Saum des Schleiers hoch, schob die Ebenholzzigarettenspitze zwischen ihre Zähne und suchte in ihrer Tasche nach Streichhölzern. Dann wandte sie sich mit einem bittenden Ausdruck zu ihm, als ob sie gefühlt hätte, daß er wach sein müsse.

Als sie aufstand, stand Washington auch auf, sprang auf sie zu und schleuderte sie mit dem Rücken gegen die Tür.

Einen Augenblick war die Verschleierte überrascht. Und dann blitzte ein Stahl.

Wie aus der Luft gegriffen, hielt sie plötzlich ein Messer in ihrer Hand. Washington packte ihren Handknöchel und bog ihn zurück, indem er seine Hand unter das Kinn der Fremden stieß. Sogar durch den Schleier hindurch fühlte Washington die Bartstoppeln, und wenn er es nicht früher gewußt hätte, wußte er jetzt, daß er es mit einem Manne zu tun hatte. Mit einem lebenden, rasch handelnden Manne, den das Bewußtsein seiner Gefahr doppelt stark machte.

Gurther rannte mit seinem Kopf vorwärts, aber Washington sah den Stoß kommen und traf den Mann voll in sein Gesicht. Der Schlag hinderte den Mann aber nur einen Augenblick, und dieses Mal traf die Spitze des Messers den Amerikaner an der Schulter und schlitzte dessen Jackett bis zum Ellenbogen. Das spornte Elijah Washington zu seinen größten geistigen und körperlichen Anstrengungen an. Mit einem Aufschrei packte er seinen Angreifer an der Kehle und schleuderte ihn mit solcher Gewalt gegen die Tür, daß diese nachgab und die Witwe in Trauer gegen die Wand des Ganges flog.

Noch ehe der Amerikaner den Angreifer erreichen konnte, hatte Gurther kehrtgemacht und rannte den Gang entlang zur Tür des Wagens. In einer Sekunde hatte er diese geöffnet und sich auf das Trittbrett fallen gelassen.

Der Zug hatte die Fahrt verlangsamt, um die Horsham-Kreuzung zu nehmen. Der Verbrecher wartete seine Gelegenheit ab und ließ sich dann fallen. Washington starrte in die Finsternis, sah aber nichts, und dann kam der Schaffner.

»Es war ein Mann in Frauenkleidern!« sagte Washington ein wenig atemlos.

Sie gingen beide zurück in das Abteil, aber Mr. Gurther hatte Handkoffer und alles mit sich genommen.

Das einzige Andenken, was er hinterlassen hatte, war ein Schuhabsatz, den er bei dem Kampfe verloren hatte.

23

Gurther wußte keine Entschuldigung für seinen Fehlschlag, die er hätte vorbringen können. Seine Hand tastete unwillkürlich nach dem langen Messer, das er verborgen an seinem Leibe trug. Die Berührung des abgenutzten Griffes gab ihm ein Gefühl der Sicherheit. Für den Augenblick war er sicher. Bis sich ein anderer Mann gefunden haben würde, der Pfeiffers Stelle einnahm, war Oberzohn auf sich allein gestellt und konnte sich nicht gestatten, sich der Dienste des letzten seiner Meuchelmörder zu begeben.

Es war nach elf Uhr, als er das Auto am Ende einer langen Gasse entließ und auf dem einzig sicheren Wege zu der ungestrichenen Tür gelangte, die zu Oberzohns Grundstück führte.

»So, also du hast ihn nicht erwischt, Gurther?«

»Nein, Herr Doktor.«

»Ich hätte dich nicht schicken sollen.«

Oberzohns Stimme war ungewöhnlich sanft angesichts der Verhältnisse.

»Dieser Mann *läßt* sich nicht töten ... Mit der Schlange. Seitdem du fort warst, habe ich erfahren, daß er im Hause des Blinden getroffen worden ist und doch lebt. Das ist ganz merkwürdig! Ich würde, Gott weiß was, dafür geben, wenn ich eine Blutprobe von ihm haben könnte. Hast du's mit dem Messer probiert?«

»Ja, Herr Doktor.«

Gurther hob den Schleier hoch und nahm Hut und Perücke mit einer einzigen Handbewegung ab. Das geschminkte und gepuderte Gesicht war zerschlagen, und da, wo die braune Perücke gesessen hatte, befand sich ein Tropfen geronnenen Blutes.

»Schön! Du hast's so gut gemacht, wie du es machen konntest. Mach, daß du auf dein Zimmer kommst! Marsch!«

Gurther ging hinauf und starrte eine Viertelstunde lang in sein grinsendes Spiegelbild, als er mit Creme und einem schmutzigen Handtuch die Schminke von seinem Gesicht entfernte.

Gerade Oberzohns Sanftmut war eine Drohung. Was sollte das heißen? Bis zu diesem Abend war weder Gurther noch sein toter Kumpan in das Vertrauen der beiden Männer gezogen worden, die ihre Handlungen lenkten. Er wußte, es sollten Menschen getötet werden; aber von welchem Wert diese Papiere waren, oder warum dieser oder jener Unglückliche dem Tode verfallen mußte, wußte er weder, noch kümmerte er sich darum.

Seine Pflicht war es, zu gehorchen, und er hatte einem freigebigen Brotherrn treu und ehrlich gedient.

Das Mädchen in dem unterirdischen Gewölbe?

Gurther fand manche natürliche Erklärung für ihre Haft. Und doch wollte keine auf die näheren Umstände richtig passen. Sein Grübeln war vollständig verlorene Zeit gewesen, wie er jetzt erfuhr; denn in dieser Nacht zog ihn der Doktor zum ersten Male in sein Vertrauen.

Gurther hatte sich eben umgekleidet und war auf dem Wege nach seiner Küche, als der Doktor ihn zu sich rief.

»Setz dich, Gurther! 'ne Zigarre haben? Die hier ist ausgezeichnet.«

Oberzohn warf ihm eine lange, dünne schwarze Zigarre zu, die Gurther zwischen seinen Zähnen auffing; ein Trick, über den er sich selbst am meisten amüsierte.

»Die Zeit ist da, wo ich dich in etwas einweihen muß, Gurther«, begann der Doktor.

Er nahm sich eine Zigarre der gleichen Sorte, die er Gurther gegeben hatte, und blies große Rauchwolken in die Luft.

»Wen habe ich zum Freund... *Wen?* Herrn Newton?« Oberzohn zuckte die Achseln. »Ein netter Mann, aber ohne Hirn. Er ist von der Sorte, Gurther, die in Bequemlichkeit leben, alles annehmen möchte, was er unserer Intelligenz und unserem Fleiß verdankt, und nicht einmal ›Dankeschön‹ sagt. Und was wird er machen, wenn wir uns in der Klemme befinden, Gurther? Zur Polizei wird er gehen! Jawohl, mein Freund, zur *Polizei* wird er gehen!«

Oberzohn nickte.

Gurther hatte das Lied schon einmal vernommen, in der Nacht, als er auf leisen Sohlen an die Tür geschlichen war und den Doktor gewisse Angelegenheiten mit dem verstorbenen Mr. Pfeiffer erörtern hörte.

»Er würde mich und dich, ohne mit der Wimper zu zucken oder auch nur eine Hand zu rühren, an den Galgen bringen. Er würde danach lächelnd über unsere Hinrichtung lesen und dann fortgehen, um seinen Plumpudding und sein Roastbeef zu essen. Das ist unser Freund Newton! Du hast das auch mit deinen eigenen Augen gesehen?«

»Jawohl, Herr Doktor!«

»Newton ist eine Gefahr für uns aus vielen Gründen!« fuhr Oberzohn langsam fort. »Schon wegen der drei Leute, die sich so niederträchtigerweise vorgenommen haben, mich zu ruinieren; die mein Haus niedergebrannt haben und die dich gepeitscht haben ... mit einer neunschwänzigen Katze gepeitscht haben! Du hast das nicht vergessen, Gurther?«

»Nein, Herr Doktor.«

In der Tat, Gurther hatte es nicht vergessen, obwohl das blöde Lächeln in seinem Gesicht hätte andeuten können, daß sich eine angenehme Erinnerung mit dem Ereignis für ihn verband.

»Ein Narr in einer Organisation«, fuhr der Doktor orakelhaft fort, »ist wie eine schlechte Stahlplatte am Schiff oder wie ein schwaches Glied in einer Kette. Wenn es springt, was dann, mein lieber Gurther? Dann führt man uns vor einen dummen Kerl in weißer Perücke und rotem Talar, und der übergibt uns einem anderen Kerl, der einen Strick um unseren Hals legt und uns durch ein Loch im Boden fallen läßt. Und alles bloß, weil wir es mit einem dummen Menschen wie Herrn Montague Newton zu tun haben!«

»Ja, Herr Doktor«, versetzte Gurther, als sein Herr schwieg. Er glaubte ihm diese Bestätigung schuldig zu sein.

»Nun will ich dir die volle Wahrheit sagen.«

Der Doktor schnippte sorgfältig die Asche seiner Zigarre in seine Untertasse.

»Es handelt sich um ein Vermögen für dich und für mich. Und dieses Mädchen, das wir dort unten in dem stillen Platze haben, kann es uns verschaffen. Ich kann sie heiraten, oder ich kann ihr Leben auslöschen. So! Ich glaube aber, es wäre besser, wenn ich sie heirate, und deshalb habe ich mich dafür entschieden.«

Und dann erzählte er in seiner charakteristischen Weise die Geschichte von dem Goldhügel; er verschwieg nichts, hielt mit nichts zurück von dem, was er wußte, und was Villa ihm gesagt hatte.

»Drei bis vier Tage lang muß sie hierbleiben. Wenn die vergangen sind, kann passieren, was will. Der Brief nach Lissabon ... Was hat der zu sagen? Ich war dumm, als ich ihn aufzuhalten versuchte. Sie hat keinen Bevollmächtigten ernannt. Sie hat keine Erben. Sie weiß nichts von ihrem Vermögen und ist daher auch gar nicht in der Lage, die Erneuerung ihrer Konzession zu beantragen.«

»Herr Doktor, würden Sie mir gütigst ein Wort gestatten?«

Oberzohn nickte.

»Weiß der Newton das?«

»Newton weiß das alles.«

»Wollen Sie mir gütigst erlauben, weiter zu reden, Herr Doktor? Was war das für ein Brief, den ich hätte wegnehmen sollen, wenn ich nicht Pech gehabt hätte?«

Oberzohn blickte zur Decke.

»Ich habe diese Angelegenheit von jeder Seite aus betrachtet und bin zu folgendem Ergebnis gekommen. Es war ein von Gonsalez an den Kolonialminister geschriebener Brief, in dem er beantragt hat, daß die Erneuerung der Konzession verschoben wird. Das Telegramm von meinem Freunde im Kolonialamt in Lissabon handelte davon.«

Oberzohn setzte seinen Klemmer auf, suchte in seiner Weste und nahm ein drei Seiten langes Telegramm heraus.

»Ich werde es dir in deiner eigenen Sprache vorlesen.«

»Antrag ging ein von Leon Gonsalez, der Seine Exzellenz bat, ein besonderes Schreiben von ihm zu empfangen, das in zwei Tagen eintreffen würde. Das Telegramm nennt den Inhalt des Sonderbriefes nicht, aber der Minister hat Auftrag erteilt, den Kurier zu empfangen. Der gegenwärtige Minister ist der Erteilung von Konzessionen an England oder an Engländer *nicht* geneigt.«

Oberzohn faltete das Papier zusammen.

»Das heißt, daß eine Verschiebung der Konzessionserteilung *nicht* stattfinden wird, mein lieber Gurther, und daß dieses ungeheure Vermögen uns gehören wird.«

Gurthers Gedanken klammerten sich an diese Tatsache; er vergaß sogar einen Augenblick zu lächeln, und er sah aus wie ein hungriges Raubtier in Menschengestalt, das er tatsächlich war.

»Herr Doktor, gestatten Sie mir, bitte, gütigst eine Frage?«

»Ja, bitte!« gewährte Oberzohn großmütig.

»Welchen Anteil erhält Herr Newton? Und wenn Sie *mich* gnädigst mit einem Teil Ihres so gerecht verdienten Geldes bedächten, wieviel würde das sein?«

Der andere überlegte und paffte große Rauchschwaden aus, bis das Zimmer ein einziger Nebel war.

»Zehntausend Pfund«, sagte er schließlich.

»Das ist ein sehr kleiner Teil im Verhältnis zu so vielen Millionen«, meinte Gurther sanft.

»Newton bekommt die Hälfte«, erklärte der Doktor; in seinem Gesicht zuckte es nervös. »Wenn er lebt! Wenn ihn ein Unglück träfe, würde sein Anteil auf *dich* fallen, Gurther, mein braver Kerl! Und einen so reichen Mann verfolgt man nicht. Die Reichen und die Vornehmen würden schweifwedeln vor ihm; er würde seine reizende Jacht besitzen und auf ewig in blauen sommerlichen Gewässern herumfahren.«

Gurther stand auf.

»Bedürfen Sie meiner heute abend noch?«

»Nein, nein, Gurther.« Der Alte schüttelte den Kopf. »Und erinnere dich bitte, daß morgen ein anderer Tag ist und danach wieder ein anderer! Wir werden warten und hören, was unser Freund sagen wird. Gute Nacht, Gurther!«

»Gute Nacht, Herr Doktor!«

Oberzohn sah dem Manne von der Tür aus so lange nach, bis er außer Sicht war, dann griff er zu seinem Buch.

Er war tief versunken in das Lesen eines Kapitels, das überschrieben war: ›Die unbewußte Tätigkeit des menschlichen Intellektes mit Beziehung auf die Gemütsbewegungen.‹

Für Dr. Oberzohn war das fesselnder als die aufregendste Novelle.

Der zweite Tag ihrer Gefangenschaft brach unbemerkt in einer Welt an, die außerhalb des Ziegeldaches und der glasierten weißen Wände von Mirabelle Leicesters Gefängnis lag.

Sie war in Stärke und Mut gewachsen, ihre Gefährtin *nicht.* Johanne, die ihre ermüdende Wache mit einer fast übertriebenen Lustigkeit begonnen hatte, verfiel mit der fortschreitenden Zeit mehr und mehr der Niedergeschlagenheit. Und Mirabelle erwachte von Schluchzen und fand das Mädchen auf der Bettkante sitzend und das Gesicht in die tränennassen Hände verborgen.

»Ich hasse diesen Platz«, schluchzte Johanne. »Warum hält er mich hier? Gott! Wenn ich denken sollte, der Hund spielte ein doppeltes Spiel mit mir! Ich werde noch verrückt, wenn man mich länger hier behält!« schrie sie.

»Ich werde etwas Tee machen«, antwortete Mirabelle, sprang aus dem Bett und fuhr in ihre Pantoffeln.

Hanne saß währenddessen wie ein Häufchen Elend zusammengesunken; ihr Gewimmer ging nach und nach Mirabelle auf die Nerven.

»Ich möchte gern wissen, was für einen Grund *Sie* haben, sich elend zu fühlen«, fragte sie. »Sie sind doch nicht hinter *Ihrem* Gelde her!«

»Sie können lachen? Und warum Sie lachen können, das verstehe ich nicht!« bemerkte das Mädchen, als sie die Tasse in ihre zitternden Hände nahm. »Ich weiß, ich bin ein Narr, aber ich bin auch noch niemals zuvor eingesperrt gewesen wie eben jetzt. Ich habe mir nicht träumen lassen, daß er sein Wort brechen wird. Er versprach mir hoch und heilig, daß er gestern kommen würde. Wie spät ist es denn?«

»Sechs Uhr«, antwortete Mirabelle.

Es hätte ebensogut acht Uhr sein können oder Mittag, sie hätte es ebensowenig gewußt.

»Das ist ein dreckiger Platz!« schimpfte das hysterische Mädchen. »Ich glaube, sie ertränken uns noch alle hier, oder das Ding dort wird explodieren.« Sie deutete auf die mit grünem Flanell überzogene Kiste. »Ich weiß es; es kriecht mir durch die

Adern. Dieses Vieh, dieser Gurther kriecht irgendwo hier herum! Uff! Er ist wie eine schleimige Schlange. Haben Sie ihn jemals gesehen?«

»Gurther? Sie meinen den Mann, der mit mir tanzte?«

»Ihn meine ich. Muß ich Ihnen das zweimal sagen?« fragte Johanne ungeduldig. »Ich wünschte, wir könnten hier heraus.«

»Kommen Sie und helfen Sie mir! Wir wollen sehen, ob wir die Falltür heben können.«

Mirabelle wußte, es war unnütz, noch ehe sie an den Versuch heranging. Der Stein bewegte sich nicht, und als sie in ihr Schlafzimmer zurückkehrten, stand Johanne vor dem Zusammenbruch.

»Ich hoffe nur, Gurther erfährt nicht, daß Sie mit diesen ›Drei‹ befreundet sind«, fuhr sie fort, als sie wieder ruhiger war.

»Sie sagten mir das bereits gestern. Würde das viel ausmachen?«

»Einen ganzen Haufen«, antwortete Johanne heftig. »Der Kerl hat Fischblut. Es gibt nichts, was der Mensch nicht begehen würde! Monty müßte die Peitsche dafür bekommen, daß er uns hier seiner Willkür überläßt. Vor Oberzohn fürchte ich mich nicht. Der ist alt. Aber der andere Kerl, der gebrauchte Kokain und solche Sachen und wird manchmal ganz wahnsinnig. Monty erzählte mir eines Abends, der Mann sei einer, der aus Lust am Morden mordet.«

»Er versuchte wahrscheinlich, Ihnen Angst einzujagen.«

»Warum sollte er das wohl?« bemerkte Hanne mit unbegründetem Ärger. »Monty ist der beste Kerl der Welt! Ich bete die Erde an, auf der er geht.«

Mirabelle versuchte nicht, etwas dagegen einzuwenden.

Erst, als ihre Gefährtin ihre hysterischen Anfälle bekam, wurde ihr selber ängstlich zumute. Ihre Zuversicht war vollständig auf die ›Drei Männer‹ – auf Gonsalez aufgebaut. Sie fragte sich, wie alt er wohl sein könnte. Manchmal sah er sehr jung aus, manchmal wieder wie ein ältlicher Herr. Es war sehr schwierig, sich seines Gesichtes zu entsinnen. Sie verstand sich selber nicht. Warum dachte sie so oft an Gonsalez in einer Weise, wie wohl ein junges Mädchen an ihren Liebhaber denkt? Sie wurde rot bei dem Gedanken.

Es würde ihr keine gewöhnliche Genugtuung bereitet haben, wenn sie gewußt hätte, wie oft Gonsalez' Gedanken zu dem Mädchen flogen, das auf so sonderbare Weise in sein Leben getreten war. Er verbrachte einen Teil dieses Morgens damit, eine große Eisenbahnkarte vom Süden Englands und dem größten Teil des Kontinents an die Wand zu heften. Eine rote Linie bezeichnete den Weg von London nach Lissabon, und Gonsalez war gerade dabei, eine grüne Flagge auf dieser Linie, eben südlich von Paris, festzustecken, als Manfred in das Zimmer geschlendert kam und sein Werk betrachtete.

»Der Südexpreß ist ungefähr hier!« meinte Gonsalez, während er auf das letzte der grünen Fähnchen deutete, »und ich glaube, unser Freund wird eine ziemlich angenehme und ungestörte Reise bis Valladolid haben. Dort habe ich meinen alten Freund Miguel Garcia angewiesen, ihn abzufangen und ihn auf seiner Reise nach dem Westen zu beschirmen, wenn wir kein Flugzeug bekommen. Ich erwarte jede Minute ein Telegramm. Was ich sagen wollte: Die Diepper Polizei hat den Herrn festgenommen, der ihn in der Mitte des Kanals über Bord stoßen wollte, aber der Mann, der ihm das Portefeuille auf dem Bahnhof St. Lazare wegreißen wollte, ist noch immer in Freiheit.«

»Er muß sich an diese Zwischenfälle nach und nach beinahe gewöhnt haben«, sagte Manfred und lächelte innerlich.

Gonsalez wandte sich um.

»Er ist ein guter Kerl. Wir hätten keinen besseren wählen können. Die Frau im Zuge war natürlich Gurther. Er ist der einzige Verbrecher, den ich kennengelernt habe, der wirklich imstande ist, sich wirksam zu verkleiden.«

Manfred zündete sich die Pfeife an. »Der Fall wird von Tag zu Tag verwickelter. Meinen Sie nicht auch?«

Leon nickte.

»Und gefährlicher. Nach den Gesetzen des Durchschnitts müßte Gurther bei seinem nächsten Versuch eigentlich einen von uns ›erledigen‹. Haben Sie die Zeitungen gelesen?«

Manfred lächelte.

»Man schreit nach Maedows' Blut. Armer Kerl! Das beweist die außerordentliche Unbeständigkeit des Publikums. Meadows hat es nur ein einziges Mal mit einem Schlangenfall zu tun gehabt. Nun machen sie ihn für alle diese Fälle verantwortlich.«

»Es scheint eine merkwürdige Übereinstimmung darüber zu herrschen, daß sämtliche Todesfälle durch die Schlange in die Kategorie überlegten Mordes gehören«, meinte Gonsalez, als sie miteinander die Treppe hinunterstiegen.

Meadows hatte mit den Reportern gesprochen. In der Tat

war das ein Staatsverbrechen vom amtlichen Standpunkt aus. Denn das erste Gesetz für jeden richtiggehenden Polizisten ist: »Du sollst der Presse nichts mitteilen!«

Leon schlenderte anscheinend zweck- und ziellos im Zimmer auf und ab. Er hatte seine Chauffeuruniform an, und seine Hände steckten in den Taschen seiner Breeches.

»Ich wollte vorschlagen, daß wir uns das Stück ansehen, das jetzt in London Tag für Tag gegeben wird. Ich wußte bis heute morgen nicht, daß ›Der Hexer‹ ein Theaterstück sei, als ich einen von Oberzohns anständigeren Clerks in das Theater gehen sah. Und da ich nun eben einmal neugierig veranlagt bin, folgte ich ihm. Ein Stück, das Oberzohn interessiert, interessiert mich natürlich und sollte Sie, George, ebenso interessieren«, sagte er streng.

»Und ebenso sollte es Meadows interessieren, denn es ist voll von aufregenden Szenen. Es handelt von einem Verbrecher, der aus dem Dartmoorer Zuchthaus entspringt und zurückkommt, um den Mann, der ihn hintergangen hat, zu ermorden. Dabei gibt es eine Szene, die sich im Finsteren abspielt. Das sollte Sie doch reizen! Ich habe die Kritiken gelesen, die sich darin einig sind, daß das kein literarischer Erfolg und außerdem ziemlich unmöglich ist. So müßte es eigentlich wert sein, daß man es sich ansieht. Wenn ich an Schlaflosigkeit leide, ziehe ich es natürlich vor, mir einen literarischen Erfolg anzusehen«, äußerte er boshaft.

»Oberzohn hat das Recht auf Vergnügen, so gemein sie auch sein mögen.«

»Aber das Stück ist ja gar nicht gemein!« widersprach Leon. »Außer insofern, als es populär ist. Es hat mir große Schwierigkeiten gemacht, einen Platz zu bekommen.«

»Was für einen Platz hat er denn genommen?«

»Loge A«, antwortete Leon hastig. »Es ist die Endloge rechts vom Publikum aus.«

»Für heute abend?«

»Für heute abend. Ich habe drei Sitze.« Leon holte sie aus der Tasche. »Wenn Sie nicht gehen können, geben Sie's der Köchin! Sie sieht aus wie ein Weib, die gern einmal eine Träne über die Qualen der gepeinigten Heldin vergießen möchte. Die Sitze befinden sich in der vorderen Reihe. Das heißt, daß man in den Zwischenakten aus- und eingehen kann, ohne auf den Knien anderer Leute herumzuspazieren.«

»Muß ich wirklich gehen?« fragte Manfred kläglich. »Ich bin kein Freund von Detektivstücken und hasse geheimnisvolle Stücke. Ich weiß zehn Minuten vor dem Aufgehen des Vorhanges, wer der wirkliche Mörder ist, und das verdirbt mir den ganzen Abend.«

Leon sah durch die Portieren auf die Straße.

»Tittlemaus, der getreue Spürhund, ist auf seinem Posten!« sagte er und nickte nach der einsamen Autodroschke hin, die am Halteplatz hielt. »Ich möchte bloß wissen, ob er erwartet ...«

Manfred sah etwas in Leons Augen aufblitzen.

»Brauchen Sie mich in den nächsten zwei Stunden?« fragte er hastig und war blitzartig zur Tür hinaus.

Als Poiccart und George zehn Minuten später miteinander sprachen, hörten sie die Tür nach der Straße zu gehen und sahen Leon an den Rand des Bürgersteiges schlendern und seinen Regenschirm hochheben.

Der Autodroschkenführer war mit einem Male ein Bündel zitternder Aufregung. Er beugte sich hinunter, kurbelte seine Maschine an, kletterte auf seinen Sitz zurück und brachte das Auto schneller zum Platz, als das ein anderer Chauffeur jemals getan hätte.

»Neu-Scotland-Yard!« befahl Leon und kletterte in das Auto.

Das Auto fuhr durch die verbotenen Tore der Geheimpolizeistation und hielt vor dem Eingang für die Beamten.

»Warten Sie hier!« befahl Leon. Der Chauffeur wurde unruhig.

»Ich muß nach meiner Garage zurückfahren!« begann er.

»Ich bin in fünf Minuten zurück«, sagte Leon.

Glücklicherweise war Meadows auf seinem Zimmer.

»Ich möchte, daß Sie den Mann da hereinholen und ihm solche Daumenschrauben anlegen, wie es Ihnen in diesem Lande gestattet ist«, erklärte Leon. »Er trägt einen Revolver. Ich sah das, als er in Piccadilly-Zirkus heruntersteig, um sein Auto anzukurbeln. Die Maschine versagte.«

»Was wollen Sie denn wissen?«

»Alles, was man über Oberzohn erfahren kann. Es mögen mir ein oder zwei Dinge entgangen sein. Ich habe ihn außerhalb unseres Hauses gesehen. Oberzohn braucht ihn für ungewöhnliche Aufgaben, und gelegentlich dient er dem alten Mann als Chauffeur. Er war auch der Chauffeur, als Oberzohn Miss Leicester ins Ritz-Carlton zum Lunch nahm. Vielleicht hat er keinen Droschkenfahrschein, und das würde es Ihnen desto leichter machen.«

Einige Minuten später wurde der überraschte und wütende Mann hereingeführt und nach allen Regeln der Kunst untersucht. Mit dem Revolver hatte Leon recht; die Waffe wurde hervorgeholt und erwies sich als geladen. Der Mann entschuldigte sich, seit der kürzlichen Ermordung eines Autodroschkenführers trüge er die Waffe zum Schutz bei sich, aber er hatte keinen Waffenschein. Überdies – und das war das ernstere Vergehen – besaß er keinen Erlaubnisschein von Scotland Yard, sich auf der Straße nach Fahrgästen umzusehen, und seine Droschkenführermarke gehörte einem anderen Manne.

»'rein mit ihm!« befahl Meadows und ging zurück, um Leon, der wartete, zu berichten.

»Sie haben zum ersten Male ins Schwarze getroffen. Ich weiß zwar nicht, ob er uns nützen wird, aber ich verachte auch die kleinsten Fische nicht.«

Während er wartete, hatte Leon rasend schnell kombiniert: »Dieser Mann war kürzlich in Greenwich gewesen. Einer meiner Leute sah ihn zweimal dort; ich brauche nicht hinzuzufügen, daß er Oberzohns Auto fuhr.«

»Ich werde später mit ihm sprechen und Sie anrufen«, sagte Meadows, und Leon Gonsalez kehrte nach Curzon-Straße zurück; ein einziges großes Lächeln im Gesicht.

»Sie haben nur einen Spion, den Sie kennen, gegen einen Spion, den Sie *nicht* kennen, eingetauscht«, meinte Manfred. »Ich habe zwar niemals solche plötzlich grundlos aufspringenden Handlungen Ihrerseits beanstandet, weil sie so oft das Kunststück fertig brachten, sich später als Trümpfe zu erweisen. Was ich noch sagen wollte: Die Polizei wird heute nacht den Gringo-Klub in der Victoria-Dock-Straße ausheben; möglich, es gelingt ihnen, einige von Oberzohns jungen Herrchen zu fassen, die gewiß regelmäßige Besucher dieses Ortes sind.«

Das Telefon rief schrillend. Leon nahm den Hörer auf und erkannte Meadows Stimme.

»Ich habe Ihnen eine sonderbare Geschichte mitzuteilen«, meldete der Inspektor. »Wir nahmen seinen Fingerabdruck und fanden dabei heraus, daß er auf unseren Listen stand. Mehr als das, er ist ein Urlauber. Als einen Exsträfling können wir ihn festnehmen und ihn seine noch nicht abgelaufene Zeit absitzen lassen. Ich versprach ihm, zu seinen Gunsten auszusagen, und er verriet alles. Das Interessanteste ist, daß Oberzohn beabsichtigt, sich zu verheiraten.«

»Verheiraten? *Wer? Oberzohn?* fragte Manfred überrascht.

Leon nickte.

»Wer ist die Unglückliche?« fragte Leon.

Nach einer kleinen Pause kam die Antwort: »Miss Leicester.«

Manfred sah, wie das Gesicht seines Freundes die Farbe wechselte, und erriet den Grund.

»Weiß er, *wann* das sein soll?« fragte Leon mit gänzlich veränderter Stimme.

»Nein. Die Lizenz wurde vor länger als einer Woche ausgestellt, das heißt, daß Oberzohn an einem irgend beliebigen Morgen heiraten kann, an dem es ihm beliebt, seine Braut mitzubringen. Wissen Sie, zu welchem Zweck?«

»Sprechen Sie heute abend vor, und entweder ich oder George werden es Ihnen sagen«, antwortete Leon.

Leon hängte den Hörer sehr behutsam an.

»Das ist eine Gefahr, die ich nicht vorausgesehen habe, obwohl es auf der Hand lag, daß Oberzohn nur diesen Weg einschlagen konnte. Wenn er sie heiratet, kann sie nicht als Zeuge gegen ihn auftreten. Darf ich das Buch mal sehen, George?«

Manfred öffnete den Wandtresor und kam mit einem kleinen Kontobuch zurück. Leon Gonsalez blätterte die Seiten nachdenklich um.

»Dennis ... Er hat uns doch schon gute Dienste geleistet! Nicht, George?«

»Ja, er ist ein sehr zuverlässiger Mann. Er schuldet uns – unter anderen Dingen – sein Leben. Entsinnen Sie sich, seine Frau ...«

»Ich entsinne mich.« Leon kritzelte die Anschrift des Mannes auf, der sich als einer der vertrauenswertesten seiner Vertreter erwiesen hatte.

»Was wollen Sie tun?« fragte Manfred.

»Ich habe Dennis von neun Uhr morgens bis halb vier Uhr nachmittags auf die Türschwelle des Greenwicher Standesamtes postiert. Und ich werde ihm Anweisung geben, daß er Oberzohn in dem Augenblicke, in dem er ihn mit einer Dame aus einem Auto treten sieht, fest, wenn auch sanft, unter die Autoräder schiebt.«

24

Monty sorgte sich um Johanne – sorgte sich mehr, als er jemals glaubte, daß er sich um ein so leichtsinniges Geschöpf sorgen würde. Aber sie war ihm in mancher Hinsicht unentbehrlich.

Ohne sie fühlte er sich einsam zu Hause. Er ging von einem Zimmer zum anderen und war wütend über sich selbst, daß die Abwesenheit dieses gedankenlosen Dinges, das ihm weder an Wissen noch durch Abstammung ebenbürtig war, einen so großen Unterschied für ihn ausmachen sollte. An den unterirdischen Aufenthalt Johannes mochte er gar nicht denken. Er hatte Beweise ihres Temperaments erhalten und wußte, wie bald ihr der Aufenthalt dort auf die Nerven gehen würde. In mehr als einer Hinsicht wünschte er, weniger mitfühlend mit ihr zu sein, denn er wußte, daß ihrer eine große Erschütterung wartete. Vielleicht war er deshalb bemüht, ihr die Gegenwart so glücklich wie möglich zu gestalten, weil er sah, wie schwer sie jener Schlag treffen würde.

Mit solchen Gedanken beschäftigte er sich, während er sich im Bett von einer Seite auf die andere wälzte. Und während der ganzen Zeit kreiste sein Denken um diesen verdammten Keller.

Was mußte Johanne fühlen! Was mit Mirabelle geschah, ging ihm nicht nahe, weil ... nun, sie war eben die Hauptperson in der ganzen Angelegenheit. Und als das wahre Opfer galt nicht sie ihm, sondern Johanne.

Er schlief erst beim Herannahen des Morgens ein und erwachte in höchst gereiztem Gemütszustand. Er hatte dem Mädel versprochen, sie aufzusuchen und mit ihr zu sprechen, obwohl er mit Oberzohn abgemacht hatte, nicht vor Ablauf von fünf Tagen dorthin zu gehen.

Zur Frühstückszeit konnte er es nicht mehr länger aushalten. Er ließ sein Auto vorfahren und sich zu einem Platz zwischen New Cross und Bermondsey bringen; den Rest der Entfernung legte er zu Fuß zurück.

Mr. Oberzohn hatte diesen Besuch erwartet. Er besaß eine genaue Kenntnis der geistigen Beschaffenheit seines Verbündeten, und als er den wohlgekleideten Mann vorsichtig seinen Weg über das schwierige Terrain wählen sah, schlenderte er hinaus zu den Stufen, um ihn zu empfangen.

»Merkwürdig, daß Sie gekommen sind!« begrüßte er Monty.

»Warum haben Sie nicht telefoniert?« knurrte Newton. Das sollte seinen Besuch entschuldigen.

»Weil an jedem Telefondraht menschliche Maschinen hängen. Wenn das Telefon sich automatisch einstellte und niemand hören könnte, außer Ihnen und mir, dann würde ich reden, reden, reden. Den ganzen Tag über würde ich mit Ihnen sprechen, und mit Vergnügen. Aber nicht, wenn Miss Soundso hier und Miss Soundso da sagt: ›Einen Augenblick, bitte!‹ Und dann zum Scotland-Yard-Detektiv: ›Nun, bitte, fallen Sie ein!‹«

»Ist Gurther zurück?«

»Gurther ist zurück«, klang es trocken.

»Dem Vogel nichts passiert? Wenigstens las ich nichts in der Abendzeitung.«

»Er ist nach Lissabon gegangen«, antwortete der Doktor gleichgültig. »Vielleicht erreicht er Lissabon, vielleicht auch nicht. Was tut das? Darf ich Ihnen etwas zu trinken anbieten?«

Monty zögerte, wie er das immer tat, wenn Oberzohn ihm eine Erfrischung anbot. Man war sich Oberzohns nie sicher.

»Ich nehme 'nen Whisky«, sagte er schließlich. »Eine volle Flasche, die noch nicht geöffnet worden ist. Ich mache sie selber auf.«

Der Doktor kicherte nervös.

»Sie trauen dem Frieden nicht? Daran handeln Sie sehr klug. Denn wo befindet sich der Mann in der Welt, von dem man sagen kann: ›Er ist mein Freund. Ich kann ihm bis ans Ende meiner Tage trauen‹?«

Nach Montys Dafürhalten verlangte die Frage nach keiner Antwort.

Er hielt die Whiskyflasche gegen das Licht, prüfte den Kork und zog ihn heraus.

»Das Selterswasser könnte auch vergiftet sein«, bemerkte Oberzohn freundlich.

Zu irgendeiner anderen Zeit hätte er diese Bemerkung nicht gemacht. Daß er das jetzt überhaupt berührte, verriet einen kaum wahrnehmbaren, aber unheilvollen Wechsel in ihren Beziehungen.

Obgleich Monty das wahrgenommen hatte, verriet er es doch mit keinem Worte. Er schenkte sich das Glas ein, nahm auf dem Sofa Platz und trank. Und während der ganzen Zeit beobachtete Oberzohn ihn unausgesetzt.

»Ja, Gurther ist zurückgekehrt. Er hat nichts erreicht, aber einem guten Manne darf man einen Fehlschlag nicht nachtragen. Der Stellvertreter, der vollkommen ist, muß noch gefunden werden, und der vollkommene Chef ebenfalls. Der Amerikaner, dieser Washington, hatte Paris verlassen, als ich zuletzt Nachricht über ihn erhielt. Wenn ich in Paris wohnte, würde ich auch fortwährend abreisen. Es ist eine sittenlose Stadt.«

Monty zündete sich eine Zigarre an und beschloß, sich dem Zwecke seines Besuches etappenweise zu nähern. Denn er war erschienen, um zwei wichtigen Pflichten nachzukommen. Johanne aufzusuchen, sah er als seine Pflicht an. Und nicht weniger hielt er es für seine Pflicht, seinem Teilhaber diesen Plan zu eröffnen.

»Wie geht's den Mädels?« fragte er.

»Die? Denen geht es sehr gut.« Oberzohn hatte sich nicht wieder gesetzt, sondern stand aufrecht und starrte bewegungslos in die Luft. »Meine Gäste sind immer glücklich.«

»In dem Hundeloch?« fragte Monty verächtlich. »Ich wünsche nicht, daß Johanne hierbleibt.«

Oberzohn zuckte die Achseln.

»Dann nehmen Sie sie doch fort, mein Freund! Warum sollte sie hierbleiben, wenn Sie sich doch ohne dieses Mädchen nicht glücklich fühlen? Ihre Anwesenheit hier ist auch zwecklos. Auf jeden Fall werde ich sie Ihnen herbringen.«

Der Schwede näherte sich der Tür.

»Warten Sie einen Augenblick!« sagte Monty. »Ich werde sie später aufsuchen und sie vielleicht auch herausnehmen, aber für dauernd möchte ich sie nicht von dort abwesend wissen. Es muß doch jemand bei dem fremden Mädchen bleiben.«

»Warum? Bin ich nicht da?« fragte Oberzohn sanft.

»Sie sind da, und Gurther ist da.«

Monty sah aus dem Fenster und wich dem Blicke Oberzohns aus. »Besonders Gurther. Und das ist der Grund, weshalb ich meine, daß sich jemand um Mirabelle Leicester kümmern muß. Sind Sie nie auf den Gedanken gekommen, daß das beste, um aus diesem Schlamassel herauszukommen, *Heirat* wäre?«

»Ich habe daran gedacht. Und Sie haben auch dran gedacht. Das ist famos! Sie fangen an zu *denken!«*

Der veränderte Ton war jetzt auffällig genug. Monty wandte sich bissig zu dem Manne um, der bisher in anscheinender Unterwürfigkeit vor ihm und seinem Urteil gestanden hatte.

»Lassen Sie Ihren Sarkasmus gefälligst aus dem Spiel, Oberzohn! Und – ohne lange Vorrede – ich werde dieses Mädchen heiraten.«

Oberzohn erwiderte nichts.

»Sie ist nicht verlobt; sie ist in keinen Liebeshandel verwikkelt. Hanne hat mir's erzählt, und Hanne ist ein ziemlich gerissenes Mädel. Ich weiß nicht, wie ich's anfangen soll, aber ich glaube, das beste, was ich tun kann, ist, ihren aufrichtigen Freund zu spielen und sie aus dem Keller zu schaffen. Das wird sie so dankbar machen, daß sie zu allem bereit sein wird. Außerdem glaube ich, als wir uns das erste Mal sahen, Eindruck auf sie gemacht zu haben. Und – ich habe ihr eine gesellschaftliche Stellung zu bieten, Oberzohn. Ein Haus im besten Teil Londons!«

»*Mein* Haus!« unterbrach ihn Oberzohns metallische Stimme.

»*Ihr* Haus? Na, lassen Sie uns wenigstens sagen ›unser Haus‹. Um Ausdrücke wollen wir uns nicht streiten.«

»Ich habe ihr auch eine Position zu bieten, und ich schmücke mich nicht mit fremden Federn.«

Oberzohn sah Monty mit weitaufgerissenen Augen an; ein komischer Anblick. Sein verlängertes Gesicht stand gegen die Dämmerung wie eine Maske.

»Sie?«

Monty traute seinen Ohren nicht.

»Ich, Baron Eric Oberzohn.«

»Baron? Sie?«

Das Zimmer hallte von Montys Gelächter wider. »Nun, Sie verdammter alter Narr bilden sich doch wohl nicht ein, daß sie *Sie* heiraten wird? Wie?«

Oberzohn nickte.

»Sie würde alles tun, was ich ihr sage!« In seiner Aufregung klang sein Englisch etwas abgerissen. »Ein Mädel mag vielleicht einen Mann nicht lieben, aber sie haßt vielleicht Schlimmeres als diesen Mann. Verstehen Sie? Nicht wahr?«

»Sie sind verrückt!« sagte Monty spöttisch.

»So! Also verrückt bin ich? Und ein verdammter Narr auch? Ja? – Und *doch* werde ich sie heiraten.«

Totenstille trat darauf ein. Und dann führte Oberzohn die Unterhaltung fort, aber in einem viel ruhigeren Tone.

»Vielleicht bin ich das, was Sie mich nennen, aber auch das ist nicht wert, daß sich zwei Freunde deshalb streiten. Morgen sollen Sie hierherkommen, und wir wollen diese Angelegenheit wie eine rein geschäftliche erörtern.«

Monty betrachtete Oberzohn, als ob er ein fremdartiges Insekt sei, das ihm zum ersten Male zu Gesicht komme.

»Wir werden auf keinen Fall streiten!« fuhr Oberzohn fort. »Ich bin ein Narr, Sie sind ein Narr, wir alle sind Narren. Sie wollen Ihre Frau sprechen?«

»Ich wünsche Johanne zu sprechen«, antwortete Monty barsch. »Ich verbitte mir, daß Sie sie meine ›Frau‹ nennen.«

»Ich werde sie holen. Warten Sie!«

Monty beobachtete ihn vom Fenster aus, wie er zur Fabrik hinüberging und verschwand.

Es dauerte fünf Minuten, ehe er wiederkam – allein wiederkam.

Monty runzelte die Stirn. Was sollte das heißen?

»Mein Freund«, keuchte Oberzohn, dem diese Turnübungen immer schwerer fielen, »es ist nicht klug.«

»Ich will sie sprechen!« begann Monty.

»Sachte, sachte! Sie sollen sie ja auch sprechen. Aber Gurther hat einen Fremden am Kanalufer beobachtet, der auf und ab patrouilliert und sich stellt, als ob er angle. Wie kann man in diesem Kanal fischen wollen, frage ich Sie?«

»Was hat das damit zu tun?«

»Wäre es klug, sie bei Tageslicht herzubringen, frage ich Sie nochmals? Glauben die Leute bis jetzt nicht, daß sie in Brüssel ist?«

Daran hatte Monty nicht gedacht.

»Mir kommt ein Gedanke! Ein sehr guter Gedanke! Der Verstand des alten Narren Oberzohn funktioniert zeitweilig ausgezeichnet. Heute morgen hat mir ein Freund ein Theaterbillett geschickt. Sie müssen sie heute abend ins Theater mitnehmen. Bei Sonnenuntergang ist es immer ein wenig neblig, und ihr könnt das Haus ganz gut in einem Auto verlassen. Gegenwärtig werde ich einen Mann abschicken, der die Aufmerksamkeit dieses Beobachters auf sich lenkt, dann werde ich sie ins Haus bringen, und Sie können sie dann sprechen.«

»Ich werde sie erwarten.« Montague war hartnäckig in diesem Punkte.

Und er wartete auch. Bis ein halb wahnsinniges Mädchen eine Stunde später in das Zimmer und in seine Arme flog.

Dr. Oberzohn beobachtete dieses Wiedersehen ohne jede Spur von Bewegung.

»Das ist ein hübscher Anblick – für mich, der ich so bald heiraten werde«, bemerkte er und ließ die beiden allein.

»Monty! Unmöglich für mich, heute nacht in dieses Hundeloch zurückzukehren! Sie muß einmal allein bleiben! Und – Monty – sie ist kein übles Mädchen, aber sie weiß nicht, daß sie 'nen Haufen Geld wert ist.«

»Hast du mit ihr darüber geredet?« fragte er ärgerlich. »Ich habe dir doch gesagt . . .«

»Nein, ich habe ihr nur ein paar Fragen gestellt. Man kann nicht Tag und Nacht in einem Loch wie diesem zusammengeworfen sein, ohne daß man miteinander spricht. Nicht wahr? – Monty! Bist du todsicher, daß ihr nichts passieren kann?«

Monty räusperte sich.

»Das Schlimmste, was ihr passieren kann, ist, geheiratet zu werden.«

Sie riß ihre Augen weit auf bei seiner Erklärung.

»Will denn jemand sie heiraten?«

»Oberzohn! Ja!«

»Der alte Kerl!« höhnte sie.

Wieder fiel es ihm schwer zu reden.

»Ich habe es mir durch den Kopf gehen lassen, Süßes. Heiraten bedeutet doch schließlich nicht *alles* für jeden.«

»Mir würde es aber 'nen Haufen bedeuten!« sagte sie ruhig.

»Nehmen wir einmal an, ich heiratete sie!« platzte er heraus.

»Du?« Sie trat erschrocken einen Schritt von ihm zurück.

»Nur ein . . . Well, das ist die Wahrheit, Johanne. Es mag vielleicht der einzige Weg sein, ihr Geld in unsere Finger zu bekommen. Du bist doch nun schon einmal mit drin in der Sache, und du weißt doch, was du mir bedeutest. Eine Heirat, eine Heirat pro forma, für ein Jahr oder zwei und dann eine Scheidung. Dann könnten wir, du und ich, zusammen fortgehen als Mann und Frau.«

»O Monty, du wirst das doch nicht tun?«

»Ich weiß noch gar nicht, was ich tun werde.«

»Aber das doch nicht!« betonte sie und hängte sich ihm an den Hals.

»Wir werden noch heute abend darüber sprechen. Der Alte hat uns Theaterbilletts gestiftet. Wir wollen im Westen 'nen Bissen Abendbrot essen und weitergehen. Und es kommt wahrhaftig nicht drauf an, ob uns jemand sieht, denn sie wissen sehr genau, daß du nicht in Brüssel bist. Was für ein merkwürdiges Parfüm hast du denn an dir?«

Johanne lachte; sie vergaß für den Augenblick das ernsthafte Problem, dem sie gegenüberstand.

»Räucherkerzen!« antwortete sie. »Die Luft wird so schwül in dem Raum und so schlecht. Und ich fand die Dinger im Vorratsraum bei den Nahrungsmitteln. Im Grunde war es verrückt, die Dinger anzuzünden, denn wir hatten den ganzen Raum voll von Rauch. Aber jetzt ist der Rauch fort. Monty, wenn man eingesperrt ist, begeht man so verrückte Sachen«, erklärte sie ernst. »Ich glaube nicht, daß es mir möglich ist, dorthin zurückzukehren.«

»Geh nur morgen zurück!« Er bettelte fast. »Es ist ja nur auf zwei, drei Tage, und für mich steht ein Haufen auf dem Spiel. Besonders jetzt, da Oberzohn Pläne hat.«

»Aber nicht wahr, du denkst doch nicht mehr daran, sie zu heiraten?«

»Wir werden das heute abend beim Essen besprechen. Ich glaubte, du würdest dich für den Schlag begeistern können«, fügte er verlogen hinzu.

Johanne mußte in ihr Gefängnis zurück, um einige ihrer Sachen zu holen. Sie fand Mirabelle lesend auf ihrem Bett liegend; das junge Mädchen begrüßte Johanne mit einem Lächeln.

»Nun? Ist Ihre Gefangenschaft zu Ende?«

Johanne zögerte.

»Eigentlich nicht. Werden Sie es übelnehmen, wenn ich heute nacht nicht hier bin?«

Mirabelle schüttelte den Kopf. Um aufrichtig zu sein, sie war froh, daß sie allein sein konnte. Sie war den ganzen Tag über gezwungen, das Weinen und Klagen des gänzlich umgewandelten Mädchens über sich ergehen zu lassen, und sie empfand, daß sie das nicht noch einmal vierundzwanzig Stunden ertragen könnte.

»Sie werden es mir gewiß nicht übelnehmen, wenn ich Sie allein lasse?«

»Nein, selbstverständlich nicht. Ich werde Sie natürlich vermissen«, fügte Mirabelle hinzu. »Wann werden Sie zurückkehren?«

Das Mädchen schnitt eine kleine Grimasse. »Morgen.«

»Sie haben natürlich keine Lust, zurückzukommen?! Ist es

Ihnen gelungen, Ihren ... Ihren Freund zu überreden, mich ebenfalls herauszulassen?«

Johanne schüttelte ihren Kopf.

»Er wird das nicht tun. Nicht bis ...« Sie sah Mirabelle an. »Sie sind nicht verlobt? Oder doch?«

»*Ich?* Nein. Ist das ein anderes Märchen, das Sie gehört haben?« Mirabelle sprang lachend vom Bett auf. »Eine reiche Erbin! Und verlobt?«

»Nein, sie sagen nicht, daß Sie verlobt sind.« Johanne beeilte sich, den unrichtigen Eindruck zu verbessern. In ihrer Stimme klang echte Bewunderung, als sie sagte: »Sie sind ein großartiges Mädchen! Wenn ich in Ihrer Haut wäre, würde ich bibbern wie Espenlaub. Und Sie sind so munter, als ob Sie zum Begräbnis einer reichen Tante gingen.«

Sie wußte nicht, wie nahe ihre Gefährtin an diesem Tage einem Zusammenbruch gewesen war, und Mirabelle, die sich jetzt stärker und wohler fühlte, hatte auch keine Lust, ihr das zu sagen.

»Sie sind wunderbar!« wiederholte Johanne kopfnickend. »Ich wünschte, ich hätte Ihre Courage.«

Dann kam sie in einem plötzlichen Impuls näher und küßte das junge Mädchen.

»Seien Sie nicht böse auf mich!« bat sie und war fort, ehe Mirabelle antworten konnte.

Der Doktor wartete in der Fabrik auf sie.

»Der Spion ist zur Kanalbrücke hinaufgegangen. Wir können jetzt gehen. Außerdem«, fügte er mit Genugtuung hinzu, »kann er nicht über hohe Mauern sehen.«

»Was ist das für ein Gerücht von Mirabelle Leicesters Heirat?« fiel sie ihn an.

»So! Er hat es Ihnen gesagt? Hat er Ihnen auch gesagt, daß er sie heiraten wird?«

»Ja, und ich will Ihnen was sagen, Doktor. Ich würde es lieber sehen, er heiratete sie, als daß Sie sie heiraten.«

»So!«

»Ja! Ich möchte lieber, irgend jemand sonst heiratet sie, nur nicht Ihre ›Schlange‹!«

Oberzohn blickte sich hastig um. Sie hatte das Wort ganz unbewußt gebraucht und ohne jeden Gedanken an seinen Doppelsinn.

Ein bestürztes »Oh!« entfuhr ihr, als sie sah, was sie angerichtet hatte.

»Ich meinte Gurther.«

»Well, ich wußte schon, daß Sie Gurther meinten«, sagte er steif.

Um zu dem Hause zu gelangen, mußten sie einen Halbkreis um die Fabrik machen und zwischen der Kanalmauer und dem Gebäude selbst hindurchgehen. Der gerade Weg hätte sie in eine Grube geführt, in die die Trümmer von Jahren geworfen worden waren, und die die Natur in ihrer Güte unter einem grünen Mantel wilder Winden verbarg. Es war bezeichnend für den Platz, daß der einzige schöne Anblick auf dem Gelände gänzlich versteckt lag.

Sie waren gerade im Begriff, um die Ecke der Fabrik zu biegen, als der Doktor haltmachte und zu der hohen Mauer hinaufsah, deren Rand mit zerbrochenem Glas besät war. An der Innenseite der Mauer auf der harten Oberfläche des Mörtels sah man Spuren eines Instruments.

»So!« meinte der Doktor.

Er unterwarf die Spuren an der Mauer einer Prüfung.

»Warten Sie!« befahl er und hastete nach der Fabrik zurück. Als er wiederkehrte, hatte er in jeder Hand eine große rostige Fußangel.

Die zweite der Fallen stellte er auf dem Fußweg zwischen Mauer und Fabrik auf.

»Nun wollen wir mal sehen!« rief er.

»Vorwärts!«

Monty hatte ungeduldig auf das Mädchen gewartet. Der große Wagen war ihr zu Ehren herausgeholt worden, und der mürrisch aussehende Chauffeur hatte seinen Platz am Steuer bereits eingenommen.

»Was ist denn mit dem Chauffeur los?« fragte Johanne. »Er sieht so unglücklich aus, daß ich gar nicht verwundert wäre, zu hören, daß man heute morgen seine Mutter gehängt hat.«

»Er hat sich mit dem alten Mann überworfen«, erklärte Monty. »Oberzohn hat zwei Chauffeure. Morgens sehen sie sich überall um. Der andere Chauffeur hätte seinen Dienst um drei Uhr übernehmen sollen und hat sich nicht gezeigt. Er war der bessere Chauffeur von beiden.«

Der Chauffeur schien jedes Loch im Gelände aufzusuchen, und während der nächsten fünf Minuten klammerte Johanne sich abwechselnd entweder an die Lehne oder an Monty. Sie waren erlöst, als der Wagen schließlich ein Schienengleis fand und dann geräuschlos der Halle zuglitt.

25

Die ›Drei‹ gingen langsam an den hübschen Portalen des Meroklubs vorüber und erhaschten durch die verhängten Fenster einen Blick auf gedämpftes Licht, auf dekolletierte Frauen und Männer in Frack und Smoking und hörten die Klänge eines Orchesters, das einen Wiener Walzer spielte.

»Ich möchte unsere Hanne mal sehen«, äußerte Gonsalez. »Sie ist doch nicht zu euch gekommen!? Oder doch?«

»Sie kam schon, aber ich habe sie nicht gesprochen«, erwiderte Manfred. »Von dem Augenblick an, in dem sie das Theater verläßt, darf sie nicht außer acht gelassen werden!«

»Ich habe bereits dahingehende Vorkehrungen getroffen.«

»Digby übernimmt seinen Posten um Mitternacht«, fiel Manfred ein.

»Er ist 'runter zu Oberzohns gegangen, um sich über die Örtlichkeiten zu orientieren. Er könnte sich gehörig in die Nesseln setzen, wenn er das Kanalufer erst in der Dunkelheit erforschen wollte. Und Sommer wie Winter ist das Wasser immer in Nebel gehüllt.«

Sie erreichten Fraters-Theater so rechtzeitig, daß die Schlangen vor den Einlaßtüren noch immer nicht eingelassen waren.

Das Theater war eins der besten Londons. Obwohl es eine ganze Reihe von Bankrotten hinter sich hatte, hatte sich doch das Blättchen gewandt, und das neue Kriminalstück zog ganz London herbei.

»Das hier ist die Tür zur Bühne«, bemerkte Leon, »und das hier sind die Notausgänge.«

»Warum nimmst du denn auf einmal ein solches Interesse am Theater selbst?« fragte Poiccart.

»Weil ich Manfreds Meinung bin«, antwortete Gonsalez bedächtig. »Wir hätten Newtons Auto in Fitzreeves-Garten wartend finden müssen und nicht Oberzohns. Und die Nebenumstände sind etwas verdächtig.«

Die Türen zum Parterre und zur Galerie waren nun geöffnet; die Schlange bewegte sich langsam auf den Eingang zu. Die ›Drei‹ beobachteten, wie das große Gebäude die Theaterliebhaber verschlang, ehe sie zur Vorderfront des Gebäudes zurückkehrten.

Es war kurz vor halb neun, als Manfred Oberzohns Wagen in dem Gewühl aufblitzen sah, und augenblicklich hielt er vor dem Theatereingang. Erst stieg Johanne und dann Monty Newton heraus, und beide verschwanden im Eingang.

Gonsalez dachte, er habe das Mädchen noch niemals so strahlend gesehen. Sie besaß die Farben und Formen der Jugend, und obwohl die Wählerischen vielleicht ihre gewagte Toilette beanstandet hätten, konnte der größte Nörgler doch den angenehmen Eindruck nicht bestreiten.

»Schade! Sehr schade!« bemerkte Leon auf Spanisch. »Außerordentlich schade! Ich habe genau dasselbe Gefühl, wenn ich einen Block vollkommensten Marmors in den Händen eines Grabsteinherstellers zur Häßlichkeit verstümmelt sehe.«

Manfred streckte seine Hand aus und zog ihn in den Schatten. Ein lahmer Mann stieg aus einem Auto. Er stieg aus, bezahlte den Chauffeur und hinkte in die Vorhalle.

Die ›Drei‹ sahen, daß er sich hinauf in den ersten Rang wandte. Später, als sie ihre Plätze im Parkett einnahmen, sah Leon, als er hinaufblickte, das blaßbärtige Gesicht und bemerkte, daß er den letzten Sitz in der vordersten Reihe innehatte.

»Ich bin dem Mann irgendwo begegnet«, sagte er nervös. »Nichts ärgert mich so sehr, als wenn ich vergesse, wo ich ein Gesicht gesehen habe.«

Wenn Gurther nur gewußt hätte, daß er den Gipfel seines Ehrgeizes erreicht hatte! Er hatte der schärfsten Prüfung des gerissensten Detektivs der Welt standgehalten und war unerkannt geblieben.

Gurther hatte in diesen Tagen viel gegrübelt. Er hatte – und zwar auf Kosten seines körperlichen Wohlbefindens – seine verhängnisvollen Gewohnheiten beschnitten, damit sein Kopf in dieser Zeit ganz klar sei. Denn, wenn er am Leben bleiben sollte, war es notwendig, daß sein Kopf klar blieb. Die Gefangene im Keller beschäftigte seine Gedanken. Ebenso, daß Oberzohn das Risiko auf sich nehmen wollte, sie zu heiraten. Gurther empfand, daß seine Stellung zu Oberzohn anders geworden war. Er war jetzt der Vertraute Oberzohns und darum seinesgleichen. Und als solcher konnte man auch eines Tages der Herr werden. Gurther begann Licht zu sehen.

Ehe er nicht selbst seinen Platz im Theater einnahm, hatte er dem Herrn und der Dame am Ende der Loge nicht einen einzigen Blick zugeworfen.

Johanne war glücklich – glücklicher, als sie sich erinnerte, jemals gewesen zu sein. Vielleicht war das die Rückwirkung ihrer unfreiwilligen Gefangenschaft. Sicher war es Montys zögernd gegebenes Einverständnis, seine Pläne zu ändern, das sie so jauchzen machte. Monty hatte den durchsichtigen Vorwand einer Vernunftheirat fallengelassen; und damit war der letzte Hinderungsgrund zur Freude zerstreut. Mochte Oberzohn das Mädchen heiraten, wenn er wollte, und eine so schwere Verantwortung auf sich nehmen, wie sie diesem Schritte folgen mußte. Monty Newton wollte alles, was er wollte, ohne Gefahr erreichen. Und als er bei diesem Entschluß angelangt war, hatte er eine weitere Flasche Sekt bestellt, um ihren Bund zu besiegeln, und sie verließen den Mero-Klub als ein viel glücklicheres Paar, als sie ihn betreten hatten.

»Sobald wir dieses Geld hereingebracht haben, machen wir, daß wir aus England herauskommen«, sagte er, als sie nach dem Theater fuhren. »Was meinst du zu einem Winter in Buenos Aires, Mädel?«

Wo Buenos Aires war, wußte sie nicht, aber sie kicherte bei dem Vorschlag vor Vergnügen. Und Monty verbreitete sich über die Freuden des südamerikanischen Sommers, die Schönheiten von Buenos Aires, dessen Lustbarkeiten und Vergnügen.

»Ich nehme natürlich nicht an, daß irgend etwas Widriges eintritt. Aber wäre es nicht 'ne nette Idee, eine Reise um die Welt zu machen und in achtzehn Monaten zurückzukommen, um sich dann in London niederzulassen? Meine stürmische Vergangenheit würde um diese Zeit vergessen sein, ja, ich könnte sogar Parlamentsmitglied werden.«

»Wie großartig!« hauchte sie. Und gleich darauf: »Wovon handelt das Stück eigentlich, Monty?«

»'n bißchen Sensationsstück! Für dich gerade passend! Eine

Kriminalgeschichte, die dir die Haare zu Berge stehen lassen wird.«

Sie besaß das krankhafte Interesse eines Gassenjungen an Mord und Verbrechen, kuschelte sich in ihren Sitz mit dem Gefühl angenehmer Erwartung und beobachtete die Entwicklung des ersten Aktes.

Dieser Akt spielte in einem Klub, einem Vergnügungsort, wo sich die verkommensten Mitglieder der menschlichen Gesellschaft trafen; Johanne trank jedes Wort in sich hinein, denn dieses Leben kannte sie; diesen Typ protzig gekleideter Frauenzimmer, die da über die Bühne schwankten und vom Besitzer des Lokals vertraulich begrüßt wurden, hatte sie gesehen. Sie kannte diesen stahläugigen Detektiv, der so forsch auftrat. Dieses Weib war sie selbst. Selbst diesen einem lebenden Leichnam ähnlichen Vagabunden kannte sie, der sich schleichend der Tür näherte; das war ein menschliches Raubtier, ein Wolf, der floh, sobald er des Polizisten ansichtig wurde.

Die ›Drei‹, die in der ersten Parkettreihe saßen – wie Leo Gonsalez sich diese Eintrittskarten gesichert hatte, war eins der wenigen wichtigen Geheimnisse dieses Tages –, sahen sie, und einer von ihnen wenigstens fühlte sein Herz sich zusammenkrampfen.

Monty strahlte vor Vergnügen. Er hatte genügend getrunken, um eine rosenrote Ansicht von der Welt zu haben, und war sogar bis zu einem gewissen Grade an dem Stück interessiert, obwohl das Vergnügen seines Mädels ihm das Hauptvergnügen war. Er bestellte Eis für sie in der ersten Pause.

»Du wirst ja ein richtiger Theaternarr, Kleine. Da muß ich dich mal zu anderen Vorstellungen mitnehmen! Ich hatte ja gar keine Ahnung, daß du das Zeug gern hast.«

Sie holte tief Atem und sah ihn lächelnd an.

»Wenn du bei mir bist, dann habe ich alles gern.« Sie hielten sich verliebt bei den Händen, bis es dunkel wurde und der Vorhang aufging.

Ein Rechtsanwaltsbüro! Der Rechtsanwalt einer von jenen, die andauernd in Gefahr waren, aus ihrem Stand ausgestoßen zu werden. Er hatte einen seiner Klienten betrogen, mit dem er ›Geschäfte‹ gehabt hatte, der zu langer Zuchthausstrafe verdonnert worden, aber entkommen war. Nun waren Gerüchte aufgetaucht, daß der Entkommene Australien verlassen habe, daß er wieder in London sei, und daß er seine Gelegenheit abwarte, um den Mann zu vernichten, dessen Verrat verantwortlich für seine Gefangennahme war.

Auf diese Szene reagierte das Mädchen sofort. Sogar Monty beugte sich vor, als die alten vertrauten Ausdrücke seines Gewerbes über die Bühne schallten.

»Es stimmt alles!« sagte er, »– nur – es ist ein bißchen zu realistisch! Alles in allem geht man doch nicht ins Theater, um ...«

Er hielt inne, weil er einsah, daß Verhältnisse und Situationen, die ihm vertraut waren, Neues genug für ein erstklassiges Publikum boten. Beim Aufflammen der Lichter sah er sich im Zuschauerraum um; plötzlich fuhr er zurück und packte sie am Arm.

»Sieh dich einen Augenblick nicht um!« bat er, seine Augen abwendend, »später wirf einmal einen Blick auf die erste Parkettreihe! Siehst du jemand Bekanntes?«

Sie sah jetzt hin.

»Ja! Das ist der Mensch, den du so haßt, nicht? – Gonsalez?«

»Sie sind alle ›Drei‹ da«, sagte Monty. »Ich möchte wissen ...« Er wurde unruhig bei dem Gedanken. – »Ich möchte wissen, ob sie hinter dir her sind.«

»Hinter mir? Von mir können die nichts wollen, Monty.«

Er schwieg.

»Ich bin doch froh, daß du heute nacht nicht an jenen Platz zurückkehrst«, meinte er etwas später. »Sie würden dich sicher verfolgen.«

Später dachte er, daß es ein zufälliges Zusammentreffen sei, daß die überhaupt hier waren. Sie schienen keinerlei Interesse an ihrer Loge zu haben, sondern schwatzten und lachten untereinander. Nicht ein einziges Mal erhoben sie ihre Augen zu der Brüstung, an der er saß. Nach einer Weile gewann er seine Sicherheit wieder, obwohl er im Grunde doch froh war, als das Stück weiterging.

In diesem Akt gab es zwei Szenen. In der ersten Szene spielte die Handlung in einer Polizeistation, im zweiten in dem Rechtsanwaltsbüro. Der Mann war betrunken, und der Detektiv hatte ihn gewarnt, daß der ›Hexer‹ hinter ihm her sei. Und dann gingen auf einmal sämtliche Lichter auf der Bühne aus, und der ganze Zuschauerraum befand sich in Dunkelheit. Das gehörte zum Stück. Während dieser Finsternis sollte der bedrohte

Rechtsanwalt unter den Augen der anwesenden Polizei ermordet werden.

Monty und Hanne horchten in gespanntem Schweigen; das Mädchen beugte seinen Kopf vor, versuchte die Dunkelheit mit seinen Blicken zu durchdringen und lauschte dem fesselnden Dialog, der von der Finsternis der Bühne schallte. Jemand war im Zimmer – eine Frau –, und man hatte sie ertappt. Sie glitt aus der Umklammerung des Detektivs und verschwand. Und als die Rampenlichter aufblitzten, war sie fort.

»Was ist passiert, Monty?« flüsterte Hanne.

Monty antwortete nicht.

»Glaubst du . . .?«

Sie sah sich nach ihm um. Sein Kopf lag auf der plüschbedeckten Brüstung der Loge. Sein Gesicht, das ihr zugewandt war, war grau; die Augen geschlossen, und seine Zähne zeigten sich ihr in einem scheußlichen Grinsen.

»Monty!« schrie sie. »Monty!«

Sie schüttelte ihn. Wieder durchschnitt ihr Schrei die Luft. Zuerst dachte das Publikum, eine Frau sei durch die Spannung der Bühnenvorgänge zu hysterischen Anfällen gebracht worden. Dann standen ein oder zwei Leute von ihren Sitzen auf und sahen zu ihr herauf.

»Monty! Sprich doch! Er ist tot! Er ist tot!«

Drei Sitze in der ersten Parkettreihe waren leer. Die hysterischen Schreie des Mädchens machten es unmöglich, das Stück weiterzuspielen. Schnell senkte sich der Vorhang.

Das Haus kochte vor Aufregung. Jedes Gesicht war der Loge zugewandt, wo sie an der Seite des toten Mannes kniete und ihn mit ihren Armen umschlungen hielt. Die Todesangst in ihrer Stimme war nervtötend.

Die Logentür sprang auf. Manfred stürzte herein. Ein einziger Blick auf Monty Newton genügte; er brauchte keinen anderen zu tun.

»Bringt das Mädchen 'raus!« sagte er kurz.

Leon versuchte sie aus der Loge zu ziehen, aber sie schrie Mord.

»Sie haben es getan! Sie haben es getan! Lassen Sie mich zu ihm!«

Leon hob sie auf und trug sie aus dem Raum, während sie wild auf sein Gesicht losfuhr.

Der Direktor kam längs des Ganges gelaufen, und Leon gab

ihm mit einem Ruck seines Kopfes die Richtung der Loge an. Und dann kam von irgendwoher eine Frau.

»Darf ich mich um sie kümmern?« fragte sie, und das erschöpfte Mädchen brach in ihren Armen zusammen.

Gonsalez flog nach der Loge zurück. Der Mann lag auf dem Fußboden, und der Direktor stand an der Logenbrüstung und redete das Publikum an.

»Der Gentleman ist in Ohnmacht gefallen, und ich fürchte, seine Freundin hat ihre Nerven verloren. Ich muß Sie wegen dieser Störung um Entschuldigung bitten, meine Damen und Herren! Wenn Sie uns eine Minute Zeit geben, um die Loge zu schließen, wird das Stück weitergehen. Falls sich ein Arzt hier befinden sollte, würde ich ihm dankbar sein, wenn er sich herbemühen wollte.«

Zwei Ärzte kamen, und im Gang, der nun von einem Polizeikommissar bewacht wurde, wurde eine hastige Untersuchung vorgenommen. Sie untersuchten die beiden winzigen Punkte im Nacken und sahen dann einander an.

»Die *Schlange!«* rief der eine.

»Das Publikum darf es nicht erfahren«, sagte Manfred. »Er ist natürlich tot?«

Der Arzt nickte.

Im Gang befand sich ein großer Notausgang; der Direktor stieß ihn auf, lief auf die Straße hinaus und fand ein Auto, in das Monty Newton hineingehoben wurde.

Während dies vor sich ging, kam Poiccart zurück.

»Sein Wagen ist eben fortgefahren. Ich sah sein Nummernschild, als er nach Leslie-Road einbog.«

»Wie lange ist das her?« fragte Gonsalez hastig.

»Eben in diesem Augenblick.«

Leon biß sich nachdenklich auf die Lippen.

»Ich möchte gern wissen, warum er nicht gewartet hat.«

Er ging durch den Notausgang zurück, der wieder geschlossen wurde, und dann den Durchgang hinauf, der zum Eingang führte. Die Loge befand sich auf derselben Höhe wie der erste Gang, und das Ende des kurzen Ganges brachte ihn bis in den ersten Rang selbst.

Und dann kam ihm der Gedanke an den lahmen Mann, und seine Blicke suchten den ersten Sitz in der vordersten Reihe, der auch den Logen am nächsten war. Der Mann war fort.

Gerade als er diese Entdeckung machte, löste sich Manfred aus dem Durchgang.

»Gurther war's! Was für ein Narr ich war! Aber wie schlecht angefangen!«

»Gurther?« fragte Manfred betroffen. »Meinen Sie den Mann mit dem Klumpfuß?«

Leon nickte.

»Natürlich war er nicht allein«, sagte Gonsalez. »Es müssen zwei oder drei von der Bande hier gewesen sein. Ich möchte gern wissen, wohin der Direktor das Mädchen gebracht hat.«

Er fand den Direktor, wie dieser den traurigen Vorfall mit zwei anderen erörterte, einer davon war offenbar vom Bühnenpersonal.

Gonsalez winkte den Direktor beiseite.

»Die Dame? Ich glaube, die ist nach Hause gegangen. Sie hat das Theater verlassen.«

»In welcher Richtung ging sie fort?« fragte Gonsalez in plötzlichem Erschrecken.

Der Direktor rief einen Dienstmann, der eine Frau mittleren Alters mit einem weinenden jungen Mädchen aus dem Theater hatte kommen sehen. Sie waren beide die Seitenstraße auf das kleine Viereck zugegangen, das sich auf der Hinterseite des Theaters befand.

»Sie hat sie vielleicht in ihre Wohnung in Chester-Square gebracht«, sagte Manfred, aber seine Stimme verriet, daß er selber nicht recht daran glaubte.

Leon hatte sein eigenes Auto nicht mitgebracht, sie fuhren daher in einem Mietsauto nach Chester-Square. Fred, der Diener, hatte von Hanne weder etwas gehört noch gesehen und fiel beinahe in Ohnmacht, als er das tragische Ende seines Herrn erfuhr.

»O mein Gott!« stöhnte er. »Und heute nachmittag noch jung und frisch! *Tot*, sagen Sie?«

Gonsalez nickte.

»Doch . . . doch nicht die Schlange?« stammelte der Mann.

»Was wissen Sie von der Schlange?« forderte Manfred streng.

»Nichts, außer . . . außer daß die Schlange ihn sehr nervös machte. Er sagte mir noch heute, er hoffte, daß er über diese Woche hinkäme, ohne von der Schlange gebissen zu werden.«

Er wurde eingehendst befragt, aber obwohl es klar war, daß

er etwas von den Handlungen seines Herrn wußte, hatte der Diener doch keinerlei Beziehungen zu der Bande Oberzohns.

Fred bezog ein großes Gehalt und eine Tantieme von den Erträgnissen der Spielabende bei Monty und bekannte, daß es zu einem Teil seiner dienstlichen Pflichten gehörte, seinem Herrn unter dem Deckmantel, Getränke hereinzubringen, Karten zuzuschmuggeln. Aber von schlimmeren Dingen wußte er nichts.

Die Frau war natürlich eine Eingeweihte, die aufgestellt war, um sich des Mädchens zu bemächtigen, sobald die Schlange zupackte. »Ich befand mich in einer solchen Gemütsverfassung, daß ich mich nicht einmal erinnere, wie sie aussah«, bekannte Leon. »Ich bin ein Narr, ein Idiot. Ich glaube, ich fange an, alt zu werden. Es bleibt uns nur etwas übrig, und das ist, nach Curzon-Straße zurückzufahren. Vielleicht, daß dort . . .«

»Haben Sie denn jemanden im Hause zurückgelassen?«

Leon nickte.

»Ja, ich ließ einen unserer Leute da, um Telefongespräche aufzunehmen.«

Sie bezahlten die Droschke, als sie bei sich vorfuhren, und Leon stelzte nach der Garage, um den eigenen Wagen zu holen. Der Mann, der ihnen öffnete, war derselbe, der oben in der Heavytree-Farm geknebelt worden war.

»Digby ist hier, Herr!« berichtete er.

»Digby?« Manfred war überrascht. »Ich dachte, er täte Dienst?«

»Er traf unmittelbar, nachdem Sie fort waren, hier ein. Wenn ich gewußt hätte, wo Sie sich aufhielten, würde ich ihn zu Ihnen geschickt haben.«

Digby kam in diesem Augenblicke aus dem Wartezimmer, eine Entschuldigung auf den Lippen.

»Ich mußte mit Ihnen sprechen, Herr; es tut mir leid, daß ich meinen Posten verlassen habe.«

»Ich glaube nicht, daß Sie viel verloren haben«, entgegnete Manfred ernst. »Kommen Sie mit hinauf und erzählen Sie mir alles!«

Digbys Bericht klang seltsam. Er war an diesem Nachmittag zum Kanalufer gegangen, um das Gelände zu sondieren, das ihm vollständig unbekannt war.

»Es war mir auch lieb, daß ich das getan habe. Denn die Mauern waren oben mit Glasscherben bestückt. Ich ging nach Old-Kent-Weg hinauf und kaufte eine Gartenharke und brach den Mörtel los, so daß ich, falls ich das wünschte, übersteigen konnte. Und dann kletterte ich um die Schleuse und besah mir Oberzohns Apfelkahn. Es war niemand in der Nähe zu sehen, obwohl ich glaube, daß sie mich später bemerkt haben. Es ist ein ziemlich großer Leichter, aber in einem fürchterlichen Zustand. Der Laderaum ist voll von Ladung. Wissen Sie das, Herr?«

»Sie meinen?«

»Das hintere Ende, wo der Leichterführer zu wohnen pflegt, ist voll von Ratten und Wasser. Aber vorn ist das Fahrzeug wasserdicht, und dort befindet sich auch was Schweres. Darum liegt das Fahrzeug auch mit seinem Vorderende im Schlamm. Ich war bei der Wasserpolizei und kenne mich in Flußfahrzeugen aus.«

»Kamen Sie hierher, um mir das zu sagen?«

»Nein, Herr, aber etwas Ungewöhnliches. Später besah ich mir die Fabrik. Es ist nicht leicht, dorthin zu kommen. Der Eingang liegt dem Hause gegenüber, aber um hinzugelangen, muß man halb um das Gebäude herum, und das gibt einem halbwegs Deckung. In der Fabrik selbst konnte ich nichts Auffälliges entdecken. Es war ein fürchterlicher Trümmerhaufen, voll von altem Eisen und verbrannten Kisten. Ich war um die Rückseite des Gebäudes herumgegangen, als ich einen eigentümlichen Duft wahrnahm.«

»Parfüm?«

»Ja, Herr! Parfüm! Aber stärker. Mehr wie – wie Weihrauch. Ich dachte, es könnte vielleicht einer von den Ballen Zeugs sein, das da hinausgeworfen war, oder es konnte eine Sinnestäuschung sein. Ich begann in dem Schutthaufen herumzustochern, aber der roch nicht nach Parfüm. Dann ging ich wieder in das Gebäude zurück, aber dort war überhaupt kein Geruch. Dagegen wurde er sehr stark, als ich an die Rückseite des Gebäudes kam. Und darauf sah ich eine dünne Rauchspirale aus einem dicht am Erdboden befindlichen Ventilator heraufsteigen. Mein erster Gedanke war, daß es dort brannte; aber als ich niederkniete, bemerkte ich, daß es dieser Duft war.«

»Räucherkerzen?« fragte Poiccart schnell.

»Das war's! Wie Weihrauch! Und doch nicht ganz. Ich kniete nieder und horchte an dem Rost, und ich möchte fast darauf schwören, daß ich Stimmen hörte. Sehr schwache Stimmen.«

»Männerstimmen?«

»Nein, Frauenstimmen.«

»Konnten Sie etwas sehen?«

»Nein, Herr, es war ein sogenannter blinder Ventilator. Wahrscheinlich befand sich eine Röhre dort, denn ich warf einen Stein durch eines der Löcher und hörte ihn nach einiger Zeit zu Boden fallen.«

»Vielleicht befindet sich ein unterirdischer Raum dort«, bemerkte Poiccart, »und jemand hat Räucherkerzen angezündet, um die Luft zu verbessern.«

»Unter der Fabrik? In dem Bauplan des Gebäudes existiert ein solcher Raum nicht«, sagte George. »Ich hatte ihn mir vom Vermessungsbüro geliehen und geprüft. Pläne von Geometern sind ja allerdings nicht unbedingt richtig. Und ein Mann wie Oberzohn würde sich keine Minute bedenken, ein so unwichtiges Ding wie eine baupolizeiliche Vorschrift zu übertreten.«

In diesem Augenblick trat Leon ein, hörte die Geschichte und stimmte mit Poiccarts Ansicht überein.

»Damals, als wir diese Pläne sahen, fragte ich mich, ob wir diese Pläne als endgültig ausschlaggebend anzusehen hätten. Das Lagerhaus wurde gegen Ende 1914 gebaut, als Architekten und Baumeister den Krieg vorschützten und sich große Freiheiten erlaubten.«

Digby fuhr in seiner Erzählung fort.

»Ich war im Begriff, zum Leichter zurückzugehen, um an der Schleuse vorbeizukommen, aber ich sah den Alten die Stufen des Hauses herunterkommen; deshalb kletterte ich auf die Mauer, und ich war sehr froh, daß ich das zerbrochene Glas an jener Stelle entfernt hatte, denn sonst würde ich wohl niemals hinübergekommen sein.«

Manfred zog seine Uhr; seine Stirn legte sich in Falten. Fast eine Stunde hatten sie mit ihren Nachforschungen in Chester-Square verloren.

»Ich hoffe nur, wir kommen nicht zu spät«, sagte er ahnungsvoll.

»Jetzt, Leon . . .!«

Aber Leon war die Treppe in drei Sätzen hinuntergesprungen.

26

Wahnsinnig vor Schmerz hörte und sah Johanne nichts, wußte nicht, was man mit ihr anfing und duldete es daher willenlos, daß man sie schnell in das Dunkel einer Nebenstraße führte. Und sie wurde nicht einmal gewahr, daß es Oberzohns riesige Limousine war, die da neben dem Bürgersteig hielt.

»'rein!« befahl ihr das Weib barsch.

Johanne wurde zur Tür hineingedrängt und von jemandem, der sich bereits im Wageninnern befand, zum Sitz geleitet.

Sie war klagend in einer Ecke zusammengesunken, als auch schon der Wagenschlag zuflog und das Auto sich in Bewegung setzte.

»Das gnädige Fräulein muß ihren Kummer unterdrücken!« sagte eine ihr verhaßte Stimme.

Johanne fuhr herum und starrte, ohne etwas zu sehen, in die Richtung, aus der die Stimme kam.

Die Vorhänge des Wagens waren sämtlich zugezogen; im Wageninnern herrschte pechrabenschwarze Nacht.

»Sie ... Sie *Vieh!*« schnappte sie. »*Sie* sind es also? Gurther! Sie mörderisches Vieh!«

Sie führte einen schwachen Schlag nach ihm; er packte sie am Handgelenk.

»Das gnädige Fräulein muß gütigst ihr Leid unterdrücken«, riet er sanft. »Herr Newton ist nicht tot. Es war nur eine kleine List und nur angewandt, um unberufene Dreinmischer zu täuschen.«

»Du lügst! Du lügst!« schrie sie, während sie versuchte, diesen Fäusten von Stahl zu entgehen. »Er ist tot! Und du weißt, daß er tot ist! Und du hast ihn getötet! Du Schlangenkerl!«

»Das gnädige Fräulein muß mir glauben!« bemerkte Gurther ernst.

Sie fuhren durch einen belebten Stadtteil, und jeden Augenblick konnte ein Polizist ihre Schreie hören.

»Wenn Herr Newton sich nicht totgestellt hätte, wäre er gefangengenommen worden. Er kommt in dem nächsten Wagen hinter uns.«

»Sie wollen mich bloß beruhigen! Ich werde aber nicht still sein!«

Dann stahl sich eine Hand über ihren Mund und zwang ihren Kopf gegen die Kissen. Sie wehrte sich verzweifelt, aber zwei

Finger glitten über ihr Gesicht und drückten ihre Nasenflügel zusammen. Sie war am Ersticken. Sie kämpfte, um sich von seinem eisernen Griff loszumachen, und glitt in Bewußtlosigkeit. Gurther fühlte, wie die sich Wehrende in sich zusammensank, und ließ seine Hände los.

Sie fühlte den Stich der Nadel nicht an ihrem Handgelenk, obwohl die Injektion in der Dunkelheit und der hin und her schwankenden Limousine nur ungeschickt ausgeführt werden konnte. Er fühlte ihren Puls, seine langen Finger drückten sich an ihre Kehle und fühlten den Schlag der Halsschlagader; er stützte sie so mit Kissen, daß sie nicht umsinken konnte, dann lehnte Herr Gurther sich behäbig in die Ecke des Wagens und zündete sich eine Zigarre an.

Die Fahrt war bald vorüber. Nach kurzer Zeit holperten sie über die Henkerstraße und bogen so unvermittelt in das Fabrikgrundstück ein, daß sich eins der Schutzbleche bei dem Zusammenstoß mit dem Torpfeiler verbog.

Ungefähr zwei Stunden mußten nach dem Fortgehen ihrer Gefährtin verflossen sein, als Mirabelle, die halb im Schlaf auf ihrem Bette lag, durch das Geräusch ihres zu Boden fallenden Buches aufwachte.

Sie setzte sich schnell auf und begegnete dem sich festsaugenden Blicke eines Mannes, den sie von allen Männern der Welt am meisten haßte.

Dr. Oberzohn war lautlos in den Raum eingetreten; er hatte eine Anzahl Bücher unter dem Arm.

»Ich habe Ihnen diese mitgebracht«, sagte er in seiner brummigen Stimme und stapelte die Bücher hübsch auf dem Tisch auf.

Sie antwortete nicht.

»Frivole Sachen! Solche, wie Sie sie mögen«, fuhr er fort, ohne eine Ahnung zu haben, daß darin eine Beleidigung lag. »Ich habe den Buchhändler beauftragt, sie für Sie auszusuchen, Abenteurergeschichten und Liebesgeschichten. Das wird Ihren Geist beschäftigen, *mir* würden sie nur hellen Blödsinn bedeuten.«

Sie stand schweigend da, hatte ihre Hände auf dem Rücken gefaltet und beobachtete ihn.

Er sah sauberer aus als sonst, hatte seinen Gehrock an, den er am ersten Tage ihres Zusammentreffens anhatte – wie lange schien das her! –, sein Kragen war gestärkt und weiß, und wenn seine Krawatte greller war, als man sie für gewöhnlich an einem korrekt gekleideten Manne beobachten kann, so wurde ihr Wert dadurch vervollständigt, daß sie neu war.

Er hielt in seiner Hand ein kleines, fest zusammengebundenes Blumenbukett, dessen Stiele in Stanniolpapier gewickelt waren. Eine Krause von weißem Papier erhöhte dessen Ansehnlichkeit.

»Das ist für Sie!«

Er hielt ihr das Bukett mit einem Ruck hin.

Mirabelle sah die Blumen, aber nahm sie nicht. Er schien in keiner Weise dadurch außer Fassung gebracht, weder durch ihr Schweigen noch durch die Feindseligkeit, die in ihrer Haltung lag. Er legte die Blumen auf den Bücherstapel, verschränkte die Hände vor sich und wandte sich wieder ihr zu.

Er war aus irgendeinem Grunde nervös. Seine Stirn runzelte und glättete sich abwechselnd mit lächerlich wirkender Schnelligkeit.

Sie beobachtete gespannt seine Gesichtsverrenkungen.

»Für jeden Mann kommt einmal der Augenblick, in dem ihm der Gedanke an häusliches Glück verführerich dünkt. Auch an einen gelehrten Geist, der von seinen kolossalen Problemen in Anspruch genommen wird, tritt das Verlangen nach Familie und die Sehnsucht nach dem Hafen der Ehe heran.«

Er schwieg einen Augenblick, wie wenn er eine Antwort auf seine Banalitäten von ihr erwartete.

»Nur die Menschen selbst«, fuhr er fort, als sie schwieg, »haben ein Gesetz geschaffen, daß von einem gewissen Alter ab ein Mann nur ein Weib des gleichen Alters freien solle. Aber die Geschichte hat bewiesen, daß glückliche Ehen zwischen einem alten Manne und einer jungen Frau nichts Seltenes sind.«

Sie sah ihn bestürzt an. Sollte das eine Werbung sein? Die Idee war unglaublich, beinahe empörend.

Er mußte die sie beherrschenden Gedanken, ihren Abscheu, die Empörung, die sie erfüllten, in ihrem Gesicht gelesen haben, dennoch fuhr er unverfroren fort: »Ich bin ein Mann von großen Reichtümern. Sie sind ein Mädchen von beträchtlicher Armut. Ich hatte Sie eines Tages in Ihrem armseligen Heim gesehen, ich sah Sie, gnädiges Fräulein, wie eine Lilie zwischen Unkraut wachsen. Mein Herz flog Ihnen zu, und aus diesem Grunde brachte ich Sie nach London und opferte viele tausend Pfund, um mir das Vernügen Ihrer Gegenwart zu verschaffen.«

»Sie brauchen nicht weiter zu gehen, Doktor Oberzohn!«

Ihre Stimme klang ruhig. »Wenn das ein Heiratsantrag sein soll, wie ich gezwungen bin, anzunehmen ...«

Er nickte eindringlich mit dem Kopfe.

»Das war meine ehrenhafte Absicht.«

»Ich werde Sie unter keinen Umständen heiraten, Doktor. Auch nicht, wenn ich Ihnen unter den glücklichsten Verhältnissen begegnet wäre. Ihr Alter ...« – und beinahe hätte sie hinzugefügt »und Ihre Erscheinung« – »hat nicht das geringste mit meinem Entschluß zu tun. Ich liebe Sie eben nicht und habe Sie niemals geliebt, Mr. Oberzohn.«

»Doktor!« verbesserte er, und trotz ihrer traurigen Lage hätte sie darüber lachen können, daß er auf seinem Titel bestand.

»Mein junges Fräulein, ich kann Ihnen nicht auf die Art meines lieben, einzigen Bruders den Hof machen, der für Damen schwärmte und eine wunderbare Art hatte, mit ihnen umzugehen.«

Sie war erstaunt, von ihm zu hören, daß er überhaupt einen Bruder hatte, und es war fast eine Erlösung für sie zu wissen, daß er tot war.

»Unschuldig hingemordet, von den Händen böser, listiger Mörder! Gefällt im Frühling seines Lebens durch den Revolver des Meuchelmörders!«

Seine Stimme zitterte und brach. »Und für dieses heilige Leben werde ich eines Tages Rache nehmen.«

Es war nicht lediglich Neugierde, was sie trieb, zu fragen, wer ihn getötet hätte.

»Leon Gonsalez.«

Die Worte auf seinen Lippen knirschten wie eine Feile.

»Getötet! Ermordet! Und sogar sein schönes Bild in diesem schrecklichen Feuer zerstört! Wenn er das gerettet hätte, würde mein Herz ihm sanft entgegengeschlagen haben.«

Oberzohn hielt inne; augenscheinlich sah er ein, daß er sich von dem Zwecke seines Besuches entfernte.

»Überlegen Sie sich die Sache einmal, junges Fräulein! Lesen Sie die romantischen Bücher und die Liebesgeschichten, und dann werden Sie es vielleicht nicht für ein so schreckliches Schicksal halten, beim Mondlicht durch die Kanäle Venedigs zu fahren, mit dem Mond am Himmel und mit dem Gondoliere.«

Er wackelte sentimental mit seinem Kopfe.

»Es gibt kein Buch, das meine Ansicht darüber ändern könnte, Doktor. Ich verstehe nicht, warum Sie mir einen so außergewöhnlichen Vorschlag machen, aber ich würde lieber sterben als Sie heiraten.«

Seine grausamen Augen jagten ihr schnell einen Schrecken ein.

»Es gibt schlimmere Dinge als Tod, der doch nur ein Schlaf ist, viel schlimmere Dinge, junges Fräulein! Morgen werde ich Sie holen, und wir werden zusammen in ein Land gehen, wo Sie ›Ja‹ oder ›Nein‹ sagen werden, nach meinem Willen. Ich besitze viele – wie heißt es? – Heiratserlaubnisscheine! Ich bin ein zu kluger Mann, um mich vor eine einzige Möglichkeit zu stellen.«

Das war buchstäblich wahr; er hatte Bürgerpapiere von wenigstens vier Ländern, und in jedem dieser Länder hatte er Vorbereitungen zu seiner beabsichtigten Heirat getroffen.

»Weder morgen noch an irgendeinem anderen Tag«, rief das junge Mädchen aus. »Nichts in der Welt könnte mich dazu veranlassen!«

Seine Augenbrauen hoben sich beinahe bis an seine Haarwurzeln.

»So!« entgegnete er so bedeutungsvoll, daß ihr das Blut in den Adern erstarrte. »Es gibt schlimmere Männer als den Doktor.«

Er hob warnend seinen langen Finger. »Schreckliche Männer, mit einem schrecklichen Sinn. Sie haben doch Gurther getroffen; ja, ja! Sie haben ja mit ihm getanzt! Ein netter Mann – für Damen – nicht? Dennoch dieser selbe Gurther ... Ich will Ihnen etwas erzählen.«

Er setzte sich auf die eine Ecke des Tisches und fing zu erzählen an, bis sie sich ihre Ohren mit beiden Händen zuhielt und ihr bleiches Gesicht vor ihm verbarg.

»Dafür würden sie ihn getötet haben«, fuhr er fort, als sie ihre Hände wieder sinken ließ. »Aber Gurther war zu gerissen und die armen Bauern zu einfältig. Aber Sie werden daran denken! Oder etwa nicht?«

Er wartete nicht auf ihre Antwort. Mit einem steifen Bückling stelzte er aus dem Raum die Treppen hinauf. Der dumpfe Fall der Luke wurde hörbar und das unvermeidliche Gerumpel des schweren Fasses.

Er hatte ein Stück Arbeit vor sich, ein schweres Stück Arbeit für einen Mann, der keuchte, wenn er ein paar Stufen hinaufstieg. Und wenn auch vier seiner besten und verwegensten Leute in seinem Empfangszimmer bei – seinem – Whisky saßen und den kleinen Raum mit dem Qualm ihrer langen Zigarren erfüllten, zog er es doch vor, an diese Aufgabe, die er schon angefangen hatte, allein, ohne ihre Hilfe und ohne ihr Wissen heranzugehen, sobald die Nacht hereinbrach.

Am Rande der tiefen Höhlung, wo die wilden Winden zwischen leeren Dosen und Ölfässern wuchsen, befand sich ein Flecken Erde, der leicht unter dem Spaten nachgab.

Dr. Oberzohn nahm seinen Spaten, den er in der Fabrik zurückgelassen hatte, und gelangte zu einer Stelle, wo bereits ein langer Graben gegraben worden war. Der Doktor zog Rock und Weste aus, knöpfte Kragen und Krawatte ab und legte beide auf seinen zusammengelegten Rock. Dann setzte er das Werk fort; ab und zu hielt er inne, um sich den Schweiß von der Stirn zu wischen.

Er mußte im Dunkeln arbeiten, aber das war kein Nachteil. Er konnte ja den Rand der Grube fühlen. In einer Stunde würde der obere Rand des Grabens in einer Höhe mit seinem Kinn sein. Er kletterte mit größerer Mühe hinauf, als er vorausgesetzt hatte, zog sich an, beleuchtete mit seiner Taschenlaterne seine Arbeit und grunzte vor Befriedigung.

Er war sehr empfindlich für gewisse Luftströmungen. Er brauchte keine Belehrung über die Veränderungen, die sich im Benehmen seiner Untergebenen eingestellt hatten. Bei ihrer letzten Beratung war Gurther weniger willfährig gewesen, hatte sogar ohne besondere Erlaubnis in seiner Gegenwart geraucht – geistesabwesend vielleicht, aber das Vergehen blieb.

Und Oberzohn, dem es in den Fingerspitzen gejuckt hatte, Gurther wegen der Frechheit zu backpfeifen, hatte seine Hand nicht erhoben. War es vielleicht der Blick in Gurthers Augen?

Oberzohn ließ seinen Spaten in einem Haufen ausgeworfener Erde stecken – er würde ihn ja wieder gebrauchen – und zwar bald. Es sei denn, daß Gurther versagte.

Merkwürdig, daß er bei dem letzten Auftrag Gurthers nicht an die Möglichkeit eines Mißlingens glaubte. Mr. Monty Newton war noch nicht mißtrauisch geworden, er würde noch nicht auf seiner Hut sein. Die Bereitwilligkeit, mit der er die Theaterbilletts annahm, bewies, wie er in dieser Beziehung dachte.

Die vier Männer in Oberzohns Zimmer erhoben sich achtungsvoll bei seinem Eintritt. Das Zimmer war blau von Rauch, und Lew Cuccini brachte eine oberflächliche Entschuldigung vor. Man hatte ihn an jenem Morgen aus der Haft entlassen, denn Meadows hatte es schwierig gefunden, eine Anklage zu formulieren, ohne sämtliche Handlungen der Polizei und die Rolle aufzudecken, die sie im Falle Mirabelle Leicester spielte.

»Wir müssen jetzt los, Doktor! Sie brauchen uns doch heute abend nicht mehr. Und ich möchte einen Schlag gegen den Kerl, den Gonsalez, führen. Wenn was auftaucht, vergessen Sie mich nicht!«

Oberzohn stand auf und ging, ohne ein Wort zu sagen, aus dem Zimmer. Er wußte, daß Cuccinis Aufstehen nicht nur das Zeichen war, daß die Tagesarbeit beendet war, sondern daß die Bande Geld brauchte.

Jeder Bandenführer wartete Mr. Oberzohn einmal in jeder Woche mit seiner Lohnliste auf. Dann brachte der Doktor gewöhnlich seine Kassette ins Zimmer und holte genügend aus ihr heraus, um seine Verpflichtungen dem Bandenführer gegenüber zu erledigen.

Es war eine große Kassette und, an einem Zahltag wie diesem bis an den Rand mit Banknoten und Schatzanweisungen gefüllt.

Er brachte diese Kassette und stellte sie auf den Tisch, prüfte den kleinen Papierstreifen, den ihm Cuccini gab, nahm ein Bündel Banknoten heraus und netzte Daumen und Zeigefinger.

»Sie brauchen sie nicht zu zählen!« sagte Cuccini. »Wir nehmen das Ganze.«

Oberzohn bemerkte, daß Cuccini seinen Browning lässig in der Hand hielt.

»Die Sache ist *die*, Doktor«, fuhr Cuccini kühl fort, »wir haben das Warnsignal gesehen, und wenn wir jetzt nicht machen, daß wir fortkommen, solange es leicht ist, wird es keinen Platz auf dieser kleinen Insel geben, auf dem wir's uns gemütlich machen können, und ich schätze, wir folgen am besten Gurther.«

Der Doktor warf einen einzigen Blick auf die Waffe und nahm das Zählen wieder auf, als ob nichts geschehen wäre.

»Zwanzig, dreißig, vierzig, fünfzig . . .«

»Na, nu hören Sie auf damit!« befahl Cuccini grob. »Ich sage Ihnen: Sie brauchen nicht zu zählen.«

»Mein Freund, ich ziehe es vor, zu wissen, wieviel ich verliere. Die Neugierde ist doch verzeihlich.«

Er erhob die eine Hand nach der Wand zu, wo ein Stück Schnur hing, und zog sachte daran, ohne seine Augen von den Banknoten zu nehmen.

»Was machen Sie? Hände hoch!« zischte Cuccini.

»Schießen Sie, ich bitte darum!« Oberzohn warf ein Bündel Banknoten auf den Tisch.

»Hier ist eure Bezahlung!«

Er schlug den Deckel der Kassette zu. »Nun sollt ihr gehen – wenn ihr gehen könnt. Hört ihr sie?«

Er erhob seine Hand, und an die gespannt aufhorchenden Ohren der Männer schlug ein leiser, raschelnder Laut, der draußen aus dem Gange kam und sich anhörte, als ob jemand ein Stück Pergament auf dem Fußboden schleifte.

»Hört ihr das? Nun geht, wenn ihr könnt!« wiederholte Oberzohn mit erstaunlicher Ruhe.

»Die Schlangen?« hauchte Cuccini; sein Gesicht wurde blaß, und die Hand, die die Waffe hielt, zitterte.

»Erschieß sie doch, mein Freund!« höhnte Oberzohn. »Wenn du sie siehst, erschieß sie! Aber Sie werden sie nicht zu Gesicht bekommen, mein Tapferer. Kein Auge wird sie gehen noch kommen sehen. Vielleicht liegen sie hinter einem Bild, vielleicht warten sie, bis die Tür geöffnet wird, und dann?«

Cuccinis Mund wurde trocken.

»Rufen Sie sie fort, Doktor!« rief er zitternd.

»Ihren Revolver . . . auf den Tisch!«

Noch immer war der raschelnde Laut hörbar. Cuccini zauderte eine Sekunde, gehorchte dann und nahm die Banknoten an sich.

Die anderen drei Männer waren am Kamin zusammengehockt, ein lebendes Bild der Angst.

»Öffnen Sie die Tür nicht, Doktor!« bat Cuccini. Aber Oberzohn hatte bereits die Klinke ergriffen und heruntergedrückt.

Sie hörten, wie sich eine andere Tür öffnete und das Knacken des Lichtschalters im Gang, als das Licht aufflammte. Dann kam der Doktor wieder.

»Wenn ihr jetzt gegangen seid, wünsche ich euch nicht wieder zu sehen. Bin ich nicht ein Mann, dem alle Geheimnisse offen liegen? Das solltet ihr doch wissen!«

Cuccini schielte vom Doktor nach der Tür.

»Wünschen Sie, daß wir gehen?« fragte er verstört.

Oberzohn zuckte die Achseln.

»Wie ihr wollt. Ich wollte eigentlich, daß ihr heute nacht hier bei mir bleiben solltet – es gibt viel Arbeit und viel Geld für euch.«

Die Männer sahen unruhig von einem zum anderen.

»Wie lange wollen Sie, daß wir bleiben sollen?« fragte Cuccini.

»Nur diese Nacht, wenn ihr es nicht vorzieht . . .«

Heute nacht mußte die Krisis kommen. Oberzohn hatte das eingesehen, seit dieser Morgen angebrochen war.

»Wir werden bleiben. Wo schlafen wir?«

Als Antwort bat Oberzohn sie, ihm in das Laboratorium zu folgen. In der Mauer ihnen gegenüber war eine schwere Eisentür, die in ein festes Lagerhaus mündete. Dort hielt er die verschiedensten Gegenstände, Öl und Spiritus, für seine Autos und den kleinen Gasmotor, der einen kleinen Dynamo im Laboratorium in Bewegung setzte. Dieser versorgte ihn unabhängig vom Außenstrom mit elektrischer Kraft.

Drei lange, schwer vergitterte Fenster befanden sich gerade unter der Decke.

»Sieht mir mehr wie die Verdammtenzelle aus!« murmelte Cuccini argwöhnisch.

»Befinden sich die Riegel innerhalb der Verdammtenzelle?« fragte Oberzohn. »Und gibt euch der gute Wärter den Schlüssel, wie ich ihn euch gebe?«

Cuccini nahm den Schlüssel.

»All right!« erwiderte er ungnädig. »Hier sind'n Haufen Decken, Boys! Ich schätze, Sie wollen uns dort haben, wo die Polizei nicht nachsieht, was?«

»Das ist allerdings meine Absicht«, antwortete der Doktor.

Oberzohn schloß die Tür hinter ihnen und ging in sein Arbeitszimmer zurück; sein breiter Mund zuckte vor Vergnügen. Er zog wieder an dem Strick und schloß den Ventilator, den er geöffnet hatte.

Erst vor einigen Tagen hatte er entdeckt, daß sich dürre Blätter in der Röhre des Ventilators befanden und raschelten, sobald die Einlaßöffnung auf war.

27

Oberzohn hörte das Schnurren des Motors, und als er aus dem Fenster der Diele blickte, sah er die verschwommenen Lichter des Wagens sich dem Hause nähern und schaltete das Licht der Diele aus.

Dort wartete er in der Dunkelheit, bis sich die Tür der Limousine öffnete und Gurther heraussprang.

»Ich melde gehorsamst, daß es geschehen ist, Herr Doktor!«

Oberzohn nickte.

»Und Hanne, wo ist sie?«

»Im Wagen. Soll ich sie hierherbringen? Sie war sehr widerspenstig, und ich mußte die Spritze anwenden.«

»Tragen Sie sie herein ... Sie!« bellte Oberzohn den Chauffeur an. »Helfen Sie Ihrem Freund!«

Zusammen hoben die beiden das bewußtlose Mädchen auf, trugen es aber nur bis an die Stufen. Denn in diesem Augenblick entschied sich Oberzohn dafür, daß Johanne in ihr Gefängnis zurückkehren müsse.

Zuerst schickten sie den Chauffeur fort. Nachdem er gegangen war, trugen die beiden Johanne gemeinschaftlich nach der Fabrik und machten dabei, wie es Gurther schien, einen ganz überflüssigen Umweg; aber der kürzeste Weg dorthin führte an dem klaffenden Loch vorüber, das Oberzohn mit großem Eifer gegraben hatte.

Mirabelle horchte auf. Die Falltür ging mit dumpfem Schlag auf. Mit einem schneller schlagenden Herzen hörte Mirabelle das Geräusch von die Steinstufen herunterkommenden Schritten.

Zwei Leute, sagte sie sich, und sie gingen schwer, wie unter einer Last.

Ein unbestimmtes Gefühl verriet ihr, daß das, was sie da hereintrugen, Johanne sei. Johanne im Abendkleid, das Gesicht bleich wie der Tod, die Augen geschlossen. Mirabelle dachte nichts anderes, als daß das Mädchen tot sei, als man es auf das Bett legte.

»Du hast ihr zuviel gegeben, Gurther!« behauptete Oberzohn.

Gurther! durchfuhr es Mirabelle.

Sie hatte ihn nicht wiedererkannt. Unmöglich zu glauben,

daß der da der frische, junge Mann sei, der am Künstlerball mit ihr getanzt hatte!

»Ich mußte die Injektion im Finstern ausführen, Herr Doktor«, entschuldigte sich Gurther.

Sie sprachen in einer Mirabelle unbekannten Sprache. Sie sah darauf Gurther ein kleines flaches Kästchen aus der Tasche ziehen; diesem entnahm er ein Röhrchen mit kleinen braunen Kapseln. Eine davon löste er in Wasser auf und füllte mit der Lösung eine Spritze. Dann jagte Gurther die Nadel in Johannes Arm.

»Nun wird sie bald aufwachen, Herr Doktor!«

Mirabelle sah Gurther nicht an, aber sie empfand, daß seine Augen heiß auf ihr hafteten, und daß er sie die ganze Zeit anstarrte.

Und nun wußte sie, daß dieser der Mann war, den sie fürchten mußte. Wie eine kalte Hand griff es an ihr Herz.

»Das genügt, Gurther!« Oberzohns Stimme klang scharf. »Du brauchst nicht länger hierzubleiben.«

Auch Oberzohn hatte in Gurthers Blicken gelesen. Gurther stelzte gehorsam aus dem Raum; der Doktor folgte.

Noch ehe Mirabelle die Falltür sich schließen hörte, war sie mit einem Becken voll Wasser und einem nassen Handtuch an des Mädchens Seite. Sobald das Wasser ihr Gesicht berührte, öffnete Johanne ihre Augen und starrte mit einem wilden Blick auf die über ihr hängende Decke. Dann rollte sie sich vom Bett auf ihre Knie, versuchte auf ihre Füßte zu kommen, schwankte und wäre gefallen, wenn Mirabelle sie nicht gestützt hätte.

»Sie haben ihn! Meinen Jungen haben sie mir genommen! Totgemacht wie einen Hund!«

»*Was* ...? Doch nicht Mr. Newton?« stammelte Mirabelle erschrocken.

»Gemordet! Ja! Monty! Monty!«

Und dann begann Johanne zu schreien und den Raum auf und ab zu rennen wie eine Wahnsinnige.

Mirabelle wurde es ganz elend zumute bei diesem Anblick; seelisch und körperlich elend; sie hielt Hanne auf, versuchte sie zu beruhigen. Aber Johanne war vollständig verstört, halb irre. Die erste Injektion und jetzt das Gegengift schienen sich vereinigt zu haben, um ihr die letzte Spur von Selbstbeherrschung zu rauben. Und nicht eher, als Johanne völlig erschöpft zusammenbrach, war es Mirabelle möglich, sie zum Bett zu schleppen und sie daraufzulegen.

Montague Newton tot! Wer hatte ihn getötet? Wer waren diese ›Sie‹, von denen Johanne stammelte?

Dann mußte Mirabelle an Gurther und seine befremdende Verkleidung denken: das weiße Hemd zerdrückt und zerknittert, selbst sein Bart zerzaust in dem Kampfe mit dem erregten Mädchen.

Verzweifelt rannte Mirabelle die Steinstufen hoch und versuchte die Falltür zu heben. Umsonst!

Sie mußte fort von hier, sofort!

Johanne stöhnte fürchterlich. Mirabelle setzte sich an ihre Seite und versuchte sie zu beruhigen. Johanne schien in einen Zustand halber Bewußtlosigkeit gesunken zu sein. Außer ihren Schluchzern äußerte sie keinen Laut, kein verständliches Wort.

Eine halbe Stunde verging – die längste und fürchterlichste halbe Stunde ihres Lebens.

Dann hörte sie ein Geräusch.

Das mußte sogar bis zu dem Bewußtsein dieses halb wahnsinnigen Mädchens gedrungen sein, denn es riß seine Augen weit auf, klammerte sich an Mirabelle fest und setzte sich auf.

»Er kommt«, flüsterte sie, bis zu den Lippen entfärbt, »kommt! Der Schlächter kommt!«

»Um Gottes willen, sprechen Sie nicht so!« bat Mirabelle, fast selbst außer sich vor Furcht.

Da kam es – im Vorraum – ein schleichendes Schlürfen von Füßen.

Mirabelle starrte auf die geschlossene Tür. Die Anstrengungen der Spannung warfen sie fast in Ohnmacht. Dann sah sie die Eisentür aufgehen; erst kam eine Hand, dann der Rand eines Gesichts. Gurther warf ihr einen schielenden Blick zu.

Sein Bart war fort, seine Perücke ebenfalls; er kam ohne Kragen und hatte sein fleckiges Alltagsjackett über das weiße Hemd gezogen.

»Ich will dich!« redete er Mirabelle an.

Ihre Zunge klebte am Gaumen; sie schwieg.

»Mein hübsches, kleines Fräulein!« begann er. Da warf sich Johanne mit einem Schrei über ihn.

»Mörder! Mörder! Vieh!« schrie sie und hämmerte wild auf sein Gesicht los.

Mit einem Fluche wollte er sie von sich fortschleudern, aber sie klammerte sich an ihn; tierhaft – wahnwitzig – mit kaum einem Rest von Menschlichkeit in ihr.

Endlich schleuderte er sie ab. Und hob schützend einen Arm vor das Gesicht, als sie sich wieder auf ihn stürzte. Diesmal war sie unter seinem Arm durch und wie ein Blitz durch die Tür.

Er hörte ihre flinken Füße auf den Steinstufen und wandte sich zur Verfolgung.

Die Falltür stand offen. Er stolperte im Dunkeln über den Fußboden der unheimlichen Fabrik. Gerade als sie das Freie erreichte, griff er nach ihr, aber vergeblich. Flink wie ein Wild schoß sie davon; aber er war noch schneller als sie; und plötzlich schloß sich seine Hand um ihre Kehle.

»Es wäre besser, wenn's mit dir aus wäre, meine Freundin!« sagte er. Seine Finger schlossen sich enger um ihre Kehle.

Als sie sich wand, um ihm zu entgehen, tat er einen Schritt.

Dann gab es einen bissig schnappenden Laut; etwas packte ihn an seinen Beinen. Folternder Schmerz quälte ihn maßlos. Er lockerte seinen Halt um ihre Kehle, hielt aber ihren Arm krampfhaft fest. Er warf sie mit aller Macht gegen die Wand; sie fiel in ein Häufchen zusammen. Dann bückte er sich und zwang die grausam gezackten Zähne der Fußangel auseinander, in die er getreten war, und zog sein Bein heraus.

Er blutete, sein Hosenbein war zu Fetzen gerissen. Er wartete gerade lange genug, um das Mädchen auf die Füße zu reißen, dann warf er es sich wie einen Sack über seine Schulter, ging zurück durch die Fabrik, die Stufen hinunter und warf es mit solcher Macht auf das Bett, das die Sprungfederbänder rissen. Das hatte eine sonderbare Wirkung auf das betäubte Mädchen, aber das sah er nicht, denn er hatte sich Mirabelle zugewandt.

»Dich will ich haben, mein kleines Täubchen!« keuchte er.

Blut rann von seiner verwundeten Wade, aber die Pein fühlte er nicht mehr. Er fühlte nichts als das wahnsinnige Verlangen, denen weh zu tun, die ihn verfolgten, wollte nichts als die Verkörperung roher und gräßlicher Träume.

Mirabelle stand da wie eine Salzsäule, jeder Bewegung unfähig.

Seine Hand schob sich unter ihr Kinn; er hob ihr Gesicht in die Höhe. Sie sah, wie die glitzernden, hungrigen Augen sie verschlangen, sah seine dünnen Lippen sich ihr mehr und mehr nähern – und konnte kein Glied rühren.

Sie hatte jedes Gefühl verloren und konnte nur, hypnotisiert durch die Schrecken des Augenblicks, in die Augen dieser Menschenschlange starren.

Und dann brach es mit einer kochenden Wut über ihn herein. Schmale Finger rissen an seinem Gesicht und blendeten ihn fast. Er wandte sich mit einem Wutgeheul um, aber die totenblasse Hanne war zum Ofen geflüchtet und hatte eine kurze Eisenstange aufgehoben, die man zum Feuerschüren zu benutzen pflegte.

Sie schlug nach ihm und fehlte ihn. Er wich ihr aus, sie warf die Stange nach ihm und fehlte ihn zum zweiten Male.

Das Eisen traf die grüne Kiste hinter dem Ofen. Brechendes Glas klirrte in den Aufruhr. Gurther entging das; er war nur mit dem Mädchen beschäftigt.

Mirabelle schloß die Augen und hörte nur den Schlag, der Johanne von seiner Hand traf.

Als Mirabelle die Augen wieder öffnete, lag Johanne auf dem Bett, und er war im Begriff, eine ihrer Hände mit seinem ledernen Leibriemen ans Bett zu fesseln.

Dann sah Mirabelle etwas, das ihr die stumm gewordene Zunge löste.

Gurther hörte sie schreien und drehte sich grinsend nach ihr um. Er blickte in dieselbe Richtung, in die er sie starren sah.

Und sah . . .?

Etwas kam aus der zerbrochenen grünen Kiste gekrochen! Ein schwarzer, spatenartig geformter Kopf mit glitzernden kalten Augen, die die Szene mit tückischem Blick zu überfliegen schienen. Und dann kam Zoll auf Zoll ein dickes glänzendes Ding wie ein Gummitau langsam auf dem Fußboden geringelt, wand sich um sich selbst und erhob seinen flachen Kopf.

»O Gott! Sieh!«

Er drehte sich bei diesem Anblick um, immer dieses unbewegliche Grinsen im Gesicht, und sagte etwas in seinen dumpfen Kehllauten.

Die Schlange verhielt sich bewegungslos, den giftigen Blick zuerst auf das geängstigte Mädchen, dann auf den Mann gerichtet.

Gurthers Überraschung war dramatisch. Es war, als ob er einer Erscheinung aus einer anderen Welt gegenübergestellt worden sei.

Und dann schnellte seine Hand nach seiner Hüfttasche. Es

gab einen Blitz und einen das Trommelfell zerreißenden Knall, der Mirabelle fast betäubte.

Die Waffe entsank Gurther und klirrte zu Boden. Sie sah Gurthers Arm steif ausgestreckt, und aus seinem Rockärmel ragte ein schwarzes Tau, das sich rund um seinen Handknöchel wand.

Die Schlange war den Ärmel hinaufgefahren. Das Tuch um seinen Bizeps herum ging stoßweise auf und nieder.

Gurther stand kerzengerade, er hielt den Arm noch immer ausgestreckt, grinste noch immer, seine Augen mit einem erstaunten Ausdruck auf den Knäuel um seinen Handknöchel gerichtet.

Und dann bewegte sich seine andere Hand langsam, packte den Schwanz und zog und zerrte wild daran. Die Schlange wandte sich mit einem wütenden Zischen und versuchte wieder zu beißen. Aber er erhob seine Hand und schmetterte ihren Kopf gegen den Ofen. Mit einem krampfartigen Zucken fiel das Reptil in die Asche.

»Gott im Himmel!« flüsterte Gurther, und seine freie Hand fuhr an seinem Arm hinauf und befühlte ihn vorsichtig. »Sie ist tot, gnädiges Fräulein. Aber vielleicht ist noch eine andere da.«

Er schwankte zu der grünen Kiste hin und schob ohne Zögern seine Hand hinein.

Noch eine andere, eine größere Schlange, befand sich da, ärgerlich aus dem Schlaf gerissen.

Zweimal biß sie in den Handknöchel des Mannes, aber Gurther lachte, ein gurgelndes Lachen, als ob er das als Vergnügen empfände. Denn er wußte, er war bereits so gut wie ein toter Mann.

Und in dem Augenblick und in der Sekunde seines Unterganges, als die gefürchteten Tore des Gerichts bereits weit offenstanden, war es über ihn gekommen, daß er mit *diesem einen* reinen Flecken in seinem schmutzigen Dasein vor seinen Schöpfer treten wolle.

»Geh, Kleines!« rief er, in das dreieckige Gesicht grinsend, »du hast kein Gift mehr. Das ist alle!«

Er zwängte den sich windenden Kopf unter seinen Absatz. Mirabelle schloß die Augen und hielt sich die Ohren zu. Als sie wieder aufsah, stand der Mann an der Tür, hielt sich an dem Pfosten fest und glitt mit jeder krampfhaften Bemühung, sich aufrechtzuerhalten, mehr und mehr von seinen Füßen.

Wieder grinste er zu ihr hinüber, dieser Mann des Mordes, der seinen letzten Mord beging.

»Verzeihung, gnädiges Fräulein!« sagte er schwerfällig und brach in die Knie, den Kopf gegen die Tür gelehnt, während sein Körper langsam von einer Seite zur andern taumelte, bis er schließlich mit dem Gesicht nach vorn zur Erde fiel.

Sie hörte Oberzohns kratzige Stimme von oben. Er rief Gurther und erschien im Augenblick in der Türöffnung; er hatte einen Revolver in der Hand.

»So!« sagte er, auf den Sterbenden hinunterblickend.

Dann erblickte er die Schlange. Seine Stirn legte sich in Falten.

Er blickte von Mirabelle zu dem Mädchen auf dem Bett, ging hin zu ihm, untersuchte es, aber wagte nicht, seine Fesseln zu lösen.

Mirabelle tat das. Mirabelle kühlte das zerschlagene Gesicht und löste Johanne das Kleid.

Da fühlte sie eine Hand auf ihrer Schulter.

»Komm!« befahl Oberzohn.

»Ich warte hier bei Johanne, bis ...«

»Sie kommen sofort, oder ich werde Sie meinen hübschen kleinen Freunden übergeben.«

Oberzohn zeigte auf die beiden Schlangen auf dem Fußboden, die sich krampfhaft bewegten.

Sie mußte über Gurther hinwegsteigen. Aber das schien leichter als an diesen zappelnden, glänzenden, schwarzen Tauen vorbeizukommen; ihre Hand in der Oberzohns, stolperte sie die finsteren Stufen hinauf und schließlich in die reine Nachtluft.

28

»Vorsicht! Fußangeln!« sagte Gonsalez. Der weiße Strahl seiner Lampe hatte das häßliche Ding entdeckt. Er schlug mit einem Knüttel darauf, und die Falle schnappte mit einem bissigen Laut zu.

»Hier ist schon eine zugeschnappt!« rief er, und untersuchte die Zähne der Fußangel. »Und was wichtiger ist, sie hat jemanden gefangen. Hier ist Blut daran.«

Manfred und Digby untersuchten den Erdboden sorgsam.

Dann hörte Manfred hastig Gonsalez' Atem gehen; der bückte sich von neuem und hob einen Fetzen Zeug auf.

»Von einem Mann«, sagte Leon. Und sein Aufatmen verriet die Furcht, die er hatte. »Jemand im Abendanzug und erst kürzlich.«

Leon besah seinen Finger. »Das Blut ist noch frisch.«

Digby zeigte ihm den Ventilatorrost, durch den er den Weihrauch wahrgenommen hatte.

»Wir wollen erst die Fabrik durchsuchen. Wenn das erfolglos ist, werden wir Oberzohns Führung erbitten, und wenn er es nicht gutwillig tun will, werde ich ihn dazu überreden.«

Bei dem zurückgeworfenen Schein der Lampe sah Manfred, daß Leon wieder so unerschütterlich war, wie er ihn früher gekannt hatte.

»Dieses Mal«, schloß Leon, »werde ich nichts versprechen. Meine Drohung wird unendlich sanfter sein als meine Ausführung.«

Sie kamen zu dem dunklen Eingang der Fabrik. Manfred warf einen Lichtkegel hinein.

»Hier werdet ihr sehr vorsichtig gehen müssen!« warnte er.

Sie kamen nur langsam vorwärts, denn sie wußten nicht, daß ein richtiger Weg zwischen den zackigen Enden von alten Eisen und Trümmern vorhanden war. Ein- oder zweimal machte Leon halt, um auf den Boden zu stampfen. Dann gab es jedesmal einen hohlen Klang.

Das Suchen dauerte lange und war schrecklich mühsam. Eine Viertelstunde verging, ehe Leons Lampe die umgekehrte Fliesenplatte und den gähnenden Eingang zu dem Gewölbe beleuchtete.

Er war der erste, der hinunterstieg. Als er den Fußboden erreicht hatte, sah er in dem Licht, das von dem Innenraum strahlte, die Umrisse eines Mannes, der, wie er glaubte, in der Türöffnung herumkroch, und deckte ihn mit seiner Waffe.

»Hände hoch!«

Die Gestalt gab keine Antwort, und Manfred lief auf sie zu. Das Gesicht lag im Schatten, aber er ließ seine eigene Lampe spielen und erkannte das starre Grinsen eines toten Mannes.

»Gurther!«

So also war er gestorben, bei seinem letzten Versuch, Hilfe zu holen.

»Die Schlange!« sagte Manfred kurz. »Aber es befinden sich keine Merkmale im Gesicht, soweit ich sehen kann.«

»Haben Sie sein Handgelenk gesehen, George?«

Dann sah Gonsalez das Mädchen auf dem Bett liegen; er erkannte Johanne, noch ehe er ihr Gesicht betrachtet hatte. Auf halbem Wege zu ihr glitt er auf etwas aus. Instinktiv fühlte er, daß es eine Schlange war, und sprang herum, den Revolver schußbereit.

»Barmherziger Himmel! Sehen Sie nur!«

Er starrte von einem Reptil zum anderen.

»Tot!« sagte er. »Das erklärt Gurthers Tod.«

Schnell löste er Johannes Fesseln, hob ihren Kopf und horchte, sein Ohr an ihr Herz gedrückt, ob es noch schlug. Das Becken mit Wasser und der Schwamm erzählten eine Geschichte für sich selbst.

Wo befand sich Mirabelle?

»Sie ist natürlich fort«, bemerkte Manfred. »Sonst würde die Falltür oben nicht offen sein. Am besten ist, wir bringen das arme Mädel von hier weg und suchen alles ab, Digby, gehen Sie!«

Er hielt inne.

»Falls sich Oberzohn im Hause befinden sollte, dürfen Sie es nicht wagen, seine Aufmerksamkeit zu erregen!«

Aber das Mädchen bedurfte dringender Hilfe. Manfred hob es auf und trug es ins Freie, und unter Leons Führung kamen sie nach einer Fahrt, die beinahe mit einem gebrochenen Genick für Leon geendet hätte, bis auf wenige Yards an das Haus heran.

»Ich glaube«, bemerkte Gonsalez, »daß das Loch, in das ich eben fast untertauchte, absichtlich gegraben wurde. Und ich würde gar nicht überrascht sein, wenn es nicht als Dauerwohnung für den verstorbenen Mr. Gurther beabsichtigt worden wäre. Soll ich das Mädel tragen?«

»Nein, nein! Gehen Sie auf die Gasse! Poiccart müßte um diese Zeit mit dem Wagen hier sein.«

»Poiccart versteht mehr vom Zwiebelzüchten als vom Autofahren.«

Der Spott kam nicht von Herzen. Des Mannes Seele und Hirn suchten Mirabelle Leicester.

Sie mußten einen Umweg um den Zaun aus dickem Kupferdraht machen, der das Haus umgab, und erreichten später gerade Hangmans-Lane, als die Buglichter ihres Wagens auftauchten.

»Ich werde sie ins Hospital bringen und mich mit der Polizei in Verbindung setzen«, bemerkte Manfred. »Ich nehme an, daß es keine nähere Telefongelegenheit gibt.«

»Ich werde wahrscheinlich vom Hause aus telefonieren«, sagte Leon ernst.

Da, wo er stand, konnte er nicht feststellen, ob die Tür offen oder geschlossen war. Es befand sich kein Fenster über der Tür; es war daher unmöglich, zu sagen, ob der Gang im Haus erleuchtet war oder nicht. Das Haus lag in vollkommener Dunkelheit da.

Leon war so niedergeschlagen, daß er nicht einmal Poiccart Anweisungen gab, wie er zu fahren hatte, und der war offensichtlich durch die ihm aufgedrängte Pflicht so verlegen, daß er nur zu willig George das Steuer überließ.

Sie hoben das Mädchen in das Wageninnere, fuhren rückwärts ins Tor und behutsam die Gasse hinauf. Leon wartete ihre Abfahrt nicht ab, sondern kehrte zur Vorderfront des Wohngebäudes zurück.

Der Platz war finster. Er öffnete das Tor aus Drahtgitter und ging schweigend die Stufen hinauf. Er hatte die oberste Stufe noch nicht erreicht, als er sah, daß die Tür weit offenstand.

Seine Lampe zeigte ihm den Lichtschalter; er drehte das Licht an, schloß die Tür hinter sich und horchte.

Die erste Tür zur Rechten war Oberzohns Zimmer. Die Tür war angelehnt, aber das Licht brannte darin. Er stieß die Tür mit der Fußspitze auf. Das Zimmer war leer.

Die nächsten beiden Türen, die er von diesem Gange aus versuchte, waren zugeschlossen. Er stieg vorsichtig zu den beiden Küchen hinunter und durchsuchte sie sorgfältig; keine lebende Seele.

Er wußte, daß ein Diener oder zwei im Haushalt waren, aber einen Umstand kannte er nicht: daß Oberzohn kein Schlafzimmer besaß. Und diese Tatsache entdeckte er im Laufe dieser Untersuchung. Eines der beiden Zimmer oben war augenscheinlich von der Dienerschaft bewohnt worden. Die Tür stand auf, das Zimmer war leer und in Unordnung. Ein grobes Nachthemd lag hastig hingeworfen und war auf zerwühlten Betten zurückgelassen worden. Oberzohn hatte seine Dienerschaft weggeschickt. Warum?

Eine halb aufgerauchte Zigarette befand sich am Rande eines roh gezimmerten Waschtisches; die Asche lag am Fußboden. In einem Schreibtisch war jedes Schubfach offen und leer, außer einem einzigen, das halb voll von Zeugflicken war. Wahrscheinlich rauchte die Köchin oder das Dienstmädchen. Er fand ein Paket Zigaretten unter einem Kopfkissen; das bestätigte seine Ansicht, und er schloß daraus, daß sie gemütlich zu Bett gegangen waren, ohne eine Ahnung, daß sie in die Nacht hinaus mußten.

Später erfuhr er, daß Oberzohn seine Diener abgeschoben hatte, nachdem er ihnen zehn Minuten zum Packen ihrer Sachen gegeben hatte. Als eine Entschädigung für die unwürdige Behandlung hatte er ihnen sechs Monate Lohn ausgezahlt.

Pfeiffers Zimmer war verschlossen; aber da Leon überzeugt war, daß das Haus leer war, brach er das schwache Schloß auf und durchsuchte alles, fand aber nichts.

Gurthers Zimmer befand sich in einer unglaublichen Unordnung. Augenscheinlich hatte er in Eile seinen Anzug gewechselt. Seine Schminkdosen, Puderquasten, Bärte, falsches Haar und Spiritusflaschen standen und lagen auf dem Toilettentisch herum. Er erinnerte sich, mit einem Gefühl der Zerknirschung, daß er versprochen hatte, der Polizei zu telefonieren. Aber als er versuchte, Anschluß zu bekommen, fand er, daß er keine Verbindung bekam. Das erschien ihm höchst sonderbar, bis er sich entsann, daß Meadows sich an jenem Abend entschlossen hatte, Oberzohns Haus von jeglicher telefonischer Verbindung abzuschneiden, und entsprechende Order gegeben hatte.

Es war ein sonderbar gebautes Haus. Er hatte sich dessen wirkliche Eigentümlichkeiten gar nicht so vorgestellt, bis er es in der Nähe untersucht hatte. Die Wände waren von ungeheurer Dicke. Dieser Umstand wurde ihm zu Gemüte geführt, als er das Fenster des Mädchenzimmers öffnete, um zu sehen, ob Digby in Sicht sei. Die Treppen waren von Stein. Die Fensterladen von Oberzohns Studierzimmer waren mit Stahl beschlagen. Er beschloß, bis zur Ankunft der Polizei eine Untersuchung der beiden verschlossenen Zimmer vorzunehmen. Die Öffnung des ersten machte ihm keine Schwierigkeiten. Es war ein großer Raum auf dem tatsächlichen Grundflächenniveau des Hauses. Man gelangte zu ihm, indem man sechs Stufen hinabstieg. Eine roh gezimmerte Bank lief die Seiten dieses unmöblierten Raumes entlang. Die Tür war von Stahl und verschlossen.

Der Raum war staubig, aber nicht unsauber. Alles war in Ordnung. Die verschiedenen Apparate waren durch einen freien Zwischenraum reinlich geschieden. In einer Ecke sah er einen Gasmotor und einen Dynamo. Hier war nichts zu ergattern. Mit einem nochmaligen Rundblick verließ er das Laboratorium und versuchte, die zweite der geschlossenen Türen zu öffnen.

Dieses Zimmer war jedoch besser geschützt, sowohl was die Stärke der Tür als die verwickelte Konstruktion der Schlösser anbetraf.

Leon versuchte seine sämtlichen Schlüssel und gebrauchte dann sein letztes Mittel. Dieses bestand in drei Stahlstücken, die aneinandergeschraubt wurden und in einer Klaue endeten. Er hämmerte mit seiner Faust auf das Brecheisen, klemmte die Klaue zwischen Tür und Türrahmen, und in weniger als einer Minute war das Schloß aufgebrochen. Leon Gonsalez sah sich in der fremdartigsten Gesellschaft, in der er sich jemals befunden hatte.

Der elektrische Wärmestrahler brannte. Die Luft im Raum war heiß und schwer und belästigte seine Kehle, wie sie die Kehle des dänischen Dienstmädchens belästigt hatte. Er schaltete sämtliche Lichter ein, und dann begann er seinen Rundgang.

Da waren zwei Reihen von Simsen; weit voneinander getrennt. Und jeder von ihnen trug eine Anzahl Kästen; welche davon waren in Tücher gewickelt, andere nicht. Alle Kästen hatten eine Vorderwand von Glas. Alle hatten Stahldeckel mit winzigen Luftlöchern, und in jedem ringelten sich in einem Nest von Wolle oder Stroh, je nach ihren Bedürfnissen, ein oder zwei Schlangen. Kobras waren da und Puffottern, zwei Klapperschlangen, anscheinend tot, aber, wie er annahm, schliefen sie nur. Da war eine südamerikanische Fer de lance, die unangenehmste ihrer Art; da lagen kleine Korallenschlangen, und in einer langen Kiste ein ganzes Nest winziger gelber Krebse, die aber, wie er wußte, Skorpione waren.

Er hob eben eine Flanelldecke von einem der Kästen, als eine Stimme hinter ihm ertönte: »Keine Bewegung, mein Freund! Ich glaube, ich kann Ihnen eine intimere Bekanntschaft mit unserer kleinen Familie versprechen!«

Leon drehte sich langsam um, die Hände hoch ausgestreckt.

Tod lauerte hinter ihm, erbarmungsloser, schnell eilender Tod. Wenn er eine seiner Hände hätte nach seiner Hüfttasche gleiten lassen, wäre das sein Ende gewesen.

Oberzohn stand da, ein wenig hinter ihm, und – mit bleichem Gesicht und weit aufgerissenen schreckensstarren Augen – Mirabelle Leicester.

Digby! – Wo war er nur? Er hatte ihn draußen gelassen.

Der Doktor untersuchte die aufgebrochene Tür und knurrte ärgerlich.

»Ich befürchte, meine Idee, Sie hier in das Zimmer einzusperren und alle diese Behälter aufzubrechen, damit Sie mit diesem stillen Volk besser bekannt werden, ist nicht gut. Das will ich lieber nicht. Dafür – Vorwärts! Marsch!«

Was beabsichtigte Oberzohn?

Leon schlenderte, anscheinend gleichgültig, los; aber Oberzohn hielt sich in anständiger Entfernung, seine Augen wie festgenietet auf den empfindsamen Händen, die sich so schnell bewegen und einen Revolver vorwärts schleudern und gleichzeitig mit einer einzigen Bewegung abfeuern konnten.

»Halt!«

Leon blieb stehen, gerade gegenüber der offenen Fronttür und den Stufen.

»Sie erinnern sich meines seligen Bruders, Leon Gonsalez? Und des großen Verlustes, den die Welt erlitt, als er so heimtückisch ermordet wurde?«

Leon stand, ohne zu zittern. Jetzt würde der Mann schießen. Jede Sekunde konnte eine Kugel krachend auf ihrem Todesweg dahergerast kommen. Das war eine eigentümliche Art, ein so reiches Leben zu enden. Er wußte, das Ende kam jetzt. Er hatte nur ein Bedauern darüber, daß dieses erschütterte Mädchen Zeuge einer so brutalen Handlung werden sollte. Er hätte gern ›Lebewohl‹ zu ihr gesagt, aber er fürchtete, sie zu erschrecken.

»Sie erinnern sich meines seligen Bruders?« Oberzohns Stimme war rauh vor Wut. Da fiel das Licht auf ein Gesicht.

»Digby! Bleiben Sie, wo Sie sind!« brüllte Leon.

Der Knall eines Schusses machte ihn munter. Er sah, wie das Ziegelwerk über der offenen Eingangstür aufspritzte, hörte einen kleinen Kampf und drehte sich, den Revolver in der Hand, hastig um.

Oberzohn hatte das Mädchen vor sich geschoben, so daß sie

ihm vollständig Deckung gewährte; unter ihrem Arm sah seine Mauserpistole hervor.

»Laufen Sie!« rief sie Gonsalez zu.

Er zögerte eine Sekunde. Wieder krachte ein Schuß, und eine Kugel prallte von der Tür zurück. Leon konnte nicht feuern. Oberzohn verbarg sich so hinter dem Mädchen, daß nur ein Kunstschuß das Mädchen verfehlen und Oberzohn treffen konnte. Und dann, als der Doktor die Hand wegschleuderte, die sein Handgelenk festhielt, lief er die Stufen hinunter und verschwand in der Dunkelheit. Nach einer Sekunde schlug die Tür zu. Leon hörte das Vorschieben der Riegel und das Klirren der großen Eisenstange.

Leon hatte das Gefühl, als ob sich die Tore einer Zitadelle vor ihm geschlossen hätten.

Dr. Oberzohn war unbeobachtet zurückgekehrt, obwohl die Nacht hell war. Er war durch die kleine Schleuse gefahren und hatte an dem kleinen Quai festgemacht.

Digby hatte, seinen Anweisungen entsprechend, eben einen sorgfältigen Rundgang durch das ganze Gelände gemacht und war in diesem Augenblick so weit von dem Leichter entfernt, als es nur möglich war. Oberzohn hatte unbehelligt das Haus erreicht. Das Licht in der Halle warnte ihn, daß jemand da sei. Wer? Wie viele? Das konnte er nicht erraten.

»Ziehen Sie Ihre Schuhe aus!« knurrte er in Mirabelles Ohr.

Sie gehorchte.

Was auch immer sich ereignete, er durfte die Verbindung mit ihr nicht verlieren, ihr keine Gelegenheit zur Flucht geben. Er packte ihren Arm mit der einen Hand und seine lange Mauserpistole mit der anderen, schlich sich leise in die Halle, horchte und stellte sofort den Eindringling fest.

Es geschah alles so schnell, daß Mirabelle sich an nichts erinnern konnte, außer an den verzweifelten Stoß, den sie ausgeführt hatte, um die Waffe wegzuschlagen, die auf Leons Rückgrat gerichtet war. Sie stand stumm dabei, beobachtete den alten Mann, wie dieser die schwere Tür verschloß, und ging gehorsam von Raum zu Raum voran. Sie sah die langen Kästen in dem heißen Zimmer und schrak zurück. Und dann begann ein regelrechter Rundgang um das ganze Haus. Da waren noch Läden zu befestigen, Sehlöcher zu öffnen. Er schraubte die Läden an den Fenstern des Dienerzimmers fest und brach dann mit einem Hammer den Wirbel ab.

»Sie bleiben hier!« befahl er. »Ich weiß nicht, was sie anfangen werden. Vielleicht schießen sie. Ich bin auch ein Schütze.«

Nicht zufrieden mit dem Schloß, das Mirabelles Tür verschloß, ging er in seine Werkstatt, nahm ein Vorlegeschloß und opferte den größten Teil einer Stunde, um diese Sicherheitsvorrichtung an Mirabelles Tür anzubringen. Endlich hatte er das Werk beendet und konnte die Situation vier daran sehr interessierten Männern vorlegen.

Er schloß die Tür des massiven Anbaus auf, rief die niedergedrückten Banditen heraus und erklärte ihnen in sehr wenigen Worten die Lage und ihre Gefahr.

»Für jeden von euch hat die englische Polizei einen Haftbefehl! Ich mache euch nichts vor! Heute nachmittag war die Polizei hier. Ich sage euch, ich mache euch nichts vor! An mich können sie nicht 'ran, weil sie nichts über mich wissen, mir nichts beweisen können! Schlimmstenfalls marschiere ich für ein paar Jahre ins Gefängnis. Aber mit euch ist es was anderes!«

»Warten sie draußen auf uns?« fragte jemand mißtrauisch. »Denn wenn sie draußen sind, dann müssen wir schnell machen.«

»Ihr werdet nicht gehen! Weder schnell noch langsam!« befahl Oberzohn. »Von hier herausgehen bedeutet soviel wie Gefängnis für euch alle! Hierbleiben heißt, daß jeder von euch frei ausgehen und mit Geld fortgehen wird, wenn ihr meinen Anweisungen folgt!«

»Was haben Sie für 'nen Plan?« fragte Cuccini. »Wollen Sie mit ihnen kämpfen?«

»Ganz gewiß werde ich das«, nickte Oberzohn. »Das ist mein Plan: Ich habe die junge Miss oben. Man wird ihr nichts zuleide tun wollen. Ich beabsichtige, das Haus zu verteidigen.«

»Denken Sie denn, daß wir's halten können?« fragte einer der verdutzten Männer.

»Ich werde es so lange halten, bis sie müde sind und Verhandlungen vorschlagen.«

Cuccini kaute nervös an seinen Fingernägeln.

»Ich möchte ebensogern für ein Schaf wie für ein Lamm gehängt werden, Boss!« knurrte er. »Ich hab' so 'ne Idee, daß Sie uns hier in diese Patsche gebracht haben!«

»Dann sehn Sie zu, wie Sie 'rauskommen!« schnappte Oberzohn bissig. »Da ist die Tür! Geht, wenn ihr Lust habt! Draußen steht die Polizei! Verhandelt mit der! Vor einigen Tagen wart ihr in der Klemme. Wer hat euch geholfen? Der Doktor Oberzohn! Auf jeden von euch wartet lebenslängliches Zuchthaus. Und ich – kann mein Haus allein verteidigen. Bleibt bei mir, und ich werde jedem von euch ein größeres Vermögen geben, als ihr euch jemals habt träumen lassen. Und mehr als das, zuletzt werdet ihr frei ausgehen.«

»Wo ist Gurther?«

»Er wurde getötet – durch einen Unglücksfall!« Oberzohns Gesicht arbeitete nervös. »Durch einen Unglücksfall starb er«, erklärte Oberzohn, und obwohl er die Wahrheit sagte, überzeugte er die Leute nicht.

»Es bleibt uns jetzt nur übrig, einen Entschluß zu fassen.«

Cuccini und seine Freunde berieten flüsternd.

»Wie groß ist unser Anteil?« fragte er.

Oberzohn nannte eine Summe, die sie bestürzt machte.

»Ich rede die Wahrheit. In zwei Tagen werde ich eine Goldmine besitzen, die Millionen wert ist.«

Er sah dabei aus, als ob er stets nur die Wahrheit gesprochen hätte; und er erzählte ihnen die Geschichte von dem Goldhügel ohne jeden Rückhalt. Seine Agenten in Lissabon hätten bereits vom Ministerium das Recht auf das Land und seine Mineralschätze erlangt. Und sobald die Uhr am 14. Juni zwölf schlüge, ginge das Goldfeld von Biskara automatisch in seinen Besitz über.

»Auf einer Seite ist euch das Gefängnis sicher, auf der anderen viel Geld und Glück!«

»Wie lange werden wir hierbleiben müssen?« fragte Cuccini.

»Ich habe Proviant für einen Monat; sogar Milch! Das Wasser werden sie uns wegen des Mädchens nicht abschneiden. Aus demselben Grunde werden sie die Tür nicht sprengen.«

Wieder hielten sie eine eilige Beratung und trafen dann ihre Entscheidung.

»All right, Boss, wir werden bleiben. Aber wir müssen unseren Anteil zugesichert erhalten.«

»Kommt in mein Arbeitszimmer, vorwärts!« befahl Oberzohn sofort.

Er war halb fertig mit dem Schreiben des Dokuments, als es polternd gegen die Tür donnerte. Oberzohn stand auf und gab ein Zeichen, zu schweigen.

Er schlich sich auf den Zehenspitzen an die Tür.

»Ja! Wer ist da?«

»Öffnen! Im Namen des Gesetzes!« rief eine Stimme, an der er Meadows erkannte. »Ich habe einen Haftbefehl, der auf Sie lautet, und wenn notwendig, wird die Tür aufgebrochen werden.«

»So?« sagte Oberzohn, senkte die Mündung seiner Mauserpistole und feuerte zweimal durch den kleinen Briefschlitz in der Tür.

29

Aber Meadows war schon aufmerksam gemacht worden, von der Briefkastenöffnung wegzugehen, und die Kugeln erreichten einen von den Eisenbahnviadukten, zu dem Unbehagen eines Bahnwärters, der sich beinahe in der Feuerlinie befand.

Meadows ging schleunigst die Stufen hinunter, um Deckung zu suchen. Innerhalb des Drahtzaunes wartete ein Dutzend Polizisten.

»Sergeant! Fahren Sie im Polizeiauto zur Station zurück und holen Sie Waffen!« befahl Meadows. »Das wird 'n langes Stück Arbeit.«

Gonsalez hatte eine sehr sorgfältige Besichtigung des Geländes veranstaltet und sofort erkannt, daß ein Angriff auf das Haus sehr schwierig wäre.

Das Wichtigste für ihn war, festzustellen, in welchem Zimmer das junge Mädchen gefangengehalten wurde. Nach seinem Dafürhalten mußte sie sich entweder in Gurthers oder im Dienerzimmer aufhalten.

Beim Lichte einer Laterne entwarf er schnell eine Skizze, wie die einzelnen Räume lagen, die er besucht hatte.

Meadows war fortgegangen, um mit der obersten Polizeibehörde zu telefonieren. Er hatte sich dafür entschieden, die telefonische Verbindung mit Oberzohn wieder herstellen zu lassen.

Die Aussprache mit dem Doktor war kurz und unbefriedigend. Oberzahn forderte Straflosigkeit für sich und seine Genossen. Und er bestand auf dieser Forderung in einer Weise, daß Meadows annahm, die Bande stände am Telefon um Oberzohn herum.

»Ich will Ihre Leute nicht! Soweit ich dabei in Frage komme, können sie frei ausgehen!« rief Meadows. »Sagen Sie einem von ihnen, er solle ans Telefon kommen!«

»O nein!« bemerkte Oberzohn. »Das wollen wir lieber nicht machen. Es ist lächerlich, so was von mir zu verlangen!«

Er hängte an und erklärte der aufhorchenden Verbrecherbande, daß die Polizei ihm völlige Straflosigkeit zusichere, wenn er seine Leute ausliefere.

»Wie ich euch gesagt habe«, meinte er zum Schluß, »das ist nicht Doktor Oberzohns Art. Auf Kosten meiner *Freunde* will ich nichts gewinnen.«

Als Cuccini sich kurze Zeit danach in das Zimmer schlich, um sich mit der Polizeidirektion verbinden und sich den Bericht des Doktors bestätigen zu lassen, fand er, daß nicht nur die Verbindung abgeschnitten, sondern sogar ein Teil der elektrischen Leitung entfernt war.

Dr. Oberzohn verschaffte sich unter allen Umständen Sicherheit.

Die Nacht verlief ohne weiteren Zwischenfall. Polizeiersatzmannschaften trafen in der Nachbarschaft ein. Oberzohns Grundstück war abgesperrt worden, sogar der Leichterverkehr auf dem Kanal war verboten worden. Die letzte Ausgabe der Morgenblätter hatte unter einer zollgroßen Überschrift die Nachricht von der Belagerung eines Hauses in der New-Cross-Gegend gebracht. Die Volksmenge schwoll immer mehr an. Bald nach neun Uhr kam ein hoher Beamter aus Scotland Yard und veranlaßte noch ausgedehntere Absperrung, und mit einiger Mühe wurde der dichte Menschenkeil langsam zurückgedrängt, bis das belagerte Haus unsichtbar für ihn wurde.

Am Morgen erhielten die ›Drei Gerechten‹ Nachrichten von Washingtons Ankunft in Lissabon. Er wäre jetzt auf dem Rückwege, berichtete Leon. »Und wenn er die Anschlüsse überall erreicht, kann er heute nacht hier sein. Ich denke, er wird eine sehr nützliche Verstärkung unserer Kräfte sein.«

»Sie denken an die Schlangen im Hause?«

Leon nickte.

»Ich kenne Oberzohn«, sagte Leon nur. Und George Manfred dachte an das junge Mädchen und wußte, daß die unausgesprochenen Befürchtungen seines Freundes berechtigt waren.

Um Mitternacht kam der langersehnte Washington. Denn er besaß Kenntnisse, über die kein anderer außer ihm verfügte.

Leon gab ihm eine kurze Beschreibung des Schlangenzimmers und dessen Inhalts. Leon war sich über die Schlangenarten nicht absolut sicher; aber seine Beschreibung kam der Wirklichkeit nahe genug, um dem Schlangenfachmann einen Überblick über die dort vertretenen Arten zu geben.

»Sie sind alle todbringend«, meinte Washington und schüttelte den Kopf.

»Ich glaube, es ist kein einziger Wurm dazwischen, ausgenommen natürlich die Skorpiönchen, die einen erwachsenen Mann in fünf – längstens zehn – Minuten in ewigen Schlaf versetzen können.«

Leon fragte ihn eingehender und erzählte ihm dann seinen Plan.

»Ich werde mit Ihnen gehen«, erklärte Washington ohne Zögern.

Aber das wollte keiner der ›Drei‹ zugeben. Leon wollte nur das Urteil des Fachmanns haben. Und hierzu brauchte er jemanden, der die Schlangen in der Freiheit und in ihrer gewohnten Umgebung kannte.

Eine Stunde vor Tagesanbruch wurde ein Kriegsrat gehalten. Leon legte den maßgebenden Persönlichkeiten seinen Plan vor, und dieser wurde gebilligt.

Das erste Licht kroch in den Himmel; die Mauern wurden grau und alle Gegenstände deutlich sichtbar, als Oberzohn sah, wie ein Tank aus der Gasse kam und sich langsam auf sein Haus zu bewegte.

Oberzohn biß die Zähne in einem Grinsen aufeinander, schoß die Stufen hinunter und flog gegen die Tür des Zimmers, das Mirabelle barg.

Seine Aufregung war eine derartige, daß er nicht das Schlüsselloch finden konnte.

Die Tür öffnete sich mit einem Krach, und Oberzohn flog fast ins Zimmer.

Mirabelle Leicester stand am Bett; ihr Gesicht war bleich wie der Tod. Trotzdem war ihre Stimme ruhig, fast gleichgültig, als sie fragte: »Was wollen Sie?«

»Dich!« zischte er. »Nun, mein kleines feines Dämchen! Nun geht's zu den Schlangen!«

Er warf sich auf sie, obwohl sie sich nicht wehrte. Er warf sie rückwärts aufs Bett und schnappte ihr ein paar rostige Handschellen an. Dann riß er sie auf und zog sie aus dem Zimmer und die Stufen hinunter. Er hatte einige Schwierigkeit, die Tür zum Schlangenheim aufzumachen, da er selbst sie zugekeilt hatte. Schließlich gelang es ihm, die Tür aufzustoßen.

Die Wärmestrahler brannten nicht mehr. Er hatte den Strom nicht übrig. Aber der Raum war betäubend heiß, und als er das Licht einschaltete und sie die lange Reihe von Kästen sah, wankten ihr die Knie, und sie wäre gefallen, wenn er sie nicht gestützt hätte.

Er zog einen großen Stuhl in die Mitte des Zimmers und drückte ihre Gestalt da hinein.

»So! Hier warten Sie, meine Freundin!« gellte er. »Sie werden warten, aber nicht lange!«

An der Wand hingen drei lange Lederriemen, die, wenn nötig, zur Beförderung der Kisten gebraucht wurden. In einer Sekunde hatte er den einen Riemen um ihre Taille und den Stuhl geschnallt; mit dem zweiten befestigte er ihre Knie unter dem Stuhl.

»Leben Sie wohl, gnädiges Fräulein!«

Das Gerumple des Tanks drang zu ihm in den Raum herein. Aber er hatte noch viel Arbeit vor und deshalb keine Zeit, jeden Kasten einzeln zu öffnen. Aber die Glasscheibe an der Vorderseite ließ sich leicht zertrümmern.

Er lief die Reihe entlang und zerschlug die Glasscheiben mit dem Lauf seiner Mauserpistole.

Das Mädchen, schreckensstarr, sah einen grünen Kopf in der einen Öffnung sichtbar werden, sah einen sich windenden Körper leise auf den Fußboden gleiten . . .

Dann schaltete Oberzohn das Licht aus. Die Tür wurde zugeknallt, und Mirabelle Leicester befand sich mutterseelenallein an diesem Ort des Schreckens.

Oberzohn war kaum im Gang angelangt, als die erste Granate an der Tür fiel. Holzsplitter flogen an ihm vorbei, als er sich umwandte, die Treppen hinaufrannte und dabei in seiner Tasche nach dem kostbaren Dokument fühlte, das ihn noch rechtfertigen konnte.

Oberzohn hatte die Tür zum Schlangenheim nicht verschlossen; Leon hatte das Schließband abgerissen. Laß sie doch 'reingehen, wenn sie wollen, dachte Oberzohn. Die Vordertür war noch nicht beseitigt. Vom Treppenabsatz aus, über das Geländer gelehnt, horchte er. Dann erschütterte ein größerer Krach als je zuvor das Haus. Und nach einer kurzen Pause hörte er jemanden den Gang entlanglaufen und an der Tür des Schlangenheims rütteln.

»Zu spät!«

Seine Freude blühte zu einem Grinsen auf. Er stieg die letzten Stufen zum Dach hinauf, um die vier Banditen in einem Zustand der Meuterei zu finden, deren Unterdrückung nicht ihm überlassen blieb.

Das Glitzern eines Bajonetts zwängte sich durch die Türöffnung. Eine Gestalt in Khaki glitt auf das Dach, den Zeigefinger am Abzug.

»Hände hoch, ihr da!« rief der Soldat in rauhem Cockneydialekt.

Vier Paar Hände gingen gleichzeitig hoch.

Manfred folgte dem zweiten Soldaten und packte den Doktor am Arm.

»Sie kommen mit, mein Freund!« sagte Manfred, und Oberzohn folgte ihm willig die Stufen hinunter.

Sie mußten an Gurthers Zimmer vorbei. Die Tür war auf, und Manfred schob seinen Gefangenen hinein, als Poiccart und Leon die Treppe heraufgestürzt kamen.

»Das Mädel ist wohl und munter! Das Gas hat die Schlangen erledigt, sobald sie den Fußboden berührten! Und Bruder Washington beschäftigt sich mit denen, die am Leben geblieben sind!« stieß Leon hastig hervor.

Er schloß die Tür hinter sich.

Dr. Oberzohn war zum ersten Male in seinem Leben mit den ›Drei Gerechten‹, die er haßte und fürchtete, allein.

»Oberzohn, das ist Ihr Ende!« bemerkte Manfred und drängte ihn an die Wand. »Sie sind gerichtet!«

Und dann sah der Doktor etwas und schrie laut auf vor Furcht.

Leon Gonsalez befestigte eine Zigarette in der langen schwarzen Spitze, die er in Gurthers Zimmer gefunden hatte.

»Sie machen es so«, fragte Leon, »nicht wahr?«

Leon hielt die Zigarette schief und drückte auf die kleine Feder, die in der schwarzen Ebenholzspitze angebracht war.

»Die Spitze ist eine isolierte Kammer, die zwei kleine Eissplitter enthält. Ich fand die Form dafür in Ihrem Laboratorium, Herr Doktor. Die Splitter fallen in die Zigarette, die aus Metall besteht, und dann . . .«

Leon Gonsalez hob die Spitze an seine Lippen und blies. Niemand sah die beiden winzigen Eissplitter fliegen. Nur Dr. Oberzohn legte seine Hand mit einem erstickten Schrei an seine Wange. Sein Blick wurde gläsern. Dann brach er in sich zusammen.

Leon begegnete Inspektor Meadows, der die Treppe heraufkam.

»Ich fürchte, unser Freund ist uns entschlüpft. Er hat den Henker um zehn Pfund Sterling betrogen.«

»Tot?« fragte Meadows. »Selbstmord?«

»Es sieht mir nach Schlangenbiß aus«, antwortete Leon obenhin und ging hinunter, um Mirabelle Leicester in einem halb lachenden, halb weinenden Zustand zu finden, während Elijah Washington ihr aufs ernsthafteste die wunderbaren Eigenschaften der Schlangen erklärte.

»Hier liegen fünftausend Dollar Wert tot«, sagte er in komischer Verzweiflung. »Aber was übriggeblieben ist, ist noch genug, um damit einen Zirkus anzufangen.«

30

Später erklärte Manfred dem sehr interessierten Polizeichef: »Oberzohn erhielt das Gift, indem er die Schlangen reizte und sie auf etwas beißen ließ. Er entdeckte ein Verfahren, diese Gifte so zu vermischen, daß er das allertödlichste Gift erzielte. Das klingt phantastisch, und vom wissenschaftlichen Standpunkt aus unwahrscheinlich, ist aber nichtsdestoweniger wahr. Das Gift wurde leicht mit Wasser verdünnt und war noch immer stark genug, um zehn Leute zu töten. In dieser Stärke wurde es in eine winzige Form gegossen und zum Gefrieren gebracht.«

»Zum Gefrieren?«

Manfred nickte.

»Schlangengift verliert im gefrorenen Zustand seine Kraft nicht. Und diese Methode, ihre Geschosse zu formen, war, von ihrem Standpunkt aus gesehen, sehr vernünftig. Es war so nur notwendig, daß ein Atom davon in das Fleisch drang. Geschmolzen, genügte es, um den sofortigen Tod herbeizuführen. Und wenn das Opfer die Stelle rieb, an der es verwundet worden war, war es noch sicherer, daß es selber etwas von dem Gift in die Wunde rieb, das auf der Haut geschmolzen war. Gewöhnlich starben sie sofort. Die Zigarettenspitzen, die Gurther und Pfeiffer, der andere Meuchelmörder, bei sich trugen, waren Blasröhrchen, die Zigarette eine hohle Metallattrappe. In dem Augenblick, wenn sie ihre kleinen Eispfeile hinausbliesen, befanden sich diese bereits in einem halb geschmolzenen Zustande und beförderten genug flüssiges Gift, um zu töten, selbst wenn die Haut nur ganz wenig geritzt war. Und natürlich schmolz alles außerhalb gebliebene Gift, ehe die Polizei eine Prüfung anstellen konnte. Deshalb hat auch die Polizei niemals einen Pfeil gefunden, wie ihn die Buschmänner gebrauchen, Bambussplitter oder Dornen. Oberzohn besaß die einfachste Methode, mit allen Gegnern fertigzuwerden; er schickte seinen Schlangengiftschützen aus, um ihnen aufzulauern. Nur ein einziges Mal mißlang ihnen das. Als sie auf Leon zielten und den gegen Schlangengift immunen Elijah Washington trafen.«

»Und was ist aus Miss Leicesters Ansprüchen auf die Goldfelder von Biskara geworden?«

Manfred lächelte.

»Die Erneuerung der Konzession wurde beantragt – und gewährt. Leon fand in Heavytree-Farm einige Blankoformulare von Briefbogen, die von dem jungen Mädchen unterzeichnet waren. Er stahl eins davon, während die Tante des jungen Mädchens einen Augenblick abwesend war, und füllte es aus mit einem formellen Antrag auf Erneuerung. Ich habe eben ein Telegramm erhalten, das uns mitteilt, daß die Pachtung verlängert wird.«

Manfred und Poiccart legten den größten Teil des Weges nach New-Cross zu Fuß zurück, ehe sie eine Autodroschke finden konnten.

Leon war mit dem jungen Mädchen gegangen. Poiccart schien etwas im Kopfe herumzugehen, aber er sprach sich nicht eher aus, als bis die von der Vorsehung geschickte Autodroschke anlangte und sie den New-Cross-Weg entlangrollten.

»Mein lieber George, ich bin ein wenig besorgt um Leon. Es scheint fast unmöglich, es zu glauben, aber ...«

»Aber was?« ergänzte Manfred gut gelaunt; er wußte, was kommen würde.

»Sie glauben es doch nicht!« sagte Poiccart mit gedämpfter Stimme, als ob sie das Hereinbrechen einer Sintflut erörterten.

»Nein! Sie werden es nicht glauben, Manfred! Leon ist verliebt!«

Manfred überlegte einen Augenblick.

»Ja, mein lieber Poiccart, so was kommt schon vor; sogar bei den ›Drei Gerechten‹.«

Poiccart schüttelte betrübt den Kopf.

»Einen solch unglücklichen Zufall habe ich niemals in Betracht gezogen.«

Den ganzen Weg nach der Stadt zurück lachte Manfred innerlich.

Elizabeth George bei Goldmann

Mehr Informationen unter www.goldmann-verlag.de

GOLDMANN